शहादत

शहादत

(पूर्व प्रधानमन्त्री इन्दिरा गाँधी पर केन्द्रित उपन्यास)

राजेन्द्र मोहन भटनागर

राजपाल

स्थापित 1912
100 वर्षों की श्रेष्ठ प्रकाशन परम्परा
राजपाल

₹ 395

ISBN : 9789350640098

SHAHADAT (Novel) by Rajendra Mohan Bhatnagar

मुद्रक : प्रांजलि प्रिंट लाइन, साहिबाबाद

राजपाल एण्ड सन्ज़

1590, मदरसा रोड, कश्मीरी गेट-दिल्ली-110006

फोनः 011-23869812, 23865483, फैक्सः 011-23867791

website : www.rajpalpublishing.com

e-mail : sales@rajpalpublishing.com

www.facebook.com/rajpaland sons

श्रीमती कमला नेहरू
को
उनके उदात्त अवदान के लिए

भूमिका

मैं उन्हें लिपिबद्ध करने का प्रयास कर रहा हूँ, जिन्होंने उसे जीया है अपने प्राणों का उत्सर्ग देकर। एक पूरे समय को जीया है और पूरे हौसले, साहस, ज़िन्दादिली, त्याग, करुणा, ममता और पराक्रम से जीया है। धीरोदात्त योद्धा की तरह एक इतिहास रचकर और एक दुनिया बनाकर। उनका समूचा जीवन, प्रारम्भ से अन्त तक दुर्द्धर्ष संघर्ष का रहा है। व्यक्तिगत भी और समष्टिगत भी। बचपन से लेकर, आँख खोलने के बाद, समझ की तख्ती पर बाराखड़ी का पहला अक्षर किसी किताब से नहीं और न किसी आचार्य से, बल्कि गोलियों की विस्फोटक ध्वनि और आग की लपटों से सीखा है। वास्तव में उन्होंने इतिहास से बाहर आकर भी अपने को पूर्ण आत्मविश्वास और खुली आँखों से जीया है और सदा वर्तमान बने रहने के लिए जीया है। उनका अतीत भी वर्तमान रहा है और उनका भविष्य भी वर्तमान। हर क्षण का उनके वर्तमान के पास अदृश्य परन्तु सटीक लेखा-जोखा रहा है।

मैंने उन्हें कई बार देखा, कई बार सुना...चुनौतियों को सब्र-जब्र से ललकारते हुए, पूरे दमखम से समूचे विवेक, संयम और धीरज से। मुझे उनसे मिलने का भी अवसर मिला सिर्फ़ दो बार! एक बार मेरी पुत्री नीरू भटनागर के साथ, जो तब चार वर्ष की थी, तब दिलीप कुमार और वैजयन्ती माला भी वहाँ पहुँचे थे, जब हम निकल रहे थे। वे इत्मीनान से भरी, भारत के गौरवमय स्वर्णयुग को लौटाने के स्वप्न और उस चिन्तन को यथार्थ में बदलने की कशिश और कोशिश से गुज़रने वाले समय को अपने पास बैठाकर तसल्ली से समझा रही थीं।

छोटी-सी मुलाकातों से मैं समझ सका कि उनमें अपनी दृष्टि को गहराई और विस्तार देने का पैनापन कितना जागृत और कितना सुदृढ़ और दिशाबोधक है। तब वे 'गरीबी हटाओ' का नारा देश को दे चुकी थीं। चुनाव सिर पर था। कभी-कभी चुनाव की रणनीति समझ के ठेकेदारों को दिवालिया करार करवा देती है। तब ही मेरी किताब *गरीबी हटाओ* आयी थी। मैंने उन्हें वह पुस्तक भेंट की थी।

उन्होंने उसके बारे में जानकारी चाही थी। मैंने 'गरीबी हटाओ' को नकारात्मक नारा बताते हुए कहा था, "गरीबी हटाकर डालेंगे कहाँ?" तब झुग्गी-झोपड़ियों को शहर से बाहर किया जा रहा था।

इन्दिरा जी तनिक मुस्कुरायीं और बोलीं, "मैं दार्शनिक नहीं हूँ। मेरा ही क्या, हमारे सारे परिवार का कॅरियर समाज सेवा का रहा है। आज मैं अपने को उस रूप में देख पा रही हूँ, जिस रूप में मैंने राजनीति में कदम रखा था—उससे कुछ कम या कुछ ज़्यादा नहीं।...लेखक के पास तीसरी आँख होती है, किसी राजनेता के पास नहीं। जिस देश में लेखक, बुद्धिजीवी जनता के दुःख-दर्द का हिस्सा बनकर उसे तटस्थ भाव से सामने लाने लगते हैं, वहाँ 'गरीबी हटाओ' नारा देने की ज़रूरत नहीं पड़ती।...यह नारा तो सबका ध्यान देश की ज्वलन्त समस्या से दूर ले जाने के लिए है।"

तभी मैं तत्कालीन राष्ट्रपति वी.वी. गिरी से भी मिला था। उन्हें भी मैंने अपनी पुस्तक *गरीबी हटाओ* दी थी। उनसे ज़रा खुलकर बात हो सकी थी। मेरे कथन पर उन्होंने सन्तोष व्यक्त किया था और जिज्ञासा भी। उन्होंने मेरी पुस्तक के कुछ पृष्ठ उलटे-पुलटे थे। कहीं रुके भी थे। पूछा भी था, "आपका मत है, यह मात्र थोथा नारा है, इससे गरीबी नहीं हटेगी।"

मैंने कहा था, "हाँ..., यह चुनावी स्टंट है। मैं नहीं समझता कि राजनेता इस दिशा में कोई बेहतर मिसाल खड़ी कर सकेंगे, क्योंकि आज तो वे ही सबसे गरीब हैं। गरीबी उनकी मिटेगी और बहुत हुआ तो उनके साथियों की। जनता को तो उससे भ्रम मिलेगा, छलावा मिलेगा और ओस से प्यास बुझाने का खण्डित सपना।"

जब वी.वी. गिरी को सहारा देकर दो व्यक्तियों ने उठाया था तब मेरे सामने राजनीति का पंडित चाणक्य आ खड़ा हुआ था। मैं सोच रहा था कि "राजनीति में चाणक्य के उदात्त चरित्र और उसके संस्कारों की ओर हमारा ध्यान कब जायेगा? कब राजनीति के दिशा निर्देशक तत्त्व सत्ता से अलग हटकर जनता को दिशाबोध कराने की ज़िम्मेदारी निभाने के लिए आगे आयेंगे? कब राजनेता सत्ता की राजनीति छोड़ जनता के चरित्र को अपनायेगा?

खैर, यों वार्ता कुछ-कुछ एकतरफ़ा होकर रह गयी। परन्तु मेरे मन में अनेक प्रश्न छोड़ गयी। फिर से मेरा ध्यान इन्दिरा जी पर जा टिका। जनता सरकार बनी थी। उन काले दिनों की गहराई से जाँच-पड़ताल करते हुए तब मेरी *चुनौती* पुस्तक सामने आयी थी। उसकी भूमिका तत्कालीन उपप्रधानमन्त्री जगजीवनराम ने लिखी थी। उसमें यह घोषणा की थी कि जनता सरकार दो ढाई वर्ष की है, क्योंकि उसकी स्वरूप संरचना में जो पार्टियाँ एकजुट हुई हैं, उन सबका एक ही स्पष्ट लक्ष्य है—सत्ता में बने रहने और अन्दर-ही-अन्दर अपनी पहचान का अलख जगाये रखने के लिए अपने हितों की रक्षा करना और अपने को आगे लाना।[1] और वही हुआ। जनता सरकार मझधार में जनता का साथ छोड़ गयी। फिर कांग्रेस सत्ता में आयी। इन्दिरा जी प्रधानमन्त्री बनीं। वर्तमान अतीत बन गया, अतीत वर्तमान।

---

1. द्रष्टव्य 'चुनौती' : डॉ. राजेन्द्र मोहन भटनागर, पृ. सं. 400-401।

ऐसा होता है 'हथेली पर सरसों जमाना' जैसा करिश्मा। यहाँ से मेरा ध्यान इन्दिराजी की ओर गया, क्योंकि उनके व्यक्तित्व का आकर्षण और प्रभामंडल कई अर्थों में विश्व की महान् विभूतियों से भी निराला था। कैसे वे परमाणु बम का परीक्षण करवा सकीं और कैसे बांग्लादेश के निर्माण में अहम् भूमिका का निष्पादन कर सकीं? कैसे उन्होंने पारसी लड़के से विवाह रचाया? कैसे कांग्रेस के विभाजन के लिए तैयार हो सकीं? कैसे उन्होंने बैंकों का राष्ट्रीयकरण किया और कैसे राजा-महाराजाओं के प्रिवीपर्स को बन्द किया? इन आग्नेय प्रश्नों के पीछे वह कौन-सी शक्ति थी जो उन्हें इतना महिमामंडित और अप्रतिम बना सकी।

मुझे नहीं लगता कि नेहरू परिवार का जादू उनकी इस शक्ति के केन्द्र में था। परिवारवाद के सम्मोहन से तो वह उसी समय बाहर हो गयी थीं, जब उन्होंने फ़िरोज़ से प्रेम विवाह रचाया था। सारे परिवार का विरोध सहा था। यथार्थतः वह उनका अपना व्यक्तित्व था जो लीक से हटकर अपने समय के दिग्गज नेताओं के बीच उभर सका। एक ओर देश के समूचे शीर्ष नेता, उनमें नेहरू युग के भीष्म पितामह जयप्रकाश नारायण भी एक तरफ़ थे और वह अकेली थीं। उनके साथी भी उनसे अलग होते गये। शाह कमीशन तक आते-आते लगने लगा था कि कांग्रेस का अस्तित्व खतरे में है या उससे कांग्रेस किनारे के कगार पर जा पहुँची है। अधिकांश पूँजीपति, बुद्धिजीवी, पत्रकार, प्रशासन के सूत्रधार आदि उनसे दूर होते गये थे। वे अकेली रह गयी थीं। एक महिला का अकेले पड़ते जाना और दूर-दूर तक उनके साथ कोई सरपरस्त नज़र नहीं आना, यह वह संकट था जो उनके समूचे तप की परीक्षा कर रहा था।

यों तो उन्होंने बचपन से इस अकेलेपन के अभिशाप को जीना सीख लिया था। कष्ट उनके समूचे साथी बन चले थे। जब परछाईं भी उनका साथ छोड़ चली थी, तब के त्रासद की अनन्त और घनीभूत अनुभूतियों का अन्तर्मन्थन कैसे हो? कौन उस घटाटोपी एकान्त की अन्तर्वेदना के अँधेरे पक्ष का उद्घाटन करे? यह वह सवाल था, जो एक राजनेता के विराट् व्यक्तित्व को रणचण्डी बन जाने की दीर्घ व सघन तपश्चर्या की ओर संकेत दे रहा था। मुझे लगा कि यदि नारी चेतना की संवेदनशीलता, ममता, करुणा, प्यार, सहनशीलता, साहस, उत्सर्ग आदि के पीछे जो महाशक्ति कार्य कर रही थी, उसे अनुभूतियों की विषमताओं के परिप्रेक्ष्य में सामने लाने की चेष्टा करूँ तो कदाचित् मैं उस विराट् को समझने में और उससे जुड़ने में अपने प्रबुद्ध पाठकों को भी साथ ले सकूँगा। यह अत्यन्त आवश्यक भी है, क्योंकि ज्वालामुखी के शिखर पर बैठकर मन्त्र पढ़ने वाला व्यक्तित्व अनूठा और अद्वितीय होता है। उसका साधारणीकरण सहज नहीं है। यहाँ मेरा प्रयत्न यही रहा है कि मैं उन अदृश्य और अगोचर क्षणों की उत्सर्ग गाथा को कुरेद सकूँ और उस अग्निबिन्दु तक अपने पाठकों को भी ले जा सकूँ, जिनसे उस महाकाश की निर्मिति हुई थी।

समूचा पुरुष अहंकार, दंभ, उपेक्षा, उत्पीड़न, घृणा और कोप उस अकेली महिला पर एक साथ फूत्कार कर उठा था। किसी का ध्यान इस ओर नहीं गया कि क्यों अंध पौरुष एक बार फिर युग सभा में द्रौपदी के मानमर्दन की पुनरावृत्ति कर उठा? उस द्रौपदी के पास कौन-सा कृष्ण था? वह स्वयं ही अपना कृष्ण बनीं और स्वयं अपना सुदर्शन। यह सब तटस्थ होकर जानने, सोचने और मनन करने के लिए हर वर्तमान से अपनी तीसरी आँख खोलने का आग्रह करता है। इन्दिरा जी का समग्र जीवन इसी सत्य का प्रमाण है। इस दृष्टि से शायद मैं आपको उस युग सत्य की अनुभूति के तट पर ले जाने की कुछ-कुछ प्रेरणा का काम कर सकूँ, मेरे इस लेखन का यही लक्ष्य है।

आप इसे पढ़ें, जानें बीते हुए उस कल को जो आज भी है और आगे भी रहेगा, क्योंकि उनका बचपन शहादत का साक्षी है[1] और उसका अन्त स्वयं एक शहादत है। उसका सारा युग साक्षी है। मुझे लगता है कि अब मुझे अपनी लेखनी को यहाँ विराम देकर एक तरफ़ हट जाना चाहिए ताकि आप अपनी आगे की यात्रा उनके साथ शुरू कर सकें।

एवमस्तु,

हिरन मगरी, राजस्थान — **राजेन्द्र मोहन भटनागर**

20.11.16

1. द्रष्टव्य : इन्दु (इन्दिरा) ने अपने नन्हे से बचपन में चन्द्रशेखर आज़ाद की शहादत का अनुभव किया था।

कब सवेरा हो गया

"काश, मैं अपने बारे में स्वयं लिखती तो उसमें मेरी आत्मा और मैं होती, मैं! मैंने साक्षात्कार दिये। मेरे पर पुस्तकें आयीं। पर वहाँ भी मैं अधूरी हूँ। जो मेरा था वह कहाँ स्थान पा सका? स्वयं लिखना दूसरों के लिखाने से कहीं ज़्यादा अन्दरूनी और विश्वसनीय होता है। मुझे फ़ुर्सत ही कहाँ मिली कि अपने को आदमक़द आईने के सामने खड़ा करके रू-ब-रू हो सकूँ। मेरे साथ तो राजनीति होती रही और मैं उसे बर्दाश्त करती गयी। मैंने स्वप्न में भी नहीं सोचा था कि मैं कभी इस देश की प्रधानमन्त्री बनूँगी। ये सब कुछ कैसे हुआ और इतनी जल्दी में हुआ कि मैं ठीक से कुछ नहीं कह सकती। होता चला गया और मैंने उसे हो जाने दिया।

मैंने प्यार किया या कहो उसने पहल की थी। कुछ भी हुआ हो। मैं इस विश्लेषण में नहीं जाऊँगी क्योंकि ज़िन्दगी गणित का सवाल नहीं है। मैंने जिससे प्यार किया, उसी से शादी की और पूरी गृहस्थिन बनी। दो पुत्र हुए राजीव और संजय। मैंने उन्हें लाड़-प्यार से पाला। उनकी पसन्द की शादी की। दादी बनी। इतना सब कुछ हो गया पर कैसे? मेरी ज़िन्दगी पर गाथा बहुत कुछ अलिखी ही रही। राजनीति की आँधी में मैं उसे ठीक से याद नहीं कर सकी।

बात लन्दन की है। पहली बार किसी दोस्त ने टेम्स के किनारे लाकर अपना सपना अचानक मेरी हथेली पर रख दिया और मेरा हृदय काँप गया। क्या वही प्यार था! सपने क्यों मेहंदी रचाने लगे थे, यह मैं नहीं जानती।

मैं दुबली-पतली-सी लड़की आँखों में समन्दर लिए प्रायः गुमनामी ओढ़े रहती थी पर घबराती या डरती नहीं थी। मेरी शिक्षा चली, टूटी, फिर पटरी पर आयी और प्यार में बदल गयी। और माँ जिसे नापसन्द कर रही थी, उसे मैंने अपना जीवनसाथी चुना।

मुझे शान्ति-निकेतन ने बहुत गुदगुदाया। यौवन झाँक रहा था और मैं अपनी साथिनों के बीच आम्र की मंजरी गन्ध के साथ झूम-झूम जाना चाहती थी। तब मुझमें दिग्-दिगन्त अनाहट किये नाच उठता था और मैं आँखें खोले भी बन्द आँखों के एहसास को अपने में जी लेती थी। वहाँ रंगोत्सव खुलकर खिलखिलाते थे, पर्व उल्लास भरे गाते थे और सारी देह बीजुरिया बन थिरक उठती थी। मैं नृत्य कर

रही होती थी। उनकी मुद्राओं की छवि में अटककर मन्त्र मुग्ध-सी रह जाती थी। नयन सैन दे उठे थे। नृत्य की तैयारी ज़ोरों पर थी। हम लोग नृत्य कर रहे थे। मिथिला थाप दे रही थी। मैं पसीने-पसीने हो रही थी। नृत्य थमा। रवीन्द्र बाबू आये, बोले, ''इन्दु, तुम गज़ब का नाच लेती हो—एकदम तल्लीन होकर, अग-जग बिसरा कर। तुम्हारे नृत्य में उल्लास है, आह्लाद है, पंचम है और सम्मोहन है। कला के प्रति समर्पण का यही आशीर्वाद है। मैं तुम्हारे पिता को खत लिखूँगा, कहूँगा, आओ, एक सर्वथा नवीन इन्दु से मिलो। मुझे इन्दु दे दो और स्वयं निर्द्वन्द्व होकर माँ को आज़ाद कराओ।...तुम तो मना नहीं करोगी।'' मैं क्या कहती। मेरा अंग-प्रत्यंग गुरुदेव की अमृत-वाणी सुनकर वीणा के तारों की तरह झंकृत हो उठा।

काश, ऐसा होता, क्योंकि मुझे संगीत सम्मोहित करता था, मुझे नृत्य आत्म-विस्मृत करने लगता था और साहित्य मुझे दूर तक अपने साथ बहा ले जाता था।...परसों पीटर आस्तिनोव मुझे कैमरे में बन्द करना चाहेगा। वह मिला तो उसने कहा था, ''मादाम, मेरी अन्दरूनी ख़्वाहिश है कि इस फ़िल्म में मैं औरों से हटकर आपको, सिर्फ़ आपको उन अज्ञात क्षणों के साथ उतार सकूँ, जिन पर आपका ही एकाधिकार है, प्रधानमन्त्री का बिलकुल नहीं।''

''वक़्त आने दीजिए, कोशिश रहेगी कि हम अपने आप से संवाद कर सकें। दरअसल पीटर, मैं उन क्षणों में मात्र इन्दु रह जाती हूँ, किसी रंगीन स्वप्निल किताब सी, जिसका हर पृष्ठ, हर पृष्ठ का हर पैराग्राफ, हर पैराग्राफ का हर वाक्य, हर वाक्य का हर शब्द...और यहाँ तक कि हर शब्द का हर अक्षर नवोत्पल की तरह मुझमें समाता जाता है।''

''नाइस, वैरि नाइस, मेरा यही इंटेंशन (इरादा) है...इंटलिओ (नक्काशी का काम) नहीं, उसकी वह आत्मा जो उसे उस मुक़ाम तक ले आयी है, जिसे वह भी नहीं जानता।...एकदम न्यूइस (नया सा)।...स्नीकर्ज (आवाज़ न करने वाला जूता)...कभी पहना है आपने। मुझे उसके अस्तित्व को पहचानने वाली आँखों ने बताया है कि आप उसे मात्र भली-भाँति जानती ही नहीं, गहराई से महसूस भी करती हैं, निर्जन के शान्त पृष्ठों की अजिल्द किताब-सी।''

''नो पोइट्री, पीटर।''

''आप यह कैसे कह सकती हैं, मादाम, आप तो सम्पूर्ण कविता हैं।''

''पीटर, कोई कविता सम्पूर्ण नहीं होती। न स्वप्न भर होती है। इस वक़्त मुझे याद आ रही है वह चप्पल जो मेरी नहीं थी, लेकिन जल्दी में मैं जिसे पहनकर बग़ीचे की तरफ़ बढ़ गयी थी। तब आकाश इन्द्रधनुषी हो गया था। एकदम मल्टीकलर। कलर मैचिंग...बाई गॉड, गज़ब का था! तब मैं पूर्ण शान्ति की गोद में दो-तीन बरस की नन्ही बच्ची बनकर जा बैठी थी। वह आत्मीय दृश्य ओझल हुआ। रात चुपके से आ गयी। बत्तियाँ जल चुकी थीं। मैं लौट रही थी। तब पीटर, यू हैव टू बिलीव मी,...मुझे पता ही नहीं चला कि उस चप्पल की एक नन्ही सी कील

मेरी एड़ी को चुभने का एहसास करा रही है। मैं आनन्द भवन की सीढ़ियों पर बैठ गयी और उस एक चप्पल को निकालकर देखने लगी।...पीटर, वह कील नहीं थी।"

"व्हाट मादाम, फिर क्या था?"

"कभी तुमने ऐसा अनुभव किया है, पीटर?"

"नेवर...कभी नहीं।" कहकर वह मुस्कुरा उठा।

"पीटर, वह बबूल का काँटा था। पता नहीं वह पहले से था या मेरे बग़ीचे में घूमते वक्त घुस गया था। मैं उस काँटे को प्यार भरी नज़रों से देखती रही। इसमें काँटे का क्या दोष? उसे क्या मालूम कि वह घुसकर किसी को पीड़ा देगा। उसे आरामदायक घर मिल गया था सब से आँख बचाकर रहने के लिए।...मैंने धीरे-धीरे उसे चप्पल से निकाला। फिर चप्पल पाँव में डाली और कुछ नीचे उतरकर उसे झाड़ी की छाँह के हवाले धीरे से कर दिया मानो मैंने अपने किसी प्रिय को विदा कर दिया हो।...आज मुझे उस आदिवासी घर की याद आ रही है।...वह घर ...पीटर, वाल्स ऑफ वूडन लांग्स अपराइट...प्लास्टर्ड ओवर विद मड।...रूफ्स आर थैच्ड(छप्पर) विद वेरिअस काइंड्स ऑफ़ ग्रासेज। वह आदिवासी युवती जो मुझे बच्चे की तरह टुकर-टुकर देख रही थी। वह बोल नहीं पा रही थी। मुझे उसकी आँखों से उस काँटे का दर्द अनुभव हो रहा था जो मेरे में घोंसला बनाये आज तक आराम से बिना कुछ कहे रह रहा है मालिक मकान की तरह।...मुझे लगता है कि वह मेरा देश है और मेरी ओर टकटकी बाँधे कुछ सोच रहा है। वह शायद ठीक से नहीं जानता कि वह क्या सोच रहा है और क्यों?...रिअली, वी वांट... इट इज़ माई परसनल चॉइस।...वी आर एबिल टू बिल्ड अप सिविलाईजेशन इन इंडिया...जो निश्चित रूप से फॉर एडवांस ऑफ़ व्हाट वाज स्लोली बिल्ट अप इन द पास्ट।...बट...पीटर, वह काँटा मुझमें आज तक सक्रिय है, रवीन्द्रनाथ ठाकुर की उस कविता की तरह जिसे वह कभी अपने जीवन में पूरी नहीं कर पाये।...यदि कर पाते तो...।...पापु, आई मीन माई फ़ादर पंडित जवाहरलाल नेहरू, उस दिन वह अपने से बहुत नाखुश रहते थे, जिस दिन वह कुछ नहीं पढ़ पाते थे। तब भी मुझे वह काँटा बहुत याद आता था। काश, मैं उस काँटे को उस तरह संजोकर अपनी डायरी में रख पाती, जिस तरह मैंने अपने पहले और आखिरी प्यार की भेंट किये गुलाब को आज तक सँभालकर रखा हुआ है। जब भी मुझे उसकी याद आती है, तब मैं डायरी खोलकर उसे देख लेती हूँ।...आज वह होता तो देखता...पगला मेरे पापु के यहाँ रहने से घबराता रहा और एम. पी. क्वार्टर में जाकर रहा।...बच्चू, अब होता तो कहाँ रहता? यादों की बिछावन पर पड़ी सलवट पर चाहे कितनी दफ़े हाथ फेरो और यह पाओ कि वे नहीं रहीं, लेकिन वे चुपके से मुस्कुराती हुई अनबोले कहती हैं कि हम यहाँ हैं।...काश, मैं उस काँटे को सोने की डिबिया में रख पाती और आवश्यकता पड़ने पर उसे खोलकर देखती और कह पाती, "सॉरि

फ्रैण्ड, मैंने तुम्हारे साथ ज़्यादती की है। शायद तुम यहाँ कष्ट में हो, मुझे तुम्हें आज़ाद कर देना चाहिए।" वह इतना कहकर उठ खड़ी होती, "माई न्यू अपॉयन्टमेंट इज़ वेटिंग।"..."परसों मिल रहे हैं न हम।"

"मैं गॉड से प्रार्थना करता हूँ कि वह काँटे से प्यार को कैमरा बन्द करने में मदद करे।"

"नो पीटर, यू हैव टू थिंक अगेन...।"

"किसी को ऐसा क्यों पकड़ो कि तुम्हें उसे आज़ाद करना पड़े?"

एक गुलाबी मुस्कान महकती हुई उस कमरे की दरोदीवार और फ़र्श पर फिसलने लगी कुछ लम्हों तक, बिना किसी के होने की परवाह किए। वह कह रही थीं, "सच झूठ से ज़्यादा वज़नदार होता है, जब वह किसी के प्राणों की रक्षा कर रहा होता है।" वह जा चुकी थीं। पीटर सोच रहा था कि महानता काँटों में वास करती है और चुभन उसका प्यार बन जाती है।

दृश्यान्तर होता है। मैं महात्मा गाँधी के पलंग पर सिरहाने फ्रॉक पहने बैठी हुई हूँ, तभी क्लिक हो जाता है। गाँधी मुस्कुरा रहे होते हैं। मैं पूछती हूँ, "बापू आदमी गुलाम हुआ ही क्यों, जो उसे अपनी आज़ादी के लिए लड़ना पड़ा?"

गाँधी इन्दु की ओर मुस्कुराते हुए देखते हैं। वे पलंग पर लेटे हुए थे। कुछ देर बाद कहते, "तुमने प्रश्न तो अपनी उम्र से बहुत बड़ा किया है। जब आदमी अपने खान-पान, आदत, व्यवहार और संयम का ध्यान नहीं रखता है, तब वह बीमार पड़ता है। यह बात हर एक व्यक्ति जानता है और फिर भी बीमार पड़ता है। ठीक यही बात आदमी के गुलाम होने पर लागू होती है।"

"बापू, आप तो किसी से लड़ते नहीं। पापु भी नहीं। फिर, आप लोगों को पुलिस पकड़कर क्यों जेल में डाल देती है?"

"अपना राज्य होगा तब ऐसा नहीं होगा।"

"कब होगा अपना राज्य?"

"जब लालकिले पर तिरंगा फहरा रहा होगा, इन्दु।"

"तिरंगा कौन फहरायेगा?" इन्दु सोचते हुए पूछती।

"कौन क्या, तू फहरायेगी।"

"वह तो मैं अभी जाकर फहरा सकती हूँ।"

"इतनी जल्दी नहीं, इन्दु, उसके लिए तुझे प्रतीक्षा करनी होगी।"

"पुलिस हमारे यहाँ से ग़लीचे, फ़र्नीचर उठाकर ले जाती है।"

"तुझे यह चिंता करने की ज़रूरत नहीं, इन्दु। ये तो सब ठीक हो जायेगा। तू तो यह याद रख कि तुझे बड़े होकर लालकिले पर झंडा फहराना है।" अब सचमुच मैं लालकिले पर झंडे की डोरी पकड़े खड़ी थी। मुझे बापू की याद ने नम कर दिया था।

मैं आज तक यह नहीं समझ पायी कि नन्हा वर्तमान भविष्य का सपना

देखते-देखते कब जवान हो जाता है। मेरा अतीत सदा मुझे अपना वर्तमान लगता रहा। वह वर्तमान जो कभी अतीत नहीं बनता और न कोरा भविष्य, वही हमारा शाश्वत वर्तमान है। वह यह सब खुद को ही समझा रही थी।

कभी-कभार चाँद होता। तारे छिपे होते। आकाश निर्जन होता। ध्वनि प्राणायाम करती होती। दरख़्त थके-माँदे सुस्ता रहे होते। चारों ओर गहरा अकेलापन होता। खुली आँखें बन्द होने का एहसास करातीं। तब चुपके से, पीछे से आकर फ़िरोज़ अपनी उँगलियों से मेरी आँखें भींच देता।

"पहचानती हूँ, ये तुम हो, एकदम ख़ामोश।"

"अच्छा बताओ, क्या सोच रही थीं!"

"तुम्हारे बारे में तो कतई नहीं, फ़िरोज़।"

"सोच तो रही थी न...फिर वह किसी के बारे में क्यों न हो।...पर क्या?"

"सुकून कैसे चुराया जाता है?"

"कैसे?"

"तुम्हारी तरह।" कहकर वह फ़िरोज़ के गुलगुली मचाकर दूर जा खड़ी होती।

"काश, आज़ादी इतने भर से मिल जाती।" फ़िरोज़ इन्दिरा की मासूमियत के भँवर में डूबता हुआ कह जाता।

"आज़ादी गुलामी से भी बुरी हो सकती है, फ़िरोज़, यदि समाज उसके जीने का अभ्यस्त न रहे। गाँधीजी कहते थे, 'राजनीतिक आज़ादी से भी पहले कई आज़ादी हैं। राजनीतिक आज़ादी तिलमिला देने वाला एहसास है'।"

"ये गाँधीजी नहीं, तुम कह रही हो इन्दु। पता नहीं तुम बड़ी व गम्भीर बात को बड़े व्यक्तियों के नाम से क्यों कहना चाहती हो?"

"ताकि तुम कोई सवाल नहीं कर सको।"

"आजकल तुम बहुत बातूनी होती जा रही हो, इन्दु।"

इन्दिरा गाँधी के सामने से दृश्य बहुत तेज़ी से बदलते जा रहे थे। कल तो उन्हें उड़ीसा जाना था। राजीव कह रहा था, "ममा, आराम भी कर लिया करो। कितनी थक गयी हो?"

"अच्छा बता कितनी...इतनी कि इतनी।" कहते हुए उन्होंने दोनों हाथ चौड़े करने शुरू कर दिये। इस पर सब खिलखिला पड़े।

"हमारी ममा से बातों में कोई नहीं जीत सकता।" राजीव ने कहा। सोनिया बोली, "और सारा दिन काम करने में भी।"

"नो चापलूसी, नो।...मैं तुम दोनों में से किसी को फ्लेर-दि-ली देने वाली नहीं हूँ।"

"व्हाट, ममा, फ्लेर दि-ली मीन्स।"

"बताओ तो तुम में से कौन जानता है?"

सबकी निगाहें नीची हो गयीं। सोनिया बोली, "शायद फ्रांस का पुराना राज्य

चिन्ह, ममा।''

''राजीव, तू तो कहता है कि इसे कुछ नहीं पता।...मेरी प्यारी बहू तो सब कुछ जानती है।...एकदम करेक्ट, सोनिया।''

''हमें कोई फ्लेर-दि-ली नहीं चाहिए। हमें तो आपके बीच रहना अच्छा लगता है।'' राहुल ने तेज़ी से कहा।

''नो हर्ली-बर्ली (हुल्लड़), बताओ तो तुम्हें क्या चाहिए?''

''सच बताएँ, ममा।'' दोनों एक साथ कोरस में बोले—सोनिया और राहुल।

''हाँ, सच बताओ, झूठ क्यों?''

''तो आप कल उड़ीसा जाने का कार्यक्रम कैन्सल कर हमें शिमला ले चलें। ...आपने तो सर्दियों के शुरू में वादा किया था।''

इन्दिरा कुछ गम्भीर सी होकर बोली। ''तो तुम्हें हमारी एक बात माननी होगी।''

''शिमला न जाने के अलावा हमें आपकी सब बातें मान्य हैं।''

''हमें उड़ीसा से लौटने दो। फिर पीटर के कैमरे का सामना करने दो। उसके बाद वी आर फ्री।...वी आर ऑन युअर डिस्पोज़ल...फिर चलेंगे। छुट्टी लेकर चलेंगे। वहाँ हम लोगों के अतिरिक्त और कोई नहीं होगा।...नाऊ यू आर हैपी।''

''ओ के., ममा।''

सब मान गये। इन्दिरा उठ खड़ी हुईं। वह दरवाज़े के पास खड़ी हुई सुन रही थीं। सोनिया कह रही थी, 'राजीव, ममा कितनी अकेली पड़ गयी हैं। वे अपने मन की बात किससे करें? कौन है उनका?''

''तभी तो मैं कहता हूँ, ममा, मुझे इस पचड़े में मत डालो। मुझे अपनी ज़िन्दगी अपने में जीने दो।''

''पर राजीव, क्या तुम भी ममा का सहारा नहीं बनना चाहते? उनको तुम्हारी ज़रूरत है, यह क्यों नहीं सोचते?''

''हाँ, यह तो है।...पर कब तक सोनिया? हमारे बाद...ख़ैर, ममा जिस तरह खुश रहें, हमें वही करना है।''

जब वह चलीं, तब उनकी प्राण ऊर्जा स्तब्ध-सी उन्हें देख रही थी। उनसे पूछ रही थी—तेरा क्या है, इन्दु, यह सब किसलिए! पति खोया, पुत्र खोया। दिन-रात एक कर दिया। फिर भी तू सबकी आँखों में खटकने लगी। न घर सँभाल पायी और न अपनी खुशियाँ। रणचण्डी से पुकारने वाले तुझे सरेआम फाँसी देने का अभिशाप देने लगे। 'वंशवाद खत्म करो' के नारे मुट्ठियाँ तानकर उछालने लगे।

''पर और मैं क्या करती, माँ।...आख़िर तू भी तो माँ है। माँ अपने बच्चों की किस बात का बुरा मान सकती है? वह खुद भूखी रह जाती है पर अपनी सन्तान को भूखा नहीं सोने देती। खुद गीले में सो लेती है परन्तु अपनी सन्तान को सूखे में सुलाती है।...माँ, यह तो माँ का स्वाभाविक चरित्र है। उससे मैं कैसे

इनकार कर सकती हूँ? माँ, मुझे इसका कोई सन्ताप नहीं है। फिर पश्चात्ताप क्यों हो? मुझे उस बात पर गर्व है कि मैंने तेरे दूध को लजाया नहीं। सबकी खुशी में अपने को खुश रखा।''

अब वह अपने शयन कक्ष में आ गयी थीं। सब कुछ पहचान लेना चाहती थीं जैसे वह अपने शयन कक्ष को पहली बार देख रही हों। सब कुछ तो ठीक था। फिर तलाश क्या कर रही थीं। उन्हें हल्की नीली रोशनी पसन्द थी झाँकती हुई सी। रोशनी के साथ परछाईं भी। कुछ-कुछ टेढ़ी-तिरछी। वह पेंटिंग में भी शेड्स पर ज़्यादा ध्यान देती थीं।

''नहीं, आप पेंगन (बुतपरस्त) नहीं हो। न आपको रिंगैलिटी (राजशाही ठाठ) की चाह है।'' ये शब्द उनके जीवनीकार डॉम मोरिस के थे, जो उनसे प्रश्न करते हुए अनेक बार चौंका था।

कितने डॉम मोरिस आयें तो क्या होगा? उन लम्हों को वह कैसे उल्था कर सकेंगी, जो उन्होंने अकेले वेदना की काल कोठरी में गुज़ारे थे। वहाँ जाने की निषेधाज्ञा है। वहाँ पहरा भी नहीं है। फिर भी, वहाँ कोई नहीं जा सकता।

घुट्टी में जिसे देश-प्रेम सौगात में मिला हो, जिसे सर्वस्व समर्पण की अन्यतम भावना ने घेरा हो, उससे कोई सवाल नहीं किया जा सकता।

कपड़े बदले। पलंग पर आ लेटीं। आँखों में नींद नहीं थी—छोटा सा राजीव था, जिसे वह गोदी में लिये लोरी सुना रही थीं और वह टुकुर-टुकुर आँख फाड़े उनकी ओर देखे जा रहा था। उसके चेहरे पर शतदल खिले हुए थे और होंठों पर गुलाब। कितने दिनों बाद उसे गोदी में लिया था। वह अपनी नाराज़ी मुस्कान में बिखेर रहा था। आज वही राजीव तो उसमें जी उठा था। शिमला तो जाना होगा। अवश्य जाना होगा। सोच के इस ढलान पर उन्हें पता ही नहीं चला कि कब नींद की गोद में गहरी जा सोयीं और कब सबेरा हो गया।

1

इन्दिरा गाँधी ने जिस ऊँचाई को छू लिया था, वह विरलों को ही नसीब होती है। व्यक्ति सामान्य से कैसे महान् बन जाता है, यह गुत्थी सुलझा पाना सहज नहीं है क्योंकि वह व्यक्ति स्वयं नहीं जानता कि उसने इतनी लम्बी, तकलीफ़देह, उलझनों से भरी और रहस्यमयी यात्रा कैसे पार कर ली? उसके पास समय का भी नितान्त अभाव होता है। जो लोग उसको कुरेदते हैं, उससे कुछ उगलवाना चाहते हैं, उनकी डगर भी कम कठिनाई भरी नहीं होती है। फिर भी, प्रयत्न होते रहते हैं, थकते नहीं।

इन्दिरा गाँधी का विराट व्यक्तित्व, जिसे अटल बिहारी वाजपेयी ने शक्ति माँ के रूप में देखा था, वह दुर्द्धर्ष संघर्षों और अपने से अविराम लड़ते रहने की लम्बी गाथा है। उनके मन को पढ़ लेने का प्रयास सरल नहीं है।

डॉम मोरिस ने इन्दिरा गाँधी को कुरेदा। उनके ज़ेहन में ग़म में डूबे एक दिन को उकेरने का प्रयास किया। उन्होंने याद दिलाया—इलाहाबाद का अलफ्रेड पार्क। चन्द्रशेखर आज़ाद। ब्रितानिया पुलिस। इन्दिरा जी में कुछ-कुछ उभरने लगा और वह धीरे-धीरे अपने से बतियाती हुई कहने लगीं, "मेरे विचार से मैंने अन्तिम गोलियाँ चलने की घटना नहीं देखी, मैंने बन्दूकों से निकलती लपटें देखीं तथा गोलियों की आवाज़ सुनीं। आप जानते हैं कि हिंसा कितनी आतंक पैदा करने वाली घटना होती है। मैंने अपने मकान से यह सब देखा और मैं सुन्न-सी हो गयी। जैसे मुझे किसी ने बहुत ठण्डे या बहुत गर्म पानी में फेंक दिया हो।" सचमुच वे हतप्रभ हो गयी थीं।

आनन्द भवन के साथ जुड़ी हुईं हैं स्वतन्त्रता सेनानियों की अमर कहानियाँ! मोतीलाल जी ने बड़े मन से इसे सजाया-सँवारा था। वहाँ पहुँचकर कोटिशः स्मृतियाँ चटुल चपला-सी कौंध उठती थीं। बारम्बार अलफ्रेड पार्क में खड़ी चन्द्रशेखर की प्रतिमा या इण्डिया प्रेस के नज़दीक चौराहे पर स्थित आचार्य महावीर प्रसाद द्विवेदी की मूर्ति न जाने क्यों मन के गह्वर में कौंध उठती थी और इन्दिरा गाँधी की स्मृतियों में बसा आनन्द भवन मुखर हो सामने आने लगता था, "हमारा घर लोगों से भरा रहता था।...हम ब्रितानी शासकों के ज़ुल्म से भागने वाले लोगों को अपने घर में छिपाया करते थे। एक रात हमारे घर में अनेक घायल लोग लाये गये। मेरे समेत घर की सभी औरतें नर्सें बन गयीं। मेरी पहली-पहली स्मृति में वह दृश्य भी था—जब

मैंने चन्द्रशेखर को गोली लगते देखा।''

उन्हें शनैः-शनैः यह अनुभूत होने लगा मानो आनन्द भवन उनसे कह नहीं, बतिया रहा हो। आनन्द भवन मानो आज़ादी की लड़ाई के दीवानों का मन्दिर हो, मानवता का प्रतीक हो और आज़ादी की लड़ाई का साक्षी हो।

वस्तुतः इन्दिराजी का आनन्द भवन से ऐसा तादात्मीकरण हो जाया करता था कि वह आत्म-विभोर हो उठती थीं। उनकी यादों में फाग मचल उठता था। वह उसकी अंतरंग यादों में अपने आपको भूल बैठती थीं। उन क्षणों के चित्र उनके मन-मस्तिष्क पर उभरने लगते थे और वे कहने लगती थीं, ''मेरी पहली याद उस दिन की है, जब गाँधी जी की अपील के जवाब में विदेशी कपड़ों की होली जलायी गयी थी। उस दिन हमारे घर की छत रंग-बिरंगे, एक से एक बढ़िया कपड़ों से पटी हुई थी। मैं मखमल, साटन, रेशम और शिफॉन पर से कूदती-फाँदती दौड़-भागकर आँख-मिचौली खेल रही थी। कपड़ों को आग लगाने के लिए सब जमा हुए! लेकिन मेरे माता-पिता का आदेश था, मैं छोटी होने के नाते वहाँ न जाऊँ और चुपचाप सो जाऊँ। मैं अपने दादा जी के सामने गिड़गिड़ाई। वह हमेशा मेरी तरफ़दारी करते थे। लेकिन मैं इतना ही देखकर सो गयी कि कपड़ों के ढेर पर जलती लकड़ी रख दी गयी थी।'' अब वह फिर गुमसुम हो उठीं। कुछ समय बाद वे फिर से राख को कुरेदने लगीं।

यह था आनन्द भवन का तिलिस्म। तिलिस्म का सम्मोहन जो टूटे नहीं टूटता था। रह-रहकर अपनी ओर खींचता था। क्यों न खींचे, जन्म से लेकर किशोरावस्था तक उन्होंने उसे जीया था। वह उनके रन्ध्र-रन्ध्र में रच-पच गया था। वह उन दिनों की मंजीरी स्मृतियों को जब-तब महकाती हुई किसी आत्मविस्मृत कवयित्री के स्वप्नलोक में धीरे-धीरे प्रवेश कर बतियाने लगती थीं कि ''आज जब मैं उन दिनों के बारे में सोचती हूँ तो लगता है, लोगों की भीड़-भाड़ के बावजूद आनन्द भवन में एक निर्मल शान्ति का वास था। वह संस्कृतियों और भाषाओं का मिला-जुला संगम था, केवल इसी अर्थ में नहीं कि वहाँ विभिन्न राष्ट्रों के, विभिन्न विचारधारा वाले लोग आते-जाते थे, बल्कि इस अर्थ में भी कि वहाँ पढ़े-लिखे अंग्रेज़ और भारतीय आनन्द भवन में आने वाले किसानों के साथ कन्धे से कन्धा मिलाकर उठते बैठते थे। दरअसल क़द्दावर शख़्सियत का यह भवन उनको अपने में जज़्ब कर उठता था और वे उसकी धड़कनों को साफ़ सुनने लगती थीं।''

उनके लिए यह भी सौभाग्य की बात थी कि इसी आनन्द भवन में उनका जन्म हुआ था—19 नवम्बर 1917 को। विवाह के ठीक तेईस महीने बाद आनन्द भवन में कमला ने जिस शिशु को जन्म दिया था, वह इन्दु ही थी जो बाद में प्रियदर्शिनी या इन्दिरा प्रियदर्शिनी अथवा इन्दिरा नेहरू और शादी के बाद इन्दिरा गाँधी के नाम से सुविख्यात हुईं। सत्ताईस वर्ष की अवस्था में पं. नेहरू का विवाह दिल्ली के एक सम्भ्रान्त परिवार की युवती कमला से हुआ था। कमला पतिव्रता,

कृशकाय और व्रीड़ा वनिता एक सम्पूर्ण भारतीय नारी थीं। उनकी शतदली देह का मन मानसरोवर था।

पं. जवाहर लाल नेहरू से सरोजिनी नायडू ने जब यह कहा कि "जवाहर, तुम्हारे घर में भारत की नयी आत्मा का आगमन हुआ है।" तब वे गद्गद हो उठे और नवजात शिशु को गोदी में उठाकर वे कमला से कहने लगे, "कमला, देखो, बच्ची कितनी सुन्दर है इन्दु की तरह। इन्दु का मतलब जानती हो? इन्दु का मतलब है चन्द्रमा। हमारी बेटी सुन्दर चन्द्रमा की भाँति है—प्रियदर्शिनी इन्दिरा।"

कमला ज्योति-सी जगमगाती और सुमन पराग से खिलखिलाते उजास को देखकर थोड़ी देर के लिए कहीं दूर जा खोयी। उनके निभृत हृदय में एक साथ कई अमिय निर्झर फूट पड़े। वह प्रसन्नता में जा खोयीं। वह मन-ही-मन बुदबुदायीं—इन्दिरा प्रियदर्शिनी और उन्होंने अपनी दृष्टि उस सद्यः जन्मी लाड़ली पर टिका दी।

परन्तु वे चौंकी तब जब श्रीमती टेयलर ने उस सद्यः जन्मी प्रियदर्शिनी को देखकर कहा, "आह! कितनी सुन्दर, कितनी नाज़ुक, कितनी पवित्र, फूल की तरह।" यह सुनकर उनकी आँखें भर आयीं। उसकी किलकारियों से आनन्द भवन गूँज उठा। इकलौती सन्तान! सुदर्शना। सबके स्नेह-प्यार में पगी। वह सबकी चहेती। सबकी मुँह बोली। सबकी लाड़ली। सबकी आँखों का तारा।

नेहरू परिवार कश्मीर की हरी-भरी वादियों को छोड़कर दिल्ली आकर बस गया था। गंगावर नेहरू दिल्ली के कोतवाल थे और वह समय था 1857 का। 1857 का स्वतन्त्रता आन्दोलन बुरी तरह से कुचला जा रहा था। मुगल बादशाह की पकड़ एकदम ढीली पड़ चुकी थी। फलतः गंगावर दिल्ली के माहौल से परेशान होकर आगरा आ बसे। अभी आगरा आये उन्हें अधिक समय नहीं बीता था कि वे अकाल मृत्यु के ग्रास बन गये। घर का उत्तरदायित्व उनके दो किशोर पुत्रों पर आ पड़ा। उनकी मृत्यु के ठीक तीन माह बाद विधवा इन्द्राणी ने मोतीलाल नेहरू को जन्म दिया। एक नया अध्याय शुरू हुआ।

मोतीलाल नेहरू स्वावलम्बी, स्वप्न-दृष्टा और प्रतिभा सम्पन्न थे। उन्हें कसरत का भी शौक था। उन्होंने उनचालीस वर्ष अभी पूरे भी नहीं किये थे कि इलाहाबाद में आनन्द भवन खरीद लिया। रुपये-पैसे की कोई कमी नहीं थी। वे बड़े ठाठ से रहते थे। उन्होंने नेहरू की शिक्षा इंग्लैण्ड के प्रसिद्ध स्कूल "हैरो" में दिलवायी थी। सोलह वर्ष की अवस्था में ही नेहरू वहीं पढ़ने चले गये थे।

इंग्लैण्ड से जब नेहरू बैरिस्टर बनकर लौटे, तब वे सत्ताईस वर्ष के थे। उनकी शादी कमला जी से हो गयी थी। इन्दु या इन्दिरा उनकी ही पुत्री थीं। उन्हें दादा-दादी और माँ-बाप का बेइन्तहा प्यार मिला। दादा को जब भी वक़्त मिलता तब वे उसे गोदी में लिए घूमते। दादा-दादी और लाड़ली पौत्री में खूब बातें होतीं। उनकी लाड़ली पौत्री ने आनन्द भवन को आनन्दमय बना दिया था—सबका केन्द्र था, वह नया आकर्षण!

इन्दिरा को गुड़िया-गुड्डों का संसार बहुत प्यारा लगता था। वह उनकी प्यारी दुनिया थी। उनके लिए एक से बढ़कर एक गुड़िया लायी जाती थीं–विदेशी गुड़ियाँ। वह प्रायः गुड़ियों के मिथक की दुनिया को याद करते हुए भारी हो जाया करती थीं और उनके हृदयाभ्र पर एक नन्हा-सा बादल बरस पड़ता था, जिसमें केवल वही भीग पाती थीं और वह भी बहुत गहरे में–एकदम आत्मलीन हुईं। एकदम अपने को इस माया-लोक में वह तटस्थ भाव से घूरती रह जाती थीं। उनमें इतिहास आँख खोल लेता था। तब तक आनन्द भवन राष्ट्रीय गतिविधियों से जुड़ चुका था। देश को आज़ाद कराने के लिए वहीं योजनायें बनती थीं और कार्य रूप में परिणत होती थीं। उस वातावरण में बीता उनका बचपन उनकी आँखों के सामने आ ठहरता था और वह एक जगह रुककर दोहराने लगती थीं–"एक शाम की बात है–हमारी एक रिश्तेदार पेरिस से मेरे लिए सुन्दर सा फ्रॉक लायी थीं। मम्मी ने यह कहते हुए इस भेंट को अस्वीकार कर दिया कि अब तो हम केवल हाथ से कती और हाथ से बुनी खादी ही पहनते हैं। उन दिनों टाट सरीखी मोटी और खुरदरी खादी ही मिला करती थी। मोटी साड़ी की रगड़ से माँ की त्वचा जहाँ-तहाँ लाल होकर सूज जाया करती थी। हमारे रिश्तेदार की नज़र उनके शरीर पर, उन निशानों पर पड़ी, तो वह नाराज़ होकर बोलीं–तुम लोग ऐसा करना चाहते हो तो करो, लेकिन इस बच्ची को तकलीफ़ उठाने के लिए तुम मजबूर नहीं कर सकतीं। यह उपहार मैं बच्ची के लिए लायी हूँ। इस पर माँ ने मुझे पुकारकर पूछा–"आंटी तुम्हारे लिए यह सुन्दर फ्रॉक लायी हैं। चाहो तो तुम इसे पहन सकती हो। लेकिन इससे पहले उस दिन की होली को याद कर लेना, जब हमने विदेशी चीज़ें जलायी थीं। हम सब लोग खादी पहन रहे हैं, तो क्या तुम इतनी कोमल फ्रॉक पहनना पसन्द करोगी?"

उस विदेशी फ्रॉक को देखकर मेरा मन ललचा उठा। एक बार मैंने उसे लेने के लिए अपने नन्हे हाथ बढ़ाये। पर तभी मम्मी की बात याद आ गयी। मैंने तेज़ी से कहा–"मैं नहीं पहनूँगी कोई विदेशी चीज़।"

इस पर मुझे उस रिश्तेदार ने चिढ़ाते हुए पूछा–"तो तुम्हारे पास यह विदेशी गुड़िया क्यों है?"

मैं हाथ में विदेशी गुड़िया लिए थी। मैंने उसके बारे में कभी नहीं सोचा था। क्या वह सोचने की उम्र थी मेरी?

लेकिन उन्होंने मेरी विदेशी गुड़िया के बारे में बिना सोचे-विचारे बहुत कुछ कह दिया। हक़ीक़त यह थी कि मैं उस गुड़िया से बेहद प्यार करती थी। सोच भी नहीं सकती थी कि वह बेजान है। वह मेरे लिए एक दोस्त, एक बच्ची के समान थी। उस महिला की बात से मैं हफ़्तों परेशान रही। मेरे मन में एक संघर्ष छिड़ा हुआ था। खाने-पीने में मेरी यों भी रुचि नहीं रही। उन दिनों भोजन को देखकर मुझे चिढ़ होने लगी थी। नींद भी उड़ गयी थी। माँ ने समझा, शायद मैं

बीमार हो गयी। अन्ततः निर्णय कर डाला, काँपते कदमों से गुड़िया को हाथ में पकड़े छत पर गयी और मैंने दिल को कड़ा करके गुड़िया को आग लगा दी। फिर मैं अपने को सँभाल नहीं पायी और फूट-फूटकर रो उठी। इस घटना के बाद मैं कई दिनों तक बीमार रही। अब वह फिर सन्नाटे में थी।

सच यह है कि उनका अनाविल तथा संवेदनशील मन प्रारम्भ से इसी यथार्थ को ग्राह्य करता रहा। उनमें अनजाने ही उत्सर्ग की भावना तीव्रतर होती रही। बाल्य-मन की इन्द्रधनुषीय स्वप्न-कल्पनायें वास्तविकता से टकरा-टकराकर यथार्थ को अंगीकार करने लगीं। चटुलता उनमें शान्त होने लगी। यह कल्पना करना आज भी असम्भव है कि वे तब अपने को निभृत में लेकर क्या-क्या सोचा करती थीं? क्या यही तो वह कारण नहीं था, जिसने उन्हें बचपन में ही गुरु गम्भीरता से जोड़ दिया और महा आकाशीय अन्तराल को विराटता के सम्मोहन में बाँध लिया। दरअसल उस समय के उनके मन की अन्तर्यात्रा का विश्लेषण करते हुए आज मन काँप जाता है। कितना सख़्त था, कितना बोझिल! यथार्थतः वे अपने को लेकर गुमसुम होने लगती थीं। कैसे हुआ वह सब! पर जो हुआ, उसे मानो होना ही था।

रह-रहकर उनके मन पर यह घटना कौंध उठती थी और उनका सारा आकाशीय व्यक्तित्व कम्पित हो चमक उठता था। तब से उन्हें माचिस की तीली जलाने से घृणा हो गयी थी। माचिस की जलती हुई तीली उनके सामने उस घटना को दोहरा जाती थी। नन्ही इन्दिरा का वही तो रचा-पचा सम्मोहक स्वप्नलोक था, जिसमें वह रात-दिन, डूबते-तिरते आनन्दित रहा करती थीं। परन्तु उनका वह स्वप्न महल चूर-चूर हो गया। उनका बचपन मानो किसी ने उनसे छीन लिया।

उनके बचपन के समय देश आज़ादी के लिए संघर्ष कर रहा था। ''स्वतन्त्रता हमारा जन्म-सिद्ध अधिकार है'' की गूँज सारे देश में अनुगूँज रही थी। जलियाँवाला बाग़ की हृदयद्रावक दुर्घटना ने सारे देश की सुप्त अन्तश्चेतना में ज्वारभाटा ला दिया था। यह वह मोड़ था, जब मोतीलाल नेहरू और पंडित जवाहरलाल नेहरू के बीच लम्बे समय से चले आ रहे शीतयुद्ध को विराम मिला था और पिता-पुत्र में सहमति पैदा हुई थी। अन्यथा पं. मोतीलाल नेहरू और जवाहरलाल नेहरू के मध्य चल रहे विवाद का अन्त नहीं होता। महात्मा गाँधी पिता-पुत्र के मतान्तर को निपटाने के लिए ही आनन्द भवन आये थे और चलते समय उन्होंने जवाहरलाल नेहरू से कहा था, ''पिता को उनकी इच्छा के विरुद्ध बहुत दूर तक खींच ले जाने की कोशिश मत करो।'' गाँधी और मोतीलाल नेहरू के मध्य जब जवाहरलाल नेहरू को लेकर वार्ता चल रही थी तब इन्दिरा भी वहाँ उपस्थित थीं। नन्ही इन्दिरा असमझे ही समझ रही थीं झंझा के उन अनजाने तेवरों को। उसके अचेतन पर समय के आह्वान का मन्तव्य टंकित हो रहा था। लेकिन जलियाँवाला बाग़ से पिता-पुत्र लौटकर आये। उनके सामने असंख्य आबालवृद्ध नर-नारी की असामयिक मृत्यु का दर्दनाक दृश्य पीत-पत्र-सा काँप उठा और उनकी अन्तश्चेतना में गर्जना के घूँट

पिये तड़ित कौंध रही थी, रह-रह कर एक भयानक स्वप्न की तरह। वे सुन पा रहे थे—कर्नल ओ. डायर का वह दनदनाता फ़ायरी आदेश, जिससे निहत्थे, शान्तिप्रिय, आज़ादी के प्रेमियों को भूना जा रहा था। लोग बेतहाशा भाग रहे थे, परन्तु हर तरफ़ उनके सामने मौत खड़ी थी। देखते-ही-देखते वे अपने देश की चन्दन माटी पर उत्सर्ग होने लगे। जो बचे, उनकी कोड़ों से खाल उधेड़ी गयी और उनको धरती पर घुटनों के बल चलने के लिए विवश किया गया। लानत है उस साम्राज्यवादी पाशविकता को जिसकी जंगली प्यास इतने से भी नहीं बुझी और उन्होंने घुटनों के बल रेंगनेवालों को थूक चाटने के लिए विवश किया। क्रूरता का दृश्य था वह नंगा ताण्डव!

इससे मोतीलाल नेहरू की आत्मा हिल गयी और उन्हें गाँधी के कार्यों में दिलचस्पी पैदा हुई। उस गाँधी के कार्यों के प्रति वे सोचने लगे, जिसके लिए उन्होंने कभी जवाहर से कहा था, "वह कानून को चुनौती देने के अलावा और कुछ नहीं है।" उनका भ्रम टूट रहा था और उनमें एक नयी दृष्टि जन्म ले रही थी।

2

उगता काला दिन! अपरिचित और अनचिन्हित दिन! 10 मई, 1921 को इन्दु ने लाल पगड़ीवाले सिपाहियों को आनन्द भवन के बाहर देखा था। इस घटना ने चार वर्षीय इन्दिरा का अन्तर्मन झकझोर कर रख दिया। मोतीलाल नेहरू उस समय स्वयंसेवकों के मुखिया थे। उधर प्रिंस ऑफ़ वेल्स हिन्दुस्तान में पधार रहे थे। उनके विरुद्ध थे मोतीलाल नेहरू! वे जन-भावना को विद्रोही बना रहे थे। उनके साथ थे जवाहर लाल नेहरू। कानून दाँ मोतीलाल नेहरू ने जिलाधीश के पत्र के उत्तर में लिखा था, "बहरहाल मैं एक असहयोगी हूँ और जैसा असहयोग आन्दोलन का क़ायदा है, उसके मुताबिक मैं (प्रदर्शन के अलावा) शान्ति तथा व्यवस्था बरकरार रखने में आपके साथ पूरी तरह सहयोग करूँगा।" इसका फल यह हुआ कि मोतीलाल नेहरू तथा जवाहरलाल नेहरू को गिरफ़्तार कर लिया गया। जवाहरलाल नेहरू ने लिखा है कि "1921 में कांग्रेस के लिए काम करने वाले हम लोगों पर एक नशा-छाया रहता। हम जोश-खरोश, उत्साह, उमंग और उम्मीदों से भरे हुए थे।"[1] तब तक मोतीलाल में ज़मीन-आसमान का अन्तर आ चुका था। वे खद्दर का सफ़ेद कुर्ता, धोती और चादर का प्रयोग करते थे। साथ ही खादी की टोपी भी पहनते थे। खादी की सफ़ेद टोपी कांग्रेसी होने की शिनाख़्त थी। केवल इतना ही नहीं हुआ अपितु स्वरूप (विजयलक्ष्मी पंडित) का पाणिग्रहण संस्कार हुआ तो नव-वधू ने कस्तूरबा

1. टुवर्ड फ्रीडम (न्यूयॉर्क) जवाहरलाल नेहरू।

गाँधी के हाथों कती खद्दर की साड़ी पहनी थी। यों उनका परिवार खद्दरमय हो चुका था।

सन् 1920 के शरतकालीन विशेष अधिवेशन में कांग्रेस ने गाँधी के असहयोग प्रस्ताव को मान लिया था। इसके अन्तर्गत स्कूल-कॉलेज, सरकारी उपाधियाँ, विदेशी माल, कोर्ट-कचहरी आदि का बहिष्कार शामिल था। मोतीलाल नेहरू ने वकालत छोड़ दी थी—स्वर्ण उगलने वाली वकालत के त्यागने में उनके मन में लेश मात्र भी चिंता नहीं हुई। उन्होंने अपने खर्चे कम कर दिये थे—नौकर-चाकर की संख्या कम कर दी थी, विलास की सामग्री को बेच दिया था। कीमती गहनों को भी बेचा जाने लगा था। कोर्ट में तहलका मचा देने वाले सुविख्यात वकील—बैरिस्टर मोतीलाल नेहरू अपने पुत्र जवाहरलाल नेहरू के साथ अदालत में मौन धारण किये खड़े थे। उन्होंने असहयोगी और सत्याग्रही होने के नाते अपने पक्ष में कुछ नहीं कहा और न किसी तर्काधृत बुनियाद का ही अवलम्ब लिया। दिलचस्प बात तो यह थी कि जो सरकारी वकील उनके विरुद्ध अभियोगों की सूची पढ़ रहा था, वह अनेक बार आनन्द भवन में दावत उड़ा चुका था। अंग्रेज़ मजिस्ट्रेट नोक्स भी उनका घनिष्ठ मित्र था। लेकिन वे सब चुपचाप आरोप सुन रहे थे।

तब अंग्रेज़ सरकार के पाँव तले से धरती खिसक रही थी। बाहर 'भारत माता की जय' घोष से आकाश गूँज रहा था और आज़ादी के दीवानों पर मुक़दमे की कार्यवाही जेल के ही अन्दर एक कमरे में चल रही थी। चार वर्षीय इन्दिरा मोतीलाल नेहरू की गोद में बैठी उस वातावरण को अपने में जज़्ब कर रही थी। कभी वह अपने दादा की ओर निहारती थी और कभी अंग्रेज़ मजिस्ट्रेट नोक्स की ओर। यदा-कदा उस नन्ही गुड़िया की खामोश और जिज्ञासा भरी निगाह अपने पिता पर ठहरी रह जाती थीं। पर वह विचलित नहीं होती थी। मजिस्ट्रेट ने पिता-पुत्र को पाँच-पाँच सौ रुपये का जुर्माना और छह-छह माह की सज़ा सुना दी। जुर्माना क्यों? कौन देगा? असहयोगी और सत्याग्रही क्या कभी जुर्माना दे सकते थे? फिर! जुल्म सहन करो और दृढ़ रहो।

अदालत खत्म हुई। अब इन्दिरा को वहाँ से विदा होना था। बेचारी वह क्या जानती थी कि आगे क्या होने वाला था। मोतीलाल नेहरू जानते थे कि वह उनसे कितना प्यार करती है और वह भी उस पर कैसे ममता लुटाते हैं। निश्चित ही विदा होने पर वह बच्ची रोयेगी। अतः उन्होंने उसे समझाया, "बहादुर बच्चे रोया नहीं करते। बोलो, रोओगी तो नहीं?" उसका नन्हा-नन्हा मन जो उस कार्यवाही के कारण अन्दर-ही-अन्दर आर्द्र हो चला था, इस समय भी भारी था। परन्तु वह थी दादा की आज्ञाकारिणी पोती। उसने अपने आँसुओं के समन्दर को अन्दर-ही-अन्दर पी लिया और बाहर उठते जयघोषों में वह खो गयी, पर वह रोयी नहीं।

अगले दिन आनन्द भवन में पुलिस आयी, जुर्माना वसूल करने के लिए और जुर्माना न देने की एवज़ में वहाँ से क़ीमती सामान उठाकर ले जाने के लिए। पुलिस घर का सामान बेरहमी से उठाकर इधर से उधर फेंक रही थी। घर के अन्य सदस्य

उन लाल पगड़ीवालों को खामोशी से देख रहे थे। इन्दिरा ने सबकी ओर देखा, सब असहाय थे। उसकी प्यारी-प्यारी आँखों में ज्वालामुखी फूट पड़ा। अभी एक क़ीमती कालीन लाल पगड़ीवाले उठाकर बाहर ले गये थे और दूसरा उठा ही रहे थे कि वह क्रोधावेश से भरकर उन पर उबल पड़ी, "तुम इन चीज़ों को नहीं ले जा सकते। ये हमारी हैं।" उसका एक पाँव कालीन पर था। परिवार के सदस्य आश्चर्य से उसके साहस को देख रहे थे। अभी तक उस बालिका का घूँसा पुलिस दारोग़ा पर तना हुआ था। वह बिखरे घर और पुलिस के घोड़ों की नाल से उजड़े हुए 'लॉन' की ओर अन्यमनस्क भाव से देख रही थी। पता नहीं उन क्षणों में उसकी अन्तश्चेतना पर कैसे-कैसे चित्र उभर रहे थे! वह क्या-क्या सोचे जा रही थी।

जब इस हंगामे की सूचना जेल में जवाहरलाल नेहरू को मिली तब उन्होंने कहा, "निश्चय ही इन्दु अब आजीवन अंग्रेज़ों से घृणा करती रहेगी।" इसके बाद उन्होंने दीर्घ निःश्वास ली और थोड़ी देर के लिए आँख बन्द करके देखा तो वह नन्ही-सी गुड़िया उनके सामने खड़ी मुस्कुरा रही थी। यह घटना इन्दिरा के जीवन में विलायती कपड़ों की जलती होली से पूर्व की थी। उसका परिचय उस दानवी शक्ति से हो चुका था, जो इन्सान के साथ पशुओं से भी बदतर सलूक कर रही थी और पागल हो उठी थी।

दिन पर दिन गाँधी का प्रभाव अपरान्ह के दिनकर की तरह फैलता जा रहा था। अंग्रेज़ सरकार को उनको पकड़ने में भय लग रहा था। दरअसल देखा जाये तो अंग्रेज़ सरकार हैरान थी। उसके सामने इससे पूर्व ऐसी स्थिति कभी नहीं आयी थी। निहत्था विरोध, जिसका पहले वह पागलपन समझकर उपहास कर रही थी, अब उनके गले का फन्दा बन चुका था। यह कैसी लड़ाई है! फ़ौज के सामने निहत्थी जनता की भीड़! शान्त जनता की भीड़। नारे और भीड़! मात्र असहयोग के अवलम्ब पर जी उठी भीड़! भीड़ ही भीड़! चारों तरफ़ भीड़! स्थिर मन! स्थिर चित्त!

उस बालिका के मन पर फैला गुड्डे-गुड़ियों का जादू सहज ही हटने लगा था। उसने प्रथम पाठ पाया था आज़ादी के लिए सर्वस्व उत्सर्ग करने का और अधिकार के लिए बड़ी-से-बड़ी ताक़त के सामने अंगद के पाँव की तरह जम जाने का! प्रधानमन्त्री के रूप में देश ने जिस इन्दिरा गाँधी को अपने बीच पाया था, वह आज़ादी के लिए चल रहे संघर्ष की धधकती ज्वाला थी। उसने पशुता और आतंक की अनुभूति तब ही कर ली थी, जब वह तीन-चार बरस की थी। निस्सन्देह उसका बचपन सामान्य बचपन नहीं रहा था। उसमें असामान्य जिज्ञासायें सिर उठा रही थीं। वह तो असमझे ही साम्राज्यवादी पशुता का अनुभव करने लगी थी। उसके मन में पाशविकता के प्रति तीखी घृणा जन्म ले चुकी थी और वह आक्रोश की आँधी का अनुभव करने लगी थी।

गुड़िया तो जला दी थी परन्तु उसका हृदय व्यथित हो उठा था। बाल हृदय

में गुड़िया के प्रति सम्मोहन होता ही है, उसके मन में उस गुड़िया के प्रति अत्यन्त लगाव था। फ्रांस से आयी आंटी ने उसके मन में जिस तरह का ज्वालामुखी जगा दिया था, उससे भी वह बेहद उद्वेलित रही। गुड़िया जलाने के बाद भी वह बेचैन थी। इसी कारण से उसे बुखार ने दबोच लिया था। परन्तु बहुत शीघ्र ही उसके दिलोदिमाग से गुड़िया का सम्मोहन खत्म हो गया। लंकाशायर के बने कपड़ों की जलती होली उसने देखी थी। विदेशी कपड़ों का बहिष्कार उसके लिए आनन्द का विषय था। विदेशी कपड़ों का ढेर लगाया जाता और फिर उसको माचिस दिखा दी जाती। लौ आकाश छूने लगती और वह मन-ही-मन में नाच उठती। उसे क्या मालूम था कि स्वतन्त्रता की लड़ाई का यह एक ज़बर्दस्त तरीक़ा था। इसके कारण अंग्रेज़ी सरकार परेशानी में पड़ गयी थी। जब विदेशी कपड़ा कोई खरीदेगा ही नहीं, तब उन्हें आमदनी कैसे होगी? अंग्रेज़ी सरकार के लिए यह गहरी चिंता का विषय था। आख़िर अंग्रेज़ आये तो व्यापार करने के उद्देश्य से ही थे। मशीनों के आविष्कार ने यूरोप में एक क्रान्ति ला दी थी। सारा यूरोप मण्डी की तलाश में निकल चुका था और भारत से अंग्रेज़ों की मण्डी उठ रही थी। यह अंग्रेज़ी सरकार से बर्दाश्त नहीं हो रहा था और वह मानवता के सम्बन्धों को ताक़ में रखकर दानवीय शक्तियों का प्रयोग करने लगी थी।

बचपन उनका इतना अकेला था कि कोई साथी नहीं था। इस कारण उसे रह-रह कर याद आ रही थी गुड़ियों के खेल की। उसके खेल सबसे निराले थे। उस पर अपने परिवार तथा आस-पास का प्रभाव था। घर में उसकी उम्र का कोई दूसरा बच्चा नहीं था। वह अकेली बच्ची थी और उसके अकेलेपन के साथी थे ढेर सारी गुड़ियाँ-गुड्डे। वह घर में और बाहर लम्बी-लम्बी बहसों को सुनती रही, भाषण सुनती रही, जलसे और जुलूस देखती रही। उसके मनोमस्तिष्क पर उन सबका स्थायी व गहरा प्रभाव पड़ा। वह बड़ी मेज़ पर गुड़ियों को किसान के वेश में खड़ा कर दिया करती थी। किसान वेशधारी गुड़ियों के हाथ में कांग्रेस के झंडे हुआ करते थे। वह स्वयं नेता बन जाया करती थी और कभी-कभी वह खद्दर की बड़ी टोपी पहनकर उन्हें इस तरह भाषण देने लगती थी–

"मेरे प्रिय देशवासियो, आगे बढ़ो, बढ़ते चलो, कांग्रेस का झंडा ऊँचा रहे, ब्रिटिश फ़ौज-पुलिस से ज़रा भी मत डरो। बढ़े चलो, बढ़ते चलो।" इस तरह उनका बचपन परिपक्वता की ओर बढ़ने लगा था।

आये दिन वह सफ़ेद खद्दरधारी कांग्रेसी स्वयंसेवकों को जुलूस-जलसे में पिटते पर डटे रहते देखा करती थी। नारे सुना करती थी। वही उसका खेल बन गया। कपड़ों की होली जलते देखने में अब उसे आनन्द आने लगा। परन्तु अकेला घर उसके बाल मन को सन्नाटे से भी भरता रहता था। घर से कोई-न-कोई गिरफ़्तार होता रहता था या बाहर जाता रहता था। उसकी देख-रेख कौन करता–तब कोई गवर्नेस भी तो उसकी देख-रेख के वास्ते नहीं थी। जब-तब पिताजी से उसकी भेंट

हो जाया करती थी। वह पिताजी से लिपट जाया करती थी और उनसे तरह-तरह के प्रश्न किया करती थी। पिताजी का मन भर आता था और वह उसके प्रति तवज्जह न दे पाने के कारण टूटने लगता था। पिता का पुत्री के प्रति भी कोई कर्तव्य है? क्या वह उसे पूरा कर पा रहे हैं? अपने आपसे पूछते और नन्ही गुड़िया-सी इन्दु को अपनी बाँहों में भर लेते। इन्दु की सारी शिकायतें छूमन्तर हो जातीं और वह प्रसन्नता से भर उठती।

घर में एक दादी-थी। वही उनकी संरक्षिका थीं और वही उनकी साथी। प्रायः वह उनका सिर चाटा करती थी और वह भी उसे बहुत प्यार से समझाया करती थीं। वह दादा की भी चहेती थी। दादा ऊपर से नीचे तक खद्दरधारी हो चुके थे। हाथ से कती मोटी खद्दर वह इस्तेमाल में लाते थे। सिर पर खादी की टोपी लगाना वह कभी नहीं भूलते थे। कांग्रेसी होने की यही एकमात्र निशानी थी। वह उनसे नाना प्रकार के प्रश्न किया करती थी। वह सदैव उसकी जिज्ञासाओं का उत्तर दिया करते थे। उत्तर देते वक़्त वह इस बात का पूरा ध्यान रखा करते थे कि उसे उनके उत्तर से सन्तोष मिले। वह प्रश्न प्रतिप्रश्न करती तो वह सहज भाव से उसको उत्तर देते। कभी-कभी उदाहरण देकर भी समझाते।

धीरे-धीरे उनका घर सुविधाओं से वंचित होने लगा था। कारण, दादाजी ने वकालत छोड़ दी थी। राजसी ठाठ-बाट समाप्त हो चुके थे। नौकरों की संख्या कम हो चुकी थी। क़ीमती जेवरात-काँटे और बालियाँ, कर्ण फूल आदि बेच दिये गये थे। बालिका इन्दु सब कुछ साक्ष्य बनी चुपचाप देख रही थी। अब घर में शराब नहीं आती थी और पहले जैसी तड़क-भड़क नहीं रही थी। वह अपने दादाजी के महान् व्यक्तित्व के प्रति हृदय से नत थी, यह बात उन्होंने एक साक्षात्कार में बतायी थी—"दादाजी के शक्ति-सम्पन्न होने की वज़ह से मेरी उन पर अत्यन्त श्रद्धा थी और स्नेह भी था, क्योंकि जीवन के प्रति उनमें अपार उल्लास था। वही जीवनोल्लास अनागत में मेरे पिताजी में भी विकसित हुआ।"

मैं दादाजी के बड़प्पन से सर्वाधिक प्रभावित थी। मेरा अभिप्राय उनके हृष्ट-पुष्ट होने से नहीं, उनकी महानता और बड़प्पन से है। वह इतने विशाल महसूस होते थे कि मानो समस्त संसृति को अपनी बाँहों में समेटे हुए हों। उनके हँसने का ढंग मुझे बहुत प्रिय था।[1] वस्तुतः वह रोमन सिनेटर की तरह भव्य और सौम्य लगते थे। प्रायः वह खद्दर की चादर ओढ़े रहते थे और जी खोलकर हँसते थे। वह साठ वर्ष की अवस्था में गाँधीजी से जुड़े थे। उन्होंने श्रेष्ठतम वकील का जीवन जिया था। उनकी ब्रिटिश संवैधानिक प्रक्रिया में दृढ़ आस्था थी।[2] परन्तु उनकी चेतना में बहुत

1. द्रष्टव्य : एन इन्टरव्यू विद इन्दिरा गाँधी-आर्नाल्ड माइकेलिस।

2. मिसेज़ गाँधी, डॉम मोरिस; पृ. सं. 38।

जल्दी स्वतन्त्रता का प्रकाश फैलने लगा था और वह आज़ादी की लड़ाई में कूद पड़े थे।

फिर भी इन्दिरा जी को अपने बचपन से कभी कोई शिकायत नहीं थी। उन्होंने डॉम के इस प्रश्न का नकारात्मक उत्तर देकर चौंका दिया था और कहा था "दादा के घर में उनका अत्यन्त आह्लादपूर्ण बचपन बीता था। डॉम को इलाहाबाद वाली एक आंटी ने कहा था कि, "यू वर वैरि स्पोइल्ट एज ए चाइल्ड...।"[1] इससे सुन्दर बचपन और क्या बीत सकता है कि प्रारम्भ से ही वह राष्ट्रीय संघर्ष के लिए प्रशिक्षण प्राप्त कर सकीं और आज़ादी के बड़े-से-बड़े नेता को नज़दीक से देख सकीं। उन्हें समझ सकीं। यह प्रशिक्षण तो उन्हें अपने घर के अलावा और कहीं मिल भी नहीं सकता था।

एक बार वह पूछ बैठीं, "क्यों दादाजी, क्या यह सच है कि वायसराय के सामने गाँधीजी अड़ गये थे कि वे हिन्दी में बोलेंगे?" इसके साथ ही उसने उनकी ओर ध्यान से देखा और वह उनके चेहरे पर आते-जाते भाव पढ़ने लगीं। वह नहीं जानती थीं कि प्रारम्भ में मोतीलाल नेहरू गाँधीजी के बारे में यह विचार रखते थे या नहीं, कि जब उनसे बैरिस्टरी नहीं चली, तब वे राजनीति में आये। वह खखारकर बोले, "वायसराय द्वितीय विश्व युद्ध में भारतीयों का सहयोग चाहते थे। अतः सभी भारतीय नेताओं को आमन्त्रित किया था। तब गाँधीजी ने वायसराय से कहा था कि वह हिन्दी में बोलेंगे। वायसराय उनकी ओर देखता रह गया था।"

"फिर क्या हुआ," इन्दिरा की आँखें फैल गयीं।

"कुछ नहीं हुआ और वायसराय मान गये।"

"मान गये!" उसकी आँखें चमक उठीं। वह उल्लास से गद्गद होते हुए चहक उठीं, "कैसे, दादाजी?"

"वायसराय का स्वार्थ जो था, फिर वे कैसे नहीं मानते।"

"क्या स्वार्थ था?" इन्दिरा ने पूछा।

"वायसराय विश्वयुद्ध में भारतीयों का सहयोग चाहते थे। उस समय अंग्रेज़ी सरकार संकट में थी।"

"ओह, यह बात थी!" वह गम्भीर होकर बोली।

दादाजी उसकी नाटकीय मुद्रा पर मुस्कुरा उठे। उन्होंने प्यार से उसके गाल पर चपत लगायी और कहा, "नटखट इन्दु।"

कभी वह पूछती, "दादाजी, गोरे सैनिक भारतीयों पर लाठीचार्ज क्यों करते हैं? वे बुरी तरह से भारतीयों को क्यों पीटते हैं? क्या भारतीय कमज़ोर हैं? क्या वे उनको जवाब नहीं दे सकते हैं?"

"क्यों नहीं दे सकते?"

---

1. मिसेज़ गाँधी, डॉम मोरिस, पृ. सं. 40

"पर देते तो नहीं हैं।"

"वे अहिंसा का पालन करते हैं। थप्पड़ का जवाब वे थप्पड़ से नहीं देना चाहते।" मोतीलाल नेहरू ने गम्भीर होकर कहा।

कुछ देर तक वह सोचती रही। अपनी सोच को उलटती-पुलटती रही। फिर पूछ बैठी, "अहिंसा क्या होती है?"

"बुरा करनेवाले का भी अच्छा सोचो। तलवार का जवाब तलवार से नहीं दो।"

"तो किससे दो?"

"प्यार से दो। मारनेवाले के आगे अपनी गरदन कर दो।"

"तो गरदन कट जायेगी।"

"कट जाने दो, कट जाने की परवाह मत करो।"

"क्यों न करो? परवाह न करना तो बुज़दिली है।"

"नहीं, न करना ज़िन्दादिली है।"

"पर कैसे?" आश्चर्य से वह मोतीलाल नेहरू की ओर देखती रह जाती।

"जिन्हें सर कट जाने का भय नहीं, वे निडर हैं। यह भी अन्याय और अत्याचार से लड़ने का एक तरीक़ा है। आख़िर अन्याय और अत्याचार करने की भी एक सीमा है।...जब उन्हें अपने गुनाह का एहसास होगा, तब वे उनके सामने नत हो जायेंगे। उनके मन बदलेंगे।"

"क्या ऐसा सम्भव है?" इन्दिरा ने पूछा।

"हाँ, सम्भव है। गोरे सैनिक धमकी देते हैं—या तो जुलूस यहीं खतम कर दो, वरना सबको गोली से भून दिया जायेगा। जानती हो, भारतीय तब क्या कहते हैं।"

"क्या कहते हैं?"

"वे सीना तानकर तेज़ स्वर में उनसे कहते हैं—लो मारो!...गोली मारो। ...हम मरने को तैयार हैं।"

"फिर?" इन्दिरा सोचती हुई पूछती।

"फिर क्या! गोरे सैनिक इस अद्‌भुत निडरता और साहस के सामने घबरा जाते हैं।" मोतीलाल नेहरू ने इस तथ्य के समर्थन में अनेक उदाहरण प्रस्तुत कर दिए और समझाया कि अन्याय का विरोध अहिंसा से करो। घृणा का जवाब प्यार से दो ताकि मारममार कूच हो सके। मानवता का भाव उभरे।"

3

आकाश और धरती चाँदनी में लिपटे हुए थे। हवा में हल्की-सी ठण्डक थी। ऐसा बहुत कम होता था—जब मोतीलाल नेहरू को इतना एकान्त मिल पाता कि वह घर के किसी सदस्य से देर तक बात कर पाते। ऐसे वक़्त प्रायः जवाहरलाल नेहरू और मोतीलाल नेहरू में वाद-विवाद हो उठता था। उस रात का क़िस्सा बहुत सुखद है। मोतीलाल नेहरू इन्दु से बोले, "तू जानती है कि तेरा पिता पहली बार कमा कर क्या लाया था?"

"क्या, दादाजी?" उसने भी पुनरावृत्ति कर दी।

"कभी अपने पिताजी से ही पूछना।"

"नहीं आप बतलाइये, दादाजी।"

"पाँच सौ रुपये।" मोतीलाल नेहरू ने धीरे से कहा।

"इतने सारे रुपये।" इन्दिरा ने अचरज व्यक्त किया।

"पता है कि मुझे पहले मुक़दमे में क्या मिला था?"

"नहीं।" इन्दिरा ने सिर हिलाकर कहा।

"मुझे मिले थे मात्र पाँच रुपये। मैंने वकालत की शुरुआत कानपुर की जिला अदालत से की थी, जबकि तेरे पिता ने इलाहाबाद हाईकोर्ट से की थी। मुझे उस दिन बहुत खुशी हुई थी।" वह गद्‌गद होकर अपने पुत्र की प्रशंसा करते रहे। ऐसे थे इन्दु के दादा निश्छल, निष्कपट, स्पष्टवक्ता और सहज। इन्दु को अच्छी तरह से याद है—स्वरूप[1] का विवाह तय हो चुका था। गाँधीजी बोले, "मैं कन्यादान करूँगा।"

इस पर मोतीलाल नेहरू बोले, "नहीं, यह अधिकार सिर्फ़ मेरा है। कन्यादान मैं ही करूँगा।"

गाँधीजी ने पुनः कहा, "तो स्वरूप विवाह के सुअवसर पर खद्दर की धोती पहनेगी।"

"नहीं, यह कैसे हो सकता है।" माँ बोली, "खद्दर और नव-वधू के लिए ...कदापि नहीं।"

"यह मंज़ूर है।" मोतीलाल नेहरू ने कहा। और यहीं बात खत्म हो गयी। पर वास्तव में बात वहाँ खत्म नहीं हुई, बल्कि ये कहें तो ज़्यादा ठीक होगा कि बात वहाँ से शुरू हुई थी।

कस्तूरबा द्वारा भेजा पार्सल वहाँ आया। उस पार्सल को खोला गया। उसमें खद्दर की साड़ी निकली। साड़ी महीन धागों से बुनी गयी थी। इस साड़ी के पल्लू पर लिखा था—"बा के हाथों कती स्वरूप के लिए।"

---

1. ससुरालवालों ने 'स्वरूप' का नाम विजयलक्ष्मी पंडित रख दिया था।

इस शादी में सभी राजनेता मौजूद थे। स्थानीय नेताओं ने इन नेताओं का लाभ उठाने की दृष्टि से जिला स्तरीय राजनीतिक सम्मेलन का आयोजन कर डाला। यह भी सोचा गया कि इस वक़्त कार्य समिति की बैठक बुला ली जाये तो एक पंथ दो काज हो जायेंगे। मोतीलाल नेहरू को भी ऐसा मौका कब मिलता, जब वे इतने सारे लोगों को भोज पर निमन्त्रण दे पाते। फलतः उन्होंने भी जोश-खरोश में सभी को भोज का खुला निमन्त्रण दे दिया। इस प्रकार घर में भीड़ बढ़ने लगी। विवाह के दिन बहुत भीड़ थी। कहीं तिल धरने के लिए जगह नहीं थी।

ब्रिटिश अधिकारियों को जब यह पता चला तब वे परेशान हो उठे। ऐसी कैसी शादी! इतनी भीड़ क्यों? यह शादी है अथवा विद्रोह की तैयारी। चोर की दाढ़ी में तिनका! वे क्या करें? कैसे करें? कुछ तो करना ही था। फलतः विवाह स्थल के बाहर पुलिस चहलक़दमी क़रने लगी। वह सतर्क थी। पल-पल की खबर अधिकारियों को दी जा रही थी। तनाव बढ़ रहा था।

साढ़े तीन वर्षीय इन्दु चुपचाप इस नज़ारे का जायज़ा ले रही थी। वह कभी खुश हो लेती थी और कभी साश्चर्य चारों ओर देखती रह जाती थी। ठीक से उसकी समझ में कुछ नहीं आ रहा था।

फेरों का वक़्त हुआ। जवाहर को पुकारा गया। पर वहाँ जवाहर कहाँ! जवाहरलाल नेहरू तो पुलिसवालों से उलझ रहे थे। उन्हें समझा रहे थे, "विवाह का माहौल है, उसमें पुलिस का क्या काम? पुलिस अन्दर क्यों जाये? कृपया वे शान्त रहें और बाहर रहें। हर गतिविधि पर निगाहें रखें।"

पुलिस के मन में जवाहरलाल के समझाने-बुझाने से और संशय जम गया। वह सोचने लगी कि हो न हो, कुछ गड़बड़ अवश्य है।

"इतनी भीड़?" पुलिस का सवाल था।

"शादी के कारण।" सहज उत्तर था जवाहरलाल नेहरू का।

"इतनी भीड़।" पुनः संशय को अभिव्यक्ति देते हुए पुलिस अधिकारी ने कहा।

"इतनी भीड़ तो शादियों में नहीं होती है।"

"होती है। इससे भी अधिक होती है—गाँव के गाँव शादी में टूट पड़ते हैं।" जवाहरलाल नेहरू ने समझाया।

"हूँ।" पुलिस अधिकारी का स्वर कसमसाया।

शादी शान्ति से सम्पन्न हो गयी। कुछ अप्रिय नहीं घटा। दूध में उफान आया था, उसे पानी डालकर शान्त कर दिया। इन्दु के मन में रह-रहकर एक ही सवाल उठता रहा कि पुलिस का हस्तक्षेप 'क्यों'? वहाँ कोई चोर-डाकू तो है नहीं, फिर पुलिस की धींगामस्ती क्यों? आखिर वहाँ पुलिस किसलिए?

बाद में जब उन्होंने जीवन की इन गूँगी घटनाओं का विश्लेषण किया तब वह हैरान रह गयीं। दमनचक्र की ऐसी वीभत्स प्रक्रिया! शान्तिदूत अशान्ति के

कारण! आज़ादी और गुलामी में ऐसा अन्तर! जीवन इतना तुच्छ! क्रन्दन ! हाहाकार! आतंक और अन्याय और वह भी श्रेष्ठता के नाम पर! मानवता की दुहाई देकर। ओह! कितना अन्याय-अत्याचार! कितनी घृणा! भारत को आज़ादी रास्ते में पड़ी हुई नहीं मिली, उसे हासिल किया गया और उसे हासिल करने से पूर्व की प्रक्रिया कितनी निर्मम और कठोर होगी, उसकी कल्पना मात्र से ही आज रोंगटे खड़े हो जाते हैं।

तब शादी तो हो गयी थी परन्तु उसका दमनचक्र कुछ समय बाद सामने आया। उस समय इन्दु चार बरस की थी। पिता-पुत्र कारागार में डाल दिये गये थे और उनका सारा परिवार क्षुब्ध और त्रस्त हो गया था। वास्तव में उस परिवार का बिखरना ही स्वतन्त्रता की ज्योति को और प्रज्वलित कर सका।

गिरफ़्तारियों के बाद जो बच गये, वे अहमदाबाद चले आये। गाँधीजी ने उन सबको आश्रम में बुलवा लिया था। उनका आश्रम साबरमती नदी के किनारे था। एकदम खुला हुआ, मनोरम, शान्त, पवित्र और प्राचीन आश्रम गरिमा जैसा। गाँधीजी को आश्रम चलाने में महारत प्राप्त हो चुकी थी। अफ्रीका में उनके आश्रमीय प्रयोग चमत्कार पैदा कर सके थे—वहाँ के जन-जीवन में वह नव जीवन का संचार कर सके थे। वास्तव में साबरमती आश्रम सात्विकता का प्रतीक था—वहाँ प्रेम का अनुशासन था। वहाँ का कठोर संयमी जीवन अन्दर से सुमनवत् था। वह आज़ादी के हक़दार बनाने के लिए साधना-स्थली था।

पौ फटने से पहले आश्रम का दिन शुरू हो जाता था। शीत का समय था। खुला स्थान था। नदी का किनारा था। फलतः वहाँ शीत की मेहरबानी कुछ ज़्यादा ही रहती थी। दिसम्बर माह था। परन्तु नेहरू परिवार के सदस्य आश्रम की दिनचर्या में बँध चुके थे। यह कम ताज्जुब की बात नहीं थी। आश्रम के जीवन का अर्थ था—सुबह चार बजे उठ जाना, शौचादि से निवृत्त होकर अपने-अपने कमरे साफ़ करना, कपड़ों की सफ़ाई कर, प्रार्थना सभा में पहुँचना, हर धर्म की प्रार्थना करना, भजन गाना, फ़र्श पर सोना, बिना नमक का सादा भोजन करना आदि। निस्सन्देह यह दिनचर्या उनके परिवार के लिए कठिन थी परन्तु वे सब इस दिनचर्या के शीघ्र ही आदी हो गये थे, मात्र दादी और उमा नेहरू को छोड़कर। वे सब ऐशोआराम के अभ्यस्त थे और वहाँ था तपस्वी जीवन! इन्दु के लिए यह वातावरण बहुत ही अनुकूल रहा। उसके सामने एक नयी दुनिया का तिलिस्म आँखें खोल रहा था। वह बहुत प्रसन्न थी। वह बहुत जल्दी गाँधीजी से घुलमिल गयी थी। वह उनसे निःसंकोच खूब बातें करती थी, तरह-तरह के प्रश्न करती थी। अपने परिवारवालों को कमरे की झाड़ू-बुहारू करते या अपने कपड़े धोते देख बहुत प्रसन्न होती थी। वह भी चाहती थी कि झाड़ू लगाये या अपने कपड़े धोये परन्तु कोई उसे इस काम के लिए अवसर ही नहीं देता था। कैसे देता! अभी उसकी वय ही क्या थी।

साबरमती से घर लौटना हुआ। घर की औरतें राजनीति में भाग लेने लगीं।

कमला को खादी का कुर्ता, पायजामा और गाँधी टोपी पहने देखकर वह भी वैसे कपड़े पहनने के लिए बेहद मचलने लगी। वह भी चाहती थी कि अपनी माँ की तरह काम करे, घूमे-फिरे और पहचानी जाये। यद्यपि वहाँ उनके रिश्तेदारों और पड़ोसियों के बच्चे थे, परन्तु वे उससे प्रायः दूर रहते थे। वे तो उससे दूर रहना नहीं चाहते थे लेकिन उनके माँ-बाप अपने बच्चों को राजनीतिक प्रभाव से बचाये रखना चाहते थे। यों उसके सामने अकेलापन आषाढ़ के घने मेघ-सा छा जाता था और वह अपने आप से बातचीत करने लग जाती थी। एकदम अपने से सन्तुष्ट और खुश होकर वह अपने आस-पास में डूब जाती थी बिलकुल प्रौढ़ महिला की तरह बिना भय और आशंका के।

लगभग सात वर्ष बाद कमला ने एक पुत्र को जन्म दिया। वह मात्र तीन दिन ज़िन्दा रहा। कमला इन्दिरा को जन्म देने के बाद बहुत कमज़ोर हो गयी थीं। जैसे-तैसे उनका स्वास्थ्य कुछ सँभला ही था कि इस 'डिलीवरी' ने उन्हें बेतरह से झकझोर दिया। इलाज हुआ और आशा-निराशा की घटायें बराबर छाई रहीं। अन्त में डॉक्टर ने भारी मन में अहिस्ता से फुसफुसाया, "मिसेज़ कमला क्षय से पीड़ित हैं।" एक बार सारा परिवार सकते में आ गया। तब क्षय रोग आज के कैंसर की तरह भयावह था। जवाहरलाल नेहरू का भावुक मन भीग उठा। तब इन्दिरा नौ वर्ष की थी। माँ को बिसूर रही थी। उसके अनन्त आकाश में शून्य ठहर गया था। वह मितभाषी और संकोची स्वभाव की थी। अतः उसके मन में उठे अपनी माँ के प्रति भावों का समुद्र अन्दर-ही-अन्दर उद्वेलित होकर रह गया। उसको अचेतन मन के अन्तर्द्वन्द्व ने घेर लिया।

4

यह वह समय था जबकि समस्त नेहरू परिवार अपने को देश के प्रति समर्पित कर चुका था। स्वयं कमला आज़ादी के रंग में सराबोर थीं। वह स्वयं अपने अस्वस्थ होने से परेशान थीं। उनके मन में अपने देश के प्रति ममत्व था। एक बार तड़प उठीं। डॉक्टर कह रहा था, "अब उन्हें किसी अच्छे सिनिटोरियम में ले जाओ—देश में नहीं, विदेश में, तभी वह ठीक हो पायेंगी।"

कमला बेहद कमज़ोर हो गयी थीं। फिर भी उनकी आँखों के सामने ठहरा हुआ पतझड़ी आकाश बीते हुए वसन्त को जीवन्त कर उठता था। वह अब तक पूरे जोश के साथ आज़ादी के संघर्ष में कूद चुकी थीं। उसमें उनका मन भी रमने लगा था।

देश के लिए आज़ादी कितनी महत्त्वपूर्ण है। यह बात उनके मन में बैठ चुकी थी। वह दिन-रात यही सोचती थीं कि वह आज़ादी के इस संघर्ष में जो कुछ

कर सकती हैं उसे अत्यन्त जोश-ख़रोश के साथ करें। वास्तव में गुलाम मुल्क के वाशिन्दों का यही नैतिक कर्तव्य है। उस समय समूचे देश के हृदय में एक तरह की आग लगी हुई थी और हर एक एक दूसरे से बढ़कर ज़िन्दादिली से काम कर लेना चाहता था। सब पर आज़ादी का भूत सवार था।

कमला की गोरी देह तन्वी थी। अति कमनीय थी। सुन्दरता उन पर मेहरबान थी। यह वही कमला थीं जिनकी देह शुरू-शुरू में मोटे खद्दर की धोती पहनने के कारण जहाँ-तहाँ से छिल सी जाया करती थी और थोड़ा बहुत काम करने से थकान आ जाया करती थी। यों तो उनके लिए काम था ही क्या! इतने सारे नौकर-चाकर थे, वे ही सारा काम करते थे। खानसामे थे, वे रसोई सँभालते थे। परन्तु अब तो उन्हें एक सभा से दूसरी सभा, दूसरी सभा से तीसरी सभा जाना पड़ता था। उनके साथ स्वयंसेवक होते थे और वह उनके साथ डग भरते हुए आगे बढ़ती जाती थीं। अद्भुत उत्साह था और अद्भुत लगन थी। वह थकती नहीं थीं और दिन रात काम में जुटी रहती थीं। पलभर के लिए आराम नहीं करती थीं। जबकि उन्होंने अपने घर में कभी काम नहीं किया था। उनके यहाँ भी पूरे सामन्ती ठाठ-बाट थे। रईसी थी। लेकिन अब वह उन सबको भूल गयी थीं।

जवाहरलाल नेहरू के बैरिस्टर बनकर लौटने से पूर्व ही मोतीलाल नेहरू ने उनके लिए वधू का चुनाव कर लिया था। इसके बाद पिता-पुत्र में रोमांचक पत्र-व्यवहार चला था। दोनों ने डटकर पैंतरेबाज़ी की थी। यह मोतीलाल नेहरू के जीवन का सर्वोच्च काल था—उनके पास बेशुमार दौलत थी और उनका ग़ज़ब का रुआब था। उनकी निगाह में कमला कौल बस चुकी थी गृहलक्ष्मी बनाने के लिए। वह अपने इकलौते पुत्र के लिए जिस अप्सरा की तलाश में थे, वह उन्हें मिल चुकी थी। जब उन्होंने पुत्र को पत्र लिखा था तब जवाहरलाल नेहरू इंग्लैण्ड में थे। उन्होंने अपने पिता के पत्र का उत्तर दिया था कि "आई एम नोट इन ॲ मैट्रिमोनिअल स्टेट ऑफ़ माइण्ड एट प्रिजेण्ट।" परिवार में कमला के बारे में एक राय नहीं थी। नान[1] को वह पसन्द नहीं थीं। कारण वे अंग्रेज़ी और फ्रेंच भोजन लेते थे और उनके घर में मधुर अंग्रेज़ी संगीत गूँजता रहता था। उनका भाई पाश्चात्य ढंग में ढला था अतः उसके लिए कमला उपयुक्त नहीं थी। परन्तु कमला न केवल अद्वितीय सुन्दरी थी अपितु उनका हृदय भी निर्मल अमिय से लबालब था। वह सोलह वर्षीया स्वप्न सुन्दरी थीं। उनकी बड़ी-बड़ी आँखों में ग़ज़ब का सम्मोहन था। उनके रेशम से कुन्तल गहरे भूरे रंग के और लम्बे थे।

जवाहरलाल नेहरू की सन् 1916 के वसन्त में शादी हुई। इलाहाबाद से दिल्ली बारात आयी। बारात में देश के जाने-माने मेहमान थे गेट पर। फूलों से लिखा हुआ था "नेहरू वेडिंग कैम्प"। शाही शामियाने, ईरानी व काश्मीरी कालीन-ग़लीचे

1. स्वरूप या विजयलक्ष्मी पंडित—घर में वह इसी नाम से जानी जाती थी।

पलक-पावड़े बिछाये बारातियों की अगवानी कर रहे थे। ज़री और मखमल की शानदार पोशाकों में टहलुओं की लम्बी जमात जिधर दृष्टि घुमाओ, उधर नज़र आती थी।

पूरे दस दिन बारात ठहरी थी। मेहमानों की ख़ातिर तवज्जह कमाल की हुई थी। वे अपने जीवन की इस बेमिसाल यादगार को कभी नहीं भूल सकते थे। इन्द्रसभा-सा था सारा माहौल।

कमला दुल्हन बनी थी। वह मोती की कामदार साड़ी पहने अद्वितीय सुन्दरी लग रही थी—चहुँओर उसका विमल और सम्मोहक सौन्दर्य महक रहा था—मानो रति स्वयं शृंगार कर सामने आ खड़ी हुई हो। उसकी बड़ी-बड़ी आँखें झुकी हुई थीं। उसके अरुणाभ ओष्ठ चमकदार थे।

यह वही कमला थी जो आज जर्जर देह लिए पलंग पर लेटी हुई अपनी बेबसी पर बिखर रही थी। यह वही आनन्द भवन था, जहाँ वह पहली-पहली बार व्रीड़ानत हुए आयी थी और जहाँ शादी के बाद अनेक सप्ताह तक विवाहोत्सव-सा मनाया जाता रहा था। शुरू-शुरू में वह बहुत घबरायी थी, क्योंकि वहाँ का वातावरण पाश्चात्य ढंग का था। सभी अंग्रेज़ी में बातचीत करते थे और पाश्चात्य ढंग के वस्त्र पहनते थे। जबकि वह साड़ी पहनती थी और हिन्दी बोलती थी। वह साड़ी पहने हुए अति सौम्य व शालीन लगती थी। उसे यदाकदा यह अनुभव अवश्य सालता रहता था कि वह कहाँ आ गयी? उन लोगों में वह कैसे अपने आपको बनाये रखेगी? यद्यपि उसे अपने सास-ससुर से अपार स्नेह और संरक्षण मिला हुआ था तथापि उसका हृदय अपनी कमज़ोरियों से भयातंकित रहता था। वह गम्भीर व्यक्तित्व की प्रतिभा सम्पन्न नवयुवती थी। जीवन का अर्थ पूरी तरह समझती थी। वह स्वप्न सुन्दरी मकरंद की महक लिए जवाहरलाल नेहरू के जीवन में आयी थी। उसकी प्रिय व मधुर स्वप्नाकांक्षाएँ थीं। उसका हृदय मंगलकामनाओं का तीर्थ था।

आज वह भारी मन से अपने को निहार रही थी। आज उसके सामने से एक युग गुज़र रहा था और वह अपने को बन्द किये चुपचाप पलंग पर पड़ी जीवन यात्रा के सौरभमय पड़ावों को स्मरण करती हुई आर्द्र होती जा रही थी। उसका हृदय छलछला रहा था। वह अपने अभावों की घाटियों को जन-जीवन में उतर कर पार कर ले जाना चाहती थी। परन्तु हाय रे दुर्भाग्य! उसने उसे वैसा करने से भी रोक लिया। वह अन्दर-ही-अन्दर छटपटाने लगी। क्षय कितना भयावह रोग है! छूत का रोग! हाय रे, वह कैसे अछूत होने लगी! कैसे उसके स्वप्न ढहने लगे!

उसने अपने लिए कभी कुछ नहीं चाहा। वह घर के बुने सूत के कपड़े पहनती थी। वह कपड़ा मोटा और खुरदरा हुआ करता था, परन्तु वह शान्तभाव और निष्ठा से उसे स्वीकारती थी। जवाहरलाल नेहरू प्रायः घर से बाहर या जेल में रहते थे। जवाहरलाल नेहरू प्रथम बार जेल गये थे, तब उन्होंने अपना कार्यक्रम किस प्रकार था, यह बात वह अपनी पुत्री को बता रहे थे—हालाँकि कमला भी उनकी इन बातों को ध्यान से सुन रही थी। वह बता रहे थे—वह अपनी बैरक में झाड़ू लगाते थे,

सूत कातते थे, अपने व अपने पिताजी के कपड़ों को धोते थे और कैदियों को हिन्दी और उर्दू पढ़ाते थे। आगे चलकर उन्होंने अपनी जेल अवधि के समय का इस्तेमाल अपनी पुत्री को पत्रों द्वारा शिक्षा देने में भी लगाया। वे पत्र विश्व की अनमोल धरोहर हैं।

हालाँकि कमला राजनीतिक क्षेत्र में कार्य करने लगी थी तथापि वह पति के अभाव में घर में रहते हुए अच्छा अनुभव नहीं करती थी। उनकी ननद विजयलक्ष्मी पंडित तो उसे अपने भाई योग्य शुरू से ही नहीं मानती थी। प्रायः वह अवसर मिलने पर कमला को नीचा दिखाने में नहीं चूकती थी। परन्तु इन्दु को भी अपनी माँ का अपमान बेहद कसकता था। जब वह दो वर्ष की ही थी, तभी कमला पर क्षय का प्रहार हो गया था। दरअसल वह अन्दर-ही-अन्दर घुलती रहती थी। वह अपने मन की व्यथा किसी पर ज़ाहिर नहीं कर सकती थी। जवाब देना उसे आता नहीं था। सबके प्रति वह नत थी। वह सबका यथोचित आदर-सम्मान करती थी। सन् 1925 में जब वह दोबारा गर्भवती हुई तब तक उसका स्वास्थ्य काफ़ी गिर चुका था। यह तय हुआ कि उसे इलाज के लिए स्विट्ज़रलैंड ले जाया जाये। यह सोचा जा रहा था कि क्या इन्दु को उसके साथ भेजना उचित है? अन्त में यह राय बनी कि उसे कमला के साथ भेज दिया जाये। कारण, इन्दु भी अन्तर्मुखी थी और अपनी माँ की तरह शर्मीली व शान्त स्वभाव की थी। वह पूरी तरह से अपनी माँ पर ही आश्रित थी। उसके बिना उसका निभृत जीवन और बोझिल हो सकता है। वह अपनी माँ को सदा प्यार भरी दृष्टि से देर तक देखती रह जाती थी।

स्विट्ज़रलैण्ड ले जाने से पहले कमला का कुछ माह लखनऊ अस्पताल में भी इलाज करवाया गया था, परन्तु उससे कोई लाभ नहीं हुआ। इधर जवाहरलाल नेहरू गाँव-गाँव की यात्रा कर रहे थे और किसानों में नव प्राण फूँक रहे थे। उन्हें इस अलख जगाने के कार्यक्रम से नयी दृष्टि मिल रही थी। वह किसानों को ज़मीदारों के चंगुल से छुड़ा रहे थे। गाँव के गाँव उनकी तरफ़ उमड़ रहे थे। इस नाज़ुक मौक़े पर उन पर कमला के अस्वस्थ होने की विपत्ति आ पड़ी थी। वह कांग्रेस के जनरल सेक्रेटरी थे। आख़िर उन्हें कमला के साथ तो जाना ही था। उन्हें तेरह वर्ष से अधिक समय यूरोप छोड़े हो गया था। यूरोप में काफ़ी परिवर्तन हो चुका था। जिस दुनिया को वह जानते थे, वह तो वहाँ से लगभग लापता हो चुकी थी। प्रथम विश्वयुद्ध का विध्वंसक प्रभाव वहाँ मौजूद था और यूरोप पहले से भी अधिक तेज़ी से अपने को सँभाल चुका था। यथार्थतः यह समय उनके लिए दिमाग व देह दोनों दृष्टि से आरामदायक और शान्ति का था।[1] वह जिनेवा रहते हुए "लीग ऑफ़ नेशन्स" तथा इण्टरनेशनल लेबर ऑफ़िस भी गये। वहाँ उनका समय प्रसन्नता से गुज़र रहा था। जैसे ही कमला के स्वास्थ्य में लाभ होना शुरू हुआ, वैसे ही

1. एन ऑटोबायोग्रॉफ़ी : जवाहरलाल नेहरू पृ. सं. 147-148।

वह फ्रांस, इंगलैण्ड और जर्मनी की संक्षिप्त यात्रा कर आये। उनके साथ इन्दु भी थी। वह भी नये अनुभव से जुड़ रही थी। उसमें नया स्वप्नलोक खुल रहा था। वह दिप-दिप दृष्टि से अचरज सहित नव संसार को देख रही थी।

लेकिन तब इन्दु तो उतनी ही दुबली पतली थी जितनी पहले थी, जबकि अब कमला एक प्रौढ़ महिला-सी लगती थीं।[1] जिनेवा में कमला को सन्तोषप्रद लाभ हो रहा था। वहाँ के डॉक्टरों ने भी सलाह दी कि कमला को स्विट्जरलैण्ड में अन्य स्वास्थ्यप्रद स्थान पर ले जाया जाये तो उचित रहेगा। इसका परिणाम यह हुआ कि मोन्ताला-वेमाला के उत्तम सेनिटारियम में कमला का प्रबन्ध करा दिया गया। वह स्थान रमणीक था, सुन्दर था और आबोहवा के लिए पहचाना जाता था।

भारत छोड़ने से पूर्व ही यह बात तय हो गयी थी कि वहाँ पहुँचते ही इन्दु को स्कूल में प्रवेश दिलाना है। अतः उसे वहाँडों में वेक्स के ईकोल नूवेल स्कूल में भर्ती करा दिया गया। उस स्कूल का विविध पाठ्यक्रम था। जवाहरलाल नेहरू ने उसके पाठ्यक्रम में भ्रमण को और जोड़ दिया था। इन्दु अपने सहपाठियों से प्रायः दूर ही रहती थी। उसके सहपाठी खेलकूद में मस्त रहते थे, जबकि वह उन सबसे अलग बनी रहती थी। वह अपने में चुपचाप खोयी रहती थी। उसमें सुन्दरतम पर्वत श्रेणियाँ नया रहस्य बुन रही थीं। वह अकेले ही प्रकृति, नदी के प्रवाह का लाभ उठाती थी। घंटों उसको निहारती रहती थी। मन-ही-मन खुश हो जाती थी। इस सबके बावजूद उसे सदा अपनी माँ का खयाल बना रहता था। उसमें एक वेदना कसक बन उभर उठती थी। वह जीवन के इन नव परिदृश्यों की अनुभूति करती हुई अपने में कविता के नव छन्द दोहराने लगती थी—दूर-दूर हरे पहाड़, ऊँचे आकाश छूते, / पहाड़ के स्तम्भों पर खड़े पहाड़ दर पहाड़, / हिमाच्छित ऊँची-ऊँची मचानें / निःस्तब्धता शान्त, सौरभ संकुल आत्मलीन, मौन। चतुर्दिक इन्द्रधनुष-ही-इन्द्रधनुष। एक नया, बिलकुल नया तिलिस्म, शान्त संसार सागर। गहरी संध्या में डूबी सिर से पाँव तक / अपने में उठते प्रश्नों का उत्तर टटोलती दिशायें / फुनगी पर महक उठे पक्षी वृन्द / रह-रहकर अबोध चपला कौंधती हुई बार-बार!

सौन्दर्याभिभूत दृश्यावलियाँ, हिम की चाँदनीनुमा मखमली चादरों पर खिलते गुलाब। फिर क्यों न इन्दु का मन कल्पनाओं से घिरता। इसलिए उसे साथी की ज़रूरत नहीं पड़ी। फिर भी, उसे अपने पिता की तरह शीतकालीन खेल पसन्द थे। उसके मन में हिम पर फिसलने-दौड़ने की इच्छा जगी। अन्ततोगत्वा गिरते-पड़ते उसने स्की और स्केट सीख ही लिया। यह अनुभव अत्यन्त रोमांच भरा और उत्साहवर्धक था। वह खुश हो ली अपने को अपने में जीकर!

कुछ समय बाद उसकी छोटी बुआ श्रीमती कृष्णा हठीसिंग और मोतीलाल नेहरू भी वहाँ पहुँच गये। इस समय तक कमला के स्वास्थ्य में पर्याप्त लाभ हो

---

1. मिसेज़ गाँधी डॉम मोरिस पृ. सं. 40।

चुका था। वह श्वसुर के आने पर कई जगह घूमने भी गयी। तभी उन्हें मास्को से अक्तूबर क्रान्ति की दसवीं वर्षगाँठ के उत्सव में शामिल होने का निमन्त्रण मिला। जवाहरलाल नेहरू समाजवादी थे। अभी उनका समाजवाद सिद्धान्त तक ही सीमित था क्योंकि व्यवहार या कार्यरूप में परिणत होते उन्होंने उसे इससे पूर्व कभी नहीं देखा था। सोवियत क्रान्ति को हुए दस वर्ष बीत रहे थे। इन दसेक वर्षों में वहाँ क्या हुआ है और वे कैसे इतनी जल्दी आगे बढ़े? वास्तव में यह जानने देखने का कौतूहल उन सबके मन में था। जवाहरलाल नेहरू आदर्शवादी थे। उन्हें रूस का बदलाव बहुत भा रहा था। उन्होंने वहाँ उद्योगों को विकसित होते हुए देखा था और देखा था खेती से लहराता हुआ नव स्फूर्त जीवन! स्वास्थ्य तथा माँगलिक जीवन की छवि उनको सम्मोहित करने लगी थी। यद्यपि मोतीलाल नेहरू को रूस का जीवन भोंड़ा और बदसूरत लगा था तथापि जवाहरलाल नेहरू को वह सब बहुत पसन्द आया। उन्होंने लिखा भी है—"थोड़ी देर के लिए रूस को छोड़ भी दें तो मार्क्सवाद के सिद्धान्त और दर्शन ने मेरे दिमाग के अनेक तिमिराच्छादित कोनों को द्युतिमान कर दिया। इतिहास में मुझे एकदम नया ही अर्थ अनुभूत होने लगा। साम्यवादी व्याख्या ने उस पर पर्याप्त प्रकाश डाला। वस्तुतः वह मेरे लिए एक के बाद दूसरा दृश्य उपस्थित करने वाला ऐसा नाटक हो गया, जिसके घटनाचक्र की बुनियाद में कुछ-न-कुछ सिलसिले और उदिदृष्ट का एहसास हुआ। फिर वे चाहे कितने छुपे और अनजान ही क्यों न हों। हालाँकि अतीत में, और आज भी, साधनों की भयावह विनाशलीला और तकलीफ़ें भी रहीं और जारी हैं—परन्तु आने वाला समय तो मार्ग में आने वाले समस्त विघ्न बाधाओं के उपरान्त भी आशाओं से भरा है। साम्यवाद में अनिवार्य रूप से किसी रूढ़ मत का न होना और उनका वैज्ञानिक दृष्टिकोण ही मुझे रास आया है।[1]

कमला भी जवाहरलाल नेहरू के साथ रूस गयी थीं। वह रूस को देखकर प्रभावित हुए बिना नहीं रह सकीं। रूस तरक्की कर रहा था—जीवन की नयी दिशा खोज रहा था। उसमें आशावान् संसार मूर्त होने की तैयारी कर रहा था। एक सर्वथा नये युग का प्रारम्भ हो रहा था। समझ के नये द्वार खुल रहे थे। जवाहरलाल नेहरू ने गहराई से रूस को देखा, समझा और निर्णय किया। भारत के बारे में सोचा। आख़िर उसे भी तरक्की की राह पर उन्मुख होना है। इस दृष्टि से उनकी यह यात्रा अत्यन्त महत्त्वपूर्ण रही। नव भारत के निर्माण में इस यात्रा की ज़बर्दस्त भूमिका रही। मन-ही-मन जवाहरलाल नेहरू ने नव भारत की कल्पना को संजो लिया था कि उन्हें कैसे भारत का निर्माण करना है?

इस यात्रा की शुरुआत से पूर्व एक घटना और घटी थी, जिससे कृष्णा हठीसिंग व कमला दोनों ही प्रभावित हुई थीं। सरोजिनी नायडू की बहन सुहासिनी ने बर्लिन

---

1. टुवर्ड फ्रीडम : जवाहरलाल नेहरू।

में हुई मुलाकात में उन्हें जो राय दे दी थी, वह बहुत उल्टी सिद्ध हुई। उसने उन्हें बताया था कि रूस में खादी की साड़ी पहनना ही उपयुक्त है, अतः वे लोग अपने साथ केवल खादी की साड़ियाँ ही ले गयीं, जबकि वह स्वयं मास्को में मदरासी रेशमी साड़ी पहने हुए विभिन्न उत्सवों में भाग ले रही थीं। जब कृष्णा हठीसिंग ने उसे झिड़का तब वह मुँह तोड़ जवाब देती हुई बोली, "नासमझ लड़की, हम कम्यूनिस्टों के लिए यही ठीक है, मगर तुम बुर्जुबाओं को तो गजी-गाढ़े और खद्दर के लिबास में ही आना चाहिए।"[1] कृष्णा उसका लापरवाही युक्त उत्तर सुनकर सन्नाटे में आ गयी। कमला कुछ नहीं बोली। वह स्वभावानुसार चुप ही रही।

जवाहरलाल नेहरू रूस से इन्दु के लिए उपहार लाना नहीं भूले। वह रूस से लौटे तो उन्होंने उसे बताया कि रूस को जारशाही से मुक्त हुए दस वर्ष हो गये हैं और वह भी दस वर्ष की है। कैसा अद्‌भुत संयोग है।...क्यों है न?

इन्दु मुस्कुरा कर रह गयी। उसने अपने पापा की आँखों में सद्यः खिलते गुलाब को मुस्कुराते महकते हुए देखा।

वह बताने लगे, "वहाँ ब्रिटेन और फ्रांस ने बोलशेविकों की क्रांति को जड़मूल से नष्ट करने की जी जान से कोशिश की थी। परन्तु दोनों ही साम्राज्यवादियों को अन्त में अपने मंसूबों में नाकामयाबी मिली।...तब वे ट्रांस-साइबेरियन रेलवे के स्वामी थे। इसके बाद वह रूस के चित्रों को उसे दिखाकर बताने लगे कि जारशाही रूस ऐसा था और क्रांति के बाद का रूस ऐसा है! इतना प्रसन्न और इतना सुन्दर! वहाँ श्रम नव जीवन की कहानी लिख रहा है। इन्दु उन चित्रों की कहानी को आत्मसात करने का यत्न करती रही। जवाहरलाल नेहरू देख रहे थे कि वह कितनी गहराई से उन चित्रों का अवलोकन कर रही है और कैसे-कैसे प्रश्न उछाल रही है। उन चित्रों को देखते-देखते उसकी आँखों में चमक आ गयी थी। जब वह पुनः चित्रों को उलटने पुलटने लगी तब जवाहर ने उससे पूछा, "अब तक क्या पढ़ा है?" वह मुस्कुरायी और बोली, "पापु, बहुत पढ़ा है—पुरानी चीज़ों के अजायबघरों से लेकर ब्रिटिश पार्लियामेन्ट तक के बारे में जानकारी प्राप्त की है।"

"अच्छा...अच्छा...इतना पढ़ा है।"

"और भी बहुत पढ़ा है...देखा है...महसूसा है।"

"क्या महसूसा है?"

"रम्य प्रकृति क्या है? वह क्या कहती है?"

"क्या कहती है?"

"काश! उसे कोई सुन पाता...।" इससे आगे इन्दु कुछ कह पाती कि तभी कमला भी वहाँ आ गयी और पिता-पुत्री की बात ख़त्म हो गयी। वह बाहर चली गयी। यों तो कमला काफ़ी स्वस्थ हो गयी थी परन्तु उनके दिमाग़ पर हल्का-सा

1. इन्दु से प्रधानमन्त्री : कृष्णा हठीसिंग

दबाव अब भी था। जब वह पेरिस में थी तब डॉ. बरनार्ड ने उनसे कहा था कि उसे यक्ष्मा रोग नहीं है और न ही कभी था। वास्तव में वह योनि सम्बन्धी कष्ट से पीड़ित है। वह शंका अभी तक उनके मन में घर किये थी।[1] वह चाहती थी इसका निर्णय हो जाये कि उसे क्या रोग है? जवाहरलाल नेहरू चुप रहे। कुछ देर बाद उन्होंने उसे समझाया कि अब वह रोगमुक्त है। वह रोग के बारे में सोचना बन्द कर दे। सोचना ही रोग है। उसे कोई रोग नहीं है।

दिसम्बर, 1927 को उन्होंने मनमोहक स्विट्जरलैण्ड को छोड़ दिया था। वे सब भारत लौट रहे थे, समुद्री मार्ग से। उनके मन में उल्लास था, उमंग थी और प्रसन्नता थी। इन्दु महासमन्दर की अनुभूति को अपने में अनुभूत कर रही थी। इसी रास्ते से तो वे सब वहाँ पहुँचे थे, तब वे कितने खामोश, आत्मरत और चिन्तित थे। अब उसके सामने जीवन भी समन्दर की तरह से लहरा रहा था—अनन्त, असीम, अगाध, गहरा और अनेक रहस्यों से भरा, कभी शान्त तो कभी उद्वेलित, पर प्यारा-प्यारा!

5

इन्दु यूरोप से लौट आयी थी। रावी के तट पर देश की पूर्ण आज़ादी के लिए ली गयी शपथ में वह सम्मिलित हो चुकी थी। उसने यूरोप में अपने पिता को एक तीसरे रूप में भी देखा-समझा था। विश्व की महान् विभूतियों के साथ अपने पिताजी को मिलते हुए देखकर उसमें भी नित नवीन भावोन्मेष उद्वेलित होने लगे थे। यूरोप में अपने पिता के साथ घूमते हुए उसमें अनेकानेक प्रश्न-प्रतिप्रश्न सिर उठाने लगे थे। वह अन्दर-ही-अन्दर उद्विग्न हो उठी थी। कभी वह अपने को लेकर समन्दर सी अतल गहराइयों में डूब जाया करती थी और कभी क्षितिज पर अपलक दृष्टि गड़ाये शून्यानुभूतियों से भर उठती थी। जिज्ञासाओं की मेघछटा में से रह-रहकर चटुल चपला कौंध उठती थी और वह स्मित भरी रह जाती थी स्वप्निल अन्तर्मन सी। दूर-दूर तक उसमें शान्त पड़े ज्वारभाटे गहरी साँसें भरते रह जाते थे अवाक्।

उसमें यूरोप का आकर्षण मचल उठा था। वहाँ थे साफ़-सुथरे शानदार शहर। चौड़ी-चौड़ी काँच की तरह चमचमाती हुई सड़कें। ऊँची-ऊँची अट्टालिकायें। हँसमुख रक्तिम चेहरे। सभी बेहद खुश, सभी बेहद मनमौजी और कुलीन! उसके हम उम्र कितने मस्त और कितने चुस्त! कहीं कोई रुग्ण नहीं, झुलसा हुआ नहीं, फटे-सड़े हाल नहीं, मातमी और ग़मगीन नहीं और न ही थका हारा! वह अन्दर-ही-अन्दर यूरोप की मदोन्मद व सदाबहार हस्ती पर सम्मोहित होती जा रही थी और इसके साथ ही उससे अपने देश की खण्डित, विद्रूपमयी और उपेक्षित परछाइयों की तस्वीरों

---

1. द्रष्टव्य : मिसेज़ गाँधी : डॉम मोरिस पृष्ठ सं. 45-46।

का मिलान करते हुए वह तार-तार होकर बिखर रही थी। उसके सामने इलाहाबाद नगरी का पैबन्दनुमा झुलसा चेहरा रह-रहकर ठहर जाता था। उसमें खीझ भर उठती और उसकी मुट्ठियाँ हवा में तन जाती थीं—आखिर ऐसा क्यों?...भारत यूरोप क्यों नहीं? वहाँ गरीबी क्यों? वहाँ फ़ाक़ामस्ती क्यों? वहाँ शिक्षा का महाअंधकार क्यों? वहाँ लाचारी क्यों? क्यों वहाँ ग़मगीन चेहरे हैं? किसने छीना है उनसे वसन्त का शाश्वत वैभव? इन प्रश्नों के कभी न खत्म होने वाले रेगिस्तान में वह मार्ग तलाशती हुई बेदम हो जाया करती थी। उसकी साँस अन्दर-ही-अन्दर उखड़ जाया करती थी। अन्ततः उसने पूछ ही लिया, "पापु ऐसे शहर हमारे यहाँ क्यों नहीं हैं?"

जवाहरलाल नेहरू ने इन्दु की ओर देखा। उनका गुलाबी चेहरा कहीं गहरे में आलुप्त हो गया था। आख़िर वह क्या जवाब दें। पहले तो उन्हें अपनी पुत्री की जिज्ञासा से सन्तोष हुआ और फिर कुछ देर तक वह प्रश्न की घनीभूत जटिलता को सुलझाने की कोशिश करते हुए बोले, "बेटे, यह सब अपने देश की लुटी धन-दौलत का ही कमाल है। कभी यह देश 'सोने की चिड़िया' के नाम से जाना जाता था। वह अपना वैभव खो चुका है।"

इन्दु ने उनकी ओर देखा। मानो उसकी समझ में कुछ नहीं आया। ऐसा ही जवाहरलाल नेहरू ने भी महसूस किया। उन्हें लगा कि वह अपनी बात साफ़ तरह से व्यक्त नहीं कर पाये। उन्हें अपने उत्तर से सन्तोष नहीं हुआ। वह तेरह चौदह वर्ष बाद यूरोप आये थे। उन्होंने कभी इस तरह से नहीं सोचा था। इन्दु के मन में कहीं अधूरा और उलझापन न बना रहे। अतः वह उसे ब्रिटेन के उस भाग में ले गये जहाँ सदा अँधेरा पाख ही उन लोगों पर मँडराता रहता है। वह कह रहे थे, "बेटी, यहाँ भी सभी धनाढ्य नहीं हैं। गरीब यहाँ भी रहते हैं। गरीबी यहाँ का भी अन्धकार है, पर कम।"

इन्दु ने वह सब भी देखा और उसमें पीड़ा कसमसा उठी। क्या गरीबी और बदक़िस्मती सब जगह है? पर क्यों? सब बराबर हैं। फिर ये फ़र्क़ क्यों?

जॉन ऑफ़ आर्क का इन्दु पर गहरा प्रभाव पड़ा था। वह जब भी एकान्त पाती और अपने को लेकर गहरे में डूबने लगती, तब उसके सामने जॉन ऑफ़ आर्क आ खड़ी होती और वह उसके साथ कहीं दूर, बहुत दूर, कदाचित् उसे भी इसका आभास नहीं होता, निकल जाया करती। उसका मुखमण्डल एकबारगी गहरे में डूब कर पुनः धीरे-धीरे पूर्णिमा के चन्द्र की तरह उभरने लगता। ऐसे कई बार कृष्णा हठीसिंह ने अपनी भतीजी इन्दु को अकेले में अपने आपसे लड़ते देखा था। कभी-कभी वह कुछ-कुछ बुदबुदा उठती थी। एक बार ऐसा मौका कृष्णा हठीसिंह के हाथ लगा। इन्दु कुछ गुनगुना रही थी और अपने में गहरी तल्लीन थी। उसने पूछा, "यह क्या हो रहा है, इन्दु?"

इन्दु पलभर तो यथावत् रही, प्रत्युत थोड़ी देर बाद उसने उसकी ओर देखा। अब उसकी चमकदार आँखें मुस्कुरा रही थीं और उसके मेचक कुन्तल विलुलित

हो रहे थे। उसने गुरु गम्भीर वाणी में कहा, "जॉन ऑफ़ आर्क बनने का अभ्यास कर रही हूँ। अभी-अभी उसी के बारे में पढ़ रही थी। एक दिन जॉन ऑफ़ आर्क की तरह मैं भी आज़ादी की लड़ाई में अपनी जनता का नेतृत्व करूँगी और अपने देश को आज़ाद करवाऊँगी।"

कृष्णा हठीसिंह उसकी बात सुनकर हतप्रभ-सी रह गयी—आश्चर्यचकित। उसने बड़े प्यार से उसकी ओर देखा और कुछ सोचकर उसका एकान्त उसे ही सौंपते हुए वह वहाँ से चुपचाप चली गयी बिना कुछ संवाद किये।

इन्दु गैरी बाल्डी की जीवन-गाथा भी पढ़ चुकी थी। जवाहरलाल नेहरू को गैरी बाल्डी की जीवनी वाली पुस्तक पुरस्कार में मिली थी। वह स्वयं भी उससे बहुत प्रभावित हुए थे। जब उसके पिता फ्राँस के सुविख्यात लेखक रोम्या रोलां से उनके स्विट्जरलैण्ड प्रवास में मिल रहे थे तब इन्दु भी उनके साथ थी। वह मन्त्रमुग्ध-सी उन दोनों मनीषियों की बात सुन रही थी और समझने की कोशिश कर रही थी। सोच रही थी कि महान् व्यक्तियों की भेंट में क्या होता है?

वास्तव में इन्दु का यह विदेशी प्रवास अच्छा रहा। उसको नयी दुनिया की पहचान हुई। जब वह भारत लौटी तब उनके दादा मोतीलाल नेहरू तथा उनके पिता जवाहरलाल नेहरू में विवाद छिड़ गया। विवाद का मुद्दा था—नेहरू रिपोर्ट। तदन्तर्गत ब्रिटिश साम्राज्य की छत्रछाया में औपनिवेशिक शासन स्वीकार करने की बात थी, जिसे उनके पुत्र जवाहरलाल नेहरू कतई पसन्द नहीं कर रहे थे। महात्मा गाँधी ने मध्यम मार्ग अपनाते हुए कलकत्ता कांग्रेस अधिवेशन में यह प्रस्ताव स्वीकृत करवा दिया कि ब्रिटिश सरकार या तो एक वर्ष के अन्दर-ही-अन्दर भारत को औपनिवेशिक राज्य के रूप में स्वीकार करने की घोषणा कर दे अन्यथा देश की पूर्ण स्वतन्त्रता के लिए संघर्ष शुरू कर दिया जायेगा। हालाँकि जवाहरलाल नेहरू गाँधीजी के इस मध्यम मार्ग से नाखुश हो रहे थे। उन्हें डर था कि ब्रिटिश सरकार कहीं उनकी माँग स्वीकार न कर ले। ऐसा होने पर देश को पूर्ण आज़ादी प्राप्त करने में बहुत समय लग जायेगा और फ़िलहाल तो पूर्ण स्वतन्त्रता की बात दब ही जायेगी। गाँधीजी समझ रहे थे कि ब्रिटिश सरकार उनकी इस बात को स्वीकार नहीं करेगी और यही हुआ भी। उसने उनका यह प्रस्ताव स्वीकार नहीं किया।

अब देश को पूर्ण स्वतन्त्र कराने के लिए कांग्रेस स्वतन्त्र थी। पूर्ण स्वतन्त्रता की घोषणा रावी के तट पर की जानी थी। जवाहरलाल नेहरू के साथ उनकी पुत्री भी स्वयंसेवक की पोशाक में थी। यहीं यह घोषणा की गयी कि 26 जनवरी राष्ट्रीय पर्व के रूप में मनाया जायेगा। वह वहाँ से लौटते ही प्रतिज्ञा-पत्र की तैयारी में जुट गये। इन्दु को वह प्रतिज्ञा-पत्र सर्वप्रथम पढ़ने को मिला। उन्होंने अपना ड्राफ्ट भी सर्वप्रथम इन्दु को ही पढ़ने को दिया। वह चुपचाप एक कोने में खड़ी अपने पिता का तल्लीनता से अवलोकन कर रही थी। उन्हें उसके वहाँ आने का आभास ही नहीं था। इन्दु के मन में अपने पिता की घोषणा के यह स्वर गूँज रहे थे—"इस

क्षण से हमारा लक्ष्य पूर्ण स्वतन्त्रता है।" वह अपने पिता की सच्ची लगन, कर्मठता, साहस और शक्ति से अत्यधिक प्रभावित होती जा रही थी। जैसे ही जवाहर लाल की दृष्टि—दुबली-पतली इन्दु की ओर गयी, वैसे ही वह मुस्कुराये और पास आने का संकेत करते हुए बोले, "इसे पढ़ो, बेटी। देखो, यह कैसा ध्वनित होता है।" इन्दु पढ़ने लगी। धीरे-धीरे उसके मुख-मण्डल पर ओज महकता गया। वह नवदीप्ति से भर उठी। उसकी आँखें चमक उठीं। वह गम्भीर होकर पढ़ रही थी—"हम भारतीय प्रजाजन भी, दूसरे राष्ट्रों की तरह अपना यह जन्मसिद्ध अधिकार मानते हैं कि हम स्वतन्त्र होकर रहें, अपनी मेहनत का फल स्वयं भोगें और हमें जीवन-यापन के लिए आवश्यक सुविधाएँ मिलें।...हमारा यह भी मानना है कि यदि कोई सरकार जनता से इन अधिकारों को छीन लेती है और उसे सताती है, तो जनता को उस सरकार को बदल देने का अधिकार है।...हमारे देश को जिस सरकार ने इस तरह से तबाह और नष्ट किया है, उसके अधीन रहना हमारी सम्मति में मनुज और परमात्मा दोनों के प्रति अपराध है। लेकिन हम यह स्वीकारते हैं कि स्वतन्त्रता प्राप्त करने का सम्यक् मार्ग हिंसा नहीं है। फलतः हम ब्रिटिश सरकार से, जहाँ तक बन पड़ेगा, स्वेच्छा से किसी भी तरह का सहयोग न करने की तैयारी करेंगे और अपने को सविनय अवज्ञा तथा कर बन्दी तक के लिए तैयार करेंगे।...इसलिए हम शपथपूर्वक संकल्प करते हैं कि पूर्ण स्वराज्य की स्थापना के लिए कांग्रेस समय-समय पर जो आज्ञा देगी, उनका पूरा-पूरा पालन करेंगे।"[1]

इन्दु का किशोर मन तेजस्विता तथा शौर्य के भाव से आन्दोलित हो उठा। उसकी भृकुटियाँ तन गयीं। उसके अरुणाधर काँप उठे। जवाहरलाल नेहरू उसमें होने वाले परिवर्तनों को नोट कर रहे थे। उनमें अपने लिखे घोषणा पत्र पर विश्वास पैदा हुआ। वह मन-ही-मन खुश हुए। उनको विश्वास हुआ कि उसे पढ़कर देश के प्राण नवीन चेतना से भर उठेंगे, उसमें नव ओज तरलित हो उठेगा और वह नव ऊर्जा-शक्ति से जी उठेगा।

वह पूछ रहे थे, "क्या पढ़ लिया, इन्दु? क्या है इसमें?"

"यह प्रतिज्ञा-पत्र है।" इन्दु का संक्षिप्त उत्तर था। उसकी निगाहें अभी भी प्रतिज्ञा-पत्र पर जमी हुई थीं।

"क्या तुम यह जानती हो कि इसे पढ़ने के कारण तुमने भी देश-सेवा की शपथ ले ली है?" जवाहरलाल नेहरू ने सहज ढंग से पूछा।

इन्दु ने एक बार अपने पिता की ओर देखा और कहा, "हाँ।" इसके साथ ही उनके हृदय के तार-तार झंकृत हो उठे। इतनी छोटी अवस्था में उसे देश के लिए शपथ लेने का अवसर मिल रहा था। वह आन्तरिक प्रसन्नता से गद्गद थी। पहली बार उसे अपनी सार्थकता की अनुभूति हुई कि वह भी कुछ कर सकती है। अपने देश के काम आ सकती है।

1. टुवर्ड फ्रीडम—जवाहरलाल नेहरू

6

12 मार्च 1930, गाँधी दाण्डी यात्रा ने समूचे देश को गर्मा दिया था। गाँव-गाँव और घर-घर अब कड़ाही में मिट्टी नज़र आती थी। मिट्टी में पानी मिलाया जा रहा होता था। नीचे आग जल रही होती थी। यों नमक बन रहा था। इससे ब्रिटिश सरकार परेशान हो उठी थी। उसका क्रूर होता दमन-चक्र उस उत्साहावेश को दबा नहीं पा रहा था। जेलें भरी जा रही थीं परन्तु नमक आन्दोलन पूरे यौवन पर था। कोई व्यवधान उसके आवेग को रोक नहीं पा रहा था।

इधर मोतीलाल नेहरू आनन्द भवन देश को सौंप चुके थे। अब उसका नाम "स्वराज्य भवन" हो चुका था। स्वराज्य भवन देश की आज़ादी के संघर्ष का केन्द्र बन चुका था। अब स्वतन्त्रता की लड़ाई नव पीढ़ी के हाथ में थी। इन्दु के मन में भी अपार जोश, उत्साह और उल्लास था। वह भी इस लड़ाई में कूदना चाहती थी। पर कैसे कूदे? उसकी कुछ समझ में नहीं आ रहा था। समूचा परिवार इस संग्राम में कूद पड़ा था। वह किससे पूछे? किससे सलाह ले और कुछ करे तो कैसे? अपने आपसे लड़ते-लड़ते जब वह थक गयी, तब वह सीधे स्वराज्य भवन पहुँची और बोली, "मुझे कांग्रेस का सदस्य बनना है।"

सामने वाले व्यक्ति ने ध्यान से उसकी ओर देखा और कहा, "अभी तो आप बहुत छोटी हैं, सदस्य बनने की शर्त कम-से-कम इक्कीस वर्ष की आयु है।"

बारह वर्षीय इन्दु तनिक झुंझला उठी और बोली, "क्यों, इससे पहले क्यों नहीं।"

"नहीं।" विवशता का इज़हार करते हुए उस व्यक्ति ने कहा, "काश! आप अट्ठारह वर्ष की होतीं तो भी आपको सदस्य बनाने पर विचार कर लिया जाता। परन्तु... ।"

इन्दु में आवेश उफना। उसका चेहरा तमतमाया। आयु का बन्धन क्यों? वह सदस्य क्यों नहीं बन सकती? उसकी समझ में इसका कोई कारण नहीं आ रहा था। वह ईषद् आवेश के साथ बोली, "अच्छा, धन्यवाद, मैं अब छह वर्ष बाद ही आऊँगी।" इन्दु वहाँ से सीधे घर आयी। घर में कोई नहीं था। दादा व पिता कारागार में थे और माँ बाहर गयी हुई थीं। उसे गुस्सा तो बहुत आ रहा था परन्तु वह कुछ कर नहीं पा रही थी। काश! घर में कोई होता तो वह उससे कांग्रेस का सदस्य बनने की उम्र के बारे में सवाल करती और पूछती कि देश को स्वतन्त्र कराने में हिस्सा लेने के लिए उम्र का बन्धन क्यों? परन्तु अब तो वह विवश थी। उसे अपनी विवशता पर रह-रहकर आक्रोश आ रहा था। वह बराबर छत पर टहलती रही और आकाश को घूरती रही।

आख़िर कुछ तो कारण होगा। पर क्या? यह सोचती हुई वह नीचे उतरी और वह घर से बाहर आयी, उसने अपने आस-पास के मित्रों को इकट्ठा किया। उनके सामने यह सवाल रखा। उनसे सलाह मशविरा किया। अन्त में यह तय किया कि क्यों न वे अपनी कांग्रेस अलग बनायें। क्यों न वे अपने अस्तित्व की पहचान अलग होने दें! सब की आँखें चमक उठीं। यह बात सबके गले उतर गयी कि वे स्वतन्त्रता की लड़ाई स्वयं लड़ेंगे।

इन्दु ने अत्यन्त आत्मविश्वास के साथ दोहराया, "उन्होंने हमें इक्कीस या अट्ठारह वर्ष के न होने के कारण कांग्रेस का सदस्य बनाने से इनकार कर दिया है और हम भी उन्हें अपनी कांग्रेस का सदस्य बनाने से इनकार कर सकते हैं। हमारी कांग्रेस का सदस्य इक्कीस या उससे अधिक उम्र का व्यक्ति नहीं हो सकेगा। देशसेवा का अधिकार तो सबको बराबर का है—उसके लिए छोटे-बड़े, अमीर-गरीब का प्रश्न क्यों? यह ज़्यादती है। हमें इस ज़्यादती का मुँहतोड़ उत्तर देना है।"

"अमीर-गरीब, ऊँच-नीच, छोटे-बड़े का भेद मिटाना है।" उनमें से एक ने कहा।

"वहाँ छोटे-बड़े का भेद है। मैं बारह वर्ष की हूँ तो क्या हुआ? क्या देशसेवा के लिए उम्र का महत्त्व होता है?" इन्दु के स्वर में आवेश था।

सभी बच्चों की निगाह इस वक़्त लम्बी-लम्बी टाँगों वाली इकहरी देह की उस सुकुमारी की ओर थी। उसके मुख-मण्डल पर तेज दमक रहा था। वह आगे कह रही थी, "बोलो, निर्णय करो कि तुम सब देशसेवा के लिए तैयार हो या नहीं? तुम्हें मेरा प्रस्ताव स्वीकार है या नहीं?"

"हम तैयार हैं।...हमें तुम्हारा प्रस्ताव स्वीकार है।" सभी बच्चों ने तेज़ स्वर में एक साथ कहा। आकाश गूँज उठा। इन्दु का चेहरा और देदीप्यमान हो उठा। वह कुछ सोचकर बोली—"यह काम आसान नहीं है।"

"न हो पर हम तैयार हैं।"...समवेत स्वर था।

"यह काम कम जोखिम का नहीं है। हम जो करने जा रहे हैं उसके परिणाम भयानक हो सकते हैं। हमें गिरफ़्तार किया जा सकता है। हमें मारा-पीटा जा सकता है। और भी बहुत कुछ किया जा सकता है। उसकी इस वक़्त हम कल्पना नहीं कर सकते। आखिर उन्हें यातना देनी है। परन्तु हमें अपनी आज़ादी के लिए सोचना है। उसके लिए कुर्बानी देने की बात सोचनी है। बोलो, अब क्या कहते हो।" नव किशोर इन्दु का स्वर प्रौढ़ नेता की तरह नपा-तुला और दृढ़ता लिए था।

सबने एक साथ आसमान की ओर हाथ तानते हुए कहा, "हम तैयार हैं। तैयार हैं! अब हमें देशसेवा करने से कोई नहीं रोक सकता। कोई भी नहीं।"

इंकलाब...ज़िन्दाबाद। इंकलाब...ज़िन्दाबाद...के नारों से नीलाम्बर गूँज उठा। इन्दु इससे प्रसन्न हो उठी। यह उसके लिए नितान्त नया व स्फूर्त अनुभव था। कुछ कर पाने की राह का ताज़गी भरा अनुभव। उसकी यह बात बच्चों में जंगल

में लगी आग-सी चारों ओर फैल गयी, एक नवीन और स्फूर्त वातावरण तैयार हो गया। प्रश्न अस्तित्व का था और प्रश्न देश की स्वतन्त्रता का था। उसके लिए वह तनिक भी नहीं हिचकिचाई। अब तो उसके मन में एक ही बात घर किये थी कि कैसे वह अपने इस संगठन की पहचान मज़बूत कर सके और सबको अपने इस नन्हे संघ के अस्तित्व का एहसास करा सके?

जब जवाहरलाल नेहरू ने कारागार में अपनी प्रिय पुत्री के इस लघु संगठन की बात सुनी तब उनको अपने पिता होने के गौरव की अनुभूति हुई। उसमें अभी से अपने देश के प्रति इतनी अटूट श्रद्धा-भक्ति जन्म ले चुकी है कि वह एक नये संगठन को जन्म दे सकती है—यह सोचते हुए उन्हें आश्चर्यमिश्रित आनन्दानुभूति हो रही थी। वह गद्गद हो उठे थे। बारह वर्ष की बालिका होती ही क्या है! उसमें इतनी तेजस्विता और ऐसा साहस! ऐसी सोच! ऐसी उमंग! ऐसी लगन! वह इससे आगे नहीं सोच सके।

उसका निश्चय साकार होने लगा और वह संगठन देखते-ही-देखते लोकप्रिय भी हो गया। इसके कार्य थे—पुलिस के घेरे को चीर निकल जाना, एक जगह से दूसरी जगह सूचनाएँ पहुँचाना, लिफ़ाफ़ों पर पते लिखना, जुलूस निकले तो लोगों को पानी पिलाना, झण्डे बनाना, खाना बनाने में मदद करना, सब्ज़ी लाना व काटना, अन्य आवश्यक चीज़ें लाना, पोस्टर चिपकाना आदि। और जो नयी ज़िम्मेदारी सौंपी जाये, उसे निभाना।

बहुत जल्दी ही इस बाल संगठन ने अपने कार्यों से कांग्रेस को प्रभावित कर लिया। अब बाल संगठन के सभी सदस्य यह महसूस कर रहे थे कि इस संगठन का कोई अच्छा-सा नाम भी होना चाहिए। वे सभी नाम सोच रहे थे परन्तु ठीक कोई नाम उभर कर सामने नहीं आ रहा था। इन्दु ने अपनी माँ से पूछा, "मम्मी, हमारी कांग्रेस को कोई अच्छा-सा नाम तो सुझाओ।" कमला नेहरू ने हाथ का काम एक ओर खिसका कर सामने की ओर देखा। वह देख रही थी कि वृक्ष पर बन्दर बैठा हुआ ध्यान मग्न है। क्या नाम दिया जाये इन्दु की कांग्रेस को! उसकी समझ में एकाएक कुछ नहीं आ रहा था।

"बोलो न, मम्मी।" इन्दु ने पुनः कमला नेहरू का ध्यान अपनी ओर खींचा और उसके साथ ही वह मम्मी की ओर अपलक दृष्टि से देखने लगी। कमला उसे इस प्रकार टकटकी बाँधकर देखती रही फिर तनिक स्मित बिखेरते हुए वह बोली, "मेरे खयाल से बानर सेना ठीक रहेगा।"

मम्मी के मुँह से बानर सेना शब्द सुनते ही इन्दु का चेहरा लटक गया। वह अपनी मम्मी को कितना चाहती है। उनसे कितना प्यार करती है! उनकी कितनी इज़्ज़त करती है! यथार्थतः वही तो उसके एकान्त की एकमात्र साथी हैं! वह उनसे ही तो अपने मन की बात कह पाती है। उन्होंने यह कैसा उपहास कर डाला—बानर सेना! क्या उनके संगठन का कार्य इसी स्तर का है। बानर दूसरों की चीज़ों को

उठा ले जाते हैं, उन्हें तोड़ते-फोड़ते हैं और बेकार कर फेंक देते हैं। क्या उनका संगठन भी यही कार्य कर रहा है? वह अन्दर-ही-अन्दर आक्रोशित हो रही थी और वहाँ से उठकर बाहर भाग जाना चाहती थी। कमला ने इन्दु के मुख-मण्डल पर मेचक छायाओं को मँडराते हुए देखा। उसका चेहरा तुषारापात से झकझोरे सुमन जैसा हो चुका था। सहज स्मृतियाँ जाने कहाँ कूच कर गयी थीं। वह इन्दु की मनःस्थिति को समझ रही थी। वह बोली, "बेटी, तुम कदाचित् ग़लत समझ गयीं। मेरा मतलब यह नहीं था जो तुमने समझ लिया है।...राम को वनवास हुआ था कि नहीं।"

"हुआ तो?" इन्दु ने दूसरी ओर देखते हुए कहा।

"चौदह वर्ष का कठोर वनवास था कि नहीं।"

"था पर तब?"

"लंकेश्वर रावण ने उनकी सीता का अपहरण किया था कि नहीं।" कमला ने इतना कहकर इन्दु की ओर देखा। अभी तक गुस्सा उसकी नाक पर सुस्ता रहा था। इन्दु को कुछ बोलता हुआ न पाकर उसने कहा, "जानती हो सीता को किसने मुक्त कराया था?"

"श्रीराम ने।" इन्दु ने बेमन से कहा।

"पर किसकी सहायता से?"

इस बार इन्दु सोच में पड़ गयी।

"वन में श्रीराम की सहायता के लिए कौन-कौन आगे आये थे?"

कमला ने इन्दु को सहारा देते हुए कहा।

"हनुमान।" इन्दु दबी जुबान से कह गयी।

"शाबाश बेटी।...बताओ तो हनुमानजी कौन थे?"

"कौन थे?" इन्दु प्रश्न दोहरा बैठी।

"सोचो और बताओ।" कमला ने ज़ोर देकर पूछा और इन्दु की नाक पर आ बैठे गुस्से को निहारा।

इन्दु सकपका गयी। उसके सामने बानर सेना का रहस्य खुलने लगा। कमला पुनः पूछ रही थी।

"बानर।" इन्दु ने धीरे से कहा।

"और उनकी सेना।"

"बानर सेना।" इस बार इन्दु आगे कुछ कहते हुए ठिठक गयी। बानर सेना ही तो श्रीराम की थी। उसे अपनी समझ पर गुस्सा आया।

"राम की सीता को बानर सेना ने ही तो मुक्त करवाने में मदद की थी कि नहीं इन्दु।"

"हाँ मम्मी।"अब इन्दु के सामने जवाहरलाल नेहरू का पत्र घूम रहा था—कभी भारत भी महान् और श्रेष्ठ देश था। धन-धान्य से परिपूर्ण था। *रामायण* और *महाभारत*

के युग की स्मृति करो तो इस देश की भव्य झाँकी सामने आ जाती है। अफ़सोस आज एक विदेशी सरकार का हमारे देश पर शासन है और वह हमारे देश को लूट रही है। हमारी गरीबी का यही कारण है। यदि हम लोग पुरज़ोर प्रयत्न करें तो अपना देश स्वतन्त्र हो सकता है और धीरे-धीरे यहाँ की गरीबी भी दूर हो सकती है।

इन्दु को खोता हुआ देखकर कमला कह रही थी—"तुम्हारे इस संगठन का नाम होगा बानर सेना। क्यों ठीक रहेगा न, इन्दु, यह नाम!"

"मम्मी...अच्छी मम्मी। आपने बहुत अच्छा नाम सुझाया है। थैंक्स, मम्मी।" कहते-कहते इन्दु बाहर भाग गयी और उसने अपने संगठन को इस नाम से अवगत करा दिया। सबने सहर्ष इस नाम को स्वीकार कर लिया—बानर सेना! सभी ने इस नाम को पसन्द किया—मोतीलाल नेहरू ने भी, जवाहरलाल नेहरू ने भी और सभी ने। उसे गाँधीजी का आशीर्वाद भी प्राप्त था। और सब उसके कार्य से प्रसन्न थे।

तब मोतीलाल नेहरू भी कारागार में थे। कैदियों को माह में एक चिट्ठी ही लिखने की इजाज़त थी। वह परिवार के किस सदस्य को चिट्ठी लिखें, यह तै करना उनके लिए बहुत मुश्किल था। उन्हें अपने पूरे परिवार की चिंता थी। उनके पास इन्दु की बानर सेना बनाने की खबर भी पहुँची। अब तो सारा परिवार इस लड़ाई में उतर चुका था। उन्होंने परिवार के सभी सदस्यों को एक ही पत्र में अलग-अलग नाम से अलग-अलग परिच्छेद लिखे ताकि एक ही चिट्ठी सबके लिए हो सके। उसमें इन्दु को भी लिखा था और सुझाव भी दिया था कि 'बानर सेना में तुम्हारी हैसियत क्या है? मेरा सुझाव है कि हर मेम्बर के दुम होनी चाहिए और वह उसके ओहदे के लिहाज़ से लम्बी-छोटी हो। बिल्ले पर हनुमान की छाप ठीक है, मगर हनुमानजी के हाथ में रहने वाली गदा का न होना ही मुनासिब है। याद रखो कि गदा का मतलब होता है हिंसा और तुम्हारी अहिंसक सेना है। तुम लोगों को क़वायद-परेड की तालीम देने वाला कोई है या नहीं। यह बहुत ज़रूरी है। तुम्हें अपने आपको चुस्त-दुरुस्त भी रखना होगा। दौड़ने का अभ्यास करती रहो।...तुममें बिना रुके कम-से-कम एक मील दौड़ने का माद्दा तो होना चाहिए। धीरे-धीरे फ़ासला बढ़ाती जाओ। मैं अपने बग़ीचे की उस ढाल पर, जो नीची वाली ज़मीन को दूसरे हिस्सों से जुदा करती है, घूमता था और उसे मैंने नपवाया था, मगर नाप याद नहीं रहा। तुम फिर से उसका नाप करवा लेना और मालूम करना कि उसके कितने फेरे करने से एक मील बनता है। फिर दौड़ते हुए उसके दो या तीन फेरे करो, जितना तुम आसानी से बिना थके और बिना दम फूले कर सको। धीरे-धीरे फेरों को बढ़ाती जाओ, मसलन हर दूसरे या तीसरे दिन आधे फेरे के हिसाब से। इस तरह तुम जल्दी ही बिना थके या बिना दम फूले एक मील तक दौड़ने लगोगी।' इन्दु अपने दादा का पत्र पढ़कर गहरी सोच में डूब गयी। दादा का पत्र उसके लिए अत्यन्त प्रेरणाप्रद रहा। उसने मन-ही-मन ठान लिया था कि वह अब इस संगठन में जान फूँक देगी। इस संगठन की सार्थकता सिद्ध करेगी। इसे हर दृष्टि से शक्तिशाली बनायेगी।

7

दृश्य जल्दी-जल्दी बदल रहे थे। समय तेज़ी से करवट ले रहा था। कमला स्वस्थ होते ही पुनः आज़ादी की लड़ाई में कूद पड़ी। रात-दिन वह देश के प्रति चिन्तित रहती थी और स्वराज्य के सपने देखा करती थी। इन्दु की माँ कमला नेहरू को आख़िर ब्रिटिश सरकार कब तक छोड़ती और एक दिन उनको गिरफ़्तार कर अपने साथ ले गयी। यह बात सारे शहर में आग की तरह फैल गयी। इन्दु देखती रह गयी। वह एकदम खामोश हो गयी। उसे कुछ नहीं सूझा।

वह देख रही थी कि राष्ट्रगीत गाना अपराध है। पुलिस उन पर लाठी बरसाती है। नारे लगाना भी अपराध है, पुलिस उन पर कोड़े बरसाती है। पर क्यों? यहीं से उसका मन बेहद बेचैन हो उठा। उनके सामने माँ का ममतापूर्ण मुखमण्डल तैर गया। उनको क्यों गिरफ़्तार किया? वे निर्दोष हैं। निर्दोष को कारागार क्यों? यही तो गुलामी है। इसी से मुक्ति पानी है।

उधर मोतीलाल नेहरू ने खाट पकड़ ली थी। वह बहुत तकलीफ़ में थे। उन्हें डॉक्टर ने समन्दरी जलवायु में ले जाने के लिए कहा था। इस कारण वह कलकत्ते चले आये थे। परन्तु ज्यों ही उन्हें अपनी पुत्रवधू कमला की गिरफ़्तारी का समाचार मिला, त्यों ही वह इलाहाबाद आ पहुँचे और जवाहरलाल नेहरू से मिले। बात की कि बहू को कैसे छुड़ाया जाये। जवाहरलाल नेहरू को यह स्वीकार नहीं हुआ। वह चुप कर गये। जवाहरलाल नेहरू ने इन्दु को उसकी माँ की गिरफ़्तारी के सम्बन्ध में लिखकर समझाया था कि "कुल हेतु व्यक्ति को, ग्राम हेतु कुल को, जनपद हेतु ग्राम को, पृथ्वी हेतु देश को और आत्मा हेतु पृथ्वी को त्याग देना चाहिए।"[1] उसे पिता की ओर से मिली वह अनमोल भेंट याद आ रही थी। उन्होंने उसे लिखा था—"जन्मदिन पर तुम्हें सभी से स्नेह मिलता है और उपहार भी। स्नेह तुम्हें इस बार भी मिलेगा, पर उपहार? बहरहाल, तुम्हें मैं आज ऐसा उपहार भेज रहा हूँ जिसका सामान्य दृष्टि से कोई महत्त्व नहीं, पर हाँ, उसे जेल की ऊँची-ऊँची दीवार भी रोक पाने में असमर्थ है।" उन्होंने अपने हाथ से लिखकर भेजा था वह अद्वितीय उपहार—इन्दिरा प्रियदर्शनी को—13वें जन्मदिन पर। वह हतप्रभ रह गयी। इतना सुन्दर और शाश्वत उपहार! हर किसी के भाग्य में सम्भव नहीं है।

इन्दु के सामने एक नया तिलिस्म खुल रहा था। वह सुन रही थी—इंकलाब ज़िन्दाबाद! देश आज़ाद होने की दिशा में तेज़ी से अग्रोन्मुख हो रहा था। वह अपने पिता के पत्रों के बारे में सोचती जा रही थी। उन्होंने उसके जन्मदिन पर उसे लिखा था—"जिस वर्ष और जिस माह में तुम हुई थीं, उसी वर्ष और माह में एक और

---

1. पंचतन्त्र के श्लोक का अनुवाद है—त्यजेदैकं कुलस्यार्थं, ग्रामस्यार्थं कुलं त्यजेत! ग्राम जनपदास्यार्थे आत्मार्थं पृथ्वीं त्यजेत।

का जन्म हुआ था, और वह है रूस की क्रान्ति, जिसने न केवल इतिहास की परम्परागत धारा का रुख बदला है अपितु रूस की काया-पलट कर दी है। इस क्रान्ति के जनक थे—लेनिन, जिनके दिल में निर्धन के प्रति अपार स्नेह और सहानुभूति थी। जार का रूस...जो खुरपी तक विदेश से खरीदता था। जहाँ आज़ादी जारशाही की ज़ंजीरों में दम तोड़ रही थी। जुल्मों, अत्याचारों और गरीबी में सुगबुगाता हुआ रूस! कैसे आज़ाद हो सका! धन्य है—महान् लेनिन को...मानवता प्रेमी लेनिन को! हमारा देश भी आज़ाद हो! यहाँ से भी गरीबी छूमन्तर हो...अन्याय, जुल्म की धारदार मार से देश आज़ाद हो। ओह! अपना देश! मुट्ठीभर अंग्रेज़ों का गुलाम देश! यहाँ किसी बात की आज़ादी नहीं। यहाँ कोई भारतीय देश-प्रेम का गीत भी नहीं गा सकता! गाये तो कोड़े खाये, जेल जाये और....।''

इन्दु के सामने कई रहस्य खुलते जा रहे थे। उसे अपने पिताजी का लिखा हर पत्र एक बेहतरीन तोहफ़ा लगता था। उसे पिताजी का पत्र याद आ रहा था। उन्होंने लिखा था कि, ''मैं जो कुछ लिखूँ, उसे कड़वी गोली की तरह महज़ इसलिए मत निगल लेना कि वह मैंने लिखा है। ऐसा समझना जो कि मैं तुमसे बात कर रहा था और बातचीत के दौरान ही मैं कोई सुझाव दे बैठा, जिस पर तुम्हें विचार करना है।'' एक जगह वे लिखते थे, ''हम क्रान्ति अथवा परिवर्तन इसलिए चाहते हैं कि रुका पानी सड़ जाता है। दरअसल दुनिया की कोई भी चीज़, जिसमें जान है, बिना परिवर्तन के नहीं रहती। यह दुनिया रोज़-ब-रोज़ और मिनट-मिनट पर बदलती रहती है। केवल मुर्दे ही ऐसे होते हैं जिनकी बढ़ोतरी रुक जाती है और वे निश्चल हो जाते हैं।'' उसके मन में पूज्य पिताजी के विचारों ने एक क्रान्ति को जन्म दे डाला। वह दिन-रात अपने देश के बारे में सोचती-सोचती डूब जाती। उसे अपने पिता पर गर्व होता था।

इन्दु अपनी माँ के साथ स्विट्ज़रलैण्ड से लौटने के बाद, मसूरी चली गयी थी तब पिताजी का एक और पत्र मिला, जिसमें उन्होंने आर्यावर्त की चर्चा करते हुए उसे इन्दु देश की याद दिलायी थी कि ''इन्दु,...हिन्दुस्तान के नक़्शे पर निगाह डालो। और हिमालय व विंध्यप्रदेश के बीच के उस हिस्से को देखो, जो कभी आर्यावर्त रहा था—वह तुम्हें दूज के चाँद के आकार का सा लगेगा, इसीलिए आर्य आर्यावर्त को इन्दु-देश भी कहते थे और इन्दु चाँद को भी कहते हैं।''

इन्दु ने गंगा को किले के पास से देखा था तो वह पिता पर मन्त्र-मुग्ध सी हो उठी थी। उसके निभृत घाटियों में यह स्वर दूर तक प्रति-ध्वनित होता रहा था—यथार्थतः प्रयाग में गंगा दूज के चन्द्र-सी दृग्गोचर होती है। तेरह वर्षीय इन्दु के मन में देश के प्रति अटूट श्रद्धा-भक्ति उमड़ रही है। कौन कहता है कि युवा होती पीढ़ी के मन में तब ज्वारभाटा नहीं उमड़-घुमड़ रहा था? उसे भी अपने देश से उतना ही प्रेम था, जितना दूसरों को! इन्दु ने इलाहाबाद में गाँधी चर्खा संघ के अन्दर बाल चर्खा संघ भी खोल दिया था। इससे बानर सेना की कीर्ति देश

में महक उठी थी। इससे दूसरों को भी प्रेरणा मिल रही थी।

पिता के क्रान्तिकारी विचार उसमें नवीन दृष्टि पैदा कर रहे थे। "पिता के पत्र पुत्री के नाम" से उसको बहुत बल मिला था। दरअसल उनमें उसकी पढ़ाई की चिंता बनी हुई थी परन्तु वह उसके लिए बहुत कुछ नहीं कर पा रहे थे। सारा परिवार देश के प्रति समर्पित था—कभी यात्रा और कभी कारागार में। वहाँ वक़्त ही किसी के पास कहाँ था जो इन्दु की पढ़ाई की सुव्यवस्था कर सके। नामालूम उनकी कितनी बार, कितनी जगह और कितने विधि-विधान से पढ़ाई शुरू हुई पर टूट गयी। उसकी पढ़ाई का प्रबन्ध कहाँ किया जाये, किस स्कूल में डाला जाये, इस बात पर उसके दादा और पिता में कुछ मतभेद था। पिता गाँधीजी के प्रभाव में थे और दादा पाश्चात्य शिक्षा के। और बेचारी इन्दु इतस्ततः घूम रही थी। यद्यपि जवाहर भी अच्छी तालीम के पक्ष में थे तथापि वह कुछ कर नहीं पा रहे थे। इसके लिए उन्हें दुःख भी था और पश्चात्ताप भी। उनके सामने सबसे अहम् मुद्दा देश की आज़ादी का था, शेष मुद्दे सब गौण थे।

जब वह प्रधानमन्त्री बनीं, श्रीमती इन्दिरा गाँधी बन गयीं तब उन्हें अनेक बार साक्षात्कार लेने वालों ने बानर सेना की याद दिलाई। उन्हें कुरेदा। वह पुरानी स्मृतियों में खोते हुए उनकी ओर मुखातिब होकर कहने भी लगीं, "पुलिस घेरे के बाहर-भीतर उछल-कूद करने वाले बच्चों पर किसी का ध्यान नहीं जाता था कि वह कोई महत्त्वपूर्ण कार्य भी कर सकते हैं। और बच्चे थे कि सन्देश सूचना को याद कर कराकर सम्बन्धित लोगों के पास पहुँच जाते और कहते थे—' "सुनिये, आपको यह करना है और यह नहीं करना है। पुलिस दल-बल के साथ वहाँ पहुँच गयी है। अमुक-अमुक श्रीमान् गिरफ़्तार किये जाने वाले हैं।' " वह कुछ रुक कर आगे कहतीं, "इस तरह हम लोग भेदिया का काम भी करते थे। थाने के सामने वाले हिस्से में बैठे सिपाही अक्सर आपस में बातें किया करते थे कि आज कहाँ तलाशी होगी, कौन गिरफ़्तार किया जायेगा, वगैरह-वगैरह और बाहर कबड्डी या कीड़ी-काड़ा खेल में लगे चार या पाँच बच्चों की ओर उनमें से किसी का ध्यान नहीं जाता। और इस तरह बच्चे आन्दोलन में लगे लोगों को खबर पहुँचाया करते।" इतना कहकर वह ठहर जातीं। कहीं खो सी जातीं।

लोगों ने पिता-पुत्र के मतभेद को असमझे ही तूल दे दिया। दोनों को ही इन्दु की शिक्षा की बेहद चिंता थी और दोनों के पास ही वक़्त का नितान्त अभाव था। इन्दु जब छह वर्ष की थी तब उसे सेन्ट सेसीलिया हाई स्कूल में प्रवेश दिला दिया गया था। वहाँ कुछ समय तक वह पढ़ती रही। दरअसल जवाहरलाल नेहरू नहीं चाहते थे कि उनकी पुत्री को रूढ़िग्रस्त शिक्षा मिले या तत्कालीन शिक्षा पद्धति के सुपुर्द वे अपनी पुत्री को कर दें जो मानसिक रूप से गुलाम बनाने की शिक्षा देती है। ब्रिटिश सरकार ने शिक्षा का ढाँचा इस प्रकार तैयार किया था, जिससे भारतीय ब्रिटिश सत्ता के प्रति नत बने रहें। घर में यद्यपि अच्छा-सा पुस्तकालय

था तथापि विद्यालय का अपना महत्त्व होता है। पिता ने स्वयं पुत्री को पढ़ाने का ज़िम्मा अपने ऊपर ले लिया था और समय-समय पर वह इस दिशा में प्रयत्नशील बने रहते थे। उनके कतिपय पत्रों से यह बात स्पष्ट हो जाती है, जैसे—"...मैं चाहता हूँ कि उसकी पढ़ाई का कोई इन्तज़ाम किया जाये। मुझे यक़ीन है कि इस काम को मैं ज़रूर सँभाल लेता—मगर अभी तो बैरक नं. 4 में हूँ।" वह रह-रहकर इन्दु को कुरेदते रहते थे। पत्र के अन्त में वह यह लिखना नहीं भूलते थे—"पापु का प्यार।"

कभी लिखते थे, "जल्दी अच्छी हो जाओ, ख़त लिखना सीख लो और मुझसे जेल में मुलाकात करने आओ। तुम्हें देखने के लिए मैं बेताब हूँ, दादू तुम्हारे लिए जो नया चर्खा लाये हैं, क्या तुम उसे चलाती हो? अपना काता हुआ सूत मुझे भेजो। अम्मा के साथ रोज़ प्रार्थना करती हो न?"

या फिर वह लिखते थे—"...कामना करता हूँ कि तुम बड़ी होकर भारत की सेवा के लिए बहादुर सिपाही बनो।" वह अपने पिता के आशीर्वाद को चरितार्थ करने में रत थी। उसे अपने चारों ओर के परिवेश से शिक्षा मिल रही थी, वह अत्यन्त महत्त्वपूर्ण और जीवन्त शिक्षा थी।

मोतीलाल नेहरू जब कारागार में बहुत ही अस्वस्थ हो गये तब उन्हें रिहा कर दिया गया। इस बार वह ऐसे खटिया पर पड़े कि उठने का नाम ही नहीं ले रहे थे। उनकी पहलवानी से प्राप्त देह जर्जर हो रही थी। वह चल फिर भी नहीं सकते थे। वह टिमटिमाती आँखों से अपने अवसान की प्रतीक्षा कर रहे थे, एकदम भीष्म पितामह की तरह शर शैय्या पर पड़े हुए।

रावी के तट पर की गयी स्वतन्त्रता की घोषणा को एक वर्ष हो रहा था। अंग्रेज़ी सरकार ने सभी प्रमुख नेताओं को रिहा कर दिया था। जवाहरलाल नेहरू को कारागार छोड़ते समय बताया गया था कि उनके पिताजी की तबियत बहुत नाजुक है।

8

जवाहरलाल नेहरू सीधे आनन्द भवन पहुँचे। उधर गाँधीजी भी यरवदा जेल से सीधे आनन्द भवन पहुँचे। मोतीलाल नेहरू ने लेटे-लेटे गाँधीजी का स्वागत किया और उनके उठते वक़्त उन्होंने उनका हाथ पकड़ कर बैठाते हुए निवेदन किया, "महात्माजी, हिन्दुस्तान की क़िस्मत का फ़ैसला इस स्वराज्य भवन में ही कीजिए और किसी निर्णायक सम्मानजनक समझौते में मुझे शामिल कर लीजिए—मेरी आख़िरी नींद गुलाम देश में नहीं, एक आज़ाद देश में हो।" तब इन्दु उनके पार्श्व में खड़ी अपने दादा की बात सुन रही थी। उसे दादा ने समझाया था—"बच्चे बढ़कर किशोर हो

जाते हैं, किशोर बढ़कर जवान हो जाते हैं और जवान धीरे-धीरे बूढ़े होने लगते हैं एकदम मेरी तरह। यह प्रकृति का शाश्वत नियम है।"

इन्दु क्या बोलती। बोलने के लिए था भी क्या। वह चुपचाप सुन रही थी और अन्दर-ही-अन्दर डूबती जा रही थी। सोच रही थी, यह क्या हुआ दादू को। दादू जैसा मेहमाननवाज़ आज बेतरह घुट रहा है और अपने को असहाय महसूस कर उद्विग्न हो रहा है। मुस्कुराना चाह कर भी उनसे सम्भव नहीं हो रहा है। बमुश्किल पहियेदार कुर्सी से सरकते-सरकते वह मेहमान का स्वागत करने के लिए दरवाज़े तक पहुँच पाते थे। इसी समय इन्दु की निगाह कारागार से लिखे अपने पिता के पत्र पर ठहर जाती है। उन्होंने लिखा था, "उस दिन की याद करो, जब हम तीनों मिलेंगे। मैं उस दिन का इन्तज़ार करूँगा और उसका खयाल मेरे दिल को हल्का करेगा और उम्मीद से भर देगा।"

इन्दु सोचती रही कि यह सब क्या हो रहा है? अंग्रेज़ों का निर्मम दमनचक्र-शान्तिपूर्ण सभाओं पर लाठियों की बौछार, घोड़ों के टापों से प्रहार और...और गोलीबारी के आदेश! अब तो माँ के साथ दादी भी पिकेटिंग कर रही थीं। माँ को तो अपनी बीमारी की परवाह ही नहीं थी और दादी बुढ़ापे को अनदेखा कर अपने आपको स्वतन्त्रता की आग में झोंके जा रही थीं। बावजूद दादा के पत्र में किये आग्रह को नज़रअन्दाज़ करते हुए कि, "अपने बूढ़े हाड़ों पर कुछ ज़्यादती ही कर रही हो। अगर स्वराज्य को अपनी ज़िन्दगी में कायम होते देखना चाहती हो तो बेचारी बूढ़ी हड्डियों पर थोड़ा रहम फरमाइये।" पर उन पर उसका कोई असर नहीं हो रहा था।

कमला तब इलाहाबाद जिला कांग्रेस की अध्यक्ष थीं। वह अस्वस्थ थीं परन्तु देश की आज़ादी के लिए एकदम समर्पित। एक के बाद एक गिरफ़्तार। किसी को परवाह नहीं...चिंता नहीं...न अपने भविष्य की, न अपने परिवार की और न जीने-मरने की। यह कैसी दीवानगी थी। यह कैसा उन्माद था। जिसे देखो, वह कुर्बानी के लिए खुशी-खुशी तैयार था। एक ओर दादा का बेहद झुकता टूटता स्वास्थ्य था और दूसरी ओर था अपने पिता का मार्मिक पत्र, जिसमें उन्होंने लिखा था कि, "बेशक हम आज़ादी चाहते हैं, लेकिन हम इससे आगे भी कुछ चाहते हैं—हम तमाम बदबूदार गड्ढों को साफ़ कर डालना चाहते हैं और हरेक जगह ताज़ा और साफ़ पानी की धार पहुँचा देना चाहते हैं—हमारा फ़र्ज़ है कि हम अपने देश की गन्दगी, ग़रीबी और मुसीबतों को निकाल फेंकें, और जहाँ तक हो सके, उन बहुत से आदमियों के दिमाग़ में भरे हुए जालों को साफ़ कर दें, जिनकी वज़ह से वे न तो विचार कर पाते हैं और न ही उस महान् काम में सहयोग दे पाते हैं, जो हमारे सामने हैं। वह एक बड़ा काम है, और मुमकिन है, उसके पूरे होने में देर लगे। अतः आओ, कम-से-कम एक धक्का लगाकर इसे आगे बढ़ायें।" इस तरह एक तरफ़ धरी की धरी रह गयी थी ब्रिटिश प्रधानमन्त्री मैकडोनाल्ड की छल-छद्म

भरी घोषणा! कांग्रेस ने उस गोलमेज़ कान्फ्रेंस (परिषद्) का अस्तित्व ही अस्वीकार कर एक नये भारत के उदय का संकेत दिया था।

आज़ादी की प्रथम वर्षगांठ 26 जनवरी पर सरकार ने सबको छोड़ दिया। दादा की हालत और बिगड़ गयी। इन्दु ने अपने पिता को उस दौर से गुज़रते हुए देखा था, जिसमें एक ओर उनकी अध्यक्षता में स्वराज्य भवन में कांग्रेस कार्यसमिति की महत्त्वपूर्ण बैठक चल रही थी और दूसरी ओर उनके मन में थी अपने पिता की बिगड़ती हुई हालत! कार्यसमिति यह निर्णय ले रही थी कि विदेशी वस्त्रों, शराब और नशीली चीज़ों की दुकान पर धरना पूर्ववत् चलता रहेगा। तभी सूचना मिली कि "मोतीलाल जी की तबियत और खराब हो गयी है, जल्दी चलो।" जवाहरलाल नेहरू तुरन्त आये। सब ज्ञात किया। डॉक्टरों की राय थी कि मोतीलाल जी को तुरन्त लखनऊ ले जाया जाये। परन्तु दादा स्वराज्य भवन से कहीं जाने के लिए तैयार ही नहीं थे। सब कह कर थक गये थे। उधर डॉक्टर उनकी 'एक्स-रे' जाँच कराना आवश्यक बतला रहे थे। तब इन्दु ने अपने पिता को गुमसुम और असहाय-सा महसूस किया। वह उनके पास आकर खड़ी हो गयी। पिता के मन में अन्तर्द्वंद्व चल रहा था कि वह करें तो क्या करें। दादा के ज़िद्दी स्वभाव से वह अच्छी तरह परिचित थे। कभी वह सामने की भित्ति की तरफ़ अपलक निहारते रह जाते और कभी अपने पिताजी की ओर। उनका मन बारम्बार भर आता था।

गाँधीजी को मोतीलाल नेहरू के लखनऊ न चलने की ज़िद का पता चला तो वह उनके पास आये और उनकी ओर देखते हुए बोले, "क्या सोचते हो?"

एकबारगी पुनः मोतीलाल नेहरू के मुखमण्डल पर चमक आ गयी। उन्होंने गाँधीजी की ओर देखा और कहा, "कैसा सोचना?"

"लखनऊ चलना है।" गाँधीजी ने कह डाला।

जवाहरलाल नेहरू सकपकाये। इन्दु ने अपने पिता और गाँधीजी की ओर कनखियों से देखा। मोतीलाल ने सप्रयास स्मित भरते हुए सिर हिला दिया। जवाहरलाल नेहरू की आँखें छलछला आयीं। वह कमरे से बाहर चले गये।

वह लखनऊ गये भी और लौट भी आये। दादा का अन्तिम समय था। इन्दु को वहाँ से दूर रखने का यत्न किया गया था परन्तु उसका समग्र ध्यान दादा पर ही केन्द्रित था।

दादी अकेली दादा के पास बैठी रहती थीं। जवाहरलाल नेहरू ने दादी से कहा, "माँ, अब उन्हें सोने दो न।" पर वह कैसा सोना था कि वह फिर कभी नहीं उठ सके। चिर निद्रामग्न हो गये।[1]

दादा नहीं रहे। वह दादा, जिसकी गोदी में वह खेली थी, जिनसे प्रेरणा पाती रहती थी और जो उनके मददगार थे। वे नहीं रहे! नहीं रहने का मतलब? धीरे-धीरे उसे सत्य ने झकझोरा। उसने कभी स्वप्न में भी नहीं सोचा था कि ऐसा दिन भी

1. द्रष्टव्य : मिसेज़ गाँधी : डॉम मोरिस पृ. सं. 59

आयेगा जब दादा उसके साथ नहीं होंगे—उसे अकेले रह जाना होगा। तब साँय-साँय करता वातावरण उसमें मुखर हो उठा था। 6 फरवरी 1931 का वह मर्मभेदी दिन बार-बार उसके अवचेतन पर फुफकार रहा था। वह अस्थिर और उद्विग्न हो उठी थी। उसके सामने जीवन का एक और यथार्थ आँख खोले शान्त खड़ा था—जीवन और मृत्यु!

महाप्रयाण का यह मर्मान्तक परिदृश्य उसके मनोमस्तिष्क पर से हटाये नहीं हटता था। रह-रह कर उनके मानस में अपने दादा के यह शब्द गूँज उठते थे—बच्चे बढ़कर किशोर हो जाते हैं, किशोर बढ़कर जवान हो जाते हैं और जवान धीरे-धीरे बूढ़े होने लगते हैं। और इससे आगे उन्होंने कुछ नहीं बताया था? उसकी आँखें बरस पड़ीं। नेहरू ने इस सम्बन्ध में एक जगह लिखा है कि "छः फरवरी, 1931 को—ठीक उसी दिन और शायद उसी समय जब मेरे पिताजी की मृत्यु हुई गोलमेज़ कान्फ्रेंस के भारतीय सदस्यों का एक दल बम्बई लौटा। श्री निवास शास्त्री, सर तेज बहादुर सप्रू और शायद कुछ और लोग, जिनकी मुझे याद नहीं है, सीधे इलाहाबाद आये। गाँधीजी और कांग्रेस कार्य समिति के कुछ सदस्य पहले से वहाँ थे। हमारे घर कुछ प्राइवेट बैठकें हुईं, जिनमें गोलमेज़ कान्फ्रेंस में किये गये कार्यों का ब्योरा दिया गया।"[1] इस समय भी स्वराज्य भवन, महाशोक के उपरान्त भी भारत की तक़दीर के बारे में सोच रहा था।

जवाहरलाल नेहरू अपने पिता के पाँव पकड़ कर फूट-फूट कर रोये थे। बाद में उनको भी जीवन सत्य स्वीकारना पड़ा। अब उनके सामने राबर्ट फ्रोस्ट की एक कविता के ये चरण थे—

वन-पथ है प्रियवर
घोर अँधेरे और घनेरे,
लेकिन वादे हैं
जो करने पूरे,
और दूर जाना है मीलों
सोने से पहले
मीलों सोने से पहले।[2]

इन्दु भी अकेले ही रह गयी। उसे क्या पता था कि उसके साथ नियति ऐसा ही उपहास करेगी। उसे कौन दिलासा दिलाने वाला होगा! यह सोचकर उसका भारी

---

1. राष्ट्रपिता : जवाहर लाल नेहरू : पृ. सं. 65

2. The woods are lovely, dark and deep
But I have promises to keep
And miles to go before I sleep
And miles to go befor I sleep.

मन जड़ हो गया था कि उसके दादा गये तो गये कहाँ? हालाँकि धीरे-धीरे उसे इस सत्य का पता भी चल गया। यों तो सारा परिवार ही नहीं, समूचा भारत उस अपार दुःख से व्यथित था! कैसे सहा जवाहर ने उस असामयिक वज्रपात को और क्या सोचती रह गयी थी तब इन्दु! उसने तब पूछा था—"दादा कहाँ गये, डोल अम्मा?"

"यहाँ से बहुत दूर!"

"कितनी दूर, डोल अम्मा?"[1]

"बहुत बहुत दूर!"

"बहुत कितनी, डोल अम्मा?"

दादी ने उसके भोले चेहरे की ओर क्षण भर के लिए निहारा और फिर कहा, "दादू बहुत दूर की यात्रा पर निकल गये हैं, इन्दु।" दादी का मन भर आया।

"कब लौटेंगे?"

"इतनी दूर से लौट पाना सम्भव नहीं है।"

इससे आगे दादी कुछ नहीं बोली। इन्दु ने भी आगे कुछ नहीं पूछा। वह भी चुप रह गयी। उसके सामने कुछ समय के लिए शून्याकाश ठहर गया और वह एकदम गुमसुम-सी रह गयी प्रश्नावली को अपने में समेटकर! यह था उसकी ज़िन्दगी का आर्द्रार्द्र अध्याय, जिसने आगे चलकर उसमें हिमालयी ताक़त का साक्षात्कार कराया था।

डोल अम्मा उठकर बाहर चली गयी थी। यद्यपि वह उसके पास से उठना नहीं चाहती थी तथापि वह उसके पास अब और बैठ भी नहीं सकती थी। उसे यह भय था कि वह उससे ऐसे-वैसे और प्रश्न न कर बैठे। आख़िर वह ऐसे प्रश्नों का क्या उत्तर दे सकती थी!

डोल अम्मा उससे बहुत प्यार करती थी। अनेक बार जवाहर टोक दिया करता था—"माँ, इतना लाड़-प्यार करना अच्छा नहीं।" डोल अम्मा आँखें तरेर कर अपने पुत्र जवाहर की ओर देखती और पुनः इन्दु की जी हुज़ूरी में लग जाती। जवाहर चुपचाप वहाँ से चले जाते।

डोल अम्मा डोल (तार की जालीवाली अलमारी) खोलकर उसमें से तरह-तरह की मिठाइयाँ इन्दु को खाने के लिए दिया करती थी। कभी-कभार दादा उसे मिठाई खाते हुए देखकर पूछ लेते, "क्या हो रहा है, इन्दु बिटिया!"

"मिठाई खा रहे हैं, दादू।"

"किसने दी है!"

वह पार्श्व में आकर फुसफुसाती, "डोल अम्मा ने, दादू बड़ी अच्छी मिठाइयाँ हैं।"

---

1. इन्दु दादी को डोल अम्मा कहती थी।

"पापु को पता चल गया तो...।"

"नहीं चलेगा...कदापि नहीं।" कह कर वह वहाँ से उड़न छू हो जाती। दादा उसे निहारते रह जाते।

उसे मिठाई देना निषेध था। दादी तो उसे दिन में कई बार मिठाइयाँ दे दिया करती थी और दादा मुस्कुरा कर रह जाते थे—कुछ कहते नहीं थे। वह ऐसे दादा को कैसे भुला दे! उसके रन्ध्र-रन्ध्र में रचा-बसा स्नेह-दुलार क्या भुलाने से भुलाया जा सकता है? वह जितना उनसे दूर होना चाहती, उतना ही उनके प्रति समर्पित होती जाती थी।—उनकी यादें एकान्त से गुज़रते हुए उसके हृदयाकाश पर छा जाती थीं—नव मेघ घटाओं-सी। वह विचलित हो उठती थी। उसके सामने था एक महाप्रश्न मौत क्या है? वह किससे पूछे कि उसके दादा को कहाँ ले जाया गया और क्यों? इस समय सिद्धार्थ के दौर से वह गुज़र रही थी। उसमें आँधी थी, अंधी आँधी और आँधी की तेज़ होती साँय-साँय! उसके सामने कुरूक्षेत्र के मैदान में बाणों की शैय्या पर पड़े भीष्म पितामह घूम जाते थे। उसने अन्त तक हिम्मत नहीं हारी। वे अपने समय के सबसे बड़े वकील रहे थे, जिन्ना भी उनके पास काम कर चुके थे। क्या थीं उनकी आतर्क्य बहसें! जज चकित रह जाया करते थे। हाय रे भाग्य! वही भारतीय शेर शक्तिहीन-सा मौन लेटा हुआ है। उनका चेहरा सूजा हुआ है, उनको बोलने में भी कठिनाई हो रही है और उनकी याददाश्त धूमिल हो गयी है। ऐसा परिवर्तन क्यों? कैसे?

इन्दु एक कोने में खड़ी थी। मोतीलाल के पास गाँधीजी बैठे हुए थे। उन्हें यरवदा कारागार से सद्यः ही मुक्त किया गया था। मोतीलाल नेहरू काफ़ी देर तक चुपचाप लेटे रहे। जब गाँधीजी उठने को हुए तब वह फुसफुसाये। गाँधीजी बैठ गये।

"क्यों, क्या महसूस हो रहा है?"

मोतीलाल नेहरू की आँखों में चमक-चपला-सी कौंधी, वह सायास सस्मित भर धीरे-धीरे बोले, "मैं शीघ्र जा रहा हूँ।...मैं स्वाधीन भारत को देखने तक यहाँ नहीं रहूँगा। परन्तु मैं इतना जानता हूँ कि तुम देश को आज़ाद कराओगे।...ज़रूर कराओगे।" मरते दम तक उन्हें देश की चिंता थी, अपनी नहीं।

चार फरवरी को उनकी तबियत कुछ ठीक नज़र आयी। उन्हें इलाहाबाद से लखनऊ लगभग 150 मील की दूरी ले जाया गया। छः की सुबह! उनके चेहरे पर शान्ति थी। जवाहर सोच रहे थे कि उन्हें नींद आ गयी है। उन्हें क्या पता था कि वह चिर निद्रा में थे! अब वह कभी नहीं जागेंगे।...कभी भी नहीं।

घर में कैसा शोकाकुल वातावरण था कि कुछ सूझता ही नहीं था। इन्दु खिड़की से स्वराज्य भवन में सिमट आये मातम को निहार रही थी। सब कुछ पल भर में हो गया था। "ओह!" उसने गहरी साँस ली। सुना, कोई उसे पुकार रहा है। वह वहाँ से चल पड़ी।

उसके जीवन का यह अध्याय अत्यन्त कारुणिक था! उसे जीवन की

वास्तविकता अनुभूत हो रही थी और उसकी चेतना उद्वेलित थी। मन अशान्त था। उसके नन्हे-से हृदय पर वनस्पति रहित पहाड़ का बोझ आ पड़ा था अनायास! उसे लग रहा था कि वह थार के रेगिस्तान के मध्य अकेली रह गयी है। रास्ते का उसे अवबोध नहीं है और न यह पता है कि उसे जाना किधर है?

जवाहरलाल नेहरू भी विचलित थे। वह अपनी पुत्री के मानस पर पड़ रहे प्रभाव को समझ रहे थे। परन्तु विवश थे। वह चाहते थे कि बादल हटें और नया सूरज चमके। उन्होंने तय किया कि वे पत्र को माध्यम बनायेंगे अपनी इन्दु से बात करने का। कदाचित् यही मार्ग सुगम और उपयुक्त रहेगा। और वह अपनी बात भली-भाँति कह सकेंगे। पर पत्र शुरू करें तो कहाँ से करें, वह यह सोच रहे थे। आख़िर वह दिन भी आ गया।

6 फरवरी की सुबह ही उनका प्राणान्त हो गया। राष्ट्रीय (कांग्रेस के) झण्डे में लपेट कर उन्हें लखनऊ से आनन्द भवन लाया गया और पलक झपकते ही सारा देश शोक सागर में डूब गया। 21 अप्रैल 1931 को जवाहरलाल नेहरू ने क्रकोविया जहाज़ से इन्दु के नाम पत्र लिखा था, "...नैनी जेल का वह दिन मुझे अच्छी तरह याद है। वह 26 जनवरी का दिन था और मैं हमेशा की तरह पुरानी बातों के बारे में तुम्हें पत्र लिखने बैठा था। और जब मैं अशोक की याद कर रहा था, मेरा मन घूम फिर कर वर्तमान की ओर 26 जनवरी पर आ पहुँचा, जिस दिन मैं क़लम दवात लेकर तुम्हें लिखने बैठा था। हम लोगों के लिए यह बहुत बड़ा दिन था, क्योंकि एक साल पहले इसी दिन सारे भारत में, शहरों और गाँवों में, आज़ादी का दिन-पूर्ण स्वतन्त्रता का दिन—मनाया गया था और हमारे देश के करोड़ों लोगों ने स्वतन्त्रता की प्रतिज्ञा ली थी। तब से एक साल बीत गया संघर्ष का, तकलीफ़ों का और विजय का एक साल। जब मैं नैनी जेल की 6 नम्बर बैरक में बैठा हुआ था, मुझे उस दिन सारे देश में होने वाली सभाओं, जुलूसों, लाठी प्रहारों और गिरफ़्तारियों का खयाल हो आया था। गर्व, खुशी और दर्द के साथ मैं इन सब बातों का विचार कर ही रहा था कि मेरी कल्पना की धारा रुक गयी। बाहर से ख़बर मिली की दादू बहुत बीमार हैं और उनके पास जाने के लिए मैं फौरन छोड़ दिया जाऊँगा। चिंता में मेरी विचार धारा टूट गयी और तुम्हें जो पत्र लिखना शुरू किया था, उसे एक ओर रखकर नैनी जेल से आनन्द भवन रवाना हो गया।

दादू की मृत्यु से पहले दस दिन मैं उनके साथ रहा। दस दिन तक हम उनके कष्ट, मौत के दूत से उनकी बहादुराना लड़ाई को देखते रहे। अपने जीवन में उन्होंने बहुत-सी लड़ाइयाँ कीं और बहुत-सी विजय हासिल कीं। हार मानना तो वह जानते ही नहीं थे, और मौत को अपने सामने खड़ा देखकर भी वह उसके सामने डटे रहे। जब मैं उनकी इस आख़िरी लड़ाई को देख रहा था और जिन्हें मैं इतना प्यार करता था, उन्हें मदद पहुँचाने में अपनी बेबसी पर व्याकुल हो रहा था तो मुझे कुछ पंक्तियाँ, जो मैंने बहुत दिन हुए एडलर बो की किसी कहानी

में पढ़ी थीं, याद आ गयीं, जिनका अर्थ है कि मनुष्य खुद देवदूतों के सामने हार नहीं मानता और न वह मौत के सामने पूरी तरह सिर झुकाता है, अगर वह हार मानता है, तो अपनी इच्छा शक्ति की कमज़ोरी की वज़ह से ही मानता है।

...उस आनन्द भवन का, जो हम लोगों के समान ही उनका बच्चा है, और जिसे उन्होंने प्यार से और इतनी सावधानी से तैयार करवाया है, क्या हुआ? अब, अब वह सुनसान और वीरान हो गया, मानो उसकी जान ही निकल गयी। और हम उसके बरामदों में, उन्हीं का बराबर ख़याल करते हुए, जिन्होंने इसे बनाया था, दबे पाँव चलते हैं कि कहीं शान्ति भंग न हो जाये।

हम उनके लिए शोक करते हैं और कदम-कदम पर उनकी कमी महसूस करते हैं। दिन गुज़रते जाते हैं, लेकिन न तो दुःख कम होता दिखता है और न उनका विछोह सहना आसान होता दिखता है। लेकिन फिर मैं सोचता हूँ कि यह चीज़ उन्हें कभी पसन्द नहीं आयेगी। उन्हें यह कभी पसन्द न होगा कि हम रंज से हार मान लें। वह तो चाहेंगे कि जैसे उन्होंने अपनी तकलीफ़ों का मुक़ाबला किया, वैसे ही हम अपने रंज का मुक़ाबला करें और उस पर विजय पायें। वह चाहेंगे कि जो काम उन्होंने अधूरा छोड़ा है, उसे हम जारी रखें। फिर, जब काम हमें बुला रहा है और भारत की आज़ादी का उद्देश्य हमारी सेवाओं की माँग कर रहा है, तब हम चुप कैसे बैठ सकते हैं, और व्यर्थ में शोक के सामने कैसे सिर झुका सकते हैं? इसी उद्देश्य के लिए तो उन्होंने जान दी। इसी के लिए हम ज़िन्दा रहेंगे, कोशिश करेंगे और अगर ज़रूरत हुई तो जान भी देंगे। आख़िर हम उनकी सन्तान हैं और हम में उनकी आग, ताक़त और पक्के इरादों का कुछ न कुछ अंश मौजूद है।[1] इन्दु पत्र में देश की धड़कन और दिशा तलाशते हुए मक़सद की चौखट पर जा पहुँची।

जवाहरलाल नेहरू चाहते थे कि उनकी पुत्री अपने दादा के अभाव को महसूसते हुए कहीं अन्दर-ही-अन्दर टूटने-बिखरने न लगे, क्योंकि दादा के प्रति उसमें गहरा लगाव था। उसे दादा का अभाव इस क़दर न सालने लगे कि वह अपने में दिलचस्पी लेना ही छोड़ दे। उसमें निराशा पैठने लगे। उन्हें हर वक़्त अपनी पुत्री की चिंता लगी रहती थी। वह उसकी शिक्षा व्यवस्था व्यवस्थित नहीं कर पा रहे थे, इसकी भी उन्हें गहरी पीड़ा थी और इस पीड़ा को वह अनेक अवसरों पर प्रकट कर चुके थे। आगे चलकर स्वयं इन्दिरा ने यह अभाव महसूस किया है। उन्होंने लिखा भी है कि ''राजनीतिक संघर्षों के कारण उनका बचपन तन्हाई और असुरक्षा में बीता है। इस कारण उन्होंने यह तै किया है कि वह अपने बच्चों पर पूरा ध्यान देंगी।''[2] इससे यह तो स्पष्ट ही है कि उन्होंने अपने बचपन का गहराई से अध्ययन किया था।[3] उन्होंने रवीन्द्रनाथ के वाक्य को उद्धृत किया है कि प्रत्येक शिशु जन्म के

---

1. नेहरू व्यक्ति और विचार, पृ. सं. 414-415
2. इंडिया : इन्दिरा गाँधी, पृ सं. 42
3. मिसेज़ इन्दिरा : डॉम मोरिस, पृ. सं. 40-41

साथ यह सन्देश लेकर आता है कि ईश्वर व्यक्ति को हतोत्साहित नहीं करता है। माँ बनने पर उन्हें यह अनुभव हुआ कि बच्चों की परवरिश कैसे करनी चाहिए। इसका अर्थ यह नहीं है कि वह अपने बचपन के प्रति अन्यथा सोचती थीं। इसका कारण, उस समय देश की परिस्थितियाँ ही इस प्रकार की थीं कि व्यक्ति गौण हो गया था और देश सर्वोपरि। देश को आज़ाद कराना ही सबका एकमात्र उद्देश्य रह गया था। अतः इस प्रकार से सोचने का कोई अर्थ नहीं था कि उनका बचपन बेहतर नहीं बीता। उस समय को देखते हुए वहाँ सम्भव ही नहीं था।

जवाहरलाल नेहरू ने अपने एक लेख में आज़ादी के उस दौर का चित्रण करते हुए लिखा भी था कि "भारत ज़िन्दा रहता है तो मरा कौन और भारत मर गया तो फिर ज़िन्दा कौन?"[1] इन्दु यहाँ आते-आते अपने को सँभालने में सक्षम होने लगती थी, क्योंकि उसे जीने का ठोस मकसद समझ में आने लग रहा था।

9

इसी अन्तराल में अनेक घटनाएँ तेज़ी से घटीं। गाँधी-इरविन समझौते से जवाहरलाल नेहरू को ठेस पहुँची। पिता की मृत्यु के बाद यह दूसरा आघात था, जिसने उन्हें बेतरह से विचलित कर दिया था। घर की हालत बिगड़ती जा रही थी। आमदनी के स्रोत सूखने लगे थे। आनन्द भवन में सन्नाटा-सा छा गया था। कमला भी अभी पूर्ण स्वस्थ नहीं हुई थीं। जवाहरलाल नेहरू के सामने संकट था कि अब वह क्या करें? घर को कैसे सँवारे? उन्होंने पुराने ग़लीचों को ठीक कराने की सोची और कारीगरों को अपने यहाँ बुलवा लिया। कारीगरों ने ग़लीचों का मुआयना किया और बताया कि काम हो जायेगा।

"पैसे कितने होंगे?" जवाहर ने प्रश्न किया।

"एक सौ रुपया।" कारीगर ने जवाब दिया।

"क्या इतनी सी बात के लिए एक सौ रुपया मेहनताना होगा?" जवाहर ने पूछा। आज उनके लिए एक सौ रुपया निकालना कठिन हो रहा था। पैसा क्या होता है, यह थोड़ा-थोड़ा उनकी समझ में आने लगा था। मोतीलाल होते तो कदापि ऐसा नहीं होता। वह पुराने ग़लीचों को नीलाम करवा देते।

जवाहरलाल नेहरू का मन भारी हो गया। उनके सामने देश था, घर था और

---

1. Who dies if India lives, Who lives if India dies?

—नेहरू : व्यक्ति और विचार, पृ.सं. 297.

घर में विशेष रूप से इन्दु की शिक्षा की समस्या थी। अभी तक उसकी शिक्षा की क्रमबद्ध कोई व्यवस्था नहीं हो सकी थी। टुकड़ों-टुकड़ों में उसे जो कुछ सीखने को मिला था और मिल रहा था, वह पर्याप्त नहीं था। उनका स्वास्थ्य कराँची कांग्रेस सम्मेलन के बाद तेज़ी से गिरने लगा था। डॉक्टरों ने उन्हें सलाह दी थी वह आबोहवा बदल लें और ज़्यादा-से-ज़्यादा आराम करने की कोशिश करें। वह डॉक्टर की बात मान गये और लंका यात्रा पर निकले गये। उनके साथ उनकी पुत्री और पत्नी दोनों थे। आनन्द भवन में माँ अकेली रह गयी थीं। यह बात बराबर उनको चुभती रहती थी। मानसिक रूप से वह ज़्यादा परेशान थे। लेकिन लंका में रहकर उन्हें आराम मिला और वह स्वस्थ भी हुए। उन्होंने रास्ते में ही तय कर लिया था कि हिन्दुस्तान लौटते ही वह इन्दु की शिक्षा का प्रबन्ध करेंगे। उसमें ज़रा-सी भी चूक नहीं करेंगे।

उन्हें गाँधीजी ने पूना के ''प्युपिल्स ऑन स्कूल''[1] का नाम सुझाया और लिखा, वहाँ बोर्डिंग की सुविधा है और उनके परिचित राष्ट्रवादी पारसी दम्पति द्वारा वह स्कूल चलाया जा रहा है। इन्दु को उस स्कूल में भेज दिया। एक प्रकार से इन्दु की पढ़ाई का बोझ जवाहरलाल नेहरू के सिर से कुछ समय के लिए टल गया।

सविनय अवज्ञा आन्दोलन देश में शुरू हो चुका था। कांग्रेस के नेता सरकार से समझौता भंग करने के अपराध में गिरफ़्तार किये जा रहे थे। जवाहरलाल नेहरू की माँग पर एक जुलूस के नेतृत्व के समय पुलिस ने बड़ी बेरहमी से लाठियों से वार किया था। उनके सिर पर चोट लगी थी। स्वराज्य भवन (कांग्रेस का मुख्यालय) को सरकार ने अपने अधिकार में ले लिया था। सुना जा रहा था कि दो-चार दिन में सरकार आनन्द भवन को भी अपने कब्ज़े में ले लेगी। जवाहरलाल नेहरू को सरकार ने गिरफ़्तार कर कारागार में डाल दिया था। कांग्रेस को ग़ैर-कानूनी करार दे दिया गया।

जवाहरलाल नेहरू को अपनी प्रिय व ममतामयी माँ की याद तड़पा देती थी। उनके सामने एक-एक दृश्य स्पष्ट होने लगता था। वह साफ़ देख रहे थे कि उनकी माँ आनन्द भवन में अकेली हैं—पुत्र जेल में, बहू बम्बई में तेज़ ज्वर से पीड़ित, बेटियाँ ससुराल में। घर उन्हें खाने को आता होगा! कहाँ पिताजी का क़हक़हों भरा खचाखच माहौल और कहाँ जंगल-सी साँय-साँय और निर्जनता! उन्हें आज भी सब कुछ याद है—मानो वह कल घटा हो। उनकी माँ अन्तिम क्षण तक पिता के जीवन के प्रति आश्वस्त रही थीं। उनकी मृत्यु पर माँ विचलित नहीं हुईं, शान्त बनी रहीं, उसने अपनी आँखों में आँसू नहीं आने दिये।[2] वह श्मशान तक गयीं—चिता पर रखी अपने पति की देह के अन्तिम दर्शन किये और वहाँ से लौटने से पूर्व उसने तीन बार चिता की परिक्रमा की और चुपचाप अपने में शून्याकाश लिए लौट आयीं।

---

1. छात्राओं का अपना स्कूल
2. "She was quite and dry eyed......" by Mrs. Vijayalakshmi Pandit

कमला बहुत बीमार हो गयी। वह अपनी बीमारी पर आक्रोशित हो उठी। इसी कारण वह असहयोग आन्दोलन में भाग नहीं ले सकी। वह नीम बेहोशी और श्वास लेने में कठिनाई का अनुभव कर रही थी। कफ तो रुकता ही नहीं था। जवाहर को सलाह दी गयी थी कि उसे भुवाली ले जाया जाये—वहाँ सिनिटोरियम में रखा जाये।

कृष्णा की अभी शादी नहीं हुई थी, यह भार भी जवाहर पर था। पत्नी सख़्त बीमार थी और धनाभाव भी था। वह निरन्तर समस्याओं से जूझते जा रहे थे बिना परिणाम की चिंता किये। जेल में वह अपनी पुत्री के लिए *विश्व इतिहास की झलक* लिख रहे थे। इन्दु अपने पिता से प्राप्त जानकारी से नयी दृष्टि पा रही थी। उसके सामने रह-रह कर पिता का वह पत्र घूम जाता था जो उन्होंने 1931 के नये साल पर उसे लिखा था। वह इतिहास के अध्ययन की आवश्यकता को अप्रत्यक्ष रूप से ज़ाहिर करते हुए यह बतला रहे थे कि इतिहास क्या है और उसके अध्ययन करने का तरीक़ा क्या है? उन्होंने लिखा था कि "इतिहास एक क्रमबद्ध मुक़म्मिल वस्तु है और जब तक तुम्हें ज्ञात न हो कि संसार के अन्य भागों में क्या घटा, तुम किसी एक देश का इतिहास समझ नहीं सकतीं।...सदैव स्मरण रखो—अलग-अलग देशों के लोगों में अधिक अन्तर नहीं होता, जितना लोग समझतेहैं।"

सच तो यह था कि इन्दु में उसके पिता ने ज्ञान के प्रति एक तड़प पैदा कर दी थी। वह अपने पिता के प्रति पूर्णतया समर्पित थी और उनकी कठिनाइयों को भली प्रकार से जानती थी। माँ के प्रति उसमें अटूट श्रद्धा-भक्ति थी। दरअसल उसे अपने पिता से जो तालीम मिल रही थी, वह बहुत महत्त्वपूर्ण थी और उसी से उसमें अध्ययन के प्रति एक खास नज़रिया बन सका था। वह अपने बीते हुए पर भी सोचती रहती थी। गुड़िया जलाने की बात वह कभी नहीं भूलती थी—वह छत पर गयी और चुपचाप उसने गुड़िया को माचिस की तीली दिखा दी और फिर ज्वर पीड़ित हो गयी। उस दिन से उसे माचिस की तीली जलाने से घृणा हो गयी थी।[1] परन्तु अब उसमें जीवन के प्रति एक नवीन एवं स्वस्थ लगाव पैदा हो रहा था। वह अपने नये पाठ्यक्रम में भी जुट गयी थी। हालाँकि प्रारम्भ में उसको वहाँ रहना नहीं सुहाया था। परन्तु आगे चलकर वह वहाँ अपने मन को रमाने में सफल हो गयी। कहाँ वह पहले देर रात तक अश्रु बहाती रहती थी और चाहती थी कि उसे वहाँ से मुक्ति मिले और वह आनन्द भवन में पहुँच जाये। शनैः शनैः वह अपने को सँभालती गयी। पिता के पत्रों ने उसके मन पर छाये निराशा के कुहरे को हटाने में बहुत मदद की। उसे लगा कि उसे भी कुछ बनना है। अपने दादा मोतीलाल नेहरू की याद कायम रखने का एकमात्र यही तरीक़ा है कि मुसीबतों का डटकर सामना करो और उन्हें जीतो। उनको अपने पर हावी मत होने दो।

1. द्रष्टव्य : इन्दिरा गाँधी : पृ. सं. 14

अपने को संकल्पी बनाओ। अपने से अन्त तक लड़ो। उसे कभी, किसी विषम परिस्थिति में पराजित न होने दो। अपने कर्म के प्रति निष्ठावान् बने रहो।

इन्दु ने भी अपनी दिनचर्या निश्चित कर ली थी ताकि वह अपने दादा-पापा के आदर्शों के अनुकूल अपने को उससे सम्बद्ध कर सके। वह अपने से छोटे बच्चों की सहायता करती, उनको कपड़े पहनाती और उनकी पढ़ाई में मदद करती थी। स्कूल के कार्यक्रमों में खूब हिस्सा लेने लगी थी—चाहे खेल का मैदान हो या रंगमंच, वह दोनों जगह अपनी उपस्थिति की छाप छोड़ने का लगातार प्रयत्न करती थी। नाटकों में अभिनय करना उसे अच्छा लगता था। इस प्रकार उसने अपने को व्यस्त रखने में सफलता पायी।

वह अपने योग्य काम की खुद ही तलाश कर लिया करती थी। स्कूल के आँगन में हवा के झोंकों से पेड़ के पत्ते टूटते थे और चारों ओर बिखर जाया करते थे। उस ओर किसी का ध्यान नहीं जाता था। एक दिन उसने मन में ठान लिया कि वह आँगन को बिना नागा किये साफ़ किया करेगी। आखिर पापा भी तो जेल की बैरक में झाड़ू-बुहारू लगाते हैं। अपने व दादा के कपड़े धोते थे, गाँधीजी के प्रभाव से आनन्द भवन में ही ज़मीन पर सोने का चुपचाप अभ्यास किया था, ताकि बाद में ज़मीन पर सोना उन्हें तकलीफ़देह सिद्ध न हो। अब क्या था, सुबह-सुबह बुहारू उठाई और आँगन साफ़ करने लगी। कूड़े का ढेर एक कोने में लगा देती थी। इसके बाद वह अपनी बुआ की लड़कियों को नहलाती, उन्हें कपड़े पहनाती और उनके बाल सँवारती। यह काम वह अन्य छोटे बच्चों का भी कर दिया करती थी और उसे ऐसा करते विशेष सुकून मिलता था। वह उस खुशी का वर्णन शब्दों में नहीं कर सकती थी। उसे पुस्तकों की अपेक्षा इस तरह ज़्यादा तसल्ली मिल रही थी। उसका मन प्रसन्न हो रहा था और उसमें स्वावलम्बन का माद्दा बढ़ रहा था।

वह उस स्कूल के बच्चों में बहुत जल्दी ही दीदी के नाम से पहचानी जाने लगी। हर बच्चा उसे सम्मान देता था और उसके प्रति प्यार ज़ाहिर करता था। उसे महसूस हुआ कि व्यक्ति दूसरों की सेवा करके जिस अक्षय सम्पत्ति को प्राप्त करता है, उसे किसी अन्य तरीक़े से हासिल नहीं किया जा सकता। श्रीमती कुंवरबाई वकील जो कि उस स्कूल की संचालिका भी थीं, उसकी इस प्रकार लगन, निष्ठा और श्रम के प्रति समर्पण भाव तथा स्नेह बौछारों से बहुत खुश हो चली थीं। वह मन्त्र-मुग्ध होकर इन्दु के स्व-प्रेरित कार्यों को देखती रहती थीं और अपने पति से कहती थीं, "इस लड़की को देखो, इसने तो कमाल ही कर दिया। ऐसा लगता है कि वह हमारी अपनी बेटी हो और यह स्कूल उसका घर हो।" परन्तु मिस्टर वकील ने कुछ नहीं कहा। मिसेज़ वकील की ओर मिस्टर वकील ने ग़ौर से देखा और उसे ज्ञात हुआ कि जैसे उन्होंने कुछ सुना ही नहीं हो! गोकि उसकी बात लचर दर्जे की या अत्यन्त साधारण हो। इस पर मिसेज़ वकील ने तनिक तुनक कर अपने साहिब के कन्धों को दबाते हुए कहा, "मैं इन्दु की बात कर रही हूँ।

उसने सारे स्कूल के बच्चों को अपने प्रेम में कुछ बाँध लिया है। कुछ समझे या नहीं।'' उनकी आवाज़ में तल्ख़ी थी। ''हूँ...।'' उन्होंने बड़ी लापरवाही से कहा।

''क्या मतलब?'' मिसेज़ वकील ने ख़बर लेते हुए पूछा, ''मैंने क्या कहा है, कुछ समझा या...।''

''समझा—श्रीमती जी, खूब समझा। तुम अपनी इन्दु की तारीफ़ करने में अपना समय ज़ाया कर रही हो।'' उन्होंने उसे चिढ़ाते हुए कहा।

''ओह! तो यह समझा जनाब ने।'' उसने ख़फा होते हुए कहा और उठने लगी।

''इसमें क्या बड़ी बात है, श्रीमती जी।''

''कोई बड़ी बात नहीं है। यहाँ सब लड़कियाँ उसकी तरह की ही हैं। ठीक है, ठीक है।'' कहते हुए वह वाक़ई उठ खड़ी हुई। जैसे ही वह चलने को हुई वैसे उन्होंने उसका हाथ पकड़ कर अपने पार्श्व में खींचकर कहा, ''तुम नाराज़ हो गयी हो। अरे पगली, इसमें ताज्जुब की क्या बात है, उसके सारे परिवार ने अपने आपको देश की आज़ादी के लिए न्यौछावर कर दिया। आख़िर वह बेटी किसकी है—जवाहर-कमला की न! तुम क्या समझती हो कि मुझे यह सब मालूम नहीं है। मैं तो प्रभु ज़रतुश्त से प्रार्थना करता हूँ कि कम-से-कम अपने स्कूल के सभी बच्चे उस जैसा बनने का प्रयत्न करें। परन्तु क्या तुम्हें मालूम है?'' इतना कहकर उन्होंने अपनी पत्नी की ओर विशेष दृष्टि से देखा।

''क्या?'' उसने पूछा।

''मिसेज़ कुंवरबाई वकील, तुम नहीं जानतीं न।'' उन्होंने उसे उसके पूरे नाम से संबोधित करते हुए आगे कहा, ''इन्दु को चावल जितने प्रिय हैं उतनी ही उसे दूध पीने से घृणा है।''

''जानती हूँ, प्रिय, पर।'' इतना कहते हुए वह रुक गयी।

''कुछ सोचा है।''

''क्या सोचूँ! वह अमीर घर की लड़की है और उसकी आदतों को बदलना सहज नहीं है। आनन्द भवन में तो वह खानसामों को चावल में बादाम डालने की आज्ञा देती रहती थी। दरअसल उसे चावल उतने ही प्रिय हैं, जितने उसे मलीहाबादी आम। मैं सोचती हूँ कि मेरे प्रयत्न से उसकी नाजुक भावनाओं को कहीं ठेस न लग जाये। देखते नहीं कि वह कितनी भावुक है, शर्मीली है और एकान्त प्रिय है। पर है मेधावी। अंग्रेज़ी का ज्ञान अच्छा है, फ्रेंच भाषा भी खूब बोल लेती है और इतिहास में उसकी गहरी रुचि है। इन सबको देखते हुए मैं नहीं चाहती हूँ कि उसे छेड़ूँ।...उसको यहाँ पूरी स्वतन्त्रता का अनुभव हो, यही मेरा प्रयत्न है।'' कुंवरबाई वकील ने धीरे-धीरे अपनी बात स्पष्ट की और खिड़की से बाहर की ओर झाँका।

''फिर तो दूध पीना तो उसके स्वास्थ्य के लिए बेहतर ही होगा। तुम कोशिश करो, प्यार से उसे समझाओ तो हो सकता है कि वह तुम्हारी बात मान जाये।''

वह अपनी बात यहीं खत्म कर उठ खड़े हुए।

"ठीक है, मैं कोशिश करती हूँ।" यह कहते हुए वह वहाँ से सीधे इन्दु के कमरे की ओर चल पड़ी। इन्दु कमरे में नहीं थी–वह दूर एक पेड़ के नीचे बैठी हुई थी और बहुत धीमे-धीमे वह पढ़ रही थी–

अंत् चा तोइ वअेम् ख्यामा।
योइ ईम् फॅरषॅम् कॅरॅनाउन् अहूम।
मजदोस्चा अहुरोङ्हो।
आ मोयस्त्रा वरना अषाचा।
हयत् हत्था मनो बवत्।
यथ्रा चिस्तिश् अङहत् मज्येथा।[1]

कुंवरबाई वकील आगे बढ़ने को ही थी कि इन्दु आगे पढ़ने लगी और पहले से ईषद् ज़ोर से पर मधुर आवाज़ में–

चोहू क्षथ्रॅम् तोइ मज्दां अहुरा
अषअेमा वीस्पाई यवे
हुक्षथ्रस्तू नॅ ना बा नाइरी
वा क्षअेता उबोयो अङ्हूवो हा़तॉम हुदास्तॅमा।[2]

अचानक इन्दु की दृष्टि ऊपर उठी और उसने पाया कि सामने संचालिका खड़ी है, वह तुरन्त उठ खड़ी हुई। उसने सम्मान सहित सिर झुका कर अभिवादन किया और किताब बन्द कर ली। उसकी दृष्टि उसके पाँव की ओर थी। कुछ देर मौन ने दोनों को आश्वस्त किया। परस्पर देखते हुए भी मानो उन दोनों की दृष्टि कहीं और थी। मिसेज़ वकील को आख़िर पूछना ही पड़ा, "क्या पढ़ रही हो?" यह जानते हुए कि वह "अवेस्ता" से है–पारसियों के मूल धर्मग्रंथ से है। जिसका प्रारम्भ यस्न मन्त्रोच्चारण से होता है, जिसे उसने अभी पढ़ा है।

इन्दु ने सहज गम्भीरता से कहा, "पवित्र धर्मग्रंथ "अवेस्ता" यानी जेंद अवेस्ता के मन्त्र हैं; मैं उन्हें पढ़ रही थी।"

"तुम्हें अच्छे लगते हैं ये मन्त्र।"

उसने सिर हिलाकर कहा, "हाँ, बहुत अच्छे।"

---

1. "आओ इस मज्दा(महान्) के अधिकारी बनकर अपने आपको सदा ताज़ा और प्राणवान् अनुभव करें। 'हम संसार को आगे बढ़ायें। 'अषा के, सत्य के विश्वव्यापी प्रेम के हम सन्देशवाहक बनें, जिससे हम चिश्ती की ओर, ज्ञान के प्रकाश की ओर एकाग्रता से बढ़ सकें।"...अडुनवइति गाथा, 30/9 (अवेस्ता के यस्न भाग से)
2. हे होरमज्द (महान् देव) तू हम पर ऐसा अनुग्रह कर कि हम तेरे शिवमय राज्य में सदैव निवास करें। 'हे परम दयालु–प्रभु तू हम और प्रत्येक स्त्री-पुरुष पर दयालु हो। हम सब पर तेरा कल्याणदायी शासन चले। (यस्न, दा 41/ 2)

"तुमसे किसने कहा कि इसे पढ़ो।"

"किसी ने नहीं। अनायास मन जम गया। पुस्तक हाथ में आयी और पढ़ने लगी।"

"पुस्तक किसने दी"

"सायरस ने।"

"उस पारसी लड़की ने।"

"हाँ, वह इसे पढ़ रही थी। उस दिन मैंने पूछा कि तुम क्या पढ़ रही हो तो उसने यह पुस्तक मेरे हाथ में थमा दी। और खुद बाहर चली गयी।...यह पुस्तक उसकी बड़ी बहन अपने साथ लायी थी। कल वह जायेगी तो साथ लेती जायेगी।" इन्दु ने कहा।

"तुम डिबेट में अच्छा बोल लेती हो।"[1]

वह मुस्कुरा कर रह गयी। कुछ देर बाद उसने सादर कहा, "थैंक्यू मादाम!"

"तुम जानती हो न कि आज देश के लिए कैसे नागरिकों की ज़रूरत है।" मिसेज़ कुंवरबाई वकील ने उसे कुरेदा।

इन्दु फिर चुप रही। वह सोच रही थी कि क्या उत्तर दे।

"देश-प्रेम से लबालब नागरिकों की।" स्वयं ही कुंवरबाई वकील ने कहा, "उसके लिए स्वस्थ मस्तिष्क और स्वस्थ देहवालों की ज़रूरत है।"[2]

"जी।"

"तुम्हें चावल बहुत अच्छे लगते हैं न।"

"जी।" इन्दु ने धीरे से कहा तटस्थ होकर।

"दूध अच्छा नहीं लगता, क्यों?" मिसेज़ कुंवरबाई का अगला प्रश्न था। उनकी नज़र उसमें होने वाले परिवर्तन पर थी।

"जी, मुझे दूध अच्छा नहीं लगता मादाम," अचानक उसके मुख से निकल गया। बात सच थी परन्तु यों सपाट उजागर करने की नहीं थी। उसे अपनी मम्मी के शब्द याद आये। उन्होंने कहा था, "बेटी, जो भी बात कहो, सदा सच कहना। किसी बात को छिपाना नहीं और न तोड़-मरोड़ कर कहना। दुनिया में जिसने तरक्की की है, वह सच्चाई को अपनाकर। सच बोलने से व्यक्ति निडर होता है,...निर्द्वन्द्व भी और स्वावलम्बी भी।"

"दूध दिलोदिमाग़ को ताक़त देता है और देह को भी शक्तिशाली बनाता है।...क्या तुम अपने देश के लिए शक्तिशाली नहीं बनना चाहती हो?" उसने इतना कह कर इन्दु की ओर देखा। इन्दु कुछ देर तक सोचती रह गयी फिर उसने धीरे से कहा, "जी, बनना चाहती हूँ।" उसे सन् 1922 में लखनऊ जेल से लिखा

---

1. द्रष्टव्य : मिसेज़ गाँधी : डॉम मोरिस, पृ. सं. 66
2. द्रष्टव्य : इन्दु : राजेन्द्र मोहन भटनागर, पृ. सं. 42

अपने पिता का वह पत्र याद आने लगा, जिसमें उन्होंने लिखा था–"मेरा हमेशा से यह विश्वास है कि यह जानने के लिए कि क्या सही है और क्या नहीं, क्या करना चाहिए और क्या नहीं करना चाहिए। सबसे अच्छा तरीक़ा यह नहीं है कि उपदेश दिया जाये बल्कि सही तरीक़ा यह है कि बातचीत और चर्चा की जाये क्योंकि अक्सर ऐसी चर्चाओं में से कुछ-न-कुछ सच्चाई निकल आती है।[1] कुंवरबाई वकील उससे चर्चा ही तो कर रही हैं और वह भी अत्यन्त आत्मीयता के साथ, प्यार से।

"मैं तुम्हें आदेश नहीं दे सकती, इन्दु, दरअसल मैं ऐसा करना भी नहीं चाहूँगी। क्योंकि बात दबाव से नहीं, समझ और प्यार से स्वीकार होनी चाहिए। जब तक हृदयानुमति नहीं मिले तब तक किसी की बात स्वीकार नहीं करनी चाहिए। स्वास्थ्य विज्ञान में दूध को अमृत कहा है, इसीलिए यहाँ दूध की व्यवस्था है। मेरी ओर से तुम स्वतन्त्र हो, इन्दु, जैसा मन करे, करो।" इतना कह कर वह लौट पड़ीं। उसे और कुछ कहना भी नहीं था। उसने जितना कह डाला था, वह दरअसल इतना भी कहना नहीं चाहती थी, क्योंकि उसे डर था कि कहीं उसे यह बात हर्ट न कर जाये।

इन्दु मौन खड़ी-खड़ी मिसेज़ कुंवरबाई वकील को जाते हुए देखती रही। उसकी समझ में कुछ नहीं आ रहा था। यथार्थतः उसे दूध पीने से ही नहीं, देखने से भी नफ़रत थी। उन्होंने कुछ ऐसा तो कहा नहीं, जिसे उसको मानना ही हो। उन्होंने परामर्श दिया है...मात्र बातचीत...पिताजी ने भी तो ऐसा ही कहा था। अब वह क्या करे?...उसका मन क्या कहता है? वह दो दिन इसी तरह परेशान रही। दूध तो नहीं पीया परन्तु वह अपने आपसे दूध को लेकर बराबर लड़ती रही। सभी तो उसे कमज़ोर बताते हैं। वह खेलती भी है और काम भी करती है परन्तु इसके उपरान्त भी उस पर मांस नहीं चढ़ता। क्या वह स्वस्थ होना नहीं चाहती है?... चाहती तो है पर क्या वह स्वस्थ नहीं है? है तो फिर दूध क्यों पीये?

आज तीसरा दिन था। रोज़ की तरह आज फिर दूध आया। उसने दूध की ओर देखा। कुछ देर देखती रही। फिर दूध कुछ कम करवाया। फिर उसकी ओर देखने लगी। अन्दर से जी बाहर को आ रहा था। दूध वह कैसे पीये! नहीं, नहीं। वह दूध नहीं पी सकती। कदापि नहीं पी सकती! क्या इसी तरह वह कठिनाइयों पर विजय प्राप्त करेगी? उसके सामने अब उसके दादा मुस्कुरा रहे थे और कह रहे थे, "देखा जवाहर हमारी इन्दु कितनी बहादुर है। देख लेना एक दिन वह अपने वंश का नाम अवश्य रोशन करेगी।" इस वक़्त उसे दादी की याद भी आ गयी।

दादी उसे नाक पकड़ कर दूध पिला दिया करती थी और वह दूध पीने के बाद मचलती-रोती रहती थी। क्या अब वह स्वयं...छि...छि...छि! यह सोचते हुए उसे मन-ही-मन हँसी आ गयी। उसने धीरे से गिलास उठाया और आँखें बन्द

---

1. जवाहरलाल नेहरू का पत्र : नैनी जेल से इन्दु के तेरहवें जन्म दिवस पर।

करके वह गटागट एक ही साँस में दूध पी गयी। तुरन्त ही कुल्ला करने दौड़ी और देर रात तक कुल्ले करती रही। धीरे-धीरे वह दूध पीने की अभ्यस्त हो गयी। उसको अपनी इस सफलता पर बहुत खुशी हुई। कुछेक माह बीत जाने पर उसने यह अनुभव किया कि वह पहले की अपेक्षा अधिक स्वस्थ है और उसके शरीर पर मांस भी चढ़ने लगा है। इस बात पर वे पारसी दम्पति अत्यन्त खुश हुए। वह जवाहरलाल नेहरू तथा कमला को नयी इन्दु रूप के रूप में 'सरप्राइज' देना चाहते थे—एकदम तरोताज़ा स्वस्थ और समझदार इन्दु के रूप में।

कर्म में बहुत बड़ी शक्ति है। यथार्थतः उसी से जीवन आनन्द की अनुभूति करता है। रोम्यां रोलां ने कहा भी है कि 'जो विचार कर्मोन्मुख न हों, वे सबके सब निरर्थक हैं और मात्र विश्वासघाती हैं। एतदर्थ, यदि हम विचार के दास हैं तो हमें कर्म का भी दास होना चाहिए।' वह इससे भी आगे गीता के मन्त्र बीज को मन में बसाये हुए चल रही थी कि कर्म करते चलो परन्तु कर्म से फल की चिंता मत करो। वह जो कुछ करती थी, अपनी खुशी के लिए करती थी—दया-धर्म से अनुप्रेरित होकर नहीं। और न किसी के दबाव दिखावे के कारण।

इन्दु अपने समय की राजनीति से अनभिज्ञ थी। माँ के बारे में भी वह चिन्तित रहती थी, क्योंकि वह रुग्णावस्था में कलकत्ता में इलाज करा रही थीं। एक दिन उसके स्कूल में एक नयी घटना घटी। विद्यालय में नक़ली (मॉक) पार्लियामेन्ट का आयोजन किया गया। इन्दु उसकी प्रधानमन्त्री चुनी गयी। तब उसे क्या पता था कि वह आगे चलकर एक दिन इस विशाल देश की वास्तव में प्रधानमन्त्री भी बन जायेगी!

सितम्बर 1932 में ब्रिटिश सरकार की गहरी दुरभिसंधि के विरोध में गाँधीजी ने आमरण अनशन शुरू कर दिया। गाँधीजी तब पूना की यरवदा जेल में थे। ब्रिटिश सरकार ने दलित जातियों को पृथक् निर्वाचन के अधिकार की सुविधा मुहैया करायी थी। गाँधीजी को इस निर्णय से भारी धक्का लगा और उन्होंने इसके खिलाफ़ अपने प्राणों की बाज़ी लगा दी। इससे देश की एकता खण्डित होने के आसार भी नज़र आने लगे, क्योंकि डा. अम्बेडकर इसके पक्षधर थे। फलतः डॉ. अम्बेडकर से भी गाँधीजी की वार्ता हुई। उन्होंने उन्हें विश्वास में लेना चाहा। समस्त राष्ट्रीय नेताओं का भी यही प्रयास हुआ कि यह अध्यादेश वापिस हो। हालाँकि ऐसा करने से देश में एक नवीन जागरण का स्फुरण हुआ। कांग्रेस छुआछूत मिटाने में जुट गयी। इन्दु ने गाँधीजी के आमरण अनशन का समाचार सुना और यह जाना कि गाँधीजी पूना में यरवदा जेल में हैं। ब्रिटेन के प्रधानमन्त्री रैम्से मेकडोनल्ड जो कि जारज पुत्र थे और जिन्होंने अनेक जारज पुत्रों की जमात खड़ी की थी, हिन्दुस्तान के हरिजनों को थोड़ा लोभ देकर अलग खड़ा करना चाहते थे, ताकि वे देश की मुख्य धारा से अलग-थलग पड़ जायें। उनका विश्वास था कि जैसे भी हो इस देश की अस्मिता को तार-तार कर दिया जाये, ताकि उन्हें निष्कंटक राज करने की पूर्ण

स्वतन्त्रता मिल सके। संवैधानिक सुधारों के नाम पर यह चक्रव्यूह देश की आज़ादी के टिमटिमाते दीप को बुझाने की तैयारी का परिणाम था। गाँधीजी की आत्मा इस महा घटाटोप को बर्दाश्त नहीं कर पायी और उन्होंने इसके विरोध में अपने प्राणों को दाँव पर लगा दिया। इस वक़्त सारे देश में एक ज़बर्दस्त हलचल पैदा हो गयी। गाँधीजी के प्राणों का संकट देश के प्राणों का संकट बन गया। सरकार भी गाँधीजी के अनशन को अपने पैरों तले कुचल कर बेमिसाल कामयाबी हासिल करना चाहती थी। अब वह एक निहत्थे अर्धनग्न फ़क़ीर के सामने नत हो रही थी। वह निहत्थों से कैसे लड़े! अनशन व्रत गाँधीजी ने लिया है और बेचैन सरकार है, यह कैसा संघर्ष! वह लड़े तो आखिर किससे! लड़नेवाला तो उसके सामने कोई नहीं है। फिर भी, उसे अपनी सुरक्षा की आशंका अन्दर-ही-अन्दर बेचैन कर रही है। इस कारण वह आग बबूला होकर अपने को ही जलाये दे रही है। जो मन चाह रहा था, करती जा रही थी, तमाम आचार संहिताओं को अनदेखा किये।

इन्दु गाँधीजी से मिलने यरवदा जेल गयी। यह उसका गाँधीजी से जेल में मिलने का दूसरा मौक़ा था। पहली बार वह उनसे जेल में तब मिली थी जबकि वह मात्र छह वर्ष की थी और गाँधीजी ने हिन्दू-मुस्लिम एकता को लेकर अपने प्राणों को दाँव पर लगा दिया था। अब वह पुनः गाँधीजी से मिल रही थी। तब वह गाँधीजी को नहीं समझती थी। परन्तु अब वह भली प्रकार से उनके बारे में जानने लगी थी। उनका महत्त्व उसकी समझ में आने लगा था।

गाँधीजी ने इन्दु को घूर कर देखा, मुस्कुराये। उसके चले जाने के बाद जवाहरलाल नेहरू को तार दे दिया और पत्र भी लिखा, क्योंकि इन्दु में उन्होंने एक नयी इन्दु का अनुभव किया था।

गाँधीजी जानते थे कि जवाहरलाल नेहरू उनके आमरण अनशन के समाचार से बहुत क्षुब्ध और आक्रोशित होंगे। ठीक उसी तरह जब वह इर्विन से समझौता करके आधी रात बाद लौटे थे और उन्होंने अपने इस समाचार से सबको चक्कर में डाल दिया था। मोतीलाल नेहरू की चिता को ठंडा हुए एक माह भी नहीं हुआ था कि जवाहरलाल नेहरू को यह दूसरा ज़बर्दस्त धक्का लगा। वह तड़प उठे कि गाँधीजी ने यह क्या किया कि फिर से प्राणों को दाँव पर लगाकर सारे विश्व का ध्यान अपने पर केन्द्रित करने की पहल कर डाली।

जवाहरलाल नेहरू अपनी कोठरी में विचारों की उत्तेजना के कारण बराबर टहल रहे थे और मुट्ठियाँ भींच कर उन्हें खोल रहे थे। तार पढ़ा और पुनः पढ़ा। पढ़कर हैरत में रह गये। फिर ज़ोर के क़हक़हे लगाये। वह इस घटाटोप व मर्मान्तक अन्धकार में भी तार के कारण खिलखिला सके। मानो उन्हें अपने किसी महत्त्वपूर्ण कार्य में आज विजयश्री प्राप्त हुई हो और वह उसी खुशी को सँभाल नहीं पा रहे हों। तार था : "इन्दु और स्वरूप की बच्चियों से मिला। इन्दु खुश दिखाई दी और तगड़ी भी। खूब मज़े में है।" यह पढ़कर वह कैसे खुश न होते।

उन्होंने पत्र में भी यही बात लिखी थी ताकि जवाहर की चिंता दूर हो सके। लिखा था : "इन्दु को और स्वरूप के बच्चों को देखा। इन्दु केवल खुश ही नज़र नहीं आयी, बल्कि इस बार उसके शरीर पर मांस भी चढ़ा हुआ था।" आशा का यह सन्देश देकर वह जवाहरलाल नेहरू की राय जानना चाहते थे। उनकी दृष्टि में जवाहरलाल नेहरू की राय अत्यन्त महत्त्वपूर्ण थी। जवाहरलाल नेहरू उन्हें क्या उत्तर देते, उत्तर तो उन्हें जवाहर की लाड़ली ने दे डाला। जवाहर तो डॉ. अम्बेडकर के दृष्टिकोण से घबरा रहे थे, क्योंकि वह स्पष्ट कह रहे थे कि हरिजनों की प्रमुख समस्या आर्थिक है, न कि गाँधीजी द्वारा प्रतिपादित 'मन्दिर प्रवेश' की। वे अपने समाज को शोषण मुक्त और खुशहाल देखना चाहते हैं।

इन्दु गाँधीजी से भेंट कर लौट आयी। रात भर वह सो नहीं सकी। वह अनेक बार नये सिरे से विचार बुनती और उन विचारों को गलत पड़ गये फन्दों की तरह आनन-फानन में उधेड़ देती। वास्तव में हरिजन समस्या अत्यन्त महत्त्वपूर्ण थी और इसमें तनिक भी शुबहा नहीं था कि हरिजनों के प्रति सवर्ण हिन्दू जाति ने कभी न्याय नहीं किया था। हमेशा उनके प्रति उपेक्षा ही अभिव्यक्त की थी। डॉ. अम्बेडकर ठीक कहते हैं कि वेद लिखवाने के लिए व्यास को आमन्त्रित कर लिया और *रामायण* जैसा महाकाव्य लिखवाने हेतु वाल्मीकि को। यें दोनों ही सवर्ण हिन्दू नहीं थे। ...फिर वे अछूत क्यों हैं? वे भी तो हिन्दू हैं और सभी के साथी हैं। परन्तु इस वक़्त तो हरिजनों को अपना भविष्य बनता दृष्टिगोचर हो रहा था। वे इस कारण हरिजनों के हित के लिए अड़े हुए थे। अब किया तो क्या किया जाये? कैसे यह समझ पैदा की जाये कि इस देश में कोई अछूत नहीं है, सब समान हैं और किसी के प्रति कोई भेदभाव या उपेक्षा नहीं है। परन्तु यह बात इस नाजुक मोड़ पर उन लोगों के गले कैसे उतरे, प्रमुख सवाल यह था। सवर्ण हिन्दू हरिजनों की परछाईं से घृणा करते आये हैं और उन पर नाना तरह के अन्याय एवं अत्याचार किये हैं। वे लोग अपने विषाक्त तथा घनघोर पीड़ादायक अनुभवों को मात्र कहने से कैसे भुला सकते हैं! हरिजनों ने जिस घोर नरक को भोगा है, उसके लिए सवर्ण हिन्दू निश्चित रूप से उत्तरदायी हैं। यह सब तो ठीक है परन्तु इस समय प्रश्न देश की एकता व अखण्डता का है। अंग्रेज़ी हुकूमत का नज़रिया यह है कि वह उन्हें एक नहीं होने दे, जहाँ तक और जिस तरह सम्भव हो, वह उनमें फूट डालती जाये। वे आपस में लड़ते रहें।

ब्रितानिया सरकार तो अपना पासा फेंक चुकी थी पर अहिंसावादी गाँधी उसका उत्तर अपने उत्सर्ग से देना चाहते थे। इन्दु की तो कोई औकात थी ही नहीं। इस सम्बन्ध में वह किससे बात करे! जानती थी कि उसने कोई ऐसी-वैसी चर्चा उठायी तो वह चर्चा सब में फैल जायेगी। इस तरह वह कुछ नहीं कर पायेगी। वह अपने मन को टटोलते-टटोलते अपने आप में पलभर के लिए खो गयी कि उसे न अपना पता रहा और न अपने आस-पास का! वह मौन प्रार्थना करने लगी आँखें बन्द किए—

'माँ, तुम देख-सुन रही हो/ फिर भी, मौन साधे आत्मलीन हो, अविचलित हो!/ क्यों माँ, क्यों?/ आखिर चुप बने रहने का कारण!/ ख़ैर वह तुम जानो,/पर माँ, मुझे तो शक्ति दो/ मुझे तो मार्ग दिखाओ—बताओ/ मैं क्या करूँ, कौन-सा क़दम उठाऊँ?/जानती हूँ कि मैं कुछ नहीं कर सकती/ कैसे करूँ, मैं हूँ ही क्या, माँ।/पर इतनी कमज़ोर भी नहीं हूँ, माँ/ कि सर्वहित के लिए प्रार्थना भी नहीं कर सकूँ,/ आप पर ज़ोर न दे सकूँ, माँ!/ प्रकाश खोती दिशाओं को/ इससे पहले अन्धकार निकलने लगे,/माँ तुम्हें मदद करनी होगी/ अपने भक्त के प्राणों की रक्षा/ और उपेक्षितों के मन के संशय को,/ दूर करने में हाँ माँ, हाँ, तुम्हें ही कोई रास्ता सुझाना होगा।/'

इन्दु ध्यानमग्न थी, उसे पता ही नहीं चला कि कब प्रार्थना के स्वर उसमें अनहद नाद की मधुरता घोलने लगे। और कब उसे नींद ने धर दबोच लिया। उसकी आँख खुली तब नवें-नूतन भोर मुस्कुरा रहा था! सब ओर गहन निस्तब्धता थी और शान्ति। उसने अपने चारों ओर देखा। बाहर आयी। सहन को बुहारा। कूड़ा-करकट एक तरफ़ सरका दिया। पलभर के लिए सोच गयी—'काश! यहाँ के लोग, रहनुमा, बाशिन्दे/ अपने आपको बहुत कुछ समझने वाले,/ परोपकारी अपने अन्ध हितों के लिए परस्पर झगड़ने वाले/ समझदार/ अपने मज़हब, जाति, सम्प्रदाय को शीर्षस्थ मानने वाले /महान् से महान् कार्य करने के विज्ञापन देने वाले, अपनी क्षुद्र तथा डंकमयी आदतों को छोड़ गले लगाते/ वह किसी से नफ़रत नहीं करते। उसको 'यस्न', का जीवन-मन्त्र स्मरण हो आया, उसका भाव था—

सर्वशक्ति होरमज्द उसे सुखी करेगा जो दूसरों को सुख देता है। वह उसी पर आशीर्वाद बरसायेगा। है उतयूइति, मैं देवी नियम का अनुसरण कर सकूँ, आर्मइते के द्वारा मुझ पर पूर्ण प्रकाश और सत्य का आशीर्वाद बरसे।[1] तदुपरान्त इन्दु अपने स्कूल की मेहतरानी की झोंपड़ी के सामने खड़ी थी। स्कूल की मेहतरानी भोर फटने से पहले ही टट्टियाँ साफ़ करने निकल जाया करती थी। सबका मैला सिर पर ढोहती थी। छिः छिः छिः। कितना गन्दा काम। सबका मैला सिर पर उठाये... वह मैला जिसकी ओर देखा भी नहीं जा सकता है।...वह मैला जिसके पास से गुज़रने पर अनायास नाक पर हाथ चला जाता है। और कदाचित यही वह कारण है, जिससे सवर्ण उसकी उपेक्षा करते हैं। उससे दूर रहते हैं और उससे घृणा दर्शाते हैं। ओह! यह कैसा जुल्म! उसे उन सवर्णधारियों की कमअक्ली पर क्रोध आया

---

1. उश्ता अह्लाई यह्लाई उश्ता कल्हाइचीत्।
वर्से-क्षर्योस् मज्दो दायात अहुरो।
उतयूइती तॅवीषी गत् तोइ वसॅमी।
अषॅम् देॅर्देद्याई तत् मोइ दो आर्मइतो।
रायो अषीश वङ हैउश्, गअेम् मनड.हो।। यस्न. हा 43/1

जो समाज के ऐसे निष्ठावान् वर्ग से घृणा करके अपने बड़प्पन की शेखी बघारते हैं। दरअसल वे ही अछूत हैं, घृणा के पात्र हैं और निन्दा योग्य हैं। जीसस क्राइस्ट ने कहा है—"मनुज अपने भीतर जो भी डालता है, उससे वह ख़राब नहीं होता है। ख़राब तो वह अपने अन्दर से आने वाली—बुराई, चालाकी, धोखे, घमण्ड, लालच और वासना से होता है।" इन्दु को लगा कि इन लोगों से घृणा करने का जाल ऐसे ही दुर्जन लोगों ने रचा है, जो स्वयं खराब थे और अब हम उसे आँखें बन्द किये स्वीकार ही नहीं रहे, अपितु उसे अपना आदर्श मान बैठे हैं। वास्तव में उनका यह 'भ्रमजनक यूटोपिया' टूटना ही चाहिए। इससे तो सारा हिन्दू समाज और मानव समाज कलंकित होता है और समाज के पद से भी गिरता है।

झोंपड़ी में उस मेहतरानी की बेटी थी। उसकी माँ मैला ढोने घर से जा चुकी थी। वह मैले-कुचैले कपड़े पहने हुए थी। उसकी देह पर भी मैल था। उसने उसे ऊपर से नीचे तक देखा और देखते-देखते वह अन्दर से हिल गयी। उसके सामने अपनी बुआ की बेटियाँ आ खड़ी हुईं। वह उन्हें कैसे तैयार करती है? क्या वह लड़की उसके स्कूल में पढ़ने वाली लड़कियों से भिन्न है? ओह, यह कैसा अन्याय! ...पीढ़ी-दर-पीढ़ी वह यह अन्याय भोगे जा रही है और अचरज है कि वह फिर भी शुतुरमुर्ग की तरह ज़मीन में चोंच गड़ाये हुए है। उसे कोई शिकवा-शिकायत नहीं है, उसमें न असन्तोष है और न अन्याय के प्रति ज़रा-सा भी आक्रोश!

इन्दु ने चारों ओर देखा। वहाँ आस-पास कोई नहीं था। वह लड़की परछाईं बनी जहाँ की तहाँ बैठी हुई थी। उसमें कोई हलचल नहीं हुई। इन्दु आगे बढ़ी और उसने प्यार से उसका हाथ पकड़ा और मधुर आवाज़ में कहा, "आइये, हमारे साथ चलिये।" दूर तक प्यानो का मृदु संगीत गूँज उठा। इससे पहले उससे किसी ने ऐसे नहीं कहा था। इतने प्यार-दुलार से तो कदापि नहीं। वह चुपचाप उसके साथ चल पड़ी। इन्दु को लगा कि वह अपनी बुआ की लड़कियों में से किसी एक का हाथ पकड़े चल रही है। वह उसे अपने कमरे में ले आयी। उसे कुर्सी पर बिठलाया और किसी सिद्धहस्त छायाकार की तरह उस पर कई 'एंगल' से सोचने लगी कि अब और वह क्या करे और कैसे करे?

उसने उसे मल-मल कर खूब नहलाया। उसकी ऐड़ी व कलाई पर जमे मैल की परतों को घिस-घिस कर उतारा। अन्दर से उसकी देह धूप सी निखर आयी। उसके गालों पर से मैल की काली मटमैली-सी परतें हट गयीं। उसके गाल रक्ताभा से चमक उठे। वह परी-सी सुन्दर लगने लगी। उसे बेहद खुशी हुई। उसके मन में अनाम संगीत का स्रोत फूट पड़ा। उसे लगा कि जैसे उसकी आत्मा ने आज अमिय कुण्ड में स्नान किया है और वह ज्योति की जगमगाहट से सिर-पाँव तक द्युतिमान हो उठी है। उसने उसे पुनः सिर से नहलाया। उसके गेसू धूप में सूखकर चमक उठे। उसके गेसुओं से लावण्य प्रकीर्ण हो रहा था। फिर उसने उसके मैल खाये कपड़ों को कई बार मला और धोया। जब उनका मैल जाता रहा तो उन्हें

अलगनी पर डालकर सुखा दिया। उस बालिका के लिए उसने बाज़ार से नये कपड़े खरीदे। उन कपड़ों को उसे पहनाया और उसकी ओर स्नेहिल नेत्रों से देखा। वह आश्चर्यचकित रह गयी। क्या वह उसकी नयी कृति है। इतनी आकर्षक और सौम्य—एकदम निश्चल, निर्मल और दुग्ध धवल।

पहले उसके गेसू कैसे उलझे हुए थे! कैसे चीकट थे! कितनी देर लगी थी उन्हें सुलझाने में। उसे लगा, वह रेशम के उलझे धागों को सुलझा रही है। उसके लम्बे और घटा से काले गेसू सूखने पर चमक उठे थे। वह बालिका गेसू सँवर जाने पर किसी परी गाथा की नन्ही नायिका-सी लग रही थी। उसमें कल्पना कौंधकर इन्द्रधनुष-सी फैलने लगी—वह अन्दर-ही-अन्दर सोचने लगी। उसमें एक सर्वथा नवीन स्वप्नलोक खिलने लगा। यह वही मैली-कुचैली लड़की है, जिसे देखकर घिन्न आ रही थी और मन मुँह फेर रहा था। क्या हमारा समाज उस लड़की में नज़र आ रहा था। तब या अब जब वह लड़की अन्य लड़कियों-सी आकर्षक बन चुकी है।

सोचना होगा, दर्पण किससे बनता है? कैसे बनता है, कौन बनाता है? क्यों इतनी उपेक्षा, मन में भरी घृणा, दुतकार? क्यों इतनी क्रूरता, अन्याय, अभिशाप? क्यों इतनी असमानता, विरूपता, और तिरस्कार? गाँधीजी का अनशन और अम्बेडकर का स्वीकार्य, एक ही धर्म समाज में व्यवस्थाएँ समानान्तर कैसे हैं? एक के लिए स्वर्गाकांक्षाओं के मण्डप और दूसरे के लिए जीवित श्मशान!

कौन और कैसे पाटेगा इन विषमताओं को? क्या अनशन दे सकेगा उनको जीने का जन्मसिद्ध अधिकार या अम्बेडकर का स्वीकार्य भी हर सकेगा उनकी उपेक्षाओं के व्रण? हर दिशा मौन, आकाश खामोश, कहीं से कोई आशा-सन्देश नहीं। उसकी श्यामल देह चमक उठी थी। वह मौन थी। वह अचरज से या डर से, क्योंकि अपनाने में भी उसने सवर्ण दुरभिसंधि का घटाटोप पाया था!

फिर कैसे, कौन हटायेगा? कौन धवल बनाकर अपनायेगा? कहाँ से लायेगी वह ऐसे लोग जो संस्कृति के पक्षधर हैं और जिन्हें अपने सभ्य होने पर गर्व है?

शायद इन्दु को किसी ने पुकारा। निस्सन्देह वह सामने बैठी लड़की नहीं थी। तो किसने पुकारा? कौन पुकारेगा उसे? वह अजीब-सी उलझन से घिर उठी। उस उलझन का क्या तोड़ हो सकता है? वह कुछ समय के लिए अन्यमनस्क सी हो उठी। धीरे-धीरे उसके मानस पर बिखर आये रंग अपनी अस्मिता की तलाश करने लगे। उन्हें सुकून नहीं मिल रहा था। वह बारम्बार अपनी पहचान बनाने की सोच रहे थे। पर कैसे बनायें? एक भूल-भुलैया वाला भूतहा सवाल पीढ़ियों से चला आ रहा था और जिसका कोई पीढ़ी हल नहीं करना चाहती थी। हाँ, एक बार महात्मा बुद्ध ने इस टेढ़े-मेढ़े प्रश्न का संस्पर्श किया था और दुनिया को उसकी आत्मा से साक्षात्कार कराया था! वह क्या है? क्यों है? कैसा है? उस बात को सदियाँ बीत गयीं। फिर भी उसके सब्ज़बाग़ में हिंसक जानवर घुस आये और उन्होंने धीरे-धीरे उस बाग़ को खा डाला, बदसूरत बना डाला और काँटों से भर दिया। अब उस बाग

के दरख्त कार्बन छोड़ते हैं। अब वहाँ कोई पंछी नहीं बैठता और न संगीत छेड़ता है, क्योंकि अब वहाँ बर्बरता और असुरक्षा का भयावह माहौल है। खुद ही उसने अमिय के स्रोतों को सुखा कर उनमें ख़तरनाक विष भरा है और फिर उन पर जीवनामृत का पोस्टर चस्पा कर दिया है। उसके साथ यह छल-छद्‌म किया है—अन्दर से वह अपने दैत्याकार दाँतों को पैना कर सर्वस्व कच्चा ही चबा जाना चाहता है। घृणा और आतंक के सहारे वह उससे जीने का अधिकार छीनकर उसे विवश बनाये हुए है।

वह कैसा भाग्यशाली दिन था कि इन्दु को कुछ याद नहीं रहा, न उसे अपनी छोटी बहनें ही याद रहीं और न पापा-मम्मी। उसे खुद का भी स्मरण न रहा! वह दिन कैसा बीता पता ही नहीं चला! उदासी के बादल पता नहीं कहाँ गायब हो गये! वह आनन्दालुप्त हो गयी। अभी तक इन्दु ने उस लड़की को उसके घर नहीं पहुँचाया था। रात होने पर उसने उसे खाना खिलाया और अपने बिस्तर पर ही सुला दिया। वह उसके बिस्तर पर लेटते ही सो गयी। परन्तु इन्दु की आँखों से नींद उड़ चुकी थी। वह तो बराबर उस लड़की की ओर देखे जा रही थी। उसका चेहरा कैसा महक उठा था! वह कैसी अच्छी लग रही थी। उसने इस अनुभव से वर्तमान स्थिति पर पुनः विचार किया। बच्चे सब समान होते हैं—उनकी न तो कोई जाति होती है और न कोई धर्म, वे न अमीर होते है और न गरीब, वे न छोटे होते हैं और न बड़े, वे न काले होते हैं और न गोरे। बच्चे, बच्चे होते हैं—सिर्फ़ बच्चे। वे निश्चल, निष्पाप और निर्द्वन्द्व होते हैं। वे प्यार से लबालब होते हैं। वे जहाँ प्यार पाते हैं, वहीं रम जाते हैं। उनका हृदय सुमन-सा कोमल और अमिय-सा मधुर होता है। फिर ये ऊँच-नीच क्यों? कौन फैलाता है यह घृणा, यह उत्पात, यह सैलाब, यह हिंसा और भयान्तक।

इन्दु का मन हाहाकार कर उठा था। उसमें तूफ़ान था। उसमें ज्वालामुखी था। वह सोचे चली जा रही थी। बारम्बार उसकी निगाहें उस बालिका पर ठहर जाती थीं। वह मानो स्वप्न में मुस्कुरा रही हो। उसे ऐसा लग रहा था—उसके मुख पर एक लट आकर प्रश्न-चिन्ह बना रही है—यह सोचकर वह बहुत डर रही थी कि क्या वह उत्तर भी बन सकने की क्षमता रखती है?

गाँधीजी के आमरण अनशन को लेकर आज इन्दु के स्कूल में एक सभा का आयोजन हुआ था। उसमें वह बोली थी—ज़बर्दस्त बोली थी। सब सकते में आ गये थे। आज उसका हृदय फटा जा रहा था। मन में तूफ़ान था। वह उसे रोक नहीं पा रही थी। वह बेमिसाल तर्क दे रही थी। उसने प्रश्न उठाया था कि सवर्ण अपने ही भाइयों को गिरा हुआ और निकृष्ट क्यों समझते हैं? क्यों उनसे दुर्व्यवहार करते हैं? क्यों उन पर अत्याचार करते हैं? उसने मुख्य बात यह कही थी कि "यदि हमने अपनी ही सेवा करने वालों को इस प्रकार तिरस्कृत न किया होता, तो न अंग्रेज़ आज हमारे शासक होते और न बापू को इस प्रकार अपने प्राणों को दाँव पर लगाना पड़ता।"

सब आश्चर्यचकित रह गये थे। भाषण या वाद-विवाद प्रतियोगिता में उसे अनेक बार बोलते सुना था परन्तु उसे इतना सशक्त और सतर्क बोलते कभी किसी ने नहीं सुना था। आज वह अपने में नहीं थी। उसमें चण्डी और वाक् देवी दोनों ही विराजमान हो उठी थीं। उसके धारदार तर्कों के सामने सब नत थे और उसे शाबाशी दे रहे थे। पर यह सोचते हुए कि उससे आगे क्या होगा? क्या यह सब भाषण तक ही सीमित रह जायेगा। क्या उससे किसी नतीजे की उम्मीद की जा सकेगी?

जवाहरलाल नेहरू को जब यह पता चला तो वह चकित रह गये। उन्होंने गाँधीजी को हार्दिक शुभकामनाएँ भेजी थीं कि उनकी लड़की ने कमाल ही कर दिखलाया। गाँधीजी ने जब यह सुना तो उन्हें बहुत प्रसन्नता हुई। उन्हें लगा कि नयी पीढ़ी का खून खौल रहा है। यदि नयी पीढ़ी के अन्तर्मन में यह बात घर कर गयी तो समझ लो कि इस देश की एकता को कोई भी नापाक इरादा नुकसान नहीं पहुँचा सकता। देश सर्वोपरि है, देश से ऊपर विश्व है! सब मानव एक हो जायें तो दुःख रहेगा ही नहीं और चतुर्दिक सुख की वृष्टि होगी, आनन्द-ही-आनन्द होगा। उन्हें उसमें से ज्योति की किरण फूटती नज़र आ रही थी। लग रहा था कि अब निश्चित गाँधीजी के प्राणों की रक्षा हो सकेगी और कोई-न-कोई रास्ता निकल आयेगा। घटाटोप अँधेरे में कैसा अद्भुत प्रकाश!...अक्षय और अजर प्रकाश!! प्रभु की ऐसी ही कृपा हुई। वह बहुत ही दयालु है। पूना पैक्ट हुआ।[1] 'पूना पैक्ट' ब्रिटिश सरकार को स्वीकारना पड़ा और गाँधीजी का इस तरह आमरण अनशन खत्म हुआ। यह समझौता देश में नवीन उल्लासोमंग भर गया। यथार्थतः यह सत्य की जीत थी और देश की अखण्डता को कायम रखने में यह बहुत बड़ी मदद थी। इन्दु को इससे बड़ी तसल्ली हुई और उसने अपनी प्रसन्नता पापा तथा मम्मी पर भी ज़ाहिर कर दी। यह उसके जीवन की एक ऐसी यादगार उपलब्धि थी, जिसे वह चाहकर भी नहीं भूल सकती थी।

10

इन्दु को गहरी नींद आयी। उसका तन-मन हल्का हो गया। उसके अरुण होंठों पर सहज मुस्कान बिखर गयी। वह मुँह अँधेरे रोज़ की तरह उठी। तैयार होकर टहलने गयी। हवा मन्द-मन्द बह रही थी। आकाश में बादलों ने डेरा डाला हुआ था।

---

1. 25 सितम्बर 1932 की शाम पाँच बजे।

अगस्त का पहला सप्ताह बीत गया था। वर्षा तो प्रायः होती रहती थी। पुणे का "प्युपिल्स ऑन स्कूल" था पारसी दम्पति का। अब तक वह मिसेज़ वकील के काफ़ी नज़दीक आ चुकी थी। उनमें मैत्री संवाद की स्थिति बन चुकी थी। तीन बरस पूरे हो रहे थे। उसने चार वर्ष का मैट्रिक का कोर्स तीन वर्ष में पूरा कर लिया था।

रात को उसने अपने पापु के पत्र को पढ़ा था। पत्र मन-बुद्धि को गहरे छू गया था। 9 अगस्त 1933 का लिखा वह पत्र भावुकतापूर्ण था और ज्ञानवर्धक भी।

इन्दु अपने पापु के पत्रों को गम्भीरता से पढ़ती थी और गहराई से समझने की कोशिश करती थी। वह भी मानो उसके पाठ्यक्रम का हिस्सा हो। अन्तिम पत्र में जवाहरलाल नेहरू ने उसे लिखा था कि "विश्व-सुषमा की प्रशंसा, विचार और कल्पना के जगत् में भ्रमण करना कठिन नहीं है, परन्तु इस प्रकार दूसरों के कष्टों से कतराने का प्रयास करना और इस बात की चिंता न करना कि दूसरों पर क्या बीतती है, न हिम्मत का लक्षण है और न सहानुभूति की भावना का। विचारों की सार्थकता कर्म के रूप में प्रकट होने में है। कर्म ही विचार की अन्तिम परिणति हैं।...हमारा कार्य समाप्त हुआ, प्यारी बिटिया, और अब यह अन्तिम पत्र भी पूरा होता है। अन्तिम पत्र नहीं, कदापि कभी नहीं! मैं न जाने तुम्हें अभी कितने पत्र और लिखूँगा। परन्तु यह काम समाप्त हो रहा है, इसलिए"[1] वह पत्र पढ़कर अपने पापु के महान् व्यक्तित्व के बारे में सोचती रही। उनका प्रत्येक पत्र भावना से भरा होता था और जिज्ञासाओं के नये क्षितिज के रहस्यों पर से परदा उठाता था। उनसे अनुभूतियों को नयी ऊष्मा मिलती थी।

इन्दु पत्रों के माध्यम से सोचती रहती थी कि जीवन कैसा विलक्षण और अद्भुत है। उसे जीवन पर प्यार भी आता है और दया भी। उसमें कल्पनाएँ नानाविध रंग बिखेरने लगी थीं। उसे आसमान देखना अच्छा लगता था और भावना के प्रवाह में बहना भी। वसन्त का उसे अनुभव होने लगा था। परन्तु ऊपर से वह बराबर गम्भीर बनी हुई थी। उसके सामने समस्याएँ थीं, देश था और प्यार था। प्यार का कुनकुनापन उसमें वासन्ती हवा के साथ महक उठा था। वह उस नयी लहर को तटस्थ भाव से देख रही थी। फिर वह सोचती हुई गहरी साँस लेकर पलंग पर आ लेटी और उसने आँखें बन्द करके देह को ढीला छोड़ दिया, ताकि वह रिलैक्स हो सके।

इन्दु ने फ़िरोज़ की ओर ध्यान से देखा और कहा, "तुम कुछ कहने वाले थे।"

"हाँ...नहीं...नहीं।" वह पुनः गच्ची खा गया।

"क्या?" इन्दु ने आसमान निहारा। आसमान खामोश था। किसी प्रौढ़ व्यक्ति के मानिन्द।

---

1. विश्व इतिहास की एक झलक : जवाहरलाल नेहरू।

"इन्दु...।"

"हूँ...। कहो क्या बात है?" इन्दु ने बिना उसकी ओर देखे कहा।

"इन्दु मैं तुमसे मिलने आया हूँ।" फ़िरोज़ सहज ही कह गया।

"धन्यवाद, फ़िरोज़।"

"आगे नहीं पूछोगी कि क्यों?"

वह सहज लजा गयी। चतुर्दिक सन्नाटा। सब अपने-अपने कमरों में थे। वह पूछ रही थी, "क्यों फ़िरोज़?"

"इन्दु, आई लव यू।" एक साँस में फ़िरोज़ ने कह डाला।

इन्दु घबरा उठी। उसने चारों ओर देखा। कुछ समझ में नहीं आया। पलभर के लिए खामोशी गर्म काँच की तरह पिघल कर उन दोनों में बहती रही। सारी देह झनझना उठी। उसे लगा कि आगे रास्ता ख़तरनाक है। 'या 'आहिस्ता चलो, आगे मोड़ ख़तरनाक है' का साइन बोर्ड लगा है।

फ़िरोज़ ने चुप्पी तोड़ी, बोला, "इन्दु, क्या सोचती हो?"

"आई थोट आई एम टू यंग।...एण्ड आई वाण्टेड टू कन्टीन्यू माई पॉलिटिकल वर्क।"[1] वह दरख्त की लम्बी होती परछाईं पर पाँव रखते हुए बोली, "तुम इस इरादे को दिल से निकाल दो फ़िरोज़।...मैं विवश हूँ।"

फ़िरोज़ कुछ नहीं बोला। वह परछाईं की ओट होता गया। उसके मानस में अभी तक वह स्वर गूँज रहा था—आई एम टू यंग।

11

जब समय थपकी देकर सुलाने की कोशिश करता है, तब नींद आते-आते दूर भाग जाती है। व्यक्ति समझ नहीं पाता कि उससे एकान्त क्यों बतियाना चाहता है और क्यों वह अपने को चोर आँखों से देखता है? दरअसल व्यक्ति के किशोर मन में चुपके से मलयजी पवन हिलोरें लेने लगता है। किशोरियों को भी ऐसे ही परिवर्तन और स्थितियों से गुज़रना पड़ता है, जिनसे वे पूर्व में परिचित नहीं थीं। इन्दु वासन्ती वय की दहलीज़ पर आ खड़ी हुई थी। वह अपने को एकान्त में अपलक जितना देखती थी, उससे ज़्यादा वह उसे अनपहचाना अनुभव करने लगती थी। कुछ-कुछ उसमें हो रहा था।

अब वह पुनः आनन्द भवन में लौट आयी थी। फिर से वह आज़ादी के संघर्ष की गतिविधियों में रुचि लेने लगी थी पर अपने को थोड़ा अलग रखकर।

---

1. मिसेज़ गाँधी : डॉम मोरिस पृ. सं. 66

दरअसल प्यार बहुत प्यारा नग़मा है जो सदा चोर दरवाज़े से प्रवेश करता है और सारे तन-मन पर छा जाता है बेरोकटोक। वह आँखों से झाँकता है और होंठों से मुस्कुराता है मन-ही-मन। वे नादान होते हैं, जो उसे असहज लेते हैं।

उम्र के वासन्ती झोंकों में अनजानापन यदि नज़दीक आने लगे तो मन में कुछ-कुछ होने लगता है। इन्दु भी अपनी माँ के साथ आने वाले स्वयंसेवकों को देख रही थी। हमउम्र भी उसके सम्पर्क में जब-तब आ रहे थे।

एक दिन बम्बई (मुंबई) से एक नवयुवक आया और कमला के कार्यों से जुड़कर वह स्वयंसेवकों में कमला के अधिक नज़दीक आता चला गया। वह आनन्द भवन में भी बेरोकटोक आने लगा। कमला ने उसे इन्दु से यह कहकर पहचान करवाई थी, ''इन्दु, वह फ़िरोज़ है। बहुत काम का लड़का। खूब दौड़-भाग कर लेता है।'' इतनी-सी जान पहचान के सहारे वह कई बार इन्दु से मिला और इन्दु ने भी उसकी बातों को पसन्द किया। जब-तब आपस में राजनीति पर भी चर्चा करने लगे थे।

कमला पर फ़िरोज़ का जादू पूरी तरह छाया हुआ था। प्रायः वह उसकी किसी-न-किसी बात को लेकर इन्दु से चर्चा कर लिया करती थीं। इन्दु को मित्रों का अभाव था। वह भी इस कारण उसमें दिलचस्पी लेने लगी। पता नहीं कब वह खुद को इन्दु के नज़दीक समझ बैठा।

वह शाम थी। बेमौसम की वर्षा होकर थम चुकी थी। हवा भी ठंडी बहने लगी थी। वह आया। आते ही बोला, ''चलें, बाहर थोड़ा-सा घूम लें।''

इन्दु भी 'मूड' में थी। वह उसके साथ चल पड़ी। थोड़ी दूर जाकर वे एक जगह रुक गये।

फ़िरोज़ ने बिना इन्दु की ओर देखे कहा, ''तुम कैसा फील करती हो?''

''क्यों?'' सहजता से इन्दु ने कहा।

फ़िरोज़ कुछ सोचने लगा। सोचता रहा। फिर अचानक वह कह उठा, ''मौसम कितना सुहावना है।''

''हाँ, बरसात हुई है।'' इन्दु ने कहा, ''अब उमस भी अनुभव होने लगेगी।''

''यह तो है, इन्दु। जीवन भी कुछ-कुछ इसी तरह...।'' कहता-कहता फ़िरोज़ रुक गया। वह ठीक से समझ नहीं पाया कि वह क्या कहना चाहता है?

''इसी तरह क्या, फ़िरोज़?''

फ़िरोज़ ने अचानक टॉपिक बदलते हुए कहा, ''इन्दु हम लोग घूमने आये हैं।''

''पर घूम नहीं रहे हैं, एक जगह खड़े हैं।'' इन्दु ने गुलमोहर की ओर देखते हुए कहा।

फ़िरोज़ कुछ नहीं कह पाया। दरअसल वह अभिव्यक्ति में कमज़ोर था। इन्दु पुनः पूछ रही थी, ''फ़िरोज़, तुम ट्यूर से कब आये?''

''बस आ रहा हूँ—सीधे यहाँ,'' फ़िरोज़ ने सँभल कर कहा।

"कोई खास काम है क्या?" इन्दु ने उसे अपने में खोता हुआ देखकर पूछा।

"नहीं...नहीं...हाँ," फ़िरोज़ ठीक से कुछ तय नहीं कर पाया।

इन्दु मन-ही-मन उसकी इस परेशान मानसिकता का आनन्द उठा रही थी। कई बार उसके साथ ऐसा ही हुआ है, जब वह बात करते-करते पटरी से उतर गया और वातावरण खीझ उठा।

"अच्छा फ़िरोज़, चलूँ।" इन्दु ने वातावरण को चट्टान बनने से पूर्व कहा और चलने का उपक्रम करते हुए वह मुस्कुरायी।

"गुड बाई, इन्दु।" फ़िरोज़ भी चल पड़ा।

इन्दु अपने कमरे की खिड़कियों से उसे जाते हुए देखती रही। वह उसे गेट तक तो पहुँचा ही सकती थी परन्तु...। जाने उसे क्या हुआ कि वह अब वहाँ और नहीं ठहर सकी। उसकी धड़कनें तेज़ हो गयीं। पहली बार उसने किसी नवयुवक से सुना था कि वह उससे प्यार करता है। प्यार अभी से, अभी तो वह बहुत यंग है। यह उसने क्या कह डाला?

12

यह वही लड़का था फ़िरोज़ जिसकी मम्मी ने कई बार चर्चा की थी। उसका मन अतीत की गह्वर में उतर गया। वह एक स्थान पर आकर रुक गयी। यह वह वक़्त था जब हिन्दुस्तान में सत्याग्रह छिड़ा हुआ था। इलाहाबाद उसका मुख्य केन्द्र था। वहाँ पिकेटिंग, जुलूस और गिरफ़्तारियों का ज़ोर था। लगता था कि इस बार कुछ-न-कुछ होकर रहेगा।

इलाहाबाद की सड़ी गर्मी-चिलचिलाती धूप। 'निराला' ने इसी गर्मी की चर्चा अपनी कविता में की थी—'वह तौड़ती पत्थर!' 'सनसनाती लू।' लोग घरों से सत्तू खा कर या भरे पेट निकलते थे लू से बचने के लिए। दोपहर में प्रायः बाज़ार में भी चहल-पहल लगभग बन्द सी हो जाती थी। सूरज की तेज़ किरणें मानो उस नगरी पर क़हर ढाने पर तुली हों। परन्तु सत्याग्रही थे जिन्हें न चिलचिलाती धूप की चिंता थी और न मूसलाधार वर्षा की। वे तो चलते चलो...करते चलो में विश्वास रखते थे।

इन्दु यह समझ कर सोच रही थी चहुँओर भारत में इंकलाब का दौर है। विदेशी चीज़ों के बहिष्कार का तनावपूर्ण माहौल है। विदेशी कपड़ों की होली जलायी जा रही है। चारों ओर एक ही गूँज है, एक ही संगीत है और एक ही तराना है—

वन्देमातरम्!

भारत माता! ज़िन्दाबाद!

महात्मा गाँधी! ज़िन्दाबाद! सिर पर कफ़न बाँधकर सत्याग्रहियों की टोली

पर टोली निकल रही थीं। वह आह्वान कर रही थीं—एक दो...अंग्रेज़ी पढ़ाई छोड़ दो! सब तरफ़ बहिष्कार की गूँज थी और चट्टानी इरादों की पुकार।

उस दिन कमला के नेतृत्व में सत्याग्रहियों की एक टोली इर्विन क्रिश्चियन कॉलिज पर धरने पर बैठी थी। वह कॉलिज मिशनरियों द्वारा संचालित था। उसके प्रिंसिपल प्रायः अंग्रेज़ हुआ करते थे। इस कॉलिज पर राष्ट्रीय आन्दोलन का कोई प्रभाव नहीं था। वह शान्ति से अपने अध्ययन में रत था। वहाँ नारे उछले। वहाँ के छात्रों ने नारे सुने। खद्दरधारी महिलाओं को देखा। उनके हाथों में तिरंगे थे—छोटे-छोटे तिरंगे। वे आकाश में हाथ उठा कर कह रहे थे, "सरकार से असहयोग करो। अंग्रेज़ी पढ़ाई छोड़ दो। स्वतन्त्रता हमारा जन्मसिद्ध अधिकार है। वह हम लेकर रहेंगे।"

क्रिश्चियन कॉलिज के अंग्रेज़ टाइप लड़के चहारदीवारी पर बैठे बड़े मज़े से उनकी नकल बना रहे थे—खिलखिला रहे थे। परन्तु टस-से-मस नहीं हो रहे थे। प्रायः आस-पास के लोग सत्याग्रहियों को शरबत पानी अवश्य पिलाते रहे। भीषण गर्मी थी। लू के थपेड़े अलग पड़ रहे थे। महिलाओं के कंठ प्यास के मारे सूख रहे थे। कमला और प्यास बर्दाश्त नहीं कर पायी। उसने पीने के लिए पानी माँगा तो वे खिलखिला पड़े। कुछ उसकी नकल बनाते रहे।

कृष्णा ने भी कहा, "पानी चाहिए।" उन लड़कों ने अनसुना कर दिया और उनकी तकलीफ़ का आनन्द लेने लगे। पर उनमें से कोई टस-से-मस नहीं हुआ। वे बैठे-बैठे टाँगें हिलाते रहे। किसी को कुछ सूझ नहीं रहा था कि वे क्या करें? इतने में क्या हुआ कि कमला प्यास के मारे बेहोश हो गयी। उसका बेहोश होना था कि उन तमाशबीन बने लड़कों में हलचल मच गयी। वे डर के मारे चहारदीवारी से कूद-कूद कर अन्दर भाग खड़े हुए और उसमें से कुछ स्थिति की गम्भीरता को समझते हुए वहीं रुक गये। उनमें से कुछ उनकी ओर बढ़े। उन्होंने कमला को वहाँ से उठाकर एक पेड़ की छाया में लिटाया। एक रूमाल से पँखा करने लगा और एक भाग कर पानी लेकर आया। दूसरा कहीं से पँखा ले आया और पँखा झलने लगा। जो लड़का पानी लेकर आया था, अब वह कमला के माथे पर गीले रूमाल की पट्टी बनाकर रख रहा था। जो लड़के कमला के बेहोश होने से भाग गये थे, वे लौट आये थे और दूर से सहमे-सहमे से कमला की ओर देखने लगे। मानो वे ही अपराधी हों। अब वे सबके सब खामोश थे और मुँह लटकाये कमला के होश में आने का इन्तज़ार कर रहे थे। यह सब मज़ाक-ही-मज़ाक में हो गया था। दरअसल उनके मन में उनके प्रति कोई दुर्भावना नहीं थी। अब उन्हें अफ़सोस सता रहा था।

वह लड़का जो पानी लेकर आया था और कमला के माथे पर अब गीली पट्टी रख रहा था, फ़िरोज़ था। उसका रंग गोरा था और चेहरा रोबीला व आकर्षक! उसका माथा चौड़ा था और उसकी आँखें चमकदार! वह सादगी पसन्द था कुछ कर गुज़रने की तमन्ना लिए। अब उन लड़कों ने करीब-करीब सभी सत्याग्रहियों

को पानी पिला दिया। उन सबमें अबोली आत्मीयता का रंग छा चुका था।

कमला को होश आया। वे लड़के कमला को आनन्द भवन तक छोड़ने आये। यथार्थतः अपनी ग़लती का एहसास होते ही व्यक्ति पानी-पानी हो जाता है। पश्चात्ताप से बड़ी कोई सज़ा नहीं है।

वे लड़के जा चुके थे, कमला पलंग पर लेटी हुई थी। यदाकदा वह अपने होंठों को जीभ फेरकर तर कर रही थी। तभी इन्दु ने मम्मी के पास आकर पूछा था, "मम्मी, क्या हुआ?"

"कुछ नहीं।" कमला ने धीरे से कहा।

"कुछ तो ज़रूर हुआ है, ममा?"

"तो सुन...।" कह कर कमला ने उसे सारी कहानी सुना दी।

"वह लड़का कौन था?" इन्दु का प्रश्न था।

"वही...।" वह दिमाग पर ज़ोर देकर सोचती रही—वही गोरा-सा गदबदा लड़का।...भला-सा नाम था...उसके साथी पुकार भी रहे थे। पर उसे याद नहीं आया। वह बोली, "याद नहीं है।"

"उसको धन्यवाद तो कहतीं।" इन्दु ने कहा।

"फिर मिलेगा तब कह देंगे।"

"आप पहचानती तो हैं न।" उसने अपना सन्देह उजागर किया।

"हाँ, पहचानती हूँ।"

बात यहीं ख़त्म हो गयी। मानो टल गयी। आगे कौन किसकी याद रखेगा? कौन धन्यवाद देने की सोचेगा।

13

दूसरे दिन वह गोरा-सा लड़का फिर आनन्द भवन आया। उसके साथ उसके कुछ साथी भी थे। इन्दु पूर्व की घटना का स्मरण कर रही थी।

कृष्णा ने बताया—ये ही लड़के थे जो मुझे यहाँ तक छोड़ गये थे...वो..."क्या नाम है तुम्हारा?"

"मादाम, फ़िरोज़।"

"हाँ,...हाँ फ़िरोज़...इन्दु यही वह लड़का था।" उसकी ओर मुखातिब होकर पुनः उससे पूछा, "पानी तुम ही लाये थे और पट्टियाँ तुमने ही रखी थीं न।" वह सहज बनी रही।

"जी हाँ।" फ़िरोज़ थोड़ा-सा सहमा हुआ आगे बोला, "हम कमला जी से मिलने आये हैं।"

"क्यों?" कृष्णा ने पूछा।

उसी समय कमला वहाँ आ गयी। वह सहज मुस्कुराहट के साथ बोली, "तुम फ़िरोज़ हो न।"

"जी। हम कल के अपने किये पर बहुत शर्मिन्दा हैं। हमें उसका बहुत दुःख है, पछतावा है। हमें आप क्षमा करें। हमें आज्ञा दें .के हमें अब क्या करना है।" फ़िरोज़ ने भारी मन से और कुछ-कुछ भरे स्वर में कहा।

"आप लोग क्या कॉलिज छोड़ सकोगे?"

"क्यों नहीं, अवश्य छोड़ सकेंगे।"

"स्वयंसेवक बनना पसन्द करोगे?"

"हम तत्पर हैं।"

"पर क्यों?" कमला ने तीखा प्रश्न किया।

"वे एक-दूसरे का मुँह देखने लगे। उनके पास कोई सटीक उत्तर नहीं था। फिर भी, फ़िरोज़ ने हिम्मत नहीं हारी और कहा, "मुल्क की आज़ादी के लिए।"

"वो कैसे?"

वे सब इस बात पर परेशान हो उठे।

इन्दु को अपनी मम्मी की मेधा पर आश्चर्य हो रहा था। दरअसल वह स्वयं भी इस प्रश्न का उत्तर नहीं जानती थी।

कमला ने उन्हें समझाया, "हमारे देश पर ब्रिटेन का शासन है—गोकि हम गुलाम हैं। वे हमारे देश को खोखला कर रहे हैं और हमारा धन विदेश ले जा रहे हैं। उन पर बन्दूक-तोपों की शक्ति है। उनका विश्वास है कि वे इन हथियारों के भय से हमारे देश को गुलाम बनाये रखेंगे।...परन्तु हम उनकी हिंसा का जवाब हिंसा से नहीं देकर अहिंसा से दे रहे हैं। घृणा का उत्तर प्यार से दे रहे हैं। हम अपनी शक्ति की परीक्षा ले रहे हैं। हम उनके साथ असहयोग कर रहे हैं। अंग्रेज़ी स्कूलों को तिलांजलि देना भी हमारे असहयोग का एक हिस्सा है।...सत्य के लिए आग्रह कर रहे हैं। लोगों को जगा रहे हैं। बोलो, तुम लोगों को यह काम करना मंजूर है।...बनोगे, स्वयंसेवक...!" कमला पर्दे पर आ बैठी छिपकली की ओर देखने लगी।

"मंजूर है?" समवेत स्वर उभरा।

"तुमने अपने माँ-बाप से पूछा है?"

"हाँ।" कुछ बोले।

कुछ बोले, "नहीं।...परन्तु देश के लिए किसी से क्या पूछना, उसके लिए मन की अनुमति ही काफ़ी है।" उनमें से एक बोला, "कल आप हमारे यहाँ आयी थीं और आज हम...। क्या इतना-सा सबूत हमारे इरादों के पुख्तापन की गवाही नहीं देता है।"

"आप नवयुवकों का हार्दिक स्वागत है।"

"तो हम अपने नाम लिखवायें।"

"निस्संकोच लिखवायें।"

इस तरह वे स्वयंसेवक बन गये—सत्य के आग्रह से वे अपना कार्य शुरू करने लगे। कमला आश्चर्यचकित होकर उन लड़कों को जाते देखती रही। उन सबके चले जाने के बाद भी उसे उनकी पदचाप सुनाई पड़ती रही। अब इन्दिरा कमला की ओर ऐसे देख रही थी जैसे कोई जादूगर के कमाल को देख रहा हो, साश्चर्य!

14

इन्दु के मन में हलचल हो रही थी। वह पूर्व की घटनाओं को याद कर रही थी। फ़िरोज़ का घर में आना-जाना निरन्तर बढ़ता गया। उसके प्रति कमला में भी कुछ-कुछ आकर्षण पैदा हुआ था, क्योंकि वह कमला के साथ-साथ रहता था। उनके कामों में हाथ बँटाता था। धीरे-धीरे परिवार के अन्य सदस्य भी उसे जानने लगे। जवाहरलाल नेहरू तो प्रायः जेल में बन्द रहते थे। सारा परिवार देश की आज़ादी का दीवाना था।

इन्दु ने कई बार देखा कि फ़िरोज़ उसकी माँ के साथ फलों के टोकरे उठाये घूम रहा है। कमला कांग्रेस जिला समिति की अध्यक्ष थी। उसे तो गाँव-गाँव जाकर अलख जगाना होता था।

जब-तब उससे इन्दु की बातें होने लगी थीं। वह इन्दु को जहाँ-जहाँ वे जाते थे उसकी रपट दिया करता था। वहाँ उन्होंने क्या किया और वहाँ की जनता उनके प्रति कैसे दीवानी हो उठी!

इन्दु बहुत ध्यान से सुनती और सोच-सोच कर प्रश्न करती। मसलन वह पूछ लिया करती, "क्या गाँववाले उनकी बातें मानते हैं?"

"हाँ।" फ़िरोज़ संक्षिप्त सा उत्तर देता।

"यह तुम्हें कैसे पता?"

"उनको देखकर। उनको समझकर। उनके प्रति श्रद्धा-भक्ति से।"

"नहीं, ग़लत।" इन्दु ने तपाक से कह डाला।

"कैसे।" साश्चर्य फ़िरोज़ ने इन्दु की ओर अपलक दृष्टि से देखा।

"जयकारे लगाना या वहाँ भीड़ का उमड़-पड़ना उनके नेतृत्व की कामयाबी नहीं मानी जा सकती। वह तो सब नाटक है। श्रद्धा भक्ति का अनुमान नहीं लगाया जा सकता। दरअसल भीड़ का उमड़-पड़ना और वह ग्रामीण जनता का कौतुक से ज़्यादा कुछ नहीं है।" इन्दु ने ज़रा तीखा विश्लेषण किया, यह तोलने के लिए वह कितना पानी में है।

फ़िरोज़ सोच में पड़ गया। इस तरह से उसने कभी सोचा भी नहीं था। उसने खूब सोच कर उत्तर दिया, "इन्दु, वे तुम्हारी मम्मी से प्यार करते हैं, उनका हार्दिक

सम्मान करते हैं और उनके बताये मार्ग पर चलते हैं, यही सच है...इन्दु, प्यार को तर्क की तराजू में रखकर तोला नहीं जा सकता। प्यार–प्यार है।''

इन्दु ने आगे कुछ नहीं पूछा। दरअसल वह मितभाषी, अन्तर्मुखी तथा अत्यन्त संयत प्रकृति की बालिका थी। उसके सामने खड़ा गोरा और काश्मीरी सेब-सा सुर्ख फ़िरोज़ एकदम अंग्रेज़ नवयुवक-सा लग रहा था। उसमें छल नहीं था, सहजता और दृढ़ता थी। वह मम्मी के प्रति पूर्णतया समर्पित था। उनका बहुत ध्यान रखता था। लेकिन इसका मतलब यह तो नहीं कि वह उससे बदले में प्यार की आकाँक्षा रखे। उसने तो उसके बारे में ऐसा कभी स्वप्न में भी नहीं सोचा था। फिर वह दिन-पर-दिन उसके बारे में जानते रहना क्यों चाहती है? वह क्या उसके हृदय का आकर्षण नहीं है? क्या इस तरह वह उसके नज़दीक बने रहने में सुख का अनुभव नहीं करती है? उससे तरह-तरह के प्रश्न करके क्या वह उसे नहीं जानना-परखना चाहती है?

वास्तविकता यह थी कि वह उसे अपने दिलोदिमाग से नहीं निकाल पा रही थी। वह जितना उसे अपने से दूर ढकेलना चाहती, वह उतना ही उसके क़रीब आता जा रहा था। वह कैसे चुपचाप, सिर झुकाये और गुडबाई कहता हुआ चला गया। क्या उसे उसके साथ ऐसा व्यवहार करना चाहिए था? वह किस उम्मीद से आया था। कैसा प्यार-सा छलछला रहा था! पर अब वह एकदम शान्त और बुझा-बुझा-सा था। समुद्र को हृदय में छिपाये और अपने होंठों पर सरगम लिए वह इतना शान्त था कि एक बार शान्ति भी उसे देखकर विचलित हो जाये। अब उसके मन पर क्या बीत रही होगी! वह बम्बई (मुम्बई) लौट चुका होगा। उसने ठीक ही किया, जो दो टूक उत्तर दे दिया। व्यर्थ में मृग-मरीचिका के जाल में फँसने-फँसाने से क्या लाभ? अभी तो उसे पढ़ना है, खूब पढ़ना है और अभी तो उसके सामने देश की आज़ादी महाप्रश्न है! उसे अपने पापु के आदर्शों पर जीना है। अभी प्यार का क्या मतलब! उसे अपनी उस पारसी सहेली का स्मरण होने लगा जो मैट्रिक की परीक्षा देकर वहाँ से जा चुकी थी। उसका किसी से प्यार था। वह बता रही थी, ''इन्दु, हमें पता भी नहीं चला कि हम एक-दूसरे को चाहने लगे हैं। कभी उसने अपनी ज़ुबान से प्यार शब्द को फुसफुसाया तक नहीं। बस यों ही हम में इधर-उधर की बातें हो जाया करती थीं।...एक दिन उसने आगे बढ़कर कहा, 'रति दस्तूर, क्या तुम मुझे पसन्द करती हो?'...मैं घबरा गयी। मुझे लगा, जैसे किसी ने मुझे चोरी करते हुए पकड़ लिया हो। मैंने उत्तर में कुछ नहीं कहा।...और उसके जाने के बाद लगा कि मुझे वह अच्छा लगता है। पता नहीं, वह कब मेरी तन्हा वादियों में हौले-हौले नवान्तुक मेघ-सा उतरता चला गया। शायद मैं यह एहसास कभी नहीं कर पाती यदि उसने मुझसे यह सवाल न किया होता! वह एक अच्छे मित्र की याद बनकर भागती ज़िन्दगी में रह जाता! लेकिन...।''

ओह! इन्दु चौंक पड़ी। तब भी उसका हृदय बेचैन हुआ था। तब भी नींद

उसकी शत्रु बनी थी। तब भी सारा स्कूल नीम बेहोशी में सोया पड़ा था और वह जाग रही थी आँखें बन्द किये। अब एक वह थी जो सिर्फ़ अपने लिए सोचे जा रही थी। उसकी संवेदनशीलता आर्द्र हो उठी थी। क्या उसे इतना कठोर उत्तर देना चाहिए था? क्या उसके लिए उसके प्रश्न का उत्तर देना ज़रूरी था? और फिर उत्तर दे ही दिया तो वह अब क्यों सोच रही है? वह अब किसके लिए जाग रही है और क्यों?

फ़िरोज़ का आनन्द भवन में यह तीसरी बार आना हुआ था। आनन्द भवन में तो हर रोज़ छोटी-बड़ी बैठकें चलती ही रहती थीं। वह देश के नेताओं को सुनती थी, उन्हें जलसों में बोलती देखती थी और मन-ही-मन उनके वाक्यों को दोहराया करती थी। कभी-कभी वह दर्पण के सामने, थोड़ी-सी टोपी तिरछी करके, जनता को अपने प्रिय नेताओं की अदाओं में भाषण देना शुरू कर देती थी। जानती थी कि उस वक़्त घर में कोई नहीं है, सब जलसे में गये हुए हैं। अब घर में उसका अपना ही राज है। उसमें यह शौक़ नशे की तरह बढ़ने लगा। अब वह घर के सभी नौकर-चाकरों को इकट्ठा करती, उन्हें नीचे बैठ जाने का संकेत देती और फिर खखार कर कहने लगती, "भाइयो...नहीं, मेरे अज़ीज़ मित्रो...नहीं...नहीं...भाइयो और बहनो...अब तुम्हें दिखला देना है कि जो काम इस देश के राजा-महाराजा, बादशाह-नवाब नहीं कर सके, वह काम तुम...तुम...तुम...सब मिलकर कर दिखाओगे। ...और जो काम वे तोप तलवार से नहीं कर सके, वह काम तुम प्रेम, सत्याग्रह और मनुहार से कर दिखाओगे। सबको यह बताओगे कि वे यहाँ अन्याय और अत्याचार कर रहे हैं।...उन्हें बाहर से आकर यहाँ हुकूमत करने का कोई हक़ नहीं बनता।...हम आज़ादी चाहते हैं...आज़ादी। आज़ादी हमारा जन्मसिद्ध अधिकार है। उसे हम लेकर रहेंगे, पीछे नहीं हटेंगे।...इंकलाब...ज़िन्दाबाद...महात्मा गाँधी की...जय...वन्देमातरम्...।" सारे नौकर ज़ोर-ज़ोर से नारे लगाते।

पहले तो फ़िरोज़ अन्दर आने से सहम गया। पता नहीं, अन्दर कौन-कौन से बड़े नेता हों। वह लौटना ही चाहता था कि उसके मन में आया कि देखे, अन्दर कौन-कौन हैं और इस वक़्त कौन भाषण कर रहा है? उसने देखा तो दंग रह गया—वह इन्दु है। बड़े ज़ोश में है। नीचे नौकर बैठे हैं। जब नारे लगने शुरू हुए और ज़िन्दाबाद का दौर तेज़ हुआ तब फ़िरोज़ ने वहीं से खड़े-खड़े उसी जोश में, बुलन्द आवाज़ में कहा, "इन्दु...सब बोले...ज़िन्दाबाद!..." अब क्या था, वह चौंक पड़ी। घबरा गयी। सब नौकर उठकर चलने लगे। वह भी अन्दर जाने लगी तो फ़िरोज़ ने उसे रोकते हुए कहा, "इन्दु, नाराज़ हो क्या...मुझे बीच में टाँग नहीं अड़ानी थी। आई एम सॉरि।"

वह बोली नहीं। कुछ देर इतस्ततः देखकर वह फिर चलने को हुई। फ़िरोज़ आगे बढ़कर उसके सामने आ गया, "मुझे नहीं पता था कि तुम इतना नाराज़ हो जाओगी।...सॉरि बोला तो...।"

"मम्मी-पापु को आने दो, हम तुम्हारा अन्दर आना ही बन्द करवा देंगे।" उसने क्रोधावेश में कहा, "अब तुम जा सकते हो।"

"अब ऐसी ग़लती नहीं होगी, इन्दु। हम सच कहते हैं, हमने यह सब जानबूझकर नहीं किया। पता नहीं कैसे हो गया! क्यों हो गया? हम तो लौटे जा रहे थे परन्तु अचानक हमारे पाँव रुक गये और इच्छा हुई कि देखें, कौन ऐसा ओजस्वी भाषण कर रहा है?" फ़िरोज़ कॉन्वेंटी स्टाइल में सिर नीचा किये बोले जा रहा था। उसके लाल-लाल चेहरे पर उदासी छाने लगी थी। उसकी बड़ी-बड़ी आँखों के सामने अँधेरा घिर आया था। उसके मज़बूत कन्धे थोड़ा झुक गये थे। उसे नहीं पता था कि बात यों इतनी जल्दी फिसल आयेगी। इस तरह तो इन्दु स्वयं अपने ही चक्कर में फँस गयी कि अब क्या होगा। वास्तविकता यह थी कि वह उसे डराकर इस बात के लिए राज़ी करना चाहती थी कि वह यह बात घर के किसी अन्य सदस्य पर ज़ाहिर न करे। उसे नहीं मालूम था कि फ़िरोज़ इतनी जल्दी पिघल उठेगा। वह बोली. "इस बार हम तुम्हें मुआफ़ किये देते हैं पर एक शर्त पर।...बोलो मंज़ूर है।"

"मंज़ूर है।" फ़िरोज़ ने तुरन्त कह डाला।

बिना यह जाने कि शर्त क्या है, पर कह डाला, मंज़ूर।

"यहाँ आने की मना मत करना, बस...शेष जो कहोगी, हमें मंज़ूर होगा।" फ़िरोज़ ने आँख झपका कर कहा।

इन्दु का हृदय पिघल उठा। वह बोली, "तुम यह बात किसी पर ज़ाहिर नहीं करोगे...मम्मी, पापु, बुआ आदि किसी पर भी नहीं। बोलो, मंज़ूर है।"

"हाँ, मंज़ूर है, हम यह बात किसी पर ज़ाहिर नहीं करेंगे...मम्मी, बुआ आदि किसी पर भी नहीं...आई प्रॉमिज़।...नाऊ यू आर हैप्पी इन्दु!...हम तुम्हारे लिए सब कुछ कर सकते हैं, तुम कुछ कह कर तो देखो,...बस!" फ़िरोज़ का बुझा-बुझा मन कुछ-कुछ खुला। उसने सहज होते हुए एक नज़र इन्दु की ओर देखा। इन्दु फिर वहाँ रुक नहीं सकी? क्योंकि उसमें उसका सामना करने की ताक़त नहीं थी।

एक-एक करके उसकी स्मृतियाँ ताज़ा होती जा रही थीं। सब कुछ कैसे हो जाता है, वह नहीं जानती! अच्छी तरह से वह दिन जबकि अलफ्रेड पार्क में पक्षियों की चहचहाहट के स्थान पर मारक गोलियों की आवाज़ गूँज रही थी। उसने अन्तिम गोलियाँ चलने की घटना नहीं देखी। उसने बन्दूक से चलती लपटें देखीं और गोलियों की आवाज़ें सुनीं। वास्तव में हिंसा कितनी आतंक पैदा करने वाली घटना होती है। उसने अपने घर से यह सब कुछ देखा और वह सुन्न रह गयी।[1] जैसे किसी ने उसे बहुत गर्म या बहुत ठंडे पानी में फेंक दिया हो। उसके मन में चन्द्रशेखर आज़ाद की वह मर्मान्तक याद गहरे बैठी हुई है। निकाले नहीं निकल सकती।...कभी

1. द्रष्टव्य : मिसेज़ गाँधी : डॉम मोरिस पृ. सं. 47-48

भी नहीं। कैसे भी नहीं। उसमें उसी घटना से तो ब्रितानिया सरकार के प्रति गुस्सा उतरने लगा और उससे नफ़रत होने लगी।

जब भी वह एकान्त में होती और देश के प्रति कुछ सोचने लगती और तभी उसके अन्तर्मन को गोलियों की कर्कश आवाज़ कुरेदने लगती। वह दिन कैसे भुलाया जा सकता है। जबकि घर के पास वाले गाँव में गोली चली। उन दिनों प्रायः कहीं-न-कहीं गोलियाँ चलती रहती थीं। अनेक घायल होते थे परन्तु उन घायलों का उपचार करने के लिए दिन में कोई डॉक्टर नहीं आता था, चाहे घायल की स्थिति कैसी भी हो। उन्हें रात की प्रतीक्षा करनी पड़ती थी। क्योंकि डॉक्टर रात के अँधेरे में ही घायलों को देखने आ पाते थे। वे डरते थे कि कहीं कोई उन्हें देख न ले और सरकार से उनकी शिकायत न कर दे। तब घायलों की सेवा कैसे की जाये! इसके लिए आनन्द भवन का एक बड़ा कमरा अस्पताल वार्ड बना दिया गया था। उन घायलों में चौदह से सत्रह वर्ष के लड़के अधिक होते थे। वह इस काम को मन लगाकर करती थी। अपने साथियों सहित वह घायलों के पास पहुँचती और उन्हें उठा या उठवाकर घर के अस्पताल वार्ड में लाती थी। उस दिन मामूली-सी रिमझिम हो रही थी। घायलों को ले जाया गया था। एक घायल रह गया था और उसके सामने थे वह और फ़िरोज़। फ़िरोज़ उस घायल को अकेले ही उठाने की कोशिश कर रहा था कि वह उसके साथ हो ली और उसे उठाने में सहारा दिया। पता नहीं उस दिन फ़िरोज़ इतना गम्भीर क्यों था? वह एकदम गुमसुम और सुस्त था। इन्दु से उसकी वह चुप्पी बर्दाश्त नहीं हुई और पूछ बैठी, ''घर में सब कुशल तो है।'' इसके साथ उसकी दृष्टि फ़िरोज़ पर स्थिर हो गयी।

''हाँ।'' उसने नपा-तुला उत्तर दे दिया।

इस उत्तर से इन्दु को सन्तोष नहीं हुआ। उसने उसे कुरेदा, ''आज तुम इतने सुस्त और थके से क्यों नज़र आ रहे हो?''

''नहीं तो।'' फ़िरोज़ का स्वर नम था।

''छिपाते हो।...तुम्हारी मर्ज़ी...।''

''नहीं, इन्दु ऐसी कोई बात नहीं है।''

''फिर भी...।''

''तुम हँसोगी।''

''इससे डरते हो तो देश की आज़ादी के लिए क्या संघर्ष कर सकोगे?'' इन्दु ने दीवार पर लगे अपने दादाजी के चित्र की ओर देखते हुए कहा। दादाजी उस चित्र में मुस्कुरा रहे थे। वह मुस्कान आज़ादी के दीवानों जैसी थी।

फ़िरोज़ कुछ और गम्भीर हो गया। उसने इन्दु की ओर देखा। इन्दु के चमकीले कुन्तल कुछ-कुछ गीले थे और वह लट जो उसके गाल को छू रही थी, अब मुस्कुरा उठी थी। उसकी आँखों में गज़ब का नूर था। वह खद्दर का कुरता-पायजामा पहने हुए थी। उसने टोपी भीग जाने के कारण एक ओर रख दी थी। उसने अर्थभरी

दृष्टि से उसके खामोश सौन्दर्य को कनखियों से निहारते हुए कहा, "इन्दु, इन नौजवानों को देख रही हो।...इन्हें अपने देश की आज़ादी इतनी प्यारी है कि प्राणों की बाज़ी लगाने पर कृत संकल्प हैं।"

"हाँ, फ़िरोज़, आज़ाद मुल्क में जीने का स्वप्न ही जीने की सार्थकता है। उसके बिना जीने का कोई अर्थ नहीं है। आज हर एक नवयुवक-नवयुवती के मन में यह बात गहरा रही है। यह शुभ ही है।" इन्दु ने कपोल की ढीठ लट को पीछे ढकेलते हुए अहिस्ता से कहा, ताकि जोश बेकाबू न हो सके।

"किसी दिन...।"

"किसी दिन क्या?"

"इन्दु, ऐसा भी हो सकता है कि मैं इन नौजवानों की जगह गोली से आहत हुआ तुम्हारे यहाँ पर लाया जा रहा हूँ और...डॉक्टर...।"

"बस भी करो, फ़िरोज़।" इन्दु ने काँपते हुए उसे डाँट दिया। इतने में मम्मी उधर आ निकली और दोनों की बात का सिलसिला वहीं टूट गया। वह मम्मी को 'विश' कर लौट गया।

इन्दु वहाँ नहीं रुकी, अपने कमरे की ओर बढ़ गयी। दरअसल उसके गोली लगने की बात ने उसके सारे शरीर में झनझनाहट पैदा कर दी थी।

उसने यह सब क्यों कहा था? क्या मंशा थी इस सबके पीछे उसकी? और उस दिन जब वह पूना स्कूल की प्रधानमन्त्री बनी थी, तब भी वह उसे बधाई देने आया था। वह अपने साथ ताज़े फूलों का गुलदस्ता लेकर आया था। बधाई देकर चला गया। उसने रोका था कि वह खाना खाकर ही जाये परन्तु वह रुका नहीं। चुपचाप चला गया। उसने मुड़कर भी उसकी ओर नहीं देखा था। वह सोचती रही थी कि वह कैसा लड़का है, कुछ बोला ही नहीं। बस आया और बधाई देकर लौट लिया। कई दिनों तक उसका इस तरह आकर चले जाना उसे टीसता रहा। उसको अजीब चुभन सहलाती रही। उसका जी हुआ कि वह तेज़ दौड़ कर गुलमोहर की झुकी टहनी को पकड़ कर झूल जाये या स्वीमिंग पूल में तब तक तैरती रहे जब तक उसकी सारी देह हिम-सी न हो जाये और साँस ज़ोरों से शोर न मचाने लगे। या इलाहाबाद के किले से जहाँ यमुना-गंगा से मिल रही होती है, छलाँग लगा ले।

वह दिन उसे याद है, जब उसने कहा था, "मम्मी, फ़िरोज़ को आपने बहुत लिफ्ट दे रखी है। क्या उसे और कोई काम नहीं। जब देखो तब वह आपके आगे-पीछे छाया की तरह बना रहता है—न रात का ख़याल करता है न दिन का।...व्हाई, मम्मी?"

कमला मुस्कुरायी। उसने घूर कर इन्दु की ओर देखा और उसे अपने पास बिठला कर पूछा, "उसने तुमसे कुछ कहा क्या?"

"नहीं, मम्मी। ऐसा कुछ नहीं हुआ।"

"फिर-?" कमला ने कनखियों से निहारा और पाया कि इन्दु बड़ी हो रही

है। उसमें सौन्दर्य नेत्र खोलने लगा है। उसने पुनः कहा, "उसे यहाँ आने से रोक दूँ, क्यों इन्दु? यह ठीक रहेगा न।" इस बार कमला की दृष्टि आदमक़द आईने पर थी, जिसमें इन्दु साफ़ नज़र आ रही थी।

"नो मम्मी। मेरा यह मतलब नहीं था कि...।"

"तो क्या था?" कमला ने मुस्कुराते हुए पूछा।

"आपने उसे...।"

"यहीं न कि इतनी लिफ्ट क्यों दे रखी है?"

"जी, मम्मी।" इन्दु यह सोचती रह गयी कि उसने यह प्रसंग क्यों उठाया? उसे उससे क्या शिकायत है? व्यर्थ में माँ को परेशान कर दिया।

"तू नहीं जानती, वह बहुत प्यारा लड़का है। मेरा बहुत ख़याल रखता है। मेधावी है। कभी-कभी वह बातूनी हो जाता है। खूब पढ़ता है। मेहनती भी है। नेकदिल इन्सान क्या भला किसी की कमज़ोरी बन सकता है!"

"वो तो ठीक है, मम्मी।"

"फिर ग़लत क्या है?" कमला ने साड़ी का पल्लू ठीक किया।

"कुछ भी नहीं, मम्मी। मैंने तो यों ही प्रश्न कर डाला था।"

"तूने कुछ अन्यथा नहीं किया, बेटी।...मैं तुझे उसके बारे में कुछ बतलाना चाहूँगी।...आओ, कमरे में बैठकर बात करें।...तू खानसामे से चाय लेकर आने को कहती आ।" इसी के साथ वह वहाँ से चल पड़ी।

कमला सोच रही थी कि उसे फ़िरोज़ से काफ़ी मदद मिल रही है। वह दौड़-दौड़ कर उसका काम करता आ रहा है। वह सारा कार्यक्रम ध्यान में रखता है। पगला आज कहने लगा, "आंटी, रुक जाइये ज़रा।"

कमला ने पलट कर देखा। पूछा नहीं कि क्यों?

"उस पेड़ के नीचे बैठ लीजिए।"

"मैं अभी थकी नहीं हूँ फ़िरोज़।"

"मैं थक गया हूँ आंटी। प्लीज़...।"

"बड़ा शरारती है तू!...जैसे तेरी मर्ज़ी,...हम बैठ जाते हैं।"

वह इतनी देर में सन्तरे का 'जूस' लेकर आया, "लीजिए, आंटी।"

"क्या है रे?"

"जूस आंटी।"

"अभी इसकी कोई ज़रूरत नहीं।...तू पी ले।"

"नो आंटी, प्लीज़ आप ले लीजिए।"

"अभी कुछ देर पहले तो तूने..."

"तब से काफ़ी समय हो गया है, आंटी।"

"नहीं रे। तू मेरा इतना ध्यान मत रखा कर।" कमला का मन भर आया। उसकी आँखें सजल होने लगीं।

"आप कितना काम करती हैं, आंटी। अपना ज़रा-सा भी ख़याल नहीं करतीं। अपनी सेहत का तो ध्यान रखा करो।" फ़िरोज़ का हृदय आर्द्र हो उठा था।

कमला की ममता मुखर हो उठी। पगला इतना ध्यान रखता है, मानो वह उसकी मम्मी हो। उसने कहा, "पहले पानी ले आ।"

वह पानी लेने चला गया तब तक कमला ने सन्तरे का रस और निकाल लिया। वह रस जो उसने निकाला था, वह पी गयी। उस गिलास को धोकर उसने वह रस उसमें उड़ेलकर कहा, "ले, यह तू पी ले।"

"आपने..."

"पी लिया।"

"और मेरे लिए आपने...।"

"मैं तेरी आंटी नहीं हूँ क्या?"

"वो तो हो, आंटी।"

"फिर?"

"परन्तु आपने...।"

"आंटी का भी तो कोई फ़र्ज़ है। चल, झटपट पी ले। फिर आगे चलें।"

"आंटी!" वह विस्फारित नेत्रों से उसे देखता रह गया।

"तर्क नहीं—यह आंटी का आदेश है।"

वह विवश था। उसने गटागट रस से भरा गिलास खाली कर दिया।

कमला उसे ममता भरी दृष्टि से अवलोकती रही। उसे आज परम तुष्टि हुई। वह उसके कितने नज़दीक आ चुका था। वह उसकी कितनी सेवा करता...इतनी कि...। इन्दु ने इसीलिए प्रश्न किया था। पगली सोचती होगी कि उसकी मम्मी उससे ज़्यादा घिरी रहने के कारण उसका ध्यान बिलकुल या बहुत कम रखती है। ...यही तो उसकी नाराज़गी का कारण हो सकता है। इसके अलावा और क्या कुछ हो सकता है। उसने खिड़की पर से पर्दा एक ओर खिसकाया और बाथरूम में घुस गयी। मेज़ पर यह स्लिप छोड़ना नहीं भूली "तुम्हारी मम्मी बाथरूम में है, इन्तज़ार करो।"

15

इन्दु ने लाइट ऑन की। पंखा चला दिया और स्लीपर एक ओर खिसका कर पलंग पर जा बैठी। वह मम्मी-पापु का कमरा था सबसे ऊपर। उसका कमरा अलग था। उसका नवनिर्मित भवन आनन्द भवन था और पुराने भवन का नाम "स्वराज्य भवन।" उनका परिवार आनन्द भवन में रहता था। इन्दु पत्र-पत्रिकाएँ उलटने-पुलटने लगी। अंग्रेज़ी सरकार की वायदा खिलाफ़ी पर एक अग्रलेख था। उसने अभी पढ़ना शुरू किया था कि मम्मी बाथरूम में से बाहर निकल आयी।

कमला अब काफ़ी स्फूर्त और खुशनुमा लग रही थी। उसने अपने कुन्तलों

को निर्बधन कर दिया था। वह उसके स्कन्ध प्रदेश पर फैले हुए थे। उसका मुखमण्डल दिपदिप दमक उठा था। बहुत दिनों बाद वह अपनी मम्मी की ओर भरपूर ध्यान से अवलोक रही थी। वह अपनी पुस्तकें एक ओर समेट कर रख चुकी थी और अपने पत्रों को लेकर पलंग पर बैठ गयी। बोली, "इन्दु, तू पत्र खोल...रहने दे, पत्र मैं खोलती हूँ, तू उन्हें पढ़कर सुना।"

इन्दु को लगा कि वह उसे जिस लिए यहाँ लाई हैं उस बात को भूल गयी हैं परन्तु वह नहीं भूली है। अभी तो उसने चुप रहना ही मुनासिब समझा। कमला पत्र उसकी ओर बढ़ाती गयी और धीरे-धीरे उन पत्रों को पढ़ कर एक ओर रखती गयी। पत्र क्या थे, उसके प्रति अत्यन्त आभार भरे थे। विभिन्न स्वयंसेवकों ने अपनी समस्याएँ लिख भेजी थीं, कइयों ने पूछा था कि आगे क्या करना है! अब तक वे जो कुछ कर चुके थे, उसका ब्योरा भी उन्होंने लिख भेजा था। कई पत्र ऐसे थे, जिनमें कॉलिज में पढ़नेवाले नवयुवकों ने लिखा था कि वे कॉलिज छोड़कर स्वयंसेवक बनना चाहते थे, परन्तु इस काम की इजाज़त उनके माता-पिता देने को तैयार नहीं हैं, अब वे क्या करें? वे मार्गदर्शन चाहते थे।

कमला बोली, "तुम क्या सोचती हो, इन्दु?"

"क्या मम्मी?"

"इन्हें क्या करना चाहिए?"

"क्या मम्मी?"

"तुम इनकी जगह होती तो क्या करतीं?"

इन्दु सोच में पड़ गयी। माता-पिता की आज्ञा का उल्लंघन करना अनुचित है।...और देश के प्रति...। अनुचित आदेश मानना भी अपराध से अधिक तकलीफ़देह है। वह आदेश चाहे माँ का हो, पिता का हो, आचार्य का हो, मित्र का हो...किसी का भी हो।...अनुचित आदेश का विरोध करना ही युक्तिसंगत है। पर क्या माता-पिता अनुचित आदेश देंगे? क्या मम्मी-पापु यदि इस आन्दोलन में नहीं झुके होते तो उसे स्वयंसेविका बनने की अनुमति दे देते! आज भी क्या उसका ध्यान पढ़ाई की ओर आकृष्ट नहीं कराना चाहते हैं। उसे अपने पापा का पत्र याद आने लगा, जिसमें उन्होंने पंचतन्त्र का एक श्लोक उद्धृत किया था। उसने उसी श्लोक को प्रस्तुत कर दिया। वह कहने लगी।

त्वजेदैकं कुलस्यार्थं, ग्रामस्यार्थं
कुलं त्यजेत्।
ग्रामं जनपदस्यार्थं आत्मर्थं
पृथ्वीं त्यजेत्।

"शाबाश, बेटी, तूने बहुत सुन्दर उदाहरण प्रस्तुत किया।"

"तब तो...।"

"तू ऐसा कर कि इन लोगों के पत्र के उत्तर में यह श्लोक लिख भेज।" कमला ने सुझाव दिया।

"निर्णय उन पर छोड़ो। यही न, मम्मी।"

"हाँ, यही ठीक होगा।...स्वयं का लिया निर्णय व्यक्ति को आरोप-प्रत्यारोप से मुक्त कर देता है। उसमें उत्तरदायित्व की भावना बलवती हो जाती है।" अन्तिम पत्र उसे थमाते हुए उसने कहा, "अगला पत्र पढ़।"

"मम्मी किसी दुखिया का पत्र है।"

"क्या है?"

"उसके एक ही लड़का था। वह आज़ादी का दीवाना हो गया। दसेक दिन पहले वह पुलिस की गोली का शिकार हो गया। उसका पिता पहले ही आज़ादी की बलिवेदी चढ़ गया था। उसको आँखों से कुछ दिखलाई नहीं देता है। उसके रिश्तेदारों ने उसके खेत पर कब्ज़ा कर लिया है। वह बहुत दुःखी है। चाहती है यदि आप उसे स्वयंसेविका बना लें तो वह वहाँ आ जाये।"

"ओह!...उसने तो सर्वस्व होम कर दिया! अब?"

"उसे बुला लें, मम्मी।"

"हाँ, यही ठीक होगा।...उसे यहीं बुला लेते हैं।" कमला का मन भारी हो उठा। वह एकदम चुप हो गयी। इन्दु को लगा कि वह अन्दर-ही-अन्दर तड़प उठी हैं?

"मम्मी,...बस पत्र खत्म!"

कमला ने अपने चारों ओर देखा। कहीं कोई पत्र नहीं था। वह बोली, "अब तो कोई पत्र नज़र नहीं आता है।...तू और देख ले।"

"मम्मी, यह देश कब आज़ाद होगा?" इन्दु ने प्रसंग बदला।

"होगा...ज़रूर होगा।"

"पर कब, मम्मी?"

"कब?" कमला छत की ओर देखते हुए कहने लगी, "कभी भी हो, पर होगा ज़रूर! ये कुर्बानियाँ बेकार नहीं जायेंगी।...समय लग सकता है। और यह भी हो सकता है कि न भी लगे और जल्दी आज़ाद हो जाये।...पर तुझे इस सब से क्या?"

"बहुत कुछ, मम्मी।"

"आखिर क्या?"

"ऐसे तो कितने ही लोग घर से बेघर हो जायेंगे।...कितनों के सिन्दूर उजड़ जायेंगे और कितनी माँयें अपने इकलौते पुत्र का होम कर देंगी।...इसलिए, मम्मी ...इसलिए।" इन्दु का भावुक मन पिघल उठा। उसमें बहती उद्विग्नता की नदी तड़प उठी थी।

"जो होगा, वह तो होगा ही। वह सब सहना होगा।" कमला ने सोचते हुए कहा, "अभी यह सब सोचने का अनुकूल समय नहीं है। अभी तो यज्ञ हो रहा है। होम हो रहा है।"

"पर कब तक, मम्मी।"

"कुछ पता नहीं। अच्छा तू बता, हमारे साथ क्या हो रहा है?"

"हाँ, मम्मी...हम भी ज़ुल्म सह रहे हैं। एक के बाद एक ज़ुल्म सहे जा रहे हैं और हम मौन हैं।" इन्दु ने कहा।

"पर क्यों, इन्दु?"

इन्दु के सामने क्यों के उत्तर में अनेक दृश्य घूम उठे। वह उन दृश्यों को जोड़ते हुए कहने लगी, "हमारे परिवार के सदस्य सबसे पहले गिरफ़्तार हुए। फिर तो मेरे पिता हमेशा जेल जाते रहे, इन सब कष्टों के कारण परिवार की सामान्य ज़िन्दगी में रुकावट आ गयी और वातावरण हमेशा तनाव और उत्तेजना से भरा रहने लगा। हालाँकि हमारे लिए जेल जाना एक गौरव की बात है पर उससे परेशानी तो होती ही है। लेकिन धीरे-धीरे हम सब उसके आदी होते गये। हमारे घर में तनाव सिर्फ़ मेरे माता-पिता के जेल जाने के कारण नहीं है, उसके और भी कारण हैं। जैसे मेरे माता-पिता कांग्रेस की नीति के अनुसार जुर्माना अदा नहीं करते तो पुलिस आती और फिर जुर्माने के एवज़ में कोई-न-कोई क़ीमती चीज़ घर से उठा ले जाती। अगर पाँच सौ रुपये जुर्माना होता तो हज़ार रुपये का कालीन, या इस ढंग की कोई और चीज़ ले जाती।"[1]

कमला कह रही थी, "ऐसा होगा, इन्दु। होता ही रहेगा जब तक देश को आज़ादी नहीं मिलती। मेरा कहना है कि इसके लिए हमें चिन्तित होने की ज़रूरत नहीं। चिंता से कुछ होने वाला भी नहीं है। ये कुर्बानियाँ ही इस बात का सबूत हैं कि हमें आज़ादी जल्दी मिलने वाली है। इससे पता चलता है कि देश आज़ादी के अर्थ को अपने में जी लेना चाहता था।"

"मम्मी, कुछ समझी नहीं।"

"धीरे-धीरे सब समझ में आने लगेगा।"

इन्दु को अब पुनः वह बात याद आने लगी, जिसके लिए मम्मी उसको यहाँ लेकर आयी थी। वह बोली, "मम्मी, आप फ़िरोज़ के बारे में कुछ बताने वाली थीं।"

"अरे हाँ, वह तो मैं भूल गयी।...तू खानसामे से चाय की कह कर तो आयी थी न।" कमला ने पूछा।

"हाँ, मम्मी।...उसने कहा था कि दूध मँगा कर चाय बनायेगा। थोड़ी देर लग सकती है।" इन्दु ने जवाब दिया।

"अब तक तो...ख़ैर, हाँ तो मैं कह रही थी कि फ़िरोज़ के बारे में तुझे बताऊँगी। ...तो सुन।" कमला इतना कहकर कुछ सोचने लगी।

"लो, मम्मी चाय आ गयी।" कमला से इन्दु ने कहा और उठकर मेज़ सामने

1. द्रष्टव्य : इन्दिरा के साथ एक साक्षात्कार में

खिसका ली। वह अकहे ही चाय बनाने लगी। मम्मी को चाय में दूध व शक्कर दोनों ही कम पसन्द थे। उसने चाय की पहली प्याली बनाकर अपनी मम्मी की ओर बढ़ा दी और दूसरी प्याली स्वयं अपने हाथ में थाम ली। वह बोली, ''मम्मी, बिस्कुट्स लीजिए, ग्लूकोज़ के हैं...ये अरारोट के।''

दोनों चुपचाप चाय 'सिप' करती रहीं। कमला बराबर सोचे जा रही थी कि वह फ़िरोज़ को कहाँ से पेश करे। अचानक वह बोली, ''इन्दु बेटी, ज़रा पंखे की स्पीड कम कर दे।...ठीक रहेगा।...बीच-बीच में ये घर्र-घर्र कर उठता है न।'' कमला फिर गहरी सोच में डूब गयी।

इन्दु ने पंखे की रफ़्तार कम कर दी।

कमला के चेहरे पर आषाढ़ के प्रथम नव मेघ शावक तेज़ी से दौड़ने लगे। उसका गम्भीर मुखमण्डल सद्यः खिले प्रसून-सा मुस्कुराया। उसके पारदर्शी होंठ नव जन्मे पक्षी के बच्चे के पर से हिले और फिर फड़फड़ा कर शान्त हो गये।

इन्दु का ध्यान चाय पर कम अपनी मम्मी पर ज़्यादा था। यद्यपि वह यह ज़ाहिर नहीं करना चाहती थी और इसलिए उसने अपने आगे पत्रिका खींच ली थी, तथापि कनखियों से यदाकदा मम्मी की ओर वह देख लेती थी। यह भी कैसी अजीब बात थी कि वह अपनी मम्मी की ओर नहीं देखते हुए यह अनुभव कर रही थी कि मानो वह उनकी ओर देखे जा रही हैं।...निरन्तर अपलक देखे जा रही हैं।

कमला ने बिस्कुट कुतरते हुए कहा, ''बात दरअसल यही हुई, इन्दु।'' और इसके बाद वह चाय 'सिप' करने लगी।

''ममा, बात दरअसल क्या हुई?'' इन्दु ने दोहराया।

इस पर माँ-बेटी दोनों क़हक़हे लगा उठीं। उन क़हक़हों ने पुरानी याद ताज़ा कर दीं। मोतीलाल के क़हक़हे मशहूर थे। कैसा खचाखच आनन्द भवन भरा रहता था! क्या अंग्रेज़ और क्या अपने समय के अफ़लातून! अंग्रेज़ वहाँ आये, लगातार आये। उन्होंने क़हक़हे लगाना वहीं से सीखा। क्या ठाठ थे तब! कोई-न-कोई बड़ी 'डिगनिटी' उनके यहाँ आती ही रहती थी।...क्या दौर चलते थे—पहले मौसल वाइन और फिर राइन वाइन...परन्तु क्या मज़ाल कि वहाँ कोई कभी बहका हो। अद्‌भुत शालीनता...आभिजात्य गौरव और सौम्य शिष्टाचार।...क़हक़हों में स्नात आनन्द भवन की रातें...ओह! आज कितने दिनों बाद क़हक़हे लगे हैं।...बन्दूकों की आवाज़ ने सब कुछ सोख लिया। अब कुछ नहीं सुनाई देता। सिवा गोलियाँ, डंडे और इंकलाब ज़िन्दाबाद के।

इन्दु का मन भी एकदम खुशनुमा हो गया। बहुत दिनों बाद वह कक्ष जीवन्त हुआ। उसका ध्यान मम्मी-पापु के शादीवाले चित्र की ओर गया। मम्मी कैसी फब रही थीं...कैसी शान्त...कैसी मोहक...सबसे अच्छी मम्मी! इन्दु को अपनी मम्मी पर नाज़ था! वह कितनी दयालु हैं...कितनी स्नेहिल...सदैव प्यार भरी...सेवा अनुरत

...एकदम भोली...फेनोज्जवल-सी तन-मन से महकी हुई...अति सौम्य...अति शिष्ट ...गम्भीर...मितभाषी...मृदुल भाषी...परहितार्थ समर्पित...पूजा और प्रार्थना-सी पवित्र-धूप-सी धुली हुई...साक्षात् गंगा! एक साथ उसमें कितने विशेषण विनम्रता से चले आये और शालीनता का परिचय देकर चले गये। परन्तु उसे लगा कि वे सब मम्मी की अन्तः सुषमा को प्रकट नहीं कर सके...उसकी मम्मी इन सबसे महान है, पूजनीया ...महिमामयी...अति कृपालु...ममतामयी...सहिष्णु...करुणामयी!

कमला कहने लगी, ''डॉ. (कुमारी) शिरीन माई कोमेसारियात का नाम सुना है...कदाचित् वह पहली भारतीय महिला हैं, जिन्होंने एफ.सी.एस किया है। वह सिविल सर्जन हैं। उस दिन आयी थीं न...।''

''वह पारसी डॉक्टर न, मम्मी।''

''हाँ, वही बेटी। वह फ़िरोज़ की माँ श्रीमती रत्ती माई की छोटी बहन हैं।'' कमला ने कहा।

''उसके साथ एक लड़की भी तो आयी थी, मम्मी।''

''वह फ़िरोज़ की बहन तहमीना थी।''

''यानी डॉक्टर शिरीन फ़िरोज़ की मौसी हुई, मम्मी।''

''हाँ, बेटी। फ़िरोज़ उन्हीं के पास रहता है। वह बम्बई से यहाँ आया है।'' कमला ने कप मेज़ पर रखते हुए कहा।

''बम्बई में तो मम्मी, अच्छे स्कूल-कॉलिज हैं।'' इन्दु ने कहा।

''हैं तो परन्तु...।'' कमला ने गहरी साँस ली।

''परन्तु क्या?''

''ईश्वर ऐसी सज़ा किसी को न दे, बेटी।'' कहकर कमला ग़मगीन हो उठी। कुछ सोचकर बोली, ''एक दिन तेरे पिताजी ने भी कहा था कि इस लड़के को अधिक लिफ़्ट मत दो।...और मैंने उस दिन से लगातार न चाहते हुए उसके साथ उपेक्षा का व्यवहार किया था और कोशिश की थी कि उसे 'रिकॉगनाइज़्ड' नहीं करूँ। मैंने एक दूसरे स्वयंसेवक को प्रोत्साहित किया और चाहा कि वह दूसरा स्वयंसेवक उसकी जगह ले ले। मुझे बराबर फ़िरोज़ की याद आती रही। पता नहीं, इन्दु उसके साथ मुझे ऐसा क्यों नहीं लगता कि वह अपने परिवार का लड़का नहीं है। उसकी आत्मीयता का जवाब मेरे पास नहीं था, और नहीं है।...लेकिन मैंने तो निश्चय कर लिया था कि मुझे ममता काटनी है अतः मैं बराबर सख़्त और बेमुरौवत बनी रही उसके प्रति।...आज भी मुझे इस बात का पश्चात्ताप है। सोचती हूँ मुझे ऐसा नहीं करना चाहिए था। कोई भी कहे, अपनी भी तो कोई बात है, और, अब तो मैं यह मानने लगी हूँ कि हमें किसी का मन दुखाने का कोई अधिकार नहीं है। यह सबसे बड़ा पाप है। मुझे उसका लाल सुर्ख चेहरा कुछ ही दिनों में ज़र्द (पीला) प्रतीत होने लगा। मैं अन्दर से हिल गयी।...वह लगातार तीन दिन नहीं आया तो मेरी बेचैनी बढ़ गयी। मुझे हर समय लगता कि वह अब थोड़ी

देर में आ जायेगा और कहेगा–आंटी आप थक गयी हैं, थोड़ा आराम कर लें। मैं तब तक फल का रस तैयार करता हूँ।...प्लीज़ आंटी!...इन्दु, स्नेह-प्यार मनुष्य की जहाँ कमज़ोरी है, वहाँ सबसे बड़ी शक्ति भी है।...मेरी समझ में नहीं आ रहा था कि मैं कैसे उसके बारे में पता करूँ?'' इसके बाद वह चुप हो गयीं। इन्दु को उनकी चुप्पी चुभने लगी, अतः उसने पूछा, ''फिर, मम्मी?''

''अचानक डॉ. शिरीन आयीं। उनका नाम सुना था परन्तु वह फ़िरोज़ की मौसी हैं, यह बात उनसे ही पता चली। वह कह रही थीं–'बहिन जी, आपने फ़िरोज़ से कुछ कहा है क्या'?''

''नहीं तो।'' वह मन-ही-मन बुदबुदायी कि उसने कहने से ज़्यादा कहा है–मानो किसी ने उस लड़के की नंगी पीठ पर तब तक कोड़े लगाये हों जब तक वह मूर्छित होकर न गिर पड़ा हो। वह पूछ रही थीं, ''क्यों क्या हुआ है उसको?''

''वह तेज़ ज्वर की बेहोशी में बड़बड़ाता रहा? आंटी...अच्छी आंटी...आप हमसे ख़फ़ा क्यों हैं,...आंटी क्यों? हमसे ऐसी क्या गलती हुई है कि अब आप हमसे बात करना पसन्द नहीं करती हैं। दूर-दूर रहती हैं।...इस तरह वह चार रात से दो-तीन बार बड़बड़ाता रहा।...दरअसल बहन जी, वह बहुत ही भावुक और संवेदनशील लड़का है।...मेरी बड़ी बहन ने उसे तथा उसकी बहन को मेरे पास पढ़ने भेजा है।...और वह पढ़ाई छोड़कर स्वयंसेवक बन गया है–कहता है कि देश की आज़ादी का सवाल पढ़ाई-लिखाई से ज़्यादा ज़रूरी है।...आपकी बेहद तारीफ़ करता रहता है...आंटी इतनी अच्छी हैं...आंटी इतना काम करती हैं...आंटी काम करते हुए थकान की परवाह नहीं करती हैं...एक बार वह उन लोगों के कारण मूर्छित हो गयी थीं।...उस दिन का उसे बहुत पश्चात्ताप है।''

कमला का दिल हिल उठा। वह भी तो माँ है।

''शायद आपको पता नहीं, बहन जी, कि मुझे उसके स्वयंसेवक बनने का कितना दुःख है। मेरी बहन को मैंने ही लिखा था कि इन दोनों को मेरे पास भेज दो। मैं इन्हें अपने पास पढ़ाऊँगी...यह पढ़ा रही हूँ बहन जी।...क्या सोचेंगी वह? मेरी कुछ समझ में नहीं आ रहा।'' डॉ. शिरीन बहुत दुःखी होकर कह रही थीं, ''उनका दायित्व मेरे कमज़ोर कन्धों पर है।''

''ओह! यह तो...।'' कमला आह भर कर इतना ही कह पायीं। परन्तु शीघ्र ही वह सँभल गयी और बोलीं, ''सारे देश का इस वक़्त एक ही लक्ष्य है, जैसे भी हो, देश आज़ाद कराया जाये।...और इस लक्ष्य के लिए आप जानती हैं कि समूचा देश कुर्बानी देने के लिए सिर पर कफ़न बाँध कर निकल चुका है। इसके लिए तो आपको, आपकी बहन और उसके पिता को गौरव का अनुभव करना चाहिए, जबकि आपको इस नेक तथा श्रेष्ठ काम के लिए अफ़सोस हो रहा है, डॉ. शिरीन, इसका मुझे दुःख है।''

''काश! आप पर यह ज़िम्मेदारी होती!'' डॉ. शिरीन ने गहरी साँस छोड़ते हुए कहा।

"बखुशी निभाती, डॉ. शिरीन!" कमला ने तनिक उत्साहित होकर कहा और पास रखे पत्रों को हटा कर मेज़ को खाली कर दिया ताकि नाश्ता मेज़ पर लगाया जा सके।

"नहीं, बहन जी...नहीं।"

"क्या नहीं?"

वह तनिक मुस्कुरायी और बोली, "आपको शायद फ़िरोज़ ने यह नहीं बताया कि उसके पिता अब इस संसार में नहीं हैं।"

"क्या!" कमला ने साश्चर्य कहा।

"हाँ, कमला बहन, वे कच्ची गृहस्थी को छोड़कर ही अचानक इस संसार से चले गये।...मेरी बहन घबरा गयी थी।...मैंने उसे समझाया।...उसके पिता जमशेदजी फरदून बम्बई में मरीन इन्जीनियर थे। वे चाहते तो मालामाल हो सकते थे। लेकिन वह नेक इन्सान थे, ईमानदार थे और उसूल के पक्के थे। उन्होंने कभी स्वाभिमान पर आँच नहीं आने दी। निर्भीकता से ज़िम्मेदारी निभाई। क्या बताऊँ, कमला बहन, वे तंगी में रहे परन्तु उन्होंने कभी किसी रिश्तेदार के सामने हाथ नहीं फैलाया।...मुझे याद है...1912 की सितम्बर...फ़िरोज़ का जन्म हुआ था। ...बम्बई में वे लोग पारसी कॉलोनी खेतवाड़ी में रहते थे।...कितना सुन्दर था नन्हा फ़िरोज़...। वैरि हैंडसम!...मैंने अपनी बहन की मदद करने की दृष्टि से उसे तथा उसकी बहन को यहीं अपने पास, इलाहाबाद बुला लिया। तब वह चार बरस का था। मैंने अपने घर के पासवाले स्कूल में उसे दाख़िल करा दिया।...वह लड़कियों का स्कूल था।...कई बार वह कहता था...आंटी, हम इस स्कूल में नहीं जायेंगे।"

"क्यों भला?...तुमसे वहाँ किसी ने कुछ कहा क्या?—टीचर ने कुछ कहा?"

"नहीं।"

"किसी और ने।"

"नहीं।"

"तो फिर...क्या वहाँ टीचर कम पढ़ाती हैं?"

"नहीं, खूब पढ़ाती हैं।"

"फिर?"

"वह लड़कियों का स्कूल है।"

"तुम्हें शर्म आती है।...यही न।"

"हाँ, आंटी...बहुत शर्म आती है।"

"अच्छे और बहादुर बच्चे कभी नहीं शर्माते।...अच्छा बताओ पढ़ाई क्या कोई गन्दा काम है?"

"नहीं।"

"शर्म तो गन्दे काम से आती है, अच्छे से नहीं।...मेरा राजा बेटा...। आओ, पास आओ...और पास आओ...और...और अपनी प्यारी आंटी के गले लग जाओ।

...वह गले लग जाता। मैं उसे अपनी छाती में छिपा लेती। वह चिपक जाता, छोड़ता ही नहीं।'' इतना कहकर डॉ. शिरीन रुक गयीं। चाय-नाश्ता आ गया। वह चाय 'सिप' करते आगे कहने लगीं, ''उसकी गिनती कॉलिज के होशियार लड़कों में है...उसकी मम्मी को जब यह सब मालूम पड़ा तब उसने मुझे बहुत ही दर्द भरा पत्र लिखा।...लीजिए, वह आप भी पढ़िये।'' उसने पत्र उसकी ओर बढ़ा दिया।

कमला कुछ शान्त हो गयी। मानो इस वक़्त वाकई वह पत्र पढ़ रही हो। अन्दर-ही-अन्दर वह कुछ आर्द्र हो उठी।

''क्या लिखा था उस पत्र में, मम्मी।'' इन्दु ने पूछा।

''माँ का हृदय...उसकी ममता...उसका प्यार...उसी पर तो अब उस परिवार का सारा दारोमदार है और वह अपने उत्तरदायित्व से साफ़ मुकर रहा है तब...। इन्दु, थोड़ी देर के लिए मैं निरुत्तर रह गयी। प्रसंग ही ऐसा था। एकदम कुछ कहते बनता भी नहीं था। फिर मैंने अपने को सँभाला और कहा, 'समझती हूँ कि आज़ादी मिलेगी तो कितनी कुर्बानियों के बाद...उसके लिए कितनों को बेवा होना पड़ेगा, कितनों को अनाथ, कितनों को कंकाल...तब जाकर कहीं आज़ादी मिलेगी...। यह भी ठीक नहीं कि कब मिले'?''

''डॉ. शिरीन्, श्रीमती रत्ती माई का पुत्र है न।''

''है।'' डॉ. शिरीन ने धीरे से कहा।

कमला ख़खार कर बोली, ''एक वह भी माँ है जो न केवल फ़िरोज़ की माँ है बल्कि हम सब की माँ...यानी भारत माँ! आज भारत माँ पराधीन, पराश्रित और पदाक्रान्त है।...है कि नहीं।''

''है तो।'' डॉ. शिरीन ने थके मन से उत्तर दिया।

''डॉ. शिरीन, आप आधे मन से यह सब स्वीकार नहीं करें। आप पढ़ी-लिखी हैं, ज़रा ठंडे दिल से विचार करें। क्या यह असत्य है कि तब तक कोई माँ, कोई बहन, कोई पत्नी और कोई भी सुख की अनुभूति नहीं कर सकेगा, जब तक कि देश को आज़ादी नहीं मिल जाती। उसने अपनी माँ के स्थान पर सबकी माँ की सेवा का व्रत लिया है। फिर वह आप लोगों को नागवार क्यों लग रहा है? वास्तव में आपको प्रसन्नता होनी चाहिए कि आपके परिवार में ऐसा होनहार लड़का जन्मा है। यें बातें आपको उसकी माँ को भी बतानी चाहिए ताकि वह भी सत्य का अनुभव कर उसे इस पथ पर आगे बढ़ने से रोकें नहीं, बल्कि प्रोत्साहित कर सके।'' कमला ने अनचाहे उपदेश दे डाला और सोचने लगी कि क्या यह सब इतना सहज है?

''वह पितृविहीन बालक है, कमला जी।''

''सर्वेश्वर ही उसका पिता है...वह मेरा, आपका और हम सबका पिता है। हमें उस पर भरोसा रखना चाहिए।...मैं तो कहती हूँ कि आप भी इस महायज्ञ में कूद पड़िये। कुछ मत सोचिए। अब सोचने का समय नहीं है। करो या मरो।

आप अपने बारे में क्या सोचती हैं?" कमला ने उसे भी अपनी चपेट में लेने का प्रयास किया।

डॉ. शिरीन एक बार सकपकायीं। शीघ्र ही वह सँभल गयी और बोलीं, "बहन जी, काश मैं डॉक्टर न होती तो अवश्य आपके सुझाव पर विचार करती। हमारा कार्य ही दीन-दुखियों की सेवा करना है। कदाचित् आपके महायज्ञ का यह भी एक हिस्सा होगा।...क्या आप यह पसन्द करेंगी कि मैं इस महायज्ञ में से पीछे हट जाऊँ? क्या मैं नारे लगाती. जुलूस का नेतृत्व करती, भाषण देती, यहाँ से वहाँ घूमती फिरूँ?...क्षमा कीजिए, कमला बहन, हमारा कार्य ही परसेवा है और वह भी निष्पक्ष। हमारे सामने न जाति का प्रश्न है और न धर्म का! हम न वर्ग को मानते हैं और न सम्प्रदाय को। हमारे लिए न कोई मित्र है और न कोई शत्रु! हम सबको बराबर मानते हैं। फिर, चाहे वह अंग्रेज़ हो या भारतीय। इसलिए...मैं चाहती हूँ कि फ़िरोज़ यह रास्ता छोड़ दे। पढ़े, खूब पढ़े और फिर जनसेवा में लग जाये। पढ़ाई गुलामी की उसी तरह शत्रु है, जिस प्रकार प्रकाश अन्धकार का।...परन्तु यहाँ तो उल्टी बात हो रही है, कमला जी।" उसका चेहरा गम्भीर हो चला था।

"वह क्या?"

"यह तो आप जानती हैं कि फ़िरोज़ आपके महान् व्यक्तित्व से प्रभावित होकर इस महायज्ञ में कूदा है।"

"फिर?" कमला कसमसायी।

"वह अपनी माँ से ज़्यादा आपकी इज़्ज़त करता है।"

"हाँ, करता है।"

"फिर आप कैसी माँ है कि अपने बेटे को नहीं सँभाल पातीं?"

"क्यों, क्या हुआ?"

"आपने अकारण उसकी उपेक्षा कर दी और उसने इसी सोच में खाट पकड़ ली।...वह बहुत संवेदनशील है, स्वाभिमानी है और निष्ठावान् है।"

"ओह तो जनाब रूठ गये हैं और वह भी अपनी इस माँ से।"

"जी हाँ, आपसे।"

"तो चिंता मत कीजिए, हम अपने आज़ादी के सिपाहसालार को खुद मना लेंगे। यह आप हम पर छोड़िये। आप भेज सकें तो उसे हमारे पास एक बार अब भेज दीजिए।...वह नहीं आयेगा तो हम खुद उसके पास पहुँच जायेंगे। हम उसे मना लेंगे।...आप केवल एक बार कोशिश कर देखिये।...प्लीज़।" कमला ने उसे समझाया और बिस्कुट की तश्तरी उसकी ओर बढ़ा दी।

"फिर मम्मी...?" इन्दु ने कमला को चुप पाकर पूछा।

"वह आया।"

"आया!" शब्द दोहराते हुए इन्दु की आँखें चमक उठीं।

"मैंने उसे प्यार से समझाया—उसके सामने दोनों रास्ते पेश कर दिये। उसे

उन रास्तों में से एक के चयन करने की पूर्ण स्वतन्त्रता प्रदान कर दी। वह सोचकर बोला।...बताओ, क्या बोला होगा?''

इन्दु सोचने लगी। शायद वह सही सोच-समझ नहीं पा रही थी, अतः कुछ नहीं बोली।

इन्दु को चुप देखकर कमला ने कहा, ''इन्दु'', वह बोला, ''मुझे आज़ादी के लिए संघर्ष का रास्ता पसन्द है। सारे देश का लक्ष्य एक है—आज़ादी हासिल करना। इसके अलावा दूसरा कोई लक्ष्य नहीं है, आंटी।'' फ़िरोज़ ने जवाब दिया।

''अब तुम बताओ, इन्दु, कि उसे कैसे कह दूँ कि वह दूर रहे।...नहीं ...नहीं, बेटी, यह अब मुझसे नहीं होगा। अब तो मैं भी अपने को उसकी संरक्षिका अनुभव करने लगी हूँ। सन्तान केवल वही नहीं है, जिसे उसने जन्म दिया है, सन्तान वह भी है, जो उसमें अपनी माँ को देखता है।...है न।'' कमला ने अपनी बात पूरी कर दी।

इन्दु सोच में पड़ गयी। उसने कहा, ''हाँ, मम्मी।''

''बस यही है उस फ़िरोज़ की ज़िन्दगी का मर्मान्तक पक्ष...और इसीलिए मैं उसके पक्ष में हूँ।'' कमला ने इन्दु की ओर देखते हुए कहा।

''मम्मी, एक बात कहूँ।''

''हाँ, कहो, बेटी, निःसंकोच कहो।''

''आज यहाँ पापु तो हैं नहीं।''

''हाँ, नहीं हैं।''

''फिर...मम्मी।''

''फिर क्या, इन्दु?''

''तो फिर, मम्मी।''

''तो फिर क्या, इन्दु, जो मन में है साफ़-साफ़ कहो।''

''आज हम आपके पास सो जायें।''

''शौक़ से बेटी।...ज़रूर सोना।'' कमला ने खुश होते हुए आगे कहा, ''जब तुम्हारा मन हुआ करे, तब तुम यहाँ आकर सो सकती हो।''

कमला को कोई काम याद आ गया, वह वहाँ से उठने लगी। इन्दु भी उठ ली। उठकर वह अपने कमरे की ओर चल पड़ी। कमरे में आकर पलंग पर लेटे-लेटे सोचती रही। पता नहीं कि वह क्या सोच लेना चाहती थी? वह ठीक से कुछ सोच नहीं पा रही थी। जैसे ही उसने तकिये को अपनी बाँहों में लिया वैसे ही उसके सामने अतीत की सुइयाँ तेज़ी से घूमने लगीं। आज वही सामने आ खड़ा हुआ था। उसने मौक़ा पाते ही प्यार का इज़हार कर डाला था। उसने बिना किसी भूमिका के सहज ढंग से अपने को उल्था कर दिया था। उसने इनकार कर दिया तो भी वह कुछ नहीं बोला। गूँगे की तरह वह चुपचाप लौट गया। उसके मन में न आक्रोश था और न खीझ! मानो वह जानता हो कि इन्दु नकारात्मक

उत्तर ही देगी। उसके सामने से आसमान रहित अनेक मकान गुज़र गये। उसे पता ही नहीं चला कि कब भूकम्प आया और कब शमन पा गया—सायरन तो बजा ही नहीं। क्यों बजता, वहाँ किसी को क्या खतरा था? वह अपने में दोनों भूमिकाओं पर विचार कर रही थी।

इन्दु अपने कमरे में इधर-उधर भी देखती रही। सभी गहरी नींद में हैं। किसी को ख़बर नहीं है कि वह जाग रही है। उसने तनहा माहौल की स्टील की दीवारें तोड़ते हुए पूछा, "क्या हो रहा है?" तनहा माहौल के सामने भी वह कुछ नहीं बोला। उसने कोई शिकायत नहीं की और न ऊँची-ऊँची बातें बनायीं। शायद वह मुस्कुरा रहा था। उसकी मुस्कुराहट में एक प्रश्न था। वह प्रश्न सिर्फ़ इन्दु के लिए ही था। वह पूछ रहा था—इन्दु, यह तुमने कैसे कहा कि यू आर टू यंग? इसका क्या अर्थ हुआ? क्या इसका अर्थ उसने यह तो नहीं लिया कि वह प्रतीक्षा करे, अभी समय नहीं आया? तभी तो वह शान्त और बिना किसी दलील पेश किये चुपचाप सिर झुकाये 'गुड बाई' करके चला गया और उसने इसलिए शायद पीछे मुड़कर भी नहीं देखा।...वह काँप गयी। उसके कानों में माँ से सुने डॉ. शिरीन के शब्द उलटवासियाँ करने लगे। बात सहज थी परन्तु उस सहजता में जो कहा गया था वह निस्सन्देह गहन-गम्भीर था।...इसका तो यह अर्थ हुआ कि वह यह मान कर चलेगा कि वह उसे पसन्द करती है। वह भी तो यही पूछ रहा था कि क्या उसे वह पसन्द है? ओफ़्फ़ोह! यह क्या हो गया! परन्तु उसकी प्रतिक्रिया सुनकर उसका मुँह क्यों लटक गया? क्या इससे यह नहीं स्पष्ट था कि उसने जो कुछ कहा, वह नकारात्मक था। वह व्यर्थ में परेशान हो रही है! अब वह इस सोच के साथ निश्चिंत हो सकी और उसने सो जाने के लिए चादर खींच ली। उसके दम में दम आया इस समझ से कि उसने जो कुछ किया, ठीक किया। लेकिन उसका कसूर? होगा...नहीं होगा...वह तो इतना जानती है कि उसे अभी अपने बारे में कुछ नहीं सोचना है।...कुछ भी तय नहीं करना है। उसकी ज़िन्दगी देश की धरोहर है और अभी उसे अकेले ही चलते जाना है,...बिना विश्राम किये और बिना अंधड़ तूफ़ानों का खौफ़ खाये अनवरत आगे ही बढ़ते जाना है। इससे उसके मन को बहुत सुकून मिला और वह नींद की लोरी सुनती-सुनती धीरे-धीरे सो गयी, सारी दुनिया से बेखबर होकर।

16

वह समय अत्यन्त संवेदनशील हो चला था। अहिंसात्मक कार्रवाइयाँ सारे विश्व को अपनी ओर खींच रही थीं। देश में नव जागृति, नयी चेतना, नया जोश और नया उत्साह अंगड़ाई ले रहा था। ब्रितानिया सरकार पर संकट के बादल मँडरा

रहे थे। विश्व में उस पर उँगलियाँ उठ रही थीं। निहत्थे और शान्तिप्रिय लोगों पर लाठीचार्ज क्यों? क्यों उन पर गोलियों की बौछार? क्यों उन्हें सख़्त से सख़्त सज़ाएँ? क्यों निर्दोष लोगों पर ज्यातियाँ? इन सवालात का ब्रितानिया सरकार क्या उत्तर दे? कैसे दे?

स्वयंसेवकों के हौसले बढ़ चले थे। सत्याग्रहियों के दिमाग़ सातवें आसमान पर थे। कारागार उनके लिए उत्सव बनते जा रहे थे। वन्देमातरम् के उद्घोष से ब्रिटिश सरकार काँपने लगी थी।

कांग्रेस की धन सम्पत्ति ज़ब्त करने के लिए आर्डिनेंस जारी हो चुका था। गाँधीजी ने इंग्लैण्ड में एक भाषण दिया था। कोलम्बिया ग्रामोद्योग कम्पनी ने उसकी रिकॉर्डिंग की थी। उसकी रायल्टी अखिल भारत चर्खा संघ को मिलती थी। तत्कालीन सरकार ने उसे बन्द करवाने के लिए कार्यवाही शुरू कर दी थी। मीरा बहन जो कि एक अंग्रेज़ नौ सेनाध्यक्ष की पुत्री थी और गाँधीजी की शिष्या थी, को बम्बई की आर्थर रोड कारागार में अपराधिन औरतों के साथ रखा गया था। जबकि अपराधिनों को रात में ताले में बन्द नहीं किया जाता था, तब मीरा बहन को ताले में बन्द किया गया। सभी सत्याग्रही महिलाएँ ताले में बन्द की जाती थीं। गाँधीजी इस दमनकारी नीति का खुलकर विरोध कर रहे थे। पूरा नेहरू परिवार या तो जेल में था अथवा सरेआम सरकार की ज़्यादतियों को सविनय अवज्ञा आन्दोलन द्वारा पर्दाफ़ाश कर रहा था। चहुँओर "गीता" का यह स्वर सुनाई पड़ रहा था कि उच्च परधर्म से नीचा स्वधर्म श्रेष्ठ है। स्वधर्म में मौत भी अच्छी है, परधर्म भयानक है।[1]

सरकार उन जड़ों को काटना चाहती थी, जिनसे अहिंसात्मक आन्दोलनों को ऊर्जा मिल रही थी। उनमें सरकार की दृष्टि में नेहरू परिवार भी था।

आला अफ़सर यह जान चुके थे कि यह परिवार आज़ादी के प्रति समर्पित है और पूर्णतः प्राणोत्सर्ग के लिए तैयार है। जनता में उसका प्रभा-सूर्य निरन्तर अपनी पहचान बनाये जा रहा है। उनकी सख़्ती और उन्हें बेतरह से परेशान करने की नीति ही उसके यश-आलोक को चतुर्दिक फैलाने में विशेष सहायक हो रही है। सरकार के आला अफ़सरान की यह तजवीज़ है कि एक बार यदि यह परिवार मानसिक रूप से क्षत-विक्षत हो जाये और उसकी समग्र सोच की प्रक्रिया का पहिया जाम हो जाये तो इस परिवार की शक्ति बिखर जायेगी और फिर वह पूरे जोश से काम नहीं कर सकेंगे।

यही कारण था कि जवाहरलाल नेहरू को सरकार बराबर कारागार में इस चालाकी से रखना चाहती थी कि बीच-बीच में उन्हें रिहा भी करती रहे। ताकि

---

1. "श्रेयान स्वधर्मो विगुणः परधर्मात्स्वनुष्ठितामू।
स्वधर्मे निधनं श्रेयः परधर्मो भयावहः॥"

वह कारागार और कारागार के बाहर के अन्तर को समझ सकें। वह बराबर इस बात का नोट्स लिए रहती थी कि कब उनके परिवार में खुशियाँ महकने वाली हैं और कैसे वह उन खुशियों को छीन सकती है? कारण, उन्हीं लम्हों में व्यक्ति टूटने पर मजबूर हो सकता है। जो परिवार अपनी खुशहाली में स्वयं माचिस की तीली दिखा रहा हो, वह साम्राज्यवादी शक्ति को उखाड़ने के लिए कितना ख़तरनाक सिद्ध हो सकता है! जैसे ही अक्तूबर 1933 में कृष्णा की शादी राजा हठीसिंग से हुई, वैसे ही फिर सरकार उनके पीछे पड़ गयी।

जवाहरलाल नेहरू को सातेक माह पत्नी के साथ रहने का मौका मिला। वह सोच रहे थे कि इन्दु 'प्युपिल्स ऑन स्कूल' की पढ़ाई पूरी कर लेगी तब उसे किसी कॉलिज या विश्वविद्यालय में भेजना होगा। पर किसमें? जवाहरलाल नेहरू सरकारी या अर्द्ध सरकारी विश्वविद्यालय में इन्दु को भरती कराने के पक्ष में नहीं थे। उनकी धारणा थी, उन संस्थाओं की काम करने की प्रक्रिया-व्यवस्था कठोर, निर्दय और निरंकुश होती है। वह कमला को दिखाने के लिए कलकत्ता आये और उन्होंने शान्ति निकेतन की शिक्षा व्यवस्था का नज़दीक से परिचय प्राप्त किया। रवीन्द्रनाथ टैगोर से मिलकर उन्हें प्रसन्नता हुई और यह तय हो सका कि आगे की शिक्षा-दीक्षा के लिए वह इन्दु को वहाँ भेज देंगे। टैगोर भी खुश थे। नेहरू को भी सन्तोष मिला कि अब इन्दु की पढ़ाई का सिलसिला निरन्तर बना रहेगा। शान्ति निकेतन की शिक्षा-दीक्षा के प्रति वे पूर्णतया सन्तुष्ट थे।

कमला जवाहर के साथ अगस्त 1933 से फरवरी 1934 के मध्य तक रहीं। इस सबसे एक बड़ा लाभ यह हुआ कि उनके स्वास्थ्य में आश्चर्यजनक सुधार हो गया। इन्दु भी माँ का स्वास्थ्य ठीक होने के समाचार से प्रसन्न थी। उसकी आगे की पढ़ाई शान्ति निकेतन में होगी, इससे भी उसे खुशी थी। उसे लगने लगा था कि अब कठिनाइयाँ स्वतः ही कूच करती जा रही हैं। उनके अच्छे दिन लौट रहे हैं और फिर से खुशियाँ उनका स्वागत करने के लिए तत्पर हो उठी हैं।

इन्दु को पता चला कि तीसरी बार फ़िरोज़ को नैनी जेल में भेजा गया है। उसके सामने कॉलिज में पढ़ने वाले उस खूबसूरत युवक का चित्र घूम गया, जिसने कभी उसके सामने अपने प्यार का इज़हार किया था। वह सोच रही थी कि उसकी उम्र ही क्या है, वह भी अपनी पढ़ाई जारी रख सकता है। जबकि उसके पिता को उसकी पढ़ाई की चिंता है तब उसकी माँ और मौसी को उसकी पढ़ाई की चिंता क्यों न हो! उसने तो अपने आपको राष्ट्रीय महायज्ञ में झोंक दिया है। उसकी परीक्षा देने की तैयारी चल रही है। उसे स्कूल की संचालिका से फ़िरोज़ के बारे में एक अत्यन्त दिलचस्प बात सुनने को मिली। वह ठीक से नहीं जान पाई कि संचालिका की फ़िरोज़ में क्या दिलचस्पी है! वह सुना रही थी—"इन्दु जानती हो, फ़िरोज़ आजकल किस विश्वविद्यालय में अध्ययन कर रहा है?" मिसेज़ वकील ने गम्भीरता से पूछा।

"नहीं, मुझे नहीं मालूम।"

"अन्तरराष्ट्रीय विश्वविद्यालय में।"

"कौन से अन्तरराष्ट्रीय विश्वविद्यालय में?"

"नैनी कारागार में—आज़ादी के दीवाने नवयुवकों के लिए वही एकमात्र अन्तरराष्ट्रीय विश्वविद्यालय है।"

इन्दु चुप रही। कुछ गम्भीर हो गयी।

"जानती हो, उसने वहाँ क्या किया है?"

यह सुनकर वह घबरा गयी। कहीं उसने...वह नम्बर एक का पागल है...नहीं-नहीं—वह ऐसा कुछ नहीं कर सकता। उसने उतावलेपन से पूछा, "क्या, मादाम?"

"सुनोगी तो तुम्हें उसकी सूझबूझ की दाद देनी होगी।"

उसे राहत मिली कि उसने कोई संगीन काम नहीं किया है और इसलिए उसने पूछा कुछ नहीं। खामोश बनी रही।

"लो, यह पढ़ो।" श्रीमती वकील ने एक लेख उसकी तरफ़ बढ़ा दिया। वह उस लेख को देखती रही। वह चक्रांकित लेख था।

वह उस लेख को उलटती-पुलटती रही। यह देखकर श्रीमती वकील ने कहा, "तुम इसे ले जा सकती हो और पढ़कर अपनी प्रतिक्रिया ज़ाहिर कर सकती हो।" इसके बाद श्रीमती वकील ने मधु कुलकर्णी से बात करना शुरू कर दिया। इन्दु धीरे से उठी और आगे बढ़ गयी।

वह अपने कमरे में आयी और पढ़ने लगी। इस प्रकार वह लेख शुरू हुआ था कि लगे कि वह लेख नहीं कहानी है। अभी-अभी वह बायरन की 'ऐज ऑफ़ ब्रोंज (कांस्य युग) की इस पंक्ति को बड़ी रुचि से दोहरा रही थी—रक्त, परिश्रम, पसीना और अश्रु। उसे वह लेख पढ़ना अच्छा लगा। वह जम कर बैठ गयी और आगे पढ़ने लगी—प्रसन्नता बाहर नहीं, अन्दर है। शिक्षा कॉलिज—विश्वविद्यालयों में ही नहीं, कारागार में भी है, बशर्ते की शिष्य जिज्ञासु हो और उसके आँख, नाक, कान आदि खुले हों। प्रसन्नता के लिए इनका होना बहुत ज़रूरी है। इसके प्रमाण में, मैं अपनी बात यहाँ से शुरू करना पसन्द करता हूँ और आपको भी अपने साथ चलने की दावत देता हूँ। आपको यक़ीन दिला देना चाहता हूँ कि आप मेरे साथ यदि एक बार चल पड़ें तो मेरा साथ छोड़ने की कभी नहीं सोच सकेंगे। हाँ, तो मैं कह रहा था कि घटिया सरकार ने हमें लाकर नैनी जेल में क़ैद कर दिया। उसे इस बात की खुशी होनी चाहिए थी कि उसने जेल में आज़ादी के दीवानों को क़ैद कर रखा है, परन्तु अफ़सोस कि क़ैद करवाने वाला अपनी ही खुशी में पलीता लगा बैठा है। वह बेतरह से बेचैन है और उसका दिन का चैन तथा रात की नींद हराम हो चुकी है। यह भी अजीब-सी बात है कि क़ैदियों को कसीली और जली भुनी रोटियाँ जानवर से भी बदतर तरीक़े से, ऊपर से फेंक कर दी जायें और दाल पानी-सी। उसमें ढूँढ़े से दाने मिल जायें

तो मानो उसकी लाटरी खुल गयी। अलबत्ता दाँत तोड़ कंकड़ ज़रूर मिल सकता है। टेढ़ी-मेढ़ी अल्युमिनियम की कटोरी और तामचीनी के प्याले में भोजन करने वाले दीवाने खुश थे और जानवर से बदतर हालत में इन्सान को जीने के लिए विवश करने वाली सरकारी ताक़त के आला अफ़सरों की, जो कि उम्दा क़िस्म का भोजन कर रहे थे और स्वतन्त्र थे। हालत पतली होती जा रही थी यह सोच-सोच कर कि वे इतनी बदतर स्थिति में होते हुए भी झुकते क्यों नहीं हैं? मरने के लिए रज़ामन्द हैं परन्तु झुकने या माफ़ी के लिए कतई तैयार नहीं।

फ़िरोज़ ने देखा कि आज़ादी के परवाने पन्द्रह दिन में एक बार घर से मँगवाकर भोजन कर रहे हैं या अपने किसी नाते रिश्तेदार या मित्र के यहाँ से। घरवालों को उनसे पन्द्रह दिन में एक बार मिलने दिया जाता था और माह में एक बार चिट्ठी डालने की इज़ाज़त दी जाती थी। उनके घरवाले उनकी मनपसन्द चीज़ें बना कर लाते हैं। कारागार के मिलने वाले खाने से वे एक दिन के लिए मुक्ति पा जाते हैं और यदाकदा चोरी-छिपे घर से आये खाने का आनन्द लेते हैं। फ़िरोज़ को आज़ादी के प्रेमियों का यह अन्दाज़ बहुत अखरा। वह कई दिनों तक सोचता रहा कि वह क्या करे? यथार्थतः यह अच्छी बात नहीं है।

यों तो वहाँ प्रायः सभी बहस मुबाहसे में जी खोलकर भाग लेते और देश की आज़ादी के बारे में गहरा सोचते थे परन्तु घर से आये खाने पर हाथ साफ़ करना उन सबको बड़ा अच्छा लगता था। वहाँ कुछ क़ैदी ऐसे भी थे जिनके घरवाले बहुत दूर थे, वे मिलने नहीं आ सकते थे। कुछ गरीब थे। था तो यह लाने वालों के बहुत प्यार का उदाहरण! फ़िरोज़ ने एक अवसर पर जब वे देश के लिए बड़ी-बड़ी बातें कर रहे थे तब उनको सम्बोधित करते हुए कहा, "मुझे बड़े अफ़सोस के साथ कहना पड़ रहा है कि हम लोग यहाँ आकर भी अपने बारे में नहीं सोच पा रहे हैं। माना कि हम सबका एक लक्ष्य है और वह है देश को आज़ाद कराना! ज़रा सोचो कि हम यहाँ क्या कर रहे हैं? हम क्या बन रहे हैं? क्या देशभक्त अपने को गिरा तो नहीं रहे हैं? कहीं वे अपराध भावना की ओर तो नहीं बढ़ रहे हैं? क्या उनका ज़मीर इतना कमज़ोर है कि...।"

फ़िरोज़ के चुप होते ही वे सब आग बबूला हो उठे। उनमें अधिकांश फ़िरोज़ से अधिक उम्र के थे और आज़ादी के लिए उससे बहुत पहले से कार्य कर रहे थे। उन्हें फ़िरोज़ की यह बात कतई पसन्द नहीं आयी। उनमें से एक देशभक्त बोला, "यह आप, बिना सोचे-समझे, हम लोगों पर क्या तोहमत लगा रहे हैं?"

"यह आपने कैसे कहा? क्या इसके लिए आपके पास कोई सबूत है?" दूसरा देशभक्त खड़ा हुआ।

"बोलो, जवाब दो।" तीसरे ने कहा।

"क्या हम चोर हैं?" चौथे ने कहा।

"क्या हम अपराधी हैं?" पाँचवें ने कहा।

"क्या हमारा ज़मीर बिक चुका है?" छठे की आवाज़ थी।

"बोलो, भाई, बोलो जवाब दो कि तुम्हारी ऐसी ज़ुर्रत कैसे हुई कि तुमने देशभक्तों की क़ौम को ही बुरा-भला कह डाला।"

फ़िरोज़ शान्त बना रहा। सहज मुस्कुराते हुए वह अत्यन्त विनम्रता के साथ कहने लगा, "सम्मानीय बन्धुओं आप सभी उम्र में मेरे से बड़े हैं। लिहाज़ा आपको अनुभव भी काफ़ी है। मैं आप सबकी दिलोजान से क़द्र करता हूँ। आपको अपना सम्मानीय बुज़ुर्ग भी मानता हूँ।"

"क्या खाक बुज़ुर्ग मानते हो, सम्मान-आदर देते हो? फेंका तो पत्थर है और ऊपर से कहते हो कि हम सम्मानीय हैं।" एक नवयुवक ने खड़े होकर तेज़ स्वर में कहा।

"आप ठीक कहते हैं।...आपने वज़ा फरमाया।" उनमें से कई लोग एक साथ बोले।

"मैं आपसे झूठ नहीं कहता हूँ—मेरे लिए हर एक देशभक्त देवता के समान पूजनीय है।...पहले आप मेरी पूरी बात सुन लें, फिर आप को जो कहना हो, कहें।...इसके लिए मैं क्षमा चाहूँगा कि मुझसे ज़रूरत से ज़्यादा कड़वे शब्द निकल गये। मैं क्या करता! कई दिनों से देख रहा था कि देश के लिए इतनी दुःख तकलीफ़ें उठाने वाले ऐसा ग़लत काम क्यों कर रहे हैं? यह भी जानता हूँ कि आप जानबूझ कर ऐसा ग़लत काम नहीं कर रहे हैं। यह सब अनजाने में हो रहा है परन्तु होना नहीं चाहिए, क्योंकि जेल की भी हमारे आचरण पर आँख है और वह हमारे उन लम्हों के फ़ोटो लेकर छपवा भी सकती है, जिसमें हम अपने सत्यव्रत के प्रतिकूल आचरण करने लगते हैं।"

अब तक सब गम्भीर हो चुके थे। उन्हें लगने लगा था कि वे अवश्य ही कोई ग़लत काम कर रहे हैं पर क्या कर रहे हैं, यह उनकी पकड़ में नहीं आ रहा था। इससे वे कुछ परेशान हो उठे थे और फ़िरोज़ की ओर टकटकी बाँधकर देखने लगे।

"हाँ तो मैं कह रहा था, यह अशोभनीय है। आप सोच रहे हैं कि क्या अशोभनीय है? गुस्सा भी आ रहा होगा कि मैं सीधी बात क्यों नहीं कह रहा, घुमा फिरा कर क्यों कह रहा हूँ? इसका कारण यह है कि मैं यह जानना चाहता हूँ कि क्या इतना सुनकर आप उस बात को पकड़ पाये, जिसकी ओर मेरा संकेत है। मैं उसके लिए थोड़ा समय आपको देता हूँ। आप ठंडे दिलोदिमाग़ से विचारें कि आप से क्या ग़लती हो रही है।"

सब चुप। सबने एक-दूसरे की ओर देखा। फिर ईषद् खुसरपुसर चली। चलती रही। फिर बन्द हो गयी और सन्नाटा छा गया। किसी की कुछ समझ में नहीं आया। फ़िरोज़ ने पुनः सवाल किया, "क्या वह ग़लती पकड़ में आयी?"...सबकी ओर देखते हुए वह आगे बोला, "हाँ-हाँ आप बतायें...आप कहें...हाँ-हाँ आप

निस्संकोच कहें...घबरायें नहीं...आप जनाब...आप में से कोई भी।'' वह एक मिनट तक सबकी ओर देखता रहा कि शायद इनमें से कोई उत्तर देने की स्थिति में आ जाये। परन्तु कोई उत्तर देने के लिए खड़ा नहीं हुआ। यह स्थिति उनके लिए बहुत परेशान करने वाली बन गयी–एकदम तीखी!

अब फ़िरोज़ खखार कर बोला, ''आप लोगों के घरों से जो खाना आता है–सिर्फ़ पन्द्रह दिन में एक बार। तभी आपके घरवाले आप लोगों से मिलने आते हैं। वे प्यार-मुहब्बत के कारण अच्छे-से-अच्छा खाना लेकर आते हैं। किसी-किसी के घरवाले खाना तो खाना कई दिनों का नाश्ता भी दे जाते हैं–शकरपारा, मठरी, मिठाई, वगैरह-वगैरह। और आप लोग उन्हें छुपकर खाते हो–कभी रात-विरात में, कभी ओट में और कभी सोने का बहाना करके...। क्यों, क्या यह सब सच है?''

कोई क्या कहता? सबकी गरदन झुकी हुई थी और देखने लायक समाँ बँध गया था? फ़िरोज़ कह रहा था, ''आप सबकी चुप्पी मेरी बात का समर्थन कर रही है और आपसे अपराध का इक़बाल करवा रही है। क्या यह हम सबको अच्छा लगेगा कि हम चोरी-चोरी कुछ खायें।''...''अपने साथियों से छिपा-छिपा कर कुछ खायें।... हम सब एक हैं। फिर ऐसा व्यवहार क्यों? क्या यह आपका उचित व्यवहार है?''

तब उनमें से एक कहता, ''ऐसा तो सम्भव नहीं हो सकता है कि सब मिलकर उस भोजन को ले सकें, क्योंकि साथी तो अधिक हैं। अतः वह भोजन, सब में नहीं बाँटा जा सकता। तो फिर क्या करें?''

''पहले तो आप स्वीकार करें कि यह व्यवहार अच्छा नहीं है?''

''बेशक।'' एक साथ कई लोग बोले।

''हमें जिस महान् कार्य को करना है, वह तभी हो सकेगा, जबकि हम कुर्बानी देने में पाक रहें और एक-दूसरे के लिए मर मिटने के इरादे से साथ रहें। खाना तो एक बहुत मामूली चीज़ है, उसके कारण भेदभाव पैदा हो, वह अच्छा नहीं।'' फ़िरोज़ इतना कह कर रुक गया। उनमें से एक बोला, ''हम लोग अपने-अपने घर लिख दें कि उन्हें खाना-वाना लेकर आने की कोई ज़रूरत नहीं है।''

''यह ठीक रहेगा।'' समवेत स्वर था।

''नहीं।'' फ़िरोज़ ने ज़ोर से कहा।

''तो फिर–?'' सब अवाक् होकर रह गये। उनमें से एक बोला।

''इससे तो घरवालों की ममता मुरझा जायेगी। वे तो बहुत प्यार से खाने का सामान लेकर आते हैं। उनके मन को ठेस भी तो नहीं पहुँचानी चाहिए। यह भी अहिंसा की बात है।...हमारी आज़ादी की लड़ाई का पहला सिद्धान्त ही यह है कि हम हिंसा का उत्तर अहिंसा से दें। इसलिए इस पर हम सबको सोचना चाहिए।'' फ़िरोज़ ने समस्या को दूसरी ओर मोड़ दिया। अब सब उस दिशा में सोचने लगे। खुद वह भी सोचने लगा।

वह पुनः बोला, ''घरवाले ऐसी चीज़ लेकर आयें, जिसे पचास-साठ लोगों

में बाँटा जा सके। वह क्या चीज़ हो सकती है।''

''क्या हो सकती?'' एक ने दूसरे से पूछा। दूसरे ने तीसरे से पूछा। तीसरे ने चौथे से पूछा। सब सोच में पड़ गये कि वह क्या चीज़ हो सकती है, जिसे पचास-साठ लोगों में बाँटा जा सके?

''यह बहुत ज़रूरी है ताकि हम लोगों में किसी प्रकार का भेदभाव न रहे। सब एक होकर रहें।...तो बताओ, क्या सोचा?''

कोई कुछ नहीं सोच सका। सब सन्नाटे में आ गये।

''मैं ही बताऊँ।'' आखिर फ़िरोज़ ने कहा।

''हाँ आप ही बतायें।'' उनमें से एक ने दबी आवाज़ में कहा।

''हम ऐसा करें...शायद यही ठीक भी रहेगा और अनुकूल भी...घरवालों पर भी ज़ोर नहीं पड़ेगा और सभी को एक साथ खाना बहुत मिल सकेगा।...क्यों न हम लोग अपने घरवालों को लिख दें कि हमारी चने और गुड़ खाने की बहुत इच्छा है। वे भी खुश हो जायेंगे क्योंकि हमारी फ़रमाइश पूरी करने में उन्हें बहुत आनन्द आयेगा। वे प्रसन्नता से ऐसा कर सकेंगे।...साथ ही खाना न लाने की बात भी उनको लिख देंगे।...चने और गुड़ महँगे भी नहीं हैं। जो भी आयेगा, वह खूब ला सकेगा।...और इधर हम सबको मिलकर खाने का आनन्द आ सकेगा।...क्यों? पसन्द है यह योजना?''

''पसन्द है।'' एक ने कहा।

''एकदम पसन्द है।'' फिर सब एक साथ बोले।

''दोस्तो, मुझे खुशी है, आपने मेरी बात मान ली। इस नाजुक मौक़े पर मैं एक बात आपसे कहना चाहता हूँ। आज्ञा हो तो...।'' फ़िरोज़ ने सबकी ओर देखते हुए कहा।

''अवश्य कहो।''

''हमारा उद्देश्य मात्र देश को आज़ाद कराना नहीं है।...और कम-से-कम मेरा तो कतई नहीं है। यदि हमारा उद्देश्य यही है तो इस संघर्ष से अलग हटना पसन्द करूँगा।...मुझे ऐसी आज़ादी नहीं चाहिए।'' फ़िरोज़ ने पलटा खाया।

''तो क्या है?'' फिर सब में यह प्रश्न उभरा परन्तु पूछा उनमें से एक ने और वह भी उसकी ओर संशय भरी दृष्टि डालते हुए।

''हम यह लड़ाई इसलिए जारी रखे हुए हैं कि हमें एक शोषण विहीन समाज की स्थापना करनी है। हमें वर्तमान समाज से अच्छा सुन्दर समाज बनाना है। इसलिए हम आज़ादी चाहते हैं।...हमारे राज का मतलब है कि हम सबका राज। हम सबके राज का मतलब है कि किसी का किसी पर राज नहीं। सब एक-दूसरे के लिए उत्तरदायी हैं। इसी कारण हम इस सरकार को हटाना चाहते हैं कि वह हमारा शोषण कर रही है। मुझे आशा है कि आप लोग मेरी बात पर गम्भीरता से सोच कर ही अपना अगला कदम बढ़ाओगे। धन्यवाद!'' यह

कहता हुआ फ़िरोज़ वहाँ से चल पड़ा अपनी बैरक की ओर! सब उसकी सूझबूझ के प्रति अवाक् से देखते रह गये।

फ़िरोज़ को कुछेक दिनों के लिए कारागार में नहीं डाला गया था। अब तक नौ माह समाप्त हो चुके थे—दसवाँ शुरू हो गया था। वह जेल की दीवारों की क़ैद में आधी रात के करीब, जब उसका कहीं मन नहीं लगता था तब वह अपने को लेकर अलग बैठ जाता था और अपने आप से बातचीत करने लगता था...वर्तमान दुनिया से हटकर उसमें एक अलग दुनिया फैलने लगती थी और वह उस दुनिया में जा पहुँचता था। कैसा निभृत होता था तब वह कि उसे खुद की पदचाप दूसरे की अनुभूति देने लगता था। ओह! वह किधर बढ़ा चला जा रहा है? हाँ, उधर ही उसे बढ़ते जाना है।...निरन्तर बढ़ते जाना है।

सब जा चुके थे। वह अकेला वहाँ खड़ा रह गया था। थोड़ी देर बाद सब सो जायेंगे। फिर वह होगा, चहारदीवारी होगी और सन्तरी होगा। धीरे-धीरे वह इन सबसे दूर, बहुत दूर निकल जायेगा, जहाँ न चहारदीवारी होगी और न बन्दूकधारी सन्तरी होगा। वहाँ वह अकेला होगा...बिलकुल अकेला। वहाँ उसका सपना होगा। आज़ादी होगी। वह मुस्कुरा उठता। उसके सामने कारागार के साथी चने-गुड़ ले रहे थे। कोई कह रहा था, ''सबमें बराबर बाँटो, किसी को कम ज़्यादा नहीं। सब बराबर हैं। हम इसलिए तो संघर्ष कर रहे हैं—यही हमारा उद्देश्य है, यही हमारा सपना है कि हम सब एक हैं, बराबर हैं और भेदभाव रहित हैं।''

यहाँ लेख समाप्त था। शायद कुछ और भी था। परन्तु आगे का पृष्ठ उसके साथ नहीं था। इन्दु गुमसुम हो उठी थी। उसके सामने अधूरा द्वन्द्व था, अधूरा विराम जो न अल्प विराम था और न अर्द्ध विराम पर था कुछ ऐसा ही, बेनाम, कुछ अज्ञात।

इन्दु को लगा कि मानो फ़िरोज़ उसके सामने है। और उससे पूछ रहा—''डू यू लाइक मी...आई लाइक यू, इन्दु।''

''नो फ़िरोज़...आई एम टू यंग।...मैंने ऐसा कभी नहीं सोचा और न फ़िलहाल दूर तक सोचने का इरादा है। अभी तो मेरा देश परतन्त्र है, उसकी आज़ादी का प्रमुख सवाल है। मेरे लिए देश ही सब कुछ है।...सब कुछ।'' इन्दु पुराना वाक्य फिर दोहरा जाती।

''मैं कुछ नहीं हूँ।'' फ़िरोज़ की आँखों में गहरी खामोशी उतर कर छा गयी थी और उसके होंठ काँप रहे थे। उसके लाल सुर्ख होंठ कदाचित् कुछ और कहने के लिए फड़फड़ा रहे थे कि तभी वह वहाँ से चल पड़ी। अकेला फ़िरोज़ खड़ा रह गया था उस अकेले लैम्पपोस्ट के नीचे, जो कई बार बुझने का संकेत दे कर टिमटिमा रहा था। अँधेरा उससे और गहरा गया था। एकदम सियाह अँधेरा, जहाँ प्रकाश की कल्पना की लेश मात्र गुंजाइश नहीं थी।

इन्दु ने उस लेख को मोड़ा और अपनी किताब के बीच में रख लिया। दूसरी सुबह वह उठी, सीधे मिसेज़ वकील के बंगले की ओर गयी। नौकरानी ने उसे बताया

कि मेमसाहिबा और साहब बम्बई (मुम्बई) गये हैं।

इन्दु कमरे के अन्दर आयी और उसकी राईटिंग टेबुल पर वह चक्रांकित लेख रख आयी। उसने नौकरानी से कुछ नहीं कहा। सिर्फ़ सोचा, फ़िरोज़ में भी देश के प्रति गहरा लगाव है। वह सोच लेता है कि आज़ादी का उद्देश्य क्या है? पगला...खूब सोचता है।...खूब ही सोच लेता है। वह मन-ही-मन मुस्कुरा उठी। सीधे अपने कमरे में आकर किताबें उलटने-पुलटने लगी। अब उसका मन कहीं नहीं लग रहा था। उसके पिता भी नैनी जेल में रह चुके थे। यह भी क्या 'क्रेज' है। आज भारतवासी होने की यही सच्ची पहचान है कि आप कितने दिन किस-किस जेल में रहे हो?...जेल जिनका निर्माण असामाजिक तथा अपराधी मनोवृत्ति वालों को सुधारने के लिए किया गया था, आज उसमें देशभक्तों को डाला जा रहा है। उसमें आज मानवता प्रेमी बन्द किये जा रहे हैं। वस्तु नहीं, वस्तु के इस्तेमाल की नीयत का महत्त्व है। यह सोचते हुए वह फिर अपने कमरे में से बाहर चली आयी और लैम्पपोस्ट की अकेली टिमटिमाती ज्योति की ओर देखने लगी, जो अकेला ही अँधेरा दूर करने का बीड़ा उठाये थी।

17

हर सुबह आती। रात में बदल जाती। पर नैनी जेल में कुछ नहीं बदलता और न फ़िरोज़ में, क्योंकि वह कारागार से अभी तक मुक्त नहीं हुआ था। कई बार उसने उड़ती ख़बर ज़रूर सुनी थी कि उसे रिहा किया जा रहा है। पर हुआ कुछ नहीं। वह जहाँ का तहाँ बना रहा परिचित चहारदीवारों में अलिखे अदृश्य लेख की तरह। हालाँकि उसे इस बात की कतई चिंता नहीं थी। वह तो आज़ाद है, पराधीन तो वे हैं जिन्होंने अपनी आज़ादी के लिए उसे क़ैद में डाला है और फिर भी, वे सुख की नींद नहीं सो पा रहे हैं। जब कभी किसी की आज़ादी का अपहरण हुआ है, तभी अपहरणकर्ता की खुद की आज़ादी बन्दिनी बनी है।

मनुष्य दूसरों का शोषण क्यों करता है? दूसरों को गुलाम बनाने से उसे क्या मिलता है? क्या उसका अमन-चैन खतरे में नहीं पड़ जाता है? क्या वह अपनी परछाईं से ही अन्दर-ही-अन्दर नहीं डरने लगता है? वह खुद की स्वतन्त्रता तो ख़तरे में डालता ही है, साथ ही उस संसार को भी अपने इन कारनामों से कुचल डालता है, जिसका उसने सृजन किया था। उसका अपना सुख संसार अलग नष्ट होता है। यह मानवता के विकास की कैसी अभिशापमयी गाथा है कि विकास विनाश के फल देने वाला सिद्ध होता नज़र आता है। फ़िरोज़ को यही चिंताएँ घेरे रहती थीं। वह फ़ुर्सत में था और सारे विधि विधान पर सोच लेना चाहता था। इससे पहले उसने इस दिशा में कभी ऐसे नहीं सोचा था। कारण ज़रूरत ही नहीं

पड़ी थी और न ऐसा एकान्त ही उसे मिला था।

फ़िरोज़ राजनीति में तो उतर आया था परन्तु उसे यह स्पष्ट पता नहीं था कि वह क्यों अपने आपको इस ओर झोंके जा रहा था और वह भी इतनी तेज़ी से? इन्दु ने तो उसको जवाब दे ही दिया था। फिर भी, उसका मन अभी वहीं अटका हुआ था। वह अद्भुत ज़ोम में था। उसमें पुरज़ोर जुनून था—आज़ादी के लिए और कुछ-कुछ इन्दु के लिए भी। मानो उसके लिए दोनों का अर्थ एक ही हो। क्या करे, क्या नहीं—उसके सामने विशाल समन्दर-सा मन था। उसमें ज्वार-भाटा था। शोर था। उसे न तो कुछ सुनाई दे रहा था और न दिखलाई। सिर्फ़ अनुभूत हो रहा था। उसमें पिघलता हुआ लावा समाता जा रहा है और वह जंगल बना खड़ा है।...जंगल के सुप्त पड़े दलदल उसको आमन्त्रित कर रहे हैं। कभी वह मरीन ड्राइव से दूर तक, जहाँ तक दृष्टिपात किया जा सकता था, देखता जाता था...देखता ही जाता है और इतना दूर निकल जाता है कि उसे फिर कुछ दृष्टिगत ही नहीं होता। देखना ही अनुभूत बन जाता और अनुभूत अदृश्य पालों के ज़ोर पर थिरकती नौका-सा प्रवाहित होने लगता। वह कैसी विचित्र मानसिक अद्वैतता थी, उसकी समझ की परिधि में वह सब नहीं आता था, जिसे शायद आना चाहिए था।

इन्दु का नकार उसके जीने का लक्ष्य बनता जा रहा है। कारागार, भीड़ ...सन्नाटा...हृदय...विद्रोह...आग...अनेक दीप्ति कलश...सविताओं का वसन्त मेला और फिर कारागार! जीवन के बीस वसन्त को भोगा-अनभोगा, देखा-अनदेखा, दृश्य-अदृश्य, सुमन-काँटे, पगडंडी और शून्य जो उसे उजालों से खींच कर अंधकार दर अंधकार लिए जा रहे हैं बिलकुल ध्वनिशून्य घने बादलों की ओर, सहारा का रेगिस्तान-ही-रेगिस्तान...अनन्त-ही-अनन्त...और छोर से परे...अनपहचाना अपना घर...प्यारा रेतीला घर। फिर सिर्फ़ उसके निशान और घना गहरा शून्य!

कारागार...सबके सो जाने पर...सन्नाटे में...उसे लगता कि समन्दर उबल उठा है आस-पास! आग...आग के जंगल, आवारा जंगल...चीड़ के वन! उन वनों में दावानल! वे उसे आमन्त्रित कर रहे हैं और वह सोचे जा रहा है कि यह देश मेरा है...सपनों का घर,...प्यार का गुलशन...इसे कोई गुलाम बनाये नहीं रख सकता! वह तेज़ दौड़ने लगता है...दौड़ता ही जाता है...चिल्लाता ही जाता—इंकलाब ज़िन्दाबाद ...वन्देमातरम्।...भारत माता।

निरभ्र अनन्त...विस्तृत-ही-विस्तृत...अकेला अनन्त...एक कलाकार का तिलिस्म ...कथाकार का अनबुना कथानक...अधूरा स्वप्न...कामना कल्प...एक श्रमिक की आत्म-यात्रा का पड़ाव, अदीप्त निशा का मौन कोलाहल, उत्तप्त श्वासोच्छ्वास का उद्वेलन...अनन्त का अकेला तारा। वह बैठे-बैठे वातायन से झाँकने की संभावना का मिथ...अलक्ष्य! आभा उर्मियों का द्युतिमान जगत...सब कुछ तो वह है, जिससे वह अपरिचित बना हुआ, फिर से वहाँ आ बैठा है, जहाँ से उसने यात्रा का सुप्रारम्भ किया था। उसके मानस पर था फलक आख्यान के मध्य उभरती चन्द्र-रश्मियों

का अलौकिक सौन्दर्यातप और वह कालत्रिपुंड पर उभरता कौमार सुमन...जाने क्या-क्या है उसके हृदय-मन के अन्तर्जगत् में। फ़िरोज़ ठीक से तो तय नहीं कर पाता कि निशा की काल कोठरी में जिजीविषा की दिपदिप लौ उससे क्या चाहती है? उसमें तो अनाहट का सोच पसरा पड़ा है दूर-दूर तक। अनागत क्या! वर्तमान कहाँ! सम्बोधनों की निःस्वन भाषा और...फिर इंकलाब ज़िन्दाबाद, वन्देमातरम्, भारत माता की जय...महात्मा गाँधी की जय...।

फ़िरोज़ के दिलोदिमाग़ में करीब सवा साल के कारागार में—दो बातें गूँज रही थीं कि देश में क्या चल रहा है और इन्दु और उसकी माँ कैसी है? वह चाहता था कि इन्दु को पत्र लिखे परन्तु वह लिख नहीं पाता था। उसे पता नहीं था कि इन्दु उसके पत्र का जवाब देगी भी या नहीं। यदि उसने जवाब नहीं दिया तो न केवल उसका मन भारी हो जायेगा अपितु उससे आँख मिलाना भी मुश्किल हो जायेगा। चाहे ऐसा नहीं हो, लेकिन आशंका तो बराबर बनी हुई है कि ऐसा हो सकता है। वह अपनी तरफ़ से इन्दु को कोई ऐसा मौक़ा नहीं देना चाहता था, जिससे किसी प्रकार की ग़लतफ़हमी पैदा हो सके और जिससे सन्नाटा भी किनारा करने लग जाये।

कारागार की चहारदीवारी के अन्दर रहते हुए उसके युवा प्राण कसमसाने लगे। कभी वह आकाश में उड़ते हुए पक्षी दल को देखता तो बहुत देर तक देखता रह जाता। वे कैसे मुक्त उड़ान भरकर आनन्द निमग्न हो रहे थे। उसके मन का पक्षी फड़फड़ा कर उड़ना चाहता था पर वह परकटे पक्षी की भाँति दम लगा कर बेदम रह जाता था। वह उड़ नहीं पाता था। सोचता, यह सब क्या है? 'व्यक्ति ने व्यक्ति को क़ैद में डाल रखा है। एक पूरा देश एक जाति विशेष की क़ैद में है। फिर भी मनुष्य भाईचारे, सहिष्णुता, दया, धर्म, कर्त्तव्य आदि शब्दों पर घंटों बहस करता है, भाषण देता है, और इन्सानियत की बात करता। यह कैसा द्विमुखी चरित्र है! उसने तनाव भरे मन को शार्क मछली की तरह उछाल दिया। एक भयावह शब्द-भेड़िया उछला और दिशाएँ गूँज उठीं उस शब्द को लेकर देर रात तक।

सचमुच मनुष्य भेड़िया है। डारविन ने कोई ग़लती नहीं की थी यह सिद्ध करने में कि मनुष्य बानर का विकसित रूप है। आज भी वह अपनी दुनिया, विकास के झंडे गाड़ने के बाद भी, जानवरों के मुक़ाबले अच्छी नहीं बना सका है।...वह जिस आज़ादी के लिए संघर्ष कर रहा है और जिसके कारण वह कारागार के सीखचों में बन्द है। वहाँ भी उसकी जीवन शैली सुख भोगने की ओर है। माह में दो दिन का ही तो सुख है, जिसे वह भोग लेना चाहता था। वह भूल जाता था कि उसके साथ ऐसे क़ैदी भी हैं, जिनके घरवाले बहुत दूर हैं या हैं ही नहीं या वे बहुत गरीब हैं। जब व्यक्ति ऐसी जगह आकर भी अपने आपको नहीं समझ सकता है और न जिजीविषा के लिए अन्तर्दृष्टि पा सकता है, तब बाहर आकर वह एक ऐसे समाज की संकल्पना को कैसे जीवन्त कर सकेगा, जिसमें कोई शोषित न हो, सब

बराबर हों और सहज जीने की सुविधाएँ सबको मुहैया हों। इसके साथ सबमें घनीभूत प्यार हो, विश्वास हो और जीने की अदमित लालसा हो।

उसकी दृष्टि थक कर अब लौट रही थी और उधर अनन्त आकाश में टिमटिमाते उड्डयन उनीन्दे हो रहे थे। पता नहीं कितना समय बीत गया, पर बीत गया ढेर सारा समय और फिर उसने अपने थके मस्तिष्क को आज़ाद कर दिया। अब वह सो सकता था। पर क्या वह सो सकेगा? पता नहीं अचानक उसकी नींद कहाँ चली गयी? कौन चुरा ले गया या कोई भी नहीं।

वह खासतौर से रात को सो नहीं पाता था। काश, वह बाहर होता तो बहुत कुछ करता। उससे ब्रिटिश सरकार इतनी आतंकित हो सकती है, यह उसने कभी नहीं सोचा था। क्या वास्तव में उसने सरकार को इतना छकाया था कि वह उसको छोड़ने से कतराने लगी है? अब तो उसकी वहाँ से जाने में भी कोई दिलचस्पी नहीं रही थी। वह सोचने लगा था, उसे अपने बारे में सोचना बन्द कर देना चाहिए। कदाचित् वह ऐसा कर पाता! यह उसके हाथ में नहीं था। वह विवश था। इतना विवश कि उसे अपने सोचने से मुक्ति नहीं मिल पा रही थी।

दिन गुज़र जाता। जब तब कोई नया देशभक्त आता और आकाश नारों से गूँज उठता। सब उसे घेर लेते। उससे सब बाहर का हाल पूछने लगते। अब क्या हो रहा है? देश कब तक आज़ाद हो जायेगा? कभी-कभी क्या होता कि देशभक्त उनकी जिज्ञासाओं के सामने हथियार डाल देता, क्योंकि वह सिर्फ़ इतना ही जानता है कि उसे किसी दूसरी जेल से वहाँ स्थानान्तरित किया गया है। उसे यह भी नहीं बताया गया कि उसे कहाँ ले जा रहे हैं? उसे यहाँ आने पर पता चला है कि उसे अब नैनी जेल में रखा जायेगा! कब तक रखा जायेगा उसे इसके बारे में कुछ पता नहीं है। यह काम उसके सोचने का है जिसने उसे कारागार में डाला है! आज़ादी पाना भी कोई अपराध है तो वह ऐसा अपराध एक जन्म में नहीं, हर जन्म में करना पसन्द करेगा। वह ज़ोर से कहता—आज़ादी हमारा जन्म सिद्ध अधिकार है! इसे कोई नहीं छीन सकता! मनुष्य पक्षियों की तरह आज़ाद है। पवन की तरह आज़ाद है। प्रकाश की तरह आज़ाद है। अग्नि की तरह आज़ाद है। सुगन्ध की तरह आज़ाद है।

फ़िरोज़ को कारागार में नवीन अनुभव हुआ और वह पहले की अपेक्षा अपनी रणनीति तैयार करने में अधिक सजग हो गया! उसे लगने लगा कि वह कारागार में नहीं, साधना स्थली में है। उसे जीने का एक नवीन सम्बल मिल रहा था। उसमें नयी आशा अंगड़ाई ले रही थी। अब वह अपने आपको पहले से अधिक सुदृढ़ और खुशकिस्मत समझने लगा था। कारागार की अनुभूतियों ने उसमें नये सिरे से जीवन सफ़र तय करने का हौसला पैदा किया था। कदाचित् उस दिन उनके कॉलिज में धरना देने वह दल न आया होता और उस दल का नेतृत्व करने वाली कुलीन परिवार की वधू प्यास और गर्मी के कारण बेहोश होकर वहीं गिर न गयी होती, तो वह अभी तक कॉलिज की बन्द दीवारों की मुक्त क़ैद में जीवन के अर्थ

को समझने की अपेक्षा जीवन के व्यवसाय की कला में दक्षता पैदा करने में ही जुटा होता। उसे पता नहीं चलता कि आज़ादी देश व क़ौम के लिए क्यों ज़रूरी है? वह भी अपने अन्य साथियों की तरह धरना देनेवालों या इंकलाब के नारे लगाने वालों का मज़ाक ही उड़ाया करता और उसमें भी उनके प्रति हिकारत से देखने की दृष्टि जन्म ले चुकी होती। वह कितने बड़े जीवन सम्बोधि से वंचित रह जाता! इसलिए वह पूजनीया कमला जी के प्रति दिल से शुक्रगुज़ार है कि उसने उसे एक रास्ता दिखाया और जीने का एक अर्थ समझाया। उसके हृदय में कमला जी के प्रति वही स्थान है जो कि आचार्य के प्रति निष्ठावान् शिष्य का होना चाहिए।

सवा साल बाद उसे कारागार से छोड़ा था। फिर कुछ माह बाद उसे छह माह के लिए कारागार में डाल दिया। उसकी मौसी डॉ. शिरीन बराबर उसके भविष्य के प्रति चिन्तित बनी हुई थीं। अब उसका अध्ययन के प्रति रुझान कम हो गया था और वह राजनीति करने लगा था। उसको एक ही धुन थी—मेरा देश आज़ाद कैसे हो?...और आज़ाद होने के बाद उसका कायाकल्प कैसे हो? कैसे सदियों के उपेक्षित और अभागों की किस्मत खुशनुमा बने? वह ऐसे गम्भीर विषय की ओर उन्मुख हो चुका था कि अब उसे 'कॉलिज की चहारदीवारी की शिक्षा' पंगु लगने लगी थी। शिक्षा क्या है मात्र अपने को पहचानने के साधन के अलावा। इस तरह वह अपने को पहचान ही तो रहा है। हालाँकि वह अपने परिवार विशेषतः अपनी माँ जो कि उसके कारण बहुत दुःखी हो रही थी, के प्रति भी यदाकदा चिन्तित हो उठता था। कभी वह चिंता उसे बेतरह से घेर लेती थी। वह इस कारण रात-रात भर सो नहीं पाता था।

कभी-कभी वह अपने आप से सख्त-तन्हाई में प्रश्न करता—फ़िरोज़ तुझमें क्रान्ति की सूझ-बूझ कैसे पैदा हुई? क्या तू यह सब इन्दु का दिल जीतने के लिए तो नहीं कर रहा है? प्यार करने वाले को पता नहीं चलता कि प्यार महबूब को किस चौराहे पर खड़ा कर दे! इसके सिवा उसके पास क्या है? वह उसे तो जवाब दे चुकी है और अपने जीवन का उद्देश्य भी बता चुकी है। क्या तूने भी वही निर्णय ले लिया है जो उसने लिया है—अकेला चलो रे। कई मर्तबा क्या होता है कि व्यक्ति जिस ओर जाने की कल्पना भी नहीं करता, उसे उधर ही जाना पड़ जाता है। यहाँ तक कि उसके हाथ नेतृत्व की कमान तक आ जाती है! क्या बहुत कुछ उसके साथ ऐसा नहीं हो रहा है? आख़िर वह कब तक अपने आप को छिपाता रहेगा?... फिर क्या अपने आप से भी कोई आज तक छिपा है! यह सोचता हुआ वह थक जाता! उसकी समझ में कुछ नहीं आता कि उसमें जो अग्निशिखा मचल उठी है, वह उसे कितना दूर ले जायेगी और कहाँ तक उसका साथ देगी? कहाँ ले जाकर उसे अकेला छोड़ देगी घने बयाबान जंगल में।

तत्त्वतः जब व्यक्ति को अपनी पहचान होने लगती है, तब वह अपने आपको भूलना चाहता है। यह भी दीवानगी की ही फ़ितरत है! वह अपने मन के तूफ़ान

को थामता हुआ उस दिशा में बढ़ा चला जा रहा है, जिस नदी का वह नाम भी नहीं जानता। वह नदी वेगवती हो उठी है। वह साफ़ सुन रहा है कि वह अपने लिए नहीं, उसके लिए ही जीने की तमन्ना मन में बसा चुका है। जब वह अनेक आग्नेय प्रश्नों से आवृत हो जाता, तब वह अपने साथियों के बीच में बैठकर उनसे देश की आज़ादी या प्रान्तीय राजनीति अथवा चुनाव पर खुलकर चर्चा करने लगता! यह था उसकी ज़िन्दादिली का जीता-जागता आलम...समन्दर...रात...चाँदनी और ज्वारभाटा! फिर कुछ नहीं। गहरा सियाह अजगरी सन्नाटा!

18

अभी इन्दिरा शान्ति निकेतन में आयी भी नहीं थी कि उसकी चर्चाएँ वहाँ फैलने लगी थीं कि वहाँ मोतीलाल नेहरू की पोती और जवाहरलाल नेहरू की सुपुत्री अध्ययन हेतु आ रही है। कौन मोतीलाल-जवाहरलाल? वही जिनके कपड़े पेरिस धुलने जाते हैं और वही जिन्होंने ब्रितानिया सरकार की नींद हराम कर दी है।

"क्या वह यहाँ पढ़ने आ रही है?" कोई पूछता।

"हाँ, यहाँ...एक-दो दिन में आ जायेगी।" अनुमान से दूसरा कहता।

"वह यहाँ कैसे रहेगी?" तीसरा पूछता।

"सुनते हैं कि उनका परिवार पाश्चात्य सभ्यता के रंग-ढंग में रंगा हुआ है।" यह चौथा स्वर था।

"और यहाँ भारत के प्राचीन आश्रम का वातावरण है।"

पहला कहता, "फिर वह यहाँ अपने आपको कैसे एडजस्ट कर पायेगी?"

तीसरा प्रश्न उठाता।

"लौट जायेगी।" पाँचवाँ उपसंहार की भूमिका में उतर आता।

"वह आयेगी ही नहीं।" कोई भविष्यवाणी कर देता।

"क्यों कोई समाचार आया है?" तीसरा पूछता।

"क्या इसी से गेस नहीं लगाया जा सकता है?" पाँचवाँ बोलता।

"कैसे?" दूसरा सिर खुजाता पूछता।

"यहाँ शहरी जीवन की कहीं झाँकी है क्या! लालटेन की रोशनी में वह पढ़-लिख सकेगी?" एक भविष्यवक्ता ग्रहों की स्थिति बताता।

"तूने ठीक सोचा है।" सातवाँ पपलू आ जाने पर खुश हो लेता।

"मेरी भी यही धारणा है कि वह नहीं आयेगी।" एक निर्णायक स्वर गूँजता।

"सुना है, वह आज ही, किसी वक़्त आ धमकेगी...एकदम मैडम बनी!... सब अपनी आँखों से देख लेना उसे।" पहला स्वर दाल में बघार दे डालता।

"आने तो दो पहले उसे, फिर देख ही लेंगे।" एक प्रौढ़ स्वर तटस्थ भाव से अनजानी दिशा से उभरता।

"वह कौन अपरिचिता इधर ही आ रही है," पहला स्वर चौकन्ना होता।

"वही जो खद्दर के वस्त्रों में आवेष्ठित है।" तीसरा पूछता।

"हाथ में अटैची लिए।" चौथा कनफर्म कर देता।

"वह तो दुबली-पतली गौराँगना युवती स्वयंसेविका जैसी है।"

"हाँ वही।" चौथा स्वर अलाप भरता।

"वही क्या इन्दिरा है?"

इस पर सब लड़कियाँ खिलखिला पड़ीं, तब वह लड़की उनके पास से गुज़र रही थी। उन्होंने ठीक से उसकी ओर नहीं देखा। वह भी चुपचाप आगे बढ़ गयी। कुछ आगे चलकर उसने एक लड़की से पूछा, "महाकवि इस वक़्त कहाँ मिलेंगे?"

"क्या अभी उनसे मिलना है?" उसने पूछा।

"जी हाँ।"

"कोई खास काम है?"

"जी, हाँ, है।" वही अपरिचित स्वर था पर दृढ़ता लिए। शब्दों का उच्चारण, लहज़ा और लय-तान व्यक्ति के इरादों पर पड़ा परदा हटा देते हैं।

"आप ऐसा कीजिए, सामने वह पेड़ देख रही हैं, उस जगह से दायें मुड़ जाइये। फिर नाक की सीध में थोड़ा चलिये–वह सामने ही टहलते मिल जायेंगे या पौधों की सेवा करते हुए।...पहचान तो आप लेंगी ही।...क्या पहले कभी मिली हैं आप उनसे?"

"नहीं।" घबराहट चेहरे पर आ बिखरी।

"फिर आप इन्हें कैसे पहचानेंगी?"

"पहचान लूँगी। उनके अनेक चित्र देखे हैं।"

"आइये, मैं साथ चलती हूँ।" उस लड़की के पास खड़ी लड़की ने कहा, जो अभी तक चुपचाप उन दोनों की वार्ता सुन रही थी। थोड़ी ही देर में वह गुरुदेव रवीन्द्रनाथ टेगौर के सामने थी।

पल भर वह लड़की वहाँ रुकी, फिर लौट पड़ी। जो लड़कियाँ पहले इन्दिरा के बारे में बात कर रही थीं, वे उसके पास आयीं। उनमें से एक लड़की ने पूछा, "वह लड़की कौन है?"

"इन्दिरा।" उसने सहज में कह डाला।

"जवाहरलाल नेहरू की पुत्री?"

"शायद।"

"शायद से क्या मतलब?"

"मुझे ठीक से पता नहीं है।"

"वह जवाहरलाल नेहरू की पुत्री नहीं हो सकती।"

"कैसे होगी?...वह तो खादी की धोती-ब्लाउज़ में है और हाथ में पुरानी अटैची और दूसरे हाथ में बिस्तर लिए है।"

"मुझे यक़ीन नहीं होता, जिस घर में दर्जनों नौकर-चाकर हों वह अपना सामान स्वयं उठाकर और खड़ावां-खड़ावां शान्ति निकेतन में प्रवेश करे।...तुझे भ्रम हुआ है...शी इज नॉट...इन्दिरा!...नैवर...नैवर!" भविष्यवक्ता अपने फलित गणित का पुनः मिलान करता हुआ कहता।

"यही सच है, वही इन्दिरा है और हम लोगों के साथ रहेगी। मैंने गुरुदेव के मुख से सुना है—वह उसके पिता व मम्मी के हालचाल पूछ रहे थे। कह रहे थे, सूचना देनी चाहिए थी। इतनी दूर अकेले ही भेज दिया।...जानती हो, उस शर्मीली, मितभाषी और दुबली-पतली इन्दिरा ने क्या जवाब दिया।" एक सुदृढ़ स्वर तुरुप का इक्का पटक कर बाज़ी जीत लेता है।

"क्या दिया?" अनमना स्वर उभरता।

"गुरुदेव, पिताजी ने यह मन्त्र शुरू से ही दे दिया था कि कठिनाइयाँ कैसी भी सामने हों, घबराना नहीं, अपना कार्य खुद करना है...किसी काम में शर्म नहीं ...काम सभी एक से हैं।...और फिर वह कह उठी, मैंने गाया था—एकला चलो रे!...और उसके बाद उसने गाया—

विपदे रक्षा करो, ए नहीं मोर प्रार्थना
विपदे अभी ना जैनो करी भय।[1]

"वह कला भवन में प्रवेश पा चुकी है, पारुल चौधरी।" एक वरिष्ठ स्वर आ टपकता।

कुछ ही दिनों में पता चल गया कि यथार्थतः वह एकान्तवासिनी है, आत्मलीन रहना उसे पसन्द है। कृष्णा मोहिनी ने उसके एकान्त में प्रवेश पाने में सफलता प्राप्त कर ली थी। उसके बाद पारुल चौधरी उसकी अन्तरंग मित्र मण्डली में शामिल हो गयी थी। वह मृदुल थी, शान्त भी। उसमें यौवन का सावन मौन था! फिर भी वह अपनी सहेलियों के साथ थोड़ा हँस बोल लिया करती थी। जब-तब उनके साथ दो-चार बात कर लिया करती थी। निस्सन्देह वह समय से पूर्व गम्भीर हो चुकी थी—प्रौढ़ा, संजीदा और समझदार!

कला भवन में एक गुजराती छात्रा थी। वह बातिक कला में सिद्धहस्त थी। उसे अपनी प्रशंसा करने में बहुत आनन्द आता था। प्रायः वह सभी को आत्म-प्रशंसा करके उबा दिया करती थी। लाख कोशिश की गयी परन्तु उस बातिक रसवन्ती से कोई जीत नहीं सका।

पारुल चौधरी ने इन्दिरा से कहा, "तुझे एक काम करना होगा। मना मत करना। यह सब सहेलियों की फ़रमाइश है।"

"क्या काम?"

---

1. मेरी यह प्रार्थना नहीं है कि विपत्ति से मेरी रक्षा करो। मुझे इस योग्य बनाओ कि मैं विपत्ति से कभी भयभीत नहीं होऊँ।

तुझे उस बातूनी और आत्म-प्रशंसा में सिर से पाँव तक डूबी गुजराती लड़की को सबक सिखाना होगा। सब लड़कियाँ उससे परेशान हैं।''

''तो मुझे क्या करना होगा?''

''ज़रा-सा काम!''

''क्या काम?''

''वह उसका प्रिय थैला है न, जिसमें उसकी स्वयं निर्मित अनमोल कलाकृतियाँ हैं, उसे वहाँ से हटाना होगा।''

''पर क्यों?''

''वह अनमोल कलाकृतियों को कलाप्रवर नन्दलाल को भेंट करना चाहती है।''

''कर दे न उसे भेंट, चौधरी।'' इन्दिरा ने कहा।

''प्लीज़।''

''यह काम केवल तुम ही कर सकती हो।'' विश्वमोहिनी ने गम्भीर स्वर में कहा।

''पर यह नेक काम तुम क्यों नहीं कर सकतीं?'' इन्दिरा ने उसी स्वर में कहा।

''क्योंकि हम लोगों से वह सावधान है और तुमसे...।''

''बेफिक्र, यही न।''

''करेक्ट, यही बात है।''

''तो मैं उसे धोखा दूँ।''

''यह धोखा नहीं है, इन्दिरा,...इस तरह तो हम उसकी आत्म-प्रशंसा की ऊब से सदा के लिए बचने का रास्ता तलाश कर रहे हैं। प्लीज़, हमारी मदद करो ना...।'' एक अन्य सहेली ने कहा।

''तुम्हारे से तो वह बड़बड़ नहीं कर पाती है, क्योंकि तुमने तो अपने ऊपर गम्भीरता की चादर तान रखी है, जिसको चीर कर प्रवेश करना उसके वश की बात नहीं है।''

''आप भी तान लें, किसने रोका है?''

''प्लीज़ इन्दिरा, हम सबके लिए यह कड़वा घूँट पी जाओ ताकि हम सबको राहत मिल सके।''

आख़िर उसने उनकी बात मान ली। उसने विश्वास दिला दिया कि मौक़ा मिलने पर वह उसके थैले को दुबका देगी और सबको सूचित कर देगी। वह बराबर मौक़े की तलाश में रहती। एक दिन मौका मिल ही गया। वह किसी काम से बाहर गयी कि तभी थैला उठाकर इन्दिरा ने एक अन्य सहेली को देते हुए कहा, ''उसे वहाँ पेड़ के नीचे रख आओ।''

जब वह गुजराती युवती लौटी, तो परेशान हो उठी। थैला...थैला...

थैला...। आख़िर थैला कहाँ गया? वहाँ उसकी सारी सहेलियाँ इकट्ठी हो गयीं। थैले की तलाश शुरू हो गयी।

कोई पूछता, "क्या था उस थैले में?"

दूसरी सहेली उसकी ओर से जवाब देती, "अरे तुझे आज तक भी यह पता नहीं कि उसमें क्या था!...उसमें आपने अपनी कला के सर्वश्रेष्ठ नमूने संजो कर रखे थे...।"

"कला गुरु नन्दलाल जी को भेंट करने के लिए।" कोई अन्य सहेली उसकी बात को पूरा कर देती।

"ओह! तब तो उसको तलाशना और भी ज़रूरी है।" चमकती आँखोंवाली लड़की ज़ोर देकर कहती। बलाघात तलाशने पर होता।

तभी तलाश शुरू। गम्भीरता से तलाश शुरू। सबके चेहरे मायूस। एक दन्तकथा के नायक की खोज पर उसका परिणाम शून्य।

तलाश तो लिया...पर कहीं उसका नामोनिशान नहीं मिला...पता नहीं कि यह कमरा उसे निगल गया या छत या...।

सब अत्यन्त गम्भीर बने हुए थे ताकि उसे तनिक शुबहा न हो सके। सभी उसके दुःख में सम्मिलित हो रहे थे। वह बहुत परेशान थी।

"कोई बात नहीं है, तू फिर से अपनी सर्वश्रेष्ठ कला के नमूने इकट्ठे करना शुरू कर दे और कलाचार्य नन्दलाल जी को उन्हें अगले वर्ष भेंट कर देना।...अभी तो तुझे यहाँ कम-से-कम तीन वर्ष और रहना होगा...तीन नहीं तो दो बरस तो अवश्य ही।...मन छोटा मत कर...अब जो हो गया सो हो गया। होनी किससे टली है।" तसल्ली के स्वर अत्यन्त आत्मीय होने लगते।

"अब सिवाय सन्तोष के और कोई उपाय भी तो नहीं है।"

"सब भाग्य का खेल है।"

"इसमें भाग्य को कहाँ खींच लायी।"

"तुम चुप भी करो। जानती तो हो नहीं कि उसे आज कितनी वेदना है, कितनी पीड़ा है।...हो क्यों न, उसमें वर्षों के परिश्रम से तैयार की गयी उसकी सर्वश्रेष्ठ कलाकृतियों के नमूने थे।"

वह और बर्दाश्त नहीं कर सकी। उसकी आँखों से अश्रु प्रवाहित होने लगे। वह सिसकियाँ भरने लगी।

"रो मत,...मत रो...हम तेरी मदद के लिए तैयार हैं!...ना रो...ना रो...।" समवेत स्वर था।

"तो क्या करूँ!...मेरे कितने रुपये उसमें लग गये...वह सब।"

"रुपयों से ज़्यादा तो श्रम लगा है।"

"नहीं...।" उसने तेज़ स्वर में कहा, "सिर्फ़ रुपये। मैंने उन कलाकृतियों को बाज़ार से भारी कीमत देकर खरीदा था।"

अब क्या था, वे सब खिलखिला पड़ीं। सारा माहौल पल भर में बदल गया। उनमें से एक ने उसे आड़े हाथ लेते हुए कहा, "तो जनाब ने उन्हें बनाया नहीं, खरीदा था।"

"हाँ...हाँ खरीदा था।" उसने पैर पटक कर कहा, "जाओ कलाचार्य से कह आओ।"

"न...न...न हम ऐसा नहीं करेंगे।"

इन्दिरा अब और चुप नहीं रह सकी। उसने सहज होकर कहा, "तो पश्चात्ताप छोड़—वहाँ उस पेड़ के नीचे थैला रखा है।"

वह पेड़ के नीचे से थैला उठा लायी। उसने इन्दिरा को घूरा और कहा, "मैं तो तुझे भोली भाली और सहज समझती थी पर तू तो हम सबसे... ।... ओह भोलेपन के अन्दर ऐसी चालाकी छिपा रखी है।...काश, यह मुझे पहले पता होता।"

"तो जनाब की सर्वश्रेष्ठ कलाकृतियों के बारे में लम्बी-लम्बी बातें सुननी पड़तीं।" उनमें से एक ने कहा।

इन्दिरा कुछ नहीं बोली, अपने काम में लग गयी। उसे इसका मलाल अवश्य रहा कि उसने अपनी सहेली के साथ छल किया। पर इससे उसकी असलियत सामने आ गयी। लेकिन वह किसी की व्यक्तिगत ज़िन्दगी में ताकझांक क्यों करे? भविष्य के लिए उसने इसके लिए तौबा ले ली और किताब खोलकर मेज़ के सामने जा बैठी।

19

इन्दु को अब वहाँ सब इन्दिरा से पहचानने लगे थे। उसके घर का नाम वहाँ छिप गया था। वहाँ रहकर उसके सामने एक नयी दुनिया आँख खोलने लगी थी। गुरुदेव रवीन्द्रनाथ टैगोर के सम्पर्क में आकर उसमें अपनी जिज्ञासाओं के प्रति निष्ठा जगी थी। उसे विविधता रास आने लगी थी।

इन्दिरा क्यारियों में पानी लगा चुकी थी। पौधों की देखभाल करते हुए उसने खरपतवार को उखाड़ फेंका था। उसके हाथ मिट्टी से सने हुए थे कि उसी समय उसे गुरुदेव रवीन्द्रनाथ टैगोर ने पुकार लिया। उसने सश्रद्धा उन्हें नमन किया। गुरुदेव पूछ रहे थे, "मन लग गया, इन्दिरा।"

"हाँ, खूब लग गया।"

"कला के प्रति ध्यान जगा क्या?" वे अब तक उसके नज़दीक आ चुके थे, "तुम अपने पापा को चिट्ठी-पत्री भेजती रहती हो न।"

"जी हाँ।" इन्दिरा समझ रही थी कि कला से गुरुदेव का अर्थ था–मणिपुरी नृत्य। उसने आगे कहा, "नहीं, गुरुदेव, मैंने अभी तक मणिपुरी नृत्य के लिए क्लास ज्वॉइन नहीं की है।"

"क्या मन नहीं होता। वैसे लड़कियों की गति नृत्य में खूब होती है। फिर अपना-अपना शौक़ है–रुचि है। वैसे कला जीवन को सँवारती है और एक नयी दृष्टि प्रदान करती है।"

"सीखूँगी, गुरुदेव, अवश्य सीखूँगी।" इन्दिरा ने कहा।

"कला जीवन के संकट और तनाव की घड़ियों में काम आती है, इन्दिरा, फिर भी, अपने पर आरोपित कुछ मत होने दो, जो कुछ करो-सीखो, स्वेच्छा से, अन्तर्प्रेरणा से।"

इन्दिरा ने देखा कि शुभ्र वदन, चुन्नट से लटकी धोती, ऊपर ढीली पोशाक और पाँवों में विद्यासागरी चप्पल डाले गुरुदेव उसके मन में उतर रहे थे बाँसुरी की दूर से आती मधुर ध्वनि की तरह। उनके भाल पर रेखाएँ उभर रही थीं। दाढ़ी थी जो परम्परा का स्मरण करा रही थी। वह कह रहे थे, "तुम उत्तरायण[1] आ सकती हो।"

"पर आप तो शामली में..." इन्दिरा आगे कुछ नहीं कह पायी, क्योंकि उसने मिट्टी की कुटिया को बाहर से देखा भर था और सुना था कि गुरुदेव उस कुटिया में रहने जा रहे हैं। गुरुदेव ने कहा, "अभी तो दो-तीन माह उत्तरायण में ही हूँ। ...तुम शामली में भी आ सकोगी परन्तु समय लेकर।" इसके बाद वहाँ ठहरे नहीं, धीरे-धीरे आगे बढ़ गये।

इन्दिरा का मन गद्गद हो उठा। कितने सहज, स्नेहिल और प्रेम से लबालब। ज़रा-सा भी अहंकार नहीं। सबकी सुध-बुध लेते रहते हैं। वह धन्य हो उठी, जिनसे मिलने दुनिया भर के मनीषीगण आते हैं और जिनके साथ कुछ समय रहकर गद्गद हो जाते हैं, वह उनसे कितनी बार मिल चुकी है। उनका आशीर्वाद पा चुकी है और उनसे बात कर चुकी है। यह सहज उपलब्धि क्या कम है। उसे अपने भाग्य पर नाज़ हो रहा था और वह मन-ही-मन अपने पापु को प्रणाम कर रही थी।

इन्दिरा के लिए गुरुदेव रवीन्द्रनाथ टैगोर का सुझाव आदेश था। वह मणिपुरी नृत्य सीखने लगी। उसका कोमल मन नृत्य की भंगिमाओं में खोने लगा। अंग संचालन में वह कमाल करने लगी। उसे भी नववर्ष समारोह में सम्मिलित कर लिया गया जिसके लिए वह बेहद उत्सुक थी।

उस समारोह में उसकी बड़ी बुआ आमन्त्रित की गयी थी। उसने जब पूर्वाभ्यास में अपनी नवयौवना भतीजी को नर्तकी के रूप में अवतरित होते देखा तब वह उसे देखती रह गयी। उसने पाया कि उसमें चपला थिरक उठी है। जिस एकान्त ने उसे समय से पूर्व ही दबोच लेने का यत्न किया था, उससे अब वह मुक्त होती

---

1. उस कुटिया का नाम जहाँ रवीन्द्रनाथ टैगोर रह रहे थे।

जा रही है। उसमें गोपन स्वभाव हट रहा था और वह अपने को बिना संकोच व्यक्त कर पा रही थी।

उसका आन्तरिक सौन्दर्य मंजरी-सा सुवासित हो रहा था। उसका अपूर्व सौन्दर्य यद्यपि पूर्णतः निर्मद था। वह उसमें इस प्रकार का परिवर्तन देखकर बहुत खुश हुई और उसने अपने भाई को इसकी सूचना भी दी।

इन्दिरा हज़ारों-हज़ारों उन सामान्य युवतियों में से एक थी जो जीवन के प्रति निष्ठावान् और समर्पित हैं। उसमें कलाभिरूचियाँ रंग भर रही थीं सद्यः खिले सुमन सी। उसमें सहज जिज्ञासाएँ फूट रही थीं ज्योत्सना की तरह! वह दूसरी सहेलियों की तरह सारा कार्य अत्यन्त उत्तरदायित्वपूर्ण ढंग से करती थी। वह अपने कमरे की झाड़-बुहारू तो करती थी ही परन्तु अपने 'टर्न' पर वह रसोई का पूरा काम करती थी—खाना बनाती, खाना परोसती, बरतन मांजती आदि सभी काम करती और बड़ी तल्लीनता व निष्ठा से प्रसन्न होकर करती। वह अपना काम कल पर नहीं छोड़ती और न तनिक-सा आलस्य ही करती। भले ही सारी लड़कियाँ सो जायें परन्तु वह कल सुबह के लिए बरतन मांजकर ही अपने कमरे में लौटती। उसकी सहेलियों तथा आचार्य बन्धुओं पर उसके इस सहज व्यवहार की अमिट छाप थी। वह सदैव उसके प्रति स्नेहिल थे। एक बार की बात है। एक छात्रा ने वार्डन से शिकायत कर दी कि उसका हार खो गया है। सब जगह ढूँढ़ा, कहीं नहीं मिला।

वार्डन पल भर सोचती रही। वहाँ कभी ऐसी अप्रिय घटना नहीं हुई थी। वह तुरन्त उसके साथ छात्रावास में आयीं। सबको इकट्ठा किया और उन्हें समझाया, "इस छात्रा का हार खो गया है। यदि किसी ने देखा हो या मज़ाक में छिपाया हो तो वह तुरन्त लाकर दे दे।...तुम सब समझदार हो, यह अच्छी तरह से जानती हो कि इस संस्था का कितना नाम है! गुरुवर रवीन्द्रनाथ ठाकुर की कितनी शोहरत है! यदि यह बात उन तक पहुँच गयी तो विश्व कवि का संवेदनशील हृदय झुलस जायेगा।...उन्होंने जिन जीवन मूल्यों और आदर्शों के लिए इस संस्था को जन्म दिया है, उनको ध्यान में रखते हुए तुम लोग संस्था की मर्यादा को आँच न पहुँचे, ऐसा कार्य करो।" वह काफ़ी समझा चुकी थी। सभी एक बार चारों ओर देख आये थे। अन्ततः सबने नकारात्मक उत्तर दे दिया। इस पर वार्डन आग बबूला हो उठी और मेघ गर्जना करती हुई बोली, "सभी लड़कियों की तलाशी ली जाये। हर एक की अटैची, ट्रंक, पेटी आदि देखी जाये।"

सब लड़कियाँ चकित रह गयीं। ऐसा इससे पूर्व कभी नहीं हुआ था कि तलाशी की नौबत आ जाये। वार्डन कह रही थी, "इन्दिरा की तलाशी लेने की ज़रूरत नहीं है।...उसको छोड़कर सबकी तलाशी ली जाये।"

इन्दिरा को यह अच्छा नहीं लगा। वह नहीं चाहती थी कि उसके साथ विशिष्ट व्यवहार किया जाये। वह तुरन्त अपने कमरे में गयी और अपनी अटैची उठा लायी और बोली, "तलाशी इस अटैची से शुरू की जाये। आख़िर मैं भी तो दूसरी लड़कियों की तरह हूँ।"

वार्डन घूमते हुए स्नानागार में चली गयी और वहाँ उसे हार मिल गया। अब क्या था, वह वहीं से चीखती हुई आयीं, "तलाशी बन्द करो, सब इधर आओ।"

सब वहाँ इकट्ठी हो गयीं। पल भर में सबकी फुसफुसाहट बन्द हो गयी। सबकी दृष्टि वार्डन की ओर थी। वह दीर्घ निश्वास के साथ बोली, "हार, यह रहा।"

"ऐं हार!" समवेत फुसफुसाहट थी, साश्चर्य।

"कहाँ से मिला? किसके पास से मिला?" इस तरह के अनेक प्रश्न उनमें उठ रहे थे।

"यह स्नानागार में पड़ा हुआ था। इस लापरवाह लड़की ने सबको परेशान कर डाला। आख़िर ऐसी चीज़ रखने की ज़रूरत ही क्या है?...तुम इस बार घर जाओ तो इस क़ीमती हार को वहीं रख आना। व्यर्थ में मैंने सबको बुरा-भला कहा और इन पर शक-शुबहा किया! सॉरि, माई डीयर गर्ल्स,...डोंट माइण्ड इट।...मानव का स्वभाव है कि वह सन्देह करने लगता है।"

इन्दिरा वार्डन के बारे में सोचती रही। पल भर में कैसा भयावह दृश्य तैयार हो चुका था। काश! वह नहीं मिलता। उधर किसी की दृष्टि नहीं जाती तो क्या होता? सब बदनाम होते। पूजनीय गुरुवर को गहरी मानसिक वेदना होती!...शान्ति निकेतन में चोरी...। फिर शान्ति निकेतन कैसा! वह तो अशान्ति निकेतन हुआ! ख़ैर जो हुआ, अच्छा हुआ। उसे इसी से परम सन्तोष था कि कुछ अनहोनी न हुई।

धीरे-धीरे इन्दिरा का झुकाव नृत्य की ओर बढ़ गया। नृत्य उसे शान्ति प्रदान करता था और सुख भी। हालाँकि उसे अपनी माँ और पिता की चिंता निरन्तर परेशान करती रहती थी, फिर भी वह नृत्य की दुनिया में उतर कर अतीत की मेचक छायाओं से मुक्त हो जाया करती थी। उसे लगता कि वह सर्वात्मा में कुछ समय के लिए लीन हो गयी है। देर तक उसकी महक कुछ और सोचने ही नहीं देती थी। वह थक कर चूर हो जाती और लेटते ही सो जाया करती थी। उसे ऐसी गहरी और सुख की नींद इससे पहले कभी नहीं आयी थी। जब से उसने गुरुदेव की नृत्य वाटिका में एकल नृत्य का अभ्यास करना शुरू किया था, तब से वह मुक्तावस्था की अनुभूति कर रही थी और अत्यन्त प्रसन्न हो रही थी।

आज वह अपना नृत्य प्रस्तुत करने जा रही थी। सोच रही थी कि आज पिताजी व मम्मी होते तो देखकर दंग रह जाते कि उनकी नन्ही गुड़िया ने यह जादू कहाँ से सीखा? पृष्ठभूमि से वाद्य धुनें उभर रही थीं। इन्दिरा पाँव में नूपुर बाँधे पूर्वाभ्यास कर रही थी।

वह मणिपुरी परिधान में बहुत खूबसूरत लग रही थी। वह आत्म विभोर होकर नृत्य में डूबी हुई थी, तभी गुरुदेव का सन्देश वाहक वहाँ आ गया। वह कुछ देर के लिए मन्त्रमुग्ध-सा नृत्य देखता रहा। फिर जैसे ही उसे याद आया, वह बोला, "गुरुदेव आपको बुला रहे हैं।"

"किसे मुझे...मुझे...या मुझे।"

"इन्दिरा जी को। अभी इसी वक़्त!"

इन्दिरा ने नूपुर खोले और सीधे गुरुदेव के निवास 'उत्तरायण' जा पहुँची; वह बोली, "गुरुदेव कैसे स्मरण किया...मैं नृत्य का अभ्यास कर रही थी। अभ्यास ज़ोरों पर था कि...।" वह निस्संकोच एक साँस में सब कुछ कह गयी और वह भी साधिकार।

गुरुदेव मुस्कुराये, कुछ बोले नहीं। उसे देखते रहे। उनकी खामोशी से इन्दिरा का माथा ठनका! वह कुछ-कुछ घबरायी और कहने लगी, "क्या कोई खास बात है, गुरुदेव।"

"बेटी, तुम्हारे पापु का तार आया है।"

"क्या लिखा है?"

"तुम्हें तत्काल बुलाया है।"

"ख़ैरियत तो है न।"

"तुम्हारी मम्मी की तबियत बहुत खराब है।"

"ओह!" इन्दिरा के मुख से अचानक निकल गया।

"तुम्हें अभी जाना है।"

"ठीक है, गुरुदेव मैं तत्पर हूँ।"

"तुम्हें एक प्रोफ़ेसर छोड़ आयेगा।"

"क्यों, गुरुदेव?" इन्दिरा ने अपने अस्तित्व बोध की ओर ध्यान देते हुए कहा। मानो वह कहना चाह रही हो कि वह पुरुष की अपेक्षा कमज़ोर नहीं है। वह अकेले इलाहाबाद जा सकती है।

"रास्ता लम्बा है।"

"तो?"

"ठीक रहेगा यदि कोई तुम्हारे साथ होगा।"

"नहीं गुरुदेव? मुझे पापु ने अकेले जीना सिखाया है—मुझे किसी की आवश्यकता नहीं है।"

गुरुदेव को लगा कि 'एकला चलो रे' को वह जीवन का मन्त्र बनते देख रहे हैं। अभी से उसमें इतना आत्मविश्वास, साहस और निर्भीकता! वह गद्गद हो उठे।

अब तक उसकी सहेलियाँ उसके कमरे में आ चुकी थीं। वह चाहती थी कि किसी को इस वक़्त वहाँ से जाने की कानोंकान ख़बर न हो। वह आज के कार्यक्रम में किसी प्रकार का व्यवधान नहीं देखना चाहती थी। ज्ञात नहीं, कैसे सबको पता लग गया और वे सब उसके कमरे में आ गयीं।

पारुल चौधरी ने धीमे से कहा, "मैं साथ चलूँ, इन्दिरा।"

इन्दिरा ने अपने मुखमण्डल पर पूर्ववत् भाव बनाये रखते हुए कहा, "नहीं चौधरी, कोई ज़रूरत नहीं।"

"फिर भी, क्या हर्ज है।" कृष्णा मोहिनी ने कहा।

"तुम आज के कार्यक्रम में जुटो, वह बहुत ज़रूरी है। मुझे दुःख तो यह है कि यह तार थोड़ा देर से आता तो मैं इस महोत्सव में अपना योगदान दे सकती परन्तु अब तो विवश हूँ। इसलिए तुम लोगों से विनती करती हूँ कि तुम लोग तैयारी करो, मैं अकेली ही चली जाऊँगी।...क्या लड़कियाँ अकेले सफ़र नहीं कर सकतीं? उन्हें भय-डर किसका और क्यों? सब समान हैं—स्त्री पुरुष की बराबरी की बात करती है और अन्दर-ही-अन्दर डरती और घबराती हैं, यह नहीं चलेगा। मेरी अच्छी सहेलियों, उत्सव में भाग लो और मेरे शीघ्र लौटने की प्रतीक्षा करो। ...अच्छा,... ।" वह कहने को तो उनसे बहुत कुछ कह गयी परन्तु अन्दर से वह बेतरह काँप रही थी—एकदम जूड़ी के मरीज़ की तरह।...क्या वह तुरन्त आ सकेगी? ...मम्मी पहले ही बेहद दुबली हो चुकी थीं...उनकी अब तो एकदम जर्जर स्थिति हो चुकी होगी।...नहीं तो उसे क्यों बुलाया जाता। वह 1934 की जुलाई में यहाँ आयी थी और आज 20 अप्रैल 1935 को वह यहाँ से विदा ले रही है। उसने एक बार अच्छी तरह शान्ति निकेतन को देखा। उसका मन वहाँ लग गया था। ...अब तो चलना ही है।

वह इलाहाबाद के लिए अकेली रवाना हो गयी। वह अचानक मुस्कुरा उठी गुरुदेव की एक कविता के चरण को याद करते हुए—"पथिक, तुम्हारा किधर से आना हुआ?"...बहुत बाद में उन्होंने बचपन के इस प्रश्न को ही दोहराया था मेरी बचपन की सबसे पहले स्मृतियों में वे ही हैं। जब मैंने पहली बार अपने आप से पूछा था कि आखिर मैं इस दुनिया में क्या हूँ?"[1] वह सोचती थी कि दुःख बहुत गहरे उतर कर मनुष्य के पूरे व्यक्तित्व पर छा जाता है और तब वह मनुष्य के पूरे व्यक्तित्व का हिस्सा बन जाता है। वह इस वक़्त ऐसा अनुभव कर रही थी। ट्रेन तेज़ी से धड़धड़ाती हुई भागे जा रही थी वक़्त पर झुँझलाते हुए। व्यक्ति का अपना सुख-दुःख। सुख कैसा? दुःख-ही-दुःख? कहीं उसके पहुँचने से पहले ...नहीं...नहीं...कदापि नहीं...ऐसा नहीं हो सकता...कदापि नहीं हो सकता। प्रभु, क्रूर नहीं हैं। वह निर्दय नहीं हैं। उसकी माँ पुण्यात्मा हैं। पर-सेवा अनुरत हैं। देश पर समर्पित हैं। फिर भी...प्रभु...ओह! ऐसा नहीं होगा।

---

1. इन्दिरा प्रियदर्शिनी : पुपुल जयकर : वामा : दिसम्बर, 84, पृ. सं. 15

20

कमला अपने को सँभाल नहीं पा रही थी। वह दिन-रात जवाहर के बारे में सोचती। स्वास्थ्य से परेशान होने के कारण वह अपने पति के पथ का अनुसरण नहीं कर पा रही थी। इस कारण भी वह बहुत दुःखी थी। उसे कोई रास्ता नहीं सूझ रहा था—मात्र अमावस्या का महासमन्दर था। दूर-दूर तक उसे कुछ भी दृष्टिगत नहीं होता था। अब तो उसे अपनी भी उम्मीद नहीं रही थी। लगने लगा था कि वह बचेगी नहीं। उसके पास था भी कौन? वह एकदम अकेली और असहाय पड़ गयी थी। एकान्त में वह क्या करे? अतीत और अनागत का वर्तमान पुल उसे टूटता प्रतीत हो रहा था। वह कल्पना से भी घबरा उठती थी और शून्य से भरकर बेतरह से तड़फने लगती थी। वह इतना सोच जाती थी—

कभी-कभी इतने गहरे अँधेरे में कि
चारों ओर अथाह जल, किनारा दूर
और खेवनहार नहीं पास।
फिर कौन पहुँचाए पार?
ध्वस्त मन, ऊष्ण जर्जर, लाचार तन
हताशा से घिरा सियाह आकाश
दिशायें ओझल, नहीं कोई पहचान
फिर कैसे पहुँचे पार?
सिर्फ़ इन्तज़ार पर कब तक
सब्र का यह कैसा इम्तहान''

और वह कुछ रुक गयी। अपने बारे में फिर से सोचने लगी कि एक चित्र और उभरा और तुरन्त लुप्त हो गया।

वह स्वयं कथन करती और स्वयं ही वदतोव्याघात करती। उसे यदाकदा लगता था कि वह लक्षिता है! कोई शैलूष उसे अन्दर-ही-अन्दर नीचे ले जा रहा है। सब का सब अतीत की आँधी में उड़ा चला जा रहा है। एक बार प्राणपति आ जायें! पर कैसे? सेतु टूट चुके हैं। नदी में तट तोड़ता जल अपार है। दिशाएँ अंधकार रूपी गह्वर की गोद में जा बैठी हैं। ये कैसा अधूरा खण्ड काव्य है आरती से पहले बुझती बाती का आसार!

सरकार को सूचना मिली कि जवाहरलाल नेहरू की पत्नी सख़्त बीमार हैं। वह दीपक तेल रहित होने वाला है। यह अवसर है उसके पास जब वह देशभक्त को अपनी पकड़ में ले सकती है। इस वक़्त दया-अंश पर्याप्त रहेगा उस स्वतन्त्रता प्रेमी के लिए। लिहाज़ा सरकार ने ग्यारह दिन तक पत्नी के पास रहने की अनुमति उसे देकर अपने विशाल हृदय का परिचय दे दिया। सबको इसका भरोसा दिला दिया

कि सरकार कितनी दयालु-कृपालु है।–ऐसी सरकार को भगाना चाहते हैं ये नासमझ लोग!

जवाहरलाल नेहरू घर लौटे टूटे मन से। सीधे अपनी जीवनसंगिनी के पास पहुँचे और पीत पत्र की तरह काँप गये। डूबते हुए बोले, "कमला,...यह क्या हो गया तुम्हें।"

"कुछ भी तो नहीं जवाहर,...कुछ भी तो नहीं। मुझे तुम्हारे रहते क्या होना है।" लौ ने सम्पूर्ण तेल समेट कर एक बार पूरी ताकत से मुस्कुराने की कोशिश की। उसकी टिमटिमाती आँखों में जवाहर का कृशगात तैर उठा। वह सोच गयी ज़िन्दगी को यह कैसा अभिशाप!

"मुझे नहीं दीखता है क्या?" जवाहर का निराश स्वर अपने में ही खोता हुआ उभरा।

"क्या दीखता है! अब आप आ गये हैं तो सब ठीक हो जायेगा।" उसने मुस्कुराने की फिर अधूरी कोशिश की। उसे क्या मालूम था कि जवाहर को मात्र ग्यारह दिन के लिए मुक्त किया है। जवाहर का मन रो रहा था। शैल अप्सरा से भी अधिक सम्मोहक रूप छटा कैसी शापित पड़ी है! उसके अरुणाधर कैसे सफ़ेद पड़े हैं। अब क्या होगा! ओह! उनकी अन्तरात्मा उन्हें नोचने लगी और बोली–तू है इस हिरयवर्णी दिप-दिप ज्योति के अवसान का कारण! तूने कभी उसकी ओर ध्यान ही नहीं दिया। सदैव आज़ादी के पीछे दीवाना होकर भागता रहा! ऐसे ही भागते रहना था तो परिणय सूत्र में क्यों बँधा? क्यों एक विमल आत्मा को आहत किया?...क्यों...? क्यों?? क्यों???

"इधर आओ, मेरे पास। वहाँ खड़े-खड़े अपने आप को क्यों कोस रहे हो?"

"नहीं तो कमला।" पार्श्व में आकर वह खड़े हो गये और अपलक दृष्टि से कुन्दन-ज्योति की कालिख बनती छाया को देखते रहे।

"झूठ तो तुम कभी नहीं बोलते, फिर?"

"कमला।" जवाहर इतना ही कह पाये। उनकी आँखें भर आयीं।

"रोना भी नहीं आता है, तुम्हें जवाहर!"

"कमला।" इस बार जवाहर काँप गये।

"आज़ादी रो कर मिलेगी क्या?" कमला की आँखों में अस्ताचल का सूर्य एक बार मुस्कान में सफल हो गया।

"मुझे नहीं चाहिए आज़ादी...मुझे ऐसी आज़ादी नहीं चाहिए।" जवाहर का स्वर विगलित हो उठा।

"तुम नहीं चाहते कि मैं स्वस्थ होऊँ।"

"कमला...।" जवाहर का स्वर आर्द्र हो उठा। वह काँपते स्वर में कह उठे, "यह तुम क्या कहती हो?"

"और क्या कहूँ जवाहर? क्या तुम मेरे लिए करोड़ों लोगों को आज़ाद होने से वंचित रखना चाहते हो?...तुम चाहते हो कि वे गुलामी के जुए को कन्धे पर उठाये मरते रहें! सरकार के अभिशाप की चाबुक वे अपनी नंगी पीठ पर झेलते रहें, सिसकते रहें—व्रण कभी भरे नहीं और नासूर बन जायें।"...कमला का खण्डित स्वर आहत पक्षी की तरह डैने फड़फड़ा कर रह गया।

"नहीं, कमला, कदापि नहीं। परन्तु मुझे...सच में, कमला अपने से...।" जवाहर का स्वर टूटकर बिखर रहा था।

"आगे कुछ मत कहना, तुम्हें हमारी कसम।" कमला तड़प उठी पति की प्रेमानुभूति को पाकर!

"मैं...कुछ समझ नहीं पाता, कमला क्या करूँ, क्या नहीं?"

"जो कर रहे हो, वही करो, वही करना है। वही हमारा लक्ष्य है।"

"क्या ख़ाक ठीक करूँ! इन्दु वहाँ है और तुम यहाँ जर्जर हो रही हो!" जवाहर अपने को रोक नहीं पाये।

"जानते हो, श्वसुर जी की क्या इच्छा थी! क्या कहा था उन्होंने बापू से...।" कुछ देर चुप रह कर वह खुद बोली, "महात्माजी, मेरी अन्तिम नींद गुलाम देश में नहीं, एक आज़ाद देश में हो!...अलफ्रेड पार्क की कहानी याद है न।...तुम से मुझे भी आशा करनी चाहिए।"

"क्या!" जवाहरलाल नेहरू कातर स्वर में बोले।

"मुझे आज़ादी चाहिए।" कमला का स्वर आर्द्र था। वह पूछ रही थी, "दोगे मुझे आज़ादी।"

"कमला...।" जवाहरलाल नेहरू कुछ नहीं समझ सके।

"सच में मुझे तुम पर गौरव होता है, जवाहर! पिछले जन्म के कुछ पुण्य थे जो मैं तुम्हें पा सकी।"

"ज़रूर होता होगा एक पति दायित्व के भगोड़ों को पाकर।" जवाहरलाल नेहरू का मन व्यथित हो उठा। उनके होंठ काँप गये।

"धरती माँ है, हम सबकी माँ। माँ से बड़ा कोई नहीं है—न मैं। न तुम ...न और कोई...कोई भी नहीं...यह तुम अच्छी तरह जानते हो जवाहर।...तुमने इन्दु के दादाजी से इसलिए तो संघर्ष किया था!...तुम चाहते हो कि पत्नी सिर यह इल्ज़ाम लगे कि उसने तुम्हारे हौसले पस्त किये। तुम्हें कर्त्तव्य पथ से डिगा दिया। यही न।" कमला का स्वर आत्मीयता से भरा था।

"ये कैसी बात करती हो कमला।"

"कैसी करूँ?" कमला ने कहा, "यहाँ मेरे पास बैठो तो।"

जवाहर उसके पास आकर बैठ गये। उसके कुन्तलों को सहलाने लगे। कमला को बहुत सुख मिल रहा था—कल्पनातीत सुख! वह सोच रही थी कि अब वह

मर सकती है। उसका मरना इसलिए भी ज़रूरी है कि जिससे वह दुविधा मुक्त हो सकें और उनके देशसेवा के व्रत में कोई रुकावट नहीं आ सके।...उसे तो इसी में सन्तोष है कि अगला जन्म इसी धरा पर हो और यह धरा आज़ाद हो। उसके लिए इतना काफ़ी है। यही उसके लिए जन्म लेने का अर्थ है।

जवाहरलाल नेहरू के पास रहने से उसे बहुत लाभ हो रहा था। डॉ. मदन अटल जो कि उनके रिश्ते...में भी थे और कमला का इलाज कर रहे थे, बहुत खुश हो रहे थे, क्योंकि उन्हें इन चन्द दिनों में कमला के स्वास्थ्य में आश्चर्यजनक लाभ नज़र आ रहा था।

वह सोचने लगे थे, पत्नी के लिए पति का अपार प्यार कैसी अचूक दवा है। यह सब प्यार का ही तो जादू है कि वह मुस्कुरा उठी हैं। उनमें जीने की आकाँक्षा जो धूमिल पड़ रही थी और लाख इलाज करने पर भी लौटने का नाम नहीं ले रही थी, अब लौटने लगी है।

सरकार को वहाँ की पल-पल की ख़बर रहती थी। उसने तो जवाहर को इसलिए पत्नी से मिलने की अनुमति दी थी कि वह कम-से-कम पत्नी के कारण तो सरकार से समझौता कर लें और सरकार के रास्ते से हट जायें। पत्नी के स्वस्थ होने का समाचार सरकार को हिमानी हवा के सख़्त झोंकों सा लगा। उसके तेवर ऐंठने लगे क्योंकि यह ख़बर उसके मंसूबों पर पानी फेर सकती थी।

कमला के तृषालु मन को बहुत शान्ति मिल रही थी। वह बहुत खुश थी और उधर जवाहरलाल नेहरू का मन भी सन्तोष पा रहा था। सरकार ने यह सूचना पाते ही जवाहरलाल नेहरू को पुनः नैनी जेल में भेज दिया—नैनी जेल आनन्द भवन से ग्यारह-बारह किलोमीटर दूर थी। जुदाई के लिए तो एक दीवार ही काफ़ी है। कमला ने पति को बहादुरी का परिचय देते हुए विदा किया, अपने दुःख को ज़ाहिर नहीं होने दिया।

21

इन्दिरा अकेली शान्ति निकेतन से लौट आयी। सबको ताज़्जुब हुआ। उसे टोका-रोका भी कि भविष्य में इस उदाहरण को नहीं दोहराये। वह चुप रही, क्योंकि वह इसे बहस का मुद्दा नहीं बनाना चाहती थी। माँ बहुत कमज़ोर हो गयी थी। हड्डियाँ उभर आयी थीं। चेहरे पर ललाई के स्थान पर सफ़ेदी नज़र आ रही थी। पर वे दिन अच्छे बीते। पिताजी वहीं थे। इन्दिरा को एक साथ माता-पिता के आत्मीय स्पर्श की गहरी अनुभूति हो रही थी।

माता-पिता दोनों इन्दिरा को देखकर बहुत खुश थे। इन्दिरा के स्वास्थ्य में लाभ हुआ था। उसकी सींकिया देह पर माँस चढ़ने लगा था। चुस्ती-फुर्ती भी साफ़

नज़र आ रही थी। उसकी आँखों में चमक थी और सघन आत्मविश्वास। वे लोग दिन में कई बार खुलकर हँस बोल लेते थे।

पिता पुनः जेल चले गये। घटाएँ फिर से घिरने लगीं। खामोशी फिर से तनने लगी। फिर से समय यों ही बिखरने लगा।

एक माह किसी सूखी डाल पर बहार आने की आशा में बीत गया। इन्दिरा ने महसूस किया कि माँ की तबियत तेज़ी से गिरती जा रही है। वह माँ से मौक़ा पाकर बतियाने लगती। अपने शान्ति निकेतन के अनुभव सुनाने लगती। यह सुनकर कमला को बहुत अच्छा लगा कि वह मणिपुरी नृत्य सीख गयी है। और, कुछ-कुछ वह बातूनी भी हो गयी है।

कमला साफ़ देख रही थी कि उसमें वसन्त ने दस्तक दे दी है। उसकी चंचलता यदाकदा सकुचाने भी लगी है और उसके होंठ एकान्त में जब तब गुनगुना उठते हैं। यही उम्र होती है चमक-धमक की, उछलने--कूदने की और मन भावन की।

कमला पूछ रही थी, ''तेरा वहाँ मन लग गया न।''

इन्दिरा ने आँखें झपका कर कहा, ''हाँ, माँ, शान्ति निकेतन में भी क्या मन नहीं लगता, जहाँ मन खिलाने के नानाविध उत्सव-आयोजन होते रहते हैं और नया से नया जानने और करने का पूरा-पूरा अवसर मिलता है।''

''अच्छा।'' कमला ने आश्चर्यमिश्रित प्रसन्नता से उसे घूरा।

''यों क्या देख रही हो, माँ।''

''अपना अतीत।'' कमला ने धीरे से कहा।

''क्या मतलब, माँ?'' इन्दिरा ने पूछा।

''कभी हम भी तेरी तरह थे पर दबे दुबके। तब लड़कियों की आज़ादी पिंजरे में बन्द होती थी। खिलखिलाने के अवसर बहुत कम मिलते थे।—मैं पढ़ना चाहती थी। जानना चाहती थी कि अंग्रेज़ी पढ़कर क्या नया पा सकूँगी पर...?'' इतना कहते-कहते कमला चुप हो गयी। मानो उसका अनजाने में अपनी दुखती रग पर हाथ पड़ गया हो और वह अन्दर-ही-अन्दर तड़प कर रह गयी हो।

इन्दिरा जानती थी कि उसकी माँ को अंग्रेज़ी नहीं जानने की वहाँ सज़ा मिली है। उसे अपमानित होना पड़ा है और उपेक्षा सहन करनी पड़ी है। वह बोली, ''माँ, भाषा वही मान-मर्यादा और आन-शान रखती है जो अपनी हो, जिसे उधार लिया न हो।...शान्ति निकेतन में गुरुदेव बंगला में बतिया कर ही खुश होते हैं। तब उनकी बड़ी- बड़ी आँखें चमक उठती हैं।...अपनी भाषा वो जिसमें तोतलेपन ने जन्म पाया हो।''

''इन्दु, तेरे तो ज्ञान चक्षु भी खुल चले हैं? तू तो बड़ी-बड़ी बातें करने लगी है।'' कमला ने प्यार से उसकी ओर देखते हुए कहा।

कमला जानती थी कि उसने ऐसा क्यों कहा है? वह अपनी माँ की पीड़ा को अच्छी तरह से समझती थी।

"माँ, काश तुम भी शान्ति निकेतन आ जाओ पर नहीं, यह नहीं हो सकता।" इन्दिरा ने कहा।

"क्यों नहीं हो सकता, इन्दु?" कमला ने उसकी कल्पना को सहारा देते हुए कहा।

"क्योंकि आपने मुक्त विश्वविद्यालय में एडमीशन ले रखा है जहाँ किताबों से नहीं, सत्याग्रह, धरने, सविनय अवज्ञा आन्दोलन आदि से प्रैक्टिकल कराया जाता है। सारी एज्युकेशन एकदम प्रैक्टिकल प्रोसेस से।" इन्दिरा ने अर्द्ध मुँदी आँखों से माँ की ओर मुस्कुराते हुए कहा।

फिर क्या था कि दोनों खुलकर हँस पड़े। हँसते ही रहे। कितने दिनों बाद आनन्द भवन में क़हक़हे सुनाई पड़े थे। इसी के साथ इन्दिरा को अपने दादाजी की याद आ गयी—वे क़हक़हों के बादशाह थे। कहते थे, "जो खुलकर नहीं हँस सकता, वह ज़िन्दगी के आनन्द से सदा महरूम रहता है।...ज़िन्दगी को जीना है तो हँसो, जी खोल कर हँसो।"

"जी खोलकर कैसे हँसते हैं, दादाजी?" वह पूछती।

"ऐसे।" कहकर वे ज़ोर से हँस पड़ते और कहते, तुम भी हँसो।

"क्या जी खोलकर हँसना ऐसा होता है, दादाजी?"

"हाँ इन्दु, ऐसा ही होता है। उस हँसी को देखकर आसमान को भी चक्कर आने लगते हैं।"

अचानक इन्दिरा का ध्यान माँ की ओर घूमा। वह हँसते, बेतरह खाँसते हुए बेदम होती जा रही थी। उसने पूछा, "माँ, माँ...तुम ठीक तो हो।"

कुछ देर बाद कमला ने कहा, "हाँ, इन्दु।"

"पर ये...।"

"कुछ नहीं, बेटे,—यह हँसी का फन्दा था।"

इन्दिरा से कुछ छिपा नहीं था। वह जान रही थी कि वह अन्दर-ही-अन्दर खोखली होती जा रही हैं परन्तु ऊपर से साहस बटोरे रहती हैं, ताकि उनकी असलियत सामने न आ सके।

दो माह में ही कमला पहले से ज़्यादा अस्वस्थ हो गयी थी। अब तो उसे भी लगने लगा था कि वह अधिक दिन नहीं रहेगी। उसने भी जीवन की बुझती लौ को पूरी तरह से अनुभव कर लिया था। वह सोच चुकी थी कि अब वह अवसान की प्रतीक्षा में बैठी है—मांझी आये और उसे ले जाये। उस दिन इन्दिरा से पूछा, "क्या पढ़ रही है, इन्दु?"

"मम्मी, श्रोप शायर लैण्ड ए. ई. हाउसमन का कविता संग्रह है।...
...एकदम जुदा किस्म की भावाभिव्यक्ति दी है उसने।"

"कैसे?" कमला ने धीरे से पूछा।

"शूट? सो क्विक, सो क्लिन एन एनडिंग!"

"रुक, बाबा, रुक। हिन्दी में मुझे इसका अर्थ बता दे कि वह क्या कहता है?" कमला ने उसे टोकते हुए कहा।

"सुनो, मम्मी।" इन्दु कुछ सोच कर बोली, "वह कहता है–उसको सम्बोधित करते हुए कहता है, जिसने गोली मार कर आत्महत्या की थी।"

कमला तड़पकर बोल पड़ती, "आगे नहीं बेटी, यह बुज़दिली की कविता है। आत्महत्या पाप है।"

"ये कविता है, ममा।" इन्दिरा ज़ोर देकर कहती।

"तो क्या हुआ? आत्महत्या कायर करते हैं, बुज़दिल।"

"सैकड़ों युवकों ने उस कविता से प्रभावित होकर"...इन्दिरा अभी इतना ही कह पायी थी कि कमला बीच में बोल पड़ी, "आत्महत्या कर ली, यही न। वे पागल थे। उन्हें किसी ने जीवन का अर्थ नहीं समझाया। जीवन घनघोर निराशा में आशा की किरण तलाश करने का नाम है, न कि निराश होकर खुदकुशी करने का। ...मेरी प्रिय बेटी, तू कुछ और पढ़–इसके पढ़ने में वक़्त ज़ाया मत कर, यह मेरी तुझे आत्मीय सलाह है।"

आज कमला को उस कवि की याद आ रही है। उसका दिल बैठा जा रहा है। आज वह जीवन की संध्या के झुरमुट में उस कवि की कविता के स्वरों को साफ़ सुन रही है, जिसके प्रति उसने कभी आक्रोश व्यक्त किया था। आज उसके स्वर उसे रास्ता दिखलाना चाहते थे। मुक्ति...अब और कितना सहे। कहाँ तक सबको परेशान करे! सबको ही वह परेशान कर रही है। किसी की मदद करने से तो रही।...वह अपने साथ सबको तिमिराच्छादित गलियारे में ढकेलती जा रही है। ओह! यह कैसी विषादपूर्ण आशाशून्य और विषदंशी जीवन छाया है! यह कैसा पतझड़ है...! कैसा अन्तः अंधकार! अवसाद और घना अवसाद!

कई दिनों से वह स्वप्न में देख रही थी कि घोड़े पर सवार एक राजकुमार आता है और उसे इशारे से अपनी ओर बुलाता है। राजकुमार बहुत खूबसूरत है, आकर्षक है और देवदूत जैसा है। मानो वह उससे कहता हो कि–"आओ, चली आओ।...इधर आओ...यहाँ।"

वह उठने को होती तो उसके सामने जवाहर आ खड़ा होता बिलकुल वैसा खूबसूरत और आकर्षक। मानो वह पूछता हो कि–"किधर चलीं कमला।"

"तुम आ गये जवाहर, तो अब मैं नहीं जाऊँगी। दरअसल मैं तुम्हारे पास आ रही थी।"

"अब बोलो क्या बात है?"

तब कमला में कबीर गुनगुना उठता–"घूँघट के पट खोल तोहे पिया मिलेंगे।" वह मानिनी बन जाती। तभी उसे सुनाई पड़ता, "कमला सो रही हो क्या?...देख तो कौन आया है?"

कमला टिमटिमाती नयन ज्योति के प्रकाश में देखती और अवाक् रह जाती!

उसके ताप से जलते अधर फुसफुसाहट बिखेरते, "तुम आ गये, जवाहर।"

जवाहर सकपका जाते। कमला तो हड्डियों का ढाँचा मात्र रह गयी है। वह बिफर पड़ते, "कमला यह क्या हुआ है?"

"मुझे कुछ नहीं हुआ है...मैं ठीक हूँ।...पर तुम कारागार में पड़े-पड़े कितने कमज़ोर हो गये हो कि पहचान में भी नहीं आते।...अपने आप से क्यों बैर कर रहे हो?" कमला ताक़त लगाकर रुक-रुक कर बोलती।

जवाहर घबरा उठते! छत की ओर देखने लगते। फिर निगाहें कमला की ओर घुमा देते। कौन कह सकता है कि उसके दादा की पसन्द की गयी वह अपने समय की अद्वितीय सुन्दरी है।

"चलिए...।" पुलिसवाला कहता।

"क्या!" कमला विस्फारित नेत्रों से देखते हुए पूछती, "तुम्हें कहीं जाना है?"

विवश होकर जवाहर के नेत्रों में अश्रु तैर उठते। वह अपने को सँभालते हुए कहते, "हाँ, कमला। पर जल्दी आऊँगा...बहुत जल्दी। तुम चिंता मत करो। कतई चिंता मत करो।" जवाहर धीरे से वहाँ से चलने का उपक्रम करते।

"सुनो तो...।" कमला रोक देती।

जवाहर जड़ हो जाते। उन्हें कुछ नहीं सूझता। वह अपनी विवशता से नाराज़ होने लगते।

"पुलिसवालों से कहो, ज़रा बाहर जायें।"

पुलिसवाले स्वतः बाहर चले गये। जवाहर पूछते, "क्या है, कमला।...जानता हूँ पर तुम चिंता मत करो, अब मैं तुरन्त लौट आऊँगा।...बस जाने भर की देर है।"

कमला के नेत्र प्रश्नवाचक–चिन्ह बने उनकी पलकों पर चिपक जाते। वह चकाचौंध से घिरकर पूछते, "कमला, क्या है?"

"अभी-अभी तुम लौटने की बात कर रहे थे न।"

"हाँ।" जवाहर उसकी ओर देखकर कहते।

"मैंने भी सुना था।" कमला ने थूक निगल कर कहा।

"क्या?" जवाहर की दृष्टि कमला के चेहरे के बदलते भावों पर थी। मानो वह कुछ और कहना चाहती हो पर कह नहीं पा रही हो।

कमला कुछ सोचती हुई पूछती, "सरकार तुम्हें शीघ्र छोड़ने वाली है। क्या यह सच है, जवाहर।"

"अभी तक तो नहीं पर अब सच होगा।" जवाहर कहते।

"क्या मतलब?" कमला घबराकर बोली।

"सरकार मुझे छोड़ देगी।" जवाहर फ़ैसला सुना देते।

"और वैसे तुम छूटना पसन्द करोगे।" कमला की दृष्टि स्थिर रह जाती।

"क्यों, उसमें क्या हर्ज है?"

"छिः छिः छिः यह तुम क्या कहते हो।...मुझे तुमसे यह उम्मीद कभी नहीं है कि तुम...।" कमला बिखर पड़ती!

"यह तुम्हें क्या हो गया है, कमला?" जवाहर की दृष्टि कमला पर से हट जाती।

"मुझे नहीं, तुम्हें होने वाला है।" कमला का स्वर दृढ़ होता।[1]

"मुझे!" जवाहर साचरज कहते, "क्यों, मुझे क्या होना है?"

"जो होना है वह तुम्हें ही, जवाहर।"

"पहले मेरी शपथ लो, जवाहर।"

"पगली हो रही हो क्या। शपथ क्यों?"

कमला जवाहर का हाथ ज्वर से तपते हाथों में लेकर अपने सिर पर रख कर पूछती है, "आपके द्वारा सरकार को किसी प्रकार का आश्वासन देने की बात चल रही है क्या?"

जवाहर पर मानो गाज गिर पड़ती। वह सकते में आ जाते।

"जवाब दो, जवाहर।" कमला का हाथ काँप रहा होता।

"तुम्हें इतना तेज़ ज्वर है, कमला।"

"यह मेरे प्रश्न का उत्तर नहीं है, जवाहर।"

"तुमने ठीक सुना है।" जवाहर धीरे से, गरदन झुकाकर कहते।

"ऐसा हरगिज़-हरगिज़ मत करना।"[1] इतना कह कर कमला जवाहर की ओर अपलक निहारती रह जाती। पुनः कहती, "तुम्हें मेरी क़सम।"

जवाहर चले गये। कमला के नेत्र भर आये। उसे लगा कि अब अवश्य सफ़ेद घोड़े पर सवार राजकुमार उसे अपने साथ ले जायेगा। उसने सामने रखी अपनी और जवाहर की फ़ोटो की ओर देखा और पलकें गिरा लीं। लौटते वक़्त जवाहर का विसूरता मुखमण्डल उसकी बन्द आँखों के सामने ठहर गया। वह दहल गयी।

22

कमला की ज़्यादा बिगड़ती तबियत को देखकर डॉ. मदन ने उन्हें भुवाली के सेनीटोरियम में भिजवाया था। तब जवाहर भी अल्मोड़ा जेल में थे। परन्तु वहाँ भी कमला के स्वास्थ्य में कोई सुधार नहीं हुआ। उनकी हालत बराबर गिरती गयी।

कमला को भी अपने पर भरोसा नहीं रहा। वह मन-ही-मन प्रार्थना करने

1. द्रष्टव्य : टुवर्ड फ्रीडम : जवाहरलाल नेहरू

लगी, "हे, प्रभु मुझे मुक्त कर। जवाहर का मार्ग प्रशस्त कर। देश को उनकी ज़रूरत है।...मेरे कारण वह विचलित हो रहे हैं। उनका ध्यान टूट रहा है।...मेरा क्या है? आज नहीं तो कल अब मुझे जाना ही है, फिर मेरा भार उनके चित्त पर क्यों? तू दयालु है, प्रभु अन्तर्यामी है। तुझसे कुछ छिपा नहीं है, फिर प्रभु देर क्यों!"

कमला की कुछ समझ में नहीं आता। खाली आँखों से अपने कमरे को घूरती। अपने से पूछती, "क्या वह कारा में नहीं है?" फिर उसके रक्तहीन ओष्ठ स्मित भर उठते।

पता नहीं क्यों अब उसे उजाला काटने को आने लगा। रात होने लगी। नर्स ने लाइट ऑन की ही थी कि उसने टोक दिया, "सिस्टर, लाइट ऑफ़ कर दो।"

"दोनों वक़्त मिल रहे हैं, कमला जी।"

"वक़्त क्या कभी बिछुड़ते हैं, सिस्टर?...तुमने क्या कभी उन्हें बिछुड़ते देखा है। यहाँ हमारा बैठे ठाले का गणित है।"

"डॉक्टर राउण्ड पर आने वाला है?" नर्स के चेहरे पर घबराहट थी।

"तुम चिंता मत करो। मैं कह दूँगी।"

"यदि उस वक़्त तुम सोयी हुईं तो?"

"सिस्टर, घबराओ नहीं। मैं स्लिप लिख छोड़ती हूँ। फिर...?"

कमला ने उसकी मनःस्थिति को समझ कर कहा। नर्स ने लाईट ऑफ़ की और कमरे से बाहर चली गयी।

डॉ. मदन अटल ने भुवाली सेनीटोरियम के डॉक्टरों से सलाह की। यह तय हुआ कि कमला को जर्मनी ले जाया जाये। जर्मनी के ब्लैक फोरेस्ट में स्थित वेडनवीलर सेनीटोरियम में रखा जाये। इस कारण कमला को भुवाली से इलाहाबाद लाया गया।

कमला जवाहर को अपनी ओर से निश्िंचत रखना चाहती थी। भुवाली में रहते हुए जवाहर के मन को सन्तोष रहता। पर डॉ. मदन अटल अपनी ज़िम्मेदारी से उलझते हुए बेस्ट ट्रीटमेन्ट की खोज में लगे हुए थे। जिन व्यक्तियों को उत्तरदायित्व की आदत हो जाती है, वे अपनी धुन से समझौता नहीं कर सकते और न बीच रास्ते में छोड़कर भाग सकते हैं।

जवाहर को कमला के गिरते स्वास्थ्य की ख़बर ने चिन्तित कर दिया था। डॉ. मदन अटल अल्मोड़ा जेल में जवाहर से मिले थे और भावी योजना से उन्हें अवगत करवा दिया। सरकार भी जवाहर के भारत से बाहर चले जाने से कुछ-कुछ राहत की साँस ले सकेगी, वह सोच रही थी। साथ ही सहानुभूति और मानवीय दृष्टिकोण अपनाने का यश भी मिल जायेगा। और वही हुआ। तभी वहाँ सरकारी तार आया। जवाहर की शेष सज़ा मुआफ़ कर दी गयी और उन्हें सीधे इलाहाबाद जाने के लिए कहा गया। कारण, उनकी पत्नी की तबियत बहुत खराब है। वह इलाहाबाद पहुँच कर इन्दिरा के शान्ति निकेतन से लौटने की प्रतीक्षा करने लगे।

सारी तैयारी हो चुकी थी। कमला को जर्मनी ले जाना था। साथ में डॉ. मदन अटल चल रहे थे। इस बार समुद्री रास्ता त्यागना पड़ा, क्योंकि शीघ्र ही जर्मनी पहुँचना था। वे सब 9 सितम्बर को वेडनवीलर पहुँच गये।

एक नया वातावारण! हिटलर का जर्मनी। फ़ौजी दबदबा! कमला की स्थिति में हल्का-हल्का सुधार! समय बीत रहा था। पैसा भी समय के साथ बीत रहा था। अन्ततः सेठ जमनालाल बजाज को जवाहर ने पत्र लिखा, "पहले कुछ दिन पूर्व मैंने तुम्हें कमला के गहनों के सम्बन्ध में लिखा था—तब कमला से परामर्श कर यह उचित समझा कि जो गहने शेष हैं, उन्हें न बेचें, परन्तु अब सोचता हूँ कि उनको बेच देना ही उपयुक्त होगा।" वे भी बिके। जवाहर अपनी पत्नी के इलाज के लिए वह सब कुछ बेच सकते थे, जो उनके पास था। कैसे भी उनकी पत्नी बच जाये। उनकी आँखों के सामने रह-रह कर कमला के अनेक चित्र उभरते थे और वे मन-ही-मन आर्द्र हो उठते थे।

फ़िरोज़ का मन उद्विग्न हो उठा। वह चाहता कि उड़ कर जर्मनी पहुँच जाये। घर में उसकी राजनीतिक गतिविधियों के कारण सब परेशान थे। फ़िरोज़ ने अपनी मौसी के सामने प्रस्ताव रखा कि वह अगर उसे इंग्लैण्ड अध्ययन के लिए भेज दे तो वह पुनः पढ़ने लगेगा। उसकी मौसी व माँ को उसके इस सुझाव से राहत मिली और आनन-फानन में तय हो गया कि फ़िरोज़ को लन्दन स्कूल ऑफ़ इकॉनामिक्स में भर्ती करा दिया जाये और वह वहाँ भर्ती हो भी गया।

फ़िरोज़ हर छुट्टी के दिन कमला को देखने के लिए वेडनवीलर के सेनीटोरियम में पहुँच जाया करता था। इन्दिरा को समय पाकर इतस्ततः घुमा भी लाता था। उसे इस बात से बड़ी हैरानी थी कि वह बारम्बार वहाँ क्यों आ जाता है?

कमला से फ़िरोज़ अत्यन्त आत्मीयता से बात करता और उन्हें तरह-तरह के किस्से सुनाकर मुस्कुराने के लिए विवश कर देता! अनेक बार इस बीच में उसकी दृष्टि इन्दिरा से टकरा कर लौट जाती। इन्दिरा सकपका-सी जाती। उसे फ़ौरन उसका यह प्रस्ताव याद आ जाता—"आई लव यू इन्दु।...डू यू लव मी?" ..."नो-नो-नो...आई एम टू यंग।"...यह वही तो फ़िरोज़ है!

ओह! अब वह क्या करे? यथार्थतः यह सब है क्या? वह सोचती रह जाती। मम्मी ने उसे अधिक छूट दे रखी थी।...काश, मम्मी बीमार नहीं होती तो...तो वह अवश्य ही फ़िरोज़ को साफ़-साफ़ कह देती परन्तु इस वक़्त वह कुछ नहीं कह सकती। सवाल मम्मी के स्वास्थ्य का है। मम्मी की नाखुशी वाला वह कोई काम नहीं करना चाहती है।

इन्दिरा के सामने बराबर विषम परिस्थितियाँ बनी रहीं। वह कभी भी मुक्त मन से सिर उठाकर नानाविध रंगों में सराबोर आसमान को अपने में नहीं उतार सकी। लगातार विपत्तियों की घनी काली घटाएँ उसके हृदयाकाश पर छायी रहीं। वह नये सिरे से कार्यक्रम बनाती, शुरू भी करती परन्तु कुछ दिनों बाद वे कार्यक्रम

लंगड़ा कर अस्त-व्यस्त हो जाते। जीना कितना मुश्किल है! उसके अवचेतन पर जब तब दस्तकें पड़ती रहतीं। उसने बहुत कुछ पढ़ा था और समझा था। उसके फलस्वरूप वह यह मानने लगी थी कि विषम-से-विषम परिस्थितियाँ ही व्यक्ति को कुछ कर गुज़रने का अवकाश प्रदान करती हैं। हारे मन की थकान जब चुनौतियों के जबड़े पकड़ने की पेशकश करने लगती है तब व्यक्ति की घनघोर घटाटोपी निराशाएँ स्वतः ही कूच कर जाती हैं और वह दुर्द्धर्ष संघर्ष के लिए मैदान में उतर जाता है।

यौवनागमन की अपनी प्रक्रिया है। वह व्यक्ति के मन को लाख दबावों के बाद भी उन तन्हा वादियों में, विषम-से-विषम परिस्थिति में भी ले जाता है, जिनमें कल्पनाएँ नृत्य करती होती हैं। कल्पनाओं का अधिक सुर्ख रंग महक उठता है। यह कैसी दुर्गम घाटी थी जो अपनी ओर खींचती भी थी और रोकती भी थी! आख़िर उस पर परिवार की मर्यादा और देश के मौजूदा वातावरण का कम प्रभाव नहीं था। व्यक्ति के निर्णय कभी शून्य में नहीं होते, उन पर अनेक रंग और प्रभाव होते हैं। वह निरन्तर एकाकी रहते हुए भी उन प्रभाव-संकेतों से अपने आपको मुक्त नहीं कर सकता। इन्दिरा की भी यही स्थिति थी। फ़िरोज़ उसकी ओर बराबर बढ़ रहा था। उसकी निष्ठा उसे बाँधती जा रही थी। प्यार में मात्र निष्ठा ही तो सब कुछ नहीं होती, सम्मोहन भी होता है और भावनाओं का निर्बाध बहाव भी। वह तूफ़ान को रोक नहीं सकती। रोकना चाहती तो थी परन्तु हर बार उसे लगता कि बलात् वह फ़िरोज़ के प्रति नाइन्साफ़ी करती जा रही है।

इन्दिरा बराबर यह जानने के लिए सचेत रहती कि फ़िरोज़ का मम्मी की सेवा के पीछे क्या मक़सद है? अभी तक उसमें वह प्रश्न उमड़-घुमड़ रहा था। वह उसके साथ टेम्स के किनारे घूमने भी गयी थी और उसके वहाँ जाने के पीछे कारण भी यही था कि वह उसे पुनः याद दिला दे कि वह उसके प्रश्न का उत्तर दे चुकी है। परन्तु उसको ताज्जुब हुआ कि उसने ऐसा मौक़ा आने ही नहीं दिया, जिसके बहाने वह उसकी पुरानी याद ताज़ा करा सके। आख़िर वह सब कुछ समझते हुए चुप क्यों रहा? उसने कुछ कहा क्यों नहीं? यह सोच-सोच कर वह थक जाती थी और बिस्तर पर लेटते हुए अपने आपको शून्य के हवाले छोड़ देती थी।

कमला की हालत बिगड़ रही थी। इन्दिरा घबरा रही थी। आज वह अकेली थी। डॉक्टर ने उसे तसल्ली दी थी। परन्तु उसकी मम्मी को साँस लेने में बहुत तकलीफ़ हो रही थी। वह बहुत बेचैन थीं। उनकी पीड़ा इन्दिरा से देखी नहीं जा रही थी। तभी फ़िरोज़ वहाँ आ गया। इससे पहले वह रो भी चुकी थी। वह अकेली शान्ति निकेतन, कलकत्ते से लखनऊ पहुँच गयी थी, उसे कुछ भी महसूस नहीं हुआ था। उसके पापा ने उसे समझा दिया था कि डरना कभी नहीं चाहिए और सदा स्वावलम्बी बने रहना चाहिए। डर कमज़ोर मन की देन है। यह सब जानते हुए और अन्दर से बराबर अपने मन को पुख़्ता करती हुई इस वक़्त वह विचलित हो उठी थी। मम्मी के प्रति उसमें गहरी आसक्ति थी। उसकी मम्मी पवित्र है और

निष्ठावान्। उनमें बर्दाश्त करने की असीम शक्ति है। वह सब कुछ सहन कर जाती हैं। फिर भी, किसी को अप्रिय बात नहीं कहतीं। हाँ, वह बराबर गम्भीर बनी रहती हैं। उसने अपनी मम्मी को बेहद तकलीफ़ से गुज़रते हुए देखा था। देह तो उनकी जर्जर हो चुकी थी परन्तु अब उनका मन भी थक चुका था। उनमें जीने की ललक ज्यों-ज्यों तेज़ होती गयी, त्यों-त्यों वह अपने आप-से बिछड़ने लगी। वह अपनी मम्मी के कष्ट को समझती थी, इसलिए तो वह सदैव मम्मी के पास बने रहने में आत्मसन्तोष पाती थी और सहजता भी।

अचानक कमला की साँस तेज़ हो उठी। खाँसी रोके नहीं रुकी। जब रुकी तो वह निढाल हो गयी। सो सी गयी और अचानक बड़बड़ाने लगी—"सफ़ेद घोड़े पर सवार...राजकुमार आ गया है।...सुनो, मैं जा रही हूँ।...अब तो आ जाओ। ...आ रहे हो न।" और फिर एक ओर करवट बदल ली। सन्नाटा फिर तन गया।

इन्दिरा ने खिड़की से बाहर झाँका। देखा तो कुछ नहीं। सिर्फ़ फ़िरोज़ न देख ले, यह सोच कर डबडबाई आँखों को उसने बह जाने दिया परन्तु ऐसा नहीं हो सका और फ़िरोज़ ने आगे बढ़कर उसका कन्धा छू लिया। धीरे से पूछा, "रो रही हो, इन्दु।"

इन्दिरा कुछ नहीं बोली। उसने अपने आँसू पोंछ लिये। बहुत धीरे से उसने कहा, "फ़िरोज़, अब क्या होगा?"

"होना क्या है? सब ठीक होगा! चिंता नहीं, निराशा नहीं।"

"अब भी, फ़िरोज़।"

"क्यों, अब क्या है! संघर्ष जीने की राह खोलता है, इन्दु।"

"झूठी तसल्ली मत दो, फ़िरोज़।"

"इन्दु दिल छोटा नहीं करना चाहिए। दृढ़ रहो तब देखना कि सब ठीक होगा।" फ़िरोज़ का मन भी आज दहल गया था। उसके सामने रक्तहीन चेहरा और अस्थिपिंजर बनी देह थी! कहाँ वह कमला का सामान थामे उसके साथ गाँव-गाँव की यात्रा करता रहा था और कहाँ अब परछाईं बनी, एकदम असहाय कमला को देख रहा था। वह सौन्दर्य की अधिष्ठात्री थी तब। रास्ते में रुक कर कहती थी, "फ़िरोज़, पानी।"

"आंटीजी, आप बैठें, मैं अभी जूस देता हूँ।"

"पगला गया है क्या?...तू नहीं देखता है क्या जो मैं देख रही हूँ।"

"क्या आंटी?"

"क्या तू मेरा यह सामान उठाये मेरे साथ-साथ घूमता रहेगा या कुछ कहेगा भी।" कमला प्यार से झिड़कते हुए कहती।

"कह तो रहा हूँ आंटी।" सिर खुजाते हुए वह कहता। वह कुछ समझता नहीं। यों ही अटकल से कह देता।

पकड़ा गया। यथार्थतः नहीं क्या!...हाँ क्या! उसे तो कुछ भी मालूम नहीं

था कि उसने क्या और क्यों कहा? बस कहने भर के लिए कह दिया और सोचा, बात यों आयी-गयी हो जायेगी।

"तू इसीलिए स्वयंसेवक बना है क्या?" कमला प्रश्न करती और उसके लाल सुर्ख चेहरे पर सैकड़ों लाल-लाल टमाटर की छायी घटा का जायज़ा लेते हुए आगे कहती, "हम लोग इधर-से-उधर, एक गाँव से दूसरे गाँव भटकते फिरते हैं।"

"जी, आंटी।" असोचे ही वह कहता।

"आँधी हो या तूफ़ान गर्मी हो या सर्दी...या पानी बरसता हो अथवा कीचड़ में से गुज़रना हो तो गुज़रते हैं या...।"

"जी हाँ, आंटी।"

"पर क्यों, फ़िरोज़,...क्यों?" कमला क्यों पर ज़ोर देकर पूछती होती।

"आज़ादी की चेतना जगाने के लिए...देश को आज़ाद कराने के लिए और क्यों, आंटी।"

"और भी कुछ है, फ़िरोज़।"

"और क्या है, आंटी!" वह इतना ही कह कर रह जाता। वह और कुछ जानता भी नहीं था तो और क्या कहता। वह चुप रह जाता। तब कमला कहती, "आज़ादी तो आयेगी तब आयेगी। पहले तो आज़ादी पानेवालों को आज़ादी के लिए तैयार तो कर लें। उनमें आज़ादी से जीने की पात्रता भी तो लानी है।... देश के आज़ाद होने से वे तो आज़ाद नहीं हो पायेंगे...क्योंकि वे तो रूढ़ाँध, अंध परम्पराओं की गुलामी में बँधे हैं...उनके लिए आज़ादी का क्या मतलब।...बाबा तुलसीदास ने ऐसे मनोवृत्तिवाले के लिए तो कहा है मानस में...।" कुछ याद करती हुई वह सोचती और फिर कहती, "अरे हाँ...खूब कहा है—को हो नृप हमें का हानि, चेरी छोड़ होये न रानी...इसी तरह से। मतलब, कोई राजा हो, उन्हें क्या। वे तो दासी हैं—दासी से रानी तो नहीं हो सकतीं।...उनके मन में से इस कुरूप और लूली लंगड़ी धारणा को पहले निकालना है।...आज़ादी मिलने पर क्या हम इन्हें पंगुओं को पीठ पर बिठला कर कुंभ या अर्ध कुंभ में गंगा में स्नान कराने ले जायेंगे?" कमला की बड़ी-बड़ी आँखें मुस्कुरा उठतीं क्योंकि वह तब जूस निकालकर कहता होता, "जूस, आंटी।"

"आख़िर तू शरारत किये बिना मानेगा नहीं।" वह प्यार से दुलारती।

"मम्मी—नहीं सॉरि आंटी, आप कितना काम करती हैं। कम-से-कम अपनी देह का तो खयाल करें।" यह सुनकर कमला फ़िरोज़ के भोले चेहरे की ओर देखती रह जाती। मन-ही-मन बुदबुदाती...मम्मी! उसका लड़का जीवित होता तो वह उसके साथ तो चल सकता था। वह कुछ याद करते हुए आगे कहतीं, "फ़िरोज़, ये लोग हमसे बहुत ज़्यादा काम करते हैं।...और, तू देखता है, ये कितनी गरीबी में जी रहे हैं। यदि आज़ादी मिलने तक इन लोगों के दिलोदिमाग़ में आज़ादी का अर्थ नहीं बैठा तो मुझे डर है कि आज़ादी के सूर्य का बीच में अपहरण न हो जाये

और अंधकार ज्यों का त्यों न बना रहे।...तुमने देखा कि व्यापारी चन्दा देते हैं, वे विदेशी कपड़े की तिजारत भी कर रहे हैं—जबकि उनकी आँखों के सामने विदेशी कपड़े की होली जलायी जाती है।...मुझे कभी-कभी आज़ादी के जोम में डूबे लोगों को देखकर डर भी लगता है कि यहाँ की अर्द्ध नग्न जनता को इससे क्या हासिल होगा, फ़िरोज़?'' कमला पेड़ के नीचे बैठी थोड़ा-सा उसके तने का सहारा ले लेती थी। वह तल्लीनता के साथ कहे जा रही थी, ''फ़िरोज़, आज़ादी से पहले हमें आज़ादी पानेवालों को उसके लिए तैयार करना होगा अन्यथा...यह सब तो इस पैदल यात्रा का सुफल है, फ़िरोज़।...यही सब कुछ महसूसने के लिए हम लोग...। फिर, कैसे मैं फल का रस लूँ।...आइन्दा से...।''

''आंटी आप तो...।''

''ये भी तो इन्सान हैं—मोटी रोटी, प्याज या बहुत हुआ तो मिर्च की चटनी से पेट भरते हैं और अर्द्ध ढका तन लिए घूमते हैं। ये भोले-भाले लोग पलक पावड़े बिछाकर हमारा स्वागत करते हैं। इसे कहते हैं—'अतिथि देवो भव' की अनुपालना, चरित्र की गरिमा और समर्पण की उत्कटता।...आज़ादी इनको चाहिए...श्रीराम ने एक भीलनी का उद्धार किया था या किसी एक अहल्या का! पर मैं तो गाँव-गाँव देखती हूँ कि भीलनी-ही-भीलनी हैं, अहल्या-ही-अहल्या हैं...उनको मुक्ति दिलानी है। सदियों से आक्रान्ताओं व शोषकों द्वारा उन पर ज़ुल्म हुए हैं और हो रहे हैं। उनकी आत्मा सहमी और डरी हुई है। पहले उनकी आत्मा पर छाये इस डर को निकालना है, फ़िरोज़।''

''हाँ आंटी, आपने ठीक कहा है।'' इतना कहकर वह कमला के पाँव छू लेता।

''पगला गया है क्या तू!...भविष्य में यह पागलपन नहीं।''

''आंटी, आप सचमुच गंगा हैं।'' फ़िरोज़ का स्वर आर्द्र होता।

''चुप। ऐसा फिर मत कहना। गंगा तो वे हैं जिनके पास जाने से हम में यह ज्ञान दिशा फूटी है।'' कमला उठ खड़ी होती और चलने लगती।

''ला, यह सामान मुझे दे और तू भी फल ले।''

''नहीं, आंटी...अभी नहीं।''

''तू मुझे आंटी भी मानता है पर आंटी की बात नहीं मानता है। ला पकड़ा थैला मुझे।''

यह याद कर फ़िरोज़ की आँखें गीली हो गयीं। इन्दिरा ने साफ़ देखा कि अभी-अभी उसे तसल्ली देने वाला युवक स्वयं उसकी तरह भंवर में फँसा हुआ है। उसने चाहते हुए उसे नहीं छेड़ा। उसके इसी सम्मोहक रूप में तो वह यदाकदा बँधी रह जाती थी—उसे लगता था कि यह वही शहज़ादा है जो उसके लिए आसमान से तारे तोड़कर ला सकता है।

''लो कॉफ़ी।'' इन्दिरा ने स्वयं कॉफ़ी उसकी ओर बढ़ायी।

फ़िरोज़ ने इन्दिरा की ओर देखा। कॉफ़ी ली। वह कॉफ़ी 'सिप' करने लगा।

इन्दिरा पूछ रही थी, "फ़िरोज़, ये फ़िजूलखर्ची।"

"क्या।" फ़िरोज़ चौंक पड़ा।

"यही कि तुम लन्दन से यहाँ आ जाते हो।"

"तो?" फ़िरोज़ ने बिना इन्दिरा की ओर देखकर कहा।

"इसमें खर्च तो होता है न।" इन्दिरा उसका मन टटोलती।

"इसका मतलब है कि आदमी को खाना भी नहीं खाना चाहिए।" फ़िरोज़ तपाक से कह जाता।

"खाना खाये बिना ज़िन्दा नहीं रह सकता परन्तु यहाँ न आने से...।" इन्दिरा की अधूरी बात को वह पूरी करता हुआ कहता, "आदमी मर नहीं सकता। यही न।"

"मेरा मतलब, फ़िरोज़, यह है कि तुम...।"

"अकेले हो।...गरीब हो।...डॉ. मौसी के खर्चे से पढ़ रहे हो इसलिए..." वह तनिक आक्रोश से कह जाता।

"नहीं फ़िरोज़, नहीं। मेरा मतलब ऐसा कतई नहीं है।...मैं तो...।" इन्दिरा घबरा जाती।

"मुझे यहाँ लन्दन में पढ़ने भी नहीं आना चाहिए था, क्योंकि पढ़ाई का प्रबन्ध वहाँ भी हो सकता था। है न।" फ़िरोज़ के स्वरों में कसक और आहत हुए सपने का दर्द था।

"नहीं, फ़िरोज़...नहीं।"

"व्यक्ति को जहाँ सुकून मिलता है, वहाँ आता-जाता है।...अब तुम पूछोगी कि यह सुकून क्या होता है?...मेरे पास इन्दु, कुछेक प्रश्नों के जवाब नहीं हैं। मैं स्वयं भी अपने से पूछता हूँ तो भी कोई उत्तर नहीं मिलता। फिर भी,...इन्दु ...हाँ, फिर भी...व्यक्ति के क़दम अपने आप उस ओर चल पड़ते हैं...वह किसी की नहीं सुनता...नहीं मानता।...क्यों?...मैं नहीं जानता।" फ़िरोज़ का मन छलछला आया था। उसे ऐसे क्षणों का ही इन्तज़ार था। जब वह अपने मन का उल्था कर सके।

इन्दिरा भी सम्मोहन में बँधी रह जाती थी और उसके मनः आकाश में कहीं दूर से, बहुत दूर से यही आवाज़ गूँज रही होती—"इन्दु, आई लव यू।...डू यू लव मी?"...उसे लगता था कि वह इसी प्रश्न का उत्तर लेने वहाँ आता है। लन्दन भी वह इसलिए ही आया है। उसमें सिहरन-सी दौड़ जाती। क्षण भर के लिए उसके होंठ पाषाण हो जाते। उसकी देह मूर्ति-सी बन जाती।...प्यार...कैसा शब्द है! इस शब्द के पीछे कैसा व्यामोह है!...कैसा अजीब संसार है।...वह क्या करे? हर बार वह इसी मोड़ पर आकर ठहर जाती। उसके सामने शून्याकाश आ जाता और वह थकी-थकी सी मानसिकता लिए पत्थर गति से अनचाहे अपने में चुपचाप समन्दर का शोरिश दबाये लौट पड़ती। आने पर कोई उसे तेज़ स्वर में ललकारता—"बुज़दिल!"

वह झनझना उठती।...यदि तुझे उससे प्यार नहीं है तो उसे इतना नज़दीक क्यों आने देती है? वह पगला भावुक है और स्वप्न की पतवार थामे बढ़ा चला जा रहा है। प्यार कोई जतलाने की चीज़ नहीं है, वह तो अनुभूति है पुष्प की सुगन्ध-सी। वह तो कभी उजागर नहीं होती और फिर भी वह दीवारों को कूदती-फान्दती हृदय तक पहुँच जाती है और उस पर हृदय डोल जाता है। वह इन क्षणों में अपने से कहीं दूर चली जाती। कहाँ चली जाती, यह वह लाख कोशिश करने पर भी नहीं जान पाती।

"क्या सोचे जा रही हो, इन्दु।" फ़िरोज़ उसे अपने होने का एहसास दिलाता।

वह कितने अधिकार से उसे इन्दु पुकार लेता है! किसने दिया है उसे यह अधिकार? वह उसे टोक क्यों नहीं देती? कौन रोकता है उसे? उसे अपनी सहेली विश्वमोहिनी के शब्द स्मरण हो आते—अविवाहिता नवयुवती का मन होता है कि वह किसी नवयुवक से बात करने का अवसर पा जाये। वह क्या होता है कि मन ...शायद मैं अपनी बात ठीक से नहीं कह पा रही हूँ। कारण, मुझे उस अभिव्यक्ति के लिए अलफाज़ नहीं मिल रहे हैं। क्यों री, क्या तुझे ऐसा नहीं लगता है कि अनेक बार हम जो कहना चाहते हैं, अलफाज़ उसे व्यक्त नहीं कर पाते और बात अधूरी रह जाती है। और कई दफ़े तो मन चाहता है कि वह सिर्फ़ सुनता रहे। सुनने से सुकून मिल रहा होता है तब।...सुनना देखना बन जाता है और देखना जो होता नहीं वह अनुभूत दृष्टि से स्पष्ट होने लगता है।...उसे कई बार फ़िरोज़ को सुनते-सुनते लगा था कि वह सुन नहीं, देख रही है। वह मुस्कुरा कर कहती, "कुछ नहीं, फ़िरोज़। मम्मी हैं न-बस।"

"वो तो, हैं और रहेंगी।"

"बस तो, फ़िरोज़।" इन्दिरा बात खत्म करना चाहती।

"तुम्हारे क्षितिज पर क्या कभी रंगों से भरा मेघ नहीं महकता है, इन्दु?" आखिर फ़िरोज़ अपने छलछलाते मन का उल्था कर ही देता।

"नहीं।" इन्दिरा कठोर हो जाती।

फिर दोनों में चुप्पी तन जाती। एकदम अपरिचित चुप्पी!

"सफ़ेद घोड़े पर सवार राजकुमार...।" कमला फिर बड़बड़ा उठती। दोनों की दृष्टि कमला पर जाती और फिर आपस में टकरा कर शून्य में विलीन हो जाती।

"अब तुम जाओ फ़िरोज़।"

"नहीं अभी नहीं, इन्दु।"

"नहीं, प्लीज़ जाओ, तुम अपना हर्ज मत करो।"

फ़िरोज़ मुस्कुराता और कहता, "अपने पिताजी को लौट आने दो, मैं चला जाऊँगा। आंटी और तुम्हें ऐसी स्थिति में छोड़कर नहीं जाऊँगा। आख़िर मेरा भी तो कोई दायित्व है।"

"वह भी आ जायेंगे। यहीं गये हैं किसी मित्र से मिलने।"

"सुना है आपको व आपके डैड को लार्ड हैलीफेक्स ने अपने मित्र लोथियन के माध्यम से आमन्त्रित किया था अति सुन्दर एलिजाबेथ भवन लिंक हॉल में आने के लिए।" फ़िरोज़ पूछता।

"परन्तु पापु ने साफ़ इनकार कर दिया। यही तो वह महाशय हैं, जिन्होंने भारत के राष्ट्रीय आन्दोलन को कुचलने में कोई कसर नहीं छोड़ी थी।...वह यहाँ भी राजनीतिक लाभ उठाना चाहता है।" इन्दिरा ने सोचते हुए कहा। उसने वही कहा जो उसके पापु अपने मित्र को बता रहे थे।

फिर चुप्पी। सघन चुप्पी। सन्नाटा। मौसम में आक्रोश। तेज़ ठंडी हवाएँ खिड़की को छूकर लौट रही थीं। शायद अन्दर भी तूफ़ान ही था जो मम्मी को छूकर लौट रहा था। वे दोनों मात्र दर्शक थे मूक और परवश।

"तुम्हें एक बात मालूम है क्या?" इन्दिरा ने गुमसुमी माहौल को तोड़ा। फ़िरोज़ को लगा कि किसी बालिका की उँगलियाँ अचानक पियानो पर पड़ गयी हों और उससे सुमधुर संगीत बिखरने लगा हो। फिर उसने पूछा, "क्या?"

"वह पुष्प देख रहे हो।"

"मुरझाये से।"

"हाँ, वही पुष्प।"

"फेंक क्यों नहीं देतीं?"

"नहीं, मम्मी ने मना किया है।"

"क्यों?"

"मम्मी को मेजर केसमेंट के देश आयरलैण्ड का एक नवयुवक ये पुष्प भेंट करके गया था।"

"तो?" फ़िरोज़ की आँखें गुलदस्ते में सजे उन पुष्पों पर थीं।

"मेजर केसमेंट को क्या तुम जानते हो?"

"जिसने आयरलैण्ड को ब्रिटिश साम्राज्य से मुक्त कराने के लिए अपने प्राणों को न्योछावर कर दिया था, वही न।"

"हाँ, वही।"

"तो?" फ़िरोज़ की दृष्टि इन्दिरा के चेहरे पर जा टिकी थी।

"लगभग एक माह गुज़र रहा है, वह बराबर यहाँ आता रहा।"

"पुष्प भेंट करने।" फ़िरोज़ के स्वर में खुन्नस की भुनभुनाहट थी हल्की सी।

"हाँ...और जब वह नहीं आ पाता था तब वह किसी के हाथ पुष्प ज़रूर भिजवा देता था। लेकिन इधर कई दिनों से वह नहीं आया है।"

"इसलिए...।"

"मम्मी ने इन फूलों-को फेंकने से मना कर दिया है।"

"या...।" फ़िरोज़ आगे कहते-कहते रुक गया।

"या क्या।" इन्दिरा ने तेज़ दृष्टि से उसे घूरा।

"कुछ नहीं।...कुछ भी नहीं।" फ़िरोज़ के स्वर कसमसा कर रह गये। उसे अपनी ग़लती का एहसास हुआ।

"मम्मी ने पता करवाया है कि...।"

"वह ठीक तो है।"

"फ़िरोज़, जब वह अपने देश के राष्ट्रीय आन्दोलन की कहानी सुनाता था तब मन उन देशवासियों को नमन करने के लिए झुक भी जाता था।" इन्दिरा ने प्रसन्न होते हुए कहा। वह कहता है कि, 'उसके देशवासियों ने गुलामी के दिवस सड़े आलू और काली कॉफ़ी पीकर गुज़ारे थे। कितने कष्ट पाये हैं उन लोगोंने।' "

"आज़ादी पाने के लिए सिर हथेली पर रख कर चलना होता है इन्दु।" फ़िरोज़ ने खिड़की पर छा आयी धुन्ध की ओर देखा।

"लो, मम्मी ने आँखें खोल दी हैं, फ़िरोज़।"

"क्या फ़िरोज़ आया है, इन्दु।"

"हाँ मम्मी।...उसे आये घंटों हो चुके हैं।"

फ़िरोज़ का नमन स्वीकार करते हुए कमला पूछती, "ठीक हो फ़िरोज़।"

"जी, आंटी।...आप।"

कमला उसकी बात को नज़रअन्दाज़ कर पूछती, "पढ़ाई ठीक से चल रही है।"

"जी, आंटी ठीक चल रही है।"

"तुम्हें यहाँ आने में कष्ट तो होता होगा।"

"कैसा कष्ट, आंटी...ज़रा-सा भी नहीं।"

"तुम्हारी मर्ज़ी।" कमला के सूखे होंठ तनिक फड़फड़ाये। वह चाहकर भी अपनी सदाबहार स्मित होंठों पर नहीं ला सकी। मुस्कुराना उससे अब होता नहीं था। वह पूछ रही थी, "खाना खा लिया, फ़िरोज़।"

"जी, आंटी।"

"अब जाना भी होगा न।"

"जी...यदि आप कहें तो रुक सकता हूँ।"

"नहीं, नहीं...तुम जाओ। पढ़ो। पढ़ाई में हर्ज़ मत करो।"

"नहीं, आंटी, पढ़ाई में कोई हर्ज़ नहीं होगा।"

"वह तुम जानो।"

फिर चुप्पी। निरीह चुप्पी। मानो चुप्पी कातर दृष्टि से उन्हें अवलोक रही है चुपचाप, अनकहे, अनबतलाये।

"मेरी छुट्टियाँ हैं,...मैं यहाँ अपने मित्र के यहाँ ठहरा हुआ हूँ। "

कमला धीरे से हुँकारा भरती।

"यहाँ तीन दिन रहूँगा।"

"इन्दु? अभी वह नहीं आया।"

"कौन मम्मी?" इन्दिरा सोचकर पूछती।

"यही..." मस्तिष्क पर ज़ोर देते हुए। "...अरे वही...वह आयरलैण्डी नवयुवक!"

"नहीं आया, मम्मी।...शायद आता होगा।"

"और वो...।"

"लो मम्मी, वह आ गयी।" इन्दिरा ने नर्स को देखते हुए कहा।

"कहो, सिस्टर, पता चला उस नवयुवक का।" कमला ने पूछा, "वह कहाँ है?"

"पता चला पर...।" सिस्टर चुप हो गयी।

"पर क्या, सिस्टर ?"

"वेरि सैड न्यूज़...।" कमला का मुँह पल भर के लिए खुला का खुला रह गया। वह डैने रहित पक्षी की तरह चुप रह गयी।

"व्हाट सैड न्यूज़?" कमला का स्वर तेज़ हो गया।

"वह अब नहीं रहा।" कह कर सिस्टर वहाँ रुकी नहीं, फ़ौरन लौट पड़ी, सिर झुकाये। कमला उसे अपलक जाती देखती रही। उसने उसे रोका नहीं।

"कौन था वह?" फ़िरोज़ ने पूछा।

"वही पुष्प लाने वाला युवक, फ़िरोज़।" इन्दिरा ने कहा।

"हाँ, फ़िरोज़, वह बड़ा अच्छा युवक था। मेरे पास आकर बैठ जाता था और न जाने कहाँ-कहाँ की बातें सुनाता था।...खुद हँसता और हमें भी खूब हँसाता था।...बहुत ही सुन्दर मन का युवक था। उसकी बड़ी-बड़ी नीली आँखें...बिलकुल राइन नदी जैसी थीं...खूबसूरत! उसका निश्छल चेहरा ज्ञान दीप्ति सा सदा मुस्कुराता हुआ नज़र आता था। वह बराबर कहता था...मिसेज़ कमला...मिसेज़ कमला। एक बार मैंने टोक दिया...मिसेज़ कमला नहीं...सिर्फ़ आंटी कहोगे...याद रहेगा न। ...वह थोड़ी देर चुप रहा।...फ़िरोज़, मैंने उसे पहली बार रोते हुए देखा था।...पहली बार...मैं घबरा उठी कि उसे क्या हुआ?...पर कुछ नहीं।...थोड़ी देर बाद वह बोला, 'थैंक्स आंटी...वेरि-वेरि थैंक्स...आपने हमें आंटी कहने को बोला...धन्यवाद।' " उसने अपने सीने पर क्रॉस बनाया और चलते हुए कहा—हम आपको कभी नहीं भूल सकता, आंटी...नैवर फोरगेट यू...नैवर आंटी।...और उस दिन के बाद वह कभी नहीं लौटा और अब कभी नहीं लौटेगा।...कभी भी नहीं...नैवर कम बैक ...नैवर।" वह रो पड़ी थी अन्दर-ही-अन्दर! उसकी आँखें नम हो गयी थीं।

"मम्मी, यह क्या है।" इन्दिरा ने टोका।

"डोंट डिस्टर्ब, इन्दु।...मम्मी को रो लेने दो। इससे उन्हें सुकून मिलेगा ...चैन मिलेगा।" फ़िरोज़ बीच में बोल पड़ा।

कुछ देर बाद वह नर्स फिर आयी। कुछ नोट किया। कमला ने उससे पूछा, ''यह सब कैसे हो गया, सिस्टर?''

''वह भी इसी सेनीटोरियम में आया था।''

''क्यों?'' कमला उस गुलदस्ते को देख रही थी।

''वह भी आपकी तरह का मरीज़ था।...यहीं भरती था।''

''ओह!...।'' कमला आह भरकर रह गयी।

''अच्छे व्यक्तियों को परमात्मा जल्दी बुला लेता है।...उन्हें वह बहुत प्यार करता है! उनके बिना उसका मन भी नहीं लगता है।'' कमला ने नये परिपेक्ष्य में बात मोड़ दी।

''मृत्यु शाश्वत सत्य है, मिसेज़ कमला।''

''हाँ, सिस्टर।'' फ़िरोज़ बोल पड़ा।

''हाँ, जानता है सत्य क्या है? सत्यासत्य में क्या भेद है? शाश्वत क्या है?''

फ़िरोज़ कुछ नहीं बोला। क्या बोलता! वह जानता भी क्या था। बस यों ही कह बैठा। नर्स जा चुकी थी।

''बुरा मान गया, फ़िरोज़।''

''क्यों?...बुरा मानने की क्या बात है? वास्तव में यह सब मैं नहीं जानता।''

''तू सत्य क्यों नहीं जानता है?''

''पता नहीं।'' फ़िरोज़ धीरे से कहता।

''पता तो मुझे भी नहीं है।'' कमला सहज कह जाती। दो विमल आत्माओं का संवाद एकदम पारदर्शी होता है—एकदम अनढका।

''मम्मी, अब आप...।'' इन्दिरा कह देती।

''चुप रहूँ यही न...थक जाऊँगी...फ़िरोज़, मेरी सबको फ़िक्र है।...पर सच यह भी है कि सब मुझसे थक चुके हैं।...''

''नहीं मम्मी...नहीं...मैं तो...अच्छा खूब बोलो मैं अब कुछ नहीं कहूँगी। सॉरि।'' कहते हुए वह अपने दोनों कान पकड़ लेती।

''तू भी बुरा मान गयी, इन्दु।''

''नहीं, मम्मी, बिलकुल नहीं।''

''तेरे पापु आये क्या?''

''फ़ोन आया था, छह बजे तक लौटेंगे।''

''अच्छा...वह आयें तो याद कर कह देना कि इन पुष्पों को राइन नदी में समर्पित करवा दें।...ठीक रहेगा न, फ़िरोज़।''

''जी आंटी, ठीक रहेगा।'' फ़िरोज़ बिना सोचे कह देता।

''अब तुम भी जाओ फ़िरोज़।...क्या बज रहा है, इन्दु?''

''साढ़े पाँच।'' इन्दिरा बतलाती।

"तो आधेक घंटे में तेरे पापु भी आ जायेंगे।...जाओ, फ़िरोज़ अब तुम जाओ।" कमला कहती।

"ठीक है, आंटी, कल फिर आऊँगा।"

"कोई ज़रूरत नहीं। अपना पढ़ना-लिखना जारी रखो। यहाँ डॉक्टर, नर्स ...इन्दु और उसके पापु सब तो हैं।"

"कल फिर भी आऊँगा, आंटी।" कह कर फ़िरोज़ चलने लगता हाथ जोड़कर नमन करते हुए।

वह चला गया तो कमला ने कहा, "इन्दु मुझे नींद आ रही है। जगाना मत।"

इन्दिरा ने सिर हिला दिया और बाहर आ गयी।

23

इन्दिरा चुपचाप खिड़की खोलकर देखने लगी। खिड़की पर चढ़ी धुंध मॉडर्न आर्ट के अनेक नमूने पेश कर रही थी। वह उन्हीं में प्रतीक तलाश कर रही थी। समय व्यतीत करने का इससे अच्छा ढंग और क्या हो सकता है।...बस यों ही वह समय को सुलझाने का प्रयास करती थी और खुश-नाखुश से अलहदा एक नयी दुनिया में निकल जाती थी।...एकदम अकेली...जिसके चारों ओर फूलों की घाटी होती थी...नानाविध फूलों से महकती हर्षित घाटी। अनजानी और रम्य घाटी!

उस आयरलैण्ड के रहने वाले युवक की मृत्यु का कमला के दिलोदिमाग़ पर गहरा प्रभाव पड़ा। जवाहरलाल नेहरू कमला के बिस्तर के पास बैठे हुए कमला के बारे में सोच रहे थे कि कमला कैसे सत्याग्रह कार्यक्रम का एक अंग बन गयी थी। उसका त्याग, लगन और परिश्रम अद्वितीय था। वह काँटों को फूल मानकर स्वागत करती थी। उसमें सभी के प्रति करुणा, प्रेम और दया थी। वह भोली-भाली और सत्यानुसरण करने वाली सौम्य प्रकृति की कैसी प्रतिमा थी कि एक बार जिस रास्ते पर चल पड़ी, रुकी नहीं।

उनके मस्तिष्क में एक-एक करके सैकड़ों चित्र और उसके व्यक्तित्व के अनमोल पहलू घूमते रहते थे। उनके विवाह को लगभग बीस वर्ष हो गये थे, फिर न जाने कितनी दफ़े उसके मन और आत्मा के नये-नये रूप देखकर वह आश्चर्यचकित रह जाते थे। उन्होंने उसे अनेक तरीक़ों से पहचाना था और बाद के दिनों में तो उसे समझ पाने की पूरी कोशिश भी की थी। फिर भी उन्हें यह सन्देह बना रहता था कि उसे पहचाना भी या नहीं। उसमें परियों जैसा कुछ मायावी था–दुर्ग्राह्य था जो यथार्थ होते हुए भी अवास्तविक लगता था, जिसे पूरी तरह समझ पाना कठिन था।...उनके सामने अतीत की तस्वीरें घूम रही थीं और उनमें कमला सदैव उनके साथ होती थी। उनके लिए वह भारत की महिलाओं की ही नहीं अपितु नारी मात्र

का प्रतीक बन गयी थी।...वह उससे कहा करते थे कि हम लोग कितने भाग्यशाली हैं—तो वह इससे इनकार नहीं करती थी—परस्पर मनमुटाव हो जाने पर भी वे एक-दूसरे से कभी नाराज़ नहीं होते थे। चाहे उनका झगड़ा हो गया हो पल भर के लिए एक-दूसरे से नाराज़ भी हुए हों, परन्तु उस जीवन ज्योति को कभी बुझने नहीं दिया, निरन्तर जलाये रखा और ज़िन्दगी उन दोनों को नये करिश्मे दिखाती रही और एक-दूसरे की नवीन झलक देती रही।[1] अन्ततः वह उसके प्रति अत्यन्त नत हो गये। कमला गहरी नींद में बड़बड़ा रही थी—सफ़ेद घोड़े पर सवार राजकुमार आ चुका है।...कोई उसे रोको।...रोको...।

इन्दिरा कहती, "पापु, मम्मी यह क्या बड़बड़ाती रहती हैं।"

"हाँ, आज डॉक्टर को बताएँगे।" जवाहरलाल नेहरू ने कहा और कलाई पर बँधी घड़ी को देखकर बोले, "बेटे, मैं ज़रा बाहर जाऊँगा।"

"डॉ. अटल आने वाले हैं, पापु।...आप जायें।"

जवाहर चले गये। इन्दिरा ने खिड़की खोली और प्रकृति की मनोरम छवि निहारती रही। अचानक कमला की आँख खुल गयी। उसने इन्दिरा को बाहर के नज़ारे देखने में तल्लीन पाया। वह चुप रही। काफ़ी देर बाद जब उसे उसके पिता की याद आयी तो वह बोली, "इन्दु, तेरे पापु कहाँ गये हैं?"

"अभी-अभी गये हैं, मम्मी—शायद किसी खास काम से।"

"आंटीजी नमस्कार!" फ़िरोज़ इसी के साथ प्रवेश करता।

फ़िरोज़ नयी ड्रेस में बहुत जँच रहा था। कमला ने प्यार से कहा, "आओ, फ़िरोज़ यहाँ बैठो।"

"मम्मी, मुझे ज़रा बाहर जाना है।" इन्दिरा कहती।

"कब तक लौटोगी?"

"यही कोई दस-पन्द्रह मिनट में।"

"तब तक मैं हूँ।" फ़िरोज़ कह देता।

"डॉ. अटल भी आते होंगे।"

"जाओ!" कमला ने कहा।

इन्दिरा चली गयी। फ़िरोज़ भावुक मन से उसे जाते हुए देखता रहा। वह उसके जाने के बाद कुछ गुमसुम-सा हो गया। कमला ने ही प्रसंग छेड़ा, "सब ठीक तो चल रहा है, फ़िरोज़।"

वह सकपकाया और तुरन्त सँभल कर बोला, "हाँ, आंटी।"

"इन्दिरा की तो पढ़ाई का बड़ा हर्ज़ हो रहा है।...कहीं भी वह सिलसिलेवार पढ़ाई नहीं कर पाती।" कमला के स्वर में झुँझलाहट थी।

---

1. द्रष्टव्य : हिन्दुस्तान की कहानी : जवाहरलाल नेहरू

"आप चिंता न करें. वह मेधावी है।"

"तो क्या वह इम्तहान पास कर लेगी बिना कॉलिज गये?"

"वो तो नहीं परन्तु...।" फ़िरोज़ सिर खुजाता कहता।

"फ़िरोज़, मैं बीमार हूँ, इसका यह अर्थ तो नहीं होता है कि हर एक मुझे बहकाने लगे। आख़िर जीवन का अपना यथार्थ है, हमें उसे नहीं भूलना चाहिए।" कमला का स्वर सख़्त होने लगता।

"हाँ, आंटी।"

"तो मैं ठीक सोच रही हूँ न।"

"जी।" फ़िरोज़ ने गुमसुम होकर उत्तर दिया। आज वह यह सोचकर आया था कि अपने और इन्दिरा के बारे में बात कर जानूँगा कि उनकी क्या राय है? परन्तु आज आंटी की मनःस्थिति पहले से ही उखड़ी हुई है तो फिर क्या बात हो सकती है?

"फ़िरोज़ एक बात पूछूँ तुम बुरा तो नहीं मान जाओगे।"

"नहीं, आंटी आप बेहिचक पूछिये।"

"इन्दिरा है न,...बहुत भोली है।...उसे अभी दीन-दुनिया का कुछ पता नहीं। ...हम भी उसके प्रति ठीक से अपना फ़र्ज़ नहीं निभा पा रहे हैं।...मैं डरती हूँ कि ...एक बात बताओ, फ़िरोज़, उसने तुमसे कुछ कहा क्या?" कमला का स्वर दर्द भरा था और रहस्यमय भी। वह सामने दीवार की ओर देख रही थीं।

फ़िरोज़ का मन तेज़ी से धड़क उठा। वह ठीक से सारी स्थिति का जायज़ा नहीं ले सका। वह बोला, "आंटी,...क्या आपसे उसने कुछ कहा है?"

"तुम प्रतिप्रश्न कर रहो हो, फ़िरोज़, जबकि मैंने उत्तर चाहा है। बात जो भी हो साफ़-साफ़ करना छिपाकर या तोड़-मरोड़ कर मत करना। यदि करोगे तो उससे कोई लाभ नहीं होगा।...जानते तो हो वह हमारी इकलौती सन्तान है।... वह हमें अपने प्राणों से भी प्यारी है।...अब वह वयस्क हो रही है।...हम जानना चाहते हैं कि वह अपने बारे में क्या सोचती है? वह अपने को कैसा महसूस करती है?" कमला के स्वर में मोम पिघल कर बह उठा था।

"आंटी, साफ़-साफ़ बात तो यह है कि...।" वह रुक गया।

"हाँ-हाँ कहो, फ़िरोज़, क्या बात है?"

"मैं उसके निर्णय के बारे में तो नहीं जानता परन्तु...।"

"बोलो न...। तुम दोनों बातें तो खूब करते हो।"

"मैं उससे...आंटी...प्यार करता हूँ।" फ़िरोज़ का रक्ताभ मुखमण्डल और लाल हो गया।

कमला को यही भय था...आख़िर उसकी आँखें धोखा नहीं खा सकती थीं। अब कमला ने पूछा, "वह क्या कहती है?"

"पता नहीं, आंटी।" फ़िरोज़ का सिर झुक जाता है। उसके हृदय की धड़कन

तेज़ होने लगती है। उसका सिर चकराने लगता है।

"क्या तुमने पता करने की कोशिश की, फ़िरोज़ ?"

"शायद...!"

"शायद से क्या मतलब?"

"शायद यानी दरअसल हम दोनों के बीच कभी ऐसी बात उठी ही नहीं।... मैं तो आज आया भी इसलिए था कि आपसे इस सम्बन्ध में बात कर सकूँ और आप इन्दिरा से पता करें कि वह क्या चाहती है?" फ़िरोज़ ने धीमे-धीमे अपनी बात कही और बेसब्री से उनकी प्रतिक्रिया जानने के बारे में सोचने लगा। कमला शान्त थीं। उनके चेहरे से कुछ पता नहीं चल रहा था कि वह क्या सोच रही हैं? फ़िरोज़ के लिए उनकी बात सुनना बहुत ज़रूरी था। वह पुनः पूछ रहा था, "क्या सोच रही हैं, आंटी?"

"सोचना तो उसको और उसके पापु को है, फ़िरोज़।"

"आप क्या कहती हैं?"

"मैं क्या कह सकती हूँ?"

"आप इन्दिरा से उसके मन की बात जानेंगी क्या, आंटी?"

"जानने की कोशिश करूँगी पर वह कुछ कह पायेगी तब ना।"

"मैं यही चाहता हूँ कि...।"

"शायद कोई आ रहा है।" कमला ने टोका।

डॉ. अटल थे। फ़िरोज़ उठ लिया। थोड़ी देर बाद जवाहरलाल नेहरू भी आ गये। वह हालचाल पूछने लगे।

कमला ने अपनी इच्छा ज़ाहिर की और कहा, "मेरा यहाँ मन नहीं लगता है।...हिटलर का जर्मनी अब बर्दाश्त नहीं होता है।...मुझे कहीं और ले चलो। ...स्विट्ज़रलैण्ड ही सही। वह मुझे पसन्द है।"

"यहाँ तुम पहले से ठीक होती नज़र आ रही हो, क्यों डॉ. अटल, तुम्हारा क्या 'ऑबज़रवेशन' है?" जवाहरलाल नेहरू ने पूछा।

"हाँ पहले से तो स्वास्थ्य में काफ़ी सुधार हुआ है।"

"लेकिन मेरा मन अब यहाँ नहीं लगता है।...मैं अब यहाँ नहीं रहना चाहती।" कमला ने दृढ़ स्वर में कहा।

इसी समय इन्दिरा ने प्रवेश किया और मम्मी की बात सुनकर कहा, "पापु? मम्मी को स्विट्ज़रलैण्ड ले जाया जाये, यही ठीक रहेगा।"

"वहाँ फरवरी के मध्य में चलें तो ठीक रहेगा?" डॉ. अटल ने कहा।

"जनवरी तो जा रहा है।" जवाहरलाल नेहरू ने हिसाब लगाया, "कुल बीसेक दिन की बात है।"

"नहीं पापु, मम्मी को अभी ले चलो।"

कमला चुप रही। उसका मन कहीं और था। उसकी स्विट्ज़रलैण्ड जाने के

पीछे भी कुछ और ही बात थी।

"ठीक है, डॉ. अटल, दो-चार दिन में बन्दोबस्त कर डालो।" कुछ रुककर जवाहरलाल नेहरू ने पूछा, "इसके बारे में कभी सोचा है।"

डॉ. अटल कुछ देर सोचते रहे। सब चुप थे। अचानक वह बोले, "याद आया...अभी कल-परसों एक डॉक्टर से बात हो रही थी। वह बता रहे थे कि स्विट्ज़रलैण्ड में लुज़ान बढ़िया जगह है। वहाँ एक सेनीटोरियम है। अच्छा सेनीटोरियम।" और फिर जवाहरलाल नेहरू की ओर इशारा करते हुए वह बोले, "वहाँ इन्दिरा के पढ़ने का भी प्रबन्ध हो जायेगा।"

"कहाँ?" कमला ने पूछा।

"तुम्हें याद नहीं है, जब पहली बार तुम वहाँ गयी थीं तब इन्दिरा को प्रवेश दिलाया था।" जवाहरलाल नेहरू ने कमला से कहा।

"बेक्स का स्कूल तो नहीं।"

"हाँ-हाँ वहीं—ला पालूस स्कूल में।"

"वह बहुत नज़दीक है।...यह ठीक रहेगा।" कमला ने अपनी सहमति दे दी और सन्तोष की साँस ली।

देखते-ही-देखते कमला लुज़ान के पास सेनीटोरियम में आ गयी और इन्दिरा बेक्स के ला पालूस स्कूल में जाने लगी।

24

परिस्थितियाँ बदल रही थीं। डॉक्टर राजेन्द्रप्रसाद का पत्र नेहरू को मिल चुका था। जवाहरलाल नेहरू को कांग्रेस का अध्यक्ष बनाने की बात उन्होंने लिखी थी। गाँधीजी एक तरह से कांग्रेस से अलग हो चुके थे। उनसे परामर्श किया जाये, तब वे कुछ कहते थे अन्यथा चुप रहते थे। जवाहरलाल नेहरू ने टाइपराइटर खरीद लिया था ताकि मित्रों के पत्रों के उत्तर दिये जा सकें। कांग्रेस की गतिविधियों से वह खुश नहीं थे। उन्होंने कांग्रेस अधिवेशन के लिए भी कोई तैयारी नहीं की। जेल से रिहा होकर वह सीधे जर्मनी पहुँच गये थे और जर्मनी से लुज़ान! वहाँ उन्हें वक़्त ही कहाँ मिला! अब उनका हिन्दुस्तान लौटना लगभग पक्का हो गया था, पर वे कमला से बिना पूछे लौट भी तो नहीं सकते।...कमला से पूछ लेना इतना आसान नहीं था। यद्यपि यहाँ आकर कमला के स्वास्थ्य में आश्चर्यजनक सुधार हो रहा था तथापि वह नहीं चाहते थे कि कोई ऐसी बात हो, जिसका प्रभाव कमला की मानसिकता पर पड़े।

उस रात कमला को नींद नहीं आयी। फ़िरोज़ लुज़ान भी आ गया था। वह तसल्ली दे रहा था कि वह भी है। चिंता की कोई बात नहीं। जवाहरलाल नेहरू

उससे हिन्दुस्तान लौटने के महत्त्व की चर्चा कर रहे थे तब उसने ही आश्वासन दिया कि वह पीछे से सारी व्यवस्था सँभाल लेगा। कमला ने उन दोनों की बात सुन ली थी। वह बोली, "क्या तुम हिन्दुस्तान लौटने का कार्यक्रम बना रहे हो?"

"सोचता तो हूँ परन्तु...।"

"एक बात कहूँ।"

"कहो।" जवाहर ने हुँकारा सा भरा।

"अपनी बेटी जवान है।...उसका ख़याल रखना चाहिए।"

"क्यों, क्या है?" जवाहरलाल नेहरू ने संशय भरी दृष्टि से कहा।

"फ़िरोज़ है न..." कमला ने बहुत धीरे से कहा।

"हाँ, है तो।"

"अपनी इन्दिरा से प्यार करता है।"

"क्या!" जवाहरलाल नेहरू चौंक पड़े।

"उसने मुझसे कहा है।"

"और इन्दिरा...।" जवाहर का दिल बैठने लगा।

"मैंने उससे पूछा था।"

"क्या कहा उसने?"

"उसे अभी पढ़ना है।"

"तो?" जवाहर के मन को कुछ राहत मिली।

"क्या तू फ़िरोज़ से...मैंने पूछ ही लिया था।"

"तो वह क्या बोली?"

"उसने सिर तो हिला दिया परन्तु...।" कमला कहते-कहते रुक गयी।

"परन्तु क्या, कमला?"

"फ़िरोज़ तो उससे प्यार करता है।"

"वह तो नहीं, न।" जवाहर ने मानो अपने को समझाया।

"मैं डरती हूँ जी। फ़िरोज़ पारसी है और मुझे लगता है कि यहाँ तक इन्दिरा के प्रेम की ख़ातिर आया है।...उससे सावधान रहना है।...क्यों, क्या सोचते हो?" कमला ने प्रश्न किया।

"हमें अपनी इन्दु पर भरोसा है।"

"फिर भी मैं तो कहती हूँ कि हमें ध्यान रखना चाहिए।" वह खखार कर आगे कहती, "बेटी जवान हो चुकी है।...तुम कुछ सोचो। फ़िरोज़ उसके पीछे पड़ा हुआ है। मैंने वेडनवीलर में संकेत दिया था।[1] कमला ने ज़रा खुलकर बात की ताकि वह इन्दिरा के बारे में उन्हें सचेत कर सकें।

जवाहर ने कमला को आश्वासन दिलाया। इस वक़्त उनके मन में गहरा

---

1. द्रष्टव्य : नेहरू युग जानी-अनजानी बातें : एम. ओ. मथाई पृ. सं. 91

अन्तर्द्वन्द चल रहा था—एक ओर कमला थी और दूसरी ओर देश।...देश के लिए उन्हें हिन्दुस्तान लौटना ज़रूरी था परन्तु कमला की ऐसी स्थिति नहीं थी कि उसे छोड़कर जा सकें। उसके लिए उसकी अनुमति अत्यन्त आवश्यक थी।

कमला इन्दिरा के लिए बेहद परेशान थीं। वेडनवीलर में कमला ने कहा था, "फ़िरोज़ के बारे में क्या सोचते हो?"

"क्या सोचना है। वह पढ़ रहा है,...बस।"

"वह स्थिर चित्त नहीं है।...न वह अच्छा धन्धा कर सकता है और न इन्दिरा का खर्च वहन कर सकता है।...मैं नहीं चाहती कि मेरी बच्ची ज़िन्दगी भर दुःखी रहे।"[1] कमला ने सख़्त होकर कहा।

"यह मामला तुम मुझ पर छोड़ दो।"[2]

जवाहर बाहर चले गये। परन्तु कुछ आवश्यक कागज़ लेने के लिए लौटे तो वह ठिठककर एक ओर खड़े रह गये। कमला अपने आप से कह रही थी, "सुना, उन्होंने क्या कहा है। इन्दु मेरे अलावा किसी और की बात नहीं सुनेगी। मैं बड़े प्यार से इन्दु को समझाकर फ़िरोज़ से अलग कर सकती थी। लेकिन मेरा अन्त निकट है। जवाहर इन्दु को बिलकुल नहीं समझायेंगे। अन्त में वह ग़लती कर बैठेगी और ज़िन्दगी भर पछताती रहेगी।" जवाहर लौट आये। उन्होंने कागज़ नहीं लिये। तभी से उनके दिलो-दिमाग़ में तूफ़ान उठ रहा था अत्यन्त तीव्र गति से और वे सोचे जा रहे थे कि—उनके सामने नेपोलियन सेंट हैलीना में है / या सिकन्दर हिन्दुस्तान से लौटते हुए फँस गया है / भयावह संकट में अथवा वह रेगिस्तान में राह भटक कर अकेला पड़ गया है / आकाश में चहचहाते पक्षी अब नहीं हैं / न रंगों की बरसात में स्नान करता आसमान और धरती नज़र आ रही है / सब ओर सन्नाटा भरता निर्जन है—शून्य है—कठोर होते हिम-सा।

अब वह क्या कहें? क्या करें? अन्ततोगत्वा कमला ने उनसे पुनः पूछ लिया, "जाना बहुत ज़रूरी है तो जाओ, पर जल्दी लौट आना।"

जवाहर ने आहिस्ता से कहा, "परन्तु तुम...।"

"कहा न लौट आना। यहाँ डॉ. अटल हैं, इन्दु है...और...।" कहते-कहते पलभर के लिए कमला रुक गयी, "तुम चिंता-फ़िक्र छोड़ो, जवाहर जाओ। वह भी ज़रूरी है। व्यक्ति से देश महान् है।"

"तो जाऊँ।" जवाहरलाल नेहरू ने बहुत धीरे से कहा।

"देश का सवाल है, जवाहर, जाओ...मैं देशसेवा नहीं कर सकी तो कम-से-कम तुम तो करते रहो,...मेरे लिए यही काफ़ी होगा।...जाओ, जवाहर, अवश्य जाओ। आवश्यकता हुई तो मैं तुम्हें तार देकर बुलवा लूँगी।"

"सच कमला।" जवाहरलाल नेहरू का मन आश्वस्त हो उठा कि अब वे

1-2. द्रष्टव्य : नेहरू युग, जानी-अनजानी बातें : एम.ओ.मथाई : पृष्ठ सं 90

जा सकेंगे। वह कह रहे थे, "अब तो यहाँ दो दिन में पहुँच सकता हूँ।...तुम ज़रा-सी भी चिन्ता मत करना।...अच्छा तो...।"

वह दिन भी आ गया जब जवाहरलाल नेहरू को स्वदेश लौटना था। फ़िरोज़ भी वहीं आ गया था। जवाहर उससे कुछ बात करना चाहते थे, परन्तु कुछ सोचकर रह गये। बस इतना ही उससे कह पाये, "फ़िरोज़, तुम अपनी पढ़ाई पर ध्यान दो। तुम्हारी आंटी की देखभाल के लिए यहाँ पूरी व्यवस्था है।"

तभी डॉ. अटल आ गये और बोले, "लौट सको तो जल्दी लौटना।" जवाहरलाल नेहरू ने संशय भरी दृष्टि से डॉ. अटल की ओर देखा और पूछा, "डॉ., क्या बात है?...कुछ छिपा तो नहीं रहे हो।"

"नो...नो...जवाहर...कुछ भी नहीं छिपा रहा हूँ। हाँ इतना ज़रूर कह रहा हूँ कि कमला की हालत ठीक नहीं है।...कोशिश करना जल्दी लौट सको।" डॉ. अटल का स्वर कुछ डगमगा गया।

उधर जहाज़ का समय हो रहा था और इन्दिरा कहने लगी, "पापु, मम्मी बुला रही हैं।"

जवाहर उलटे पाँव कमला के पास भागे। कमला की ओर देखकर उनका चेहरा फक्क रहा गया। कमला की आँखें अन्दर धंसी हुई थीं और मात्र गाल की हड्डियाँ उनके चेहरे पर नज़र आ रही थीं। वह बोले, "जहाज़ का वक़्त हो रहा है, कमला।" कमला ने अपलक दृष्टि से उनकी ओर देखा। जवाहर पूछ रहे थे, "तुम कुछ कह रही थीं न।"

"बैठो तो!"

जवाहरलाल नेहरू बैठ गये। उनका चित्त अधीर हो उठा। "मेरी एक बात मानोगे क्या?"

"हाँ-हाँ...एक नहीं जितनी कहोगी, उतनी बात मानूँगा। बोलो क्या बात है?" जवाहरलाल नेहरू ने जल्दी से पूछा।

"क्या तुम अपनी यह यात्रा रद्द कर सकते हो?"

"कमला, तुमने ही तो अनुमति दी थी।"

"दी थी और मैं ही अब उसे वापस ले रही हूँ।"

जवाहरलाल नेहरू अन्यमनस्क से रह गये। कुछ बोल नहीं सके। वे क्या कहें, क्या नहीं। उलझन में थे। उन्होंने अपने पहुँचने की सूचना भिजवा दी थी। फिर अचानक...। कमला कह रही थी, "कुछ दिनों का और कष्ट है, जवाहर!"

"कमला...यह तुम क्या कहती हो? तुम बिलकुल स्वस्थ हो जाओगी। तुम्हें कुछ नहीं होगा।...कुछ भी नहीं। विश्वास करो।"

"मेरे पास वक़्त बहुत कम है।"

"कमला, ऐसा मत बोलो।" जवाहर का स्वर आर्द्र हो उठा।

"सच से कभी मुँह नहीं मोड़ना चाहिए, जवाहर।"

"हाँ, कमला तुम ठीक कहती हो।"

"क्या ठीक कहती हूँ!"

"मैं नहीं जाऊँगा।" जवाहर ने भारी मन से कहा।

"तुम्हें न जाने का अफ़सोस हो रहा है, जवाहर।"

"नहीं, कमला।" जवाहर और क्या कहते।

"सुनो, सफ़ेद घोड़े पर सवार राजकुमार मेरे सामने खड़ा है, जवाहर।...अब वह लेकर ही जायेगा।"

जवाहर ने चारों ओर देखा, कहीं कुछ नहीं था। वह स्मित भर कर बोले, "यह तुम्हारा भ्रम है, कमला–कहीं कोई नहीं है।"

"अच्छा, यही सही।...तुम शायद ठीक कहते हो।" इतना कह कर चुप हो गयीं। वह सिर्फ़ खुली आँखों से जवाहर को निहारती रहीं। जवाहरलाल नेहरू ने अपना स्वदेश जाना रद्द कर दिया।

"आज तारीख क्या है, जवाहर।" कमला ने पूछा।

"28 फरवरी है।"

"कल 01 (एक) मार्च होगी।"

"हाँ।" जवाहर ने मद्धिम स्वर में कहा।

समय कैसे चुपचाप, आहट किये बिना निकल जाता है, कुछ पता ही नहीं चलता! व्यक्ति समय की प्रतीक्षा ही करता रह जाता है और समय निकल जाता है। कमला यह सोचते हुए बोली, "जवाहर, मैंने तुम सबको बहुत परेशान किया है...बहुत कष्ट दिये हैं...इन्दु मेरी बीमारी के कारण ढंग से पढ़ नहीं पा रही है और तुम भी अपना काम पूरे मन से नहीं कर पा रहे हो। यह सब मेरे कारण हुआ सिर्फ़ मेरे।" कमला के स्वर में ऐंठन थी।

"ऐसा मत सोचो, कमला।"

"तो कैसे सोचूँ...झूठ बोलने लगूँ।"

"नहीं, परन्तु...।"

"मुझे कह लेने दो, जवाहर।"

"अच्छा कहो।"

"अब नहीं कहती।...बस।"

"अब तुम्हें यह क्या हो गया? कहो जो कहना है।"

"क्या कहना है।"

"जो भी, जितना भी...।"

"वह मैं भूल गयी, जवाहर।"

फिर सारा वातावरण रहस्यमय-सा हो गया। जवाहर उठकर बाहर चल दिये। इन्दिरा कमला के पास बैठी रही। पल भर बाद फ़िरोज़ भी आ गया। डॉ. अटल

उठकर बाहर आ गये। जाते-जाते कहते गये, ''मम्मी सो गयी है। इन्दु, तुम लोग बाहर आ जाओ।...वहाँ किसी की ज़रूरत नहीं है।''

25

बाहर जवाहरलाल नेहरू टहल रहे थे। उन्होंने इन्दिरा व फ़िरोज़ को बाहर आकर दूसरी ओर जाते देखा—जहाँ निभृत स्थान था और प्रकृति का मादक सौन्दर्य था। वह उन्हें देखते हुए गुरुदेव रवीन्द्रनाथ टैगोर के पत्र पर विचार करते रहे। गुरुदेव ने पुनः इन्दिरा को याद करते हुए लिखा था कि आशा है, फिर कभी वह हमारे आश्रम में आये, रहे ताकि उसे उन कुछेक माह को ताज़ा करने का अवसर मिल सके। जो समय उसने यहाँ व्यतीत किया था और उसमें उसने सुख की अनुभूति की थी। अभी तो...वह ठीक से कुछ तय नहीं कर पायी कि वह क्या करे।

फुनगियों पर से संध्या अपने आँचल का छोर खींच रही थी। मौसम लालिमा से भर उठा था। थोड़ी देर में रात अपनी ड्यूटी पर तैनात हो जायेगी। फिर सुबह होगी, फिर संध्या आयेगी और फिर रात...क्रम यों ही चलता रहा है और हमेशा चलता रहेगा।...फिर? जवाहरलाल नेहरू की तन्द्रा टूटी। वह अन्दर आ गये। कमला सो रही थी।

जवाहरलाल नेहरू में स्मृतियों की आँधी उठी तो रुकी नहीं। कमला ने उनसे कभी कुछ माँगा नहीं था। न कभी शिकायत ही की थी। कष्ट क्या होता है, वह जानती थी या नहीं, परन्तु वह इतना ज़रूर जानते थे कि कभी उसने उन पर कुछ ज़ाहिर नहीं किया। विजयलक्ष्मी उसे टोकती रही तो भी उसने कभी कुछ नहीं कहा। आख़िर कुछ तो उसे कहना चाहिए था। वह स्वयं भी कई बार उस पर गर्म हुए परन्तु उसने जवाब नहीं दिया। सुना और चुप रही। इतनी सहनशील कि ...वह सोचते के सोचते रह गये, उन्हें उसके लिए दूसरा उदाहरण नहीं मिला। ...उन्हें लगता कि वह सहनशीलता की प्रतिमा है! ज़रूर-ज़रूर। उन्होंने उसे ज़रूर कष्ट दिये थे। कभी सोचा ही नहीं कि उसकी हृदयाकांक्षाएँ क्या हैं? उसका अपना क्या है? ऐसा तो नहीं हो सकता है कि उसकी आरज़ू न हो, तमन्ना न हो और ख़्वाहिश न हो। वह भी तो अवश्य ही उनसे कुछ अपेक्षाएँ रखती होगी। पर क्या? उनका मन तार-तार हो उठा।

जब जवाहरलाल नेहरू अन्दर आ रहे थे तब इन्दिरा अपने कमरे में फ़िरोज़ के साथ लौट रही थी। इन्दिरा का अस्पताल में ही एक दूसरा कमरा था। कमला उसके बारे में सोच रही है। जवाहरलाल नेहरू सोच रहे थे कि उनकी बेटी बहुत समझदार है, वह कुछ भी ऐसा-वैसा निर्णय नहीं लेगी। प्रस्ताव फ़िरोज़ ने रखा है, जिसे उसने माना नहीं। वह सब समझती है कि कौन उसके योग्य हो सकता है

और कौन नहीं। वह स्वयं भी जीवन की उन आँधियों से गुज़र रही है, जिनसे उन्हें नहीं गुज़रना पड़ा था। फिर, अभी उसको शादी के बारे में सोचना भी नहीं है। वातावरण रिक्त और खामोश हो चला है।

एक बात वह कमला से कह रहे थे, "कमला, मैं तुम्हें यदाकदा जो नहीं कहना चाहिए था, कह गया।...उसके लिए...।" वह वाक्य को पूरा नहीं कर पाये कि कमला उनके मुँह पर हाथ रख कर बोली, "फिर कभी ऐसा मत कहना,... समझे।...फिर कहा तो हम सच कहते हैं, अभी तो नाराज़ नहीं हुए हैं, फिर ज़रूर नाराज़ हो जायेंगे। हम नहीं बोलेंगे, समझे।"

"परन्तु,...कमला।"

"हम सब जानते हैं, आपको कितना करना पड़ रहा है। आप और श्वसुरजी के बीच जो कुछ चलता रहा, वह क्या आपके लिए कम पीड़ादायक था? क्या आप उनसे नाराज़ हो जाया करते थे?" कमला का ईषद् आर्द्र स्वर था।

जवाहरलाल नेहरू मुस्कुराते रह गये। कमला कह रही थी, "आपके ऊपर देश की ज़िम्मेदारी है। देश को आज़ाद कराना क्या बच्चों का खेल है। मैं क्या देखती नहीं हूँ कि कभी-कभी तो आप सारी-सारी रात लिखते-पढ़ते गुज़ार देते हो! कितना काम करते हो! सच में आप नहीं जानते कि आप मेरे में कितने गहरे में और कितनी ऊँचाई पर हो! मन होता है कि हर जन्म में आपकी पूजा करती रहूँ।...सिर्फ़ आपको देखती रहूँ।...मुझे इसी से परम सन्तोष और असीम आनन्द की अनुभूति हो जाती है। मैं बहुत खुश हूँ...बहुत ही...बहुत ही।" उनके स्वर आर्द्रार्द हो रहे थे।

आज वही जीवनसंगिनी, दुःख-सुख की साथी और सदा प्यार उड़ेल देने वाली अक्षय सौन्दर्य की अधिष्ठात्री रोग शय्या पर पड़ी, अवचेतन में खोयी और दुःख की गठरी बनी मौन सोयी पड़ी है। जवाहरलाल नेहरू का हृदय उद्वेलित और उद्विग्न हो उठा। डॉ. अटल ने प्रवेश करते हुए पूछा, "जवाहर, कमला को देखो। मैं डॉक्टर को बुलवाता हूँ, तब तक तुम देखना...मैं अभी आता हूँ।"

जवाहरलाल नेहरू डॉ. अटल की बात समझ नहीं सके। उन्होंने पुनः कमरे में जाकर कमला की ओर देखा। कमला शान्त थी। सो रही थी। उसके चेहरे पर स्मित थी।

डॉ. अटल डॉक्टर्स के साथ लौटे। कुछ समय पूर्व कमला को साँस लेने में बहुत दिक़्क़त हो रही थी। वह रो भी पड़ी थी। दवा लेने से उन्हें कुछ राहत-सी हुई। जवाहर के अन्दर आने से पूर्व डॉ. अटल अन्दर से बाहर आये थे। डॉक्टरों ने देखा और कुछ देर तक वहाँ मौन बना रहा। तब डॉ. अटल ने पूछा, "व्हाट, डॉक्टर?"

"आई एम सॉरि, डॉक्टर, मिस्टर जवाहर, शी इज नो मोर। शी...एक्सपायर्ड...।" डॉक्टर कमरे से निकल गया।

जवाहरलाल नेहरू अपलक कमला की ओर देख रहे थे—उन्हें कमला नववधू के रूप में साड़ी का जोड़ा, पहने नज़र आयी।...वह चीख पड़े, "कमला...कमला... कमला।" उसके बाद फूट-फूट कर बच्चों की तरह रोने लगे। रोते रहे। डॉ. अटल ने उनकी पीठ थपथपाते हुए कहा, "जवाहर उठो, जो होना था, हो चुका। यही शाश्वत सत्य है—एक न एक दिन सबको जाना है...हमको...तुमको...सबको। ...इस वज्रपात को वीर पुरुष की तरह सहो और आँसू पोंछो।...परन्तु जब तुम्हीं इतनी कमज़ोरी दिखाओगे...रोते रहोगे तो उस बेचारी इन्दु का क्या हाल होगा? उसे कौन सँभालेगा?...आई होप,...तुम इस सदमे को बर्दाश्त करने की शक्ति अपने में जुटा पाओगे। मैं इन्दु-फ़िरोज़ को लेकर आता हूँ।" इसके बाद डॉ. अटल चले गये।

जवाहरलाल नेहरू ने फटे जा रहे दिल को दोनों हाथों से पकड़ा...अदृश्य हाथों से। अब कमला कहाँ थी? अब तो उसका नश्वर शरीर था—जो न देख सकता था, न सुन सकता था, न बोल सकता था, न अनुभूति कर सकता था और न सूँघ सकता था!...और थोड़ी देर में वह भी नहीं रहेगा।...मात्र राख रह जायेगी मुट्ठी भर! फिर वह राख भी नहीं रहेगी...मात्र याद रह जायेगी...कभी वह उनकी पत्नी भी थी। ओह! यह सोचते हुए उनका हृदय फटा जा रहा था और वह अपने को सँभाल नहीं पा रहे थे।

इन्दिरा आयी। उसके पीछे-पीछे फ़िरोज़ भी। वह पल भर तक अपनी माँ की ओर देखती रही। वह चिरनिद्रा निमग्न थीं। कमला की ओर देखते हुए इन्दिरा ने कहा, "मम्मी...पापु...मम्मी।"

"वह...हम सबको छोड़कर चली गयी, बेटी,...वह हमसे हमेशा-हमेशा के लिए रूठ गयी।" जवाहरलाल नेहरू का गला अवरुद्ध था और उनके नेत्र, लाख कोशिश करने पर भी डबडबा आये थे।

"पापु...।" कह कर इन्दिरा जवाहरलाल नेहरू की बाँह पकड़ कर रो पड़ी! रोती रही! सिसकियों से सारा वातावरण ग़मगीन हो गया। वे क्षण कितने मर्माहत थे।...कितने दर्द भरे...पीड़ायुक्त...हृदयविदारक...और शून्य से घिरे! उनके सामने हिमानी आँधी आ खड़ी हुई थी निस्वन और दिशा विहीन।

"ज़िन्दगी के यही मायने हैं।" डॉ. अटल बोल रहे थे, "पर इसका अर्थ यह तो नहीं है कि हम बुज़दिलों की तरह प्रदर्शन करने लगें। जो आया है, वह जायेगा भी। इस विधान में कोई भी परिवर्तन नहीं हो सकता। फिर, हम उसके लिए क्यों रोयें-धोयें। सब्र करें। दिल मज़बूत रखें। प्रभु से प्रार्थना करें कि वह उनकी आत्मा को शान्ति दे।...ओउम् शान्ति नमः,...ओउम् शान्ति नमः।...यही करणीय है।...मैं आगे की यात्रा की तैयारी करवाता हूँ। आप लोग दिल छोटा न करें...शान्त रहें।"

जवाहर ने जैसे कुछ सुना ही नहीं। उन्हें अब कुछ दिखाई भी नहीं दे रहा था। उनके हृदय में जंगल की साँय-साँय बह रही थी! पतझड़ के पत्ते उड़ कर

बिखर रहे थे। फिर भी उन्होंने इन्दिरा को समझाया, "बेटे, रोते नहीं हैं। सुना नहीं, डॉक्टर अटल क्या कह रहे थे।...रोने से तुम्हारी मम्मी की आत्मा को दुःख होगा। तुम्हारी मम्मी धीर-वीर थीं! साक्षात् देवी थीं! वह प्रकाश से जन्मी थीं और प्रकाश में ही समा गयीं।"

इन्दिरा धीरे-धीरे चुप हो गयी। जवाहर का मन थक चुका था और वह अब हिन्दुस्तान लौटना चाहते थे। इन्दिरा की पढ़ाई के बीच में व्यवधान न पड़े इसलिए वह सोच रहे थे कि उसे वहीं रहने दिया जाये। बेक्स में ही उसे छोड़ कर वह स्वदेश लौट आये। रास्ते भर उनका मन व्यथित रहा।

इन्दिरा ने आधे मन से जवाहरलाल नेहरू को जाने दिया। हालाँकि वह बेक्स में रहना नहीं चाहती थी तथापि उसे वहीं रहना पड़ा, क्योंकि आगे की पढ़ाई वह वहीं रह कर पूरी कर सकती थी। उसका मन अत्यन्त व्यथित था। वह चाहती थी कि बेक्स से वह कहीं और चली जाये। वह हिन्दुस्तान नहीं लौटना चाहती थी। उसके मनोमस्तिष्क में मम्मी के नानाविध चित्र बनते-बिगड़ते रहते थे जैसे— खाली-खाली-सा आसमान क्षितिज पर झुका हुआ / किसी रूपसी के सुनसान नेत्रों-सा खाली-खाली-सा हृदय / सहारा के ऊपर छाये सूने मेघ खंडों-सा अन्तर्लीन, आत्मा-विस्मृत और व्यथित / गहरा तटहीन समन्दर-सा उजाड़ मन का निस्तेज आँगन।

कुछ समय बाद इन्दिरा बेक्स से ब्रिस्टल के बैडमिण्टन स्कूल में चली आयी। यहाँ रह कर वह परीक्षा की तैयारी करने लगी। यहाँ उसका मन कुछ शान्त हो सका। पढ़ने में उसका मन लगने लगा। फिरोज़ उससे मिलने आता रहता था। शनैः-शनैः उसके सूने और रुक्ष मन में अब रंगबिरंगा आसमान महकने लगा। फ़िरोज़ बातूनी था और घुमक्कड़ था। वह बराबर उसका पूरा-पूरा ध्यान रखता था और उसकी हरचन्द कोशिश यही रहती थी कि वह उसे ज़्यादा-से-ज़्यादा खुश रख सके। उसके इस अनन्य समर्पण के प्रति वह भी अब कुछ नत होने लगी थी।

ब्रिस्टल के बाद उसने ऑक्सफोर्ड के समरविले कॉलिज में दाखिला लिया। राजनीति उसके रक्त में रच-पच चुकी थी। वह चाहती थी कि स्वतन्त्रता की चेतना से बराबर जुड़ी रहे। वह वहाँ फ़िरोज़ द्वारा कृष्णा मेनन से मिली। उन्हें वहाँ हुए एक दशक से ऊपर हो रहा था और वहाँ इण्डिया लीग के संचालक थे। वह उनके कार्यक्रम में मदद करती थी, चन्दा इकट्ठा करती थी और रंगारंग कार्यक्रम में भी बराबर हिस्सा लेती थी। उसने अनेक नृत्य के कार्यक्रम अकेले भी पेश किये थे। उसके साथ फ़िरोज़ परछाईं-सा जुड़ा रहता था। जवाहरलाल नेहरू स्वदेश लौटते ही राजनीति में जुट गये। वे पत्र भी बहुत कम लिखते थे। यदि उसके साथ फ़िरोज़ जैसा ज़िन्दादिल और दिलखुश युवक न होता तो शायद वह वहाँ अधिक नहीं रह पाती। वह अत्यन्त शर्मीले स्वभाव की थी, भीड़भाड़ से दूर रहने वाली और एकान्त में सदा विचरण करने वाली थी। अचरज तो यह है कि वह फ़िरोज़ के अलावा

अन्य किसी को अपना ब्वॉय फ्रेंड नहीं बना सकी। महिला मित्र भी उसकी बहुत कम थीं। दरअसल वह अन्तर्मुखी स्वभाव की युवती थी।

उसके अधिकांश बाहरी कार्यक्रम फ़िरोज़ के द्वारा ही तय होते थे। फ़िरोज़ सदा उसकी हाँ में हाँ मिलाया करता था। वह महसूस करने लगी थी कि फ़िरोज़ को वह अब निराश नहीं कर सकती। हालाँकि फ़िरोज़ कभी उससे ऐसा प्रश्न नहीं करता था, जिससे उसे अपने प्यार का इज़हार करने का मौक़ा मिल सके। वह यदाकदा सोचती हुई देखती थी कि–नदी में डूबती नौका और प्यार.../ सुनसान नदी का तेज़ प्रवाह / न मल्लाह, न पतवार, बस नौका अकेली / कितना अच्छा हो कि वहाँ सब कुछ बन जाये–नदी, नौका, मल्लाह और पतवार...सारा प्यार! पर कैसे? वह इसके साथ ही उठ खड़ी होती और वह सिर झटक देती। ऊलजलूल विचारों की शृंखला में बहते रहने से क्या होगा? वह फ़िरोज़ का हाथ पकड़ कर दूर तक टहल आती। उसकी सूनी आँखों में मेघ मल्हार नाच उठते! वह नृत्य करती, उसका मन नृत्य करता और उसकी आत्मा नृत्य करती। वह नृत्य में अपने आपको भूल जाती–तब उसे फ़िरोज़ याद आ जाता तो उसमें अन्दर-ही-अन्दर प्यार का समन्दर मचल उठता!

26

इन्दिरा की रुचि स्पेन में तानाशाही आतंक को खत्म करने में थी। यद्यपि तानाशाही दमन-चक्र के फलस्वरूप स्पेन के प्रगतिशील तत्त्वों को किसी सीमा तक कुचल दिया गया था, तथापि वे तत्त्व हताश नहीं हुए थे। प्रगतिशील तत्त्वों को प्राणवान् बनाये रखने के लिए अन्तरराष्ट्रीय शान्ति ब्रिगेड की संस्थापना की गयी। इस ब्रिगेड के सहायतार्थ लन्दन में एक समिति का गठन किया गया, जिसका कार्य तानाशाही शक्ति के विरुद्ध आवाज़ उठाना था और धन-संग्रह हेतु विभिन्न कार्यक्रम आयोजित करना था। वह उनके सम्पर्क में थी। जब-तब इन्दिरा स्पेन की विख्यात् अभिनेत्री ला पेशोनारिया से भी लन्दन में मिला करती थी। स्पेन के गृहयुद्ध में उसकी गहरी दिलचस्पी बढ़ चली थी और वह चाहती थी कि तानाशाही प्रवृत्तियों का अन्त हो और मानवतावादी मूल्यों की ओर संसार का रुझान बने।

इसी समय उसकी मुलाकात "प्यूपिल्स ऑन स्कूल" की अपनी एक सहपाठिन शान्ता गाँधी से हो गयी। वह मित्रता शीघ्र ही प्रगाढ़ हो गयी। उसमें भी उत्कट राष्ट्र प्रेम का प्रदीप प्रज्वलित हो चुका था। दोनों ही भारतीय सहेलियाँ नृत्य में प्रवीण थीं। उन दोनों ने लन्दन बोर्डिंग हाउस में एक कमरा भी किराये पर ले लिया था। दोनों में खूब पटने लगी थी। दोनों ही अन्तरराष्ट्रीय मुक्ति सेना (शान्ति ब्रिगेड) के प्रति पूर्णतः समर्पित थीं। इन्दिरा ने शान्ति ब्रिगेड के लिए अपना कंगन

नीलाम कर दिया था। उसने यहाँ तक किया कि वहाँ नौकरी कर ली और उससे जो आमदनी हुई वह शान्ति ब्रिगेड को दे दी। अब तक वह यह मत बना चुकी थी कि व्यक्ति की स्वतन्त्रता का अपहरण करना अपराध है और इसके लिए जम कर संघर्ष करना चाहिए। यह संघर्ष तब तक जारी रहे जब तक अमानवीय शक्तियों का आतंक और दमन-चक्र पूर्णतः समाप्त न हो जाये।

यूरोप हिटलर के आतंक से भयभीत और त्रस्त हो रहा था। चहुँओर हिटलर की तोपें गरज रही थीं। स्वतन्त्रता प्रेमी इंग्लैण्ड भारत के साथ जानवरों का सा व्यवहार कर रहा है, इन्दिरा को यह देखकर इंग्लैण्ड से घृणा होती जा रही थी। स्पेन के मानवता प्रेमी लोगों की सहायता करने के पीछे भी उसका यही लक्ष्य था। वह अपने विचारों को मूर्त रूप में देखना भी चाहती थी।

इस दौरान इन्दिरा उस समय के श्रेष्ठतम व्यक्तियों से मिली और उनके महान विचारों को उसने जाना। वे भी उससे बहुत प्रभावित हुए और बराबर उसे आमन्त्रित करते रहे। वह अन्सर्ट टालर और उसकी पत्नी क्रिस्टाइन टालर से मिली। इससे पूर्व उसकी मुलाकात उनसे स्विट्ज़रलैण्ड में हुई थी। उसी मुलाकात को उनसे मिलकर ताज़ा किया था। वे दोनों ही नहीं बल्कि उन जैसे अनेक मानवता प्रेमी बुद्धिजीवी हिटलर के कारण जर्मनी से भाग कर इंग्लैण्ड, अमेरिका आदि देशों में चले गये थे। वे भी हिटलर विरोधी थे।

अन्सर्ट टालर जिनका "मैन एण्ड दी मासेज" नाटक बहुत चर्चित रहा था, प्रथम विश्व युद्ध के बाद एक प्रसिद्ध क्रान्तिकारी नेता के रूप में उभरे थे, परन्तु हिटलर से डर कर वे भी वहाँ से भाग आये। उनमें गहनतम पीड़ा थी और अन्याय के प्रति आक्रोश था। इन्दिरा ने साफ़ देखा कि दोनों विश्वबन्धुत्व, भ्रातृत्व भावना, लोकतन्त्र के प्रति निष्ठा और मानवता के प्रति उत्कट भाव से पूर्णतया भरे हुए थे। इन्दिरा उनसे बहुत प्रभावित हुई। श्रीमती क्रिस्टाइन टालर ने एक पत्र जवाहरलाल नेहरू को लिखा था, जिसमें इन्दिरा का ज़िक्र करते हुए श्रेष्ठ भावनाओं की अभिव्यक्ति की थी। उन्होंने लिखा–

> प्रिय जवाहर,
>
> ...मैं आपको केवल एक बात बताना चाहती हूँ कि इन्दिरा से मिलकर मुझे अत्यन्त सुख और आनन्द का अनुभव हुआ। वह मात्र सुन्दर ही नहीं बल्कि पवित्र भी इतनी है कि मन आह्लादित हो उठता है। वह मुझे एक कोमल पुष्प के समान लगी है, जिसे हवा का एक झोंका सरलता से उड़ा ले जा सकता है। परन्तु मेरा खयाल है कि वह तूफ़ानों से डरती नहीं है।
>
> आपकी
>
> क्रिस्टाइन टालर[1]

---

1. द्रष्टव्य : कुछ पुरानी चिट्ठियाँ : जवाहरलाल नेहरू

इन्दिरा में विचारों का आलोड़न-विलोड़न तेज़ी से चल रहा था। वह आज़ादी की बहाली वाले संघर्षशील देशों की स्थिति का अध्ययन कर रही थी और सोचे जा रही थी कि सभ्य और सुसंस्कृत होने का दावा करने वाले देश दूसरे देशों को गुलाम क्यों बनाये हुए हैं? उन्हें आज़ाद क्यों नहीं करते थे? वे कैसे मानवतावादी हैं और कैसे अपने आपको लोकतान्त्रिक व्यवस्था का जन्मदाता मानते हैं। यह बड़ी अजीब और दुविधाजनक बात है कि फिर भी वे अपने आपको महान समझने में ज़रा-सा भी नहीं हिचकिचाते। उनका द्विमुँहा चरित्र ही समस्त मानवता के लिए संकट का मूल कारण है। फासिस्टवाद तथा नाजीवाद ही नहीं अपितु इंग्लैण्ड जैसा लोकतांत्रिक देश दूसरे देशों के लिए आतंकवादी और घोर तानाशाही मनोवृत्ति का क्रूर देश है। उसकी करनी और कथनी में ज़मीन-आसमान का अन्तर है। इस दुरभिसंधि से मानव जाति की कैसे रक्षा हो? इन्दिरा ने इतिहास विषय लिया था अतः वह सुदीर्घकालीन मानव-प्रकृति का अध्ययन करते हुए यह तै नहीं कर पा रही थी कि बारम्बार अमानवीय, राक्षसी और रौद्र शक्तियाँ क्यों सिर उठाती रहती हैं? हर बार नये सिरे से यह प्रयास होता रहा है कि मानवता विरोधी शक्तियों को उठने न दिया जाये। आश्चर्य यह है कि वह अपने प्रयास में लगातार असफल रहा और जन विनाशकारी विध्वंसक शक्तियाँ संसार को रौन्दती रहीं। प्रथम विश्व युद्ध हाल ही की घटना थी और अब द्वितीय विश्व युद्ध की तैयारियाँ हो चुकी हैं। भारी मन से इन्दिरा ने किताबें बन्द कर एक ओर सरका दीं और टेबल लैम्प को बुझा कर वह सुस्ताने लगी।

इन्दिरा की सोच उसका पिंड नहीं छोड़ती। वह सोचती कि मनुष्य ने आतंक क्यों रचा, क्यों निर्बंधन जीवन को बन्धन में बाँधा? जीवन के परम सत्य से साक्षात्कार की अनेक बार, और अनेक तरह से, नानाविध रूप में रचने के बाद भी विनाश लीला को आज तक क्यों नहीं रोक पाया? वह क्यों फिर उनका ही विचार करता रहा? रंगीन और मटमैली अनुभूतियों के बाद भी महात्मा बुद्ध, ईसा आदि एक से एक महानतम विभूतियों के बाद भी उसके मन का राक्षस सभ्य क्यों नहीं बना? क्यों नहीं अवसर पाकर उसने डँसना छोड़ा? आखिर क्यों!...क्यों!!...क्यों!!! दिशाओं का घटाटोप, ज्वारभाटा भूकम्प, ज्वालामुखी और बारूद हर बार क्यों उसे छलते रहे प्यार का आकर्षण दिखाकर? क्यों वह अपने जमीर की निरन्तर अनदेखी करती रहे। संगीनों के दैत्यनुमाई आतंक की मायावी रचना से। कैसे? क्यों ?...आख़िर ...क्यों!...क्यों? वह आज तक अपने को नहीं बचा पाया? इस तरह प्रश्नों की आँधी उसमें उठती रहती रेगिस्तानी लाल-पीली आँधी की तरह और निरन्तर चलती रहती। इन्दिरा ऐसे लम्हों में अपने से बहुत दूर चली जाती। उसके साथ तब कोई नहीं होता। वह अपने आपमें भी अकेली होती। पापु ने उसे अकेले रहने का तो खासा प्रशिक्षण दे दिया था। और अब वह उससे भी एक कदम आगे निकल चुकी

थी। वह प्रो. लास्की से भी मिली थी परन्तु उसके मन की आँधी, आँधी थी, कोई रिहर्सल नहीं। फलतः उनसे भी उसकी आँधी को कोई दिशा नहीं मिल सकी।

27

इसी बीच शान्ता गाँधी बाज़ार से लौट आयी। उसके हाथ में एक लिफ़ाफ़ा था। लिफ़ाफ़ा इन्दिरा के नाम था। इन्दिरा ने लिफ़ाफ़ा खोला। एक सुन्दर नवयुवक का पत्र था, जो एक होटल में वायलिन का कार्यक्रम पेश करता है। लिखा था, वह उससे मिलना चाहता है। दरअसल वह उसे अकेले भोज पर आमन्त्रित करना चाहता है। यदि वह उसे अनुमति प्रदान कर सके तो वह अपने को खुशनसीब समझेगा।

आपको पत्र लिखने की प्रेरणा इस न्यूज़ से मिली। उसने उस न्यूज़ को संलग्न किया था। उस न्यूज़ की कटिंग निम्न प्रकार थी :

मेरे एक बीस वर्षीया पुत्री है।...औलाद के नाम पर अकेली है। इस समय वह इंग्लैण्ड में है...यहाँ से बहुत दूर। मुझे वह अत्यन्त प्रिय है। मैंने उसे अकेला रहना ही नहीं सिखाया है बल्कि उसे अपने आप पर हिम्मत तथा भरोसा करना भी सिखाया है। कुछ भी क्यों न हो जाये, भय को अपने नज़दीक मत आने देना आदि बातें सिखलाने की कोशिश की है। यदि वह आज मेरे साथ होती तो मैं बिना झिझक उससे कहता कि अकेली आप लोगों के इलाके (कबाइली इलाके) में जाये, वहाँ के निवासियों से मिले और उनकी ओर मित्रता का हाथ बढ़ाये। ऐसा मैं इसलिए कहता हूँ मुझे जितना उस पर विश्वास है उतना ही आप पर। मैं जानता हूँ कि आप वीर हैं और वीर कभी अपने दोस्त के साथ विश्वासघात नहीं कर सकते। आप में से कुछ लोग हो सकते हैं ऐसे हों, जिनकी गलतियों से न केवल आपकी वीरता अपमानित होती है बल्कि आप पर लोग विश्वास करते हुए डरते हैं![1] इससे आगे उसमें लिखा था कि आपके पिता जवाहरलाल नेहरू ने पठान कबाइलियों के सामने यह भाषण दिया है। इससे यह तो ज़ाहिर है कि वह आपसे कितना ....कितना प्यार करते हैं।...आपको ध्यान हो, आप स्पेन की सहायतार्थ कंगन का नीलाम कर रही थीं। याद आया न! उस कंगन को मैंने ही खरीदा था! पगार में जो कुछ मिला था, वह कंगन के हवाले कर दिया था और कुछेक पौण्ड उधार भी लेने पड़े थे। वह कंगन एक याद्दाश्त है आपकी मेरे पास। तो क्या मैं अब आशा कर सकता हूँ कि आप मुझे मेज़बान बनने का मौक़ा देंगी!...सिर्फ़ आपका लुईस।

शान्ता गाँधी ने इन्दिरा के मुखमण्डल की ओर देखा। वह लजा रही थी। उसके चेहरे पर भावनाओं के प्रतीक स्वरूप डेफोडिल्स के पीले पुष्प खिल उठे थे।

---

1. द्रष्टव्य : फ्रंटियर स्पीक्स : मुहम्मद यूनुस

वह पूछ रही थी,...''बेचारा, प्यार का मारा! आख़िर तूने क्या सोचा?''

''किस बारे में?'' इन्दिरा ने तनिक घबराहट से उत्तर दिया।

''आये दिन ऐसी प्रिय घटनाएँ होती रहती हैं। आख़िर तूने कुछ सोचा होगा कि नहीं...एक अनार सौ बीमार।...तुझे कितने नवयुवक चाहते हैं। पर तू घास ही नहीं डालती उन बेचारों को?'' शान्ता चहकने लगती।

''वह मुझे मेरे पापु की वज़ह से जानना चाहते हैं...मैं उनकी बेटी हूँ न... बस इसलिए। आई नो व्हाट आई एम! मैं अपने को किसी ग़लतफ़हमी का शिकार नहीं बनने देना चाहती।'' अपने स्वरों में वर्थवर्ड्स के प्रकृति प्रेम के प्रतीक 'रेन बो' को उछालते हुए वह कहती—''तू तो जानती है कि मैं यहाँ रोमांस के लिए नहीं, अध्ययन के लिए आयी हूँ और मैं यहाँ रहकर समझना चाहती हूँ कि जीने की शैली क्या होनी चाहिए।...मुझे यहाँ आल्पस ने मोहा है, हालाँकि वह हिमालय के सामने बौना है। मुझे यहाँ स्वेत फनोज्ज्वल निर्झरों के संगीत ने लुभाया है और मुझे विशेष रूप से यहाँ के वसन्त ने आकृष्ट किया है। यूरोप से मुझे यही तो मिला है कि जीवन शैली को वास्तविक तथा प्रिय कैसे बनाया जाये!...इससे अधिक मुझे किसी में दिलचस्पी नहीं है।''

''बहरहाल तुम, इन्दिरा, मानव समाज के व्यापक उद्धार के लिए आयोजित की जाने वाली सभाओं से यह लाभ अवश्य प्राप्त कर सकी हो कि किसी भी विषय पर बिना पूर्व नोटिस मिले,...आई मीन एक्सटमपोर, बहुत बोल सकती हो और एक अच्छे एडवोकेट की तरह अपने दिल की बात ऐसे छिपा सकती हो कि सामने वाले को लगे कि उसके सामने साक्षात् संन्यासिनी भगुआ वस्त्रों में आवेष्टित बैठी हुई हो।...आई मीन योगिनी।'' शान्ता गाँधी ने उसे छेड़ने की दृष्टि से कहा।

''तू नहीं सुधरेगी, शान्ता!'' इन्दिरा ने ताना कसा।

''तू मदद करे तो क़सम से,...बाई गॉड, मैं सुधर सकती हूँ। विल यू हेल्प मी?...दिल से कहना...अपनी एडवोकेसी से नहीं।'' शान्ता ने गम्भीर होकर कहा ताकि वह उसकी बात को मज़ाक में न ले।

इन्दिरा को आश्चर्य हुआ कि वह इतनी जल्दी गम्भीर कैसे हो गयी। उसे लगा कि ज़रूर उसके सामने कोई गहरी समस्या है। उसने सहानुभूति के स्वर में अत्यन्त आत्मीयता के साथ पूछा, ''बोल, शान्ता, तू मुझसे क्या मदद चाहती है? ...सच में यह मेरी प्रसन्नता का एक कारण होगा।''

''तू सच कह रही है न।''

''एकदम सच। यू बिलीव मी, शान्ता।...तू एक बार कह कर तो देख...।'' इन्दिरा ने आँख झपका कर कहा।

''आज इंग्लैण्डवासियों के लिए वसन्त की खिली हुई खुशनुमा धूप है ...ओह! माई स्वीटी इन्दु,...मुझे तुझसे यही आशा थी। क्यों न होती...आख़िरकार मैं तेरी पुरानी चहेती जो हूँ?'' शान्ता खिल उठी।

“बहको मत, शान्ता राजकुमारी...चटपट काम बता।” इन्दिरा ने कहा।

“प्यार बड़ा गुस्ताख़ होता है, इन्दु।...जिसे यह रोग नहीं लगता है, वह भी पछताता है, और जिसे लग जाता है, वह भी। यह तो जवानी के सरताज की बुरी आदत है, जिसका हर नवजवान फैन होता है यानी...आई लव यू।” शान्ता गाँधी ने कविता छेड़ दी और अंगड़ाई लेते हुए गुलमोहर के पुष्पों-सी खिलने लगी।

“प्लीज़ बी सीरियस।” इन्दिरा ने टोका।

“इन्दु प्यार आग है...न लगाये लगे, न बुझाये बुझे।...ग़ालिब ने भी कहा है...।” शान्ता महक रही थी।

“तू ग़ालिब की बात कर रही है या अपनी।”

“मैं तो तुझे इस गम्भीरता तक ले जाना चाहती हूँ जिसके बारे में मैं अभी तुझे बताने वाली हूँ।...क्या होता है, इन्दु, कि जब-तब सन्दर्भ-प्रसंग गोकि बैक ग्राउण्ड...पृष्ठभूमि तैयार नहीं कर दी जाये तब तक बराबर यह ख़तरा बना रहता है कि बात को ग़लत समझ कर अनदेखा न कर दिया जाये। एक बार बात बन गयी? फिर पैबन्द लगाने से वह बात नहीं बनती, जो बननी थी। बात जब तक इश्क जैसा खुशनुमा माहौल तैयार न कर दे, तब तक उस बात का इज़हार करना किसी खूसट से शादी करने के बराबर है।...है कि नहीं, अच्छा तू ही बता।” शान्ता गाँधी उसकी परेशानी की चाशनी का मन-ही-मन मज़ा लेते हुए चटखारे के साथ कहती और उसके चेहरे पर अपनी आँखें टाँग देती अपलक!

“तेरे में से यह ख़ब्त कैसे निकलेगी?...इतना ख़मीर उठाना भी अच्छा नहीं है...तुझे शायद कुछ कहना नहीं है।” इन्दिरा खफ़ा होने का अभिनय करते हुए बालकनी की ओर चलने लगती।

“ऐसी भी क्या खफ़गी है, इन्दु, कि वादा करके मुकरने लगे।” शान्ता गाँधी नया क़दम उठाती और नाराज़गी का जवाब नाराज़गी जता कर देती।

“तो, बोल तो...मुझसे तू क्या चाहती है?”

“सच पूछती है तो...।”

“हाँ, सच ही।”

“यक़ीन नहीं होता है, इन्दु...क्योंकि तू पल में माशा और पल में रत्ती हो जाती है...। गुस्सा हर दम तेरी नाक पर रहता है। इसलिए ही तो मुझे इतनी लम्बी-चौड़ी पृष्ठभूमि बनानी पड़ी।” शान्ता ने स्पष्टीकरण की दुरभिसंधि में उसे फँसाया।

“यक़ीन कर न।...मैं नाराज़ नहीं होऊँगी...वादा।”

“इन्दु, एक बात बता,...तुझे मेरी क़सम जो झूठ बोले।”

“पूछ भी तो...पहेलियाँ मत बुझा।”

“वही तो पूछ रही हूँ।” शान्ता गाँधी ने अपने होंठों को सज़ा देते हुए गम्भीरता से कहा।

“हाँ, तो पूछ भी...।”

“ऐसे बहुत कम लोग होते हैं, इन्दु जो अपने दिल की दौलत को बेपर्दा कर सकें।...पर तूने वादा किया है।” शान्ता उसे याद दिला कर परखती और उसके चेहरे पर आने-जाने वाले मेघ खंडों को तौलती।

इन्दिरा सकपकायी पर वादा...। वह अपने को सँभाल कर बोली, “हाँ, तो फिर तू कहना क्या चाहती है।”

“तूने कभी प्यार किया है, इन्दु?” शान्ता गाँधी यह बात ऐसी तेज़ी से कह जाती, जैसे खुश्क माहौल में वातायन से एक तेज़ और सद्यः खिले फूलों की महक का झोंका आया हो और जिसने भीषण गर्मी में वादियों में पायल की स्वर लहरियों को बिखेर दिया हो!

“तूने किया है।” इन्दिरा के होंठ काँप उठते।

वह सँभलकर पूछती, “तू बता, तूने क़सम ली है।”

“मैंने...मैंने...नहीं जानती, शान्ता। मैं कुछ नहीं जानती...। मुझे, दरअसल ऐसा मौक़ा ही कहाँ मिला है कि मैं कभी इस बारे में सोच पाती कि प्यार क्या है...।” इन्दिरा के स्वर, भंगिमा लड़खड़ा रही थी। उसकी ज़बान को मानो मोच आ गयी थी। उसका मुखमण्डल मोमिन होने का सबूत दे रहा था। वह मोम की मरियम बन चुकी थी। उसके होंठ चुम्बित हुए से सुर्ख हो रहे थे।

“तूने मम्मी से प्यार किया है, इन्दु।” शान्ता गाँधी ने उसकी हड़बड़ाहट को कम करने की दृष्टि से कहा।

“बहुत, शान्ता,...बहुत...बेशुमार...बेइन्तहा प्यार किया है।...क्या बताऊँ ...तुझे शान्ता।...मेरी मम्मी बहुत प्यारी थी...अत्यन्त सहृदय...नेक...पूजा योग्य...।” यह कहते हुए उसकी आँखें डबडबाने लगीं। उसके होंठ काँप उठे। वह आगे कुछ नहीं कह पायी।

“आई एम वेरि सॉरि, इन्दु।...मैंने तेरा ताज़ा व्रण कुरेद दिया।”

“नहीं शान्ता, यों मम्मी की याद के साथ मुझे सोचने का मौका मिल गया।... उनका अन्तिम दृश्य मुझे आज तक याद है—मानो आज भी वह मेरी आँखों के सामने झूल रहा हो।...मम्मी को अपने अन्त का आभास हो गया था। तभी तो पापु को स्वदेश जाने से रोक लिया।...वह तब जीना चाहती थीं।...पापु का प्यार पाकर वह फिर से ज़िन्दगी के साथ न्याय करना चाहती थीं।...उन्होंने कम कष्ट नहीं पाये थे। पर...मृत्यु से एक दिन पहले उन्होंने मुझे बुलाकर कहा, ‘इन्दु, पढ़ाई में मन लग रहा है न।’

“हाँ, मम्मी, खूब पढ़ रही हूँ।”

“बेटी, तेरी पढ़ाई में बहुत व्यवधान आये हैं। काश! मैं बीमार न होती तो...।” कमला का स्वर काँप गया था।

“बीमार क्या आप चाहकर हुई हैं, मम्मी। उससे तो मुझे आपके पास रहने की सुविधा मिली है। यह क्या कम है!...” इन्दिरा जवाब देती।

"देख, बेटी यह जीवन क्या है, इसे समझना आसान नहीं है। जीवन खुली किताब भी है और बन्द किताब भी। बहुत कम ऐसे लोग हैं, जिन्हें जीवन को समझने का, उस किताब को खोलकर पढ़ने का और पढ़कर प्रकट करने का मौका मिला हो। ज़्यादातर लोग उस किताब पर जमी धूलि को भी नहीं झाड़ पाये और इस दुनिया से कूच कर गये। पर यह ज़िन्दगी जीने का क़तई तरीक़ा नहीं है। ज़िन्दगी को समझे बिना जीना या जीने के अनुबन्ध करना ज़िन्दगी से मुँह छिपाकर दूसरे को बदनाम करने की कोशिश करना है।" कमला की साँस उखड़ने लगती।

"मम्मी, शेष फिर...।" इन्दिरा घबराकर कहती।

कमला शून्य आँखों से उसे देखती रह जाती निर्भाव! वह कुछ देर बाद बोली, "आज मुझे कह लेने दे, इन्दु।...कहीं मन के बादल उमड़-घुमड़ कर मन में ही नहीं रह जायें।...कभी मैं भी तेरे जैसी थी।...तेरे दादा ने मुझे देखा था और मेरे पिता से मुझे अपने घर की गृहलक्ष्मी बनाने का फ़ैसला किया था। मैं तो कुछ समझी नहीं थी। उनके चेहरे पर गरिमायुक्त भाव थे।...थे भी वे बहुत ज़िन्दादिल और शान शौक़त के रईस तबियत इन्सान! उन्होंने अपनी प्रपौत्री की हवाखोरी के लिए कलकत्ते की प्रसिद्ध फर्म से बच्चा गाड़ी मँगवायी थी।...उन जैसा इन्सान मैंने कभी नहीं देखा। बेटी, मेरे श्वसुर देवता थे।"...कमला की शून्य आँखों में अनेक इन्द्रधनुष मुस्कुरा उठे और वह गद्‌गद होकर कहीं और देखने लगी।

"हाँ मम्मी, मेरे दादा महान थे।"

"तेरे—पापु भी महान हैं बेटी बहुत महान।" कमला का स्वर भर्रा रहा था। कुछ देर सोचती हुई वह बोली, "बेटी, यह अवस्था बहुत नाज़ुक होती है। कुछ पता नहीं होता कि हमें क्या हो रहा है! जो हो रहा है, उसका सम्मोहन ज़िन्दगी की किताब खोलकर पढ़ने का मौक़ा ही नहीं देता। बिना ज़िन्दगी की किताब बाँचे-समझे ज़िन्दगी के सफ़र तय कर लेने की तैयारी कर लेता है।...बाद में जब इन्द्रधनुष खण्डित होने लगते हैं, तब खुद से नफ़रत होने लगती है और शेष जीवन नफ़रत के हवाले करके राख का ढेर बनने लगता है।" कमला ने इन्दिरा की ओर देखा। इन्दिरा मम्मी को समझने की कोशिश कर रही थी कि वह क्या कहना चाहती हैं?

"मैं डरती हूँ बेटी...तेरी वही अवस्था है...सम्मोहन हैं...वादियों के हृदय में गुनगुनाते निर्झर हैं। तुझे अभी ज़िन्दगी समझनी है—कोई जल्दी नहीं करनी चाहिए। ...फ़िलहाल देश की सेवा की ज़रूरत है।...तुझे तो अल्फ्रेड पार्क की याद है न, ब्रिटिश सरकार की गोलियों ने चन्द्रशेखर आज़ाद को कैसे छलनी कर डाला था! देश की आज़ादी उसे कितनी प्यारी थी। तेरे पापु भी उसी के लिए अट्ठारह-बीस घंटे काम करते हैं, यातनाएँ सहते हैं, वह चाहते तो शाही जीवन व्यतीत कर सकते थे...परन्तु वे खुद तो खुद सारे परिवार को भी अपने रंग में रंग बैठे।...यही तो ज़िन्दगी की खुली किताब है, जिसे पढ़-समझकर उन्होंने यातना-गृह को स्वीकार

करना पसन्द किया अपेक्षाकृत सामन्ती ठाठ-बाट के! मुझे उम्मीद है, बेटी, तू अपनी वंश परम्परा की मर्यादा को ध्यान में रखकर क़दम उठायेगी।" कमला ने अत्यन्त शान्त स्वर में बहुत धीरे-धीरे और इत्मीनान से कहा। यह सोचकर कहा कि इन्दिरा अपनी माँ का विश्वास करेगी और ध्यान रखेगी कि उसे कोई तकलीफ़ न हो और मर्यादा बनी रहे।

इन्दिरा तनिक गम्भीर हो गयी। उसने अपनी मम्मी को बाँहों में भरकर कहा, "मेरी प्यारी मम्मी।"

"सचमुच, इन्दु, तेरी मम्मी देवी थी।...परन्तु मैं कुछ और ही बात कह रही थी। तू अन्यथा न लेना।" शान्ता गाँधी ने कहा।

"तू अपनी बात कह, शान्ता, संकोच छोड़।"

"वाल्टेयर ने कहा है कि प्रेम थकान दूर करता है और दुःख को सुख में बदल देता है, जीवन-वाटिका में प्रेम का गुलाब खिलकर चारों ओर खुशबू महका देता है।...तू क्या सोचती है?" शान्ता गाँधी ने उसकी ओर से दृष्टि घुमाकर मेज़ पर रखे गुलदस्ते पर टिका दी ताकि इन्दिरा उसके आशय को समझ सके।

इन्दिरा ने धीरे से कहा, "ठीक ही लिखा होगा, शान्ता।"

"तू क्या अनुभव करती है?" शान्ता गाँधी का दबा हुआ स्वर झनझना कर रह गया।

"मैं...मैं...मैं...क्या अनुभव करूँ, शान्ता...मैं तो कुछ भी अनुभव नहीं करती हूँ।" इन्दिरा शुरू-शुरू में थोड़ा-सा हिचकिचाई परन्तु तुरन्त ही उसने अपने आपको सँभाल लिया।

शान्ता गाँधी ने धीरे से कहा, "फ़िरोज़ से...।"

"शान्ता..!" इन्दिरा ने तनिक तेज़ स्वर में कहा। फिर तुरन्त ही वह मद्धिम स्वर में कहने लगी, "फ़िरोज़ मेरा अच्छा दोस्त है, शान्ता मैं उसकी इज़्ज़त करती हूँ।...उसने मेरी मम्मी की बहुत सेवा की है। बस इससे ज़्यादा कुछ नहीं।"

"तू उससे प्यार नहीं करती है न?" शान्ता गाँधी ने सहज होकर कहा, "वह तू जाने परन्तु मैं इतना कह सकती हूँ कि सुगन्ध और प्यार कभी छिपाये नहीं छिपता। प्यार जीने का आनन्द है...अक्षय आनन्द!...तू उसी से महरूम होना चाहती है।...फ़िरोज़ तुझे जी जान से चाहता है।...अन्ततोगत्वा दिल तो उसका भी है। ...वह इसी भरोसे में है कि तू भी...तू उससे साफ़ कह दे यदि वाकई तू उससे प्यार नहीं करती है...अन्यथा वह बेचारा भ्रम में ही मारा जायेगा।" शान्ता गाँधी और बहुत कुछ कह गयी। वह तो समझती थी कि उसकी फ़िरोज़ से आशनाई है। उसने कलाई पर बँधी घड़ी की ओर देखा और उठते हुए बोली, "अब मुझे जाना है, इन्दु।...शायद मैं कुछ विलम्ब से लौटूँ। डिनर पर तू मेरा इन्तज़ार मत करना। मैं कहीं 'इनवाइट' हूँ।" वह मुस्कुरा कर उठने को हुई ही थी कि इस समय फ़िरोज़ ने प्रवेश किया। इन्दिरा ने ही फ़िरोज़ का शान्ता से परिचय कराया था।

वह पूछ रहा था, "क्या आप लोग कहीं बाहर जा रहे हैं?" उसने दोनों की ओर देखा। दोनों चुप थीं। वह पुनः पूछ बैठा, "आप दोनों चुप कैसे हैं? क्या आपस में झगड़ा हो गया है? यदि यह बात हो तो हम पलभर में दोस्ती करा सकते हैं।"

"नहीं, फ़िरोज़, ऐसी कोई बात नहीं है।...दरअसल मैं आज एक जगह 'डिनर' पर आमन्त्रित हूँ।" शान्ता गाँधी ने चुप्पी तोड़ी।

"यह तो बड़ी अच्छी बात है, शान्ताजी।"

"इन्दु को अकेले रहना पड़ेगा, यह सोचती हूँ।"

इन्दिरा कुछ बोलती कि इससे पहले ही फ़िरोज़ बोल पड़ा, "डोंट वरि...अब हम आ गये।...इन्दु को उदास नहीं होने देंगे।...अब आप निश्चिंत होकर मेज़बान को 'ऑब्लाइज़' कर सकती हो।" उसने ऐसे नाटकीय ढंग से यह संवाद बोला कि जिससे शान्ता गाँधी अपनी हँसी नहीं रोक सकी। वह हँसती हुई चली गयी। उसके जाने के बाद काफ़ी देर तक दोनों चुप रहे। फ़िरोज़ बालकनी से नीचे का नज़ारा देखता रहा। इन्दिरा यथास्थान गुमसुम बैठी रही। आखिर फ़िरोज़ ने बालकनी से टहलते हुए कहा, "क्या बात है, इन्दु , आज तुम बहुत खामोश हो! तबियत ठीक है न।"

"ठीक है।" इन्दिरा ने वहीं से बैठे-बैठे कहा।

"फिर, इतनी ग़मगीन क्यों हो?"

"कुछ नहीं बस यों ही।" इस बार उसके स्वर में दृढ़ता थी।

"यहाँ आओ, इन्दु देखो नीचे दुनिया कैसे दौड़ी जा रही है—किसी को किसी की सुध नहीं। मैं अक्सर जब कहीं मन नहीं लगता तब यों ही बेमतलब बालकनी में खड़ा होकर आती-जाती भीड़ को देखता रहता हूँ। कभी-कभी तो ऐसे दृश्य उपस्थित होते हैं कि मन अट्टहास लगा उठता है। इससे सारा सन्नाटा बिखर जाता है और मैं रिलेक्स हो जाता हूँ।"

इन्दिरा ने पूछा, "कॉफ़ी चलेगी।"

"क्यों न बाहर जाकर थोड़ी चहलकदमी कर आयें। आज वहीं कुछ खा-पी लेंगे।" फ़िरोज़ ने प्रस्ताव रखा और उसकी प्रतिक्रिया जानने के लिए उसकी ओर साभिप्राय देखा।

"नहीं, फ़िरोज़, आज कहीं जाने का मन नहीं है।"

"इस नहीं का मतलब।" फ़िरोज़ ने बालकनी से अन्दर आते हुए कहा, "चलना, बस चलना है। यों थोड़ा 'रिलैक्स' हो लेंगे।"

"रिलैक्स तो पहले से हूँ।" इन्दिरा ने दो टूक उत्तर दिया।

"तो थोड़ा घूमना ही हो जायेगा। आई मीन तुम्हारे शब्दों में चहलकदमी।"

"आज मन नहीं है, फ़िरोज़।"

"आज अन्तरराष्ट्रीय शान्ति ब्रिगेड की ओर से एक बैठक भी आयोजित की गयी है। वहाँ मिस्टर कृष्णा मेनन भी आने वाले हैं। चलो, उन्हें सुनेंगे।" फ़िरोज़

ने अपने पूर्व प्रस्ताव के समर्थन में एक नया प्रस्ताव पेश किया।

"नहीं, फ़िरोज़, प्लीज़ डोंट टेक इट अदरवाइज़। आई एम सॉरि।...आज मुझे कई काम भी करने हैं।" इन्दिरा ने मुस्कुराने की चेष्टा करते हुए आगे कहा, "तुम हो आओ, फ़िरोज़। मैं तुमसे वहाँ की मीटिंग के बारे में जान लूँगी।...प्लीज़...।" इन्दिरा अपने में झाँक कर रह गयी। सचमुच वह बेहद अन्यमनस्क हो रही थी। अनचाही और अनजानी गहरी उदासी से घिरी।

अब फ़िरोज़ के सामने वहाँ रुकने का कोई अर्थ नहीं था। अतः वह चुपचाप सिर झुकाये चला गया।

इन्दिरा ने दूर तक फ़िरोज़ को फुटपाथ पर चलते देखा और तिराहे से जब वह मुड़ गया तब उसने अन्दर से दरवाज़ा बन्द कर लिया। गहरी साँस लेकर वह बुदबुदायी, "ईश्वर, मदद करो।" वह कुछ नहीं जानती कि उसने फ़िरोज़ के साथ आज ऐसा व्यवहार क्यों किया! पर अब तो वह कर चुकी है। फ़िरोज़ अब तक काफ़ी दूर निकल चुका होगा, निराश, थका और क्लान्त! उसको उसे दुःखी करने का क्या अधिकार है! आख़िर उसने उससे क्या लाभ उठाया है? जहाँ तक बन पड़ा है, उसने उसके परिवार के साथ कुछ किया ही है। उसकी कोमल भावनाओं में कैसी हलचल पैदा हो गयी होगी! वह कैसा प्रसन्न आया था और गया तो कैसा मुँह लटकाये और निस्वन! यथार्थतः उसे उसके साथ ऐसा व्यवहार नहीं करना चाहिए। वह क्या सोचता होगा कि...उसका मन भर आया। उसने आगे बढ़कर बालकनी पर पड़ा परदा खींच लिया। उसने परदा खींचते हुए देखा कि लन्दन शहर जगमगा रहा है। लन्दन की मधुर शाम आज अवध की शाम की याद ताज़ा कर रही थी। इन्दिरा ने लाईट ऑन नहीं की और गुमसुम अँधेरे की गोद में जा पड़ी। अँधेरे में से भी कुछ दृश्य-परिदृश्य उसके सामने आने लगे जैसे—आहत अँधेरा दूर-दूर तक फैले प्रकाश से और पीड़ित हो रहा हो। रोशनी के घर में भटका अँधेरा कम्पित होने लगा है। अनसुलझे प्रश्नों की घाटियों में तलाशता खामोश रास्ता गुमनाम जीवन बसर करने पर मजबूर, लाचार और विवश हो उठा है। बेहद निरीह अकेलापन अपने आपको पी जाने के लिए उद्यत और तत्पर होने लगा है। खाली-खाली-सा मधुमास, बीतता समुद्र, अनचिन्हित रास्ते और अनपहचाने लोग बिना उसकी ओर देखे गुज़रे जा रहे हैं। वह अकेली, आत्मलीन हुए अपने आपको अजनबी-सा महसूस कर रही है। अपनी ही ग़लती से बेहद खूबसूरत शाम से, जो लन्दन की ज़िन्दगी में यदाकदा नज़र आती है, अकारण अपने को महरूम कर बैठी है और इसके लिए गुस्सा रास्ते के लोगों पर उतार रही है।

अब उजाला नहीं, मात्र अँधियारा है—आगे पीछे चारों ओर। इन्दिरा को लगने लगता कि वह असोचे ही यदाकदा अन्धे गलियारों से आगे बढ़ती उस जंगल में खो जाती है, जहाँ सूर्य का प्रवेश निषेध है। उसकी ज़िन्दगी का यह आलम स्वयं उसे ही छीलने लगता और वह घबराकर बिखर उठती। फ़िरोज़ की उसे बराबर ज़रूरत

रही है। उसके बिना उसका काम ही नहीं चल सका है। फिर उसने उसे द्वार से चुपचाप लौट जाने दिया?

28

अचानक कॉलबैल बज उठी। इन्दिरा ने दरवाज़ा खोला। चारों ओर देखा। वहाँ दूर-दूर तक कोई नज़र नहीं आया। फिर घंटी कैसे बजी? किसने बजायी? वह देर तक बाहर झाँकती रही। कहीं कोई नहीं था। वह सोच रही थी, हो सकता है कि हवा ही हो। उसी ने दरवाज़ा थपथपा दिया हो। वह भी नहीं थी, क्योंकि वह दबे पाँव बह रही थी। न फ़िरोज़ लौट सकता था और न शान्ता गाँधी ही! एक बार जब वह फ़िरोज़ के साथ सिनेमा देखकर लौट रही थी तब फ़िरोज़ से अचानक इन्दिरा ने पूछा था कि तुमने कुछ कहा क्या? फ़िरोज़ ने चाँदनी रात के धवल व मनोरम परिदृश्य पर दृष्टि गड़ाते हुए कहा था, "तुम्हें ऐसे क्यों अनुभव हुआ? मैं तो हमेशा तुमसे कहता ही रहता हूँ पर तुम सुनती कहाँ हो? पर इस समय तो तुमने सुना है।"

इन्दिरा ने अपने को सँभालते हुए कहा, "अरे, मैं तो मज़ाक कर रही थी! सोच रही थी कि लम्बा रास्ता यों गुमसुम ही काटना पड़ा तब तो वह द्रौपदी का चीर हो जायेगा।"

फ़िरोज़ ने ग़ौर से इन्दिरा की ओर देखा। उसे ताज़्ज़ुब हुआ कि वह क्या कह रही है? पर शीघ्र ही उसने अनुमान लगा लिया कि ऐसा उसने अपनी बात रखने के लिए कहा है। दरअसल वह इस तरह अपनी झेंप मिटाना चाहती है। फ़िरोज़ ने कहा, "इन्दु, जब मन का मन से संवाद शुरू हो जाता है, तब आमने-सामने खड़े देह-धारियों को पता ही नहीं चलता और दोनों परस्पर बात कर उठते हैं। परन्तु जैसे ही उनमें से किसी को यह एहसास होता है कि वे परस्पर खामोश हैं तो उनमें से एक पूछ बैठता है आपने कुछ कहा क्या। जीवन में इन संवादों का महत्त्व है। तुम घबराओ नहीं, मन की बात करो, मन से ही उत्तर लो और अनुभव करो... क्यों? इन्दु क्या यही बात थी न अभी! सच-सच कहना।"

"पता नहीं।" कहते हुए वह कुछ-कुछ व्रीड़ानत हो गयी।

इन्दिरा को याद आ रहा था कि उसने फ़िरोज़ के साथ नाटक देखा था। नाटक देखने के बाद वे डाउनिंग स्ट्रीट के पास से लौट रहे थे। फ़िरोज़ नाटक के पात्र फिलिप जोर्डन के बारे में बात कर रहा था, "उसकी प्रेमिका ने उसको धोखा दिया था और वह इस धोखे को बर्दाश्त नहीं कर सका। वह अपनी प्रेमिका मार्गरिट से बहुत प्यार करता था और उसी के कारण वह धीरे-धीरे मानसिक रोगी भी हो गया। उसने तुर्गनेव की शिकार के बारे में लिखी उस कहानी के विरुद्ध अपने आचरण से यह सिद्ध कर दिखाया था कि घृणा प्रेम से अधिक शक्तिशाली

है, जबकि तुर्गनेव ने अपनी उस कहानी में जिसमें अपने बच्चे को बचाने वाली मादा-पक्षी एक शिकारी कुत्ते को पराजित कर देती है, यह दर्शाया था कि प्रेम घृणा से अधिक शक्तिशाली है।...इन्दु, तुम क्या सोचती हो कि उनका ऐसा करना उचित था या अनुचित।'' इन्दु ने कोई जवाब नहीं दिया। वह बात का रुख बदलते हुए, लन्दन स्कूल ऑफ़ इकोनॉमिक्स के प्रोफ़ेसर हैराल्ड लास्की की बात करने लगी, जिसने उसके पिता को लार्ड हैलीफेक्स से न मिलने की सलाह देते हुए लिखा था, 'लार्ड हैलीफेक्स भारत की स्थिति पर विचार विनिमय करने के लिए आप पर ज़ोर डलवा रहा है, परन्तु जब तक वह स्वयं आपसे लिखित में प्रार्थना नहीं करे, तब तक आप उनसे न मिलें तो बेहतर है। कारण उससे न केवल आसानी से ग़लतफ़हमी फैल सकती है बल्कि उससे अत्यन्त नुक़सानदायक परिणाम भी सामने आ सकते हैं।'

''पर क्यों, इन्दु, उससे लास्की को क्या मिला?''

''फ़िरोज़, वह एलिजाबेथन महल के सुन्दर कक्ष, आलीशान बाग़-बग़ीचों आदि की बढ़-चढ़ कर चर्चा, मध्यस्थ लार्ड लोथियन से करवा कर यह चाहता था कि पापु प्रलोभन में आ जायें। मम्मी तब वेडनवीलर सेनीटोरियम में थीं और पापु अपने कक्ष में इस बारे में चर्चा कर रहे थे। अब मेरी इस ओर दिलचस्पी बढ़ रही है।'' फ़िरोज़ ने इन्दिरा के इस रुख को समझने से इनकार कर दिया था, क्योंकि कुछ दिन पूर्व ही तो वह वहाँ के जीवन में छायी खुशनुमा स्वतन्त्रता का ज़िक्र करते हुए अत्यन्त भावुक हो उठी थी—एकदम गुलमोहर-सी!

क्या इन्दिरा बराबर अपने प्रति सचेत नहीं है? क्या उसे अपनी माँ की बातें याद नहीं रहीं? क्या कम हुई है उसके मन में देश की आज़ादी के दौर के प्रति जागरूकता? क्या वह अपने पापु के रुख को नहीं जानती? क्या वह फ़िरोज़ की स्थिति को नहीं समझती? कदाचित् यही कारण था कि वह फ़िरोज़ को समय-समय पर अप्रत्यक्ष रूप से सचेत करती रही और यह जताती रही कि वह अभी व्यक्तिगत जीवन के बारे में कुछ भी नहीं सोचना चाहती है। वह फ़िरोज़ के साथ जब लन्दन की गन्दी बस्तियों में गयी थी, वहाँ के निवासियों के बारे में यह जानकारी प्राप्त कर उसे ताज्जुब हो रहा था कि वहाँ रहने वाले चाय, बिस्किट तथा यदाकदा लेटिल कटलेटों पर किसी तरह गुज़ारा भर कर रहे हैं। तब उसने फ़िरोज़ से कहा था, ''फ़िरोज़, गरीबी तो यहाँ भी है ओर यहाँ रहनेवालों का स्वास्थ्य भी अच्छा नहीं है। क्या जीने का उद्देश्य यह नहीं हो सकता है कि ऐसी उपेक्षित ज़िन्दगियों के लिए भी काम किया जाये।'' वह इस प्रकार से अनेक अतीत के चलचित्रों को सामने रखकर यह तय नहीं कर पा रही थी कि क्या वास्तव में वह फ़िरोज़ को अपनी ज़िन्दगी में आने से रोकना चाहती है या...कभी-कभी उसे फ़िरोज़ की कमी सालने लगती थी। अब वह तो जा चुका है, लेकिन वह फिर उसके प्रति किये गये अपने कड़वे व्यवहार को बर्दाश्त नहीं कर पा रही थी। क्या वह वास्तव में

उससे प्रेम करने लगी है और शान्ता गाँधी के कहे गये शब्दों का वास्तविक यही अर्थ है? उसका संकोची और अन्तर्मुखी स्वभाव क्या अपने को किसी पर यह ज़ाहिर नहीं होने देना चाहता? क्या कभी वह इन परिसीमाओं को तोड़कर कोई निर्णय कर पायेगी? वह किसी निष्कर्ष पर नहीं पहुँच पायेगी और हारकर वह अपने पर आक्रोश करके रह जायेगी। अपने चरित्र की दुविधाजनक वास्तविकता को समझते हुए वह कई बार परेशान हो उठती थी। आज भी वह इसी कारण कमरे में अँधेरा किये अपने को प्याज के छिलकों की तरह छीलती जा रही थी। किसी निर्णय पर नहीं पहुँचने की ज़िद से उसमें तनावों के तेवर तेज़ हो रहे थे और कसक गहरा रही थी। और कसमसाहट ज़ोर पकड़ रही थी।

विश्व मंच पर तेज़ी से दुर्घटनाएँ घट रही थीं। हिटलर, मुसोलनी आदि का आतंक बढ़ रहा था। लोकतान्त्रिक तथा मानवतावादी दीवारें ढह रही थीं। विशेष रूप से यूरोप बेतरह से झुलसने लगा था। हिटलर में जातीय गर्व फुत्कार भर उठा था। उस पर यहूदियों को तड़फा-तड़फा कर मारने का जुनून सवार था। जर्मन कवि अर्न्स्ट टालर उन अत्याचारों का प्रत्यक्षदर्शी था। उसका संवेदनशील कवि हृदय हिटलर के ज़ुल्मों को बर्दाश्त नहीं कर सका और निर्वासित होकर वह इंग्लैण्ड चला आया। वहाँ इन्दिरा ने अपनी पुरानी पहचान को ताज़ा किया था। यह युद्ध थोपा जा रहा है और सब इससे परेशान और भयभीत हैं। कभी भी कुछ हो सकता था, यह संशय हर एक के मन में घर कर चुका था। आस्ट्रिया को हिटलर ने जैसे हज़्म किया था, उससे इन्दिरा के मन पर गहरी वेदनायुक्त चिन्ता उभर आयी थी।

इधर सन् 1937 के अन्त में जवाहरलाल नेहरू कांग्रेस अध्यक्ष पद से मुक्त हो चुके थे और उधर विश्व का सन्तुलन डगमगा रहा था। अचानक जवाहर की माँ को दिल का दौरा पड़ा और वह सबको छोड़कर चली गयीं। (इन्दिरा गाँधी अपनी दादी स्वरूप रानी को डोल अम्मा पुकारती थी। डोल अम्मा इन्दिरा को मिठाइयाँ डोली (जालीदार आलमारी) से निकालकर देती थीं इस कारण इन्दिरा अपनी दादी को डोल अम्मा कहकर पुकारती थी।) इस सबसे जवाहर का मन भारी हो गया और उन्हें बेहद खालीपन सताने लगा। इन्दिरा की याद आने पर वह और गुमसुम हो जाते थे। जब-तब कमला उनके तन्हा अँधेरों में राजकुमारी-सी दुल्हन बनी आ खड़ी होती थी। पल भर में ही लुजान स्थित सेनीटोरियम उनके दिमाग़ में बिजली की तरह कौंध उठता था। वह बेचैनी से भर जाते थे। अन्ततः उन्होंने इन्दिरा को साथ लेकर यूरोप की सैर पर निकल पड़ने का कार्यक्रम बनाया और 3 जून को स्पेन के लिए रवाना हुए और वहाँ से इंग्लैण्ड पहुँचे। उन्होंने बार्सीलोना की बमों से टूटती-बिखरती खामोशी को देखा और देखा अन्तरराष्ट्रीय शान्ति ब्रिगेड को उनसे संघर्ष करते हुए व उस शान्ति ब्रिगेड को जो वहाँ के जन-मन की सुरक्षा के प्रति समर्पित था।

जवाहरलाल नेहरू इन्दिरा से मिलकर बहुत खुश हुए। इन्दिरा ने उन्हें बताया

कि स्पेनी अभिनेत्री ला पेशोनारिया जो कि तानाशाह के विरुद्ध थी और जन-मुक्ति के लिए समर्पित थी, का लन्दन में भव्य स्वागत-अभिनन्दन किया गया था। वह उस दृश्य को देखकर गद्गद हो उठी थी। उसके साथ शान्ता गाँधी और फ़िरोज़ भी थे। उस दिन वर्षा भी आक्रामक रूप धारण कर चुकी थी परन्तु वे लोग उसके स्वागत में खड़े रहे बिना वर्षा की चिन्ता किये। उस वक़्त वह स्पेन की "जान ऑफ़ आर्क" बनी हुई थी। इन्दिरा यही स्वप्न शुरू से देखती चली आ रही थी। वह भी देश के लिए, मानवता की रक्षा के लिए और विश्व कल्याण के लिए अपने आपको दाँव पर लगाने के लिए तत्पर थी। उसे तानाशाही प्रवृत्तियों से घृणा हो चली थी और वह उन लोकतांत्रिक देशों को भी पसन्द नहीं करती थी जो कि स्वयं के लिए लोकतन्त्र पसन्द करते थे और दूसरों का शोषण करने में नहीं हिचकिचाते थे। वह ऐसे देशों के प्रति उनकी साम्राज्यवादी नीति के कारण ख़िलाफ़ हो चुकी थी। केवल इतना ही नहीं वह अनेक अवसरों पर अपने तर्क बल से यह सिद्ध भी करती रही थी। वह चाहती थी कि जैसे भी हो उसके द्वारा साम्राज्यवादी ताक़तों के विरोध को समर्थन-सहानुभूति मिले और उसकी सोच के हर स्तर पर मान्यता पा सके।

जवाहरलाल नेहरू ने इन्दिरा को पत्र में लिखा था कि लोकतन्त्र का क्षेत्र इतना विस्तृत करना होगा कि जिसमें आर्थिक समानता को समाविष्ट किया जा सके। उनका मत था कि "यही वह महान् क्रान्ति है, जिसमें होकर हम सब गुज़र रहे हैं।"[1] वे लोक विज्ञान तथा टेकनोलॉजी की प्रोन्नति को एक साथ आगे बढ़ता देखना चाहते थे। उन्होंने जिस समता को प्रतिपादित किया था वह "समता साम्राज्यवाद अथवा पूँजीवाद के साथ कोई सरोकार नहीं रखती थी, क्योंकि उनका आधार विषमता तथा राष्ट्र या वर्ग का शोषण है।"[2] विश्व में उस समय जो कुछ हो रहा था या जो कुछ तात्कालिक संघर्ष था, वह साम्यवाद तथा समाजवाद और फाँसीवाद के मध्य नहीं था। उनकी पक्की धारणा थी कि "यह संघर्ष तो जनतन्त्र और फाँसीवाद के मध्य है और जनतन्त्र की समस्त शक्तियाँ कन्धे-से-कन्धा मिलाकर फाँसीवाद के प्रतिकूल बनती जा रही हैं।"[3] इन्दिरा इन बातों को बहुत नज़दीकी से महसूस कर रही थी। सभी विकासशील देश तानाशाही मोर्चे के विरुद्ध होते जा रहे थे। ऐसे लोगों की अवधारणा थी कि बमों से अधिक शक्ति विचारों में अन्तर्निहित है।

विश्व राजनीति को तब भयावह संकट से गुज़रना पड़ रहा था। उस समय कांग्रेस के अध्यक्ष सुभाष चन्द्र बोस अंग्रेज़ों के कट्टर शत्रु थे। फलतः उनका झुकाव

---

1. हिन्दुस्तान की कहानी : जवाहरलाल नेहरू
2. वही
3. वही

कुछ-कुछ हिटलर की ओर हो रहा था। कारण था—स्वास्तिक चिन्ह जो उनकी पताका पर विद्यमान था। इसका फल यह हुआ कि ब्रिटिश सरकार कांग्रेस के बहुत प्रतिकूल हो गयी। उसने मुस्लिम लीग को तरज़ीह देना शुरू कर दिया था। यह ख़तरनाक चाल आगे चलकर बहुत घातक सिद्ध हुई। इन दिनों जवाहर अपनी पुत्री इन्दिरा को साथ लेकर यूरोप की यात्रा कर रहे थे और करीब से यूरोप में फैल रही हिंसा-प्रवृत्ति का अध्ययन कर रहे थे। बुडापेस्ट में इन्दिरा बीमार पड़ गयी। उसकी बीमारी के कारण जवाहर का स्वदेश लौटने का कार्यक्रम कुछ समय के लिए रद्द हो गया। उन्होंने यह उचित समझा कि इन्दिरा के ठीक होने पर वे उसे अपने साथ लेकर स्वदेश लौट जायें। उन्होंने ऐसा ही किया और इन्दिरा को लेकर स्वदेश लौट आये। स्वदेश लौटने पर इन्दिरा को उन्होंने स्वास्थ्य लाभ के लिए अल्मोड़ा भेज दिया। साथ में कृष्णा हठीसिंह व उसके दोनों बच्चे भी थे। वहाँ उसे पढ़ने का अच्छा मौक़ा मिला।

अनायास इन्दिरा गाँधी को स्मरण हो आया जब मार्च, 1936 में सुभाषचन्द्र बोस कांग्रेस कार्यसमिति द्वारा नामजद उम्मीदवार के सामने पुनः जीत गये। जवाहरलाल नेहरू ने उनका विरोध किया था। अप्रैल, 1936 में इन्दिरा जब इंग्लैण्ड लौट रही थी तब तक सुभाषचन्द्र बोस ने अध्यक्ष पद से इस्तीफा दे दिया था। फिर से इन्दिरा अध्ययन रत हो गयी। अब वह स्वदेश से इंग्लैण्ड लौटने से पूर्व कांग्रेस की सदस्य बन गयी थी, क्योंकि आयु सम्बन्धी अड़चन अब उसके साथ नहीं रही थी। अब वह जुटकर कार्य कर सकती थी।

ब्रिटेन में "लोकतन्त्र बचाओ" अभियान शुरू हो चुका था, वहाँ खाइयाँ खोदी जा रही थीं और अँधेरा रहता था। एक अजीब-सी दहशत वहाँ के निवासियों में पिघले हुए काँच की तरह समाती जा रही थी। कारण, फ्यूरर हिटलर वादा ख़िलाफ़ी पर उतर आया था और साम्राज्य को विस्तार देने के बहाने सोचने लगा था। जवाहरलाल नेहरू जब चीन में थे तब जापान ने चीन पर धावा बोल दिया था और हिटलर ने पोलैन्ड पर। घमासान युद्ध हो रहा था। सुभाषचन्द्र बोस का इस समय यह अभिमत था कि ब्रिटेन की मदद नहीं की जाये। यही उनकी समझ में उस समय की रणनीति हो सकती थी, जबकि गाँधीजी की दृष्टि में यह अनैतिक कार्य था। कारण, वे जनता के शत्रु को पराजित करने के लिए तत्पर थे। हिटलर जवाहरलाल नेहरू से मिलने की कोशिश कर रहा था? परन्तु वे उससे मिले नहीं और सीधे स्वदेश लौट आये। वस्तुतः हिटलर की मंशा उनसे मिलने की किसी और कारण से थी। इन्दिरा एक-एक बात को समझ रही थी और महसूस कर रही थी कि राजनीति किस मोड़ पर आ खड़ी हुई है।

समय की अपनी रणनीति है। मनुष्य सोचता कुछ और है और होता है कुछ और। इन्दिरा ने राजनीतिक गतिविधियों में हिस्सा लेना शुरू ही किया था कि वह प्लूरिसी से ग्रस्त हो गयी। तत्काल उसे लन्दन के अस्पताल में भर्ती करा दिया गया। फ़िरोज़ चिन्तित हो उठा। इन्दिरा के फेफड़ों पर सूजन है,...कहीं ऐसा न

हो कि आगे चलकर यह रोग क्षय रोग में बदल जाये। फ़िरोज़ ने वहाँ डॉक्टरों से सलाह ली और उनसे सलाह लेकर इस नतीज़े पर पहुँचा कि वहाँ से सीधे उसे स्विट्ज़रलैण्ड के अस्पताल में भर्ती करवाना ठीक होगा। वहाँ की खुश्क हवा उसकी सेहत के लिए अत्यधिक अनुकूल होगी। वह अकेली, जहाँ कभी उसकी मम्मी ने प्रवेश लिया था, वहाँ जा पहुँची।

इन्दिरा को ज्वर रहने लगा था। उसका वज़न भी घटने लगा था। वह स्वयं चिन्तित हो उठी थी। कारण, उसके सामने मम्मी के सारे दृश्य घूमने लगे थे। कहीं उसे भी तो...यदि हुआ तो! फिर क्या होगा? फिरोज़ उसके मन के संशय को पढ़कर उसे समझाने लगा, "तुम शीघ्र ठीक हो जाओगी—सोचना या चिन्ता करना बन्द करो।"

"कैसी चिन्ता-फ़िक्र?" इन्दिरा ने दृढ़ता का परिचय दिया।

"मैं जानता हूँ, तुम बहादुर हो। तुमने बानर सेना बनायी थी, क्यों याद है न?" फ़िरोज़ ने उसे उकसाया और समझाया, "तुम्हारी आदत चुप रहने की ज़्यादा है और तन्हा में अपना समय व्यतीत करने की। यह दोनों आदतें व्यक्ति को सोच के बयाबान जंगल में ले जाती हैं, और वहाँ उसे अकेला छोड़ देती हैं। वहाँ वह या तो जंगल में भटक कर निराशा से भर जाता है अथवा जंगली दलदल में फँस कर अपने को असहाय समझने लगता है। यदि तुम, इन्दु, ज़िन्दगी से निराश नहीं हुई हो और सच्चे मन से अपने देश तथा मानवता की सेवा करना चाहती हो तो सोचो की उस धारा से हटकर चलना होगा, जो कि सख़्त व तीखी तन्हाई में ले जाती है।...सुन तो रही हो, इन्दु।" फ़िरोज़ साधिकार बोले जा रहा था।

इन्दिरा कुछ देर खाली आँखों से फ़िरोज़ को देखते हुए बोली, "यक़ीन रखो, मैं अपने संघर्ष करने की पूरी शक्ति संजोए हूँ।" वास्तव में उसे अपना सख़्त और तन्हा और संकोचीपन अब सताने लगा। वह जानती है कि वह अपनी फ़ितरत से मजबूर है परन्तु अब तो उसे कुछ-न-कुछ तो करना होगा।

जवाहर उसकी बीमारी से बेहद चिन्तित हो गये थे। आने-जाने के रास्ते तमाम ख़तरों से भरे थे। उन्होंने उसे हार्दिक सहानुभूति दर्शाते हुए समझाया था और उसे आश्वासन भी दिया था कि वह अकेले तनिक न घबराये। आवश्यकता होगी तो वह स्वयं वहाँ पहुँच जायेंगे। उन्होंने जे. थामसन के पत्र के कुछ अंश लिख दिये, जो कि थामसन ने उन्हें अपने पत्र में लिखे थे। उसमें लिखा था कि—"इन्दु से मैं मिला। वह खासी भली लगी...। वह दुबली तो अवश्य है परन्तु उसे सुकुमार अवश्यमेव कह सकते हैं। रहने-सहने में उसे पर्याप्त सावधानी बरतनी होगी। वह भीतर से अत्यधिक मज़बूत है। निस्सन्देह किशोरावस्था के ये मुसीबत-भरे दिन जब बीत जायेंगे तो यथार्थतः उसकी शक्ति मुखर हो जायेगी।[1]"

कुछ समय के लिए—वह अपने आप में खो गयी। उसे अपनी जिजीविषा

---

1. कुछ पुरानी चिट्ठियाँ : जवाहरलाल नेहरू

शक्ति में विश्वास होने लगा। वह निराश नहीं हो सकती थी। एक बार सोच लेने पर वह वही करती थी, जो उसकी आत्मा उसे आदेश देती थी। वह अपने आपको सँभालने लगी थी। फ़िरोज़ लौट चुका था। परन्तु फ़िरोज़ का लाया फूलों का गुच्छा अभी तक उसके सिरहाने रखा हुआ महक रहा था।

महायुद्ध शुरू हो गया। महाविनाश की घनी और भयावह सियाह छायाएँ चतुर्दिक यूरोप में मंडराने लगीं। वह समाचार पत्र पढ़ती तो सनसनाहट से भर जाती। वह अस्पताल के निभृत कक्ष में पड़ी हुई नानाविध विचारों से आवृत होकर कसमसा उठती। मनुष्य इतना भीषण, कुरूप और नृशंस क्यों हो उठा है? यह कैसी महानता और रक्त की शुद्धता है, जो दूसरों से जीने का अधिकार छीनती हो! देश के देश मृत्यु-घर बनने लगे थे। वे अमानवीय अत्याचारों से राख के ढेर हो रहे थे। अनेक जगहों पर सामूहिक बलात्कार के दर्दनाक किस्से समस्त मानवता के लिए कलंक का कारण बन चुके थे। आदमी कितना घृणित, दैत्य और बर्बर हो सकता है कि उसे अपने आपको मारने में ही महासुख, महानन्द और महासौन्दर्य की रसानुभूति होने लगती है। कापुरुषता और नपुंसकता जब किसी समाज के जीवन मूल्य बनने लगते हैं, तब विकृतियों का घटाटोप इसी प्रकार से ताण्डव-नृत्य करता है। यह सोचते-सोचते कभी-कभी वह हाँफने लगती थी और उसके सामने लहलहाती फसल को पागल साँड बर्बाद करने लगता था। उसने संवेदनाओं, कल्पनाओं और मृदु स्वप्नकांक्षाओं को आग की भट्टी में झोंक कर राख कर दिया था। एक बार पुनः सम्बन्धों की ऊष्मा ठंडी पड़ने लगी थी और ''लीग ऑफ़ नेशन्स'' पराजित और आहत किसी बलात्कृत नवयुवती-सा घायल हुआ मूर्छित पड़ा था।

''हाऊ इन्दिरा?'' नर्स पूछ रही थी। परन्तु आज उसके पूछने में रोज़ जैसा जोश व ज़ोम नहीं था और न उसके चेहरे पर तरल मुस्कान ही विलुलित हो रही थी। यद्यपि वह मुस्कुराने की बराबर कोशिश कर रही थी, तथापि वह वैसा कर नहीं पा रही थी। वह आगे पूछे जा रही थी, ''नींद आयी।...नाऊ यू आर इम्प्रूविंग। ...स्वास्थ्य तुम्हारा पहले से अच्छा है।...दैट इज़ गुड।''

''नर्स।'' इन्दिरा ने द्वार तक पहुँचने पर उसे पुकारा और पास में आने पर कहा, ''आप कैसी हैं?''

''मैं...मैं...।'' वह पल भर के लिए हकलाई और तुरन्त सँभल कर बोली, ''अच्छी हूँ।''

''नो नर्स, तुम आज बहुत व्यथित हो। मे आई नो द रीज़न?...मेरा दिल तुम्हें देखकर विचलित हो उठा है। प्लीज़ से द ट्रुथ!'' इन्दिरा फुसफुसाहट भरे स्वर में कहने लगी।

''डोंट डिस्टर्ब योरसैल्फ इन्दिरा। इट इज़ अ रुटीन लाइफ़। नथिंग मोर। इट इज अ पार्ट ऑफ़ लाइफ़।...'' यह कहते-कहते वह अपने को सँभाल नहीं पायी। उसकी नीली-नीली झील सी गहरी आँखें नम होने लगीं। वह अन्दर से बेतरह

आहत हिरणी-सी व्याकुल हो उठी। इन्दिरा ने साफ़ देखा कि दर्द खून की तरह सबका एक-सा है। किसी को नोचो, दर्द और कड़वाहट एक-सी होगी। उसने सहानुभूति भरे लहज़े में कहा, ‘‘दुख बाँटने से हल्का होता है, नर्स।’’

‘‘नो...ना...यह अस्पताल है। यहाँ दूसरों का दुःख दूर करने की हमारी ड्यूटी है। यह यहाँ का क़ायदा है।...डॉक्टर जानेगा तो, नो...नो...प्लीज़।’’ नर्स घबरा उठी।

‘‘तुम चाहती हो कि आज सारा दिन मैं तुम्हारे बारे में सोचती रहूँ।...तुम तो मुझे समझाती हो कि कुछ मत सोचो...कुछ भी नहीं...और खुद सोचने का इतना सारा रहस्य भरा मसाला मुझे दिये जा रही हो।...बिलीव मी, नर्स, मैं किसी से कुछ नहीं कहूँगी। दरअसल नर्स मैं किसी को व्यथित नहीं देख सकती। मेरी भी यह पीड़ा है। मैंने यूरोप घूमा है। यूरोप खूबसूरत है, मालदार भी है और हँसमुख भी परन्तु मुझे महसूस हुआ है कि वह अन्दर से खुश नहीं है। वह मेहनती है, परन्तु वह बहुत कुछ औपचारिक भी है।...प्लीज़ टैल मी...देखो, कुछ छिपाना नहीं। सच-सच कहना। मैं यहाँ की ज़िन्दगी की वास्तविकता जानने की इच्छुक हूँ। शायद आज तुमसे जान सकूँ।...हाँ, तो प्लीज़ बताओ, नर्स।’’

‘‘तुम हमें मजबूर करता है, तो...’’ कुछ देर के लिए वह कहीं और खो गयी। खखार कर बोली, ‘‘हमारी एक बहन पोलैण्ड में पढ़ रही थी। हम पढ़ाता था उसे।...हमारा मम्मी-डैडी नहीं हैं।...हम उसका मम्मी-डैडी था। बहुत खूबसूरत थी–फ़िल्मों में जाने की इच्छुक थी। गाने और नाचने में लाजवाब!...उसको अनेक लड़का चाहता था।...आख़िर उसने हमें लिखा कि वह शादी बनाना माँगता है। ...शादी और वह भी एक जर्मन लड़के से जो हम यहूदियों के खून का प्यासा है। प्यार किसी घृणा को नहीं मानता। प्यार प्यार है। हम जानता, हमने भी प्यार किया...शादी रचाया और आज हम खुश है...बहुत खुश है।...हमने उसे इजाज़त एक शर्त पर दिया कि हम एक बार उसे देखना माँगता।...शी एग्रीड।...हमने छुट्टी के लिए प्रार्थना पत्र दिया।...कल से हम छुट्टी जाता कि...।’’ वह फफक पड़ी।

इन्दिरा अनुभव कर रही थी कि समस्त मानव जाति की दर्द की भाषा एक है, प्यार की भाषा एक है और घृणा की एक। रो लेना दर्द की अचूक दवा है। वह कहने लगी, ‘‘नर्स, जब दर्द पिघलता है तो अनेक दरियों को पलट देता है। ...मुझे दुःख है कि मैंने तुम्हें रुला दिया परन्तु इससे...सच मानना, नर्स...मुझे ज़िन्दगी को समझने में बड़ी मदद मिलेगी।...यह मेरी जिज्ञासा का क्षेत्र भी है।’’

उसने रूमाल से आँसू पोंछे और कहा, ‘‘हमने सोचा कि वह लड़का जर्मन है...हम यहूदी हैं...यहूदी की जान का प्यासा जर्मन है और पोलैण्ड में वह गड़बड़ी कर रहा है...इस तरह हमारी सिस्टर ख़तरे में है।...पहले हमने चाहा कि उसे यहाँ बुला लें।...समय-ख़तरों से भरा है।...हमने उसे लिखा कि वह यहाँ आ जाये। ...परन्तु फाइनल ईयर था...वह नहीं लौट सकता था।...हमने और अपने हसबैण्ड

से राय बनाया कि उसे शादी करने दिया जाये ताकि...उसका जीवन सुरक्षित रह सके।...हमने लिख दिया कि शादी बनाकर यहाँ लौटो...हम प्रतीक्षा करेगा।" ...नर्स थोड़ी देर के लिए चुप हो गयी। दोनों के बीच सन्नाटा बहता रहा अज्ञात गुपचुप-गुपचुप, मंथर-मंथर सा।

"फिर?" इन्दिरा ने पूछा।

"वो शादी बनाने जाता।...पास के चर्च में जाता। उनका फ्रेण्ड सरकिल था। ...लड़का खुश था।...परन्तु अचानक सब कुछ हो गया...मानो नया-नया व खूबसूरत खड़ा किया बिल्डिंग भूकम्प के एक झटके से ढह गया।...बस...।" नर्स की साँसें तेज़ होने लगीं और चेहरा सुर्ख व आवेशित! वह अँधड़ आँधी के गुज़र जाने के एहसास के बाद बोली, "किसी ने यह बता दिया कि जर्मन लड़का यहूदी लड़की से शादी करने जा रहा है। फिर क्या था कि जर्मन का 'प्योर ब्लड' उसे 'टॉलरेट' नहीं कर सका। उन्हें घेर लिया। वह लड़का सच्चा था। हमारी सिस्टर को लव करता था। बहुत चाहता था...बेइन्तहा चाहता था। उसने उनकी परवाह नहीं की और जान पर खेल गया। हालाँकि वह उनसे बहादुरी से लड़ा और उसने भी दो को वहीं धराशायी कर दिया परन्तु वह अकेला था और वे बीस-पच्चीस थे। वह मारा गया।...और हमारा सिस्टर को वे जानवर खींच ले गया। उसको नंगा किया और फिर सामूहिक रेप...तब तक रेप किया जब तक वह मर नहीं गया।...यह कहानी उसकी एक सहेली ने हमें लिखा और साथ ही दोनों की फ़ोटो भेजा।" बैग से उसने फ़ोटो निकालकर उसकी ओर बढ़ा दी।

इन्दिरा के लिए यह पहला अनुभव था। अभी तक उसने सुना ही था। अब तो वह सामने घटी घटना-सी महसूस कर रही थी। वह अधिक देर तक उन फ़ोटोज को नहीं देख सकी। अन्दर-ही-अन्दर वह काँप उठी। उसके मुँह से एक भी बोल नहीं फूटा। उसके होंठ सिले-के-सिले रह गये। उसके सामने ज्वाला थी...ज्वाला-ही-ज्वाला थी, नामर्द फ़ौजियों की संगीन लिए परेड...परेड के चेहरे पर लगे हिंसक व पागल जानवर के खौफ़नाक मुखौटे...संगीन की 'किरचों' से संगमरमरी देह से फूटता स्रोत ...मानो वह आग लपटों में साबुत मुर्गा भून रहे हों और भूनने के एहसास से अट्टहास लगा रहे हों।...हा...हा...हा दैत्यनुमा क्रूरतम एवं भयानक अट्टहास! एकदम बर्बर, जाहिल हिंसक व्यवहार!

नर्स कह रही थी, "रक्त की पवित्रता का यह कैसा महोत्सव! हिंसक दरिन्दों का यह कैसा उन्मादी जुलूस! पता नहीं यह और क्या-क्या क़हर ढायेगा।" कलाई पर बँधी घड़ी की ओर देखकर वह चिहुँक पड़ी, "सॉरी, मादाम...चलता है।...अभी डॉक्टर आना माँगता है...और अपना दो मरीज अभी शेष रहता है।...वह ज़रूर नाराज़ होगा...।" वह फिर से मुस्कुराने का मुखौटा लगाते हुए वहाँ से तेज़ी से निकल गयी। उसके जाते ही फ़िरोज़ ने प्रवेश किया। उसके हाथ में सदा की तरह लाल-पीले

फूलों का गुलदस्ता था। वह उसके पास में आकर बैठ गया, "कहो, अब कैसी हो, इन्दु?"

इन्दिरा ने शीघ्र ही अपने को उस दुःख भरी बदली से मुक्त कर लिया। यह दूसरी बात थी कि वह अन्दर से उस दुखःभरी बदली की छाया से अभी तक बेतरह घिरी हुई थी और बाहर से अपने पर उस छाया का एहसास नहीं होने देना चाहती थी। वह कहने लगी, "ज्वर नहीं है। अभी नर्स ने देखा था...पिछले आठेक दिनों से ज्वर नहीं है। डॉक्टर ने कहा है कि सूजन भी नहीं रही है। वज़न बढ़ रहा है। तीन पौण्ड बढ़ चुका है।"

"दिस इज़ गुड न्यूज़। तुम पहले से काफ़ी ठीक लग भी रही हो।...एकदम हैल्दी।" फिरोज़ ने उत्साह से भरकर कहा।

"फ़िरोज़, डॉक्टर्स की यह क्या फ़ितरत होती है कि वह मरते हुए मरीज को यह आश्वासन देना नहीं भूलता कि वह जल्दी ठीक हो जायेगा। यह जानते हुए कि उनका मरीज दो-चार दिन ही बमुश्किल चल पायेगा।...वे ऐसा झूठ क्यों बोलते हैं?"

"क्या झूठ, क्या सच? आख़िर झूठ भी तो एक प्रकार का सत्य है। काश! आज व्यक्ति झूठ भी ईमानदारी से बोल पाता। मुसीबत तो यही है कि वह झूठ भी आज नहीं बोल पाता। सारा संकट ही यही है कि उसने झूठ-सच को मिला दिया है। मिलाने के बाद उन दोनों को अलग-अलग करने के लिए नाना प्रकार के तमाशे कर रहा है और आश्वस्त हो पा रहा है कि ऐसा करने में वह निरन्तर कामयाबी की ओर बढ़ रहा है। डॉक्टर्स तो अपने प्रति निष्ठावान् हैं और वह पेशे से शत्रु की भी जान बचाने के लिए संकल्पबद्ध हैं।...फिर इन्दु, डॉक्टर यह मानता है...महान वैज्ञानिक भी तो प्रभु की सत्ता को स्वीकार करता है। और आस्तिकता से संसार को बचाने की बात करता है।...प्रभु है, वह बड़ा दयालु है, कृपालु है और सबसे प्रेम करता है, किसी से घृणा नहीं करता है...सबको अपने बच्चे की माफ़िक़ मानता है। वह कब किस पर दया-कृपा कर उठेगा, इसे कोई नहीं जानता?" फ़िरोज़ ने बात पूरी कर दी और इन्दिरा की ओर भावुक होकर देखने लगा। दोनों की दृष्टि में उस समय कुछ ऐसा था कि वे दोनों मौन साधे एक-दूसरे को अपलक देखते रहे। इन्दिरा को लगा कि वह पहली बार फ़िरोज़ को देख रही है। फ़िरोज़ का चेहरा एकदम रक्ताभ हो उठा। उसकी आँखों में सुरूर था। अब वह एक यूनानी दार्शनिक-सा खूबसूरत लग रहा था।

इन्दिरा पूछ रही थी, "फ़िरोज़ यहाँ से कब छुट्टी मिलेगी?"

"जल्दी ही मिलेगी, इन्दु।" डॉक्टर्स कहते हैं।

"डॉक्टर्स की जल्दी का अर्थ समझते हो," इन्दिरा की खामोश आँखों में संशय तैरने लगा। वह अपने होंठों पर जीभ फेरती हुई फ़िरोज़ को लगातार देखे जा रही थी। जाने क्यों उसे इस तरह अद्भुत-सी अनुभूति हो रही थी! क्यों उसे यह सब

अच्छा लग रहा था। जब व्यक्ति को एक जगह बन्द-सा रहना पड़ता हो तब उसे अपने आप से ही कोफ़्त होने लगती है। बाहर का सम्मोहन धीरे-धीरे सावन के मेघ-सा फैलने लगता है।

"जल्दी का मतलब जल्दी ही है। उनकी राय में अगले माह तक तुम्हें अस्पताल से अवश्य छुट्टी मिल जायेगी।" फ़िरोज़ सहज होकर कहे जा रहा था और उसके बारे में सोचे जा रहा था कि उसने छोटी-सी उम्र से कितनी मुसीबत स्वेच्छा से उठानी शुरू कर दी। आज भी वह संकट में है पर उसे इसकी चिन्ता नहीं।

"चलो, जैसी तुम्हारी मर्ज़ी।" इन्दिरा महसूस कर रही थी कि वह बराबर उसमें रुचि बनाये हुए है। उसे चिन्ता नहीं है कि उसका अपना भी कोई भविष्य है। वह एक मरीज़ के साथ जुड़ा हुआ है। दूसरी किसी युवती में उसकी रुचि नहीं है। वह कैसा समर्पित साथी है। वह प्लुरिसी से ग्रस्त है। प्लुरिसी क्षय में बदल सकती है! ऐसी रोगग्रस्त युवती के प्रति कौन आकृष्ट होगा! कौन अपनी ज़िन्दगी में काँटे बटोर लेना चाहेगा! पर वह तत्पर है। उसमे तनिक-सा भी परिवर्तन नहीं आया। क्या वह सचमुच उसे इतना चाहता है? उसके हल्के अरुणाधर लरज उठे। उसकी आँखों में चमक मुस्कुरा उठी।

फ़िरोज़ कह रहा था, "इन्दु, तुम इतना मत सोचा करो।"

"तो क्या करूँ यहाँ पड़े-पड़े?" इन्दिरा में काठिन्य घुल रहा था। वह अपनी कसक को अभिव्यक्ति देने का प्रयास कर रही थी, "क्या फ़िरोज़ कभी ऐसा हो सकता है कि व्यक्ति सोचना बन्द कर दे?" इन्दिरा ने अत्यन्त सहज परन्तु दार्शनिक प्रश्न कर डाला।

"नहीं...हाँ हो सकता है।" फ़िरोज़ उसके प्रश्न का ठीक से उत्तर नहीं दे सका।

"क्या मतलब?" इन्दिरा की आँखें तनिक चंचल हुईं।

"चिन्तारहित होकर।" फ़िरोज़ ने एक नयी स्थिति पैदा की।

"मुझे क्या चिन्ता है, फ़िरोज़?..." माँ रही नहीं, पापु देश की आज़ादी के लिए समर्पित हैं...और कौन है जिसके लिए मैं चिन्ता करूँ!" इन्दिरा इतना कहकर एकदम सहज हो गयी परन्तु बाद में वह हल्का-सा सहम गयी।

"कोई नहीं क्या?" फ़िरोज़ का स्वर नम था।

"हाँ, है।" इन्दिरा ने होंठों को दबाकर छोड़ते हुए कहा।

"कौन?" तभी फ़िरोज़ ने पूछ लिया।

कुछ देर सोचते हुए एकदम फ़िरोज़ की तरफ़ उँगली दिखाते हुए कहा, "तुम!"

"इन्दु!" फ़िरोज़ एक बार वह खुशी नहीं सँभाल पाया।

"लेकिन मैं अपने साथ दूसरों को घसीटना नहीं चाहती हूँ फ़िरोज़! मुझे लगता है कि सारे का सारा हमारा पूरा परिवार आज़ादी की लड़ाई में समर्पित हो जायेगा।" इन्दिरा ने शान्त चित्त होकर अपने कथन को गहरे पानी डुबो दिया।

"तो क्या हुआ, इन्दु? जो होना होगा, वह ज़रूर होगा। इसमें तो हमें गौरव का अनुभव करना चाहिए कि हम देश के काम में आ सकें।...भविष्य के लिए भय और शंका मन में नहीं पालनी चाहिए। मुझे तो वर्तमान से नाराज़गी नहीं है और न भविष्य की चिन्ता। चिन्ता करने से लाभ भी क्या होगा।" फ़िरोज़ तटस्थ हो चुका था। वह जानता था कि इन्दिरा गम्भीर व्यक्तित्व की युवती है। उसमें सहज दार्शनिकता का प्रकाश फैला हुआ है। उसे आज इतने से ही सन्तोष था। यह प्रथमावसर था जबकि इन्दिरा ने उसके अस्तित्व को किसी सीमा तक स्वीकार किया था। इसी समय डॉक्टर का प्रवेश हुआ। इन्दिरा डॉक्टर से पूछने लगी, "कितने दिन और यहाँ रहना होगा?...क्या अभी बहुत समय लगेगा, डॉक्टर?"

"नहीं, मिस इन्दिरा, अब आपको यहाँ से जल्दी छुट्टी मिल जायेगी।"

"यहाँ अब मन नहीं लगता है, डॉक्टर।" यह कहते हुए इन्दिरा की आँखें उदास हो जातीं।

डॉक्टर फ़िरोज़ की ओर देखकर कहता, "मिस्टर फ़िरोज़, आप कुछ मदद किया करें। इन्हें आस-पास घुमा लाया करें।"

"नहीं, डॉक्टर, उससे कोई लाभ नहीं। मन तो चहारदीवारी की क़ैद को समझता है।" इन्दिरा कह जाती।

"ज़रा सोचो तो इन्दु मैंने एक साल से भी अधिक समय कारागार में कैसे काटा होगा। मेरी क्या हालत हुई होगी।...आपके पापु भी तो क़ैद में रहते ही हैं। ...तुमको यह बताते हुए मुझे प्रसन्नता हो रही है कि हम लोग क़ैद में भी अपना काम उसी तरह से करते रहे जैसे बाहर होते हुए करते हैं।" फ़िरोज़ धीरे-धीरे कह गया। अचानक इन्दिरा बोल पड़ी, "कैसे" और इसी के साथ उसको अँधेरे ने दबोचने में देर नहीं लगायी। पापु का अब कौन है? कोई नहीं। वह एकदम अकेले हैं। ...बेहद अकेले।

"अपना देश परतन्त्र है न,...इसलिए सारा देश ही क़ैदखाना है, इन्दु! हम अपने देश में जहाँ भी हैं, कारागार में ही तो हैं। इस विचार ने हमें बहुत बल दिया और हम जब-तब रात-बिरात या दिन के उजाले में वन्देमातरम् का नारा उछाल कर स्वतन्त्र होने की अविस्मरणीय अनुभूति से प्रसन्न हो जाते। जब भी कोई स्वतन्त्रता प्रेमी उधर लाया जाता तभी हम लोग अपनी-अपनी बैरक से ऊँचे स्वर में भारत माता का जयनाद घोषित कर दिया करते। आनन्द आ जाता जबकि वह भी उतने ही ज़ोर और उत्साह से पुनरावृत्ति करता। प्रायः बाहर से अन्दर आने वाला ऊँचे स्वर में कहता था—भारत माता की—हम सब कहते, जय! महात्मा गाँधी की जय! कभी-कभी तो हम लोग अपनी-अपनी बैरक से देश की स्वतन्त्रता का गीत गा उठते थे।" इस वक़्त फ़िरोज़ बहुत भावुक हो उठा था और अतीत के उन क्षणों को याद करते हुए वह रोमांचित हो उठा था। वह कहने लगा, "इन्दु, याद है कि हम लोग प्रभातफेरी के लिए सुबह-सुबह निकल पड़ते थे।"

"उठ जाग मुसाफ़िर भोर भई...।"

"अब रैन कहाँ जो सोवत है।" कहकर इन्दु आगे मधुर स्वर में गा उठी–

सरफरोशी की तमन्ना अब हमारे दिल में है, देखना है ज़ोर कितना बाजु-ए कातिल में है।

"वाह...!...!! वाह...!!!..." डॉक्टर उनको हैरानी से देखते हुए कह उठा। आज़ादी कितनी प्यारी होती है! यह देख कर वह गद्‌गद हो उठा।

"भारत माता की...।" फ़िरोज़ ने ज़ोम में नारा उछाल दिया।

"जय।" जय में इन्दिरा का साथ डॉक्टर ने भी दिया। और थोड़ी देर के लिए सभी खुश हो उठे। वातावरण में गर्माहट आ गयी। इन्दिरा मुस्कुरा उठी। उसका अंग-अंग खिल गया। उसके कानों में "माँ रंग दे वसन्ती चोला" गूँज रहा था। वह बोली, "डॉक्टर मैं यहाँ से सीधे स्वदेश जाऊँगी।"

"स्वदेश।" साश्चर्य फ़िरोज़ ने दोहराया।

"हाँ, फ़िरोज़ आज तुमने मेरे मन में जीने की अन्यतम ललक पैदा कर दी। मैं चाहती हूँ कि जल्दी ठीक होकर अपने देश को आज़ाद कराने के संघर्ष में जुट जाऊँ।...आज मुझे आत्मरति का एहसास हो रहा है। मुझे अल्फ्रेड पा़र्क में गूँजती हुईं वे गोलियाँ साफ़ सुनाई दे रही हैं, जिन गोलियों ने चन्द्रशेखर आज़ाद की जान ले ली थी।...उस आज़ादी के दीवाने ने जीते-जी अपनी देह को किसी लाल पगड़ी वाले को हाथ नहीं लगाने दिया।...उसका चित्र आज भी मेरे सामने है। वह दृश्य मैं कभी भी नहीं भूल सकती।" इन्दिरा भावुक हो उठी थी। उसके चेहरे पर परिंदों का मेला महक उठा था। थोड़ी देर के लिए वह दारुण और नीरस जीवन के घेरे से बाहर आ गयी। डॉक्टर उन स्वतन्त्रता प्रेमियों के मानसिक लोक में प्रवेश करते हुए अत्यन्त हर्षानन्द से भर उठा। उसने भी उनका साथ दिया और वह कहने लगा, "संकल्पहीनता की स्थिति जीने की लालसा को सोख जाती है। मुझे मैक्सिम गोर्की की यह बात सही लगी। उसने नीत्से के सामाजिक दर्शन के बारे में कहा था कि सीधा-सादा दर्शन है। उसमें 'जीवन का असल उद्देश्य ऊँची किस्म के लोगों –अतिमानवों का निर्माण करना है जिसके साथ दासता भी अनिवार्य रूप से जुड़ी हुई है'।"[1] इस दर्शन का सृष्टा अन्त में पागल हो गया था, यथार्थतः वह मालिकों का और उनके लिए ही था।..."हिमछिद्र में गोबर की नाई हवा में लटकाने से क्या लाभ है।...या येसेनिन के स्वर में...। कहकर वह गुनगुना उठे 'ओ! मेरी प्यारी मातृभूमि/ मैं बोल्शेविक हूँ तेरा प्यारा बोल्शेविक/ या किरिल्लोव के स्वर में मैं कहूँ तो–वह होगा 'विशाल समुद्र पक्षी जैसे, वीर, साहसी, जलयात्री / तूफ़ानों की बड़ी तरंगों के दीवाने / तुम उकाब के वंशज हो, मल्लाहों, ओ मल्लाहों प्यारे, तुम को लाल-अंगारों से जलते गाने मुबारक!" डॉक्टर ने आगे कहा, "मैं चार्ल्स दे कोस्तेर

1. रचना शिल्प की बात : गोर्की : पृ. सं. 95

का नाम लूँ। उसकी "तील ऊलेश्जीगेल[1] रचना मुझे याद है। वह राष्ट्रीय कृति है। उसमें...।" वह अभी इतना ही कह पाया था कि नर्स उसे बुलाने आ गयी! एक मरीज की हालत बिगड़ने-लगी थी। डॉक्टर सॉरि करके उठ गया।

इन्दिरा और फ़िरोज़ दोनों डॉक्टर के बारे में कल्पना करते रहे कि हो न हो, डॉक्टर पर साम्यवादी प्रभाव है। इन्दिरा का निष्कर्ष था कि वह प्रकृति प्रेमी, कवि हृदय, नेकदिल तथा क्रान्तिकारी है।

यद्यपि उसमें 'बलूजाक के 'टट्टू की खाल'[2] में जो बैंकपति द्वारा दिये गये भोज में एक साथ दो दर्जन अतिथि बोलते हैं तो पाठक को लगने लगता है कि उसके कान के पर्दे फट जायेंगे', जैसी बात नहीं थी तथापि उसमें फ्लोबर कृत "सरल हृदय'[3] की बावर्चिन नायिका का सरल हृदय है, जिसमें एक साधारण औरत को साधारण औरत के रूप में चित्रित करते हुए भी,. कहीं भी ज़रा-सा भी असाधारण न बनने देकर एक स्थायी प्रभाव पाठक के मन को ऐसा बाँधे रखता है कि वह अपने आस-पास से कटकर उसी के सम्मोहन में खो जाता है।

इस चर्चा से दोनों बहुत खुश हो लिये। दोनों को लगा कि आज के क्षण में जीने का कोई अर्थ रहा। उनमें नये सिरे से स्फूर्ति और प्रवाह चटुल चपला-सा रह-रह कर कौंधने लगा। इन्दिरा ने अन्त में एक वाक्य उछाला, "फ़िरोज़, जीने की कई शैलियाँ हैं, कई अन्दाज़ हैं और कई सलीके हैं।...ये डॉक्टर...मैं समझती हूँ कि चेहरे पर झुर्रियों को नज़रअन्दाज़ नहीं करें और उसकी भूरी आँखों में शोले की महक को तरज़ीह दें तो वह प्रौढ़ और वृद्ध के मध्य की श्रेणी में आयेगा।"

"परन्तु उसने अभी तक शादी नहीं की और करेगा भी नहीं। जानते हो क्यों? ...नर्स ने मुझे-बताया था कि वह अपनी प्रेमिका का इलाज करते हुए उसे नहीं बचा सका था। वह अपनी प्रेमिका को यहीं लाया था और एक दिन उसे ठंड लग गयी थी। यह ठंड उसकी देह-यात्रा का अन्तिम पड़ाव सिद्ध हुई।...तब से वह मरीजों के प्रति ऐसा समर्पित हुआ कि वह यहाँ से लौटा ही नहीं। वह यहीं सैर को आया था और हमेशा-हमेशा के लिए यहीं का होकर रह गया। यह कैसा संवेदनशील कथानक है, जीने की शैली का।"

इसके बाद दोनों चुप हो गये। फ़िरोज़ उठा। उसके मन में आज की सांयोगिक घटना का प्रभाव अभी तक छाया हुआ था। मानो उसे रह-रहकर गोगोल की 'सोरोचिंत्सी का मेला' परी कथा का वह पात्र याद आ रहा हो, जो कि अपने लाल जादुई कोट की कटी आस्तीन के पीछे दौड़ता-भागता फिरता था। इन्दिरा ने उसे बाहर तक छोड़ने के लिए चेस्टर पहना और हाथ में लाल दस्ताने चढ़ाती हुई दरवाज़े तक आयी। वह कभी उसे तथा कभी डूबते सूर्य की रंगोत्सवी अदा को देखती रही।

---

1. Thy Ulenspilgep
2. Ln pean Chagnin (Novel)
3. Un Coecur simple

फ़िरोज़ का हवा में लाल रूमाल-सा हिलता हाथ, उसके वहाँ से चले जाने के बाद भी बराबर हिलता रहा। वह लौटी तो उसकी आँखें नम थीं—अज्ञात याद के उपवन में वह तितली-सी सजी-सँवरी मौन थी! इस बात को सोचते हुए उसके मन में सिहरन-सी दौड़ गयी, जबकि वह तेज़ स्वर में, सबसे नाराज़गी व्यक्त करते हुए रट लगाये जा रही थी, "मैं आज सूप नहीं लूँगी...नहीं लूँगी...नहीं लूँगी।...मेरे सामने से सूप ले जाओ नहीं तो...।" सब डर गये थे। वह ज़िद उसमें पैदा हुई थी फ्रांस से आयी आंटी से, जिससे उसने मनमोहक फ्रॉक नहीं ली थी। उसने कहा था कि वह उसे नापसन्द है। बाद में उसने विदेशी, अत्यन्त प्रिय गुड़ियों को, छत पर जाकर तीली दिखा दी थी और खूब रोयी थी। यहाँ तक कि ज्वर ने भी उसे दबोच लिया था परन्तु उसकी ज़िद अपनी जगह पर रही थी। कितना पक्का किया था तब उसने अपना हृदय! गुड़ियों को तीली दिखाना कितना सरल वर्णन है। परन्तु अत्यन्त मोहक संसार को स्वयं पलभर में राख का ढेर बना देना कितना मुश्किल और हृदयहीन कार्य है। गोर्नफेल्द की पुस्तक *शब्दों की यंत्रणा* पढ़कर उसकी समझ में आया था कि शब्दों के पीछे का चित्र संसार कितना कारुणिक, मार्मिक और कठोर हो सकता है! आज भी वह जब उस घटना के बारे में सोचती है तब रोमांचित हो उठती है कि उसने अपने सम्मोहक संसार को स्वयं ही कैसे जला डाला! कहाँ से उसमें इतनी अपरिमित शक्ति आ गयी कि वह यह निर्णय कर सकी, बिना यह समझे-सोचे कि उसको गुड़ियों को जलाने से क्या मिलेगा।

स्वयं के प्रति व्यक्ति कभी-कभी इतना निर्दय हो जाता है कि उसे बाद में उस सबको सोचते हुए आश्चर्य होता है कि वह कैसे इतने साहस व निर्भीकता के साथ तृष्णा के सम्मोहन को तोड़ने में सफल हो सका। क्या इन्हीं छोटी-छोटी घटनाओं ने ही तो उसको इतना निर्मम नहीं बना दिया है कि वह अपने में लिए गये निर्णयों के प्रति एकदम समर्पित हो जाती है और उनके परिणामों को नज़रअन्दाज़ करते हुए ज़रा-सी भी विचलित नहीं होती है। आज भी वह अपने परिवार से इतनी दूर और रोग शैया पर पड़ी, अपने प्रति किसी खास सम्मोहन को नहीं पाले है। उसको यादों के ज्वालामुखी झुलसा नहीं पाते हैं। वह अपने आपको समझना चाहती है कि वह क्या है? उससे क्या बन बिगड़ रहा है! क्यों वह आने वाली परिस्थितियों की भयावह काली आँधी की परवाह किये बिना बराबर अपने का तटस्थ द्रष्टा की भाँति जी लेना चाहती है? इस प्रकार के अनेक आग्नेय प्रश्नों से आवृत होकर भी वह घबराती नहीं है, डरती नहीं है और न परास्त होने का अनुभव करती है? नेक कार्य के पथिक कभी जय-पराजय को महत्त्व नहीं देते और सदैव बहुसंख्यकों को मिलने वाले लाभ और सुख के लिए व्यक्तिगत सम्मोहन की मेघ-घटाओं को तिलांजलि देकर वे मुस्कुराते हुए गरल को अमिय समझ कर पी जाते हैं। उनके चेहरे पर शिकन भी नहीं पड़ती है। उन्हें तो इसी में आनन्द आता है। उसे पता नहीं कि यह सब उसके अचेतन में क्यों गहराता चला गया और वह कैसे इसे

ही अपने जीने के माध्यम बनाने के लिए तत्पर हो उठी। उसने पक्का निश्चय कर लिया कि अब वह स्वदेश लौटकर देशसेवा के कार्य में जुट जायेगी।

गाँधी ने कहा था—चरखे से प्यार करो। उन्होंने सितम्बर, 1921 में खादी की केवल एक धोती और शॉल को अपनी पोशाक बनाया था। कहा था—पहनो स्वदेशी, फेंको विदेशी, अभी फेंको। इसी वक़्त फेंको। हम उसे जलायेंगे। फिर क्या था कि विदेशी कपड़ों की होली धू-धू कर जल उठी। दादू (पं. मोतीलाल नेहरू) ने जवाहर से कहकर उसे अन्दर भिजवा दिया। सोचा होगा कि वह छोटी है, कहीं डर न जाये। फरवरी, 1922 को बम्बई के गवर्नर ने गाँधी के नागरिक अवज्ञा आन्दोलन से घबरा कर कहा था कि "...दुनिया के इतिहास में इतना बड़ा और ऐसा मौलिक प्रयोग पहली बार हुआ...और इस आन्दोलन के सफल हो जाने में कसर ही क्या रह गयी थी।"

गाँधी ने दिल्ली के उत्तर-पूर्व में एक हिंसा की घटना के कारण उस आन्दोलन को उस वक़्त वापस ले लिया, जिस वक़्त कि ब्रिटिश सरकार इस आन्दोलन के कारण बेहद क्षुब्ध, परेशान और संकट में पड़ गयी थी। सवाल अहिंसा का था, साधन की पवित्रता का था और मानव मूल्यों का था। उन्होंने कहा था कि उनके अहिंसक आन्दोलन में हिस्सा के लिए कोई स्थान नहीं है। उनका ख़याल था कि अभी तक देशवासी अहिंसा को आत्मसात नहीं कर सके हैं।

कैसे अद्भुत प्रयोग हो रहे थे। गाँधी ने कहा, "समुद्र हमारा है, नमक भी हमारा।" नमक आन्दोलन का जन्म हुआ और देखते-ही-देखते यह आन्दोलन ज़ोर पकड़ता गया। अंग्रेज़ घबराये कि यह क्या हो रहा है? ऐसे आन्दोलन तो उसने विश्व इतिहास में कभी नहीं देखे-सुने पढ़े थे। 179 अनुयायियों के साथ चर्चिल के संबोधन से अलंकृत अर्द्धनग्न फ़क़ीर गाँधी 12 मार्च, 1931 की प्रातः साढ़े छह बजे समुद्र के किनारे स्थित दाण्डी गाँव की ओर चल पड़े। 241 मील की पैदल यात्रा का यह संकल्प दुनिया के राजनीति विशारदों की बुद्धि को चमत्कृत कर उठा था। उनके पास सोचने और कहने के लिए जैसे कुछ नहीं था।

नमक तैयार करने की विधि का प्रचार किया जा रहा था—पर्चे बाँटे जा रहे थे। दाण्डी में मेला लग गया था स्वतन्त्रता प्रेमियों का। कीर्तन भी हो रहा था, प्रार्थना भी और समुद्र स्नान भी। गाँधी ने मुस्कुरा कर नमक मुट्ठी में भर कर उसे चूम लिया था प्यार से। कोई नहीं जानता था कि उससे क्या होगा? 'किसी ने स्वप्न में भी नहीं सोचा था कि यह भी आज़ादी प्राप्त करने का एक तरीक़ा हो सकता है। इन्दिरा भी तब सुन-पढ़ कर दंग रह गयी थी। परन्तु आज जब वह उस सब को याद करती है, तब उसे लगता है कि गाँधी जीवन संघर्ष के लिए एक ऐसा माध्यम प्रयोग में लाये थे, जिससे देशवासियों में अहिंसा को आत्मसात करने का प्रशिक्षण मिल सका। उनकी चेतना में यह बात घर कर सकी कि स्वतन्त्रता की आवाज़ इस तरह से उठाना कितना सार्थक है और व्यावहारिक है। वह उस

विचार को मान्यता नहीं देते थे, जिसको व्यवहार में नहीं लाया जा सका। वह व्यवहार से विचार को पकड़ते थे। अब इन्दिरा की समझ में आ रहा था कि यदि ऐसे समय में वह देश से बाहर रह कर शिक्षा पाती रही है तो उसके होने का क्या अर्थ है, जबकि आज उसकी आवश्यकता है। —नहीं...नहीं...'अब वह विदेश में ज़्यादा नहीं रहेगी और यहाँ से सीधे वह स्वदेश रवाना हो जायेगी।' इसी के साथ उसने 'लाइट ऑफ़' की और अपने बिस्तर पर वह आँख बन्द करके लेट गयी यह प्रतिज्ञा करते हुए कि वह अब नहीं सोचेगी। वैसे भी उसे थकान अनुभव होने लगी थी। उसने अपनी देह को ढीला छोड़ दिया। पहले पाँव को आज्ञा दी कि वे आराम करें, फिर हाथ को, अन्त में दिमाग को। उसके बाद वह धीरे-धीरे जागते हुए सोने की अनुभूति करने लगी, करती रही, करती रही और अन्ततः वह सो गयी।

29

इन्दिरा जवाहरलाल नेहरू से मिलने कारागार में पहुँची तो वह अपने पापु को देखती ही रह गयी। उसे अनुभव हुआ कि पापु ने यह ठीक लिखा था कि "कमला की मृत्यु से मेरा आधा अस्तित्त्व ख़त्म हो गया।" वह कैसे स्वदेश लौट सकी यह भी एक साहस भरी कहानी है। इन्दिरा ने जवाहर को लिख दिया था कि वह लौटना चाहती है। कृष्णा बुआ घबरा रही थी। वह स्वदेश लौटेगी तो कैसे? हिटलर व मुसोलिनी चारों ओर से आक्रमण किये हुए थे। कोई भी रास्ता ऐसा नहीं था जिसे सुरक्षित कहा जा सके। चारों ओर से बमबारी हो रही थी। पनडुब्बियाँ और जहाज़ डूब रहे थे। समुद्री मार्ग ख़तरों से भरा था। वह इन्दिरा को इस मौक़े पर आने नहीं देना चाहती थी। बम वर्षा तो रोज़ इंग्लैण्ड पर हो जाया करती थी। ब्लैक आउट रहता ही था। खन्दकें खोदी जा चुकी थीं। आसमान में मृत्यु के बादल मँडरा रहे थे। परन्तु इन्दिरा को इस सबकी परवाह नहीं थी। वह स्वदेश लौटेगी, यह उसका अन्तिम फ़ैसला था। इधर जवाहरलाल नेहरू का भी पत्र आ गया था, जिसमें उन्होंने लिखा था कि—

"इन्दु के अकेले लौटने से मुझे प्रसन्नता है। बेशक अनेक भय तथा ख़तरे हैं, परन्तु दूर अकेले व दुःखी रहने से यह अच्छा है कि उनका मुक़ाबला किया जाये। यदि वह लौटना चाहती है तो वह ख़तरे उठाये अथवा जो विपदा आये उसे भोगते रहना होगा।

"हम सबका जीवन कठोर तथा कष्टप्रद होता ही जाता है। आराम के दिन तो कभी के बीत चुके और अब वे गुज़रे ज़माने की कहानी हो गये। वे कब लौटेंगे, कौन जानता है! और क्या कभी लौटेंगे भी या...।

"हमें परिस्थिति के अनुसार अपने को ढालना होगा और जो है नहीं, उसकी आकाँक्षा करते रहना व्यर्थ है! देहजनक कष्ट और ख़तरे मन के कष्ट और तूफ़ानों के समक्ष कुछ नहीं हैं।

"और फिर जीवन सुखमय हो अथवा कठोर, उससे सदैव कुछ न कुछ उपलब्ध किया ही जा सकता है। यदि जीवन का आनन्द लेना है, तो उसके लिए चुकाई जाने वाली क़ीमत की चिन्ता मत करो।"[1]

ऐसा साहसी पत्र लिखने वाले उसके पिता जवाहरलाल नेहरू उस समय देहरादून जेल में थे। जवाहर ने जब इन्दु को अत्यन्त दुर्बल और रुग्ण जैसा पाया, तब वह पल भर के लिए घबरा उठे थे। उनका अन्तर्मन आर्द्र हो उठा था। क्या होगा? उनकी निगाह जेल की छत से टकरा कर लौटी तो वह बोले, "इन्दु, यह ठीक रहेगा कि तू अपनी छोटी बुआ के साथ मसूरी चली जा।...वहाँ की जलवायु ठीक रहेगी...मन भी लग जायेगा। तेरी बुआ के तीन और चार बरस के बेटे तेरे साथ होंगे। रोज़ कम्पनी बाग घूमना, लाल टिब्बा तक टट्टू पर जब-तब हो आना। ...खूब पढ़ना। बेफ़िक्र होकर भ्रमण करना।.. तेरा स्वास्थ्य ठीक हो जायेगा। तेरी बुआ ने वहाँ बँगला किराये पर ले लिया है। जून में गर्मी भी इलाहाबाद में ज़ोर की पड़ती है।" दरअसल जवाहर से बोला नहीं जा रहा था। फिर भी वह कहे जा रहे थे। इन्दिरा भी अपने पापु की मनः स्थिति समझ रही थी। पापु के स्वरों में झनझनाहट थी। वह इन्दिरा को देख नहीं पा रहे थे, वह पूछ रहे थे, "इन्दु, स्वदेश लौटने में कोई परेशानी तो नहीं हुई?"

"परेशानी हुई हो तो क्या? उनसे लड़ना तो आपने सिखा दिया है, पापु!"

"कैसे-कैसे आया तुम्हारा जहाज़?"

"स्विट्ज़रलैण्ड से फ्रांस, फ्रांस से पुर्तगाल और पुर्तगाल से स्पेन पहुँची। रास्ते में आये दिन ख़तरा बना रहा। स्पेन से इंग्लैण्ड आ गयी। इंग्लैण्ड से स्वदेश लौटना टेढ़ी खीर हो गया था। स्वेज कैसे पार की जाये। उधर से कोई जहाज़ जाने को तैयार नहीं था...। वह फ़िरोज़ की दौड़-धूप रंग लायी और एक फ़ौजी जहाज़ में जगह मिल गयी। यह जहाज़ उत्तमाशा अन्तरीप का चक्कर काटता हुआ भारत आ रहा था।" इन्दिरा सोच-सोच कर कह रही थी।

"अर्थात् तुम्हें पुराने समुद्री रास्ते से लौटना पड़ा।"

"हाँ दक्षिणी अफ्रीका होते हुए।"

"डरबन देखा, इन्दु?"

"हाँ, थोड़ा-बहुत...समय ही कहाँ था? सिर पर लौटने का भूत सवार था।"

"क्या-क्या?" जवाहर के मन में बाल जिज्ञासायें उठने लगी थीं। वह इसी बहाने उससे बातचीत करते हुए अपने मन को हल्का करना चाह रहे थे।

1. कुछ पुरानी चिट्ठियाँ : जवाहरलाल नेहरू

"पापु, जैसे ही डरबन में लंगर डाला वैसे ही दक्षिण अफ्रीका में रहने वाले सैकड़ों भारतीय स्वागत के लिए सामने आ गये और नारे लगाने लगे—महात्मा गाँधी की जय, जवाहरलाल नेहरू की जय और...और...।" कहते हुए इन्दिरा रुक गयी।

"इन्दिरा गाँधी की जय।" जवाहर ने कहते हुए पूछा, "क्यों कहा था न?"

इन्दिरा को चुप पाकर उन्होंने आगे कहा—"उन्होंने बहुत आदर-सम्मान दिया होगा।"

"बहुत पापु बहुत...।" यह कहते हुए इन्दिरा की आँखें भर आयीं। उसने अपना निचला होंठ ऊपर के होंठ में दबा कर छोड़ दिया।

"रोती है।" जवाहर ने पूछा, "क्या वहाँ कोई अप्रिय घटना घट गयी?"

"नहीं, पापु बिलकुल नहीं पर..."

"तब?" जवाहर बाहर की ओर देखने लगे।

"मैं मना करती रही परन्तु वे जवाहर की पुत्री का सम्मान करना चाहते थे।...और मैं...।"

"इस झंझट से दूर रहना चाहती थी।...परन्तु वे नहीं माने और लाचार होकर हमारी बेटी ने सार्वजनिक सम्मान का आमन्त्रण स्वीकार कर लिया।...है न?" जवाहर ने उत्सुक होकर कहा।

"नहीं।"

"नहीं!" जवाहर ने पूछा, "तो फिर?"

"वे मान गये।"

"क्या मान गये?"

"यही कि सार्वजनिक सम्मान नहीं करेंगे परन्तु वे अत्यन्त विनम्रता से आग्रह करने लगे कि कम-से-कम हमारा शहर और हमारी बस्ती तो देखती जाइये।... उनका आग्रह मैंने स्वीकार कर लिया, पापु।" इन्दिरा ने इसके साथ ही जीभ अपने शुष्क होते होंठों पर फेरी और पल भर के लिए वह कहीं खो गयी।

"इन्दु, डरबन में क्या देखा?"

"पापु, पहले तो मुझे महात्मा गाँधी की याद आयी। यहीं तो सबसे पहले उन्होंने अपने प्रयोग शुरू किये थे।...नीग्रो और भारतीय की वहाँ अत्यन्त दयनीय दशा है। गोरे कालों को जानवर जैसा मानते हैं। उनकी करुण कहानी सुनकर दिल दहल उठा। अन्याय और अत्याचार की कोई सीमा होती है।...वे अत्याचार व अन्याय से लड़े, जी भर कर लड़े और तब तक लड़ते रहे जब तक उन पर होने वाले अत्याचार और अन्याय बन्द नहीं हुए।...वे लोग मुझे सार्वजनिक सभा में ले आये। अब मैं मना नहीं कर सकी।...उन्होंने आग्रह किया कि मैं कुछ बोलूँ। कहाँ तो मैं सबसे दूर रहना चाहती थी और कहाँ मैं उस सबके लिए तैयार हो गयी। वे खुश हो गये। एक बार फिर आकाश नारों से गूँज उठा।"

जवाहर देख रहे थे कि बीमार-सी लगने वाली इन्दिरा के मुख मण्डल पर

एक अद्भुत कान्ति उभर आयी थी और उसकी आँखों में दिव्य ज्योति चमकने लगी थी। उसमें न मालूम इतना अदम्य उत्साह और उल्लास कहाँ से आ गया! वह उसके आनन्दालोक में सुखानुभूति करते हुए बोले, "तुमने उन्हें क्या सन्देश दिया था, इन्दु?"

"दिया था।" कह कर वह ज़रा सकुचा उठी।

"अपने पापु को भी कुछ सुनाओ, इन्दु।" जवाहर के स्वर में सहज आग्रह था और स्नेह-ममत्व परिबंधन!

"पापु, उन्हें दयनीय स्थिति में देखकर मेरे मन के कोने से प्रकाश की एक किरण उभरी। वह प्रकाश आप थे, पापु!"

"मैं!" साश्चर्य जवाहर ने इन्दिरा को घूरा।

"हाँ, आप।...आपने ही तो कहा था कि 'जब तक समाज में शोषण है, शान्ति असम्भव है।'...आपने ही तो प्रश्न किया था—'सवाल किसी देश-विदेश के दुश्मन होने का नहीं, वरन् देखना यह है कि जनता का असली दुश्मन कौन है!'...मुझे इन विचारों ने झकझोर डाला था और उस वक़्त लगने लगा था कि इन लोगों से ज़रूर बात करनी चाहिए। आपका दृष्टिकोण मेरे लिए प्रेरणा बन चुका था। मैं उनसे कह रही थी...," इन्दिरा ने खखार कर गला साफ़ किया, तनिक गरदन ऊपर उठाई और भाषण देने की मुद्रा में वह बोली, "प्रिय भारतीयो और यहाँ के निवासियो, सबसे पहले मैं आपको हार्दिक धन्यवाद देना चाहूँगी कि आपने मुझे अपना शहर देखने का मौक़ा दिया और अपार स्नेह-प्यार दिया। मुझे इस मौक़े पर दो बातें विशेष रूप से कहनी हैं—एक बात तो मैं यहाँ बस गये भारतीयों से कहूँगी और दूसरी यहाँ के निवासियों से। यह मेरा निवेदन है। मैंने जो कुछ देखा यह सब उसी का फल है। मैं नहीं कह सकती कि आप लोग भी वैसा अनुभव करते हैं या नहीं।"

कुछ रुककर इन्दिरा ने सामने देखते हुए आगे कहा, "हाँ, तो पहली बात तो मुझे यह कहनी है कि आप लोग...यहाँ रहने वाले भारतीय...यहाँ के असली स्वामी नीग्रो से अपना नज़दीकी सम्बन्ध कायम करें।...परन्तु मुझे अत्यन्त दुःख के साथ यह बात कहनी पड़ रही है कि मैंने आप लोगों को बिलकुल उलटा पाया। आप लोग रंगभेद की नीति में अंग्रेज़ों का साथ दे रहे हैं। उन अंग्रेज़ों का जिनसे हम अपने मुल्क हिन्दुस्तान को आज़ाद कराने के लिए जी तोड़ प्रयत्न कर रहे हैं। यदि आपने भी रंगभेद को स्वीकार किया, जैसा आप कर रहे हैं, तो आप में और गोरों में क्या अन्तर है? क्या अन्तर है नाजियों के द्वारा किये जा रहे उत्पीड़न में? यह रवैया तो वास्तव में शर्मनाक है और हमारी नीति-रीति के विरुद्ध है। ...मुझे दूसरी बात यह कहनी है कि आप सभी को अपने देश की आज़ादी के लिए वैसे ही संघर्ष जारी रखना चाहिए जैसा हिन्दुस्तान जारी रखे हुए है। अन्याय और शोषण करने वाले से अन्याय सहने वाला कम अपराधी नहीं हैं।...परन्तु इसका नतीजा जानते हैं कि क्या हुआ?"

"क्या हुआ, इन्दु?" जवाहर ने उत्सुकता से पूछा और इन्दु में एक नयी इन्दिरा का जन्म होता अनुभव किया।

"वे डर गये। हमारा जहाज़ वहाँ कुछ दिन ठहरा परन्तु मुझसे मिलने कोई प्रवासी नहीं आया।...कोई भी।" इन्दिरा ने सहज भाव से कह डाला और तनी हुई अपनी गरदन उसने झुका ली।

"यह तो तुमने उनसे ज़बर्दस्त बात कही है, इन्दु।...याद तो है न कि हमने एक बार तुम्हें लिखा था—कोई भी ऐसी बात मत कहो, जिसे दूसरों को बताने में झिझक हो। झिझकने का अर्थ है कि बात में कोई कमी है और डरना अपनी शान के ख़िलाफ़ है।"

यह सुनकर इन्दिरा का मन खुश हो उठा। वह सोच गयी कि यही वह अवसर है, जबकि अपनी इस बात को, जिसे वह बुआ के माध्यम से उन तक पहुँचा सकती है, स्वयं कह सकती है। झिझकना कैसा। बात में कमी कैसी! उसने भी हाँ कर दी थी।...पेरिस की वह संध्या! यों भी पेरिस की संध्यायें सारे विश्व में प्रसिद्ध हैं। मौं मार्त्र की सीढ़ियाँ चढ़ते हुए वे दोनों एक स्थान पर ज़रा रुके। बहुत दिनों से जो बात फ़िरोज़ को अन्दर-ही-अन्दर गलाये जा रही थी, उसने झिझकते हुए इन्दिरा की ओर देखा और सोचा कि वह उस बात को पुनः उस पर उल्था कर दे। वह अब नहीं कह सका तो फिर कब कहेगा। इन्दिरा ने भी उसे सार्थ देखा। दोनों की दृष्टि मिली और दोनों के मन में तूफ़ान मचल उठा। उसने सोचा कि इन्दिरा कुछ कहे, तो वह बात शुरू कर दे। दोनों कुछ नहीं बोल पाये और क्षण उनके बीच तेज़ी से गुज़रते रहे। अब इन्दिरा उसके बहुत नज़दीक थी। हालाँकि वह उसे छू नहीं पा रहा था परन्तु उसे ऐसी अनुभूति हो रही थी कि मानो वह उसकी देह का संस्पर्श कर रहा है। इन्दिरा यह महसूस कर रही थी कि फ़िरोज़ उससे कुछ कह रहा है और वह सुन रही है। उसके हृदय में फ़िरोज़ के अनकहे स्वर गूँज रहे थे। प्यार कितना संवेदनशील होता है कि वे दोनों उसकी पकड़ में होकर भी उसे व्यक्त नहीं कर पा रहे थे। फ़िरोज़ ने सम्मोहन के कुहरे से निकलने की नाजायज़ कोशिश करते हुए कहा, "इन्दु... हम लोग डिनर डिमारो में लें तो ठीक रहेगा।"

"क्या!" इन्दिरा ने साश्चर्य फ़िरोज़ की ओर ऐसे देखा कि वह सकपका गया। वह कह रही थी, "क्या इतनी देर से तुम यही सोच रहे थे?"

"नहीं।" घबराकर फ़िरोज़ ने कहा! इस वक़्त फ़िरोज़ की हालत देखने लायक थी। इतनी ठंड में भी वह अपने चेहरे से पसीना पोंछ रहा था।

"तो फिर क्या?"

"इन्दु..." कह कर फ़िरोज़ ने झिझकते हुए उसकी ओर देखा और रूमाल जेब में रखकर पुनः कहा, "इन्दु...बात दरअसल यह है कि...मैं नहीं चाहता ...एक बार...याद है न...वो... मैंने कहा था कि...।"

"आज तुम्हारी मनः स्थिति ठीक नहीं है, फ़िरोज़। चलो, चलें।" इन्दिरा

ने खीझ कर कहा, "मैंने तुम्हें इतना नर्वस होते कभी नहीं देखा।...आओ, चलें।"

फ़िरोज़ के सामने चुनौती थी। वह अपने को और नहीं रोक सका। सोच गया जो होगा, उसे वह वीर पुरुष की तरह बर्दाश्त करेगा। आख़िर अकेले घुलते रहने से तो उसे कुछ राहत मिलेगी। साथ ही उसने जिस सब्ज़बाग़ के सम्मोहन में अपने को फँसा रखा है, उससे भी मुक्ति मिलेगी। वह बोला, "इन्दु, सच बात तो यह है...।"

"क्या है! कुछ नहीं। आओ...डिमारो में डिनर लें और।" इन्दिरा ने लापरवाही से तनिक उपेक्षा दर्शाते हुए कहा।

"प्लीज़ इन्दु...वन मिनट प्लीज़।"

"लो...वन मिनट तो हो गया।" इतना कहकर वह खिलखिला पड़ी। फ़िरोज़ को लगा कि कुहराच्छन्न वातावरण अचानक रुपहली धूप से जगमगा उठा। वह थूक गटक कर बोला, "इसके बाद मैं कभी यह सवाल नहीं करूँगा।"

"कौन-सा सवाल?" इन्दिरा ने समझने की असमर्थता ज़ाहिर करते हुए मुस्कुरा कर पूछा।

"डरता हूँ कि...।"

"मुझसे।" आँखें तरेर कर उसने उसकी ओर देखा।

"नहीं।" फ़िरोज़ हकला-सा गया।

"तो किससे?" इन्दिरा की चटुल आँखों में शरारत थी।

"अपने से।" फ़िरोज़ अचानक कह बैठा।

"अपने से...भला अपने से भी कोई डरता है।" यह कहकर वह खिलखिला पड़ी।

"इन्दु, तुम आज बहुत खुश हो।" फ़िरोज़ ने बेमतलब वाक्य उछाला और उछालकर अपनी मूर्खता पर पश्चाताप किया।

"तुम्हें अच्छा नहीं लग रहा क्या?"

"नहीं...नहीं।" फ़िरोज़ ने सकपकाते हुए कहा, "बहुत अच्छा लग रहा है ...मुझे तुम, इन्दु, बहुत पसन्द हो। मैं यही तो कहना चाह रहा था, जिसे अब तक नहीं कह पा रहा था कि मैं तुमसे प्यार करता हूँ।...आई लव यू इन्दु...आई लव...। मैं तुम्हारे बिना जी नहीं सकूँगा। तुम मेरे रन्ध्र-रन्ध्र में समा चुकी हो। ...मैंने बहुत चाहा कि...पर मैं अपने को रोक नहीं सका। प्यार ने किसी की रोक-टोक कब स्वीकार की है...। उसकी फ़ितरत ही कुछ जुदा है...। इन्दु, अब जवाब तुम्हें देना है।" फ़िरोज़ का कण्ठ भर्रा आया था। वह आँखें बन्द किये और बिना रुके, बोल गया था इतना सब कुछ, जिसके लिए वह कतई तैयार नहीं था। साफ़ लग रहा था कि वह अन्दर-ही-अन्दर लड़खड़ा रहा है। परन्तु उसने एक पल भी व्यर्थ खोये बिना अपना मन्तव्य ऐसे बाँच दिया, जैसे वह किसी के पत्र पढ़कर सुना रहा हो।

इन्दिरा को मानो काठ मार गया। वह मौन हो गयी। मौन की जटिलता उससे

घनीभूत होने लगी। वहाँ पल भर के लिए ठहर-सी गयी।

"मैं तुमसे शादी करना चाहता हूँ इन्दु।" फ़िरोज़ ने आगे कहा, "आज तुम्हें साफ़-साफ़ जवाब देना ही होगा।...खूब सोचकर जवाब देना पर दिल से देना। आख़िर तुम्हारा ज़मीर इजाज़त देता है कि नहीं। एक सामान्य युवक को अपनाने का फ़ैसला तुम्हें करना है।...सिर्फ़ तुम्हें ही इन्दु।...प्लीज़...।" फ़िरोज़ ने अपनी बात खत्म कर दी और दूसरी ओर देखने लगा ताकि वह सोच सके और अपना निर्णय बेहिचक सुना सके। वे क्षण अत्यन्त नाज़ुक थे!

इन्दु काफ़ी देर तक सोचती रही किंकर्तव्यविमूढ़ सी! सवाल सबसे मुश्किल था परन्तु सबसे महत्त्वपूर्ण था। मौं मार्त्र की सीढ़ियों पर होने वाली चहलकदमी से वे दोनों बेखबर थे। उन्हें नहीं मालूम था कि कौन उनकी ओर मुस्कुरा कर चला गया और किसने उन्हें देखकर आपस में कहा—दो भारतीय प्रेमी! इन्दिरा बोली —"चलें फ़िरोज़।"

फ़िरोज़ ने कातर दृष्टि से देखते हुए कहा, "मेरा सवाल क्या बिना जवाब पाये रह जायेगा?"

इस बार इन्दिरा की आँखों में प्यार उमड़ रहा था और उसका स्वर प्रेमार्द्र था। उसने कहा था —"फ़िरोज़, तुमने भी क्या प्रश्न किया है! इस प्रश्न का उत्तर देना क्या पल भर में सम्भव होगा?...वह भी यों मौं मार्त्र की सीढ़ियों पर खड़े-खड़े।"

"तब?" फ़िरोज़ का मुँह लटक आया था।

"तुम आज डिमारो में डिनर दे रहे हो न?" इन्दिरा ने उसकी परेशानी का आनन्द लेते हुए कहा।

"हाँ, इन्दु। पर...।"

"पैसे नहीं हैं।" इन्दिरा ने उसे छेड़ा।

"मेरा सवाल...।" फ़िरोज़ हकलाया।

अब इन्दिरा उसे और परेशान नहीं कर सकी और बोली, "फ़िरोज़, मेरी हाँ है।"

फ़िरोज़ उछल पड़ा और वह ज़ोर से बोला, "हुर्रे।" सबकी दृष्टि उस पर ठहर गयी।

इन्दिरा फुसफुसाई, "फ़िरोज़...व्हाट इज़ अ फन?"

फ़िरोज़ ने कान पकड़ कर कहा, "तुम्हीं मेरी मंज़िल हो इन्दु! अब मुझे कुछ नहीं चाहिए।...कुछ भी नहीं चाहिए।"

अब इन्दिरा वर्तमान में लौट रही थी। उसने सहज ढंग से कहा, "पापु, मैं आपको एक बात बताना चाहती हूँ। कदाचित बुआ ने कुछ बताया भी हो। परन्तु अब मैंने फ़ैसला किया है कि मैं ही वह बात कहूँ।...आपने अभी दोहराया है, पापु, कि कोई बात ऐसी मत करो, जिसको दूसरों को बताने में हिचक हो।...मुझे ज़रा-सी भी हिचक नहीं है।...बताऊँ, पापा।" उसने जवाहरलाल नेहरू की ओर अपलक दृष्टि से देखा। वह शान्त और निर्विकार लगे। वह कह रहे थे, "बताओ, इन्दु ज़रूर बताओ।"

"पहले पापु मेरा इरादा था कि मैं आपको उससे मिलवाऊँ और तब कुछ कहूँ। परन्तु अब मैंने इरादा बदल दिया। सोचा, व्यर्थ में विलम्ब करने से क्या लाभ पापु...।" इन्दिरा भाव विह्वल हो उठी। उसने अपने को संयत करते हुए एक साथ कह डाला, "मैं फ़िरोज़ से शादी करना चाहती हूँ।"

जवाहरलाल नेहरू चौंक पड़े। उन्होंने अपने को थाम लिया। वह बोले, "इन्दु, शादी-विवाह के बारे में फिर शान्ति से सोच लेंगे, पहले देश की आज़ादी के बारे में सोचें और कुछ करें।"

इन्दिरा समझ गयी कि जवाहरलाल नेहरू टालना चाहते हैं। वह तुरन्त बोली, "शादी से देश की आज़ादी पर कोई फ़र्क़ नहीं, पड़ेगा। शायद तब और लगन से हम कार्य कर सकेंगे।"

"मैं जेल से घर लौट आऊँ। तब तक तुम मसूरी हो आओ, अपना स्वास्थ्य सँभाल लो।...अपनी बुआ से भी सलाह-मशविरा करो...यह भी ज़रूरी है।"

"पापु फ़िरोज़ पारसी ज़रूर है परन्तु एकदम हिन्दू...अग्नि पूजक। जरथुस्त्र... अथवा जोरोस्टरीय धर्म को मानने वाला। पैगम्बर जरथुस्त्र स्वर्ग से अग्नि धरती पर लाये थे। जरथुस्त्र ने भी कहा है–

सत् को अंगीकार करो;
असत् का त्याग करो।
सत् ही सोचो
सत् ही बोलो
सत् पर ही चलो।

पापु, मैं उसके साथ अग्नि मन्दिर में भी गयी थी। वे अग्नि के पुजारी हैं। वेदों में भी ऋषि अग्नि का ही आह्वान करते हैं। अग्निदेव की वन्दना करते हैं। वैदिक ऋषियों का दैनिक कार्य भी यज्ञ है।[1] वे लोग हमारे जैसे आचार-विचार वाले हैं पापु...।" इन्दिरा ने अपनी ओर से बात पूरी कर दी। अब जवाहरलाल नेहरू को बोलना था। वह बहुत परेशान थे। वे क्या कहें, कुछ नहीं सोच पा रहे थे। उन्होंने इतना ही कहा, "इन्दु, मुझे कारागार से बाहर तो आने दे। तब तक तू भी और सोच ले।"

"मिलने का समय पूरा हो चुका है।"

इन्दिरा जवाहर की ओर देखते हुए मुड़ ली। जवाहरलाल नेहरू ने उसकी ओर पीठ कर ली थी। वह एक बार पुनः लौटी और उसने पूछा, "पापु क्या मैंने आपको तकलीफ़ दी है?"

"न...न...इन्दु,...न...ऐसी कोई बात नहीं है। तू मुझे तकलीफ़ देगी

---

1. अग्निमीले पुरोहितं महास्य देवमृत्विजम् होतारं रत्ताधाततम्।

क्या, पगली?" जवाहरलाल नेहरू ने वेदना को समेटते हुए कहा।

"मुझे क्षमा करना, पापु, यदि मुझसे आपको कोई कष्ट हुआ हो।" उसका स्वर आर्द्र हो उठा था।

इसके बाद इन्दिरा वहाँ नहीं रुक सकी। वह तेज़ी से वहाँ से बाहर आ गयी। क्या उसने कुछ ग़लत किया है? क्या इस वक़्त उसे पापु से यह बात नहीं करनी चाहिए थी? सत्य को सत्य ही तो कहा है उसने। प्यार करना कोई पाप तो नहीं! फिर पापु इतने चुप क्यों हो गये? क्या वह भी धर्म, जाति आदि को मानते हैं? नहीं नहीं...क्या उनकी बहनों की शादी गैर-काश्मीरियों से नहीं हुई है...? उनकी दो चचेरी बहनों ने भी तो जाति-धर्म की दीवार को तोड़कर शादी की थी—एक ने मुसलमान से और दूसरी ने हंगेरियन से! तब उनके बारे में क्या उन्हें धर्म, जाति की याद आयी होगी...? नहीं, कदापि नहीं, वह तो धर्म, जाति आदि से ऊपर मानव को मानते हैं...तब?...वह आगे नहीं सोच सकी। सीधे घर की ओर चल पड़ी।

30

अब घर में वह बात फैल गयी। वह भी सबकी राय जान लेना चाहती थी। उसने कुछ छिपा नहीं रहने दिया। विजयलक्ष्मी बुआ (जिसको सभी नान के नाम से पुकारते थे) को इस शादी के पक्ष में नहीं पाया। वह फ़िरोज़ के पक्ष में कतई नहीं थीं। उनका भी यही तर्क था कि स्वदेश लौटी है, शादी की इतनी जल्दी भी क्या है। वह यहाँ लड़कों से मिल सकेगी। उन्हें भी जान-पहचान सकेगी। तभी उसे शादी के बारे में कोई निर्णय करना चाहिए।

इन्दिरा अब पहले से काफ़ी स्वस्थ हो चली थी परन्तु वह फ़िरोज़ से शादी के मामले के बारे में अपने घरवालों से बहुत परेशान थी। वह अपनी छोटी बुआ कृष्णा हठीसिंह के पास बम्बई आ गयी। उसने तय किया कि उसको छोटी बुआ का अवश्य समर्थन मिलेगा, क्योंकि उन्होंने भी स्वयं पति की तलाश की थी और बड़ी बुआ के माध्यम से अपने चुनाव की सूचना जवाहरलाल नेहरू को दिलवायी थी। उसे अच्छी तरह से याद है कि उसके पिता ने तब तनिक-सी भी नाराज़गी व्यक्त नहीं की थी। वह पूछ रहे थे, "...प्यारी बहन, मैंने सुना है कि तुम शादी करने की सोच रही हो। क्या उस नवयुवक के बारे में मुझे तुम बता सकती हो।"

"हाँ, बता दूँगी।" कृष्णा ने कहा था।

"राजा क्या करता है?"

"बैरिस्टर हैं—अभी-अभी वकालत प्रारम्भ की है।"

"उसके परिवार में कौन-कौन हैं? क्या-क्या करते हैं?" जवाहरलाल नेहरू ने जानकारी चाही।

कृष्णा घबरा उठी। वह कुछ भी नहीं कह सकी। उसके पास इस प्रश्न के उत्तर में कहने को था भी क्या! जवाहरलाल नेहरू ने पुनः तेज़ स्वर में कहा, ''राजा के परिवार के बारे में भी तो कुछ बताओ।''

''वह सब मैं नहीं जानती, भैया।'' कृष्णा ने सकपकाते हुए बहुत धीमे स्वर में कहा।

''क्या वाहियात बात करती हो?'' जवाहरलाल नेहरू खीझ उठे, ''बिना घर-परिवार के बारे में कुछ जाने-समझे तुमने शादी का निर्णय कैसे ले लिया?... आख़िर कुछ तो अता-पता करना चाहिए था।...ख़ैर, अब पता बताओ।...मैं पता लगाऊँगा।'' उनके स्वर में समझौते का भाव था। वह शान्त हो चुके थे।

जवाहरलाल नेहरू बम्बई में जाकर राजा से मिले और शादी की बात पक्की हो गयी। शादी भी हो गयी। वही कृष्णा उससे कह रही थी, ''इन्दु, शादी में जल्दबाज़ी मत करो। उसे अच्छी तरह जान-समझ लो।''

''क्यों?'' इन्दिरा ने प्रतिप्रश्न उछाला, ''बुआ, क्षमा करना, मैं फ़िरोज़ को उतना जानती हूँ जितना आप राजा को तब नहीं जानती थीं, जब आपने उनके साथ विवाह करने का फ़ैसला लिया था। क्या यह सच नहीं है?''

''सच तो है।''

''तो फिर मैं फ़िरोज़ से, उसे अच्छी तरह समझ लेने के बाद भी, शादी क्यों नहीं कर सकती हूँ?''

''शाबाश, इन्दु आई सपोर्ट यू।...जब तुम फ़िरोज़ को अच्छी तरह जानती हो और यह निर्णय तुम दोनों का है तो तुम्हें किसी से सलाह-मशविरा लेने की कोई ज़रूरत नहीं।'' राजा हठीसिंह ने कहा।

''भाई को आ जाने दे, इन्दु।''

''तब...?'' इन्दिरा ने उसको घूरा।

''तब तक तू भी और सोच सकेगी।''

''मुझे अब कुछ नहीं सोचना, बुआ।''

''यह तेरा अन्तिम फ़ैसला है क्या?''

''एकदम अन्तिम फ़ैसला, बुआ।...प्लीज़ हेल्प मी।...आप जानती हैं कि पापु कितने अकेले और असहाय रह गये हैं! आप लोग उन्हें समझा सकते हैं।'' इन्दिरा के स्वर में आर्द्रता थी।

उन्होंने दबे स्वर में आश्वासन दिया। बम्बई से जब वह इलाहाबाद लौटने वाली थी, तब वह एक दिन फ़िरोज़ के साथ नरीमन पाइंट की ओर निकल गयी थी। वह समुद्र का एक छोर था। वहाँ से जहाँ तक दृष्टि जाती थी, समुद्र-ही-समुद्र नज़र आता था। नमकीन हवाओं के झोंके तन-मन में अजीब-सी हलचल पैदा कर रहे थे। फ़िरोज़ ने कनखियों से इन्दिरा की ओर देखते हुए पूछा, ''इन्दु, क्या मैंने सच सुना है?''

“क्या सुना है?” इन्दिरा ने तीखे स्वर में कहा।

“तुम्हारे घर वालों को यह रिश्ता पसन्द नहीं है।”

“ठीक सुना है। वे नहीं चाहते कि मेरी शादी तुमसे हो।” इन्दिरा ने साफ़-साफ़ कह डाला।

“फिर...?” फ़िरोज़ ने बहुत धीरे से कहा।

“तुम बताओ।” इन्दिरा ने असोचे ही कह डाला।

“क्या!” अब फ़िरोज़ के चौंकने की बारी थी। वह इस स्थिति के लिए तैयार नहीं था।

“कि अब क्या करें?” इन्दिरा ने उसे तौलना चाहा।

“क्या करें?” फ़िरोज़ पुनरावृत्ति करके रह गया।

“हाँ।...जब तुम्हें मालूम ही है तब तुमने उसका कोई रास्ता भी तलाश किया होगा?” इन्दिरा ने पूछा।

“नहीं।” फ़िरोज़ ने सीधा उत्तर दे डाला।

“तो करो।” इन्दिरा ने ज़ोर डाला।

“क्या करूँ?” फ़िरोज़ का दिमाग़ चक्कर खाने लगा।

“तुम पुरुष हो।” इन्दिरा ने उसे कुरेदा।

“तो क्या हुआ?” फ़िरोज़ सोचने की कोशिश करते हुए बोला।

“यू कैन डू व्हाट एवर यू लाइक!” इन्दिरा ने उसे छूट दी।

“मैं...मैं...।” फ़िरोज़ हकला उठा।

“तो क्या मुझे अपने बड़ों की आज्ञा मान लेनी चाहिए?” इन्दिरा ने गम्भीरता से पूछा, “उससे तो तुम्हें कोई आपत्ति नहीं होगी न...! ठीक रहेगा।”

“नहीं, इन्दु,...नहीं यह ठीक नहीं रहेगा।”

“तो सोचो कि हमें क्या करना चाहिए...। क्यों न हम भाग जायें...यह ठीक रहेगा।” इन्दिरा ने उसकी परीक्षा लेनी चाही कि जानूँ तो बच्चू कितने पानी में है।

“नो इन्दु...ऐसा हम कदापि नहीं करेंगे।” फ़िरोज़ ने तपाक से कह डाला, “यह कतई ठीक नहीं है।”

“तो फिर क्या करेंगे...?” पापु इस विवाह के विरुद्ध हैं, हमारी बुआयें भी विरुद्ध हैं और सब...अर्थात् हमारा परिवार नहीं चाहता है फ़िरोज़ कि यह शादी हो।” इन्दिरा ने स्थिति को और स्पष्ट करते हुए ग़मगीन होकर कहा।

“क्यों वे तैयार होंगे, इन्दु...? मैं ठहरा एक साधारण आदमी...। वे कभी सोच भी नहीं सकते कि इन्दिरा विवाह के लिए इतनी ज़िद करेगी। अत्यन्त कुलीन परिवार का कोई पिता यह नहीं चाहेगा कि उसकी बच्ची एक गरीब लड़के को सौंप दी जाये, जोकि उसकी पुत्री का व्यय भार उठाने की क्षमता भी न रखता हो। और जिसके भविष्य के प्रति किसी प्रकार की कोई सम्भावना न हो। अब तुम भी भला इन परिस्थितियों में क्या कर सकती हो, इन्दु...? इसके लिए मैं तुम्हें

दोष दूँगा भी नहीं...। दरअसल इसमें तुम्हारा कोई दोष है भी नहीं। सब दोष मेरी तक़दीर का है—मैं पैदा हुआ तो पारसी परिवार में, काश्मीरी परिवार में नहीं। पारसी परिवार में पैदा हुआ और वह भी एक साधारण परिवार में...मुझे किसी राजा-महाराजा के घर पैदा होना चाहिए था।...तुम्हारा बहुत-बहुत शुक्रिया, इन्दु कि तुमने मेरे लिए अपने परिवार से युद्ध ठान लिया...तकलीफ़ें सहीं और बहुत कुछ सहा। ...वास्तव में मैं तुम्हारा अपराधी हूँ।'' फ़िरोज़ का हृदय द्रवीभूत हो उठा। उसके सामने अमावस्या का महासमन्दर था और उस समन्दर में दूर-दूर तक लंगर डाले खड़े जहाज़ का मद्धिम प्रकाश था। आकाश में हल्के-हल्के बादल थे और इक्के-दुक्के तारे दिखलाई दे रहे थे। हवा तेज़ थी और शोर भरी थी। वह अस्थिर हो उठा, एकदम किसी डूबते जहाज़ के कैप्टन की तरह, जिसे बचा पाना उसके लिए किसी भी तरह सम्भव नहीं था। जहाज़ समुद्री चट्टान से बेतरह से टकराकर चूर-चूर होने वाला था।

इन्दिरा कुछ देर तक समन्दर के फैले दैत्याकार अँधेरे को देखती रही। कभी वह अपनी दृष्टि को मरीन ड्राइव से चौपाटी तक फैली रोशनी की कतार में उलझा देती थी। कभी उसमें फ्रांस के नाइट क्लब या रेस्ट्रां के वाद्य तेज़ होकर बजने लगते थे और नंगी टाँगों की थिरकनें दौड़ने लगती थीं बिलकुल समुद्री लहरों के रेलों सी! कभी फ़ौजी ड्रम के साथ नेवी अफ़सरों के क़हक़हे गूँज उठते थे। उसने तूफ़ान में रास्ता बनाते हुए कहा, ''फ़िरोज़, तुम इतनी जल्दी यों घबरा जाओगे, यह मैं नहीं जानती थी।...माना कि तुमने जो कुछ कहा है, उसमें सच्चाई है। या वह भी सोचने का एक नज़रिया है परन्तु इसका मतलब यह तो नहीं है कि हम अपने सोचने के नज़रिये को मृत-शिशु समझ कर पेटी में रखकर उसे समुद्र के हवाले कर दें और हाथ पर हाथ धरे बैठ जायें।...यह दो पीढ़ियों का संघर्ष है और हमेशा होता रहा है।...हो सकता है कि आने वाले कल में हम दोनों के सामने हमारे ही बच्चे ऐसी स्थिति ला दें और तब हम अपने सोचने के मौजूदा नज़रिये को तिलांजलि देकर दकियानूसी तक़रीर से उसका फ़ैसला करना चाहें।...परिणाम क्या होगा, इस बात को छोड़ते हुए यदि इस वक़्त हम इस शुभ कार्य में किसी प्रकार का उपाय बाकी न छोड़ें तो हमें फिर पश्चाताप नहीं रहेगा...।'' इन्दिरा ने आगे कहा और समझाया, ''फ़िरोज़, लोगों की बात पर ध्यान न दो। मेरे दादा जी ...आई मीन पं. मोतीलाल नेहरू राजाजी के बारे में कहा करते थे...मैं कभी नहीं जान पाता कि इन काले शीशों की ऐनक के पीछे क्या हो रहा है। एक बार मैंने उसके सिर में सलाख घुसाई तो देखा कि वह तो कार्कस्क्रू बनकर बाहर निकल आयी है। वे कहते थे कि...मैं इस लड़की को तब से जानता हूँ, जब वह अपनी माँ की गोद में दूध पीती थी।...वह तब की दो वर्ष की उम्र से अब तक बड़ी नहीं हुई है। उसमें अपने पिता का एक भी गुण नहीं है।...तो तुम इन बातों पर ग़ौर मत करो।...लोग क्या कहते हैं, यह इतना महत्त्वपूर्ण नहीं है, जितना यह है

कि हम क्या सोचते हैं और क्या करते हैं। हमें अपनी दृष्टि में सही होना चाहिए, यह ज़रूरी है।''

''परन्तु इन्दु, समाज का अपना महत्त्व होता है।''

''होता है, फ़िरोज़! हम भी समाज में ही हैं। परन्तु यहाँ प्रश्न परिवार का है। हम-तुम परिवार के भी सदस्य हैं।...तुम्हारा परिवार तो इस शादी से इनकार नहीं करता है न...।''

''फिर भी...इन्दु, तुम यों क्यों नहीं सोचतीं कि तुम्हारे डैड का दुनिया में नाम है और उनके नाम पर इससे...।''

''व्हाट नॉनसेन्स!'' इन्दिरा ने ज़रा तीखे स्वर में कहा, ''विंस्टल चर्चिल गाँधीजी और उनके अनुयायियों को हमेशा फ़ालतू इन्सान समझता है और गाँधीजी को उसने अर्द्धनग्न फ़क़ीर तक कहा है।[1] तो इसका अर्थ यह हो गया कि वे अपने को वैसा समझने लगें।''

''कहाँ गाँधीजी और कहाँ मैं...इन्दु, तुलना हमेशा दो बराबर वालों में हो सकती है...।'' फ़िरोज़ ने बालों पर हाथ फेरते हुए कहा और फिर सामने बिछे अनन्त पानी की परछाईं में कुछ तलाशने लगा। उसमें निराशा गहराने लगी।

इन्दिरा बहुत परेशान थी। उसे लग रहा था कि जीवन के इस प्रवेश की लड़ाई में उसे अकेले ही जूझना पड़ेगा। उसे फ़िरोज़ से और कुछ ख़ास अपेक्षा भी नहीं थी। आख़िर लड़ाई तो उसे अपने परिवार से करनी थी। वह चाहे तो भी क्या कर सकता था।...उसकी अपनी सीमायें थीं। परन्तु कम-से-कम वह उसे ढाढ़स तो बँधा सकता है। लेकिन वह तो स्वयं ही हाथ-पाँव ढीले छोड़कर मैदान से हट जाने की प्रतीक्षा में है।...शुतुरमुर्ग...। उसने मन-ही-मन फुसफुसाया। इन्दिरा ने कहा, ''सब ठीक होगा, इस समय हमारे धैर्य और साहस का इम्तहान है।''

''सुना है कि तुम्हारी मम्मी मुझे अस्थिर प्रकृति का ऐसा इन्सान समझती थीं जो कि तुम्हारे खर्च वहन करने की क्षमता भी नहीं रखता। तुम्हारे डैड भी मुझे निकम्मा लड़का मानते हैं।'' फ़िरोज़ ने दर्द भरे स्वर में कहा और कसमसाने लगा।

''तुम औरों की बात पर ही ध्यान दोगे तो खुद पागल हो जाओगे और मुझे भी पागल कर दोगे।'' इन्दिरा ने गम्भीर होकर कहा, ''धीरज से काम लो, फ़िरोज़।''

''मुझे आज वह बात याद आ रही है जो कि मैंने तुम्हें फ्रांस में वर्साया की सड़क पर टहलते हुए सुनाई थी।''

''कौन-सी बात?'' इन्दिरा ने उसकी ओर ध्यान से देखते हुए कहा।

''जब अन्द्रेयेव, बूनिन और मैक्सिम गोर्की नेपेल्स के एक रेस्तराँ में बैठे हुए काली कॉफ़ी पी रहे थे और रेस्तराँ में प्रवेश करने वाले हर आगन्तुक के बारे में अपनी-अपनी धारणा व्यक्त कर रहे थे—पूरे चौकन्ने होकर मय उसकी ड्रेस व

---

1. फ्रीडम एट नाइट : लैरी कॉलिन्स और दॉमिनिक लैपियर पृ. सं. 52

नाक-नक़्श के वर्णन के साथ।" फ़िरोज़ ने उसे याद दिलाया।

"वह भी केवल तीन मिनट में आगन्तुक को देखकर उन्हें वर्णन करना था ...वही बात न।"

"हाँ वही बात! याद है कि गोर्की ने एक आगन्तुक को देखकर क्या कहा था?" फ़िरोज़ ने अपने मन को तसल्ली देनी चाही।

"उसका मुखमण्डल फीका है और वह भूरा सूट पहने है, उसके सुन्दर कोमल हाथ हैं, और...बस।"

"और अन्द्रेयेव ने...?"

"वह उसे ठीक से देख नहीं पाया अटकल पच्चू लगाता रहा...। है न!" इन्दिरा ने सोचते हुए धीरे से कहा।

"और बूनिन...?" फ़िरोज़ ने पुनः प्रश्न किया।

इन्दिरा कुछ याद करते हुए बोली, "याद आया, फ़िरोज़, सब कुछ याद आया। ...बूनिन ने उस आगन्तुक के बारे में विस्तार से बताया था। उसने उसकी टाई का रंग, सूट का रंग, उसकी छोटी उँगली के बुरे नाखून,...उसकी गरदन पर मस्सा आदि के बारे में बताया था। क्यों मुझे ठीक याद है न?" इन्दिरा चहक उठी। आगे वह बोली, "यदि मेरी स्मृति मुझे धोखा नहीं दे रही है तो मैं कहूँगी कि बूनिन ने यह भी कहा था कि वह व्यक्ति अन्तरराष्ट्रीय ठग है।"

"होटल मैनेजर से पूछा तो वह क्या बोला?"

"वह बदनाम आदमी है।" इन्दिरा ने फ़िरोज़ की ओर ऐसे देखा जैसे वह बदनाम आदमी उसके सामने खड़ा हुआ हो। वह सोच कर खिलखिला पड़ी। मानो नरीमन पाइंट का सन्नाटा ठहाका लगा उठा हो और समुद्र की लहरें उसका समर्थन कर रही हों।

"क्यों हँस रही हो?" फ़िरोज़ उसकी हँसी बर्दाश्त नहीं कर सका।

"वह भी बताऊँगी, पहले मुझे हँस लेने दो, फ़िरोज़। बहुत दिनों बाद मैं हँस पा रही हूँ।"

"ठीक है।" फ़िरोज़ ने मानो अपने से कहा।

"कहीं तुम ही तो वह आगन्तुक नहीं हो, फ़िरोज़?"...यह कहकर वह अपने स्वभाव के विरुद्ध पुनः ज़ोर से खिलखिला पड़ी। फ़िरोज़ साश्चर्य उसकी ओर देखता रहा। आज उसने हरे रंग की साड़ी पहनी हुई थी, और उस साड़ी में वह बहुत अच्छी लग रही थी। वह उसे सम्मोहित-सा देखता रहा। फिर वह गम्भीर होकर पूछने लगा, "क्या मैं तुम्हें ठग लगता हूँ।"

उसकी ओर से निगाह हटाकर समुद्र की ओर देखते हुए वह आहिस्ता से बोली, "क्या वास्तव में तुम मुझे ठग नहीं रहे हो?"

'इन्दु, क्या तुम भी मुझे ऐसा समझती हो? जानता हूँ कि तुम ऊँचे ख़ानदान की हो, अमीर बाप की बेटी हो।"

"केवल अमीर ही नहीं, विश्वविख्यात बाप की बेटी हूँ। प्लीज़ फ़िरोज़, अपने आँकड़ों में संशोधन कर लो।...इकोनॉमिक्स के छात्रों की यह बुरी आदत होती है कि वह हर बात का वज़न आँकड़ों से आँकते हैं। बिना मूल्यांकन किये उन्हें चैन ही नहीं पड़ता।" इन्दिरा अब उसे छेड़ने के मूड में आ चुकी थी।

"शायद यह मुझे मालूम नहीं था।" फ़िरोज़ गरदन झुकाकर बोला।

"अब तो मालूम हो गया।" इन्दिरा ने गम्भीर होते हुए कहा।

"हाँ।" फ़िरोज़ ने मद्धिम स्वर में कहा।

"हाँ से मतलब, फ़िरोज़?"

"यही कि तुम...।" फ़िरोज़ को बोलना पड़ा।

"मैं नहीं, तुम फ़िरोज़, तुम!...तुम अन्तरराष्ट्रीय ठग हो और तुमने ही एक अमीर और विश्वविख्यात बाप की बेचारी इकलौती पुत्री को अपने सम्मोहन में बाँधा है, यही तुम्हारा जुर्म है। अभी-अभी खुद तुमने अपने इस जुर्म का इक़बाल किया है। इसलिए ताजीरात-ए-हिन्द दफ़ा फलानी-फलानी के अन्तर्गत यह कोर्ट तुम्हें कुमारी इन्दिरा के साथ बामशक्कत अन्तिम साँस तक जीवन गुज़ारने की सज़ा देती है और जुर्माना करती है। जुर्माना अदा न कर पाने की स्थिति में अग्नि के साथ सात फेरे लगाने का हुक़्म देती है।" इन्दिरा ने जज का अभिनय करते हुए कहा। इस पर दोनों पुनः खिलखिला पड़े और खिलखिलाते रहे जब तक उनकी आँखें गीली न हो उठीं।

"इन्दु, तुम ऐसा मज़ाक मत किया करो।" फ़िरोज़ झेंप रहा था। वह आगे कह रहा था, "परन्तु इन्दु, आख़िर अब क्या होगा?"

'फ़िरोज़, निर्णय हम दोनों का है। ज़िन्दगी हम दोनों को जीनी है। हमें अपने अनुभवों और निर्णयों से अपनी ज़िन्दगी जीने का पूरा-पूरा अधिकार है। यदि परिवार वालों ने हमारी बात नहीं मानी तो हम वयस्क हैं,–अपनी ज़िन्दगी का भार खुद-ब-खुद उठायेंगे।...तुम तो तैयार हो न?" इन्दिरा ने लहरों को समेटते हुए सागर की तरह फ़िरोज़ की ओर देखा और अनुभव किया कि वह अब अपनी बात स्पष्ट कर चुकी है।

"मैं तो तत्पर हूँ। परन्तु तुम मेरी ख़ातिर सबसे लड़ोगी–अपने पिता से भी जो कि मैं समझता हूँ इस वक़्त एकदम अकेले हैं और जिन्हें तुम बेहद प्यार करती हो।" फ़िरोज़ ने सन्नाटा उछाल दिया दोनों मुट्ठियों में भरकर! इन्दिरा को लगा कि उस सन्नाटे में अनगिनत मोती चमक उठे हैं पुच्छल तारे की नाईं!

"फ़िरोज़, मैं समझती हूँ। वह अकेले हैं और उन्हें भी मुझसे बहुत-बहुत प्यार है। मम्मी की मृत्यु के बाद वह बहुत अकेले रह गये हैं। मुझे याद है... शायद सरोजिनी नायडू ने राजाजी[1] से उनकी तुलना करते हुए कहा था, 'वह मद्रासी लोमड़ी शुष्क तर्कवादी आदि शंकराचार्य है तो नेहरू उदात्त संवेदनशील बुद्ध।' ...वह बहुत ही नेक इन्सान हैं, परपीड़ा को वह बर्दाश्त नहीं कर सकेंगे। मुझे विश्वास है कि, हमें उनका आशीर्वाद अवश्य मिलेगा।" इन्दिरा समुद्र की ओर देखने लगी।

1. सी. राजगोपालाचारी

अब तक समुद्र की उच्छृंखल लहरें उसके टखनों को छू कर लौट चुकी थीं। फ़िरोज़ उसके साथ आ खड़ा हुआ था। दोनों चुप थे और लहरों के प्यार के वशीभूत हुए दूर से आती वाद्य ध्वनि को अपने में अनुभव कर रहे थे। लहरों का शोर आदिजाति के किसी नृत्य का सा था, जिसमें वे किसी विशिष्ट अतिथि के सामने अपने को गौरवाभिमंडित समझते हुए नृत्य कर रहे थे। उन देवकन्याओं की रक्तिम देह थिरकन भरी चटुल चपला-सी थी। अचानक इन्दिरा प्यार से बोली, "अब चलें।" एक क्रियापद ठहर कर बिखर गया हिम भरी नन्ही हथेली से छूट कर और सद्यः जन्मी नयी धुन-सा मचल गया देर रात तक वादियों के तार छेड़ता हुआ। अब वे लौट रहे थे इन्द्रधनुषीय आसमान को मुट्ठी में बन्द किये।

31

आज इन्दिरा जवाहरलाल नेहरू के सामने थी। जवाहरलाल नेहरू चुप थे। यह गम्भीर स्थिति इसलिए जन्मी कि अब फ़िरोज़-इन्दिरा के प्यार की बातें कांग्रेसियों में चर्चा का विषय बनने लगी थीं। तार पर तार मिलने लगे। जवाहरलाल नेहरू परेशान हो उठे कि वह क्या करें। हालाँकि तार में इन्दिरा का ज़िक्र नहीं था। परन्तु कुछ संकेत अवश्य थे, जिसे वह बखूबी समझते थे।

धार्मिक पुरोधा भी चेत पड़े। कुछ ने पक्ष में और कुछ ने विपक्ष में लम्बे-लम्बे पत्र जवाहरलाल नेहरू को लिख डाले। उनका मत था कि इस शादी को रोका जाये। नहीं रोका गया तो इसके बुरे परिणाम भी सामने आ सकते हैं। इस सबको देखते हुए जवाहरलाल नेहरू इन्दिरा के कमरे में आये और बोले, "इन्दु, तूने क्या निर्णय किया है?"

इन्दिरा ने ध्यान से जवाहरलाल नेहरू की ओर देखा और उनको परेशानियों से घिरा अनुभव करती हुई बोली, "आप दुःखी क्यों हो रहे हैं, विवाह हमें करना है और सारा समाज परेशान है। मेरी कुछ समझ में नहीं आता, पापु यह सब क्यों हो रहा है? इस सबके पीछे क्या है?"

"तुम क्या अपना फ़ैसला बदल सकती हो, इन्दु?"

इन्दिरा ने ग़ौर से देखा। जवाहरलाल नेहरू गम्भीर सोच में थे। वह बोली, "फ़ैसले क्या बदलने के लिए होते हैं पापु?"

"ज़िद न करो।" जवाहरलाल नेहरू इसके साथ कुर्सी पर बैठ गये।

"हाँ, एक बात हो सकती है—यदि आप चाहें तो मैं यह प्रण ले सकती हूँ कि मैं आजन्म कुँवारी रहूँगी, कभी शादी नहीं करूँगी।"

"इन्दु...।" जवाहरलाल नेहरू का स्वर तनिक तेज़ हो गया।

"पापु मुझे अपने व्यक्तिगत जीवन का फ़ैसला करने का हक नहीं है क्या...? क्या आप नहीं चाहते हैं कि आपकी पुत्री खुशी से जीवन यापन कर सके...? मैं आपको अच्छी तरह से समझती हूँ और उम्मीद भी रखती हूँ कि आप अपनी पुत्री को अवश्य आशीर्वाद देंगे।" यह कहते हुए इन्दिरा का हृदय भाव-विह्वल हो उठा।

"इन्दु...!" जवाहरलाल नेहरू का हृदय भर आया।

"मम्मी तो हैं नहीं, पापु।" इतना कहकर इन्दिरा उनके नज़दीक आयी।

"उन्हें भी यह रिश्ता मंजूर नहीं था।"

"मेरी ज़िद को वह नकार नहीं सकती थीं, पापु...। आखिर आप लोग मुझे सुखी देखना चाहते हो न! मेरा सुख क्या है? यह भी जानते हो। फिर भी...। आप जैसे महान पिता से क्या उसकी पुत्री इतनी सी भी सुविधा प्राप्त करने की अधिकारिणी नहीं है?" इन्दिरा के स्वर विगलित हो उठे थे। वह खिड़की की ओर बढ़ने लगी।

जवाहरलाल नेहरू का हृदय आर्द्रार्द हो उठा। मानो उनके ऊपर नीचे-होते टेंटुये में कुछ अटका रह गया, अथवा गुप्त जीवन की टिप्पणियों-सा वह ख़ामोश माहौल ऊँचे-ऊँचे चीड़ के दरख्तों की परछाईं-सा पल भर के लिए सहमा-सकुचा कर ठहरा रह गया, अथवा किसी पहाड़ी गीत के सुरीले स्वर को भावानभिज्ञ यायावर उनीन्दे मनश्चाक्षु से अवलोकने लगा। उनमें अन्ध-निभृत पछाड़ खा उठा था। वह बहुत असहाय स्थिति में थे। कमला के चले जाने से उनका अस्तित्व अधूरा रह गया था, और अपनी माँ के जाने से उनका रहा-सहा सहारा भी एक तरह से टूट गया था। वह बाहर की चहल-पहल से जब घर की ओर लौटने लगते थे, तब उनके पाँव आगे बढ़ने के बजाय पीछे की ओर लौटने लगते थे। वह कितने कमज़ोर पड़ते जा रहे थे। वह सँभले। उन्होंने अपनी सोच को विराम दिया। द्वन्द्व के कुहरे को हिम की तरह मुट्ठी में उछालते हुए बोले, "ठीक है मुझे तुम्हारी शादी फ़िरोज़ से मंजूर है।...अब खुश?"

इन्दिरा को लगा कि कहीं दूर से पियानो का मद्धिम स्वर उसमें समाता जा रहा है। वह उस मधुर ध्वनि के सम्मोहन में फँसती जा रही है। मानो अनेकानेक इन्द्रधनुष आकाश में खिले सुमन से मुस्करा उठे हों। जवाहर लौट चुके थे। इन्दिरा चाह कर भी इस अननुज्ञात प्रसन्नता को व्यक्त नहीं कर पा रही थी। जंगल में लगी आग-सा यह समाचार आनन-फानन सारे देश में फैल गया था। विरोधी स्वर उठे। जवाहर अपने को रोक नहीं पाये। उन्होंने एक सार्वजनिक वक्तव्य दे डाला—कि विवाह एक व्यक्तिगत तथा पारिवारिक मामला है, उसका विशेषतया सम्बन्ध विवाह करने वाले से है और थोड़ा-बहुत सम्बन्ध उसके परिवारों से है। मेरा यह नज़रिया बहुत पहले से रहा है कि माता-पिता को इस मामले में सलाह देनी चाहिए, मगर अन्तिम निर्णय उन्हीं पर छोड़ देना चाहिए, जिन्हें शादी करनी है और यदि यह निर्णय खूब सोच-समझ के बाद किया है तो इसे अमल में लाना चाहिए और माँ-बाप

या किसी दूसरे को उसमें रोड़ा अटकाने का कोई हक़ नहीं है। जब इन्दिरा और फिरोज़ ने आपस में शादी करने का इरादा ज़ाहिर किया तो मैंने मंज़ूरी दे दी और साथ ही अपना आशीर्वाद भी।

गाँधीजी की स्थिति नेहरू परिवार में घर के वयोवृद्ध व्यक्ति जैसी थी—एक तरह से मोतीलाल की स्थिति में थे वे। उनको भी इस शादी के विरुद्ध धमकी भरे पत्र लिखे गये थे। अब यह व्यक्तिगत मामला कुछ-कुछ राजनीतिक बन रहा था। इन्दिरा और फ़िरोज़ दोनों चाहते थे कि उनकी शादी सादगी से हो। उसमें तड़क-भड़क न हो। जवाहर भी इस पक्ष के थे। परन्तु गाँधीजी की मान्यता कुछ और ही थी। वह बोले, ''नहीं, विवाह को लेकर जो विवाद उठ खड़ा हुआ है, उसमें लोग-बाग़ सादगी का मतलब भी कुछ और समझ जायेंगे।''

''क्या मतलब?'' इन्दिरा ने प्रश्न किया।

''लोग यही समझेंगे कि तुम्हारे पिता ही तुम्हारा साथ देने के लिए राज़ी नहीं हैं।'' गाँधीजी ने कुछ रुक कर कहा, ''उनके और खुद तुम्हारे मामले में भी यह सही नहीं होगा।''

जवाहरलाल नेहरू को यह विचार उपयुक्त लगा। इन्दिरा की शादी के निमन्त्रण-पत्र सभी को बाँटे गये और शादी का आयोजन भी अच्छे स्तर का किया गया।

26 मार्च, 1942 का दिन आया, जिसकी कई दिनों से प्रतीक्षा थी। यह वह मनोवांछित दिन था, जिसके लिए इन्दिरा ने परिवार के सभी सदस्यों से ज़िद की थी और किसी की बात नहीं मानी थी। शामियाने तान दिये गये थे। काफ़ी संख्या में मेहमान भी आ रहे थे। फ्रांस से प्रसिद्ध वैज्ञानिक मादाम क्यूरी की पुत्री ईक्यूरी भी आयी थीं। वह इन्दिरा को देखकर बहुत प्रभावित हुई थीं। वह चहक कर बोलीं, ''इसे तो यूनान में जन्म लेना चाहिए था।''

इन्दिरा अपने अप्रतिम सौन्दर्य की भूरि-भूरि प्रशंसा सुनकर सकुचा गयी। उसका मुखमण्डल अरुणाभ हो उठा। उसकी आँखें नत हो गयीं।

आज मौसम भी बड़ा मस्त था। धूप छिटकी हुई थी और हवा बह रही थी मन्थर गति से। न गर्मी थी और न ठंड। इलाहाबाद का यह दिन इस माह का सबसे सुहावना दिन था। शामियाने में मेहमान खचाखच भरे हुए थे।

फ़िरोज़ अपने परिवार के साथ खादी की शेरवानी और चूड़ीदार पायजामा में अत्यन्त आकर्षक लग रहा था।

जवाहर अपनी इकलौती पुत्री इन्दिरा को लेकर वहाँ आये। इन्दिरा केसरिया रंग की खादी की साड़ी पहने हुए बहुत फब रही थी। उस साड़ी में चाँदी के फूल टंके थे। उसका सूत स्वयं जवाहर ने कारागार में काता था। उसे काश्मीरियों के रिवाज़ के अनुसार फूलों के आभूषणों से सजाया गया था। वह दुल्हन के रूप में अत्यन्त सुन्दर लग रही थी।

सैकड़ों समाजवादी व कांग्रेसी कार्यकर्ता वहाँ उपस्थित थे।[1] 'सरोजिनी नायडू भी वहीं थीं। वह जवाहरलाल नेहरू को तसल्ली दे रही थीं। इस वक़्त जवाहरलाल नेहरू की मानसिक स्थिति कुछ खोई-खोई-सी थी। वह बराबर सोच में डूबे जा रहे थे। उन्हें लग रहा था कि अब वह बिलकुल अकेले रह गये हैं।...एकदम निपट अकेले।

हवन कुण्ड के सामने दूल्हा-दुल्हन बैठ चुके थे। दुल्हन की ओर से उसके पिता बैठे हुए थे और उनके पास का आसन खाली पड़ा हुआ था। बारम्बार जवाहरलाल नेहरू की निगाहें आपने पास वाले कारचोबी मसनद पर जा टिकती थीं। वह सोचते रह जाते थे—काश! उनकी माँ आज होती...! पर...।

जवाहरलाल नेहरू यह सोचकर काँप गये। कमला ने वेडनवीलर में उनसे एक बार कहा था, "तुम इन्दिरा का ख़याल रखना। फ़िरोज़ और इन्दिरा का अधिक मिलना-जुलना ठीक नहीं लगता...।" उन्हें लोजान की भी याद आने लगी। उसने खूब समझाया था परन्तु वह टाल गये थे।...वही आज हो रहा था। कैसा था स्वदेश का वापस होना!...वह अकेले लौट रहे थे। उनके पास एक टोकरी थी, जिसमें राख और अस्थियाँ रखी हुई थीं।...उनके सुख के सपने सारे झुलसकर राख हो चुके थे। कमला नहीं रही थी...उनका मन अब यही दोहरा रहा था।[2] इन्दिरा बिलख रही थी माँ की मृत्यु से। वह उसे उस माहौल से कुछ दिनों के लिए दूर ले गये थे—मान्ट्रयू। मान्ट्रयू सुरम्य झीलों का घर था। वह उसे समझाते रहे थे। जीवन-मरण के रहस्य को बतलाते रहे थे और धैर्य और साहस बँधाते रहे थे। उसे अब अपने जीवन की तैयारी में जुट जाना चाहिए। आज वह भी उनके पास से विदा हो रही थी! कैसी शून्यता थी! कैसी छटपटाहट! कैसी विषादमयी खुशी थी!

वैदिक रीति से सप्तपदी की रस्म शुरू हो चुकी थी। जवाहरलाल नेहरू शान्त थे। वैदिक रीति से इन्दिरा की शादी के साथ कई प्रश्न जुड़े हुए थे। कृष्णा की तरह उसकी शादी नहीं हुई थी। कृष्णा ने जैन से शादी की थी—उसकी शादी सिविल रजिस्ट्रेशन मैरिज के अन्तर्गत कोर्ट में हुई थी। ब्राह्मण होने के नाते वह हिन्दू पद्धति से शादी नहीं कर सकती थी। तत्कालीन समाज में ऐसी व्यवस्था थी। यही प्रश्न अब उठ रहा था कि इन्दिरा का विवाह भी ग़ैर ब्राह्मण से हो रहा है। उसके विवाह को कानूनी मान्यता देने के लिए रजिस्ट्रेशन के द्वारा अदालती विवाह क्यों नहीं हुआ? जवाहर तो स्वयं कानूनदाँ हैं। क्या वह वास्तव में खुश नहीं हैं? वह यह जानते थे कि कानून की दृष्टि से उस समय वैदिक रीति से सम्पन्न अन्तर्जातीय या विजातीय विवाह वैध नहीं था। ऐसा विवाह तभी वैध करार दिया जा सकता था जब वह सिविल एक्ट के मुताबिक हुआ हो। इस तरह कानूनी बारीकी की

1. मिसेज़ गाँधी : डॉम मोरिस पृ. सं. 78

2. द्रष्टव्य : हिन्दुस्तान की कहानी : जवाहरलाल नेहरू

दृष्टि से देखें तो इन्दिरा मात्र रखैल थी और उसके बच्चे जारज सन्तान![1]

ओ! यह कैसा पापमय विचार है कि इन्दिरा रखैल!...कदापि नहीं...कभी भी नहीं। क्या कोई बाप अपनी लड़की के साथ ऐसा भद्दा मज़ाक कर सकता है? ...क्या कोई बाप अपनी लड़की को रखैल देख सकता?...नहीं...नहीं कदापि नहीं। जवाहरलाल नेहरू की वह इकलौती सन्तान थी—सबसे प्यारी सन्तान!...चिन्तन क्या इतने निचले किस्म का हो सकता है? यह सोचकर उनकी आत्मा काँप उठती थी कि आरोप लगाने वालों के क्या बिलकुल दिलो-दिमाग नहीं होता है। वे केवल प्रहा़र करना जानते हैं। उन्हें इससे कोई मतलब नहीं है कि एक बाप पर क्या बीतेगी? क्या यह आचरण उसके लिए शोभनीय है।

जवाहरलाल नेहरू सारे तूफ़ान झेलते रहे। उन्होंने फ़िरोज़ और इन्दिरा को मधुरात्रि के लिए कश्मीर रवाना कर दिया और भीगे नयनों से अपने को समझाते रहे बारम्बार कि जो हुआ है, वह ठीक ही हुआ है। कमला, तुम दोनों को भी आशीर्वाद दे रही हो न। इन्दु प्यारी बच्ची है। जो उसने चाहा, मिल गया। अब उन दोनों का जीवन आनन्द से भरपूर बीते।

32

विश्व युद्ध तेज़ी पर था। चारों ओर तबाही-ही-तबाही मची हुई थी। जर्मनी, इटली और जापान आक्रामक बने सबको मौत के घाट उतारते जा रहे थे। कैसी भयावह थी वह तेज़ अंधड़ आँधी! सारा विश्व झुलस रहा था! सारे विश्व के मनोमस्तिष्क पर भयातंक छाया हुआ था। भारत पर जापानी आक्रमण की आशंकायें तेज़ हो चुकी थीं और ब्रिटेन के युद्धकालीन मंत्रिमण्डल को डर था कि कहीं भारत ऐसे नाजुक मौके पर धता न बता दे। इसके लिए उन्होंने ब्रिटिश पार्लियामेण्ट के मजदूर सदस्य सर स्टैफर्ड क्रिप्स को मित्र राष्ट्रों की ओर से भेजा था। उसके भेजने के पीछे मित्र राष्ट्रों का उद्देश्य यही था कि वह भारत को अपने विश्वास व पक्ष में ले सके। इसके लिए उस समय सर स्टैफर्ड क्रिप्स से अच्छा कोई दूसरा व्यक्ति नहीं था। सर क्रिप्स इससे पूर्व भारत में आये थे और उन्होंने अपनी छाप एक नेक और उदार विचार के महान व्यक्ति के रूप में छोड़ी थी। वह स्पष्ट वक्ता और योग्य थे। वह भारत आ रहे थे एक नये सन्देश, एक नये समझौते और आशा को लेकर!

इन्दिरा और फ़िरोज़ कश्मीर से इलाहाबाद लौट आये थे। वहाँ रहते हुए भी वे दोनों देश की गतिविधियों से पूर्णतः अवगत रहे थे। अब वे मिलकर सोच रहे

---

1. रिमिनिसेन्सेज़ ऑव (ऑफ़) द नेहरू ऐज़ : एम.ओ. मथाई पृ. सं. 91

थे कि उन्हें अपनी ज़िन्दगी की शुरुआत किस तरह करनी चाहिए। अब वे गृहस्थ बन चुके थे और अपनी भूमिका सुनिश्चित करना चाहते थे।

जवाहरलाल नेहरू सोच रहे थे कि इस समय ब्रिटिश सरकार से कैसे निबटा जाये। इस दृष्टि से यह अत्यन्त नाज़ुक और संवेदनशील क्षण था। देश को आज़ाद कराने का इससे अच्छा अवसर उनको फिर नहीं मिल सकता था। अंग्रेज़ी सरकार विपदा में थी। इंग्लैण्ड पर बम बरसाये जा रहे थे और वह घबरा उठा था। ऐसे समय में सर स्टैफर्ड क्रिप्स औपनिवेशिक स्वराज्य और संविधान सभा के निर्माण का सन्देश लेकर आये थे। ब्रिटिश सरकार की घोषणाओं तथा आश्वासनों पर से भारतीय नेताओं व जनता का विश्वास उठ रहा था। उधर अंग्रेज़ों का मानमर्दन जापानी कर रहे थे। ऐसा प्रतीत होने लगा था कि जापान भारत पर आक्रमण करने ही वाला है। ऐसा लगा कि गाँधीजी इन्हीं परिस्थितियों और अवसर की तलाश में थे। उन्होंने 'हरिजन' में एक लेख लिखा और अंग्रेज़ों को अपना बोरी-बिस्तर उठा कर अपने घर लौट जाने की नेक सलाह इस आरोप के साथ दी कि उन्होंने अब तक कोई भलाई नहीं की है, अतः उनके यहाँ रहने का कोई मतलब नहीं है। वे भारत छोड़ जायें। भारतीयों की चिन्ता का ख़याल अपने दिल से निकाल दें।

गाँधी की इस अपील ने कांग्रेस में नयी स्फूर्ति ला दी और सारा देश जाग उठा। 8 अगस्त 1942 को अखिल भारतीय कांग्रेस समिति ने इस प्रस्ताव को पारित कर दिया। यह प्रस्ताव क्या था मानो अंग्रेज़ों की समस्त शक्ति पर एटम बम था। वे बौखला गये और उन्होंने सख़्त कदम उठाने की तैयारी की। 8 अगस्त की संध्या को 'भारत छोड़ो' प्रस्ताव स्वीकृत हो गया। इसमें जवाहरलाल नेहरू के साथ इन्दिरा और फ़िरोज़ सम्मिलित हुए थे। 8 अगस्त की रात्रि को 8 बजे तक यह पता चल गया कि ब्रिटिश सरकार व्यापक पैमाने पर गिरफ़्तारियाँ करने जा रही है। यह पर्ची कई नेताओं के पास घूम गयी थी कि आज रात या कल सुबह तक उन्हें गिरफ़्तार किया जायेगा। कांग्रेस महासमिति की बैठक में इस मुद्दे पर भी विचार किया गया था और गाँधी के इस विचार को तरजीह दी गयी थी कि वर्तमान हालात को मद्देनज़र रखते हुए वायसराय ऐसा कोई कदम नहीं उठा सकता, जिससे अराजकता फैलने के खतरे बढ़ जायें। पर वही हुआ। पौ फटने से पूर्व ही व्यापक पैमाने पर गिरफ़्तारियाँ शुरू हो गयीं।

इन्दिरा और फ़िरोज़ अपनी बुआ कृष्णा हठीसिंह के यहाँ ठहरे हुए थे। इन्दिरा फ़िरोज़ के साथ इलाहाबाद लौट गयी थी। जवाहरलाल नेहरू गिरफ़्तार कर लिये गये थे। फ़िरोज़ ने इन्दिरा से सलाह-मशविरा कर यह निष्कर्ष निकाला था कि उसे इस आन्दोलन के दौरान भूमिगत रह कर कार्य करना चाहिए, ताकि इस आन्दोलन की पकड़ बराबर तेज़ होती जाये। इन्दिरा सोच रही थी कि जो कुछ किया जाये, वह उजागर हो। गिरफ़्तारी देने से भी इस आन्दोलन को बल मिलता है।

फ़िरोज़ ने इन्दिरा से कोई खास तर्क-वितर्क नहीं किया। वह इन्दिरा को

बिना बतलाये लखनऊ में भूमिगत हो गया। उधर उसकी गिरफ़्तारी का वारंट निकल गया। फ़िरोज़ कहाँ है, यह इन्दिरा को भी नहीं मालूम था। पर वह जानती थी कि वह जहाँ भी है, वहीं से आन्दोलन को तेज़ बनाये रखने के लिए कार्य कर रहा है। इन्दिरा के मन में यह इच्छा पैदा हुई कि उसे भी गिरफ़्तार किया जाये। विजय लक्ष्मी भी कारागार में थीं। आनन्द भवन में अपनी नन्ही फुफेरी बहनों के साथ वह अकेली रह गयी थी। प्रतिदिन और प्रतिक्षण देश के कोने-कोने में कुछ न कुछ ऐसा घट रहा था, जिससे ब्रिटिश सरकार परेशानी में पड़ती जा रही थी। उसकी यह मंशा थी कि किसी प्रकार यह आन्दोलन हिंसात्मक हो उठे तो इससे कांग्रेस के नेताओं पर प्रहार करने का मौका हाथ लग सकेगा। फलतः यह आन्दोलन वे पूर्व की तरह वापस ले लेंगे। आन्दोलन वापस लेने का मतलब होगा कि जनता कांग्रेस से नाराज़ हो उठेगी और उन्हें इसका पूरा-पूरा लाभ मिल सकेगा।

इस समय सारा देश एक था और गाँधीजी के इस आह्वान पर मर मिटने के लिए तत्पर था—'करो या मरो।' इन्दिरा में देश के प्रति पूर्णतया समर्पित होने की भावना ज़ोर पकड़ती जा रही थी। एक दिन इन्दिरा को कॉलेज के विद्यार्थियों ने झंडारोहण के लिए आमन्त्रित किया। वह तुरन्त तैयार हो गयी। यह बात वह जानती थी कि झंडारोहण का अर्थ है—गिरफ़्तारी के लिए तैयार होना। वह झंडारोहण के लिए पहुँची तो वहाँ पुलिस विद्यार्थियों पर लाठी बरसा रही थी। झंडा एक लड़के के हाथ में था और वह लड़का लाठियों की मार से ज़मीन पर गिर पड़ा था। कई घायल हो चुके थे परन्तु रो कोई भी नहीं रहा था। यह कैसा गज़ब का प्रशिक्षण था आज़ादी के दीवानों के लिए कि वे लाठियाँ झेल रहे थे और अपना खून बहा रहे थे परन्तु डटे हुए थे पूरी बुलन्दी और हौसले के साथ। इन्दिरा पल भर सोचती रह गयी कि ये वही अंग्रेज़ी सरकार है जो इंग्लैण्ड में लोकतन्त्र तथा मानवाधिकारों की बात करती है और उसे ही जीने का मक़सद मानती है। वह लड़का, जिसके हाथ में अभी झंडा था और जो बेतरह घायल हो कर ज़मीन पर पड़ा हुआ चारों ओर देख रहा था। कदाचित वह लड़का अपने को अब बेदम महसूस कर रहा था और अन्दर-ही-अन्दर डर रहा था कि कहीं वह बेहोश न हो जाये और झंडा उसके हाथ से छूट कर धरती पर न गिर जाये। वह चारों ओर देख रहा था। पुलिस ने विद्यार्थियों को मार-मार कर उससे इतना दूर कर दिया था कि उस तक कोई आसानी से नहीं पहुँच सके। पुलिस भी इस ज़ोम और जोश में मूसलाधार वर्षा की तरह उन विद्यार्थियों पर टूट पड़ी थी। नौजवान लड़के घायल हो रहे थे, परन्तु पीछे नहीं हट रहे थे। वे वहीं गिर कर ढेर हो रहे थे।

ऐसा नहीं था कि लाठियों की मार से उन्हें पीड़ा नहीं होती हो। पीड़ा तो होती थी और हृदय भी काँपता था परन्तु गुलामी की पीड़ा उससे कहीं ज़्यादा चुभन वाली और तकलीफ़देह थी। हर लाठी के पड़ने के साथ उनके मुख से निकलता था—"भारत माँ की" और दूसरे एक साथ बोलते थे—"जय।" "महात्मा गाँधी की...जय।"...

"वन्दे मातरम्"..."अंग्रेज़ों हिन्दुस्तान छोड़ दो।"..."एक-दो हिन्दुस्तान छोड़ दो...!" इन्दिरा उनके बुलन्द हौसले की कायल हो रही थी। सोच रही थी कि जिन लाठियों की मार से इन्सान के मुख से 'हाय और मरा' शब्द निकलता था, अब उनकी मार से 'भारत माता की जय' बुलन्द आवाज़ में निकल रही है। पीड़ा में कैसा आनन्द व्यक्त हो रहा है। गाँधी बाबा ने सत्य के लिए जिओ और सत्य के लिए मरो का अद्‍भुत मन्त्र दिया था। सत्य आत्मा की तरह अजर-अमर है। हिंसा पागल तथा उन्मादी मन की बौखलाहट और कापुरुष होने का प्रतीक है। सत्य ही व्यवहार में अहिंसा है। इन्दिरा गद्‍गद हो रही थी। उसका मन बल्लियों उछल रहा था। वह अपने को रोक नहीं सकी। उसने देखा कि वह लड़का, जिसके हाथ में झंडा है, बेहोश होने वाला है, और वह अपने चारों ओर भी नहीं देख पा रहा है। उसके मुख से रह-रह कर एक ही स्वर निकल रहा है—वन्दे मातरम्...वन्दे मातरम्...।

वह साँवले रंग का लड़का, जिसके हाथों पर पुलिस ने अनेक वार किये थे, मौन था। खड़ा-खड़ा पुलिस अधिकारी उस लड़के की ओर देखकर मुस्कुरा रहा था और प्रतीक्षा में था कि कब उसके हाथ से झंडा गिरे। उसकी ओर से पुलिस बेखबर थी। उसकी चेष्टा यह थी कि उस लड़के तक कोई न पहुँच सके। इन्दिरा के मन में तेज़ ज्वारभाटा उठा और वह भागती हुई उस लड़के के पास पहुँची और ज़ोर-ज़ोर से नारे लगाने लगी। अब झंडा उसके हाथ में था। पुलिस अधिकारी यह देखकर बौखला उठा। पुलिस इन्दिरा की ओर बढ़ने लगी। उधर उन नवयुवकों ने इन्दिरा के चारों ओर गोला बना लिया। इन्दिरा कहती थी—"भारत माता की..."

समवेत स्वर गूँज उठता था, "जय।"

अब लौ तेज़ हो चुकी थी। नारों में पुनः बुलन्दी आ चुकी थी। आज़ादी पाने की दीवानगी का यह नज़ारा बहुत ही दिलकश और रोमांचित करने वाला था। पुलिस को यह बर्दाश्त नहीं हुआ और वह निहत्थे नवयुवकों पर ताबड़तोड़ लाठियाँ बरसाने लगी। नारों और लाठियों की धुन में कैसा साम्य था! घेरा टूट गया और पुलिस की लाठियाँ इन्दिरा की पीठ पर पड़ने लगीं। पहली लाठी पड़ी तो वह सन्न रह गयी। उसे आज तक किसी ने हाथ तक नहीं लगाया था। आज उस पर लाठी पड़ी। वह तिलमिला उठी। उसने ताक़त से भारत माँ की जय के नारे लगाये। उसने झंडे की ओर अपलक दृष्टि से देखा। झंडा लहरा रहा था। उसकी आँखें खुशी से छलक आयीं। तभी एक लाठी उसके हाथ पर पड़ी। फिर दूसरी पड़ी और उसके बाद कई लाठियाँ उसके हाथ पर बरसीं। परन्तु उसने झंडा हाथ से नहीं छोड़ा और न उसे झुकने ही दिया। आख़िर पुलिस हार गयी।

इन्दिरा के लिए यह एकदम नया अनुभव था। हालाँकि इससे पूर्व उसके पापा, दादा आदि ने घोड़ों की टापों और डंडों को खुशी-खुशी झेला था। वे लहूलुहान हो गये पर पीछे नहीं हटे थे। तब इन्दिरा का न हाथ दर्द कर रहा था और न पीठ। मन को तब पीड़ा होती है जब उसको जय के स्थान पर पराजय की अनुभूति

होती है। इन्दिरा को जय की अनुभूति हो रही थी। यथास्थान झंडा फहरा रहा था—यही तो वे चाहते थे। महान लक्ष्य की प्राप्ति के लिए छोटी-मोटी बातों पर चिन्ता नहीं होती है। उसे लग रहा था कि जैसे पीड़ा ही उसका उपचार बन गयी है और उसे पीड़ा में से सुख की अनुभूति हो रही है।

"जय मातृभूमि, अमर मातृभूमि—जय भारतभूमि..." के स्वर उसके हृदय में गूँज रहे थे। उसमें एक नयी चेतना जग चुकी थी। सार्वजनिक सभा पर सरकार प्रतिबंध लगा चुकी थी। प्रेस पर सरकार की कड़ी निगाह थी। इन्दिरा ने निर्णय लिया था कि वह इस निषेध आज्ञा का उल्लंघन ज़रूर करेगी। सरकार को अभी तक अपने मंसूबे में सफलता नहीं मिली थी। उसे कहीं से किसी ऐसे अप्रिय समाचार की भनक नहीं लगी, जिससे यह सिद्ध हो सकता कि 'भारत छोड़ो आन्दोलन' हिंसा पर उतारू हो चुका है। उसके बाद तो सरकार मनमानी कर सकती थी, क्योंकि तब उसके पास जवाब होगा कि ऐसा उसने शान्ति बनाये रखने व आत्म रक्षा के लिए किया है। परचों में यह बात छप चुकी थी कि इन्दिरा गाँधी जनता को वास्तविकता से परिचित करायेगी। पर कब? यह किसी को नहीं पता था।

रात गहरा रही थी। इन्दिरा की चोटों पर दवा लगायी जा चुकी थी। अब वह अपने कमरे में फुफेरी बहनों के साथ आँख बन्द किये सोच रही थी। उसकी फुफेरी बहनें सो चुकी थीं। सन्नाटा बहरा बना हुआ था। हृदय में भूकम्प था। उसने निश्चय कर लिया था कि वह कल सार्वजनिक सभा की निषेधाज्ञा को तोड़ेगी। उसके सामने विजयोल्लास भरा झंडा लहरा रहा था, जिसे सादर गन्तव्य स्थान पर उसने फहराया था। उसने आँखें खोली ही थीं कि वह चौंक कर तेज़ स्वर में बोल पड़ी, "फ़िरोज़, तुम?"

फ़िरोज़ ने उसकी ओर कातर दृष्टि से देखते हुए कहा, "प्लीज़ धीरे।...पुलिस को ज़रा भी भनक पड़ी नहीं कि...।"

"कब आये? अब तक कहाँ थे?"

"लखनऊ।" फ़िरोज़ ने इन्दिरा का हाथ अपने हाथ में लेकर कहा, "बहुत चोट खायी है तुमने। ज़ालिमों ने बहुत बुरी तरह पीटा!"

"कुछ नहीं, फ़िरोज़...वहाँ तो इतने नवयुवक थे कि देखते तो चकित रह जाते। वे सब लाठी खा रहे थे और नारे लगा रहे थे। जिस समय झंडा गन्तव्य स्थान पर लहरा उठा था, उस समय हमारे आनन्द का कोई ठिकाना नहीं था! मन झूम उठा था सावन की बदली की तरह और मैं सोच रही थी कि वह दिन कितना भाग्यशाली होगा जिस दिन ब्रिटिश सरकार का झंडा उतरेगा और हमारा तिरंगा झंडा फहराया जायेगा।...मुझे लगता है कि अब वह दिन दूर नहीं है।" इन्दिरा ने फ़िरोज़ के हाथ पर आहिस्ता से अपने होंठ रख दिये।

"हाँ, इन्दु, मुझे भी ऐसा लगता है।"

"एक आशंका है, फ़िरोज़।" इन्दिरा ने भावुक होकर कहा।

फ़िरोज़ ने उसे बाँहों में भरकर कहा, "क्या, इन्दु?"

"सरकार जनता में यह अफ़वाहें फैलाना चाहती है कि उनके नेताओं को अण्डमान ले जाया जा रहा है, ताकि इस आन्दोलन में हिंसक वारदातें घट जायें और उन नेताओं को गिरफ़्तार करने और आज़ादी के परवानों के पर काटने का उन्हें नैतिक हक़ हासिल हो सके। साथ ही मुक़दमा चलाकर उनको बन्दी शिविर में रखा जा सके।"

"इन्दिरा तुम ठीक सोच रही हो।" फ़िरोज़ ने जवाब दिया।

"मैं कल निषेधाज्ञा तोड़ कर भाषण करूँगी और जनता को सरकार के मंसूबों से परिचित कराऊँगी।...क्यों, तुम्हारा क्या ख़याल है?" इन्दिरा ने उसकी बाँहों के घेरे से बाहर होते हुए कहा।

"पहले ठीक तो हो जाओ।" फ़िरोज़ ने कहा।

"जब तक आज़ादी नहीं मिलेगी, फ़िरोज़, तब तक हमें इन्हीं परिस्थितियों में काम करना पड़ेगा। मैं सोचती हूँ कि इस कार्य में देर करना उचित नहीं है।" इन्दिरा में आत्मविश्वास सिर उठा रहा था।

"ठीक है।...अपना ध्यान रखना। मैं अब चलूँगा।" फ़िरोज़ उठा, उठ कर चलने को हुआ और फिर बैठ गया। उसने इन्दिरा का हाथ अपने हाथ में लेकर माथे से लगाया, चुम्बित किया और तेज़ी से बाहर निकल गया। इन्दिरा अवसन्न सी देखती रह गयी, मानो उसने कोई स्वप्न देखा हो और अब वह जाग कर उस स्वप्न पर विचार कर रही हो।

33

आज की सुबह बेहद खुशनुमा थी। लाल पगड़ी वाले चारों ओर तैनात थे। इन्दिरा घर से अकेली ही निकली। उसने आज की सभा का स्थान मौखिक प्रचारित करवा दिया था। पुलिस सार्वजनिक पार्कों पर कड़ी निगाहें रखे हुए थी। बाज़ार आम दिनों की तरह से खुला हुआ था। लग रहा था कि आज का दिन यों ही चुपचाप खिसक जायेगा। आज कोई वारदात नहीं होगी। क्या ऐसा होगा? ऐसा होगा तो निश्चित ही एक अविश्वनीय बात होगी, जिस पर कोई विश्वास नहीं कर सकेगा। हर पल जनता चौकन्नी रहती थी, क्योंकि पता नहीं कब क्या हो जाये? दिन तो प्रायः रोज़ ऐसा ही उगता था परन्तु रात ढलते-ढलते वह आज़ादी की खुशनुमा महक छोड़ जाया करती थी। शहर प्रतीक्षारत रहता था कि कब कौन-सा पर्चा हाथ आ लगे और उसकी आँखें चमक उठें।

ब्रिटिश सरकार सोचती थी कि सभा के लिए कुछ ही चुने हुए स्थान हैं, उन पर कड़ी निगाहें रखी जाये। परन्तु वह यह नहीं जानती थी कि अब भारतीयों

के लिए सारा मुल्क ही मंच बन चुका है—हर गली का नुक्कड़ मंच है। इस वक़्त तो सरकार दमनचक्र को तेज़ करने के अलावा वह कुछ और सोच ही नहीं सकती थी। सरकार बहरी और अन्धी हो चुकी थी और किसी भी क़ीमत पर अपना प्रभुत्व बनाये रखना चाहती थी। उसका अपने वर्चस्व में विश्वास था। हालाँकि उसका यह अंधविश्वास बारम्बार डगमगा उठता था और वह खीझ से भर कर नथुने फुलाकर हाथ मलती रह जाती थी, परन्तु वह भी विवश थी—छटपटाहट भोगने और बन्दूकें तानने के लिए। इसके अतिरिक्त उसके पास और कोई चारा नहीं था अपने अस्तित्त्व को बरकरार रखने का।

देश प्रेमियों में उस वक़्त होड़ लगी हुई थी। क्या बच्चा, क्या जवान, क्या बूढ़ा, क्या अधेड़, क्या स्त्री और क्या पुरुष सभी देश पर प्राणों की बाज़ी लगाने के लिए घूम रहे थे। कब क्या होगा, कोई नहीं जानता था! सारा देश एक हो चुका था। इन्दिरा निश्चित समय पर यथास्थान पहुँच गयी और देखते ही देखते जनता भी वहाँ आने लगी। जनता इतस्ततः छिपी हुई थी। मौक़ा पाकर वह निकल आयी। इन्दिरा ने भाषण देना शुरू कर दिया।

अंग्रेज़ पुलिस भी तत्काल वहाँ आ पहुँची। उसने पलक झपकते ही सभा स्थल घेर लिया। पुलिस अधिकारी ने हुक्म दिया, "भाषण बन्द करो वरना गोली मार दी जायेगी।"

इन्दिरा पर इस चेतावनी का कोई असर नहीं हुआ। वह अपना भाषण बिना हिचकिचाहट देती रही। जनता देख रही थी कि उसको चारों ओर से बन्दूकधारी सिपाहियों ने घेर लिया है। परन्तु वह निश्चिन्त थी। उनमें से एक वयोवृद्ध कह रहा था कि गुलामी में जीने से तो आज़ादी के लिए प्राण गँवा देना ज़्यादा सार्थक है। एक बार फिर जलियाँवाला बाग की पुनरावृत्ति हो जाने दो और कर लेने दो इन दस्युओं और आज़ादी के दुश्मनों को मनमानी! एक दिन ज़रूर आयेगा जब इन हत्यारों को आने वाली पीढ़ी भी हिकारत भरी दृष्टि से देखेगी।

इन्दिरा कह रही थी, "याद रखो, हमें ऐसा कोई काम नहीं करना है, जिससे हिंसा भड़के और हमें पहले की तरह आन्दोलन वापस लेना पड़े। महात्मा गाँधी अपने इरादे के पक्के हैं।"...इन्दिरा बोले जा रही थी। परन्तु अब वह पुलिस अधिकारी अपने को और जज़्ब नहीं कर सका, वह तेज़ी से आया और सिपाही को इशारा करते हुए बोला, "देखते क्या हो, संगीन तान दो। अब उसके मुख से एक शब्द भी निकले तो उसकी देह को बन्दूक के नेज़े से गोद डालो।"

जनता जयनाद कर उठी। कह उठी, "इन्दिरा गाँधी की जय।" तभी आकाश में गोलियों की आवाज़ गूँजी। जनता यथास्थान खड़ी रही। इन्दिरा कह रही थी, "आपको क़सम है अपने ईमान की जो आप एक कदम पीछे हटे या इधर-उधर भागे। आज सच-झूठ के बीच युद्ध छिड़ा हुआ है...न्याय-अन्याय के बीच संघर्ष जारी है।...आप लोग मेरी चिन्ता मत करो। मेरी अन्तिम साँस भी आज़ादी के लिए समर्पित है।"

एक सिपाही आगे आया। पहले उसने इन्दिरा की ओर संगीन तानी और फिर चिल्लाया, "भाषण बन्द कर।" इसके साथ ही उसकी बन्दूक के आगे लगी नेज़े की नोक ने इन्दिरा के जिस्म को ज़रा छुआ ही था कि भीड़ को चीरता हुआ एक व्यक्ति सामने आया और नेज़े को हटाते हुए बोला, "खबरदार! जो उसके शरीर को हाथ भी लगाया तो नतीजा अच्छा नहीं होगा।"[1]

सिपाही उस अंग्रेज़ जैसे व्यक्ति को देखकर सकपका गया। भीड़ उत्तेजित हो उठी। वह व्यक्ति इन्दिरा के आगे सीना ताने खड़ा हो गया। इन्दिरा अपलक देखती रह गयी। उसका हृदय भर आया। वह सोच रही थी कि मुझसे इतना प्यार! वह फुसफुसायी, "फ़िरोज़, तुम सामने से हट जाओ, मैं उनकी अपराधी हूँ।" उसने कहा "इन्दु, मेरे होते हुए ऐसा कभी नहीं हो सकेगा।" इतने में जनता ज़ोर-ज़ोर से नारे लगा उठी, "इन्दिरा-फ़िरोज़ ज़िन्दाबाद...।"

डंडे बरसने शुरू हो गये। निहत्थी जनता डंडे खाती और भारत माता की जय बोलती रही। पुलिस ने कइयों को पकड़ लिया। फ़िरोज़ और इन्दिरा दोनों को गिरफ़्तार कर लिया।

इन्दिरा नैनी जेल में रखी गयी। वहीं उसकी बुआ विजयलक्ष्मी पंडित भी थीं। कुछ दिनों बाद उनकी बड़ी लड़की लेखा भी वहाँ आ गयी। विजयलक्ष्मी पंडित ने लिखा है, "पिछली रात इन्दु को बाहर सोने की अनुमति दी गयी परन्तु फिर भी वह सारी रात उद्विग्न रही। कल इन्दु की पच्चीसवीं वर्षगांठ थी। फ़िरोज़ की उसकी पाक्षिक भेंट हुई।"[2]

इन्दिरा को स्वास्थ्य के आधार पर छोड़े जाने की चर्चा चली थी परन्तु उस चर्चा से कोई लाभ नहीं हुआ। उसका स्वास्थ्य निरन्तर गिरता गया। 13 मार्च, 1943 को उसे क़ैद से मुक्त कर दिया गया। विजयलक्ष्मी को भी रिहा कर दिया। रिहा करने से पूर्व उन दोनों से सरकार ने यह आश्वासन चाहा कि वे किसी सभा में भाग नहीं लेंगी और न किसी सभा को संबोधित करेंगी। यह आश्वासन भला वे कैसे दे सकती थीं। उन्होंने साफ़ इनकार कर दिया कि वे किसी भी प्रकार की पाबन्दी मानने के लिए तैयार नहीं हैं। उन्हें जेल प्यारी है परन्तु किसी भी प्रकार की आज़ादी के विरुद्ध दी जाने वाली पाबन्दी स्वीकार नहीं है।

इन्दिरा को इन्फ्लुएन्जा हो गया था अतः उसे पुनः गिरफ़्तार नहीं किया जा सका, जबकि विजयलक्ष्मी को कर लिया गया था।

अभी फ़िरोज़ भी जेल में ही था। उसे जब यह समाचार मिला तब वह चिन्तित हो उठा। जवाहरलाल नेहरू अहमद नगर किले में बन्द थे और उन्हें बारम्बार इन्दिरा का ख़याल आ रहा था। उन्होंने इन्दिरा को सलाह दी कि वह किसी पहाड़ी स्थान

---

1. फ़िरोज़ : पुष्पा भारतीय : धर्मयुग 27 जनवरी, 1965 पृ. सं. 22
2. प्रिजन डेज़ : विजयलक्ष्मी पंडित

पर चली जाये। उससे उसके स्वास्थ्य में लाभ हो सकेगा। इलाहाबाद की गर्मियाँ उसके लिए अनुकूल नहीं हैं। चिलचिलाती धूप में आग उगलती हवायें उसे और झुलसा देंगी। इन्दिरा किसी से नहीं डरती थी परन्तु बीमारी से उसे बहुत भय लगता था। अतः वह बम्बई के सन्निकट पंचगनी पहाड़ी स्थान पर चली गयी। वहाँ उसे आराम तो मिला परन्तु चैन नहीं। वहाँ वह वनवासिनी-सा जीवन जीने लगी। उसे तन्हाई की ज़ंजीरों ने मुक्त नहीं होने दिया। वह पंचगनी की पहाड़ियों में अपने आपसे संघर्ष कर रही थी और अपने आप से बतिया रही थी—

मुझे बराबर कमज़ोर करने में तुझे क्या मिलता है?
मुझे अपने देश की आज़ादी के ख़ातिर मर मिटना है,
मुझे बराबर जंग जारी रखनी है!
यह दौर मेरे जीवन में आजन्म चलता रहेगा

पहले मैं आज़ादी के लिए जी तोड़ कर प्रयत्न करूँगी
और आज़ादी मिल जाने के बाद
उन करोड़ों-करोड़ की आज़ादी के लिए संघर्ष करूँगी,
जो अंधविश्वासों, रूढ़ियों और आर्थिक सामाजिक विसंगतियों के
शिकंजे में बेतरह फँसे हुए हैं
और भरी जवानी में
बूढ़ी संध्या की त्रासदी का भोग रहे हैं।

यह कैसे बर्दाश्त किया जा सकता है कि,
व्यक्ति व्यक्ति को गुलाम बनाए,
उसके हाथ-पाँव में बेड़ियाँ डाल दे
और उसके स्वप्नों को नोच डाले।
देश पर अन्य देश का राज हो—
हर तरफ़ जिधर आँख उठाओ—
अत्याचार, आतंक और अन्याय—शोषण का साम्राज्य हो।
भलाई के नाम पर गुलाम बनाने का मन्तव्य हो

तब मन कैसे चैन पा सकता है?
फिर भी, मुझे सिवाय सोचते रहने
और विद्रोही व अशान्त मन को समझाने से
नहीं लगता है कि कोई रास्ता निकल सकता है।
यदि अकेला उड़ता हुआ धवल कपोत
अचानक काली आँधी की चपेट में आ जाये
तो उसका युद्ध उस आँधी से होगा

और तब तक होगा
जब तक वह आँधी का मुँह न मोड़ दे
या आँधी उसे निगल न जाये
बस यही मेरे संघर्ष का ईमान है, जीने का मक़सद है।

इन्दिरा की सोच का पक्षी फड़फड़ा उठता। माँ भी तो जी-जान से आज़ादी के शान्त समर में कूद पड़ी थी परन्तु शीघ्र ही बीमार होकर उसे रण से लौटने के लिए बाध्य होना पड़ा था। वह कोशिश उसको भेदे जा रही थी। न उसे लाठी खाने की परवाह थी और न जेल जाने की चिन्ता। उसके मन में एक ही संशय चक्कर काट रहा था कि वह कब तक स्वस्थ हो पायेगी और कब आज़ादी के समर में नज़र आयेगी। सब कुछ वही तो नहीं होना है जैसा सोचा जा रहा है। वह ठीक होते ही पुनः मैदान में आ डटेगी, इस आश्वासन से उसे बहुत ढाढ़स मिलता और वह दोनों हाथों को हवा में लहरा कर आकाश की ओर देखती रह जाती। वह देखती कि आँधी थम चुकी है और वह अकेला कपोत गन्तव्य की ओर डैने फैलाये ताज़गी से भरा उड़ा चला जा रहा है...। उड़ता ही चला जा रहा है। उस गगन-बिहारी को अभी बहुत दूर जाना है। बीच में वह नहीं सुस्तायेगा। उड़ता ही चला जायेगा। मंज़िल से पहले उसे चिन्ता नहीं किसी आँधी-अवरोध की, वह नहीं रुकेगा, नहीं थमेगा। वह एकदम खुशी से नाच उठी और फिर अपने को किसी योगिनी की तटस्थ दृष्टि से निहारने लगी—मुग्ध होकर! उसका हिरनी-मन बिंधा-का-बिंधा रह गया! उन्मुक्त साँसों के नवल निर्बन्धन महोत्सव में वह चुपचाप डूबती चली गयी बहुत दूर तक!

विश्व युद्ध सर्वस्व खो देने की कशमकश में तेवर बदलता हुआ खौलते पानी की तरह भयावह, क्रूर और खूँखार हो चुका था—एकदम पागल हाथी की तरह। खबरों का जायज़ा पाकर सपने बिखरने लगते थे और बचाव का कोई रास्ता नज़र नहीं आता था।

प्रकृति भी आक्रामक रूप धारण कर चुकी थी। बंगाल का महाअकाल विश्व की छाती पर अणु विस्फोट से कम नहीं था। उसकी कल्पना मात्र से रोंगटे खड़े हो जाते थे। इन्दिरा के मानस पर उसके अनेक वीभत्स चित्र उभरने लगते थे, जैसे—रवि बाबू का बंगाल बिलखता हुआ, जर्जर / कलकत्ता मौत का बना अजायबघर मर्माहत / जिधर दृष्टि डालो, उधर लाश—चतुर्दिक लाश!/लाश को नोचती लाश, लाश पर लाश! लाश के ढेर/ अथवा भूख-प्यास से बेदम लाश/ माँ से उसका नन्हा जुदा, बाप से उसका बेटा/पत्नी से उसका पति जुदा, बहन से उसका भाई/जिधर देखो उधर जुदा/नंगे-भूखे प्राण जुदा! और न टमटम, न टिफ़िन, न चौरंगी की तरह चहल-पहल/ न महकती हुगली सा कलकत्ते का अंजुमन/सिर्फ़ रेंगता हुआ लाशों का मरघट, नीलाम होती इज़्ज़त, लुटे सपने और क़िस्मत के बाज़ार-दर-बाज़ार।

इस सबसे इन्दिरा के मन के तार बिखर गये। वह हैरानी से जीवन के इस

महाअंधकार की दैत्याकार छाया का अपने में अनुभव करते हुए काँप उठी। उसने सोचा भी नहीं था कि कभी ऐसा भी हो सकता है। उसके सामने विश्व विजेता सिकन्दर का मरघट—मचल उठा! प्रकृति पता नहीं कब स्याही सोख्ते की तरह एक साथ हज़ारों-हज़ार ज़िन्दगियों को सोख ले! कब नगर के नगर कब्रगाह बन जायें। सिन्धु घाटी सभ्यता का परिदृश्य नज़र के सामने उभरने लगे।

फ़िरोज़ अगस्त में रिहा हो गया। उसने इलाहाबाद में ही एक छोटा-सा घर ले लिया। इन्दिरा वहाँ लौट आयी। उसे पहली बार गृहस्थी का अनुभव हुआ। पहली बार उसने जाना कि वह अपने पिता के घर से अलहदा हुई है। अब उसका अपना घर था—नन्हा सा दीपक-सा घर! उसे एक प्रकार की घबराहट भी हुई। वह घर-गृहस्थी के अनुभव से कोसों दूर थी। रसोई सँभालने का कभी काम ही नहीं पड़ा था।[1] पुलाव उसे बहुत भाता था और जब मन करता था तब वह खानसामे को पुलाव में काजू-किशमिश आदि डालने की हिदायत दे दिया करती थी। इसमें इसका कोई दोष नहीं था! घर में कमी किस बात की थी। खानसामे थे—मांस बनाने वाले भी और बिना मांस की तैयारी करने वाले भी। इस दृष्टि से यह उसका पहला-पहला अनुभव था। परन्तु था बहुत सुखद क्योंकि वह उसका अपना घर था।...प्यारा-प्यारा घर! वहाँ शोर नहीं था और न साज-सज्जा ही! एकदम सादगी वाला घर। छोटा सा घर! जहाँ अकेला फ़िरोज़ था और वह थी! इतना एकान्त तो उन्हें जब वे मधुरात्रि के लिए कश्मीर की मोहक वादियों में घूम रहे थे या डल झील में तैरते हुए घर में रह रहे थे या पहलगाँव के एकान्त में हाथ में हाथ डाले और दिशाओं को अभिचिन्हित चुम्बनों से महका रहे थे, तब भी नहीं मिला। पहला-पहला प्यार था—मोमिन भरा प्यार! यथार्थतः तब वे स्वेच्छाचारी बने लीलोद्यान में बहक रहे थे। प्राण-से-प्राण का सरगम और हृदयोच्छ्वास का बसन्त तब उनमें नर्तन कर उठा था। परन्तु इस छोटे से घर में उनके प्राण ऐसे पुलक उठे मानो थोड़े समय के लिए वे अपने आपके अलावा सबको भूल गये हों। दो कमरे थे उनके पास। एक कमरे में उनका कार्यालय था! इलाहाबाद में अखिल भारतीय कांग्रेस का अधिवेशन होने वाला था और फ़िरोज़ को उस अधिवेशन के पंडाल का ज़िम्मा सौंपा गया था।

फ़िरोज़ और इन्दिरा के जीवन के अर्थ भर रहा था वह घर! आज़ादी के दौर से गुज़रते हुए वे इतने क़रीब इससे पहले कभी नहीं आये थे कि साँस को साँस की थिरकन साफ़ सुनाई पड़ सके। हर आहट पर वे चौकन्ने हो उठते थे। मुस्कुरा कर एक-दूसरे को देखते थे और गद्गद हो जाते थे। वह पूछता, "क्यों इन्दु, टॉवल कहाँ रख दिया?"

---

1. द्रष्टव्य : इन्दिरा गृहस्थी चलाने में लापरवाह थी। वह अंडा तक उबालना नहीं जानती थी। और तो और उसे इस काम में दिलचस्पी ही नहीं थी।—नेहरू युग जानी-पहचानी बातें : एम.ओ. मथाई पृ. सं. 80

"गुसलखाने में देख लो।" पल्ला ठीक करते हुए इन्दिरा कहती।

"वहाँ कहाँ है?...रोज़-रोज़ टॉवल...।"

"रखकर भूलते तो खुद हो और तोहमत दूसरों पर लगाते हो।"

इन्दिरा शयन कक्ष से बाहर आकर देखती है तो हँसने लगती। फ़िरोज़ थोड़ा-सा तुनक कर पूछ रहे थे, "अरे भाई आख़िर बेलगाम हँसने का सबब!...ओफ़्फ़ोह रहम करो, रहम!"

इन्दिरा गम्भीर मुद्रा में बोली, "फ़िरोज़, इस समय मुझे एक छोटा-सा सच्चा क़िस्सा याद आ रहा है। प्लीज़ सुन लो न।"

"पहले टॉवल इन्दु।" फ़िरोज़ जल्दी से कह जाता।

"पहले किस्सा, फ़िरोज़...। प्लीज़।"

"मुझे देर हो रही है।"

"अब तक तो वह कितना पूरा भी हो जाता।"

"अच्छा सुनाओ, बाबा।"

"याद है न हम लोग शाम को डाउनिंग स्ट्रीट पर चहलक़दमी कर रहे थे तुम्हारे उस ईरानी दोस्त के लिए...।"

"जो विश्व का सर्वश्रेष्ठ गिटारवादक बनने के स्वप्न दिन में देखा करता था।" फ़िरोज़ ने उसकी बात पूरी कर दी।

"करेक्ट फ़िरोज़...। वह लौटा तो तुमने...।"

"बहुत डाँटा था उसे।" वह इन्दिरा के स्वर में बोला।

"पर क्यों?" इन्दिरा ने उसे घूरा।

"क्योंकि तुम मेरे पर खफ़ा हो रही थीं और कह रही थीं कि तुम्हारे दोस्त फ़िरोज़, सबके सब सनकी हैं...। और मैंने कहा था कि एक को छोड़कर! जानती हो कि वह कौन था!"

"हाँ वह एक मैं थी...। हैं न?" यह कहकर इन्दिरा खुश हो उठी।

"आगे कहो, क्या क़िस्सा है," फ़िरोज़ ने उसे याद दिलाया।

"क़िस्सा बहुत खूबसूरत है...फ़िरोज़। सुनोगे तो उँगली चाटते रह जाओगे।" इन्दिरा ने अपने कथन के तथ्य की ग़लती के कान मरोड़ते हुए कहा, "उँगली नहीं हँसते-हँसते लोट-पोट हो जाओगे।"

"फ़िलहाल तो रोना आ रहा है।"

"आना भी चाहिए क्योंकि उस क़िस्से का एक पक्ष यह भी है।"

"प्लीज़ इन्दु, डोंट वेस्ट माई टाइम। आज मुझे वहाँ जाना है। अब तक वहाँ होना चाहिए था मुझे।" फ़िरोज़ ने घबड़ाहट से भर कर कहा और दो कदम पीछे हट गया।

"तो सुनो, बीच में मत बोलना। क़िस्सा पलक झपकते ही अपने रंग में रंग डालेगा।" इन्दिरा ने कहा।

"सुनाओ भी।" फ़िरोज़ खीझकर कहता।

"तो सुनो...यह क़िस्सा तुम्हारे उन्हीं जिगरी दोस्त ने सुनाया था। शायद तुम्हें भी याद आ जाये।..."

"याद आये न आये पर तुम सुनाओ।"

"हाँ, तो आपके जिगरी दोस्त ने बताया था...।"

"उससे क्या फ़र्क़ पड़ता है कि बताने वाला कोई भी हो। तुम सुनाओ।"

"फ़र्क़ पड़ता है, फ़िरोज़। किसी बात की सच्चाई सिद्ध करने के लिए ज़रूरी है कि चश्मदीद गवाह को हाज़िर किया जाये और वह चश्मदीद गवाह खुदा को हाज़िर-नाज़िर जान कर उस सारी वारदात को बताये। वह बात दूसरी है कि वह खुदा को हाज़िर-नाज़िर मानकर भी उसके होने पर विश्वास ही न करे।" इन्दिरा ने वक़्त की नज़ाकत का लाभ उठाते फ़िरोज़ की परेशानी का पूरा-पूरा मज़ा लिया।

"देखो, मैं बिना नहाये चल दूँगा।"

"अल्टीमेटम मत दो, फ़िरोज़, तुम बिना नहाये-धोये चल दिये तो पुजारिन का क्या होगा! प्लीज़ मुजरिम की रहम की दरख्वास्त पर तवज्जो फरमायें और अपनी नेकदिली व रहनुमाई फ़ितरत का इस कनीज़ को मुलाहिज़ा फ़रमाने का मौका दें।" इन्दिरा अबाबील-सी महक भरी मचल उठी। छोटी थी, तब भी तो वह गुड्डे-गुड्डियों के खेल में इसी तरह स्वयंसेवकों और लाल पगड़ीवालों में तू-तू, मैं-मैं कराती थी और थोड़ी बड़ी हुई तो वह नौकरों को इकट्ठा कर अपने यहाँ ठहरे महानतम नेताओं की आवाज़ों की नकल उतारा करती थी—सिर पर गाँधी टोपी लगाकर और गला खखार कर साफ़ करते हुए। आज वह उसी मूड में आ चुकी थी। बचपन होता कितना प्यारा है कि...। कभी कभार जी उस पर मर मिटने को चाहता है।

"वो तुम्हें किस्सा नहीं सुनाना है।" फ़िरोज़ नाराज़गी व्यक्त करते और फिर ठहर कर कहते, "टॉवल प्लीज़!"

"क़िस्सा रोज़ नींद की गोलियाँ खाकर सोने वाले दुनिया के प्रसिद्ध बातूनी प्रधानमन्त्री मिस्टर चर्चिल का है, जिन्हें नफ़रत और प्यार का बुखार साथ-साथ चढ़ता था। जनाब ने अपना शयन कक्ष चिल्ला-चिल्ला कर सिर पर उठा लिया था और बराबर बिस्तर पर बिराजे हुए एक ही नारा उछाले जा रहे थे, "गरम पानी की बोतल कहाँ है?...गरम पानी की बोतल...ओफ़्फ़ोह बोतल।"

श्रीमान् के परम चाकर ने वहाँ आकर पूछ लिया था भूल से, "क्या चाहिए, महानुभाव?"

अब क्या था बिजली बिन बादल कड़क उठी या सरकस से हाल में पकड़ा जंगली शेर भाग खड़ा हुआ शहर की ओर दहाड़ भरते हुए आबनूसी। वह चीख पड़े, "मेरा सिर और क्या? अरे कान के अन्धे और आँख के बहरे, हमें गरम पानी की बोतल चाहिए। अब तो सुन लिया? जा, मुँह क्या देख रहा है?" यहाँ से दफ़ा हो और गरम पानी की बोतल तुरन्त लेकर आ।"

"जी...जी...।" चाकर हकलाया-तुतलाया। आख़िर था तो वह हिटलर की चूजे की गरदन ही, गरदन के संबोधन से बौखलाये हुआ चर्चिल का चाकर ही! वह इस वक़्त इंग्लैण्ड के स्थान पर स्वयं को चूजे की गरदन-सा महसूस कर रहा था।

"अरे तूने सुना नहीं?" चर्चिल चीखे।

चाकर अपनी घबराहट को वश में करते हुए बोला, "हुज़ूर आप गरम पानी की बोतल पर ही तो बैठे हुए हैं।" चाकर चकित-सा उनको देख रहा था।

चर्चिल को अपनी ग़लती का अनुभव हुआ और वह मुस्कुराकर चुप रह गये।

इन्दिरा ने इतना कह कर फ़िरोज़ की ओर देखा और फ़िरोज़ ने अपने को देखा तो दंग रह गये। इन्दिरा पूछ रही थी, "जनाब को अपने बयान में संयोग को दोहराना है अथवा इसी प्रकार के किसी अभिनव आविष्कार से सबको रोमांचित करना है? जैसी भी मर्ज़ी हो, फरमायें। चाकर तालीम के लिए हाज़िर है...।" इन्दिरा गम्भीर बनी रही।

फ़िरोज़ ने लज्जित होकर कहा, "सॉरी, इन्दु!...रिअली, वैरी सॉरी...।" उसका स्वर भीगा-भीगा-सा था।

इन्दिरा एकदम चहक पड़ी।

फ़िरोज़ स्नानागार में घुस गया।

धीरे-धीरे इन्दिरा की समझ में आने लगा था कि गृहस्थी क्या होती है। फ़िरोज़ भी इन्दिरा का प्यार पाकर दूने जोश-खरोश से आज़ादी के संघर्ष में कूद पड़ा था। उसे एक विचार बहुत परेशान किये रहता था कि आज़ादी के बाद आम आदमी तक आज़ादी कैसे पहुँचेगी? यदि आम आदमी तक आज़ादी की रोशनी नहीं पहुँच सकी तो आज़ादी का उनके लिए कोई अर्थ नहीं होगा। उन्हें अफ़सोस हो सकता है कि क्या उन्होंने ऐसे दुर्दिन भोगने के लिए ही आज़ादी को हासिल किया था!

इन्दिरा आज बहुत खुश थी। पूनम का चाँद वातायन से सीधा कमरे को द्युतिमान कर रहा था। वह सोच रही थी कि आज वह उस रहस्य को फ़िरोज़ पर ज़ाहिर कर देगी। उसने फ़िरोज़ के बाल सहलाते हुए कहा, "आज बहुत थके-थके लग रहे हो, ठीक तो हो?" इन्दिरा की उँगलियों को अपने सिर पर गिलहरी की दुम के समान फिसलती हुई अनुभूत करता हुआ वह बोला, "ठीक हूँ, परन्तु इन्दु।" उसने इन्दु के लिए बैठने की जगह बनाते हुए कहा।

"परन्तु क्या?"

"इन्दु, मुझे डर लगता है।"

"कैसा डर?" इन्दिरा ने उसकी गरदन को सहलाया।

"परिस्थितियाँ ऐसी हैं कि इस वक़्त कभी भी अपना देश आज़ाद हो सकता है।" फ़िरोज़ ने नीची निगाह किये हुए ही कहा।

"यह तो प्रसन्नता की बात है। हमारा लक्ष्य भी तो यही है, फ़िरोज़।" इन्दिरा चहक उठी, "तुम्हारे मुँह में घी शक्कर।"

"वो तो ठीक है।"

"फ़िरोज़, ईश्वर करे, तुम्हारी बात फल जाये। देश स्वतन्त्र हो जाये। हमारा सपना पूरा हो जाये।...मेरा अपना सपना भी पूरा हो जाये।" इन्दिरा ने भाव-विह्वल होते हुए गद्गद स्वर में कहा।

"तुम्हारा सपना...?" साश्चर्य फ़िरोज़ ने इन्दिरा की ओर देखा।

"हाँ, मेरा सपना!...इसमें ताज्जुब की क्या बात है, क्या मेरा सपना नहीं हो सकता?" इन्दिरा ने प्रश्नमुद्रा में फ़िरोज़ को घूरा।

"क्या अब भी कोई सपना शेष है?"

"है।" इन्दिरा ने धीरे से कहा।

"ज़रा हम भी तो सुनें जनाब का सपना।"

"सुनने के लिए कर देना होगा। दोगे?"

फ़िरोज़ ने मुग्ध दृष्टि से देखा और कहा, "मंज़ूर है।"

इन्दिरा के मुखमण्डल पर व्रीड़ा की बारीक रेखायें उभर आयीं। वह प्यार से भर कर सकुचा उठी। फ़िरोज़ ने उसे याद दिलाया, "तुम कुछ बताने जा रही थीं न?"

"हाँ, फ़िरोज़।...अच्छा ज़रा सोचो तो, वह बात क्या हो सकती है?" वह गम्भीर बन चुकी थी।

"मैं क्या जानूँ, सपना तो तुमने देखा है।"

"वह सपना हम दोनों का है।"

"तो बड़ी खुशी की बात है।"

"व्यक्तिगत खुशी की।" इन्दिरा की आँखें चमक उठीं।

फ़िरोज़ सोचने लगा कि किसी का जन्म दिन भी नहीं है। विवाह की वर्षगाँठ भी नहीं है। फिर क्या बात हो सकती है? शायद उसकी बुआ या उसकी लड़कियाँ यहाँ आ रही हैं। उसे किसी ख़ास खुशी की बात समझ में नहीं आयी। वह बोला, "अच्छा, तुम ही बताओ।"

"कुछ तो अनुमान लगाओ।"

"मेरी कुछ समझ में नहीं आता, इन्दु। तुम्हीं कह डालो।" फ़िरोज़ ने अंगड़ाई लेते हुए कहा।

"तुम्हें ठंड नहीं लग रही है?...जनाब, जनवरी है यह! और वह भी इलाहाबाद की।"

"हाँ है तो।"

"तो वातायन पर परदा खींच लो।"

"फिर चाँद?"

फ़िरोज़ शरारत भरी निगाह डालते हुए मुस्कुराया और बोला, "उसकी तुम चिन्ता मत करो।"

इन्दिरा लजा गयी। फिर वह आगे बढ़ी और वातायन पर परदा खींच कर लौट आयी।

“अब बताओ।” कलाई पकड़ कर फ़िरोज़ ने उसे अपनी ओर खींचते हुए कहा।

“पहले कलाई तो छोड़ो।”

“बताओ भी, इन्दु।” फ़िरोज़ ने उसे और पास खींच लिया। वह फुसफुसायी, “आज डॉक्टर भार्गव आयी थीं।...”

“क्यों?” फ़िरोज़ ने उसे और पास खींच लिया।

“मेरी तबियत कुछ ठीक नहीं थी।”

“तुमने बताया तो नहीं।”

“तुम तब जा चुके थे।”

“बुला लेतीं।”

“छोड़ो भी इस बहस को।”

“डॉक्टर भार्गव ने क्या बताया?”

“वही तो बता रही हूँ।” इन्दिरा ने उसकी बाँहों से निकलने का नाकाम प्रयास किया।

“बताओ, इन्दु।” कहते हुए उसने इन्दु को चूम लिया।

“फ़िरोज़ मैं...मैं...फ़िरोज़...आई डोंट नो...डॉक्टर कह रही थीं मैं...माँ बनने वाली हूँ।” इसी के साथ इन्दिरा गुलगुली मचाकर उसकी बाँहों से मुक्त होते हुए दूर जा खड़ी हुई।

“व्हाट!...तुम और माँ...इतनी जल्दी...ईश्वर का लाख-लाख शुक्रिया... कम-अज़-कम अब एकान्त काटेगा तो नहीं।” फ़िरोज़ बच्चों की तरह उछल पड़ा और इन्दिरा के पास आ गया।

इन्दिरा कह रही थी, “मैं सोचती हूँ, फ़िरोज़।”

“अब तुम सोचना बन्द कर दो और मुझे सोचने दो।”

“अपना बच्चा स्वतन्त्र भारत में पैदा हो।” इन्दिरा ने धीमे स्वर में कहा।

“ऐसा ही होगा। अब तो देश को शीघ्र ही स्वतन्त्र होना पड़ेगा।”

“लगता नहीं है कि...।” इन्दिरा की आँखों में संशय तैर गया। फ़िरोज़ ने कहा, “ऐसा क्यों सोचती हो?”

“विश्व युद्ध मित्र राष्ट्रों के पक्ष में हो चला है। फिर भी...।”

‘हाँ, फिर भी...क्योंकि ब्रिटिश सरकार का नज़रिया बदलने लगा है। वह अपने वादे से नट सकती है।”

“नहीं, ऐसा नहीं हो सकता।”

“काश ऐसा हुआ, फ़िरोज़।”

“उम्मीद पर दुनिया कायम है। तुम भी उम्मीद रखो, इन्दु।”

“वह कितनी खुशी का दिन होगा!”

“इसमें इन्दु, कोई खास खुशी मुझे नज़र नहीं आती।”

"क्यों?" इन्दिरा अपनी बड़ी-बड़ी आँखें उस पर फैला देती।

"डरता हूँ।" फ़िरोज़ कुछ सोच कर कहता।

"डर तो मुझे भी लग रहा है, फ़िरोज़! पता नहीं क्या होगा?" इन्दिरा ने फ़िरोज़ का हाथ अपने हाथ में लेकर उसे सहलाते हुए कहा, "माँ बनना कितना मुश्किल है...! है न!"

"अब तो तुम बन ही चुकी हो।"

"क्या होगा, फ़िरोज़...? तुम मेरे पास रहना। कहीं जेल में हुए तब...? तब क्या होगा, फ़िरोज़?" इन्दिरा तनिक घबरा उठती

"सब अच्छा होगा...। डोंट वरी इन्दु...।"

"डर तो तुम्हें भी लग रहा है?"

"नहीं तो।" फ़िरोज़ की निगाहें इन्दिरा के उरोज़ों पर जा ठहरतीं।

"तो फिर?" इन्दिरा आँचल खींच लेती।

"देश की स्वतन्त्रता का।"

"उसे क्या होना है? पहले वह स्वतन्त्र तो हो जाये।"

"सोचता हूँ कि आज़ादी के सूरज को अपने ही लोग डस न लें। उनकी नियत भी डाँवाडोल लगती है।...अगर ऐसा हुआ तो आज़ादी पाने के संघर्ष में ढले जीवन मूल्यों को पाला मार जायेगा।" फ़िरोज़ ने अपनी चिन्ता व्यक्त कर दी।

"ऐसा नहीं होगा, फ़िरोज़। गाँधीजी राजनीतिक आज़ादी के साथ-साथ सामाजिक और आर्थिक आज़ादी के लिए भी तो संघर्ष कर रहे हैं। उन्होंने गरीब और उपेक्षित जनता को इस आज़ादी के संघर्ष में सबसे अधिक तरजीह दी है। उन्होंने जन-जन को प्रशिक्षित करने का ज़िम्मा अपने ऊपर लिया है ताकि हर एक जान सके कि आज़ादी की ज़रूरत क्यों है?...हम सब भी तो जन-जन में यही चेतना लाने का प्रयास कर रहे हैं कि जिससे सारा मुल्क आज़ादी के अर्थ की अनुभूति पाकर उसे अपने चरित्र से व्यक्त होने दे?" इन्दिरा ने गहरे सोचते हुए फ़िरोज़ के मन को छूने का प्रयास किया और अन्त में कहा, "फ़िरोज़, प्यार जन मानस की अक्षय पूँजी है। मैं समझती हूँ इस वक़्त जन-जन प्यार से भरा है और उत्सर्ग के लिए तत्पर है। वह अपना सर्वस्व न्योछावर करने के लिए सहर्ष तैयार है। जन-जन को उसकी आत्मा से साक्षात्कार करा देना अपने आप में बहुत बड़ा काम है और वह महान शक्ति और महान् आत्मा के होने का प्रमाण है।" इन्दिरा का चिन्तन मुखर हो उठता।

"काश! तुम्हारी बात सच निकले, इन्दु! राजनीति बड़ी कुटिल नटिनी है। सत्ता का मद पाकर उनमें से अधिकतर उन सबको भूलने लगेंगे जिनके खून-पसीने से आज़ादी का दिन देखना नसीब होगा।" फ़िरोज़ ने शंका व्यक्त की और यह सोचकर कि इन्दिरा गर्भवती है, उसके दिलोदिमाग पर अप्रिय एवं निराशाजनक कोई बात नहीं ठहरनी चाहिए, इस प्रसंग को बदलते हुए वह कहने लगा, "हमें

हमेशा अच्छी बात सोचनी चाहिए। निःस्सन्देह सब शुभ और शिवमय होगा...आज़ादी सबके लिए होगी।"

"सब कुछ अच्छे के लिए ही किया जाता है।" इन्दिरा ने धीरे से कहा, "पर तुम जेल चले गये तो...?"

"तुम्हें इस बात का फख्र होना चाहिए कि जीवन के इस महाप्रश्न को भी स्वयं हल कर दिया।...तुम बच्चे को आज़ाद भारत में जन्मता देखना चाहती हो न।"

"बेशक, फ़िरोज़, बेशक!"

"उसके लिए हमें कुर्बानी देनी पड़ेगी और उसके लिए मुझे सबसे पहले तुम्हारी अनुमति चाहिए।...इन्दु, इस समय तुम्हारे दिमाग़ पर किसी प्रकार की चिन्ता, तनाव, अप्रसन्नता आदि का कुप्रभाव नहीं पड़ना चाहिए, क्योंकि उस सबका असर आने वाली सन्तान पर पड़ सकता है। यही तुम्हारी कोशिश होनी चाहिए कि तुम अधिक-से-अधिक प्रसन्न रहो, चिन्ता रहित रहो और अपने में पूर्ण विश्वास की अनुभूति पाती रहो। मुझे आशा है कि तुम नवागत के लिए यह सब करोगी और मुझे इजाज़त दोगी कि मैं अपना करणीय करने में पीछे नहीं रहूँ।"

फ़िरोज़ के कन्धे पर सिर रखकर वह उसकी बात को पूरा करने लगी, "हाँ, फ़िरोज़ ऐसा ही होगा।...अब तुम्हें मेरे कारण कमज़ोर होने की ज़रूरत नहीं है, फ़िरोज़! मैं कभी-कभी कैसी पगला जाती हूँ और यह बिलकुल भूल जाती हूँ कि नामालूम मेरे जैसी कितनी नव विवाहिताएं होंगी, जिनके पति आज़ादी के महायज्ञ में कूदे हैं। मैं भी तो उनमें से एक हूँ।...मुझे तो इस वक़्त उनका नेतृत्व करना चाहिए।...थैंक्स, फ़िरोज़!"

फ़िरोज़ ने इन्दिरा को अपनी बाँहों में भर लिया। इन्दिरा प्रेमाभिभूत हो उठी। पति-पत्नी क्या होते हैं, आज उसे नये सन्दर्भों में अनूठा अनुभव हो रहा था और वह गद्‌गद हुए जा रही थी। उसकी आँखें छलछला आयी थीं। फ़िरोज़ का मन भारी हो चला था और वह इन्दिरा की पीठ सहला रहा था प्यार से, उसकी गरदन पर अपने होंठ रखते हुए।

34

फ़िरोज़ जेल में था। जवाहरलाल नेहरू भी जेल में थे। आनन्द भवन भी खाली था। इन्दिरा अकेली रह गयी थी। कृष्णा हठीसिंह ने उसे बम्बई आने के लिए लिखा था। वह ऐसी हालत में अकेले इलाहाबाद में रहे, यह ठीक नहीं था। इन्दिरा भी गहराते अकेलेपन से ऊब रही थी और सोच रही थी कि किसी के पास चली जाये। फ़िरोज़ को जल्दी नहीं छोड़ा जायेगा यह वह जान चुकी थी। उसके पापु को भी जेल से मुक्त होने में पता नहीं कितना समय लगे! मित्र राष्ट्रों का पलड़ा

भारी होता जा रहा है। इंग्लैण्ड राहत महसूस करने लगा है।

इन्दिरा पढ़ती रहती थी। पढ़ कर थक जाती। थक कर सोने का प्रयास करती। कभी-कभी नानाविध स्मृतियों के मेघ उस पर छा जाते और वह देर तक उनसे भीगती रहती। ऐसे ही एकान्त में कदाचित् व्यक्ति को जीवन के बारे में सोचने का मौक़ा मिलता है। अतीत एक फ़िल्म तरह आँखों के सामने से गुज़रने लगता है। मन सोच कर रह जाता है कि आख़िर यह सब क्या है? क्यों है? उसे अपनी माँ की याद आने लगती। माँ ने मृत्यु से कुछ पहले उससे कहा था—"इन्दु आध्यात्मिक शिक्षा भी बहुत आवश्यक है...सिद्धान्तों पर दृढ़ बने रहना भी ज़रूरी है।...स्वामी शिवानन्द...स्वामी अभयानन्द...आनन्दमयी माँ...यह सब अक्षयालोक की अनुभूति के माध्यम हैं।...जीवन की सच्ची खोज से रिश्ता इनके माध्यम से ही जुड़ता है। ...प्यार की अन्तः अनुभूति होना अपने आप में बहुत बड़ी बात है।...तू प्रकाश मार्ग का अनुगमन करना, इन्दु। सत्य की अन्यतम अनुभूतियाँ ही प्रकाश मार्ग की ओर ले जाती हैं।...देह नश्वर है, आत्मा अजर-अमर है। हम नश्वरता का श्रृंगार करें और अजर-अमर की उपेक्षा करें तो कैसे सुख-शान्ति की अनुभूति पा सकते हैं।...तू अब समझदार हो चली है, इन्दु! इसलिए तुझसे कह रही हूँ...शायद फिर कभी नहीं कह सकूँ।...कभी...भी...।"

"नहीं माँ, कभी ऐसा नहीं होगा। कदापि नहीं होगा।"

कमला मुस्कुरायी। उसके ज्योत्सनोज्ज्वल मुखमण्डल पर सहज अरुणोर्मिया फैल गयी। आँखों में अन्तः दीप की लौ प्रकाशित हो उठी। वह कह उठी, "सत्य ही जीवन का धर्म है।...सत्य को झुठलाने की कोशिश ही छल है, इन्दु! सत्य का साक्षात्कार ही शक्ति है। शरीर क्षयग्रस्त है, आत्मा नहीं।...जाने क्यों आज जी चाह रहा है, तुझसे खूब बात करूँ और तुझे देखती ही रहूँ...देखती ही रहूँ।"

"माँ।" इन्दिरा का मुँह खुला का खुला रह गया।

"पहले मुझे कह लेने दे, इन्दु।"

"कहो माँ, ज़रूर कहो।" इन्दिरा का मन आर्द्र हो उठा और वह अन्दर ही अन्दर तड़प उठी।

कमला करवट बदल कर कहने लगी, "तू बहुत छोटी थी...नन्ही-सी गुड़िया। कैसी दुबक जाती थी मेरी गोदी में! लगता कि तू सो गयी है तो मैं तुझे लिटाने के लिए जैसे ही गोदी से अलग करने का उपक्रम करती कि तू आँखें खोल देती और तेरी आँखें टिमटिमाने लगतीं। मुझे लगता, जैसे तू मुझसे कह रही हो कि माँ, मुझे गोदी में रहने दो।...और मैं तुझे अपनी छाती से चिपका लेती। मेरे आँसू आ जाते। क्यों आ जाते, यह मैं आज तक नहीं जान सकी।...आज मैं...नहीं, इन्दु, नहीं...डॉक्टर ठीक ही कहते हैं...।"

"क्या मम्मी, डॉक्टर क्या कहते हैं?"

"कुछ नहीं, बेटी, कुछ भी नहीं। वे क्या कहेंगे, कहता तो मेरा मन है, इन्दु।

...मेरा अपना मन जो शायद वह भी अपना नहीं रहा।''

''वह क्या कहता है, मम्मी?''

''कुछ भी नहीं...कुछ भी तो नहीं। क्या कहेगा वह अब।...मन भी तो थकता है ना।''

इन्दिरा प्यार छलछलाती हुई कहती, ''अभी आपने कहा है मम्मी, छल ही सबसे बड़ा अपराध है।...और अब आप मुझसे कुछ छिपाने का प्रयत्न कर रही हैं। प्लीज़ मम्मी, कहो न क्या बात है?''

''ममत्व भी एक प्रकार का पागलपन है।''

''अपनी बात कहो, मम्मी।''

''डॉक्टर, डॉक्टर ही क्यों, यह तो मैं भी जानती हूँ कि मुझे छूत का रोग है।...आज मैं चाह कर भी अपनी बेटी,...उस नन्ही बेटी को जो मेरी गोद में आकर मुझसे ऐसे चिपक जाया करती थी जैसे वह मुझसे बहुत दिनों बाद मिल रही हो और मेरी साड़ी को अपनी नन्ही मुट्ठी में दबा लेती... ।'' कहते-कहते कमला की आँखें नम हो आयीं। वे बरस न पड़ें इसलिए उसने कहा, ''इन्दु, जीवन का कोई निर्णय भावुकता या लापरवाही से मत करना। बहुत सोच-विचार कर करना। जीवन के हर निर्णय का गहरा अर्थ है। तू मेरी इस बात को हमेशा ध्यान में रखना।''

''जी, मम्मी।'' कह कर इन्दिरा ने कमला का हाथ अपने हाथ में ले लिया और झुककर अपना सिर उसके वक्ष पर रख दिया और विगलित हो उठी।

''न, इन्दु, न...डॉक्टर ने कहा है कि... ।''

''मन से भी बड़ा कोई डॉक्टर है क्या, मम्मी?''

''इन्दु!'' कहती हुई वह करवट बदल लेती।

दोनों अश्रु गंगा में बहने लगतीं उन नाज़ुक लम्हों में, चुपचाप, मौन और भावुक होकर।

अचानक इन्दिरा में कम्पन भर उठा। अब आनन्द भवन में वह वैभव कहाँ रह गया था जो मोतीलाल के समय में था। बरामदों से लगाकर कोठी के अहाते तक प्रकृति का अप्रतिम सौन्दर्य था—ऊँचे-ऊँचे जैक टैंडा के दरख़्त और उनके नीचे खिले स्वीटपीज, ग्लेडियोलस, गुलाब, नरगिस के फूलों की सुगन्ध सारे वातावरण को सम्मोहित कर लेती थी। गुलमोहर के तेज़ लाल व पीले-नारंगी फूलों का खिलता रंग बरबस मन खींच लेता था। शानदार कोठी थी। वहाँ हर समय भीड़ रहती थी। बड़े-बड़े लोग आते थे। दादा का ज़बर्दस्त रुतबा था। सन् 1928 में उसने अपने दादा मोतीलाल को 34 घोड़े के रथ पर बैठे हुए देखा था। तब वह कांग्रेस अधिवेशन में जा रहे थे। उसने इसी प्रकार अपने पापु का सन् 1929 में लाहौर कांग्रेस की अध्यक्षता का भव्य दृश्य देखा था। वह चकित हो गयी थी भावाविभूत होकर!

जीवन में अनेक रंग हैं। कभी वह हर रविवार सेमहिगेन अमेरिकी पादरी के यहाँ छह मील साइकिल चलाकर जाती थी। वह उसकी कोढ़ियों के लिए प्राप्त

कपड़ों और खिलौनों को जमाने में मदद करती थी। स्कूल के सादे वातावरण में भी इन्दिरा ने अपने आपको अनुकूल बना लिया था।[1] वह पहाड़ों पर चढ़ती, तैराकी में भाग लेती। पश्चिमी घाटों में वह मराठा किलों के बीच घूमती रहती।...सन् 1934 में जब पूना में प्लेग शुरू हो गया था तो उसका स्कूल बम्बई चला गया था और तब चन्दा उगाहने के लिए उसने रवीन्द्रनाथ ठाकुर के 'ऋतुराज' नाटक में एक बड़ी भूमिका निभाई थी।[2] वह भी कैसे दिन थे।

कृष्णा बुआ का फिर पत्र आया। राजा साहिब ने भी लिखा था कि वह बम्बई चली आये। फ़िरोज़ के छूटने के फ़िलहाल कोई आसार नहीं थे। अतः वह अपनी बुआ कृष्णा के पास बम्बई आ गयी। बम्बई से सत्ताईस मील की दूरी पर एक सुन्दर पहाड़ी है, जिसका नाम 'माथेरान' है। कृष्णा इन्दिरा को वहाँ ले आयी। वह पहाड़ी बहुत ही मनोरम थी। वहाँ उसका मन रमने लगा।

दिन में वह पढ़ती थी। कभी-कभी सो जाया करती थी। अचानक फ़िरोज़ की याद आने पर वह बरबस सोने का बहाना करते हुए सोचने लगती थी। पता नहीं उसे फ़िरोज़ की इतनी याद क्यों आती थी! क्यों उसका मन चाहता कि फ़िरोज़ वहाँ आ जाये। हालाँकि वह अपने को ढाढ़स बँधाती रहती थी, परन्तु इस वक़्त उसे फ़िरोज़ का दूर होना बहुत खटक रहा था।

अमेरिकी राष्ट्रपति रूजवेल्ट बराबर ब्रिटिश सरकार पर ज़ोर देते रहे कि भारत में राष्ट्रीय सरकार बनायी जाये, क्योंकि भारत से युद्ध प्रयासों में विशेष सहायता मित्र राष्ट्रों को मिली है। गाँधीजी के लिए रूजवेल्ट का नैतिक समर्थन था। परन्तु सन् 1942 के आन्दोलन के शुरू होने से धीरे-धीरे रूजवेल्ट ने हाथ खींच लिया।

स्त्री रोग विशेषज्ञ डॉ. शिरोडकर के मुआयना कराये जाने के बाद इन्दिरा अपनी बुआ कृष्णा से कहने लगी, "बुआ लगता है कि पहले मित्र राष्ट्रों से कुछ राष्ट्राध्यक्षों की सहानुभूति भारत को स्वतन्त्र कराने में थी, वह अब कूच करती नज़र आ रही है। सबने कन्नी काटना शुरू कर दिया, जबकि इन परिस्थितियों में ब्रिटिश सरकार पर दबाव डालकर कुछ करवाया जा सकता है और देश आज़ाद हो सकता है।"

"हाँ, तू ठीक सोच रही है, इन्दु।" कृष्णा हठीसिंह ने कहा।

"परन्तु इसके साथ-साथ मुझे पता नहीं ऐसा क्यों लग रहा है कि अब अपना देश शीघ्र आज़ाद हो जायेगा और...बुआ, मेरी हार्दिक इच्छा है कि..." कुछ सोचकर वह चुप रह गयी। दरअसल वह कहना यह चाहती थी कि उसका बच्चा स्वतन्त्र भारत में जन्म ले। लेकिन हालात ऐसे होते जा रहे थे कि भारत की स्वतन्त्रता

1. द्रष्टव्य : इन्दिरा गाँधी : नवभारत टाइम्स 29 नवम्बर 1984 पृ. सं. 5

2. वही : पृ. सं. 5

पुनः दुरभिसंधि का शिकार होती नज़र आ रही थी। ब्रिटिश कूटनीतिज्ञों ने भेदनीति को खासी हवा दे दी थी। वह महान भारत के सपनों को तोड़ना चाहते थे। उन्हें बराबर यह बात खल रही थी कि इतना विशाल देश एक राष्ट्र के रूप में मान्यता पा गया तो बहुत जल्दी सिर उठा लेगा। यह बात तो ब्रिटिश सरकार भी जान चुकी थी कि भारत ने आज़ादी पाने का जो तरीका अख्तियार किया है, उसके आगे अब उसकी दाल गलने वाली नहीं है। गहरी साँस लेकर इन्दिरा ने कहा, "बुआ, डर लगता है यह सोचते हुए कि कहीं भारत की आज़ादी विभाजित न हो जाये।"

"गाँधीजी के होते ऐसा नहीं होगा।" कृष्णा हठीसिंह ने समझाया और कालबैल बजने के कारण वह उठ खड़ी हुई।

करीब रात्रि के तीन बजे से इन्दिरा पीड़ा का अनुभव कर रही थी। जब उससे नहीं रहा गया तब उसने यह बता ही दिया। तुरन्त डॉ. शिरोडकर को फ़ोन किया गया। उनसे जवाब मिला कि वह नर्सिंग होम पहुँच रही हैं, वे इन्दिरा को लेकर सीधे वहाँ पहुँचें। 20 अगस्त, 1944 को इन्दिरा के लड़का हुआ। सारा वातावरण खुशी से नाच उठा। जवाहर बहुत खुश हुए। तार और पत्र द्वारा उन्होंने अपनी खुशी का इज़हार किया और जन्म के महत्त्व पर प्रकाश डालते हुए उन्होंने लिखा, "परिवार में किसी नये सदस्य का जन्म हमेशा पुरानी यादों को कुरेद देता है। साथ ही, अपने बचपन की और दूसरों के जन्म लेने की बातों का स्मरण होने लगता है।...जब-जब भी किसी का जन्म होता है, वह अपने आप में एकदम नयी बात होती है। दूसरों की तरह और फिर भी अपनी तरह की विचित्र। लगातार प्रकृति अपने आपको पुनरावृत्त करती रहती है, उसकी असीम विविधता का कोई अन्त ही नहीं और वसन्त एक कायाकल्प है, हर नया जन्म एक नयी शुरुआत है। विशेषतया जब उस नवीन जन्म का हम से गहरा जुड़ाव हो, वह हमारे लिए पुनर्जन्म बन जाता है।" इन्दिरा ने कई बार पत्र को पढ़ा। उसे अपने पिता का आशीर्वाद माना। वह खुश थी कि ऐसे समय में फ़िरोज़ भी आ गया था। वह करवट बदल कर लेट गयी, ताकि उसको कुछ आराम मिल सके।

35

दो माह बाद इन्दिरा लखनऊ फ़िरोज़ के पास लौट आयी। अब उनका वह घर स्वर्ग बन गया था। नन्हे बालक की किलकारी ने एक बार उन दोनों को गहरे सम्मोहन में बाँध लिया था। इन्दिरा को रह-रहकर अपनी माँ की याद गहरा जाती थी। वह होती तो अपने नन्हे नाती को लेकर नयी दुनिया ही बसा लेती। उन्हें बच्चों से बहुत प्यार था। इन्दिरा ने कहा, "तुम्हें मेरी माँ की याद है न!"

फ़िरोज़ पल भर के लिए खामोश हो गया। फिर वह भारी आवाज़ में कहने

लगा, "इन्दु, वह मेरी भी माँ थीं। मुझे बहुत प्यार करती थीं। वह दिन मैं कभी नहीं भूल सकता था जब वह अचेत होकर हमारे कॉलेज के बाहर गिर पड़ी थीं। वह महान महिला थीं। बेजोड़! मैं उन्हें कभी नहीं भूल सकता।"

"उनकी याद मुझे भी रह-रहकर सताती है। मुझे लगता है कि वह हमें देख रही हैं। हमें आशीर्वाद दे रही हैं।...मेरे मन में एक बात उठी है...।" इन्दिरा अपनी आदत के अनुसार इसके बाद चुप हो गयी।

"क्या?" फ़िरोज़ ने नन्हे-मुन्ने की ओर देखते हुए पूछा।

"क्यों न हम इसकी नानी के नाम पर इसका नाम रख दें," इन्दिरा कहती।

फ़िरोज़ क़हक़हा लगाते हुए बोले, "यानी कमला। इन्दु, कभी-कभी तुम बड़ा खूबसूरत मज़ाक कर जाती हो।"

"प्लीज़ बी सीरियस। इट इज़ नॉट ए जोक।...मेरा मतलब है कि कमला अर्थात् कमल...।"

"कमला का अर्थ लक्ष्मी।" फ़िरोज़ ने तुरन्त कहा।

"कमल माने राजीव...अर्थात् कमल का पर्यायवाची शब्द...क्यों कैसा रहेगा राजीव?" इन्दिरा फ़िरोज़ से पूछती।

"यह नाम तो पहले से ही सुना जा चुका है।"

"किससे?" इन्दिरा की आँखें फ़िरोज़ पर टिक जातीं।

"तुम्हें पसन्द है?"

"और तुम्हें, फ़िरोज़?"

"मुझे जब तुम पसन्द हो तो तुम्हारा सुझाया हुआ नाम क्यों न पसन्द होगा? ...बहुत पसन्द है।" फ़िरोज़ ने आँख झपकाकर कहा और गहरी साँस लेकर इन्दिरा की ओर शरारत भरी दृष्टि से देखने लगा।

"यों क्या देखते हो?" इन्दिरा प्रसन्न होते हुए कहती।

"अपना प्यार इन्दु और क्या। बड़ी मुश्किल से पाया है।"

"घूम-फिर कर तुम्हारे पास एक यही बात रह गयी है क्यों?"

"इन्दु। पर तुम्हें तो इस नन्हे-मुन्ने से फ़ुर्सत ही कहाँ।"

"पहले यह बताओ कि पापु के बारे में कुछ पता चला?"

फ़िरोज़ ने धीरे से कहा, "हाँ।"

"उन्हें कब छोड़ा जा रहा है, फ़िरोज़?...उन्हें देखे बरसों हो रहे हैं। अब मन उनको देखने के लिए तड़पता है।" इन्दिरा का स्वर रुआँसा हो रहा था।

फ़िरोज़ चुप रहे। वह क्या बतायें? बताने की ऐसी बात भी क्या है? इससे तो वह बात उठाता ही नहीं तो अच्छा था।

"क्यों, क्या बात है?...चुप क्यों हो?" इन्दिरा घबराकर पूछती।

फ़िरोज़ ने कहा, "अभी उन्हें नहीं छोड़ा जा रहा है। अहमदनगर जेल से उन्हें स्थानान्तरित किया जा रहा है।...वे परसों नैनी जेल में होंगे।"

“तो क्या हम उनसे मिल सकेंगे।”

“परसों वह किसी भी समय नैनी जेल में पहुँच सकते हैं। पता नहीं उन्हें किस रास्ते में कहाँ उतार लिया जाये और कहाँ से उन्हें गाड़ी से लाया जाये!” फ़िरोज़ के स्वर में चिन्ता थी।

“फिर, कैसे मिला जा सकता है...फ़िरोज़, प्लीज़ डोंट मिस द चांस! हमें पापु को देखे कितना समय हो चुका है! ऐसा लगता है जैसे सदियों बाद हम उनसे मिलेंगे। प्लीज़ फ़िरोज़, यह अवसर हाथ से न जाने देना!”

इन्दिरा का हृदय भर आया। नन्हा राजीव उन दोनों को खुली आँखों से टुकुर-टुकुर देखता रहा। इन्दिरा पुनः बोली, “उन्होंने तो राजीव को देखा भी नहीं है। वह अपने नाती को देखकर गद्गद हो उठेंगे।...और हम अपने पापु को देख सकेंगे!...यह ऐसा मिलन होगा कि...।” इन्दिरा कहते-कहते रुक गयी।

“इन्दु तुम कहीं उन्हें रुला न दो, मुझे डर लगता है।”

“फ़िरोज़ तुम्हें पता नहीं है कि उन्होंने अपने इतने लम्बे एकान्त के बारे में क्या लिखा है!” यह कह कर इन्दिरा अन्दर चली गयी। फ़िरोज़ उसे पुकारता ही रहा। तुरन्त हाथ में खत लिए लौटी और बोली, “कृष्णा बुआ ने पापु के पत्र के कुछ अंश लिख भेजे हैं।”

“क्या लिखा है?”

“सुनो।” इन्दिरा राजीव की ओर देखते हुए बोली, “लिखा है...फ़िरोज़ उन्हें सन्देह है...उन्होंने लिखा है कि इतने लम्बे समय के बाद मिलने पर क्या हम एक-दूसरे को पहले की तरह पहचान सकेंगे और पा सकेंगे अथवा हमारे बीच संकोच और परायापन होगा, जैसा कि प्रायः उन लोगों से मिलते समय होता है, जिन्हें हम पूरी तरह जानते-समझते नहीं। फ़िरोज़ मैं भी पापु से दूर रही...लम्बे अर्से तक रही और कई बार रही।...पूना में...इंग्लैण्ड में। परन्तु मेरे मन-को ऐसी चुभन कभी नहीं हुई। हमेशा मुझे ऐसा लगा जैसे मेरे पापु मेरे साथ हैं। उस अन्तराल में पापु ने कभी ऐसा कारुणिक और मर्म भरा प्रश्न नहीं उठाया जैसा इस पत्र में उठाया है। क्या तन्हाई व्यक्ति के सोच को इस धरातल तक ले आती है! पापु कितने खण्डित और टूट चुके हैं फ़िरोज़, मुझे यह सोच कर डर लगता है।” इन्दिरा इतना कहकर रुक गयी और ग़मगीन हो उठी।

“आगे पढ़ो।” फ़िरोज़ ने कहा।

“वह लिखते हैं...मन की मौज, भावना तथा कल्पना के अपने-अपने जिन व्यक्तिगत संसारों में हम लोग रहते हैं, काफ़ी समय से आपस में इतने दूर हैं कि उनके आपसी परिचय का धुँधला जाना बहुत-बहुत मुमकिन है। अलग-अलग घेरे उतने परस्पर व्यापी नहीं रह जाते जितने कि हुआ करते थे। यह कुछ तो हमारी उम्र बढ़ने के साथ होता ही है। परन्तु हमारी रहन-सहन की असाधारण स्थितियाँ इस प्रक्रिया को और तीव्र कर देती हैं।” इतना पढ़कर वह चुपचाप फ़िरोज़ की

ओर देखने लगी तटस्थ भाव से।

"इन्दु, चिन्ता मत करो, सब ठीक ही होगा।...तुम क्या समझती हो कि मुल्क को आज़ाद कराना इतना सरल है...उसके लिए बड़ी से बड़ी कुर्बानी देनी पड़ती है।...उसके बारे में चिन्ता नहीं करनी चाहिए।...अभी तो हमें यह सोचना है कि एक बार राजीव को उनका आशीर्वाद मिल जाये और वह अपने नाती को देख लें।" फ़िरोज़ सोचते हुए कहे जा रहे थे।

"हाँ, फ़िरोज़ पहले यह व्यवस्था तो हो जाये।"

"ऐसा करते हैं कि नैनी जेल के बाहर पहुँचकर उनके वहीं आने की प्रतीक्षा करें।"

"वे कब आ रहे हैं, किस समय आ रहे हैं, कुछ पता हो तब तो...।"

"अंग्रेज़ सारा जोखिम भरा काम रात में करते हैं। वह पापु को भी रात में ही लायेंगे।" फ़िरोज़ कहते।

"इसका मतलब है कि हम संध्या को ही वहाँ पहुँच जायेंगे। उनके आने का इन्तज़ार करेंगे...। इसी प्रकार उनसे मिलना हो सकेगा।"

वे योजनानुसार ढलती संध्या को नैनी जेल के बाहर जा पहुँचे। इन्दिरा की गोद में नन्हा राजीव था। वह टुकुर-टुकुर देख रहा था।

सड़क का लैम्पपोस्ट जलाकर कर्मचारी जा चुका था। उसका पीला-पीला प्रकाश टिमटिमा रहा था। जैसे ही रात होने लगी, वैसे ही इन्दिरा के मन में बैचेनी बढ़ने लगी। वह बारम्बार दूर तक दृष्टि डाल रही थी। शायद कहीं से उसे उनके आने की भनक और आहट मिल जाये। नन्हे राजीव को वह जगाये हुए थी, ताकि वह भी एक दृष्टि से अपने नाना को देख सके। फ़िरोज़ भी उद्विग्न हो उठे थे। उनकी दृष्टि मिट्टी के तेल की रोशनी से जलने वाले लैम्पपोस्ट से टकरा कर नैनी जेल के मुख्य द्वार तक जाती थी और लौटकर इन्दिरा तथा नन्हे राजीव पर चुपचाप ठहर जाती थी।

इन्दिरा थक चली थी। फिर भी उसे थकान की चिन्ता नहीं थी। उसे चिन्ता थी तो इसकी कि पापु आ क्यों नहीं रहे हैं? यह सवाल उसके मस्तिष्क में उठकर बिखर जाता था और उसे भी बिखेर जाता था।

तभी खट-खट की आवाज़ हुई, दोनों चौकन्ने हो गये। फ़िरोज़ ने इशारा किया और लपककर राजीव को अपनी गोद में ले लिया। वे जेल के साथ लगे लैम्पपोस्ट के पास आ गये। फ़िरोज़ ने धीरे से कहा, "इन्दु, वे गोविन्द वल्लभ पन्त हैं।" इन्दिरा ने दूर से हाथ जोड़ दिये।

फ़िरोज़ ने लैम्पपोस्ट की उस फीकी रोशनी में नन्हे राजीव को ऊँचा किया। वे वहीं से आशीर्वाद देते हुए शायद कुछ कह पाये। उनके बाद जवाहरलाल नेहरू उतरे। उतरते ही उन्होंने लैम्पपोस्ट की ओर देखा। फ़िरोज़ राजीव को दोनों हाथों से ऊपर उठा कर दिखा रहे थे। जवाहर काफ़ी कमज़ोर लग रहे थे। आशीर्वाद के

लिए उनके हाथ ऊपर उठे। इन्दिरा सिसकियाँ भर उठी। फ़िरोज़ ने कहा, "चुप। पापु को प्रणाम करो।" इन्दिरा ने दोनों हाथ जोड़ दिये और गुमसुम बनी उस तरफ़ देखती रह गयी।

जवाहर के आशीर्वाद को उठे हाथ अभी तक उठे हुए थे। उनका चेहरा मुस्कुरा रहा था। एक बार उनका हृदय काँप उठा। क्या वे अपने नाती को भी गोद में नहीं ले सकते? क्या वह उसको अपने होंठों का स्पर्श भी नहीं दे सकते? क्या वह अपने नाती को अपने सीने से नहीं लगा सकते?

जेल का फाटक खुला। जवाहर ने एक बार नन्हे राजीव की ओर देखा। फ़िरोज़ अभी तक उसे अपने हाथों में सँभाले हुए थे। फाटक बन्द हो गया! जवाहरलाल नेहरू और गोविन्द वल्लभ पन्त अन्दर जा चुके थे परन्तु इन्दिरा जेल के द्वार की ओर अपलक देखे जा रही थी। फ़िरोज़ ने उसका कन्धा थपथपाया। वह बोला, "चलो, इन्दु अब सोचो मत।"

"देखा न फ़िरोज़ पापु कितने कमज़ोर लग रहे थे। उनका चेहरा कितना अपरिचित लग रहा था। उन्होंने ठीक ही लिखा था कि 'हमारे बीच संकोच और परायापन होगा, जैसा कि प्रायः उन लोगों से मिलते समय होता है, जिन्हें हम पूरी तरह जानते-समझते नहीं।'...क्या वह ऐसे सोचने लगे हैं? कितनी कष्टप्रद और मार्मिक है उनकी यह सोच और सोच की पीड़ा!"

"चलो भी, इन्दु।" फ़िरोज़ इन्दिरा को साथ लेकर लौट आये। इन्दिरा तब बिखरी हुई थी। उसकी चेतना आहत थी और वह अपने को पराजित महसूस कर रही थी। यदि दो पल रुककर वे अपने नाती को देख लेते और चूम लेते तो सरकार पर कौन-सा एटम बम गिर पड़ता?

36

विश्व इतिहास में 7 मई, 1945 का दिन अत्यन्त महत्त्वपूर्ण है, इस दिन जर्मनी ने आत्मसमर्पण किया था। भारत के तत्कालीन वायसराय लार्ड वेवेल भारत की स्वतन्त्रता के सम्बन्ध में एक योजना पेश कर रहे थे। सभी राजनीतिक कैदियों को छोड़ दिया गया था। जवाहरलाल नेहरू शिमला सम्मेलन में गये थे। वहाँ गाँधी और जिन्ना भी थे। परन्तु यह सम्मेलन कोई नतीजा नहीं दे सका। कारण, जिन्ना चाहते थे कि वायसराय की नयी कौंसिल के सभी मुसलमान सदस्यों को नामज़द करने का हक़ उन्हें हो। यह बात गाँधी, जवाहर आदि को नापसन्द थी। कारण, उससे उन्हें कांग्रेस के मुसलमान नेताओं व कार्यकर्ताओं की उपेक्षा की आशंका थी। जिन्ना धर्म के आधार पर भारत का विभाजन चाहते थे और कांग्रेस धर्मनिरपेक्ष रूप में नये भारत को खड़ा करना चाहती थी। एक अंग्रेज़ अधिकारी ने पाकिस्तान

बनाने की बात उठाई। अब क्या था जिन्ना के मन में यह बात गहरी पैठ गयी और अंग्रेज़ों को अपना प्रभुत्व बरकरार रखने का यह अच्छा मौक़ा हाथ लगा। उन्होंने लीगी नेताओं को बरगला दिया। स्वतन्त्रता की बात धूमिल दिखाई देने लगी। एक नया झगड़ा खड़ा हो गया।

इस वक़्त तेज़ी से घटनायें घट रही थीं। इंग्लैण्ड के आम चुनाव में चर्चिल की कन्जरवेटिव पार्टी की हार हो गयी थी और क्लीमेंट एटली का मज़दूर दल जीत गया था। एटली ने प्रधानमन्त्री पद की शपथ 26 जुलाई, 1945 को ली थी। हाउस ऑफ कॉमन्स में उन्होंने ऐतिहासिक घोषणा की थी! महामना सम्राट की सरकार यह खुलासा करने के लिए तत्पर है कि भारत का प्रशासन वहाँ के किन्हीं योग्य हाथों में सौंप देने का निर्णय सरकार ने लिया है और वह उन सभी अनिवार्य क़दमों को उठाना चाहती है, जिनसे जून 1948 तक शक्तियों का स्थानान्तरण अवश्य हो जाये।[1] यद्यपि पूर्व प्रधानमन्त्री विंस्टल चर्चिल इसका विरोध करते रहे तथापि वह प्रस्ताव भारी बहुमत से पारित हो गया और चर्चिल की यह दलील हवा में झूलती रह गयी कि एटली ने ऐसे भाग्यवादी व्यक्ति की बात मान ली है जो भारत को भगवान भरोसे छोड़ने की ज़िद पकड़े हुए हैं, क्योंकि गाँधी हर सूरत में अब स्वराज्य चाह रहे थे।

इधर फ़िरोज़ लखनऊ आ जमे थे अपने छोटे परन्तु खूबसूरत घर में। वह 'नेशनल हैराल्ड' के प्रबन्ध निदेशक बन कर वहाँ आये थे। 1942 में भारत छोड़ो आन्दोलन के वक़्त से यह अखबार इसलिए बन्द हो गया था क्यों कि उसने सेंसरशिप की बात मानने से इनकार कर दिया था। अब वह एसोशिएटिड जर्नल्स लिमिटेड के प्रबन्ध निदेशक होने के नाते 'नेशनल हैराल्ड' के अलावा 'कौमी आवाज़' और 'नवजीवन' को भी देखते थे, क्योंकि ये दोनों भी इसके स्वामित्व में थे। फ़िरोज़ का मशीन प्रेम सब पर प्रकट हो चुका था। वह प्रबन्ध निदेशक होने के नाते भी प्रेस की मशीनों में सिर खपाते रहते थे। इसके अलावा जो समय बचता था, वह समाज कल्याण के कार्यों में लगाया करते थे। इन्दिरा और वह दोनों ही प्रगतिशील समाजवादी धारा से सम्बद्ध थे अतः वे दोनों समाज के ढाँचे में परिवर्तन लाने के बारे में सोचते रहते थे, ताकि उनका समाज रूढ़ियों से मुक्त हो और स्वस्थ हवा में साँस ले सके।

जवाहरलाल नेहरू को अस्थायी सरकार के प्रधानमन्त्री होने के नाते अब नयी दिल्ली में रहना ज़रूरी हो गया था। उन्होंने इन्दिरा को प्रसूति के लिए नयी दिल्ली बुला लिया था। वहीं दिसम्बर, 1946 में संजय का जन्म हुआ। यह प्रसूति इन्दिरा को एकदम कमज़ोर कर गयी। वह रक्तहीन-सी हो उठी थी। उसका चेहरा सफ़ेद पड़ गया था। फ़िरोज़ घबरा उठे थे। डॉक्टर ने कहा था, "बमुश्किल हम उसे बचा पाये हैं। यही बहुत है। वह बहुत कमज़ोर है, क्योंकि इस प्रसूति में

---

1. फ्रीडम एट मिड नाइट : लैरी कॉलिस एवं दॉमिनिक लैपियर : पृ. सं. 53

उसका खून बहुत गया। फिर भी चिन्ता करने की कोई बात नहीं है। सब्र से काम लें, सब ठीक हो जायेगा।

अब डॉक्टर जा चुका था। इन्दिरा शून्य नेत्रों से फ़िरोज़ की ओर देख रही थी! उसका मुखमण्डल अत्यन्त भावपूर्ण था। वह बीच-बीच में पालने में लेटे संजय को देख लिया करती थी। इस बार उसके परिवार में पहले जैसी खुशी की लहर नहीं दौड़ सकी थी। कारण, इन्दिरा बहुत कमज़ोर और दुबली हो गयी थी। सबको उसकी चिन्ता थी।

एक खुशनुमा संध्या की ओर फ़िरोज़ देख रहे थे—एकदम किसी कवि की तरह अत्यन्त मग्न होकर! सूर्य होली खेल रहा था। आकाश में फाग मचा हुआ था—दिसम्बर माह में! कैसा अद्‌भुत दृश्य था वह, परन्तु उसे इन्दिरा की चिन्ता थी! तभी इन्दिरा ने उसे पुकार लिया, "फ़िरोज़, इधर तो आओ!"

फ़िरोज़ गुमसुम-सा इन्दिरा के सामने जा खड़ा हुआ। इन्दिरा ने उसका हाथ अपने हाथ में लिया और उसे अपने रक्तहीन होंठों, सफ़ेद कपोलों और शून्य आँखों से छुवाया। वह बुदबुदायी, "चिन्ता से चिता अच्छी! तुम्हें मेरी क़सम है, जो यों गुमसुम रहे। देख लेना मुझे कुछ नहीं होगा, मैं शीघ्र ही स्वस्थ हो जाऊँगी!"

फ़िरोज़ ने इन्दिरा की ओर देखा। उसके नेत्र सजल हो उठे थे। वह कुछ अस्पष्ट-सा बुदबुदाया और इन्दिरा का हाथ अपने हाथ में लेकर वह छत की ओर देखता रह गया, असोचे और असमझे।

हम गुज़रे हुए समय की संवेदनशील नब्ज़ का मुआयना करें तो अनेक दुर्घटनाओं के पक्षपाती और नृशंसीय प्रभाव की मेचक छायाओं से मन काँप उठेगा और अपने दुर्भाग्य को मूर्खता मिश्रित और आश्चर्य भरी निगाहों से देखते के देखते रह जायेंगे स्तब्ध, नतसिर और निस्वन! आज़ादी प्राप्त करते-करते जब कभी दुर्द्धर्ष संघर्ष की मानसिकता को समझने का प्रयास किया, तभी ऐसा अनुभव हुआ कि हमने अपने गुलाब से मुस्कुराते हुए चेहरे को-स्वयं क्षत-विक्षत किया है। वह आज़ादी क्या जो एक-दूसरे के प्रति एक कल्पित अस्तित्व कायम कराने के नाम पर नफ़रत, उपेक्षा, अनादर और हिंसा फैलाती है। सूर्य कभी अँधेरा नहीं लाता है और यदि वह अँधेरा लाता है तो वह सूर्य नहीं हो सकता। जवाहरलाल नेहरू ने सरकार बनाने का निमन्त्रण क्या स्वीकार किया कि ज्वालामुखी ने लावा उगलना शुरू कर दिया। बंगाल में मुस्लिम लीग का मंत्रिमंडल था परन्तु वह हाथ पर हाथ धरे जिन्ना के इस मन्त्र को याद करता था कि "हमने पिस्तौल तान ली है और उसके बलबूते पर पाकिस्तान लेकर रहेंगे।" ये कैसे नाजुक क्षण थे जब रोम जल रहा था और वहाँ दो नीरो बाँसुरी बजा रहे थे—जिन्ना और वायसराय।

अगस्त की आख़िरी साँस तक बंगाल कत्ले आम, लूटमार, बलात्कार,[1] आगजनी,

---

1. गाँधी बलात्कार की शिकार हुई युवतियों को सलाह दे रहे थे कि वे अपने दाँतों से अपनी जीभ काट लें और मरने तक अपनी साँस रोके रहें।

हत्या आदि से इस क़दर घिर चुका था कि विश्वयुद्ध में मारे गये अस्सी हज़ार अंग्रेज़ भी अपनी मौत के नज़ारे को भूल गये। यह आग थी जो निरन्तर एक गाँव से दूसरे गाँव, दूसरे गाँव से तीसरे और इस तरह आग फैलते-फैलते प्रान्त के प्रान्त को ज्वालामुखी में बदलती जा रही थी। आग बुझाने वाला एक था। महात्मा गाँधी! वह धधकते नोआखली में प्रेम का प्याला हाथ में लिये आगे बढ़ता जा रहा था। उसे अपनी जान की चिन्ता नहीं थी। और न ही उसे दी गयी मारने की धमकी की। यह कैसा अजीब संयोग था कि इंग्लैण्ड भारत को आज़ादी देने जा रहा था और आज़ादी पाने वाले एक-दूसरे के शत्रु हो रहे थे। पता नहीं यह आग कहाँ से आँधी की तरह उठी और सारे देश को स्वाहा करने लगी। क्या आज़ादी पाने वालों का ऐसा चरित्र होता है? क्या उनकी अथक तपस्या, साधना और उत्सर्ग का यही प्रतिफल था? इन्दिरा को ताज्जुब हो रहा था और वह उस पूरे के पूरे चित्रफलक को बराबर कई कोणों से देखे जा रही थी। उसके सामने तेज़ी से कई चित्र फलक आये और गये।

2 सितम्बर, 1946 के दिन प्रातः 11 बजे जवाहरलाल नेहरू वायसराय हाउस में अस्थायी सरकार के प्रधान की हैसियत से शपथ ले रहे थे। ऐसी शपथ जिससे उनकी आत्मा तड़प उठी थी और वह अपने को धिक्कार उठे थे। वह शपथ थी कि, "मैं, जवाहरलाल नेहरू, सच्चे मन से निश्चयपूर्वक अभिपुष्टि करता हूँ कि मैं महाराजाधिराज भारत सम्राट जॉर्ज षष्ठ, उनके वारिसों तथा उत्तराधिकारियों के प्रति कानून के अनुसार वफ़ादार और निष्ठावान रहूँगा।" उनकी आत्मा यार्क रोड स्थित 17 नम्बर के दिये गये सरकारी निवास को कोस रही थी। ये तूने क्या किया जवाहर! किसके प्रति वफ़ादार होने की शपथ ले ली! इन्दिरा तब वहीं थी और अपने पापु के अन्तः आह्वान को सुन रही थी। कभी-कभी ऐसा होता है कि महान से महान व्यक्ति को वह करना पड़ जाता है, जिसे उसकी आत्मा स्वीकार करने के लिए तैयार नहीं होती है। पर क्यों, यह प्रश्न निरन्तर शोध और मानव व्यवहार या उसकी प्रकृति की जाँच-पड़ताल की अपेक्षा रखता है।

संजय के जन्म के साथ इन्दिरा बहुत कमज़ोर हो गयी थी। उसे अपने जीने का विश्वास नहीं रहा था। उसके कान में बराबर डॉक्टर के यह शब्द गूँज रहे थे, "ईश्वर को धन्यवाद दीजिए कि हम उसे बचा पाये...। अब उसका पूरा-पूरा ध्यान रखना है।" उसकी माँ को भी चेतावनी दी गयी थी कि भविष्य में गर्भवती होना ख़तरनाक है! उसके अवचेतन में जब कभी सप्ताह भर बाद संसार छोड़ कर चले गये अपनी भाई की याद ताज़ा हो जाती थी तो वह परेशान हो उठती थी।

माँ उसके बाद कभी स्वस्थ नहीं हो सकी थी। उस रात कमला रो रही थी, जब उसके पापु को गहरी चोट लगी थी और कई महीने वह लाचार रहे थे। तब उसके दादा नाभा पहुँचे थे अपने पुत्र को छुड़ाने के लिए परन्तु पुत्र के नकारात्मक उत्तर से उन्हें नाभा से खाली हाथ लौटना पड़ा। वह दादी से कह रहे थे, "वह

नहीं मानता तो मैं क्या करूँ?...जानती है, तेरे बेटे को हथकड़ी पहनाकर सारे कस्बे में घुमाया गया है और ऐसी कोठरी में बन्द रखा है कि वह खड़ा हो तो सिर छत से टकराये और लेटे तो चूहे की उछलकूद का सामना करना पड़े...। अब तू ही बता मैं क्या करूँ उस आज़ादी के दीवाने का?'' आख़िर दादी ने आँसू रोकते हुए भर्राये स्वर में कहा, ''ऐसी हालत कर दी उसकी।''

कमला ने सुना तो वह गुमसुम हो उठी—न उससे खाना खाया गया और न वह सो सकी। वह दादी की तरह रोयी भी नहीं। सिर्फ़ शून्य में ताकती रही। क्या सोचती होगी तब वह! कोई नहीं जानता। पता नहीं, वह किससे लड़ रही थी। वह लड़ाई जारी रखना बहुत मुश्किल है, जिसमें सामने शत्रु अदृश्य हो। इन्दिरा की स्थिति तो ऐसी नहीं थी। फिर भी, अब उसे लगने लगा था कि माँ का-सा अदृश्य शत्रु खड़ा हो चुका है। वह उसे बराबर दबोचे जा रहा है। अन्दर-ही-अन्दर तोड़ता हुआ उसे निर्बल बना रहा है।

''इन्दु, यों क्यों सोचती रहती हो?'' फ़िरोज़ का भीगा स्वर था, थमी हवा में तैरती ओस बूँद-सा।

''तुम रात भर ठंड में गलियारे में खड़े क्या सोचते रहे हो?'' इन्दिरा श्वेत कमल-सी मुस्कुराने का यत्न करती।

''कुछ भी तो नहीं!'' फ़िरोज़ छिपाने का यत्न करता।

''झूठ बोलते हो, बुआ कृष्णा सब बता रही थी कि तुम रात भर गलियारे में टहलते रहे हो...। पल भर के लिए आँख नहीं झपकी।''

''वो क्या है कि...।'' कहते-कहते फ़िरोज़ लड़खड़ा उठा। उसे बचाव के लिए कोई तर्क नहीं मिल रहा था। वह निहत्थे सिपाही की तरह खामोश रह गया।

''यह कौन-सा तरीक़ा है, फ़िरोज़, अपने को मार कर प्यार जतलाने का?'' इन्दिरा के स्वर में नाराज़गी थी। उसके तेवरों में ऐंठन थी बेमौसम और बिन गरजे आ घिरे बादलों-सी!

''इन्दु तुम तो व्यर्थ में ही गुस्सा कर रही हो! हम में से किसी एक को जगना था। जगी तो कृष्णा भी रही—बेंच पर बैठी रही थी सारी रात! जच्चाघर में उसे भी रहने की अनुमति नहीं दी गयी थी। फिर...?'' फ़िरोज़ को अपने इस लंगड़े तर्क से सन्तोष था कि कुछ न से कुछ उत्तर देना तो ठीक रहा।

''देखो, फ़िरोज़, झूठ बोलने से तुम अपने को बचा नहीं सकोगे। लगता है, तुम पर गाँधीजी का पूरा-पूरा असर होता जा रहा है। जब दूसरे को दुःख पहुँचाना हो तब उसको सुख देने के लिए स्वयं को भयानक कष्ट में डाल दो।'' इन्दिरा ने प्यार भरी दृष्टि उस पर टिका दी मानो उसने अपना चेहरा उसके कन्धे पर रख दिया हो।

''ऐसा कुछ नहीं है, इन्दु, बिलीव मी...ऐसा कुछ भी नहीं है।'' फ़िरोज़ का स्वर थका-हारा था। वह कह रहा था, ''इन्दु, पर अपनी सेहत से दुश्मनी मत करो।''

"मैं और अपनी सेहत से दुश्मनी। फ़िरोज़, कदापि नहीं। मुझे तो तुम्हारा साथ देना है और राजीव-संजय की अच्छी परवरिश करनी है। क्यों है न?"

"तभी तो तुम इधर-उधर की ऊँट-पटाँग बातें सोचती रहती हो। मैं तुम से कहीं बेहतर हूँ—पूर्णतया स्वस्थ हूँ। बीमार व्यक्ति स्वस्थ व्यक्ति के स्वास्थ्य की चिन्ता करे तो तुम सहज ही अन्दाज़ा लगा सकती हो कि कौन अपने साथ शत्रुता कर रहा है।" फ़िरोज़ को अपनी इस बात पर पूरा सन्तोष था। उसने कहा था, "इन्दु, त्याग स्वस्थ तन-मन का संकल्प है।...पहले जल्दी से स्वस्थ हो जाओ, फिर त्याग की ख़्वाहिश भी पूरी कर लेना, तुम्हें कोई नहीं रोकेगा।"

इन्दिरा इस तरह जब-तब सोचती रह जाती थी। यार्क रोड पर मिला मकान छोटा था। उसे वह रह-रह कर आनन्द भवन की याद दिलाता था परन्तु वह अपने पापु को छोड़कर लखनऊ जा भी कहाँ सकती थी! फ़िरोज़ लखनऊ में जम रहे थे। उसे लखनऊ-दिल्ली के बीच घूमना पड़ता था। यद्यपि विजयलक्ष्मी और कृष्णा हठीसिंह समय-समय पर अपने भाई के पास हाथ बँटाने आ जाया करती थीं तथापि उनसे भी घर ठीक से नहीं चल पाता था। इस बार वह लखनऊ नहीं जा सकी, क्योंकि वह बहुत कमज़ोर थी अतः फ़िरोज़ कई दिन साथ रहने के लिए वहाँ आ गया। वह नोआखली का प्रश्न उठा चुका था। वह कह रहा था, "इन्दु, वायसराय और फील्ड मार्शल सर आर्किबाल्ड वेवेल गाँधीजी को बोगस मसीहा, अड़ंगेबाज राजनीतिज्ञ और चालाक किस्म का इन्सान मानता है और वह उन्हें ऐसा घाघ, हठधर्मी और धूर्त राजनीतिज्ञ भी समझता है जो अविश्वसनीय, ठग और महास्वार्थी हो। ...जानती हो, आज वही फूहड़, ठग, स्वार्थी, घाघ और धूर्त गाँधी अंग्रेज़ों के होश गुम किये हुए हैं।...नोआखली के प्रसंग से तो दुनिया की हिंसावादी शक्तियाँ नत होने लगी हैं। उस फ़क़ीर अर्थात् अर्द्ध नग्न फ़कीर को अन्दर-ही-अन्दर सलाम कर उठी हैं।"

"गंगा और ब्रह्मपुत्र का वह दलदली डेल्टा...।"

"हाँ, वही, इन्दु, छोटे-छोटे द्वीप समूह का दल नोआखली...जहाँ हिंसा की ज्वालायें आकाश छू रही थीं और सब तमाशबीन बने हुए मुँह सी चुके थे।...बीस प्रतिशत हिन्दू आबादी को अस्सी प्रतिशत मुसलमान आबादी निगल जाना चाह रही थी। उनके पास ताक़त भी थी। कल के मित्र अचानक एक सिरफिरे की बातों में आकर आज जानी दुश्मन बन चुके थे।...आख़िर क्यों? यह घृणा अचानक कहाँ से आयी?...इन्दु, मुझे लगता है कि जब मनुष्य अस्तित्व के नाम पर हिंसा को स्वीकार कर लेता है, तब वह जीने के अर्थ को खो चुका होता है।...'देश का विभाजन करने से पहले मेरे शरीर का विभाजन करना होगा।' कहने वाला गाँधी इस समय विकट समस्या से जूझ रहा है। उसने अन्दरूनी आवाज़ को सुना और कहा, "मुझे प्रायश्चित करना चाहिए।"...वे प्रायश्चित के लिए नोआखली के गाँव-गाँव में अपने चार अनुयायियों के साथ पैदल निकल पड़े। उनकी एक ही बलवती इच्छा थी—"खून

के प्यासे गाँव में मुझे प्रेम का दीपक जलाना है।'' फ़िरोज़ धीरे-धीरे सारी कहानी सुनाता जा रहा था, ''अखबार के संवाददाता ने रपट दी थी कि गाँधीजी सूई-धागा, मिट्टी के कुल्हड़, लकड़ी का चम्मच, चरखा और कागज़-कलम लेकर निकल पड़े हैं उगते सूरज के साथ-साथ! श्रीरामपुर के निवासी देख-सुन रहे थे उस दिव्य फ़क़ीर की जीवन शैली का अद्‌भुत प्रयोग–सत्य की परीक्षा। वह उनके लिए अपने को पहचानने की गहरी अनुभूति थी! वह रवीन्द्र के गीत को गुनगुनाते जा रहे थे–धीरे-धीरे–अगर तेरी पुकार कोई न सुने, तो अकेला चल, चल अकेला/अगर कोई बात न करे, सभी मुँह फेरें और भय खायें/तो साहस से अपने मन की बात कह अकेले ही/अगर सब लौट जायें/अगर दुर्गम पथ पर चलते-चलते न देखे कोई/तो तू पथ के काँटे रक्तयुक्त पाँवों से रौंद अकेला ही/अगर कोई दीप न दिखाये/अगर मूसलाधार वर्षा में बन्द हों सबके द्वार/ तो वज्र आग से अपना वक्ष बंजर प्रज्वलित कर चला चल अकेला ही!

फ़िरोज़ गुनगुना रहा था। इन्दिरा के सामने गाँधी आ खड़ा हुआ था कृशगात, पोपले मुँह वाला, झुर्रियों वाला चेहरा लिए, मात्र पाँच फुट की ऊँचाई का और एक सौ चौदह पौंड के वज़न का खुरदरा गाँधी! भूख से शक्ति की खोज करने वाला अद्वितीय शोध वेत्ता गाँधी! मात्र पानी और सोडा बायकार्बोनेट पर जी सकने वाला गाँधी! अब तो लुई फ्रांसिस एल्वर्ट विक्टर निकॉलस माउण्टबेटन भी इस प्रयोग से उतना ही सकपकाया था जितना कि भूतपूर्व वायसराय वेवेल! कैसा चमत्कार था अहिंसा का कि दिशा-दिशा प्रकाशित हो उठी थी, एक साथ उदित हुए सूर्य सी!

इन्दिरा उस महात्मा की दिव्य ज्योति को नमन कर रही थी, जो मान-अपमान, छोटा-बड़ा, हिन्दू-मुसलमान आदि सभी भेदात्मक दीवारों को गिरा कर मानव जाति को सद्‌मार्ग दिखा रहा था। नोआखली में कोई उसका सत्कार करे या नहीं परन्तु वह सबको प्यार करता जा रहा था...। एक गाँव से दूसरे गाँव में वह अलख जगाते आगे बढ़ता जा रहा था। उसे ऐसे रास्तों से भी गुज़रना पड़ा था जो दलदली थे और जिसमें यदाकदा घुटनों-घुटनों तक उनके पाँव धँस जाते थे। उसे रास्ते में पोस्टर मिलते थे, जिन पर लिखा होता था–आगे न बढ़ना। फिर मत कहना कि हमने चेतावनी नहीं दी। यदि पाकिस्तान को स्वीकारा नहीं, तो मरोगे।

गाँधी, गाँधी था। उसने ऐसे किसी नोटिस को स्वीकार नहीं किया और बराबर निहत्था आगे बढ़ता रहा। इन्दिरा कह रही थी, ''पापु उनके लिए बहुत दुःखी हैं ...। पापु बता रहे थे, फ़िरोज़, परसों उनके रास्तों में स्थान-स्थान पर विष्ठा फैला दी गई थी। वे नंगे पाँव यह यात्रा कर रहे हैं। गाँधी ने दूर-दूर तक देखा कि चारों ओर विष्ठा फैली हुई है। उन्होंने केले के पत्तों पर विष्ठा उठानी शुरू की और आगे बढ़ते गये बिना किसी को कुछ कहे और तनिक भी नाक-भौंह सिकोड़े! क्या शक्ति है–एकदम प्यार की साक्षात मूर्ति।''

''हाँ, इन्दु, यह कार्य करना सबसे मुश्किल काम है। उन्होंने सत्य को अपने

चरित्र व व्यवहार से प्रकट होने दिया है। जब वह मौन हुए तब उनका सत्य बोला! अबोले ही सत्य कितना शक्तिशाली है।" फ़िरोज़ ने उसे और अपने को समझाते हुए धीरे-धीरे कहा।

"क्या यह सच है कि गाँधीजी ने पुनः गंजे सिर पर गीला तौलिया रखना शुरू कर दिया है!"

"उन्होंने बन्द ही कब किया था, इन्दु?" फ़िरोज़ ने इन्दु की ओर साभिप्राय दृष्टि डाली और कनखियों से मुस्कुराहट बिखेर दी हल्की फीकी-सी।

इन्दिरा ने फिर कोई सवाल नहीं किया। उस समय उसका ध्यान भारत की आज़ादी से अधिक हिन्दुस्तान और पाकिस्तान के विवाद पर था। गाँधी देश की अखण्डता के लिए प्रस्ताव रख रहे थे कि मोहम्मद अली जिन्ना को प्रधानमन्त्री बना दिया जाये। वह इस तर्क के समर्थन में कह रहे थे कि यदि आप लोग इस योजना पर सहमति नहीं देंगे तो वायसराय को देश के टुकड़े करने पर मजबूर होना पड़ेगा। टुकड़े होते ही देश में भयानक अराजकता आयेगी। खून की नदियाँ बहेंगी। क़त्लेआम होंगे। हिन्दू और मुसलमानों के बीच जो नफ़रत है टुकड़े होते ही वह दबने की बजाय एकदम फूट पड़ेगी। तब क्या रहेगा आज़ादी पाने का मकसद?

लग रहा था कि सन् 1933 में रहमत अली के पाकिस्तान निर्माण का प्रस्ताव अब सच हो जायेगा। लिलेन के सूट में एक आँख पर चश्मा लगाये जिन्ना का छह फुटा व्यक्तित्व इस्पाती होते हुए भी क्षत-विक्षत था। उसे प्लूरिसी का आक्रमण हो चुका था। अब तक उसके दोनों फेफड़े क्षय ग्रस्त हो थे। अनेक बार ब्रांकाइटिस से वह पीड़ित रह चुका था। सत्तर वर्षीय वह शख्सियत अपने अस्तित्व को बरकरार रखने के लिए डॉ. जे. ए. पटेल से शक्ति के इन्जेक्शन लगवा कर पाकिस्तान के लिए संघर्ष कर रहा था। व्हिस्की और सिगरेट के साथ वह सूअर का माँस चाव से खाता था। वह न पक्का मुसलमान था और न मानवतावादी सुविधाओं को मुहैया कराने के लिए उत्सर्ग करने वाला इन्सान! उसे तो अपने अस्तित्व की चिन्ता थी। उसकी बहन डॉ. फातिमा ने उसे और उकसा दिया था। गाँधी कांग्रेस के मूर्धन्य नेताओं को बराबर समझा रहे थे और विश्वास दिला रहे थे कि "विभाजन का फ़ैसला वायसराय के नहीं, कांग्रेस के हाथ में है। चाहे तो कांग्रेस इसे रोक सकती है। अंग्रेज़ों से कह दो कि वे चले जायें। जो जैसा है, उसे वैसा ही छोड़कर चले जायें। उनके पीछे जो होगा हम देख लेंगे। भुगत लेंगे। अगर देश भर में आग लग जाती है, तो लग जाने दो। देश इस ताप में तपकर कुन्दन की तरह निखर कर सामने आयेगा। देश को अखण्ड रहने दो। आज़ादी का अर्थ अखण्ड भारत है।"

फ़िरोज़ ने अपना निर्णय सुना दिया, "इन्दु, पाकिस्तान तो बनकर ही रहेगा। ज़रूर बनेगा। क्यों न बने, सत्ता का पूरा हाथ है और मुसलमान जिन्ना के साथ होते जा रहे हैं और नारे उछाल रहे हैं—लेकर रहेंगे पाकिस्तान!"

मकर राशि के साथ शनि की दृष्टि थी, जब भारत आज़ाद हुआ—15 अगस्त, 1947 को। पाकिस्तान का पिता जिन्ना नफ़रत की स्थायी खाई खोदने में सफल हो गया। धर्म के नाम पर हुआ यह बँटवारा कितना दुःखदाई, कष्टप्रद और ख़ौफ़नाक सिद्ध हुआ, यह सोचकर भी कल्पना काँप जाती है। बहुत ही मुसीबत का वक़्त था वह! सारी दुनिया देख रही थी कि आज़ादी के लिए दुर्द्धर्ष संघर्ष करने वाली जाति आज़ादी प्राप्त करते ही कितनी बर्बर और हिंसक हो उठी। कौन कह सकता है इस जाति ने अहिंसा और असहयोग आन्दोलन के बल पर आज़ादी प्राप्त की है और दूसरे विश्व युद्ध के विजेताओं में से एक बड़े साम्राज्यवादी जबड़े से उसे छुटकारा दिलवाया है। गाँधी उनके बीच में था परन्तु चारों ओर होली जल रही थी और रक्त की नदियाँ बह रही थीं। कल तक साथ-साथ रहने वाले इन्सान परस्पर कैसे तीन-छह के अंक हो गये थे। औरतों को नंगा कर निकाला गया जुलूस सभ्यता और संस्कृति की बात करने वालों के मुँह पर करारा तमाचा था। सब इस पागलपन को देखकर शर्म से सिर नीचा किये हुए थे। इन्दिरा अब तक पहले से कुछ-कुछ ठीक थी परन्तु थी वह अभी तक कमज़ोर! फिर भी, वह शरणार्थियों के शिविर में पहुँच-पहुँच कर उन्हें दुःखों से मुक्त करने के लिए निरन्तर प्रयत्न कर रही थी।

स्वतन्त्रता की अनुभूति कितनी बर्बर और जंगली हुई थी कि सारी मानवता काँप उठी। जैसे ही इन्दिरा को यह पता चला कि उत्तेजित तथा बदहवास हिन्दू भीड़ ने एक मुसलमान के घर को घेर लिया है, वैसे ही वह वहाँ पहुँच गयी। घर के आगे भीड़ थी। भीड़ ज़ोर-ज़ोर से चिल्ला रही थी? ''इन्दिरा वापस जाओ...इन्दिरा वापस जाओ।''

इन्दिरा रुकी नहीं। बराबर आगे बढ़ती गयी। भीड़ गाली-गलौच पर उतर आयी। कोई तेज़ स्वर में कह रहा था, ''पाकिस्तान में क्या हुआ है, तुम्हें नहीं मालूम। काश! तुम उनके चंगुल में आ जातीं तो तुम्हारा मन अपने आप से घृणा कर उठता...। तुम हमारे बीच में मत आओ। लौट जाओ।''

इन्दिरा ने कुछ नहीं कहा। वह उस घर के अन्दर चली गयी। वह मुसलमान परिवार एक छोटे से कमरे में दुबका हुआ काँप रहा था। वह उनसे बोली, ''डरो मत, मेरे पीछे-पीछे बाहर आ जाओ।''

वह परिवार थर-थर काँप रहा था। एक लड़की कह रही थी, ''वे हमें नहीं छोड़ेंगे।...वे हमसे अपनी बेइज़्ज़ती का बदला लेंगे।...मैं मर जाऊँगी पर...उन लोगों के हाथ नहीं आऊँगी...। कभी नहीं...कदापि नहीं...।''

''तुम डरो मत, मेरे पीछे-पीछे आओ। तुम्हारा कुछ नहीं होगा...। मेरा विश्वास करो।'' इन्दिरा उस परिवार को तसल्ली दिलाती जा रही थी।

''बहन जी, हमारे साथ वे लोग आपकी भी बेइज़्ज़ती कर देंगे। उनके सिर खून सवार है।''

''वे तुम लोगों को यहाँ भी नहीं छोड़ेंगे। चुपचाप मेरे पीछे-पीछे आ जाओ।

वक़्त खराब मत करो। यही एक रास्ता बचा है।''

वह मुसलमान परिवार उसके पीछे-पीछे भीगी बिल्ली सा अन्दर से काँपता हुआ बाहर आया तो भीड़ मुट्ठियाँ तान कर चीख पड़ी, ''इन्दिरा जी, इन लोगों को वहीं छोड़ दो...। हमें इनसे बदला लेना है...। पाकिस्तान में हमारी बहुओं और बेटियों के साथ जो कुछ हुआ है, काश, वह तुमने देखा होता तो कदापि इन लोगों के प्रति तुम हमदर्दी नहीं दिखातीं।''

भीड़ में से कोई दूसरा कहता, ''इन्होंने हमारी बेटियों और बहुओं के साथ बलात्कार किया। जब वे बेदम होकर मूर्छित हो गयीं तब उनकी योनि में अंगारे भर दिये। वे चीखीं, चिल्लाईं और अन्त में तड़प-तड़प कर उन्होंने प्राण त्याग दिये।''

तभी तीसरी आवाज़ उठती, ''शायद तुम्हें यह नहीं मालूम है, इन्दिरा जी, उन हरामियों ने मुझे विवश किया कि मैं अपनी बच्ची के साथ कुकर्म करूँ। जब मैं इसके लिए राज़ी नहीं हुआ तब उन्होंने मुझे पकड़ कर ज़बर्दस्ती मुझसे ऐसा दुष्कर्म करवाया कि...। आपसे प्रार्थना है आप इन लोगों के बीच में से हट जायें।''

''अभी तुम्हें मालूम नहीं है कि तुम लोग क्या कह रहे हो। जब तुम्हें इसका ज्ञान होगा तब इसके लिए तुम पश्चाताप करोगे।'' इतना कह कर इन्दिरा उस परिवार को जीप में बिठलाकर अपने पिता के घर आ गयी। वह परिवार बारम्बार उसे तथा उसके परिवार को धन्यवाद दे रहा था। इन्दिरा ने बहुत नज़दीक से इन्सान में उबलता नफ़रत का सैलाब देखा था।

प्रायः प्रतिदिन यह ख़बर मिल जाती थी कि अपनी इज़्ज़त बचाने के लिए युवतियों ने आत्मदाह कर लिया—सामूहिक आत्मदाह। महात्मा गाँधी ने घोषणा कर दी थी कि वह आमरण उपवास शुरू कर रहे हैं। वे तब तक कुछ नहीं खायेंगे जब तक कलकत्ता के निवासी पुनः विवेक नहीं पा लेते हैं और हिंसा नहीं छोड़ते।

गाँधीजी का 78वाँ जन्मदिन आ रहा था। उधर उनकी हृदय गति बहुत धीमी पड़ती जा रही थी। उन्हें सोडा-बायकार्बोनेट पिलाया गया परन्तु उससे कोई लाभ नहीं हुआ। सारे देश में उनकी नाजुक स्थिति का समाचार फैल चुका था। सत्ताईस गुण्डे हैदरी हाउस पहुँचे, जहाँ गाँधी उपवास किये हुए थे। उन सत्ताईस गुण्डों ने अपना अपराध स्वीकार करते हुए कहा कि उनसे अपराध हुआ है और वे जो चाहें सज़ा उन्हें दे सकते हैं। इसके साथ ही उन्होंने पिस्तौल, चाकू-छुरे आदि हथियार गाँधीजी के सामने रख दिये। गाँधी ने अति मद्धिम स्वर में कहा, ''जिस इलाके के मुसलमानों को तुमने शिकार बनाया है, वापस उसी इलाके में जाओ और उन्हीं मुसलमानों की रक्षा करो।'' अब क्या था कि पूरे कलकत्ते के माहौल में तत्काल परिवर्तन हो उठा। एक हथियार से भरा ट्रक हैदरी हाउस के गेट आ गया। चारों ओर से शान्ति प्रयास शुरू हो गये। अतः गाँधीजी ने 4 सितम्बर, 1947 की रात्रि सवा नौ बजे अपना 73 घंटे का उपवास सन्तरे का रस पीकर तोड़ दिया।

9 सितम्बर, 1947 को गाँधी कलकत्ते से सीधे दिल्ली आ पहुँचे। दिल्ली

में उनका स्वागत 'मुर्दाबाद' के नारों से हुआ। हिन्दू और मुसलमान दोनों ने उन्हें खूब कोसा और 'गाँधी-मुर्दाबाद' नारे लगाये। उनकी प्रार्थना सभा में भी 'गाँधी मुर्दाबाद' के नारे लगाये जाने लगे। फलतः विवश होकर कई बार उन्हें प्रार्थना सभा अधूरी छोड़नी पड़ी।

इन्दिरा के लिए वर्तमान वातावरण एकदम अजूबा था। वह सोच रही थी कि इस सन्त के प्रति इतनी घृणा कहाँ से आयी? प्यार और अहिंसा की प्रतिमूर्ति के साथ अवाम का कैसा क्रूरतम व्यवहार! गाँधी पुनः आमरण अनशन पर थे। 17 जनवरी, 1948 को गाँधीजी की हालत बहुत खराब हो गयी थी। तत्कालीन कांग्रेस के अध्यक्ष डॉ. राजेन्द्र प्रसाद को यह सूचना दे दी गयी थी। वे तत्काल बिड़ला हाउस पहुँचे। गाँधी मूर्छित पड़े हुए थे। डॉ. राजेन्द्र प्रसाद घुटनों के बल बैठकर गाँधी को होश आने पर बोले, "सात मुद्दों के कागज़ पर सब राजनीतिक दलों के हस्ताक्षर हो चुके हैं।"

उनके चेहरे पर प्यारी-प्यारी मुस्कान तैर गयी। उन्होंने एक कागज़ पर लिखा—"आपने मुझसे जो माँगा, सो दिया, लेकिन अब भी मैं उपवास तोड़ना नहीं चाहता। हम सबने मिलकर दिल्ली में जो असम्भव कर दिखाया है क्या उसी को पूरे देश में सम्भव नहीं किया जा सकता है? यदि हम दिल्ली में शान्ति बनाये रखने की चिन्ता करें और दूसरी जगहों में हम हिंसा की आग जलती रहने दें तो दिल्ली की शान्ति का क्या अर्थ होगा? यदि आप सारे देश में शान्ति रखने का वचन नहीं देते, तो अनशन तोड़ना मेरी भूल होगी।" सबने एक स्वर में उन्हें आश्वासन दिया और उन्होंने जो ईश्वर की इच्छा है, वह पूरी होनी चाहिए, कह कर सन्तरे के रस का गिलास हाथ में लिया। 78 वर्षीय गाँधी ने पाँच दिन और आधा घंटे के बाद अनशन त्याग दिया। उसके बाद उन्होंने उपवास समापन के उत्सव पर चार सन्तरे तथा आठ औंस बकरी का दूध ग्रहण किया था। तदुपरान्त वे चरखे के सामने बैठ गये। डॉक्टर ने उन्हें पूर्ण विश्राम की सलाह दी थी। सबने उन्हें समझाया पर वे बोले, "जब मैं भोजन लेने ही लगा हूँ तो परिश्रम क्यों न करूँ, क्योंकि जो रोटी बिना परिश्रम खायी जाती है, उसमें और चुराई हुई रोटी में कोई अन्तर नहीं।" इन्दिरा इस सबकी प्रत्यक्षदर्शी थी। उसके मन में जीवन के प्रति एक नवीन आस्था पनप रही थी। वह सोचे जा रही थी कि आज़ादी के उठे दुर्द्धर्ष संघर्ष ने यह कैसा मोड़ लिया। क्या सोचा था, क्या हो रहा है। अहिंसा से आज़ादी प्राप्त करने वाले ऋषि पुत्र हिंसा के ज्वालामुखी से घिर गये थे और गाँधीजी ने घोषणा कर दी थी, "मुझे अब पाकिस्तान जाना है।" वे सरकार और डॉक्टर की आज्ञा की प्रतीक्षा कर रहे थे। वे पाकिस्तान की पदयात्रा पर जायेंगे और पुनः कोशिश करेंगे कि दोनों देशों में भ्रातृत्व भाव जाग सके। इधर नेहरू और पटेल परेशान थे, क्योंकि गाँधी को मारने का फिर से षड्यंत्र रचा जा रहा था, यह सूचना उन्हें मिल चुकी थी। वे चाहते थे कि प्रार्थना सभा में आने वालों की तलाशी ली जाये

परन्तु गाँधी की सभा में तलाशी तो ली नहीं जा सकती थी। वे तो चाहते थे, वहाँ कोई पुलिस का आदमी भी दिखाई नहीं दे अन्यथा वे आमरण अनशन शुरू कर देंगे।

30 जनवरी, 1948 शुक्रवार की काँपती शाम। आभा और मनु के कन्धे पर हाथ रखे हुए गाँधीजी बिड़ला हाउस के अपने कक्ष से बग़ीचे तक पहुँचे ही होंगे कि नाथूराम गोडसे ने उन पर गोलियाँ दाग दीं और वे 'हे राम' कहते हुए वहीं धराशायी हो गये। गाँधीजी अपने हत्यारे का हाथ जोड़कर स्वागत कर रहे थे।

चश्मदीद भक्तों ने देखा हत्यारे के हाथ में काली बेरेटा पिस्तौल थी। उसने उनकी छाती में तीन गोलियाँ दाग दी थीं। उनकी सफ़ेद धोती रक्तरंजित थी। इन्दिरा अवाक् रह गयी थी। फ़िरोज़ अवसन्न थे। "यह क्या हो गया?" अचानक मुख से एक साथ निकला! इन्दिरा अपने आँसू नहीं रोक पायी। वह अवरुद्ध कंठ से मद्धिम स्वर में फुसफुसायी. "आज़ादी कितनी महँगी पड़ी फ़िरोज़!"

"उनका यह बलिदान व्यर्थ नहीं जायेगा, इन्दु! वे ऋषि थे। उनका सारा जीवन ऋषि परम्परा से सम्बद्ध था।"

"उनके स्वप्न...।" इन्दिरा का माथा चकराया।

"देखो।" फ़िरोज़ ने असोचे ही कह दिया।

"इसका क्या मतलब, फ़िरोज़?"

"समय की प्रतीक्षा करो, इन्दु! मैंने कहा था कि आज़ादी मिलने पर असली संघर्ष शुरू होगा। आज़ादी के बाद से आज तक हम उसी संघर्ष से गुज़र रहे हैं। इन्दु, क्या कभी यह सम्भव हो सकेगा कि वास्तव में आज़ादी का लाभ उन लोगों को मिल सके जो कि सदियों से उससे वंचित हैं।" फ़िरोज़ ने गम्भीर मुद्रा में कहा।

उस समय क्या-क्या ज़हर फैलाया जा रहा था। इन्दिरा पूछ रही थी, "तुमने मनु के बारे में कुछ सुना, फ़िरोज़?"

"गाँधी और मनु के सम्बन्धों के बारे में आपके पिताजी भी अच्छी तरह जानते हैं।" फ़िरोज़ ने अनिच्छा से कहा।

"तुम क्या सोचते हो, फ़िरोज़?" इन्दिरा ने अपने मन में उठ रहे द्वन्द्व को फ़िरोज़ की सहायता से समझने का प्रयास किया। हालाँकि इस सम्बन्ध में राजकुमारी अमृतकौर ने बहुत कुछ खुलासा कर दिया था। वह स्वयं कपूरथला राजघराने में जन्मने और इंग्लैण्ड से तालीम हासिल करने के कारण इन बातों को अन्यथा नहीं लेती थी। वह इसे गाँधी का व्यक्तिगत मामला मानती थी और जवाहरलाल नेहरू भी इसे उनका नितान्त व्यक्तिगत मामला मानते थे। अतः उन्होंने लोगों के लाख चाहने तथा आग्रह करने पर भी इस सन्दर्भ को लेकर गाँधीजी से कभी बात करना स्वीकार नहीं किया। वह इस सम्बन्ध में उदारवादी दृष्टिकोण के थे।

"इन्दु, अब और इस वक़्त इस पर सोचने से क्या लाभ? मनु और आभा गाँधी को इस प्रयोग में खुशी-खुशी सहायता दे रही थीं और राजकुमारी अमृतकौर ने भी इस प्रयोग में हाथ बँटाया है, और भी अनेक युवतियों ने गाँधीजी को इस

प्रयोग की अनुमति दी है। शायद तुम्हें मालूम नहीं है, इन्दु, गाँधीजी ऐसा प्रयोग तब से कर रहे हैं जब उनकी पत्नी कस्तूरबा जीवित थीं।'' फ़िरोज़ ने एकाकी होकर कहा और बाहर की ओर देखने लगा।

''क्या उनकी पत्नी ने एतराज़ नहीं किया, फ़िरोज़?'' इन्दिरा के स्वर में व्यग्रता थी और धूमिल संशय, जिसे वह स्वयं भी नहीं समझ पा रही थी कि उसमें ये बेतुका प्रश्न क्यों उभरा है और वह भी इस वक़्त जब गाँधी नहीं रहे।

''गाँधी को कस्तूरबा ने इजाज़त दे दी थी, इन्दु।''

''क्या!'' साश्चर्य उसने कहा और यह कहते-कहते चुप हो गयी कि यदि कोई युवती ऐसा करती तो...।

''हाँ, इन्दु मैंने पता किया तो यह जानकारी मिली कि ऐसे प्रयोग असाधारण महापुरुष ही कर सकते हैं, आम व्यक्ति नहीं...। हालाँकि खुद गाँधीजी ने क़बूल किया है ऐसा करते समय उनका मन कई बार विचलित हो गया था...। परन्तु हमें इन बातों पर नहीं सोचना चाहिए। मैं तुम्हें यक़ीन दिलाना चाहता हूँ कि मैं ऐसे प्रयोग नहीं करूँगा, चाहे तुम मुझे अनुमति भी प्रदान कर दो।'' फ़िरोज़ ने गुमसुम वातावरण को तनिक छेड़कर खुश कर लेना चाहा।

''फ़िरोज़...!'' इन्दिरा ने आँख तरेर कर उसकी ओर देखा और प्यार भरी नाराज़गी व्यक्त करते हुए कहा, ''फिर कभी ऐसा कहा तो...हमसे बुरा कोई नहीं होगा...। अण्डरस्टैंड।''

फ़िरोज़ मुस्कुराया और उसने इन्दिरा का हाथ अपने हाथ में लेकर कहा, ''मैं असाधारण व्यक्ति नहीं हूँ। यू हैव टू बिलीव मी।'' जवाहरलाल नेहरू उन दोनों को बुला रहे हैं, यह सूचना पाकर वे दोनों वहाँ से उठ खड़े हुए और आगे बढ़ गये।

37

अभी गाँधी को गुज़रे अधिक दिन नहीं हुए थे कि राजकुमारी अमृतकौर ने जो कि नेहरू के मंत्रिमंडल में स्वास्थ्य मन्त्री थीं, एक सीलबन्द फ़ाइल जवाहरलाल नेहरू को भेजी। इन्दिरा तब उनके पास ही बैठी हुई थीं। जवाहरलाल नेहरू ने सील खोली और कागज़ देखे। इस वक़्त फ़िरोज़ भी वहाँ आ गये थे। इन्दिरा ने देखा कि पिताजी का चेहरा लटक गया है और वे एकदम बहुत गम्भीर हो गये हैं। इन्दिरा ने पूछा, ''क्या बात है, पापु?''

जवाहरलाल नेहरू ने एक पल इन्दिरा के चेहरे की ओर देखा और फिर फ़िरोज़ पर निगाहें डालते हुए वह बोले, ''कोई ख़ास बात नहीं है। गाँधीजी एक सीलबन्द फ़ाइल मेरे लिए छोड़ गये हैं।''

''तो...! इसमें सुस्त होने की क्या बात है?''

इसी समय वहाँ आया राजीव को लेकर आयी। फ़िरोज़ जानबूझ कर पिता-पुत्री के बीच में से उठकर बाहर चला गया। यह सोचकर कि शायद वे उसके सामने उस फ़ाइल का रहस्य प्रकट न करना चाहें।

"तुम इस फ़ाइल को देख सकती हो, इन्दु।" कहते हुए जवाहरलाल नेहरू ने वह फ़ाइल इन्दिरा की ओर बढ़ा दी।

"पापु...बुआ!"

"हाँ, सैयत हुसैन के साथ भाग जाना चाहती थी...। तब वह जवान थी।"

इन्दिरा कुछ नहीं बोली। उसका चेहरा फक पड़ गया।

जवाहरलाल नेहरू ने कहा, "जाओ इसे बावर्चीखाने में जाकर जला दो।...यही ठीक रहेगा।"

इन्दिरा उठकर बावर्चीखाने की ओर चल पड़ी। बावर्चीखाने में उस फ़ाइल की होली होते हुए अपलक दृष्टि से देखती रही। उसका मन खट्टा हो गया। वह मन-ही-मन बुदबुदायी, "वह भागना क्यों चाहती थी? परिवारवाले उसे भी आख़िर इजाज़त दे ही देते। कृष्णा बुआ को भी तो इजाज़त दी थी और उसे भी...।" फ़ाइल जल चुकी थी परन्तु उसके मस्तिष्क में अभी तक फ़ाइल के अक्षर दैत्याकार रूप में घूम रहे थे अट्टहास लगाते हुए। वहाँ से वह जवाहरलाल नेहरू के पास नहीं गयी, सीधे अपने कमरे में चली गयी। खिड़की से वह अन्यमनस्क-सी डूबते सूरज की हतप्रभ लालिमा को निहारती रही और निहारती रही फ़िरोज़ को बच्चों से खेलते हुए। संजय आया के पास था और राजीव फ़िरोज़ के साथ खेल रहा था। फ़िरोज़ भी बच्चों में बच्चे होकर घुल-मिल जाते थे...। नान (विजयलक्ष्मी पंडित) भागने की योजना बना चुकी थी। अवश्य ही गाँधीजी ने समझाया होगा! गाँधी ही तो पं. मोतीलाल नेहरू के बाद अपने परिवार के बुज़ुर्ग थे।

इन्दिरा को अपने पिता के साथ विदेश जाने का अवसर मिलने लगा। जवाहर अकेले ही थे। उन्हें भी सिरफिरे मारने की धमकी दे रहे थे। यार्क रोड स्थित मकान जवाहरलाल नेहरू के लिए न अब छोटा पड़ने लगा था अपितु सड़क के किनारे होने के कारण वह सुरक्षित भी नहीं था। ऊपर से उनसे मिलने वालों का ताँता लगा रहता था। देश-विदेश की भी महान विभूतियाँ आती रहती थीं। उनके सम्मान में भोज दिये जाते थे। परिवार के सदस्य तथा मित्र भी आते रहते थे। कुल मिलाकर यह सोच सामने आयी कि प्रधानमन्त्री का निवास बड़ा और सुरक्षित हो, जहाँ वे तन्हाई में भी काम कर सके।

जवाहरलाल नेहरू भावुक थे और आदर्शोन्मुखी समाजवाद की ओर झुके हुए भी। वे एक ऐसे देश के प्रधानमन्त्री थे जो आज़ाद होने के बाद भी सामाजिक व आर्थिक आज़ादी प्राप्त नहीं कर सका। वे एक शानदार तथा बड़े घर के लिए कैसे तैयार हो सकते थे। लोगों के पास रहने के लिए घर नहीं हैं। वे फुटपाथों पर सोते हैं। उनके इन विचारों के कारण ही किसी में हिम्मत नहीं हो पा रही

थी कि वह आगे आये और उन्हें मना सके।

चूँकि इन्दिरा घर का सारा कामकाज देख रही थी और गाँधी के हत्याकांड के बाद उसे यह सोच थोड़ा परेशान भी करने लगी थी कि कहीं ऐसा न हो जैसा गाँधी के मामले में हुआ। गाँधी किसी भी प्रकार की सुरक्षा नहीं चाहते थे। उन्हें यह सुनकर अचरज होता था कि क्या उन्हें भी अपने लोगों से भय हो सकता है? यही बात वह अपने पिता में देखती थी कि वे भी किसी प्रकार की सुरक्षा के लिये तैयार नहीं थे। वे सबको हृदय से प्यार करते हैं और रात-दिन उनके कल्याण के लिए सोचते रहते हैं। फिर कैसे कोई उनका शत्रु हो सकता है? उसे अच्छी तरह याद है कि गाँधी की हत्या के समाचार से वे स्तब्ध ही नहीं हुए थे अपितु उनमें एक तरह का विश्वास झटक कर अचानक काँच के गिरे गिलास-सा टूट गया था। उन्होंने कहा था, "हमारे जीवन का प्रकाश बुझ गया।" नेहरू अपने प्रति बढ़ रहे ख़तरों से निश्चिंत थे। विख्यात अमेरिकन पत्रकार बिंसेट शीआन[1] से भी उन्होंने स्पष्ट कह दिया था, "जनता मुझे चाहती है, मैं अपनी जनता पर अविश्वास नहीं कर सकता।"

इन्दिरा ने जब घुमा-फिरा कर उनको सचेत करना चाहा तो उन्होंने मई, 1948 में माउंटबेटन के साथ शिमला में मशोवरा स्थान पर बिताई उस रात की कहानी दोहरा दी। माउंटबेटन ने नेहरू को व्यक्तिगत रूप से आमन्त्रित किया था अपने परिवार के साथ कुछ दिन व्यतीत करने के लिए! नेहरू ने उसे वह दिलचस्प क़िस्सा सुना डाला। उस रात गोलमेज के चारों ओर डिनर के बाद वह क़ॉफी सिप कर रहे थे। अचानक अफ़वाह पर चर्चा शुरू हो गयी। उस वक़्त कॉफ़ी सिप करने वालों में थे—लेडी माउंटबेटन, लेडी पामेला, कैप्टेन स्कॉट, एम. ओ. मथाई, कैप्टेन नरेन्द्र सिंह, माउंटबेटन और स्वयं जवाहरलाल नेहरू। माउंटबेटन ने अफ़वाह के बारे में एक दीगर मिसाल प्रस्तुत की थी। क़ॉफी की चुस्की लेने के बाद वह बोले, "आज हम आपको मिसेज रूमर (अफ़वाह) से मिलाते हैं।" इसके बाद सबके सामने एक कागज़ आ गया। वह बोले, "मैं इस खेल का उद्‌घाटन इस स्कैच से कर रहा हूँ।" उन्होंने उस कागज़ पर कुत्ते से खेलती एक औरत का स्कैच खींच दिया था। वह औरत कुर्सी के सामने बैठी हुई थी। उस स्कैच को अपने पास वाले की ओर सरकाते हुए वह बोले, "मित्रो, आपको भी यही करना है जो अभी मैंने किया है। अर्थात् कुर्सी के सामने बैठी एक युवती एक कुत्ते के साथ खेल रही है, इस स्कैच को आपको भी बनाना है परन्तु मेरा स्कैच देखकर नहीं। मेरा स्कैच कैप्टेन नरेन्द्र सिंह देखेंगे और फिर उसे स्कैच करेंगे। नरेन्द्र सिंह द्वारा बनाया गया स्कैच उनके आगे वाले महानुभाव देखेंगे और फिर वे स्कैच बनाएंगे। यही क्रम चलता रहेगा। अन्त में सब स्कैच उन्होंने ले लिए और बताने लगे कि पहले स्कैच

1. 'लीड काइण्डली लाइट' : बिसेंट शीआन

के बाद जितने भी स्कैच बनाये गये, वे सब अपने-अपने ढंग से जुदा हैं। धीरे-धीरे स्कैच विकरालता की ओर बढ़ते गये। जबकि प्रथम स्कैच में वह बात कतई नहीं थी। जानती हो, क्यों? क्योंकि सत्य अनेक मुँह से होता हुआ अन्त में ऐसी शक़्ल अख़्तियार कर लेता है कि स्वयं सत्य भी उसे पहचानने से इनकार कर देता है।'' यह सुनकर इन्दिरा चुप रह गयी, वह कहती भी तो क्या?

इधर माउंटबेटन ने सरदार पटेल के कहने पर पहल की और प्रधानमन्त्री को बड़ा निवास देने की बात उठाई। अन्ततोगत्वा प्रधानमन्त्री के लिए ब्रिटिश कमाण्डर इन चीफ़ का बड़ा मकान तय हुआ। वह विशाल कोठी थी—अनेक कमरों वाली और खूबसूरत बग़ीचों से सजी-धजी कोठी। बाद में इसे ही तीन मूर्ति भवन कहा गया। आजकल तीन मूर्ति भवन 'नेहरू स्मारक' के रूप में जाना जाता है।

सन् 1950 में जवाहरलाल नेहरू अपनी पुत्री और उसके बच्चों सहित इस नयी कोठी में आ गये। इन्दिरा इस कोठी को सजाने-सँवारने के काम में ऐसी व्यस्त हुई कि कई सप्ताह वह फ़िरोज़ के पास लखनऊ नहीं जा सकी। वह बराबर प्रत्येक सप्ताह बच्चों सहित 432 किमी. की यात्रा करती थी। फ़िरोज़ के पास जाना उसके लिए बहुत ज़रूरी था। वह अनुभव कर रही थी कि पिता के बढ़ते हुए उत्तरदायित्व में उसकी सक्रिय भूमिका अपरिहार्य है। नारी मन की चेतना कैसी विचित्र होती है कि न कुछ छोड़ते बनता है और न अपनाते। उसे पति का प्यार चाहिए, जिससे वह जीवन के प्रति आस्थावान एवं स्वस्थ बनी रहे। फिर फ़िरोज़ उसे कितना चाहता है! जब वह लखनऊ से ट्रेन से लौटती है तो रास्ते भर उसे फ़िरोज़ की चमकदार आँखों में अचानक ठहरा हुआ शून्य नज़र आता है। यह कैसी विवशता है जो चाहकर भी काटे नहीं कटती। वह जानती है कि फ़िरोज़ मध्यमवर्गीय परिवार से होते हुए भी स्वाभिमानी और अपने अस्तित्व के प्रति तेज़ बिल्ली की तरह जागरूक है! वह बराबर सोचती, 'इन्दिरा तेरा स्वर्ग-नरक फ़िरोज़ है।...तू यह क्या कर रही है! ...तेरे पिता ने यदि तेरी माँ की ओर शुरू से ध्यान दिया होता तो वह क्यों बड़े परिवार की खचाखच भरी चहल-पहल में नेपोलियन की नाई सेंट हैलीना का तकलीफ़देह एकान्त भोगती।...उसे क्या मिला उस शानदार और पाश्चात्य सभ्यता के रंग में ढले परिवार से...उपेक्षा, अपमान, तिरस्कार और हिक़ारत! क्या तू वही गलती तो नहीं करने जा रही है...? फ़िरोज़ कहीं अन्दर-ही-अन्दर यह तो नहीं सोचने लगा है कि उसे पति की अपेक्षा पिता की शाही ज़िन्दगी से ज़्यादा प्यार होता जा रहा है। बड़े-बड़े राष्ट्र नायकों की चकाचौंध में कहीं वह वास्तव में अपने प्यारे-संसार से दूर तो नहीं होती जा रही है। यदि ऐसा होने लगा है तो ग़लत है।'

इस बार फ़िरोज़ आत्मलीन-सा बना रहा। फ़िरोज़ का मतलब है भीड़ में खिलखिलाता सद्यः खिला गुलाब! क़हकहे-पर-क़हकहे लगाते जाइये यदि आप फ़िरोज़ से मिल रहे हैं तो! वह अब कैसा झुकी संध्या की खामोशी लिए अपने को ज़ज़्ब किये रहा! इन्दिरा ने पूछा भी, ''कोई नाटक देखने चलें या सिनेमा?''

उसका गिलहरी-सा मन फुसफुसाया, "नहीं, इन्दु, आज यहीं आइस्क्रीम खायेंगे...आम की प्रिप्रेशन है।"

इन्दिरा समझ रही थी कि फ़िरोज़ उसके दिल्ली आने-जाने से खुश नहीं है। आखिर उसकी अपनी भी ज़िन्दगी है! क्या इस प्रकार वह अपनी ज़िन्दगी से दूर नहीं होती जा रही है? वह पूछ बैठती, "फ़िरोज़, प्लीज़ टैल मी, मुझे क्या करना चाहिए...? मेरी मदद करो, फ़िरोज़...प्लीज़!" उसका नारी मन आहत पक्षी-सा फड़फड़ा उठा। वह जो कुछ कर रही है, वह इसके अलावा और कुछ नहीं कर सकती! क्या कुछ करे, यह भी वह नहीं जानती। उसका भी अपना कौन है! क्या वह समन्दर में तैरती शार्क मछली-सी अतृप्त नहीं है? क्या उसे सहारा के रेगिस्तान से नहीं गुज़रना पड़ रहा है? वह चाहे तो चीख भी नहीं सकती। हालाँकि बच्चे उसके पास दिल्ली में रहते थे परन्तु वे भी तभी चहकते थे जबकि फ़िरोज़ उनके पास होते थे। फ़िरोज़ की ज़िन्दादिली का कोई मुक़ाबला नहीं है। वह अपने बच्चों में बच्चा बन जाता है और उनको जीने की सुगन्ध से नहला देता है।

फ़िरोज़ भी इन्दिरा की मन की व्यथा को समझते हुए व्यथित हो उठता था। वह सोचता रह जाता था—यदि वह इन्दिरा की जगह होता तो क्या करता? जवाहरलाल नेहरू के पास उनका अपना है भी कौन? विजयलक्ष्मी के कई कारनामों से वह दुःखी हो उठे थे। उसने कई जगहों से क़र्ज़ा ले लिया था और क़र्ज़ा लौटाने के नाम पर साफ़ नट गयी थी। उसकी शिकायत जवाहरलाल तक पहुँच चुकी थी। हालाँकि इन्दिरा ने कभी इस बात का ज़िक्र उससे नहीं किया था तथापि वह जान चुका था। वह कहने लगा, "इन्दु, मैं तुम्हारी स्थिति को अच्छी तरह समझता हूँ। स्वयं भी कुछ तय नहीं कर पाता हूँ कि तुमसे कहूँ तो क्या?"

"फ़िरोज़, मैं कितनी मजबूर हूँ।" इन्दिरा के स्वर में तीखी छटपटाहट थी। मानो अचानक उसकी आँखों के आगे दैत्याकार शून्य ठहर गया हो। उस वक़्त उस व्यक्ति के मन में ऐसी सनसनाहट होती थी कि उसका मन करता था कि वह सीधे घर में जाकर नल के नीचे बैठ जाये या नदी के जल में तब तक तैरता रहे जब तक उसका तन-मन शिथिल होकर जवाब न दे दे। अचानक फ़िरोज़ को वह कभी-कभी इसी तरह का व्यवहार करती पाती थी, जिसमें सामने वाले को दुःख भी न हो और वह भीतर-ही-भीतर बेतरह उबलता भी रहे आलू की तरह! फ़िरोज़ कह उठता था, "मजबूरी भी अपनी शख़्सियत रखती है, इन्दु।"

"क्या...! क्या कहा तुमने?" इन्दिरा तड़प कर पूछ बैठती और आहत मृगनयनी-सी उसको टुकुर-टुकुर देखती रह जाती।

फ़िरोज़ सकपका जाता। उसे इसी से सन्तोष होने लगता कि कम अज़ कम, वह उसके लिए इतनी गहराई से सोच तो रही है। उसकी अन्तर्पीड़ा को सहलाते हुए फ़िरोज़ ने कहा, "इन्दु, तुम यों मत सोचा करो। मैं जानता हूँ कि तुम कितनी उद्विग्न और क्षुब्ध हो पर तुम्हें ऐसा होना नहीं चाहिए।...मैं तुम्हें इजाज़त देता

हूँ इन्दु...।" उसका कंठ भर आया। उसकी चेतना का तार-तार तरंगित हो उठा था। वह कुछ नहीं समझ पा रहा था कि वह क्या कह गया।

कभी फ़िरोज़ ने ही तो इन्दिरा से कहा था, "प्यार सोच-समझ के बाहर की चीज़ है। सोच उसे पहचान नहीं सकती! तर्क के दायरे में वह आता नहीं।" टेम्स नदी का किनारा था और वे दोनों एक-दूसरे को अपने में इस गहराई से अनुभूत कर रहे थे कि यदि उस वक़्त वह उससे प्यार का इज़हार करता तो वह उसकी बाँहों में समा जाती। फ़िरोज़ डरता था। उसे कदाचित इतनी-सी आनन्दानुभूति गद्‌गद किये थी कि वह उसके साथ इतनी दूर तक निकल तो आया है। वह इंगलिश चैनल छोटे शिप से पार कर रही थी। उसके साथ ही फ़िरोज़ दहलीज़ का सहारा लिए खड़ा तीखी हवाओं का आनन्द ले रहा था। अचानक उसने उसके हाथ पर हाथ रख दिया और इंग्लिश चैनल की ओर देखता रहा चुपचाप! वे फ्रांस जा रहे थे। लन्दन छूट रहा था सम्मोहित स्वप्न-सा! इन्दिरा ने उसका हाथ हटाया नहीं। वह कनखियों से यदाकदा आँख बचाकर उसकी ओर देख रही थी। प्यार की अनन्त अनुभूतियों में वह भर उठी थी। उसे लग रहा था तेज़ हवायें उन दोनों के लिए गा उठी हैं—कोई प्यारा गीत और वे उनके साथ दूर तक उड़े जा रहे हैं गुलाबी स्वप्निल स्कार्फ़ की तरह लहराते हुए।

अतीत में भटकते हुए उसे अपने गीले बालों की याद हो आयी। प्यार की सूक्ष्मातिसूक्ष्म अनुभूतियों का महोत्सव उसकी भाव-गंगा में तरंगित हो उठा। वह फिर दिल्ली जा रही थी। फ़िरोज़ उसके केबिन से नीचे उतर चुका था। राजीव और संजय के हाथ हवा में हिल रहे थे। वह शान्त परन्तु उद्वेलित थी। उसे उससे आँख मिलाते हुए डर-सा लग रहा था।

ट्रेन खिसकने लगी। सबके हाथ हिल उठे। फ़िरोज़ का एक हाथ धीमे-धीमे हवा में झूल रहा था। इन्दिरा का मन आर्द्र हो रहा था। उसका मन चाहता था कि वह चेन खींच ले और ट्रेन से नीचे उतर आये। पर क्या कभी ऐसा हो सकेगा! क्या कभी वह अपने में इतनी शक्ति जुटा पायेगी कि...। इस सोच से वह विचलित हो उठी। उसे लखनऊ से यों अकेले लौट जाना बहुत अखरता था। यहाँ उसकी सोच जवाब दे जाती थी। एक ओर पिता अकेले थे और दूसरी ओर उसकी हरी-भरी गृहस्थी थी, पति और प्यारे-प्यारे बच्चे थे। ज़िन्दगी के इस अनचाहे मोड़ पर आकर वह अन्दर-ही-अन्दर हिल उठी थी। उसमें आशा और निराशा एक साथ उतर आती थी धूप-छाँव-सी। वह तिलमिला कर रह जाती थी। उसने फ़्लास्क से पानी गिलास में उँडेला और गटागट पी गयी। पीकर एक गहरी साँस ली और मस्तिष्क में दौड़ रही रील का स्विच ऑफ़ करने की चेष्टा करने के लिए बाहर आ गयी।

पता नहीं उसने इस तरह कितनी रातें काटी। कितना सहा चुपचाप-चुपचाप! रात गहराने पर भी उसे नींद नहीं आती। चर्चिल ताउम्र नींद की गोलियाँ खाकर सोता रहा था—उसमें भी अजीब बेचैनी और छटपटाहट बनी रहती थी, जबकि उसके

पिता ने कभी भी नींद की गोलियाँ नहीं लीं। वह कहते थे, "नींद एक स्वाभाविक रिलैक्स होने की प्रक्रिया है। सोचना धीरे-धीरे बन्द करो और अपने को पूरी तरह से प्रकृति के हवाले कर दो तो बड़ी प्यारी नींद आयेगी। जब सुबह आँख खुलेगी तो मन तरोताज़ा होगा।"...उसने नींद की गोलियों को डिबिया के अन्दर डाल दिया और अपने को असोच की स्थिति में लाती-लाती वह सो गयी। ट्रेन चलती रही। अपने गन्तव्य की ओर बिना किसी संवेदना के।

आज फ़िरोज़ का स्वर कसक भरा हो गया था। उसके लाल चेहरे पर हल्की बदलियाँ उभर आयी थीं। वह कह रहा था, "ऐसे कब तक चलेगा, इन्दु?"

"पर क्या करें, फ़िरोज़?" इन्दिरा के स्वर में विवशता थी छटपटाहट भरी, पर रास्ता कोई नहीं दीखता था।

"यों क्या ताउम्र रेलगाड़ी में ही ज़िन्दगी काटनी होगी! कुछ तो सोचना होगा। दिल को पक्का करके निर्णय लेना पड़ेगा। मैं...मैं...भी तो कई बार...इन्दु, वह क्या होता है कि जब तुम मेरे पास नहीं होती हो तब मैं रात-रात भर आँखें बन्द किये जागता रह जाता हूँ। तब इन्दु मुझे बड़ी खीझ होती है। अपना छोटा-सा परिवार है और उसके नन्हे से स्वप्न हैं। पर अपनी यह विवशता हमें कैसा छीलती-सालती है। ...तुम्हें नहीं लगता है क्या?" फ़िरोज़ के स्वर में नयी उठी बदली की आर्द्रता उद्वेलित हो रही थी। उसका हृदय उमड़-घुमड़ रहा था। वह पूछ रही थी, "तुम्हीं बताओ, फ़िरोज़ मैं क्या करूँ?" वह चाह कर भी नहीं कह सकी कि वह क्यों न उसके पापु के साथ ही रहे, बिलकुल उसकी तरह! स्वयं उसके पापु ने ही तो कहा था, "बेटी उससे कहो कि वह भी यहाँ आकर रहने लगे।...वह भी तो मेरा पुत्र ही है।"

"जी...।" एक छोटा-सा उत्तर उसके होंठों पर किसी अनचाही 'रिदम' सा लरज़ कर दूर तक हवा में तैर गया था। वे कह रहे थे, "क्या कभी तुमने उससे पूछा?"

"नहीं!" इन्दिरा का दो टूक उत्तर था।

"पर क्यों, इन्दु? तुम्हें पूछना चाहिए।"

"पापु, वह बहुत स्वाभिमानी है।"

"तो इससे उसके स्वाभिमान को क्या ठेस लगेगी? यह भी तो उसका ही घर है?...क्या वह ऐसा नहीं सोचता।"

"घर जमाई बनना शायद उसे रास नहीं आये।"

"तब ऐसा कब तक चलेगा? तुम्हारी फूल-सी गृहस्थी है। तुम्हारा सुख-संसार है। मैं नहीं चाहूँगा कि तुम अपने सुखी परिवार को मेरी ख़ातिर कष्ट में डालो...। देखो बेटी, तुम्हें ही यह फ़ैसला करना होगा कि तुम लोग यहाँ आकर रहोगे या वहाँ, जहाँ फ़िरोज़ चाहेगा परन्तु तुम सब रहोगे साथ-साथ। यह सब नहीं चलेगा। इस बार तुम उससे पूछकर देखो कि वह क्या कहता है।"

तब से कितनी बार वह आयी पर फ़िरोज़ से कुछ भी नहीं पूछ सकी। आज

वह ज़रूर पूछ लेगी, आख़िर इसमें बुराई क्या है! पापु का भी कौन है, वह भी कितना अकेला है!

फ़िरोज़ को चुप देखकर वह सहम गयी। वह बहुत ही सख़्त नज़र आ रहा था। आख़िर चुप्पी को तोड़ते हुए वह बोला, "इन्दु, क्या यह तुम्हें पसन्द आयेगा कि तुम वहीं...अपने पिताजी के पास रहो? तुम्हारे साथ राजीव और संजय भी रहें।" फ़िरोज़ कह तो गया परन्तु उसका हृदय विचलित हो उठा। आये दिन प्रधानमन्त्री का कोई न कोई विशिष्ट व्यक्ति अतिथि होता था और तुरन्त तार आ जाता था कि वह चली आये। दूसरे डिगनेटरी के बीच में रहकर उसमें नयी दृष्टि व जिज्ञासायें जन्म ले रही थीं। उसे एक सर्वथा नवीन वातावरण का अनुभव हो रहा था।

"फ़िरोज़, तुम भी चलो। पार्क रोड के इस मकान से ममता छोड़ दो। पापु भी कई बार कह चुके हैं।" इन्दिरा ने सहमते हुए यह प्रस्ताव कर डाला।

"यहाँ प्रेस का काम है...। उसे देखना है।"

"काम की वहाँ भी क्या कमी है...? तुम्हारे बिना मैं वहाँ नहीं रह सकूँगी ...। सोचो तो यह कोई एक-दो दिन की बात तो है नहीं। फिर, तुम वहाँ स्वतन्त्र हो। तुम्हारे पर कोई पाबन्दी भी नहीं है।" इन्दिरा उसकी तरफ़ झुक आयी थी पूनम के चाँद की तरह मुस्कुराती हुई।

"मुझे सोचने के लिए कुछ समय दो।"

"इसमें क्या सोचना है...? प्लीज़ आप तैयार हो जाओ। त्रिमूर्ति भवन काफ़ी बड़ा है, हम लोग वहाँ पूर्णतया स्वतन्त्र होंगे।" अब इन्दिरा ने संकोच त्याग कर पूर्ण स्फूर्ति से कहा।

फ़िरोज़ ने इन्दिरा की ओर देखा। उसे लगा कि इन्दिरा उसे आशा व प्रेम भरी नज़रों से अवलोक कर रही है। वह क्या कहे? कब तक टाले? आख़िर एक न एक दिन होना तो यही है। क्यों न वह उसके प्रस्ताव को स्वीकार कर ले? स्वयं उसके पिता का प्रस्ताव है...। उसके अस्तित्व का क्या होगा? क्या तब वह अपनी अलग पहचान नहीं बना सकेगा? सब उसे प्रधानमन्त्री के जमाई के रूप में जानेंगे। ओह! वह ऐसे नहीं कर सकेगा। कदापि नहीं। तब फिर?

"क्या सोचते हो, फ़िरोज़?" इन्दिरा ने उसका हाथ अपने हाथ में ले लिया और अपने ओठों से लगाकर सहलाने लगी। उसने कहा "एक बार चलो। वहाँ अच्छा नहीं लगेगा तो हम लोग लौट आयेंगे...। तुम घर जमाई होने से इतना क्यों डरते हो? सोचते हो कि लोग क्या सोचेंगे? तुम्हारी पहचान का क्या होगा?...क्या त्रिमूर्ति निवास में रहने मात्र से तुम इतने कमज़ोर हो जाओगे...? नहीं, फ़िरोज़, तुम ऐसा मत सोचो...। जानते हो कि हमने शादी पिताजी के नहीं चाहने पर भी की। वह हमें रोक नहीं सके...। तुम मुझे अन्यथा मत लो, मेरी बात मान जाओ। जहाँ तुम्हारा सम्मान नहीं होगा, वहाँ हम पल भर भी नहीं रहेंगे, यह मेरा तुम से वादा है।"

फ़िरोज़ का हृदय भर आया। उसके नेत्र आर्द्र हो उठे। वह जानता था कि उससे शादी के पीछे इन्दिरा को किस-किस का सामना करना पड़ा था! सभी तो शादी के विरुद्ध थे। फिर भी उसकी ज़िद के सामने किसी की कुछ नहीं चली। वह कह उठा, "तुम जैसा चाहो, इन्दु, वैसा ही होगा!"

"फ़िरोज़!" इन्दिरा ने उसका हाथ चूम लिया। फ़िरोज़ ने उसे बाँहों में भर लिया तभी संजय जग गया। थोड़ी देर के लिए दोनों ने एक-दूसरे की ओर देखा और अलग हो गये। इन्दिरा संजय को चुप कराने लगी। संजय पुनः सो गया। फ़िरोज़ इन्दिरा की ओर बढ़ आये। पास आकर वह बोले, "अब तो खुश हो, इन्दु?"

इन्दिरा की आँखें छलछला आयीं। वह क्या कहती।

"तुम रो रही हो, इन्दु।" पुनः फ़िरोज़ ने पूछा।

"नहीं तो, फ़िरोज़...ये खुशी के आँसू हैं!"

"झूठ बोल रही हो।"

"नहीं, फ़िरोज़ आज मैं बहुत खुश हूँ। तुम नहीं जानते, नारी के नारीत्व को सज़ा कैसे भुगतनी पड़ती है! एक तरफ़ अकेले पापु और दूसरी ओर तुम! मैं किसको नाराज़ करूँ...? उनका भी तो हम लोगों के अलावा कोई नहीं है...। वे नितान्त अकेले हैं, और शत्रुओं से घिरे हैं। उन्हें मारने की धमकी भरे पत्र आते रहते हैं...मुझसे न उनका दुःख देखा जाता है और न तुम्हारा। नारी होने की यही तो सज़ा है कि वह किसी को दुःखी नहीं देख सकती।" इन्दिरा इतना कहकर फ़िरोज़ के कन्धे पर सिर रख रो पड़ी।

"इन्दु,.. यह क्या करती हो? काश, मुझे पहले पता होता तो...। मैंने तुम्हें कितना दुःख दिया! प्लीज़, मुझे क्षमा करना।" फ़िरोज़ ने इन्दिरा की पीठ सहलाते हुए कहा, "कल ही हम चल पड़ेंगे।"

दूसरे दिन वे लोग लखनऊ छोड़कर दिल्ली चल पड़े। प्रेस में पहले ही कई बिन्दुओं पर मतभेद चल रहे थे। इस बहाने उससे भी मुक्ति मिली। इसके साथ उसमें एक नयी लहर तरंगित हो उठी—फिर से नया काम शुरू होगा! फिर से एक नयी ज़िन्दगी जीने का मौक़ा मिलेगा, एक नया आकाश होगा और एक नया माहौल!

त्रिमूर्ति निवास में रहते हुए फ़िरोज़ के माह दर माह गुज़रने लगे। वह बराबर अपने प्रति सचेत बना रहा। प्रधानमन्त्री के साथ तब तक वह किसी दावत व जलसे में शरीक नहीं हुआ, जब तक उसे व्यक्तिगत रूप से आमन्त्रण नहीं मिला। वह तब भी किसी दावत और जलसे में शरीक नहीं हुआ, जबकि उसे यह एहसास हो गया कि उसे दावत देने का कारण प्रधानमन्त्री का जमाई होना है। इन्दिरा भी बराबर इस बात को नोटिस कर रही थी। वह प्रधानमन्त्री के साथ फ़ोटो भी नहीं खिंचवाता था।

इधर कुछ अप्रिय प्रसंग उठ खड़े हुए थे—बड़ौदा महाराजा प्रतापसिंह से एसोशियेटिड जर्नल्स लिमिटेड से प्रकाशित 'नेशनल हैराल्ड' के लिए दो लाख रुपये

रफी अहमद किदवई ने लिए थे। उस वक़्त महाराजा बड़ौदा के विरुद्ध कार्यवाही चल रही थी। सरदार वल्लभ भाई पटेल ने यह बात नेहरू से कही और नेहरू ने तत्काल यह राशि बड़ौदा महाराजा को लौटाने के आदेश दे दिये। फ़िरोज़ उस वक़्त उसके मैनेजिंग डायरेक्टर थे। उन्होंने यह रकम लौटायी नहीं बल्कि अपने नाम खाते में डलवा दी ब्याज रहित ऋण के रूप में। इस पर उनसे पूछताछ चल रही थी। फ़िरोज़ ने यह सूचना असत्य दी थी कि वह राशि लौटा दी गयी।

इन्दिरा को 1947 में यह खबर मिली थी कि फ़िरोज़ उसकी बुआ विजयलक्ष्मी पंडित की उस लड़की से इश्क फरमा रहे हैं, जो उस वक़्त 'नेशनल हैराल्ड' में पत्रकारिता का प्रशिक्षण प्राप्त कर रही थी। तभी उसकी बुआ मास्को से सीधे लखनऊ पहुँची और अपनी बेटी को अपने साथ लेकर रूस लौट गयी। यदाकदा अब भी कोई न कोई इस प्रकार की चर्चा उड़ जाया करती थी, जबकि वह अपने पिता के साथ किसी पार्टी में गयी होती थी और फ़िरोज़ अपनी किसी महिला मित्र के पास होते थे। वह इन चर्चाओं की सत्यता तो जानती नहीं थी और न ही उसने सत्यता का पता लगाने की कोशिश ही की थी परन्तु वह यदाकदा इन चर्चाओं से विचलित अवश्य हो जाया करती थी। उसमें तनाव ऐंठने लगता था पर वह फ़िरोज़ से कुछ कहती-पूछती नहीं थी। वह चुप होकर सब सहे जा रही थी।

एम. ओ. मथाई अवश्य इन्दिरा को सचेत करते रहते थे। पता नहीं क्यों मथाई को फ़िरोज़ की जासूसी करने में आनन्द आता था। वह बराबर उसके कान भरते रहते थे। उधर फ़िरोज़ भी कुछ-कुछ समझने लगा था, अतः वह त्रिमूर्ति निवास में कम, बाहर अधिक रहने लगा था। जब वह त्रिमूर्ति निवास में होता तब प्रायः वह चुप ही रहता। इन्दिरा की कुछ समझ में नहीं आता कि वह क्या करे? एक रात डिनर के बाद इन्दिरा और फ़िरोज़ टैरेस पर आ खड़े हुए तब फ़िरोज़ ने कहा था, "इन्दु, एक बात पूछूँ?"

इन्दिरा ने बिना उसकी ओर देखे कहा, "क्या बात है...? कुछ उद्विग्न हो ...। पूछो, क्या पूछना चाहते हो?"

"चलो, रहने दो।" फ़िरोज़ ने कुछ सोचकर अपना इरादा बदल दिया। उस रात वह नारंगी साड़ी पहने हुए थी और कन्धे पर काश्मीरी शाल लिए थी। बहुत दिनों बाद फ़िरोज़ ने इन्दिरा को इतना खोया-खोया सा पाया था। आत्मलुप्त, विचलित और हताश।

"पूछो भी फ़िरोज़ क्या पूछ्ना चाहते हो?" इन्दिरा ने त्रिमूर्ति भवन के लॉन पर बिखरी चाँदनी पर नज़र गड़ाते हुए कहा, "प्रश्न उठाना चाहा है तो पीछे मत हटो, उससे मुझे पीड़ा होगी।"

फ़िरोज़ बमुश्किल मुस्कुराया। उसकी आँखों के सामने कई दृश्य और आ गये। इस वक़्त इन्दिरा को फ़िरोज़ का मुस्कुराना अच्छा नहीं लगा। फिर भी वह शान्त बनी रही। गहरी साँस लेकर फ़िरोज़ ने कहा, "मथाई है न। वह ज़रूरत

से ज़्यादा आगे बढ़ गया है।''

''वह प्रधानमन्त्री के प्रति उत्तरदायी है। उनकी पसन्द है।'' इन्दिरा ने सहज ही उत्तर दिया।

''वह तो मुझे लगता है कि तुम्हारा भी प्राइवेट सेक्रेटरी है...। हर समय जब भी तुम्हें एकान्त में पाता है या स्वयं फ़ुर्सत में होता है तब तुम्हें आ घेरता है या तुम्हें अपने कक्ष में बुलवा लेता है...। इन्दु यह सब मुझे अच्छा नहीं लगता है।'' फ़िरोज़ ने उखड़े हुए लहज़े में कहा और बेसब्री से उसकी प्रतिक्रिया जानने के लिए प्रतीक्षा करने लगा। इन्दिरा उस वक़्त बहुत दूर अपलक दृष्टि गड़ाये थी।

''नहीं, ऐसी कोई बात नहीं है। पापु के कारण उससे मिलना पड़ता है, वह मेरे पापु का व्यक्तिगत निजी सचिव है।'' इन्दिरा ने सहज स्वभाव से अपनी स्थिति का खुलासा किया।

''तुम्हारी बुआ विजयलक्ष्मी पंडित की भी मथाई के बारे में यही राय है कि वह नेक इन्सान नहीं है।'' फ़िरोज़ ने पुनः कहा और खिड़की पर झूल रहे परदे की ओर ऐसे देखने लगा मानो वह परदा न होकर इन्दिरा का मन हो, जिसमें वह झाँकने का प्रयत्न कर रहा हो।

''तुम्हें मुझ पर भरोसा करना चाहिए। अफ़वाहों पर ध्यान नहीं देना चाहिए। लगता है, यहाँ तुम्हारा मन उखड़ा-उखड़ा रहता है...। ऐसा यहाँ कुछ नहीं है, जैसा तुम सोचते हो। बात दरअसल यह है कि हमारे शत्रु बहुत हैं...। वे तुम्हारे बारे में भी कहते हैं, पर मैं उन्हें फटकार देती हूँ। प्लीज़ ऐसा-वैसा सोचकर परेशान मत रहा करो।'' इन्दिरा के स्वर में विश्वास व सहानुभूति थी। फ़िरोज़ उससे बहुत कुछ शान्त हो गया।

''तुम जनता के प्रतिनिधि हो। तुम रायबरेली का लोकसभा में प्रतिनिधित्व करते हो और इण्डियन एक्सप्रेस संस्थान के व्यवस्थापक हो। धैर्य से काम लो। विपक्ष हम पर पूरी नज़र रखे है। राजनीति कुलटा है...। मुझे और कुछ नहीं कहना है। केवल अपनी बात मिसाल के तौर पर रखनी है। मैंने साड़ी खरीदी थी। इस पर 'ब्लिट्ज' ने मेरे खिलाफ़ अपमानजनक लेख छापा। कैलाशनाथ काटजू की सलाह से 'ब्लिट्ज' को नोटिस भेजा गया। उसने मुखपृष्ठ पर क्षमा याचना छापी। परन्तु हर बार तो ऐसा नहीं होता है कि नोटिस दिया जाये। कितने ही कड़वे घूँट पी जाने पड़ते हैं...। पापु तुम्हारे बारे में चिन्तित रहते हैं। तुम उनसे बराबर दूर बने रहते हो। इस नाराज़गी का कारण समझ में नहीं आता...। तुम भी थोड़ा हाथ आगे बढ़ाओ...। 'इण्डियन एक्सप्रेस' के स्वामी रामनाथ गोयनका ने तुम्हें...।'' फ़िरोज़ बीच में ही उबल पड़ा और बोला, ''वह नौकरी तुम्हारे पिताजी की वज़ह से नहीं, रफी अहमद किदवई की वज़ह से मुझे मिली है।''

''रफी साहब पापु के अज़ीज़ दोस्त हैं...। मान लो, उनकी वजह से भी मिल जाती तो उससे तुम्हारा अपमान नहीं होता—अब वही हमारे-तुम्हारे बुजुर्ग हैं।

हालाँकि उनसे परिवार वालों के लिए कुछ होना नहीं है...। उन्हें दुःख है, फ़िरोज़।" इन्दिरा इतना कह कर चुप हो गयी।

"किस बात का?"

"चलो, छोड़ो इस बात को।"

"इन्दु, तुम्हें बताना ही होगा।"

"इण्डियन एक्सप्रेस के स्वामी गोयनका साहब ने तुम्हें बड़ी औस्टिन कार दी है।"

"हाँ दी है।"

"पापु उसे लेकर चिन्तित हैं।"

"क्यों?" फ़िरोज़ इन्दिरा को घूरने लगा।

"गोयनका साहब ने यह एहसान पापु की वजह से किया है।"

"क्या!" फ़िरोज़ चौंक पड़ा।

"गोयनका साहब शायद गाड़ी वापस माँग लें।" इन्दिरा धीरे से कह गई।

"ठीक है। मुझे गाड़ी लौटाने में दुःख नहीं होगा।" फ़िरोज़ ने बात खत्म करते हुए कुछ तीखे स्वर में कहा, "यदि रायबरेली की सीट भी मुझे आपके पिताजी की वजह से मिली हो तो वह भी लौटा दूँ।"

"फ़िरोज़...!" इन्दिरा ने सँभलते हुए कहा कि इसी वक़्त नौकर उनको बुलाने के लिए आ गया। दोनों गुमसुम से चल पड़े उखड़े से, खिन्न तथा बदलियों से घिरे।

इस तरह जब-तब मौसम के तेवर बदल जाते थे। आये दिन कुछ न कुछ अघटित-सा हो रहा था, जिससे सारा माहौल तनाव से ऐंठने लगता था। कुछ अप्रिय समाचार सिर उठाये थे। आजकल फ़िरोज़ घर में कम नज़र आता था, बाहर ज़्यादा। इस बात को लेकर चर्चा गर्म हो चली थी। सन् 1955 में इन्दिरा को कांग्रेस की कार्यकारिणी समिति में सम्मिलित किया गया। फ़िरोज़ सन् 1956 में पुनः लोकसभा का चुनाव जीत गया। वह अच्छा सांसद होने की पूरी तैयारी कर चुका था। डालमिया जैन उद्योग समूह के एक प्रतिष्ठान 'भारत बीमा कम्पनी' द्वारा धन के दुरुपयोग वाले मामले को लोकसभा में उठाकर उसने तहलका मचा दिया था। परिणामतः सरकार को जाँच आयोग बिठाना पड़ा और रामकृष्ण डालमिया को अन्ततः सज़ा भुगतनी पड़ी। त्रिमूर्ति भवन में उसे दिक़्क़त होने लगी थी। वहाँ वह हर एक से मिल नहीं सकता था। वह अपने क्षेत्र से आये नागरिकों की सेवा करना चाहता था कि तभी एक गरमागरम शोशा हवा में फिर तैरने लगा। शोशा था—आकाशवाणी में काम करने वाली उत्तर प्रदेश सरकार के एक मुस्लिम मन्त्री की जवान लड़की से फ़िरोज़ के इश्क का। और बात यहाँ तक आ पहुँची थी कि वह उस लड़की से शादी कर रहा है और उसने इन्दिरा से इसके लिए अनुमति प्राप्त कर ली है। वह दोनों बच्चों में से एक की अभिभावक भी बनना चाहती है, उसके लिए इन्दिरा ने साफ़ इनकार कर दिया। फलतः फ़िरोज़ ने अपना विचार बदल दिया। वस्तुतः

वह अन्दर से टूट चला था। वह स्वाभिमानी है। रिश्तेदारी का लाभ उठाने की बात तो वह कल्पना में भी नहीं सोच सकता है। वह गरीबों का मददगार है। कुली, पोस्टमैन, धोबी, टैक्सीवाला, इक्के ताँगे वाला, मज़दूर, किसान, खोमचावाला आदि उसके पास अपनी-अपनी समस्या लेकर आते हैं। वह बड़ी तल्लीनता से उनकी बात सुनता है। उनकी यथासम्भव सहायता भी करता है।

इन्दिरा जनता के नज़दीक आ रही थी। सन् 1956 में अपने पिता के निर्वाचन क्षेत्र फूलपुरा के ग्यारह सौ गाँव में वह गयी थी और वहाँ भाषण भी दिये थे। उसका जीवन अब सार्वजनिक हो चला था। इधर हिन्दू कोड बिल का प्रावधान किया जा रहा था। यह चर्चा पुनः गर्म हो चली थी कि हिन्दू कोड बिल इसलिए लाया जा रहा है ताकि इन्दिरा को तलाक मिल सके।

फ़िरोज़ ने हरिदास मूँधड़ा काण्ड को लोकसभा में उठाकर तत्कालीन वित्तमन्त्री टी.टी. कृष्णामाचारी की कलई खोल दी। राष्ट्रीयकृत जीवन बीमा निगम द्वारा मूँधड़ा को भारी कर्ज़ दिया गया था। इसकी न्यायिक जाँच बम्बई हाईकोर्ट के मुख्य न्यायाधीश मु. क. छागला से करायी गयी। इस सनसनीखेज कांड से पं. नेहरू बहुत दुःखी हुए। टी. टी. कृष्णामाचारी वरिष्ठ मन्त्री के अतिरिक्त योग्य मंत्रियों में से थे।

फ़िरोज़ स्वयं ही इस काण्ड के प्रमुख साक्षी था। उसने एक के बाद एक प्रमाण प्रस्तुत कर यह सिद्ध कर दिया कि वित्त मन्त्रालय से भारी चूक हुई है। इसका परिणाम यह हुआ कि वित्तमन्त्री पद से टी. टी. कृष्णामाचारी को तुरन्त ही इस्तीफ़ा देना पड़ा।

फ़िरोज़ की मशीनों में बड़ी दिलचस्पी थी। इस कारण वह त्रिमूर्ति भवन छोड़कर एम.पी. फ़्लैट में चला आया। वहाँ गैराज़ में एक लेथ मशीन लगा ली। वह खाली वक़्त में उससे फूलदान बनाया करता था और उन फूलदानों को बेचकर, उनसे जो आमदनी होती थी, उसे गरीबों में बाँट दिया करता। राजीव-संजय के टूटे खिलौने जोड़ना या उनके खराब खिलौने ठीक करना उसका शौक था। आख़िर तो वह एक मशीन इन्जीनियर का पुत्र है...उसके पिता जहाँगीर फरदून मरीन इन्जीनियर थे और वह बहुत ही कुशल और ईमानदार थे।

मूँधड़ा कांड ने उसको देश-विदेश में चर्चित कर दिया। फिर भी वह एकदम सामान्य बना रहा। उस दिन इन्दिरा भी फ़िरोज़ के फ़्लैट पर आयी थी, जिस दिन मूँधड़ा कांड को सिद्ध करने में उसे कामयाबी मिली थी। वह रंवल टंबल (अण्डों की भुजिया) सामने रखे हुए कुछ सोच रहा था। फ़िरोज़ की बहन की लड़की रत्तू दस्तूर का पत्र उसके सामने था।

घंटी बजी तो वह उठा। दरवाज़ा खोला तो सामने इन्दिरा थी। कई दिनों से वह डिनर पर त्रिमूति भवन नहीं आ रहा था। अन्यथा तो जब से वह एम. पी. फ़्लैट में आया था, तब से वह डिनर त्रिमूर्ति भवन में लिया करता था।

"बधाई, फ़िरोज़!" इन्दिरा ने सच्चे मन से कहा और आन्तरिक खुशी से

भर कर कहा, क्योंकि उसने क़ाबिले तारीफ़ काम किया था। फ़िरोज़ मुस्कुरा कर रह गया। इन्दिरा ने पुनः कहा, "वाकई तुमने ज़बर्दस्त काम किया है।"

"एक दिन मथाई काण्ड भी सामने आयेगा, इन्दु।" फ़िरोज़ ने सहज ढंग से कहा।

"ठीक है।" इन्दिरा मुस्कुरायी और पूछा, "डिनर पर आना क्यों बन्द कर दिया?"

"इन्दु, सच्ची बात कहूँ।" फ़िरोज़ ने सोचकर कहा।

"कहो।" इन्दिरा ने कहा, "पहले इजाज़त दो कि मैं रंवल-टंबल ले लूंगी।"

फ़िरोज़ ने सिर हिला दिया। वह रंवल-टंबल लेते हुए बोली, "अब कहो, फ़िरोज़, क्या कहना चाहते हो! मैं आज तुम्हें ही सुनती रहूँगी। बहुत दिनों से तुम्हें सुना कहाँ है?"

फ़िरोज़ ने महसूस किया कि आज वह पुनः पुराने मूड में है। वह पूछ रहा था, "राजीव-संजय...।"

"मैं आज अकेले आयी हूँ फ़िरोज़।" उसके जुमले में प्यार था और समर्पण। बिलकुल वैसा ही जैसे वह कभी-कभी नंगे पाँव चलते हुए कहती थी, "फ़िरोज़, नंगे पाँव चलते हुए मैं पुलक से भर उठती हूँ और मुझे ऐसा अनुभव होता है, जैसे मैं अपने देश की धरती को स्पर्श कर रही हूँ।" तब वह बच्चों की तरह मचल उठती थी। वह कह रही थी, "पता नहीं क्यों फ़िरोज़ मुझे एकाकीपन अन्दर-ही-अन्दर जकड़े जा रहा है। सोचा, तुम्हें बधाई दूँ...। पहले सोचा टेलीफ़ोन से पता कर लूँ। फिर सोचा, मैं बिना इत्तला दिये तुम्हारे फ़्लैट पर पहुँचूं और तुम्हें सरप्राइज़ दूँ। एक बार मैं डर गयी थी कि कहीं तुम लोगों से घिरे हुए तब...।" कुछ रुककर वह बोली, "तुम कुछ कहना चाह रहे थे, फ़िरोज़।"

"इन्दु, मैं बहुत छोटा इन्सान हूँ और मैं छोटा ही बना रहना चाहता हूँ। मुझे अपने छोटेपन का एहसास ही ज़िन्दा रखे है। त्रिमूर्ति भवन बहुत बड़ा है। तुम्हारे पिताजी की तरह मैं नहीं हूँ। वे बड़े हैं...बहुत बड़े। उदार हैं, ज़रूरत से ज़्यादा। काश! वह कवि या लेखक बने रहते तो...। ख़ैर, वह अब ऐसा नहीं कर सकते...। इस कांड से वह मुझसे बहुत नाराज़ होंगे...। कृष्णामेनन की असलियत जब सामने आयेगी, तब भी उन्हें दुःख होगा। पता नहीं क्यों, इन्दु, मैं अपने पाँव पर कुल्हाड़ी मार कर खुशी का अनुभव करता हूँ...। तुम्हें याद है कि मैं कहा करता था कि आज़ादी के बाद भी यह देश कैसे आज़ाद होगा! उपेक्षित और शोषितों को कैसे आज़ादी की अनुभूति होगी! मुझे क्यों लगता है कि आज़ादी की भागीरथी से एक वर्ग विशेष ही लाभान्वित होकर रह गया है। भ्रष्टाचार पहले से ज़्यादा बढ़ा है। अनीति-नीति बन रही है। संकीर्णता की कशमकश साफ़ नज़र आ रही है। भाषावाद प्रान्त बनाने का ज़ोम लोगों के सिर पर सवार है।" फ़िरोज़ अत्यन्त भावुक हो उठा था। उसमें पीड़ा का उदधि हिलोरें ले रहा था। वह निर्बाध कहता

जा रहा था, "इन्दु कितने ही मूँधड़ा कांड उजागर होने अभी शेष हैं। पता नहीं, वे हो भी पायेंगे या नहीं। कौन करेगा उन्हें उजागर...? सबसे बड़ी बात तो यह है कि आज लोगों का विश्वास सच्चाई पर से उठता जा रहा है। यदि यही हाल रहा तो...मुझे डर लगने लगता है कि...सारा सोच ही पैबन्द लगा दिखने लगे। जिधर देखो, उधर भेड़िया...भेड़ियों की बढ़ती इस जमात से देश का क्या होगा? इन्दु, मेरी कुछ समझ में नहीं आता कि मैं क्या करूँ? अकेला कर भी क्या सकता हूँ।"

"फ़िरोज़, तुम्हारा चिन्तित होना वाज़िब ही है। मेरे पिताजी भी जानते-समझते हैं। उनका सोचना है कि विकास के लिए संघर्षरत देश को इन परिस्थितियों से भी गुज़रना पड़ता है। आचार भ्रष्ट लोगों को रास्ते पर लाने के लिए मिलकर प्रयास करना होता है। यह उत्तरदायित्व केवल सरकार का ही नहीं, सबका है। जब तक सबमें यह चेतना पैदा नहीं होती तब तक इन परिस्थितियों से गुज़रना ही पड़ेगा। इसके अलावा कोई रास्ता भी नहीं है...। तुम किसी की चिन्ता क्यों करते हो, फ़िरोज़? मैं इतना कह सकती हूँ कि तुमने जो कुछ किया, वह असाधारण कार्य है और उससे कांग्रेस के अन्दर नैतिक संहिता के पालन के प्रति जागरूकता आयेगी।" इन्दिरा ने रंवल-टंबल का स्वाद लेते हुए अन्त में एक वाक्य उछाला, "बोलो, इस विजयश्री की खुशी में क्या करना चाहते हो?" ऐसा उसने गम्भीरता को तोड़ कर खुशनुमा माहौल को जन्म देने के लिए कहा ताकि कुछ समय अपने लिए गुज़ारा जा सके।

"तुम क्या चाहती हो!"

"आज तुम्हारा कोई अपॉइंटमेन्ट तो नहीं है?"

कुछ सोचकर फ़िरोज़ ने कहा, "नहीं।"

"तो 'हॉली-डे इन' चलें।" इन्दिरा ने प्रस्ताव किया।

"यानी फरीदाबाद तक।" फ़िरोज़ ने हिसाब लगाया।

"हाँ तुम क्या कहते हो?"

"आज बहुत दिनों बाद अचानक याद कैसे आ गयी 'हॉली-डे इन' की ...? इतनी फ़ुर्सत है क्या?" फ़िरोज़ ने आश्चर्य प्रकट किया।

"है तभी तो...। पर एक शर्त है।" इन्दिरा ने संशय पैदा किया।

"क्या?" फ़िरोज़ उसकी आँखों में झाँकने लगा।

"राजनीति की बातें नहीं होंगी...। टेम्स की याद है न...। आज का दिन टेम्स की याद में...सिर्फ़ टेम्स की याद में।" इन्दिरा ने खुशमिज़ाजी का परिचय दिया।

फ़िरोज़ के सामने इंग्लैण्ड घूम आया।

"तुम शेरो-शायरी करोगे।"

"तुम साथ दोगी?"

"दोहराने में।" कह कर इन्दिरा क़हक़हे लगा उठी। उसका आँचल सरक

आया परन्तु उसने उसके प्रति ध्यान नहीं दिया। उसे खिसकने दिया। आज उसके खिसकने का दिन था। वह आसमान में उड़ती लग रही थी। उसे फ़िरोज़ पर फ़ख्र हो रहा था कि उसने कुछ हटकर दिखाया है लोकतन्त्र में छाये मेचक मेघों को हटाते हुए।

"आज तुम वाकई बहुत खुश हो, इन्दु।"

"और तुम, फ़िरोज़!"

"बहुत, इन्दु...बहुत-बहुत...। ठीक है, आज हम साथ-साथ एक बार फिर जी उठेंगे पुराने वादेनुमा अनुबन्ध के अनुसार...। याद है, तुमने कहा था...प्यार स्पर्श से नहीं, अनुभूति से महकता है।"

इन्दिरा पल भर के लिए आत्मविभोर हो उठी। अतीत का कल्पनालोक घूँघट उठाकर मुस्कुरा उठा। वे दोनों 'हॉली-डे इन' के लिए रवाना हो गये। इन्दिरा आज उड़ी जा रही थी। वह बहुत संकोच से सन् 1959 में हैदराबाद में अन्तरिम कांग्रेस की अध्यक्ष बनने का तैयार हुई थी। कामराज ने उसे अध्यक्ष बनवाया था। फ़िरोज़ ने उसके अध्यक्ष बनने पर कोई प्रतिक्रिया ज़ाहिर नहीं की थी। लेकिन वह ठीक उसके विपरीत आज उसकी विजय पर खुशी मनाने आयी है। एक बार उसने कहा था, "फ़िरोज़, तुम नहीं चाहते कि मैं सार्वजनिक क्षेत्र में काम करूँ तो मुझे रोक सकते हो। फिर मैं भाग नहीं लूँगी...। लेकिन मुझसे यह बर्दाश्त नहीं होगा कि तुम अन्दर-ही-अन्दर इस विषय पर क्षुब्ध और परेशान रहो।" फ़िरोज़ ने इस पर कुछ नहीं कहा। वह मुस्कुरा कर रह गया। यह उसे क्या होता है कि वह चाहकर भी उससे कुछ नहीं कह पाता। कभी-कभार उसे लगता था कि उसे कुछ कहना चाहिए। पर क्या कहना चाहिए, यह वह कभी तय नहीं कर सका। आज अचानक उसका स्नेहिल अतीत उसे प्रेमावृत किये जा रहा था।

बारम्बार उसे उस दिन की याद आ रही थी, जबकि उसको पहली बार सन् 1958 में दिल का दौरा पड़ा। इन्दिरा तब सरकारी मिशन पर नेपाल गयी हुई थी। सूचना प्राप्त होते ही वह तुरन्त लौट आयी थी। उसने उसकी रात-दिन जी-जान से सेवा की थी। फ़िरोज़ के ठीक होने पर वह उसे लेकर कश्मीर चली गयी थी। वहाँ वे दोनों दीन-दुनिया को भूल कर कुछ समय के लिए प्रकृति के मनोहारी रूप में खो गये थे।

मूँधड़ा कांड से टी. टी. कृष्णामाचारी को पद छोड़ना पड़ा। रामनाथ गोयनका कृष्णामाचारी के मित्र थे। इसका नतीजा यह हुआ कि फ़िरोज़ को 'इण्डियन एक्सप्रेस' की नौकरी से हाथ धोना पड़ा। परन्तु इससे वह टस से मस नहीं हुआ और अपने सिद्धान्तों पर अटल रहा।

2 सितंबर, 1960 को फ़िरोज़ को फिर छाती में दर्द उठा। डॉक्टर उसे बराबर आराम की सलाह दे रहे थे और वह लगातार डॉक्टर के परामर्श को मानने में टालमटोल करता रहा। वह लोकसभा की बैठकों में जाने से नहीं रुका। कोई रोकने वाला

था क्या? वह अपने आपको एकदम अकेला महसूस करता था। फिर कौन रोकता? वह अकेले ही मोटर चला कर नर्सिंग होम पहुँचा। इस बार पहले से तेज़ दौरा पड़ा था। इन्दिरा केरल से भागी-भागी आयी। इस बार फ़िरोज़ अपने आपसे रूठा हुआ था। कुछ बोला नहीं। इन्दिरा इससे क्षुब्ध और उद्विग्न हो उठी। कुछ दिन पहले ही उसने विमला सिंधी (विम्मी) को पत्र में लिखा था...''मुझे सबका भरपूर प्यार मिला...। मगर ये दिन बड़ी परेशानी से गुज़र रहे हैं। फ़िरोज़ अस्वस्थ है। वह मुझे कुछ भी करने से मना कर देता है। मैं उसके लिए बेहद चिन्तित हूँ। पर नहीं जानती कि मुझे क्या करना चाहिए। वह बहुत दुबला-पतला हो गया है।'' वह नहीं समझ पा रही थी कि फ़िरोज़ को यह क्या हुआ है? सन् 1960 की जून में वह और फ़िरोज़ कश्मीर गये थे। वहाँ शेख साहब की मेज़बानी 'इन्जॉय' की थी। हाउस बोट में आनन्द से वहाँ लगभग दो माह रहे थे और एक बार पुनः उन्होंने एक-दूसरे को समझा था। अगस्त में लौटे थे और अब सितम्बर की शुरुआत ही थी कि पुनः उसको दिल का दौरा पड़ गया। इस बार वह घबरा उठी थी। फ़िरोज़ की आँखों में शून्य था। वह कुछ बोल नहीं रहा था। 7 सितम्बर की रात उसने फ़िरोज़ के सिरहाने बैठकर काटी।

फ़िरोज़ के जीवन के लिए प्रार्थनायें की जा रही थीं। अनेक धर्मावलम्बी प्रार्थना कर रहे थे। अभी-अभी तो उसने लोकसभा में अपनी उपस्थिति का महत्त्व कायम किया था। कांग्रेसी और कांग्रेस विरोधी भी उसके पक्षधर थे। उसकी पैनी दृष्टि, समर्पित होने की अन्यतम भावना, दीन-दुखियों के प्रति अत्यधिक लगाव, समाजवादी नज़रिये से दुनिया देखने की उत्कट आकाँक्षा और सामान्य जन के बीच में जीने की तमन्ना से सभी वर्ग के लोग सम्मोहित थे। उसने स्वयं जीने की कला को अपने में विकसित किया था। उसने एक बार इन्दिरा से कहा था, ''इन्दु, त्रिमूर्ति छोड़ने के पीछे प्रमुख कारण यह है कि मैं अपने ज़मीर के प्रति न्याय कर सकूँ। इस देश की करोड़ों-करोड़ जनता गरीब है, घनघोर अभावों की अमावस्या के बीच किसी तरह जी भर रही है, वह दिग्भ्रमित है, अशिक्षित है और किसी की रहनुमाई की अभिलाषी है। उसको अपना हमदर्द चाहिए। वह अपने सुख-दुःख को किसी से कहना चाहती है। उसे त्रिमूर्ति की सुरक्षा व्यवस्था से निराश होकर लौट जाना पड़ता है। इन्दु, यह मुझसे बर्दाश्त नहीं होता है। आख़िर मेरा लोकसभाई होने का मतलब क्या है?''

इन्दिरा उसे रोक नहीं सकी। कई बार सोचा कि वह भी उसके साथ एम. पी. फ़्लैट में आकर रहने लगे। उससे उसे सुकून मिल सकेगा। कहीं वह अपने में उसका अभाव पाकर बेचैन तो नहीं हो उठता है। कश्मीर में वह कितना खुश था। डल झील जब पूर्णिमा में रजत जैसी चमक उठी थी, तब वह शेरो-शायरी करने लगता था। उसमें एक नन्हा-सा अबोध दिल था। वह दिल प्यार से लबालब था।

कश्मीर जाने से पहले वह यदाकदा सोच जाया करती थी कि फ़िरोज़ को उसके पिता के गृह में रहने से तकलीफ़ है। कश्मीर में उसने इस सम्बन्ध में खुलकर

चर्चा की थी। फ़िरोज़ ने साफ़ इनकार करते हुए कहा था, "इन्दु, मुझे ज़रा सी भी तकलीफ़ नहीं है। लोगबाग मेरे अलग रहने को अन्यथा ले रहे हैं, उससे तुम्हें तथा तुम्हारे डैड को ज़रूर तकलीफ़ होती होगी। मुझे यह तकलीफ़ ज़रूर है कि हमारे सम्बन्धों के बारे में मित्र व विरोधी इतने चिन्तित हैं, जितने वे अपने फ़र्ज़ के बारे में नहीं हैं।" इन्दिरा क्या कहती। वह एक सच्चाई पर से परदा उठा रहा था और उसे इस बिन्दु पर सोचने के लिए आमन्त्रित कर रहा था।

वहाँ इन्दिरा फ़िरोज़ का प्यार पाकर निहाल हो गयी थी। उसने कहा था ...हमने वहाँ पूरा अवकाश मनाया।[1] उसके लिए अवकाश का अर्थ था अवकाश! चिन्तारहित और स्वछन्दता के साथ-साथ जीने के वे मधुसिक्त लम्हे उनकी ज़िन्दगी के यादगार ख्वाब जैसे थे। सारे शिकवा-शिकायत धुल-धुल गये थे। वहाँ उन दोनों के बीच कुछ था तो वह प्यार था, मात्र प्यार! मौज-मस्ती थी! ज़िन्दगी थिरक उठी थी! उन्होंने महसूस किया था कि उन्हें खोयी हुई सौगात मिली है और वे रातोरात मालामाल हो गये हैं।

इन्दिरा बार-बार पलकें बन्द किये फ़िरोज़ को अपने में तलाशती और ईश्वर से दुआ करती कि फ़िरोज़ को स्वस्थ कर दे। वह ठीक से कुछ नहीं सोच पाई कि वह अब क्या करे? बारम्बार वह उसके हाथ को अपने हाथ में लेती और उसकी ओर अपलक दृष्टि से देखने लगती।

फ़िरोज़ चेत में नहीं था। उसके होंठ यदाकदा खुलते और अन्दर-ही-अन्दर फुसफुसाहट कर रह जाते। कदाचित वह उसको छोड़कर केरल नहीं जाती और उसे आराम करने के लिए विवश कर पाती तो वह इस ख़तरनाक आक्रमण की चपेट में कभी नहीं आता। उसको कहने-सुनने वाला कोई नहीं था।

हे प्रभु! उसकी रक्षा करो! वह पवित्र आत्मा है। दिन-रात वह गरीबों की सेवा में लगा रहा। प्रभु उसकी रक्षा करो...! यह कहते-कहते उसके सामने प्रकाशलोक महकने लगता। वह सुनती कि माहौल में जीवन-गीत धीरे-धीरे तरंगित होने लगा है।

8 सितम्बर, 1960—अभी पौ भी नहीं फूटी थी। समन्दर शान्त सोया पड़ा था। एक बार हल्के से फ़िरोज़ ने आँखें टिमटिमायीं। उसके होंठ हिले। उसने इन्दिरा का हाथ अपने हाथ में लिया और अचानक आँखें बन्द कर लीं। इन्दिरा ने कहा, "फ़िरोज़, अब मैं तुम्हें छोड़कर कहीं नहीं जाऊँगी...कभी भी नहीं जाऊँगी...पिताजी के पास भी नहीं...। प्रॉमिस, फ़िरोज़, प्रॉमिस।" वह कहे जा रही थी, "फ़िरोज़, सुन रहे हो न। अभी तुम्हें लोकसभा की कार्यवाही में भाग नहीं लेना था। ज़रा स्वस्थ हुए कि काम में जुट गये...। ग़लती तो मेरी थी कि मैं तुम्हें अकेला छोड़कर

---

1. वेट्टी फाइडेन, हाउ मिसेज़ गाँधी शटर्ड 'दि फेमिनिन मिस्टिक'—'लेडीज़ होम जर्नल, मई 1966

चली गयी। केरल की समस्या होती तो यदि मैं नहीं जाती तो कोई और सुलझा लेता।''

फिर भी फिरोज़ निरुत्तर रहा।

''फ़िरोज़ आज मुझे बोल लेने दो...। याद है न तुमने कश्मीर में मुझे सम्बोधित करते हुए कबीर का यह दोहा सुनाया था—

कबीर कबीर क्या कहे, जा जमुना के तीर।
एक गोपि के प्रेम में, बह गये कोटि कबीर।।

...सुन रहे हो कबीर, कि मैं क्या बकझक किये जा रही हूँ।'' इन्दिरा को अनुभव हो रहा था कि कर्माधिक के कारण यदाकदा उसे विस्मृति आ घेरती है, परन्तु उस विस्मृति में भी एक आन्तरिक स्मृति की विद्युत-छटा आभासित होती रहती थी।

इन्दिरा ने पलटकर देखा तो देखती रह गयी। फ़िरोज़ की गरदन एक ओर लुढ़क गयी थी। वह फफक पड़ी। उसने अपने को अकेले कमरे में बन्द कर लिया! शून्य में आँखें गड़ाये वह अपने में विस्मृत होती गयी कि यह क्या हो गया? कैसे हो गया? फ़िरोज़ नहीं रहा और मैं हूँ...। पर क्यों? मुझे नहीं होना चाहिए। वह छटपटा रही थी। रह-रह कर उसके मस्तिष्क में तेज़ गड़गड़ाहट के साथ बिजली चमक रही थी। उसके होंठों पर जड़ता का ताला लग चुका था। इसके बाद अब?

वह दीवारों को आँखें फाड़-फाड़ कर देख रही थी। रह-रह कर उसकी निगाहें शय्या पर पड़े अपने प्यार पर जा टिकती थीं। यह क्या हो गया? अब उसके सामने सारा कमरा घूम रहा था चक्रवात की तरह! काश! भूकम्प आ जाता और वह उसमें समा जाती।

उसने यह कभी नहीं सोचा था...स्वप्न में भी नहीं। क्या यह सोचने की बात थी? व्यक्ति ऐसा तो शायद कभी नहीं सोचता! भूल से भी नहीं।

उसके परिवार से दादा गये, दादी गयी और कई गये पर उसने नहीं सोचा। वह मन मार कर रह गयी और उनकी स्मृतियों में खोने लगी।

हाँ, जब माँ गयी थी तब वह ज़रूर पत्थर हो गयी थी। उसमें आसमान डोल गया था। उसके पाँवों तले से धरती खिसक गयी थी। तब भी वह नहीं जानती थी कि मम्मी यों चुपचाप चली जायेगी, बिना बताये, बिना आहट दिये, टूटे स्वप्न की तरह! उस रात तो उन्होंने कहा था, ''इन्दु, तू प्रायः गुमसुम क्यों बनी रहती है, तेरी उम्र तो जी भर कर हँसने-हँसाने की है। फ़िलॉस्फर का लबादा ओढ़ने की नहीं है।''

इन्दिरा कुछ नहीं बोली। उसे अपनी मम्मी के निरन्तर गिरते स्वास्थ्य की चिन्ता थी। तब वे सब स्विट्ज़रलैण्ड में थे लुजान के सेनिटोरियम में और कमला अपनी मृत्यु से एक दिन पहले इन्दिरा से बात कर रही थी। इन्दिरा को चुप पाकर

कमला ने कहा, "कुछ बोलती क्यों नहीं, इन्दु...। मुझे तेरी चिन्ता है।"

"क्यों, मम्मी, क्यों; मैं ठीक तो हूँ...। यह इतनी सुन्दर और आकर्षक जगह है। जिधर देखो, उधर ही सौन्दर्य छलका पड़ता है। वह बोलने कहाँ देता है।"

"मैं तेरी माँ हूँ इन्दु। तुझे अच्छी तरह से समझती हूँ। शायद सबसे ज़्यादा।"

इन्दिरा ने कमला की ओर देखा। उसके रक्तहीन चेहरे और होंठों पर अनचाहे विषाद की छाया थी।

"वो ठीक है, मम्मी। पहले आप स्वस्थ हो जायें, फिर...।"

"फिर क्या इन्दु?"

"ममा, मानो तो मैं बिलकुल ठीक हूँ।...मेरा कुछ नेचर ऐसा है कि...।"

"उसके लिए भी हम ज़िम्मेदार हैं, इन्दु। तेरे दादा-दादी होते तो मुझे कोई चिन्ता नहीं घेरती। तेरे पापु को घर-गृहस्थी से कोई वास्ता नहीं रहा।" कमला सोचते हुए कह रही होती।

"प्लीज़ ममा, आप चिन्ता छोड़ें। मेरी ओर से एकदम बेफिक्र रहें। मुझे कुछ नहीं होगा।"

"तुझे कभी कुछ नहीं होगा, इन्दु। तू बहादुर बेटी है...। परन्तु मैं तेरे जैसी बहादुर नहीं हूँ...। हम तेरा ध्यान नहीं रख सके। तेरी पढ़ाई डिस्टर्ब होती रही।"

"ना ममा, ना, ऐसा कुछ नहीं है...। अपना देश बीमार है। पहले वो स्वाधीन हो, सबसे ज़रूरी यह है।"

"तू मेरी बात को उड़ा मत, इन्दु। मेरे पास वक़्त कम है।"

"ममा," इन्दिरा नाराज़ होती हुई कहती, "इसका मतलब मैं जाऊँ।"

"बात रूठने की नहीं है, इन्दु। न मेरे-तेरे या और किसी के वश की है। मेरे कहने से भी कुछ होने वाला नहीं है। तू आज मेरे पास बैठी रह। मैंने तेरे पापु को भी रोक लिया है। मुझे लगता है...क्यों लगता है वह मैं नहीं जानती। पगली, हमें यथार्थ से आँख नहीं चुरानी चाहिए।"

"क्या बात है, ममा?" इन्दिरा ने कुछ सोचकर कहा।

"तेरे पापु तेरा ध्यान नहीं रख पायेंगे...। प्रायः पुरुष से यह सम्भव नहीं है। यह स्वभावगत बात है...। तुझे हर फ़ैसला अपने आप अकेले लेना है। तेरी कोई मदद करने वाला नहीं है...। तेरी बुआ तो बिलकुल नहीं। फिर और कौन बचता है...। हमारा परिवार भारतीय परम्पराओं और विचारों वाला रहा है। मेरी माँ, मेरे बापू और सब भारतीय रंग-ढंग में विश्वास करने वाले। जबकि यहाँ का माहौल भारतीय नहीं है।"

"ममा ऐसा कुछ नहीं है। यहाँ भी सब...आखिर सारा परिवार आज़ादी की लड़ाई में अपने को झोंक चुका है।"

"इससे मैं कहाँ इनकार करती हूँ इन्दु। पर मुझे तेरी चिन्ता है।"

"वो क्यों, ममा?...आप अपने दिमाग पर ज़ोर न दिया करो, वह सेहत के लिए ठीक नहीं है।"

कमला ने तनिक तेज़ स्वर में कहा "मुझे सेहत का उलाहना मत दे, इन्दु। मुझे फिक्र है तो यह है कि फ़िरोज़ यहाँ भी आ गया। मना भी किया पर वह नहीं माना।"

"तो क्या हुआ? मैं उसे जवाब दे चुकी हूँ।...यह तो उससे नहीं कहा जा सकता कि वह नहीं आया करे।...फिर भी, माँ, तुम उससे कुछ भी कह सकती हो।"

"मैंने तेरे पापु से यह सब कहा था। पर मेरी बात पर उन्होंने ध्यान नहीं दिया। सोचती थी कि आखिर तुझसे साफ़-साफ कह दूँ। मेरे बाद तो...।"

"ममा, प्लीज़ ऐसा मत बोलो।"

"यहाँ के परिवार में तो गैर ब्राह्मण में रिश्ते हुए हैं।"

"तो?" इन्दिरा ने कमला को घूरा।

"तू सँभल कर रहना।"

"आप चिन्ता नहीं करें, मैं ऐसा नहीं करूँगी।"

"मुझे तुझ पर विश्वास है।...फ़िरोज़ को मैं बुरा लड़का नहीं मानती परन्तु आड़ में वह तेरे पर निगाहें टिकाये है, यह मुझे पसन्द नहीं है।...वह तेरे लायक नहीं है।...ईश्वर न करे कि ऐसा हो।"

"ममा, ऐसा नहीं होगा। कदापि नहीं। अब तो खुश हो ना।"

"तू मुझे खुश करने के लिए कह रही है। तू मेरी खुशी जानना चाहती है तो सुन, मेरी खुशी तू है। तूने वादा किया है कि...।"

"हाँ...ममा, हाँ, किया है।"

और दूसरे दिन कमला नहीं रहीं। वह जो नहीं चाहती थी, वही हुआ। लगभग दो दशक...उससे डेढ़ेक वर्ष कम का वैवाहिक जीवन बहुत कुछ तनाव, एकान्त और परिस्थितियों के दबाव में बीता। उसे पति को समझाना टेढ़ी खीर हो गया। फ़िरोज़ को अच्छा नहीं लगता कि उसकी पहचान उसके पापु से बने। वह उसे लेकर अलग रहना चाहता था। एक बार उसने उसे समझाया, "फ़िरोज़, बुरा मत मानना क्या मेरे पापु तुम्हारे कोई नहीं हैं? मैं उनकी पुत्री हूँ। उन्होंने अपना सारा जीवन देश को दे दिया और अब वे देश को बनाने में जुटे हुए हैं...एकदम अकेले, इसलिए।"

"मुझे घर दामाद नहीं बनना।"

"तुम उन्हें पिता का दर्जा नहीं दे सकते, फ़िरोज़ जबकि मैं...। आखिर में तुम्हारे मम्मी-पापा और उनमें फ़र्क़ क्या है। काश, वे होते तो..।"

"तो भी समस्या अपनी जगह पर होती इन्दु।"

"कोई ज़रूरी नहीं। उनका कोई नहीं है। मैं समझ सकती उनकी स्थिति, फ़िरोज़। आज़ादी मिल गयी, अब उसका दोहन करने वाले उनको घेरने लगे हैं।

एक-एक कर वे लोग कूच कर गये, जिनसे आज़ादी के शाश्वत मूल्यों को सींचा जाता और एक नया समाज बन पाता। उनकी यही पीड़ा है।...इसीलिए...शायद तुम्हें नहीं मालूम कि...।'' इतना कहकर इन्दिरा चुप रह गयी।

फ़िरोज़ में जिज्ञासा हुई। उसने पूछा, ''क्या, इन्दु?''

''उन्होंने जे.पी. (जय प्रकाश नारायण) को बुलवाया था। समझाया था कि यह क्या हो रहा है। आज़ादी के लिए हम सब एकजुट थे और अब एक-दूसरे से अलग। अब सरदार भी नहीं हैं। मैंने डॉक्टर (लोहिया) को सन्देश पहुँचाया था। जबकि आज देश को उन सबकी बहुत ज़रूरत है। याद रखना, सत्ता में चाहे तुम आ जाओ पर यदि यही हाल रहा तो तुम भी कुछ नहीं कर पाओगे। हालात अन्दर से ठीक नहीं हैं।...हम सब फिर से एक जुट हो जायें तो...। माना कि हम में वैचारिक मतभेद हैं, तरीक़ों में मतान्तर हैं। फिर भी, हमारी एकजुटता ऐसी ताक़त बनकर उभरेगी कि फिर सत्ता में घुसपैठ करने वाले खिसकने लगेंगे।... मुझे क्या चाहिए? तुम्हें क्या चाहिए? फिर इस मुल्क की ख़ातिर...आख़िर यज्ञ में आहुति भी तो दी जाती है। आज़ादी पाने में कितनी गुमनाम आहुतियाँ दी गयीं। मेरी बात मानो। मतभेद छोड़ो और मिलकर काम करो, आज मुल्क को इसकी सख़्त ज़रूरत है।'' इन्दिरा इतना कहकर चुप हो गयी। फ़िरोज़ भी गुमसुम रह गया। कुछ देर बाद अचानक उसने पूछा, ''इन्दु, फिर क्या हुआ?''

''तुम देख तो रहे हो कि...।''

''वे सब एक नहीं हुए।''

''देखो फ़िरोज़, यही वह कारण है कि मैं...। तुम से आशा करती हूँ। मुल्क की क़िस्मत बनाने के लिए ही सही परन्तु...। एक प्रधानमन्त्री का अकेलापन ...तुम शायद समझ पाओ।...ख़ैर, मेरा कोई ज़ोर नहीं है। फ़िरोज़, नारी की ज़िम्मेदारी क्या होती है, उसे स्वयं उसके कोई दूसरा नहीं जान सकता।'' इन्दिरा जो कुछ कह सकती थी, कह गयी। यह जानते हुए कि फ़िरोज़ की सोच दूसरी है। कैसे कह दिया था तब, जब अपने घर, लखनऊ में, राजीव को लिए वह पतंग उड़ा रहा था। उसने पूछा था, ''फ़िरोज़, यह क्या हो रहा है?''

''राजीव अड़ गया था।''

''तो?''

''तो क्या तुम भी मदद करो, चरखी पकड़ लो। फिर देखो,...क्यों राजीव, सबकी पतंग काट दें।''

''हाँ पापा...।'' राजीव खुश हो लिया था।

''कुछ तो सोचो, फ़िरोज़, अब तुम बच्चे नहीं रहे।''

''राजीव, तो बच्चा है। हमें भी बच्चे के साथ बच्चा हो जाना चाहिए, इन्दु।''

''तुम उसे बिगाड़ कर रहोगे।'' इन्दिरा ने मुस्कुराते हुए कहा।''

"एक सड़क छाप से और क्या उम्मीद की जा सकती है।" फ़िरोज़ ने पतंग की डोर बढ़ाते हुए कहा। वह कुछ गम्भीर हो गया। उधर पेच भिड़ गये थे।

"पापा? काटो।" राजीव चहका।

"अपनी मम्मी से तो पूछो।"

"पापा, अच्छे पापा।"

आकाश में दो पतंगों के बीच पेच लड़ गये थे। वह ढील देता जा रहा था। दोनों पतंगें हिचकोले खा रही थीं। पल भर के लिए इन्दिरा भी रुक गयी।

"वो काटा।" राजीव खुशी से चिल्ला उठा। अब फ़िरोज़ डोर घड़ी करने लगा। उसने धीरे से कहा, "इन्दु, यह तीन मूर्ति भवन में सम्भव नहीं है।"

"तुम सच कहते हो, फ़िरोज़।"

इन्दिरा ने फ़िरोज़ का बुरा नहीं माना। उसने आगे कहा, "हर जगह के अपने-अपने प्लस-माइनस प्वाइन्ट होते हैं।"

"क्यों नहीं, इन्दु, ज़रूर होते हैं। परन्तु पसन्द भी हर एक की अपनी-अपनी होती है।"

"मम्मी-मम्मी, पापा ने आपकी घड़ी ठीक कर दी।"

"थैंक्स, फ़िरोज़।"

"जानती हो, इन्दु, मेरे पिता जी मरीन इंजीनियर थे। उनका असर जा तो नहीं सकता।...मैं अन्दर से आज भी एक मैकेनिक हूँ। शायद जीवन भर रहूँ। वह मेरे जीवन का यथार्थ है। बस...राजनीति मुझे रास नहीं आती। मुझे खुला आकाश चाहिए, खुले लोग चाहिए और उनका सुख-दुःख चाहिए। अपनी छत अपनी होती है। मैं हवा में उड़ने का शौक नहीं पालना चाहता। रोक-टोक से मुझे सदा परहेज़ रहा है। साधारण इन्सान हूँ, सादा जीवन जीना चाहता हूँ। सारे लोगों के बीच रहना चाहता हूँ। कल प्रेस की मशीन अटक गयी थी। मिस्त्री नहीं मिला तो इन्दु, मुझे मिस्त्री बन जाना पड़ा। मेरे कपड़े भी खराब हो गये और हाथ भी। एक घंटा लग गया।...तुम्हारा मैनेजिंग डायरेक्टर कल एक मामूली मिस्त्री बना हुआ था।"

इन्दिरा अन्दर-ही-अन्दर घबरा उठी। वह कल तो तीन मूर्ति चलने के लिए राज़ी हो गया था और आज? उसकी ऊपर की साँस ऊपर, नीचे की नीचे। उससे कुछ बोला नहीं गया। वह थूक गटक कर रह गयी।

फ़िरोज़ इन्दिरा की उदासी को बर्दाश्त नहीं कर सका। वह धीरे से बोला, "मादाम इन्दु, ये खानसामा आपकी ख़िदमत में सदा हाज़िर रहा है, तब भी जब तुमने लुजान में आखिर कह डाला था, फ़िरोज़, ममा नहीं चाहती। मैंने कहा था कि मैं नहीं आऊँ। शायद तुम भी यही चाहती हो...।...तब मैं आगे नहीं कह सका था। परन्तु मन-ही-मन मैंने कह डाला था, 'इन्दु, ये दिल पागल है, यह किसी की नहीं सुनता, नहीं मानता। मेरी भी नहीं मानता। उसका क्या करूँ।' कहा तो

तुम्हारे पापु ने भी था पर प्यार पहाड़ की ऊँचाई नहीं जानता और न थार के अँधड़-तूफ़ान, एक बार चल पड़ते हैं तो घंटों दम नहीं लेते। उन्हें किसी की परवाह नहीं होती।''

इस बीच राजीव पतंग और चरखी लेकर अन्दर चला गया था। वे बाहर थे, बग़ीचे में। फ़िरोज़ तेज़ी से इन्दिरा की ओर आया और उसने फुर्ती से उसे बाँहों में भर कर नचा डाला। इन्दिरा की एक नहीं सुनी। हाँफते हुए कहा, ''इन्दु, लव इज़ ब्लाइंड ऑलवेज़। मैंने प्यार किया है, कोई मज़ाक नहीं।''

''प्लीज़ छोड़ो।''

''प्यार छोड़ने के लिए नहीं किया जाता, इन्दु। वह तो ताज़िन्दगी का बुखार है, बूढ़े हो जाने पर भी यह पगला नहीं मानता। यदि मान जाये तो वह प्यार ही क्या।''

''वो राजीव।''

''प्यार किसी के बहकावे में भी नहीं आता, इन्दु।''

''कोई देख रहा है।''

''तो वह जलेगा।'' इतना कहकर फ़िरोज़ ने उसके कई बार चुम्बन ले डाले। इन्दिरा निढाल होकर रह गयी। जब वह फ़िरोज़ की बाँहों से मुक्त हुई तब वह हाँफ रही थी। वह कनखियों से उसे देखकर कहती, ''तुम पहले तो इतने जंगली नहीं थे।''

''तब भी नहीं, जब डल झील में हाउस बोट में थे और चाँद शरमाकर बदलियों की ओट होने लगा था। तब रात के एक बजना चाहते थे।''

इन्दिरा झेंप उठी। वह कैसी चिल्लायी थी, ''फ़िरोज़, व्हाट नॉनसेन्स? चारों ओर हाउस बोट में लोग सो रहे हैं और तुम धींगा मस्ती पर उतर आये हो।''

''इन्दु, तुमने मुझे पागल बना डाला है। पागल मैं उसी दिन से हो गया था, जिस दिन पहली बार मैंने तुम्हें देखा था।...तुम्हारा चन्द्रमा सा रूप, हिरनी से नेत्र, पतली देह। गजगामिनी सी चाल। और...और...साहित्यकार लोग क्या लिखते हैं...।''

''बस...बस फ़िरोज़, आगे एक शब्द नहीं।''

फ़िरोज़ ने झपटकर फिर उसे बाँहों में कस कर दबोच लिया। उसकी देह पर चुम्बनों की बरसात कर दी।

इन्दिरा अपनी कश्मीर की उस यात्रा को कभी नहीं भूल सकती। फ़िरोज़ ने सहज कह डाला, ''इन्दु, यहाँ भी आपके पापु की मेहरबानी का बोझ हमारे सिर पर है। आज रात हम इधर इसीलिए निकल आये। अपने प्यार को पाना है तो सब तरफ़ प्यार का माहौल होना चाहिए। हमारी कोई पहचान न हो। हम एकदम अजनबी बन जायें सबके लिए।''

वे पहलगाँव हो आये। इन्दिरा के तन-मन में उतर गया था फ़िरोज़। कोई सीमा नहीं रही थी—न कोई बन्धन। जिधर दृष्टि डालो उधर प्यार-ही-प्यार। बेशुमार

प्यार! कितना मेहरबान हो उठा था तब प्यार। वह मदहोशी में झूल जाती थी उसकी मज़बूत बाँहों में प्यार का कोई गीत गुनगुनाते हुए। उसे नहीं मालूम तब क्या हो रहा था, क्या होता है उन्माद और प्यार का बुखार! सुना भर था, अब अनुभव हो रहा था।

शायद वह पूनम की रात थी। चाँद ताकाझाँकी कर रहा था। उसकी कोई ना-हाँ वहाँ नहीं चली। बोट वह स्वयं खेने लगा था। ठीक बीचोंबीच चिनार के पास जाकर नौका रोकी। सारी डल झील रंगीन स्वप्नों में खोयी हुई थी।

"फ़िरोज़, यह क्या पागलपन है।" इन्दिरा ने देखा चिनार का मार्केट सुप्त पड़ा था। कहीं दूर से रोशनी की क़तारें नज़र आ रही थीं।

"इन्दु, प्यार पागलपन का ही दूसरा नाम है। तुम्हें नहीं मालूम है कि मैं तुम्हें पाकर क्या पा गया हूँ। तुम्हें मालूम है कि तुम कितनी सुन्दर हो। तुम्हारी इन मतवाली आँखों के सामने डल झील का सारा सौन्दर्य फीका है।" फ़िरोज़ और न जाने क्या-क्या बोलता जाता यदि इन्दिरा उसे टोककर यह नहीं कहती कि "मुझे ठंड लग रही है फ़िरोज़।"

फ़िरोज़ अपनी बाँहें फैलाकर कहता, "इन्दु, इधर आओ। ठंड ऐसे रफूचक्कर हो जायेगी जैसे गधे के सिर से सींग।...प्लीज़ कम हियर।"

"शैतान।" इन्दिरा मुस्कुरा कर रह गयी।

प्यार का वह अँधड़-तूफ़ान जाने कहाँ से कहाँ ले गया। सारी दुनिया एक तरफ़ वह ज्वारभाटा एक तरफ़। वह केवल इतना ही सोच पायी कि फ़िरोज़ का चयन उसका सर्वोत्तम है। उसे उससे बढ़िया जीवनसाथी नहीं मिल सकता।

कश्मीर से लौटे तो मधुनिशा का ज़ोर थम गया मानो तेज़ जा रही गाड़ी को ब्रेक लगा दिया हो। वह कहने लगा, "इन्दु, अब हमारे प्यार को इम्तहान देना होगा।"

इन्दिरा ने पलक झपकाकर कहा, "कैसा इम्तहान, फ़िरोज़।"

"प्यार का इम्तहान और क्या, इन्दु।"

"अब वह पागलपन नहीं चलेगा।"

"चलेगा, इन्दु ज़रूर चलेगा।"

फ़िरोज़ की आँखों में चमक तैर रही थी किसी लंगर डाले पोत की बत्तियों-सी। वह कह रहा था, "प्यार कभी बूढ़ा नहीं होता, सदा जवान रहता है।"

"प्लीज़, फ़िरोज़, अब हमारे सामने एक लक्ष्य है।"

"क्यों नहीं है, ज़रूर है।...तुम माँ बनोगी और मैं पिता, इन्दु है न कितना बड़ा लक्ष्य...सारे आकाश-सा प्यारा-प्यारा लक्ष्य।"

"फ़िरोज़...।" इन्दिरा ने उसे टोका।

"बच्चे किलकारी मार कर हमारे प्यार के साक्षी होंगे।"

"नहीं, फ़िरोज़, मैं इतनी जल्दी माँ नहीं बनूँगी।"

"तो क्या बुढ़ापे में माँ बनोगी। यही वह उम्र है, जब तुम आदर्श माँ बनकर ममता को गुलमोहर के फूलों-सी लुटा सकती हो और मैं चाँद, सितारे तोड़कर ला सकता हूँ।"

"ख़्वाब देखना बन्द करो, मैं पराधीन भारत में सन्तान को जन्म नहीं देना चाहती।"

"हम पराधीन भारत में प्रेम कर सकते हैं, हनीमून पर जा सकते हैं परन्तु अपने जैसे आज़ादी के परवानों को जन्म नहीं दे सकते। यह कैसा तर्क है, इन्दु। तुम प्रार्थना करो कि तुम्हें भगतसिंह को जन्म देने का गौरव मिले। ये आज़ादी की लड़ाई थमने वाली नहीं है। अब से हम दोनों फिर से, हम अपरिचित, अलग-अलग दिशाओं के राहगीर हो जायेंगे क्योंकि प्यार आज़ादी चाहता है और आज़ादी का मतलब है कि वह भगतसिंह-आज़ाद-सुभाष चाहता है। अब से हमारे प्यार की भाषा होगी—वन्दे मातरम्, जय हिन्द, सबसे प्यारा हिन्दुस्तां हमारा...क्या समझी?"

इन्दिरा क्या समझती, क्या नहीं। उसकी बेहोशी तब टूटी जब आवाज़ाही शुरू हो गयी। डॉक्टर और नर्स का दल जा रहा था। स्ट्रेचर लिए दो व्यक्ति आ खड़े हुए थे। ओह! अब वह कहाँ रहा? इन्दिरा बिलख पड़ीं। सरोजिनी ने उसे सहारा दिया। विजयलक्ष्मी ने उसकी बाँहें थामी। वह कुछ नहीं समझ सकी कि ये सब क्या हो गया! वह विधवा हो गयी! उसका सुहाग उजड़ गया! इतनी जल्दी कि...कुछ पता ही नहीं चला। पता नहीं क्या-क्या था उसके मन में? वह अपने मन को अपने साथ ही लेकर चला गया! हाय, अब!

जवाहरलाल नेहरू भी हतचेतन हो उठे। उन्होंने कृष्णा से कहा, "सब कुछ कितनी जल्दी और अचानक हो गया। अभी तो बिल्कुल बच्चा ही था...और यह तो मुझे आज ही मालूम हुआ कि इतना लोकप्रिय भी था।"

तीनमूर्ति से फ़िरोज़ की अन्तिम यात्रा निकली। उसके दर्शन के लिए भीड़ उमड़ पड़ी थी।

आचार्य कृपलानी कह रहे थे, "फ़िरोज़ किसी भी एक पार्टी के नहीं थे। वे शुरू से आख़िर तक भारतीय थे, केवल भारतीय! समूचे भारत के!" अशोक मेहता की दृष्टि में वह गरीबों की ओर से लड़ने वाले अथक योद्धा थे। राजाजी का मानना था कि उनका व्यक्तित्व शक्ति और सक्रियता से लबालब था।

दिल्ली के यमुना तट पर धीरे-धीरे लपटें तेज़ हुईं। राजीव शून्य दृष्टि से लौ की ओर देख रहा था। उसके पास जवाहर खड़े हुए विचारमग्न थे—यह क्या हो गया!

इन्दिरा गुमसुम हो बैठी थी—उसका सब कुछ जाता रहा! अचानक उसने कहा, "मैं देहरादून जाऊँगी...रामकृष्ण आश्रम!" नेहरू ने उसे रोका नहीं, जाने दिया। वह आश्रम के इन्चार्ज प्रोफ़ेसर डॉक्टर रंगनाथन् से मिली। वहीं बच्चे पढ़

रहे थे। दून स्कूल में। वह उनसे मिली। एक सुबह उन्होंने क्या देखा कि एक फ़क़ीर तल्लीन होकर गा रहा है--

समै घट रामु बोलै रामा बोलै,
राम बिना को बोलै रे!

जवाहरलाल नेहरू चाहते थे कि इन्दिरा व्यस्त रहे, कहीं घूम-फिर कर आये तो उसका मन कुछ हल्का हो जायेगा। तभी उसे मेक्सिको, न्यूयार्क से आमन्त्रण मिला। वह वहाँ गयी भी परन्तु वहाँ भी उसका मन नहीं लगा। उसे रह-रहकर उस फ़क़ीर की ध्वनि सुनाई पड़ती रही और उससे उसे राहत का अनुभव होता रहा। लेकिन थोड़ी देर बाद वह फिर दुःख से भर उठती। वह वहाँ भी अनुभव करती और लिखती. "मुझे बड़ा अजीब-सा लगता है...जब भी मैं अकेली होती हूँ तब मन का बाँध आँसुओं में फूट बहना चाहता है...मैं वापस आना चाहती हूँ।"

धीरे-धीरे वह अपने शून्य एकान्त में जीने की आदी हो चली। अब उसे अपने अकेलेपन से शक्ति मिलने लगी। विषम-से-विषम परिस्थितियों में वह अकेलेपन से ही आत्मनिर्णय की शक्ति पाकर अपने को साश्चर्य देखने लगती। मानो तब वह नहीं होती कोई और ही शक्ति होती। इसी ने उसको आगे आकर कार्य करने के लिए प्रेरित किया।

मानो कोई उससे कह रहा हो...इन्दिरा अब तेरे जीने का यदि कोई मकसद है तो वह यह है कि तू जन-जन की पीड़ा हरने के लिए कमर कस ले। उनके लिए तू अपने को समर्पित कर दे!...तू अब माँ स्वरूपा बनकर जी और जन-मन के आहत व्रण की मरहम पट्टी कर, उसे आराम पहुँचा। अब तू दूसरों के लिए जी, उसी से तुझे शान्ति मिलेगी, मुक्ति मिलेगी।

फ़िरोज़ पारसी था। पारसी मृतकों को शान्ति स्तूप (टावर ऑफ सायलैंस) में रख आते हैं या गाड़ते हैं। परन्तु उसका दाह-संस्कार हिन्दू प्रथा के अनुसार हुआ। राजीव ने अपने पिता की चिता को अग्नि दी। रह-रहकर यह टीस भरी स्मृति इन्दिरा को घेर लेती और वह विचलित हो उठती। उसे कुछ नहीं सूझता कि वह क्या करे! एकदम किंकर्तव्यविमूढ़ होकर वह रह जाती।

38

बादल हटे। कुहरा छटा। इन्दिरा क्रियाशील हुई। ज़िम्मेदारियों ने उसमें आँखें खोलीं—वह कांग्रेस पार्टी के कार्यों में दिलचस्पी लेने लगी। आख़िर शोकाकुल होकर वह कब तक अपना सामना कर सकती थी। जो हुआ, वह किसी के रोकने से नहीं रुक सकता।

इधर राज्यों के पुनर्गठन की बात ज़ोरों पर थी। इन्दिरा इस क्षेत्र में काफ़ी काम कर चुकी थी। अब तो उनकी क्रियान्वति का समय आ गया था। इससे पूर्व सन् 1956 में भारतीय गणतन्त्र भाषा के आधार पर विकेन्द्रित किया गया। महाराष्ट्र और गुजरात प्रदेश इन्दिरा की सिफ़ारिश / प्रतिवेदन पर बने थे। उनका आधार भाषा ही था। मई 1960 में इन प्रान्तों का जन्म हुआ और इसी के साथ राजनीति ने एक नया मोड़ लिया। केरल की कम्युनिस्ट सरकार गिराने में भी इन्दिरा का पूरा हाथ था, क्योंकि उसका मानना था कि कम्युनिस्ट अपने दल के प्रचार हेतु सत्ता का दुरुपयोग कर रहे हैं। पाठ्य पुस्तकों में हुए परिवर्तन इसके ज्वलन्त उदाहरण थे। राज्य के सभी सम्प्रदायों के स्कूलों को बन्द कराने से सभी सम्प्रदायों के लोग उखड़ गये। जन-आन्दोलनों को दबा दिया गया। भारत सरकार जनप्रतिनिधियों की सरकार को बर्खास्त करने से कतरा रही थी। इन्दिरा ने ज़ोर डाला और अपने सर्वेक्षण प्रतिवेदन का हवाला देते हुए आग्रह किया कि तत्कालीन मंत्रिमण्डल को तत्काल बर्ख़ास्त करके राष्ट्रपति शासन लागू किया जाये और तुरन्त चुनाव कराये जायें। ऐसा ही हुआ और कांग्रेस भारी बहुमत से जीती। इस सबका प्रभाव यह हुआ कि इन्दिरा की राजनीतिक छवि उभरकर सामने आयी और जनता का ध्यान उसके अस्तित्व की ओर गया। उसे भी लगा कि वह अपनी अलग पहचान बनाने में कामयाबी हासिल कर रही है। तभी अचानक यह हादसा हो गया कि फ़िरोज़ नहीं रहे। इससे उनका सारा जोश ठंडा पड़ गया और वह पुनः गुमनामी के अँधेरों में चली गयीं।

वस्तुतः वह भी फ़िरोज़ की तरह ही अपनी पहचान स्वयं बनाना चाहती थीं। वह नहीं चाहती थीं कि लोग उन्हें केवल पं. नेहरू की सन्तान होने से जानें। वह शुरू से ही अपने परिवार में अपनी पहचान कायम करने के लिए संघर्षरत रही थीं। वह असहाय या परावलम्बी होकर जीना नहीं चाहती थीं।

इन्दिरा से कांग्रेस के अध्यक्ष पद के लिए कांग्रेस कार्यकारिणी समिति ने आग्रह किया कि वे पुनः चुनाव में खड़ी हों। उसे यह पसन्द नहीं था। फलतः कामराज फरवरी, 1960 में कांग्रेस के अध्यक्ष हुए, वह नहीं।

इन्दिरा अमेरिका में भाषण देकर लौटी तब जवाहरलाल नेहरू बीमार थे। कृष्णा उनके पास थी। उनका इलाज डॉक्टर विधानचन्द्र राय, जो पश्चिमी बंगाल के मुख्यमन्त्री थे, की देख-रेख में हो रहा था और वह पहले से अच्छे प्रतीत हो रहे थे। जवाहर पुनः पहले की तरह काम में जुट गये परन्तु अब यह स्पष्ट झलकने लगा था कि उनसे पहले की तरह काम नहीं हो रहा है। इधर नेहरू के बाद कौन का प्रश्न चर्चा का विषय बन रहा था। उनसे भी जब यह सवाल किया गया तब उन्होंने स्पष्ट उत्तर दिया कि जनवादी तरीके से उनके स्थान पर जो आ सकेगा, आयेगा। यह पूछे जाने पर कि क्या इन्दिरा को अपने उत्तराधिकारी के रूप में तैयार कर रहे हैं? वे साफ़ नट गये और पुनः उन्होंने अपनी आस्था जनतांत्रिक तरीके से प्रकट की।

समय ने पलटा खाया। दोस्त दुश्मन बन कर सामने आ गया। भारत पर चीन ने आक्रमण कर दिया। पं. नेहरू का हृदय बेचैन हो उठा। वह इस विश्वासघात को बर्दाश्त नहीं कर सके। चीन पंचशील के संस्थापकों में से एक था। इन्दिरा तेज़पुर, जहालपुर आदि इलाकों में गयी हुई थीं। ये इलाके चीनी आक्रमण के कारण भयत्रस्त थे। इन्दिरा की अध्यक्षता में नागरिक सुरक्षा समिति बनी। यह समिति सारे देश में जन-सहयोग से सुरक्षा व्यवस्था में मदद कर रही थी और जनता के आत्मविश्वास को बरकरार रखने के लिए अथक प्रयास कर रही थी कि इसी बीच अचानक एकतरफ़ा युद्ध बन्द हो गया। इस समय पं. नेहरू की नीतियों की चारों ओर से कड़ी आलोचना होने लगी थी। जनवरी, 1964 में भुवनेश्वर (उड़ीसा) में कांग्रेस का अधिवेशन शुरू हुआ। यहीं पर पं. नेहरू को लकवे का आक्रमण हुआ और इन्दिरा उनको लेकर दिल्ली लौट आयीं।

27 मई, 1964 को इन्दिरा एकदम अकेली रह गयीं। पं. नेहरू का अवसान हो गया। 2 जून, 1964 को लालबहादुर शास्त्री को प्रधानमन्त्री पद के लिए चुना गया। एक सप्ताह में उनके मंत्रिमण्डल ने उनके साथ शपथ ली। इन्दिरा को भी सूचना और प्रसारण मन्त्री बनाया गया। हालाँकि शास्त्री उसे विदेश विभाग देने का आग्रह कर रहे थे, जिसके लिए वह तैयार नहीं हुई। मन्त्री पद के साथ ही वह त्रिमूर्ति भवन को छोड़कर 1, सफदरजंग रोड में रहने लगीं। अपने मन्त्री पद के कार्यकाल में उसने शार्टवेव ग्राही ट्रांजिस्टर रेडियो बनाने के उद्योग को बढ़ावा दिया और नयी दिल्ली में एक छोटा-सा टेलीविजन केन्द्र स्थापित करवाया। सन् 1965 में पाकिस्तान आक्रमण को नाक़ामयाब कराने में उसने शास्त्री के साथ महत्त्वपूर्ण भूमिका निभायी। वह मोर्चो पर सैनिकों से मिली और उनका मनोबल बढ़ाया। जनवरी, 1966 में ताशकन्द में बैठक हुई। शास्त्री ताशकन्द गये, ताशकन्द समझौता हुआ। उस समझौते से शास्त्री खुश नहीं थे और वह उस समझौते को आत्मा से स्वीकार नहीं कर सके। इसका उनके दिलोदिमाग़ पर ऐसा प्रभाव पड़ा कि समझौते पर हस्ताक्षर करने के बाद वह बेहद चिन्तित हो उठे। उन्हें इस बात का दुःख था कि कश्मीर के सामरिक महत्त्व के दरों से हाथ धोना पड़ा। उसी रात उनको दिल का दौरा पड़ा और शास्त्री की इहलीला समाप्त हो गयी।

देश और कांग्रेस के लिए यह समय अत्यन्त संकट का था। सबकी निगाहें, नये प्रधानमन्त्री के चुनाव पर थीं। मोरारजी देसाई प्रधानमन्त्री पद के अकेले दावेदार नज़र आ रहे थे। हालाँकि बाबू जगजीवनराम का नाम भी इस पद हेतु कई दृष्टियों से उछाला गया था। इन्दिरा अभी तक पर्दे के पीछे थी और बड़ी गम्भीरता और सतर्कता से सारे माहौल का तटस्थ होकर चिन्तन कर रही थी। इन्दिरा को लग रहा था कि वह समय बहुत नाजुक है। विरोधी शक्तियाँ भी घात लगाये हैं। उनकी दिलचस्पी भी कांग्रेस के नेता पद पर थी। प्रायः विरोधी दल के वे नेता जो कभी

कांग्रेस में रहे थे, उनसे उनके सम्बन्ध भी थे।

धीरे-धीरे सफदरजंग रोड पर भी निगाहें टिकने लगीं। अभी तक इन्दिरा कुछ तय नहीं कर पा रही थीं कि भारतीय राजनीति का ऊँट किस करवट बैठेगा! इस वक़्त उनको अपने अकेलेपन का एहसास बहुत खल रहा था। उनको जीवन पर्यन्त अकेलापन ही तो घेरे रहा था। इन्हीं क्षणों में वह निर्णय लेने लगी थीं। उनमें आत्मविश्वास पुख़्ता हो रहा था। कामराज उनके साथ थे। राजनीतिक संकट उस वक़्त देश के सिर मंडरा रहा था। दक्षिण में भाषाई दंगों ने अपना रंग दिखलाना शुरू कर दिया था। सन् 1965 में भारतीय संविधान के अनुसार हिन्दी को राजभाषा बनाने का प्रावधान था। 11 जनवरी, 1966 को शास्त्री का निधन हुआ और कार्यवाहक प्रधानमन्त्री का उत्तरदायित्व गुलजारीलाल नन्दा ने सँभाला।

इस बार तो कांग्रेस के नेता पद के लिए चुनाव होना निश्चित हो गया था। इन्दिरा के दोनों पुत्र इंग्लैण्ड में थे। वह अपने पिता के शब्दों को मन ही मन दोहराती कुरुक्षेत्र के मैदान में आ डटी थीं। भय कैसा और क्यों? किससे भय? जो होगा देखा जायेगा। इस व्रत को लेकर वह निश्चिंत हो गयी थीं। फलतः चुनाव हुआ, क्योंकि मोरारजी देसाई अपनी ज़िद पर अड़े रहे। नतीजा उनके पक्ष में नहीं गया। इन्दिरा गाँधीजीत गयीं। उनकी जीत में कामराज का विशेष हाथ था। वह सोच रहे थे कि इन्दिरा को प्रधानमन्त्री बनाने का अर्थ है कि वह रबड़ की मोहर बनी रहेंगी और वह जो चाहेंगे, करा लेंगे। वह भी इस बात को समझ रही थीं, परन्तु वक़्त की नज़ाकत को मद्देनज़र रखते हुए वह चुप थीं।

राष्ट्रपति के चुनाव पर इन्दिरा ने कांग्रेस के उम्मीदवार श्री नीलम संजीव रेड्डी के स्थान पर वी.बी. गिरी को समर्थन दिया। ऐसा वह आत्मा की आवाज़ पर कर रही थीं। उनके इस निर्णय से कांग्रेस में खाई पैदा हो गयी। अन्ततः जीत वी. वी. गिरी की हुई। इसके साथ ही वह समस्त दबावों से मुक्त हो गयीं पर कांग्रेस का विभाजन हो गया। इन्दिरा यद्यपि प्रधानमन्त्री थीं तथापि इससे उनकी पार्टी अल्पमत में आ गयी। उन्होंने अन्य पार्टियों से जोड़-तोड़ बिठलाकर चलने की अपेक्षा यह अधिक उचित समझा कि मध्यावधि चुनाव करवा दिये जायें। दरअसल इन्दिरा गाँधी को पंगु होकर जीना पसन्द नहीं था। वह जनादेश चाहती थीं। फलतः चुनाव हुए और उसमें उनकी पार्टी को स्पष्ट बहुमत मिल गया।

कुर्सी की राजनीति करने वाले विशेषज्ञों को यह नहीं पता था कि इन्दिरा अन्दर से कितनी मज़बूत हैं। उन्होंने अपने पिता के साथ रह कर राजनीति की चालों को बखूबी समझा था और वक़्त आने पर उनका प्रयोग करने से वह नहीं चूकती थीं। वह महिला ज़रूर थीं परन्तु कमज़ोर नहीं। उनका व्यक्तित्व चुम्बकीय प्रभाव लिए था। उनमें निर्णय लेने की अद्वितीय क्षमता थी। वह जन-जन के प्रति अपना दायित्व निभाना चाहती थीं। विशेषतया गरीब, उपेक्षित और दलित जनता के प्रति। यही कारण

था कि वह उच्च स्वर में कह गयीं कि "गरीबी, गर्मी और धूल के उस पार भारतीय लोगों की भावना पर नज़र डालो। भारत एक उपमहाद्वीप है जिसमें भूगोल, आबोहवा, जीवन के तौर तरीक़ों, भाषाओं और रुचियों की विभिन्नता की भरमार है! फिर भी, एकता की धारणा लगभग उतनी ही प्राचीन है, जितना स्वयं भारत।"

उनमें चिन्तन के तेवर उग्र हो उठे थे और वह कह उठी थीं कि–"मिश्रण रहित विशुद्ध भारतीय कोई नहीं है। वह द्रविड़ हो सकता है, आर्य हो सकता है, आस्ट्रेलाइट हो सकता है या मंगोल हो सकता है। उसके केश काले या भूरे हो सकते हैं और त्वचा बहुत गोरी या गेहुँआ, साँवली या आबनूसी रंग की। क्या यह विविधता चमत्कारी नहीं है और उससे भी अधिक यह तथ्य है कि उसने कभी विभाजन की ओर नहीं सदैव समायोजन और एकता की ओर कदम बढ़ाया? वे जीवन के आदर्श, मोक्ष का लक्ष्य, आध्यात्मिक उत्कंठा और नैतिक सिद्धान्त हैं, जो भारत के विविध लोगों को एक राष्ट्र के रूप में बाँधते हैं और इस तरह बनता है भारत।"

धीरे-धीरे इन्दिरा गाँधी अपने पूरे 'फार्म' में आती चली गयीं। पाकिस्तान और बांग्लादेश को उन्होंने अच्छा सबक सिखलाया। प्रिवीपर्स बन्द कर दिया। बैंकों का राष्ट्रीयकरण हुआ। एटम बम्ब का भारत ने विस्फोट किया। अन्तरिक्ष उड़ान में भारत सम्मिलित हुआ। यों एक के बाद एक ऐसी उपलब्धियाँ सामने आती रहीं, जिनसे समूचे भारत को वह अपनी मुट्ठी में कर सकीं। एक बार तो विरोधी उनकी अपराजेय शक्ति का लोहा मानने लगे। उन्हें दुर्गा कहा जाने लगा। उनकी कीर्ति दोपहर के सूर्य की तरह दमदमा उठी।

सन् 1972 के दिसम्बर की वह कुहराच्छन्न सुबह जिसके कारण फ्लैश बेकार हो गये थे। इन्दिरा गाँधी के साथ खींची फोटुएँ काफ़ी काली आयी थीं। कुहरा पहाड़ों से टपक रहा था। दर्शनार्थियों में से अनेक के दाँत बज रहे थे। तब आकाश में सूर्य नहीं था पर वह थीं, एकदम नवोदित सूर्य आभा लिए, हिमालयी दृढ़ता के साथ!

कांग्रेस की रस्साकशी में भाग्य से, कहिए उसके एक गुट के स्वार्थ से, लाभ इन्दिरा गाँधी को मिला। वह देश की प्रधानमन्त्री हुईं। लोगों का खयाल था कि उनको नाम का प्रधानमन्त्री बनाया गया है काम तो वह दूसरों के इशारों पर करेंगी। श्री लालबहादुर शास्त्री के सम्बन्ध में, जब प्रधानमन्त्री बनने के बाद सर्वप्रथम वे लखनऊ में पहुँचे थे और वहाँ उन्होंने जनता को सम्बोधित किया था तब भीड़ की यह आम राय थी कि क्या देश में इससे अच्छा आदमी नहीं रह गया था, जिसे प्रधानमन्त्री बनाया जा सकता। तब वे 'पायोनियर' के उत्सव में भी सम्मिलित हुए थे।

शास्त्री और इन्दिरा के लिए जनता की धारणाओं से सहज यह निष्कर्ष लिया जा सकता है कि जनता की धारणाएँ हवा में तैरती हैं पाल खुली नौका

की तरह। सन् 1969 में कांग्रेस की फ्री स्टाइल कुश्ती इन्दिरा के हाथ लगी और बूढ़ी कांग्रेस अलग-थलग जा पड़ी। राष्ट्रपति गिरी बने, जिन्हें इन्दिरा का समर्थन था। फिर इन्दिरा का युग चल पड़ा। वे जो करतीं, तमाम विरोध के बाद भी वह लोकप्रिय होता। यहाँ तक कि इन्दिरा का गुस्सा और मुस्कुराना भी जनता पसन्द करने लगी थी।

पाकिस्तान को ज़बर्दस्त शिकस्त, बांग्लादेश की आज़ादी की सुरक्षा का सफल उत्तरदायित्व निभाना, अणु विस्फोट आदि ऐसी विजय यात्राएँ हैं जिनसे उनकी लोकप्रियता में निरन्तर चार चाँद लगते चले गये।

इन्दिरा गाँधी जिधर जाती थीं, उधर से उनके देखने के लिए भारत की जनता का बाँध टूट पड़ता था। उनके सामने पं. नेहरू व शास्त्री का युग फीका पड़ने लगा। वह विजय की देवी समझी जाने लगीं। जब से उन्होंने 'गरीबी हटाओ' का नारा पूरे ज़ोर से उछाला था तब से उनकी ख्याति में एक नया अध्याय और जुड़ गया था। मार्च 1971, संसदीय चुनाव का दौर। उत्तर प्रदेश का रायबरेली निर्वाचन क्षेत्र। इन्दिरा गाँधी का चुनाव क्षेत्र। मैदान में चार उम्मीदवार। टक्कर सीधी श्रीमती इन्दिरा गाँधी और श्री राजनारायण में। राजनारायण राज्यसभा के सदस्य थे। कांग्रेस का विभाजन हो चुका था, सत्तारूढ़ कांग्रेस आई और संगठन कांग्रेस के रूप में। इससे पूर्व सत्ता में इन्दिरा गाँधी की कांग्रेस थी। पहली बार विपक्ष में, उसके नेता के रूप में, जिसे मन्त्री की सुविधा होती है, डॉ. रामसुभग सिंह को मिली थी।

शोर ज़रूर इन्दिरा की कांग्रेस का था। चर्चाएँ भी ज़ोर पर थीं। इन्दिरा की कांग्रेस बहुमत प्राप्त कर लेगी, हवा में ऐसी गर्माहट थी। पता नहीं वह पुरानी कांग्रेस के ख़िलाफ़ क्या शिगूफ़ा छोड़ेंगी या गुल खिलायेंगी? हवा में ये तेवर भी थे। कुछ भी हो, उस चुनाव पर विश्व की निगाहें थीं।

सन् 1967 से इन्दिरा गाँधी रायबरेली क्षेत्र का प्रतिनिधित्व कर रही थीं। सन् 71 में फिर वहीं से जीती थीं। इस बार भी उनकी जीत के बारे में किसी को सन्देह नहीं था। 10 मार्च, 1971 को श्रीमती इन्दिरा गाँधी रायबरेली सीट से लोकसभा के लिए भारी बहुमत से चुनी गयीं। उन्हें दोगुने से अधिक मत मिले थे। 24 अप्रैल, 1971 को श्रीराजनारायण ने उच्च न्यायालय, इलाहाबाद में श्रीमती इन्दिरा गाँधी के विरुद्ध चुनाव याचिका प्रस्तुत की। उनका विरोध–विरोध के लिए है, तब जनता में यही धारणा थी। सच पूछा जाये तो राजनारायण के मुक़दमे में किसी को कोई खास दिलचस्पी नहीं थी।

लोक प्रतिनिधित्व अधिनियम, 1951 के सातवें भाग में स्वतन्त्र तथा निष्पक्ष चुनाव के लिए तथा निर्वाचन-अपराधों एवं भ्रष्ट-आचरण की सुनवाई के लिए समुचित आदेश तथा शासकीय की व्यवस्था की गयी है। इसके फलस्वरूप उत्कोच, धर्म, जाति, भाषा के आधार पर मतदान की अपील करना, निर्धारित (चुनाव आयोग द्वारा)

व्यय से चुनाव में अधिक व्यय करना, निर्वाचन अधिकार के स्वतन्त्र प्रयोग में ग़लत प्रभाव का इस्तेमाल करने का प्रयत्न, चुनाव में किसी उम्मीदवार के आचरण के सम्बन्ध में मिथ्या तथ्य को प्रकाश में लाना आदि ऐसे बिन्दु हैं जो भ्रष्ट-आचरण के अन्तर्गत आते हैं और जिनमें से किसी एक के कारण चुनाव अवैध घोषित किया जा सकता है।

राजनारायण के वकील शान्ति भूषण ने उनकी तरफ़ से चुनाव याचिका प्रस्तुत करते हुए अनेक आरोप लगाये, जिनमें से 9 का सम्बन्ध श्रीमती इन्दिरा गाँधी के निर्वाचन अभिकर्त्ता श्री यशपाल कपूर से था और शेष 5 का श्रीमती इन्दिरा गाँधी से। उनमें दिलचस्प आरोप निम्नलिखित थे—

1. चुनाव व्यय की विधि निहित सीमा 3,50,000 रुपये थी जबकि उनके चुनाव में 9,27,030 रुपया खर्च हुआ था।

2. गाय और बछड़े का प्रतीक धार्मिक है। इस धार्मिक प्रतीक की दुहाई देकर मत माँगे गये। परन्तु फ़ैसले में यह आरोप स्वीकार नहीं किया गया।

3. इन्दिरा गाँधी की ओर से उनके कार्यकर्ताओं द्वारा लिहाफ़, धोती तथा कम्बल बाँटने और शराब पिलाने का आरोप भी लगाया गया था, जिसको जज ने अमान्य कर दिया।

4. इन्दिरा गाँधी तथा निर्वाचन अभिकर्त्ता यशपाल कपूर की प्रेरणा से वहाँ के जिलाधीश, पुलिस अधीक्षक तथा गृह-सचिव ने भाषण मंच बनवाने तथा सड़कों को रोके जाने की व्यवस्था की थी।

5. उनके कार्यकर्ताओं द्वारा मतदाताओं को मतदान केन्द्र तक मुफ्त वाहनों की व्यवस्था की गई थी।

ऐसे बहुत से आरोप थे परन्तु उनमें से केवल चार आरोप ही ऐसे निकले, जिनसे श्रीमती गाँधी का न केवल चुनाव अवैध किया अपितु छः वर्ष तक चुनाव से प्राप्त होने वाले किसी पद या उसके लाभ से वंचित कर दिया था। वे मुख्य चार आरोप जो श्रीमती गाँधी पर सिद्ध हुए थे निम्नलिखित हैं—

1. श्री यशपाल कपूर राजकीय सेवा में राजपत्रित अधिकारी थे। बिना इस्तीफ़ा दिये श्री कपूर, सरकारी कर्मचारी होने के नाते, चुनाव प्रचार में हिस्सा नहीं ले सकते थे। जबकि उन्होंने हिस्सा लिया था।

2. श्रीमती गाँधी और उनके निर्वाचन अभिकर्त्ता श्री यशपाल कपूर के प्रयत्नों से जिलाधीश रायबरेली, एस.पी. रायबरेली, उत्तरप्रदेश सरकार के गृह सचिव ने भाषण मंचों के बनाये जाने, लाउडस्पीकरों के लगवाये जाने तथा सड़कों को रोके जाने की व्यवस्था की और निर्वाचन दौरे के मौक़ों पर (1/2/1971 व 25/2/71) पुलिस दल को मुकर्रर किया। लोकप्रतिनिधित्व अधिकारों की धारा 123(7) के अधीन यह भ्रष्ट आचरण के अन्तर्गत आता है।

3. यशपाल कपूर 14 जनवरी 1971 से और उसके पहले भारत सरकार की सेवा में थे।

4. 1 फरवरी 1971 से पूर्व किस तिथि को श्रीमती इन्दिरा गाँधी अभ्यर्थी के रूप में व्यपदिष्ट कर दिया था।

श्री जगमोहन सिन्हा ने अपने फ़ैसले में इन आरोपों को उपयुक्त पाया—

श्री यशपाल कपूर ने 13 जनवरी, 1971 को इस्तीफ़ा दिया था, जिसे 14 जनवरी, 1971 को राष्ट्रपति ने स्वीकार किया। इस तरह तो वह 14 जनवरी से सरकारी सेवा में नहीं रहे। तत्कालीन प्रधानमन्त्री के प्रमुख सचिव श्री हक्सर ने इस सम्बन्ध में गवाही भी दी थी परन्तु न्यायाधीश महोदय ने निर्णय दिया कि 25 जनवरी, 1971 तक भारत सरकार का उस इस्तीफ़े पर कोई लिखित आदेश नहीं था, अतः 25 जनवरी, 1971 तक उनको भारत सरकार की सेवा में ही माना गया। 19 दिसम्बर, 70 से जिस दिन श्रीमती गाँधी ने प्रेस कांफ्रेंस में रायबरेली संसदीय क्षेत्र से चुनाव लड़ने का ऐलान किया था, 25 जनवरी, 1971 तक श्री यशपाल कपूर से अपने निर्वाचन क्षेत्र के लिए सहायता ली थी। 7 जनवरी, 71 को श्री गुलजारीलाल नन्दा के साथ श्री यशपाल कपूर ने मुंशी गंज में शहीद मेले में हिस्सा लिया था और श्रीमती गाँधी के समर्थन में भाषण दिया था। जनवरी, 71 को घंटाघर पर आयोजित चुनाव सभा में श्री चन्द्रशेखर के साथ श्री यशपाल कपूर ने स्वीकार किया है कि 14 जनवरी, 71 को रायबरेली पहुँचे थे, तब से वे बराबर चुनाव प्रचार में लगे रहे। फलतः लोकप्रतिनिधित्व अधिनियम की धारा 123(7) के अन्तर्गत श्रीमती गाँधी भ्रष्ट आचरण की दोषी पायी गयी थीं। इसी धारा के अन्तर्गत श्रीमती गाँधी पर यह आरोप भी सिद्ध हुआ कि उन्होंने जिलाधीश, पुलिस अधीक्षक, सार्वजनिक निर्माण विभाग के अधिशासी अभियन्ता आदि की सहायता से मंच बनवाने और लाउडस्पीकर लगवाने में मदद ली थी। 12 जून, 1975 के दिन इस महत्त्वपूर्ण निर्णय को न्यायमूर्ति श्री जगमोहन सिन्हा ने, खचाखच भरी अदालत में सुनाया। विपक्षी भी एक बार साँस रोके रह गये।

10 बजकर दो मिनट हुए थे। ट्रेलीप्रिन्टर कक्षा में बैठे प्रधानमन्त्री के निजी सचिव सेशन ने जब पढ़ा, 'मिसेज गाँधी अनसीटेड' तब उसे ट्रेलीप्रिन्टर से फाड़ कर मिसेज़ गाँधी को सूचना देने के लिए वह खड़े हुये। दो मिनट तक वे स्वयं सोचते रह गये कि यह सूचना कैसे दें।

इन दिनों इन्दिरा गाँधी बहुत परेशान थीं। मोरारजी के अनशन के फलस्वरूप गुजरात में चुनाव करवाने पड़े थे और वहाँ कांग्रेस की पराजय हुई थी। उधर जे. पी. देश में एक नयी दिशा देने में जुटे हुए थे। दुर्गाप्रसाद धर के देहान्त से उन्हें धक्का लगा था। बिहार आन्दोलन की भूमि बन चुका था। जे.पी. सिर पर कफ़न बाँधकर पुराने क्रान्तिकारी रूप में आ चुके थे। 1942 के आन्दोलन के जे.पी. फिर फ़ॉर्म में थे।

अब कांग्रेस में हलचल मच गयी। प्रधानमन्त्री के नुमाइन्दे सत्ता के उत्तराधिकारी होने की तैयारी में जुट गये। मैदान में चार के चेहरे साफ़ नज़र आ रहे थे—एक बाबू जगजीवनराम (जो वास्तविक उत्तराधिकारी थे), दूसरे पं. कमलापति त्रिपाठी (जो इन्दिराजी के विश्वसनीय थे और जिनसे गद्दी पुनः मिल सकती थीं), तीसरे सरदार स्वर्णसिंह (जिन पर इन्दिराजी भरोसा कर सकती थीं) और चौथे थे कांग्रेस के अध्यक्ष श्री देवकान्त बरुआ। पता चला कि पाँचवें थे श्री बंसीलाल चौधरी जो वास्तव में प्रधानमन्त्री के लिए आगे की भूमिका तैयार कर रहे थे।

इन्दिराजी 'इस्तीफ़ा दें', दबे स्वर में ये आवाज़ कांग्रेस की भी थी। स्वयं प्रधानमन्त्री ने अपने मंत्रिमण्डल के सदस्य श्री चेन्ना रेड्डी से इसी आधार पर इस्तीफ़ा देने के लिए कहा था, क्योंकि उनका चुनाव अवैध घोषित हुआ था। यह मिसाल और परम्परा उनकी ही डाली हुई थी। अब करें तो क्या? चौ. बंसीलाल ने इधर संजय गाँधी को अपनी मुट्ठी में करना शुरू कर लिया था। उनके मस्तिष्क में कुर्सी का दंगल जीतने की योजना एकदम साफ़ थी। उनकी आँख में वरिष्ठतम कांग्रेसी खटक रहे थे, क्योंकि 'कुर्सी' के दंगल में बंसीलाल तो कहीं ठहरते ही नहीं थे। उधर इन्दिराजी अपने दल के नेताओं से सलाह मशविरा कर रही थीं। उनमें से अधिकांश ने इस्तीफ़ा देने की सलाह दी। कुछ दुविधा में पड़ गये। वे निर्णायक उत्तर नहीं दे सके।

इन्दिरा गाँधी की कोठी के सामने देश के कोने-कोने से दल-के-दल आने लगे और कहने लगे कि इन्दिरा जी की देश को ज़रूरत है। वे अपना विश्वास उनमें प्रकट करते हैं। इससे इन्दिरा जी को बल मिला।

विरोधी बाहर शोर मचाते, जुलूस उठाते और ज्ञापन देते परन्तु कुर्सी केन्द्रित लोकतांत्रिक विश्वास अपनी विवशता ज़ाहिर करने लगा। प्रधानमन्त्री जनमत को कैसे नकार सकतीं। लोकतन्त्र के पीछे शक्ति तो जनमत की होती है। कुछ सिरफिरों को छोड़कर शेष इन्दिरा के साथ हैं। जो लोग उनका विरोध कर रहे हैं वे अमेरिका के पिट्ठू हैं और पूँजीपतियों के खरीदे हुए वकील हैं।

14 जून, 1975 को गुजरात में जनता मोर्चे के 83 नवनिर्वाचित विधायक श्री बाबू भाई पटेल को अपना नेता चुन चुके थे और राज्यपाल श्री के. के. विश्वनाथ को जनता मोर्चे के नेता सरकार बनाने की सूचना दे रहे थे।

रायबरेली खाली हो रही थी। उस जनपद के जनप्रतिनिधि कांग्रेस कमेटी के सभी पदाधिकारी व सदस्य, टाउन ऐरिया कमेटी के अध्यक्ष, व्यापारिक, सामाजिक तथा साहित्यिक संस्थाओं के सदस्य, शिक्षा संस्थाओं के प्रतिनिधि इत्यादि भारी संख्या में 16 जून, 1975 को प्रधानमन्त्री की कोठी पर मिल रहे थे—उनसे यह प्रार्थना करने के लिए कि वे प्रधानमन्त्री पद पर बनी रहें।

राष्ट्रपति भवन पर धरना दिया जा रहा था कम्युनिस्टों को छोड़कर अन्य विपक्षियों द्वारा, धारा 144 का भी विपक्षियों ने उल्लंघन कर धरना जारी रखा। विपक्षियों की माँग थी—इन्दिरा गाँधी की बर्ख़ास्तगी और राष्ट्रपति फखरुद्दीन अली अहमद की दिल्ली वापसी।

कानून की अपनी बारीकियाँ होती हैं। मुख्य चुनाव आयुक्त श्री टी. स्वामीनाथन कलकत्ता में संवाददाताओं से घिरे उनके एक प्रश्न का उत्तर दे रहे थे—जनप्रतिनिधि अधिनियम, 1951 की धारा 11(ब) के अन्तर्गत मुख्य चुनाव आयुक्त को यह अधिकार प्राप्त है कि वह निर्वाचित पदों पर आसीन व्यक्तियों की किसी भी अनर्हता को समाप्त कर सकता है। श्रीमती इन्दिरा गाँधी को इससे सहूलियत होगी।

14 जून, 1975 ही थी कि श्रीमती इन्दिरा गाँधी तमाम विरोध के बावजूद वर्तमान चुनौतियों का साहस से सामना करने तथा मज़बूती बनाये रखने का जनता से आह्वान कर रही थीं। जैसे इस्तीफ़ा उनको नहीं, जनता को देना हो। वह कह रही थीं कि जो लोग उनसे इस्तीफ़ा देने की माँग कर रहे हैं, वे लोग खुद अदालत के फ़ैसले का अपमान कर रहे हैं। उन्होंने रैलियों को सम्बोधित करते हुए पहली बार इलाहाबाद उच्च न्यायालय के फ़ैसले का ज़िक्र किया था जिसके द्वारा सन् 1971 का चुनाव अवैध घोषित हुआ।

20 दिन तक यह फ़ैसला अमल में नहीं लाया जाये, यह आदेश उनको उसी जज ने दिया था, जिस जज ने उनके ख़िलाफ़ फ़ैसला सुनाया था। वे कह रही थीं कि, "ऐसी स्थिति में मेरे इस्तीफ़ा देने का सवाल ही नहीं उठता।" उन्होंने इस आरोप का भी खंडन करते हुए कहा कि राष्ट्रपति और प्रधानमन्त्री की सुरक्षा की व्यवस्था करना राज्य सरकारों की ज़िम्मेदारी है। मंच कितना बड़ा हो और कैसे बनाया जाये यह सरकार का काम है। इस बारे में निश्चित नियम है। ये नियम उस समय के बने थे जब श्री जवाहरलाल नेहरू प्रधानमन्त्री थे। श्री लालबहादुर शास्त्री के ज़माने में इनका पालन होता था। उनकी भावना थी कि भ्रष्ट आचरण शब्द के प्रयोग से अनेक गलतफ़हमियाँ पैदा हो गयी हैं।

मुक़दमे में इस बिन्दु पर भारत के नियन्त्रक महालेखा परीक्षक द्वारा 19 नवम्बर, 1958 के आदेश तथा भारत सरकार के 12 जनवरी 1959 के पत्र का ज़िक्र किया गया, जिससे उनके लिए की गयी व्यवस्था को समर्थन मिलता है। उनकी चुनाव सभाओं में की गयी व्यवस्थायें सरकार ने अपने उत्तरदायित्व के पालन हेतु कीं, उनसे उनका कोई सरोकार नहीं है। जबकि माननीय जज श्री जगमोहन लाल सिन्हा ने फ़ैसले में इन बिन्दुओं को सरकारी दायित्व के निर्वाह के अन्तर्गत न मानकर, यह माना कि यह सरासर चुनाव के लिए उनकी सहायता थी।

राष्ट्रपति श्री फखरुद्दीन अली अहमद 16 जून, सोमवार को श्रीनगर की यात्रा पूरी कर लौटने वाले थे।

आचार्य जे. बी. कृपलानी ने बम्बई प्रदेश संगठन कांग्रेस के माध्यम से यह वक्तव्य जारी कराया कि लोकतन्त्रीय भावना तथा प्रधानमन्त्री पद की गरिमा का तकाज़ा है कि श्रीमती गाँधी तब तक अपने पद से हट जायें जब तक उच्चतम न्यायालय उनकी अपील पर अपना फ़ैसला न दे दे।

अखिल भारतीय कांग्रेस महिला मोर्चा इस सत्य से आगाह कर रहा था कि उनके इस्तीफ़े की माँग राष्ट्रव्यापी षड्यन्त्र है। उन्होंने ज़ोर देकर आग्रह किया कि वे देश का नेतृत्व करती रहें। विरोधी दलों की मंशा है कि लोकतन्त्र की नींव पर सीधा प्रहार हो। सुविख्यात संविधान विशेषज्ञ और सार्वजनिक मामलों के भारतीय परिषद् के सचिव श्री वासुदेव प्रसाद ने पटना में कहा कि इलाहाबाद उच्च न्यायालय द्वारा अपना फ़ैसला 20 दिन के लिए स्थगित कर देने के कारण से अब उस माँग में कोई जान नहीं रह जाती कि वे तत्काल इस्तीफ़ा दे दें।

इन्दिरा के लिए देश के प्रमुख वकील बुलवाये गये। उनसे सलाह लेने पर निश्चय हुआ कि वे सर्वोच्च न्यायालय में अपील करें। श्री जगमोहनलाल सिन्हा के निर्णय के विरुद्ध और पूर्ण स्टे आदेश प्राप्त करें। तब ग्रीष्मावकाश चल रहा था, अतः सर्वोच्च न्यायालय में ज़रूरी कामों के लिए एक न्यायाधीश उपलब्ध होता है। उस समय श्री बी. आर. कृष्ण अय्यर वहाँ थे। श्री पालखीवाला ने श्रीमती गाँधी की ओर से अपील दायर की तथा श्री शान्तिभूषण ने श्री राजनारायण की तरफ़ से बहस की। श्री पालखीवाला ने अपील में कहा कि श्रीमती गाँधी पर लगाये गये आरोप निराधार सिद्ध हो जायेंगे और उनके जीतने की अच्छी उम्मीद है। इलाहाबाद उच्च न्यायालय का फ़ैसला कमज़ोर है। स्टे माँगते हुए श्री पालखीवाला ने यह कहा कि यदि प्रार्थी को स्टे नहीं मिला तो अपूर्त्य क्षति होगी।

श्री शान्तिभूषण ने श्री पालखीवाला के दिये गये तर्क की काट करते हुए कहा कि इलाहाबाद उच्च न्यायालय से 20 दिन का समय इसलिए माँगा था कि तब तक नये प्रधानमन्त्री का चुनाव कराना सम्भव हो, परन्तु अब तो वे स्वयं प्रधानमन्त्री बने रहने के लिए स्टे चाह रही हैं।

सर्वोच्च न्यायालय के न्यायाधीश श्री कृष्ण अय्यर ने श्री शान्तिभूषण के तर्कों को मानने से इनकार करते हुए अपने फ़ैसले में कहा कि–

1. श्रीमती इन्दिरा गाँधी लोकसभा की सदस्य रहेंगी और उसके रजिस्टर पर हस्ताक्षर कर सकेंगी।

2. परन्तु न तो वे लोकसभा के अधिवेशन में लोकसभा सदस्य की हैसियत से भाग ले सकती हैं और न लोकसभा के सदस्य के रूप में पारिश्रमिक प्राप्त कर सकती हैं।

3. श्रीमती गाँधी प्रधानमन्त्री अथवा मन्त्री की हैसियत से दोनों सदनों अथवा संयुक्त बैठकों में भाग ले सकती हैं परन्तु मतदान में नहीं।

4. लोक प्रतिनिधित्व अधिनियम 451 की धारा 116 (क) के अनुसार यह व्यवस्था है कि स्टे आदेश के बाद यह मानकर चला जाये जैसे पूर्व निर्णय हुआ ही न हो।

5. उन्हें 24 जून, 1975 को उच्च न्यायालय द्वारा अन्तरिम स्टे के फलस्वरूप कानूनन तो श्रीमती इन्दिरा गाँधी प्रधानमन्त्री बनी रह सकती हैं। इससे किसी प्रकार से यह औचित्य सिद्ध नहीं होता कि उन्हें तत्काल प्रधानमन्त्री पद से इस्तीफ़ा दे देना चाहिए। परन्तु विपक्ष बराबर उनसे इस्तीफ़े की माँग करता रहा।

वह यह नहीं भूल सकती थीं कि उनकी प्रतिष्ठा जनता की नज़रों में यथावत् बनी हुई है। उनकी अन्तरात्मा की आवाज़ मेघाच्छन्न आकाश में बिजली की तरह साफ़ चमक रही थी—इन्दिरा तू इस्तीफ़ा दे दे। देने में ही लाभ है। नेहरू परिवार की प्रतिष्ठा का सवाल है। त्यागपत्र देने से तेरी प्रतिष्ठा में चार चाँद लग जायेंगे। पद तो अधिक-से-अधिक जीते जी चल सकता है परन्तु प्रतिष्ठा कभी खत्म नहीं होती। मरने के बाद भी नहीं। कभी नहीं। यह सोचते हुए उनकी नींद उड़ जाती। वह चौंककर उठ बैठतीं। सारी दुनिया सो रही होती थी और वह अकेली अपने को लेकर मंथन कर रही होतीं। उनके सामने एक-एक तस्वीर साफ़ हो रही थी जैसे मृत्यु शय्या पर पड़े व्यक्ति के सामने सारा अतीत और वर्तमान एक साथ न्यूज़रील की तरह घूम जाता है। वह तटस्थ हुआ उसको देखता रह जाता है। कुछ कर नहीं सकता। क्या करें? कैसे करें? इस प्रकार के अनेक आग्नेय प्रश्न उन्हें घेर लेते।

39

यादों का मेला एकदम स्वप्निल इन्द्रधनुष-सा होता है। जब तब इन्दिरा गाँधी भी अपने एकान्त से उकताकर अतीत के स्वप्नों की ओर मुड़ जाती थीं। उन्हें अच्छा लगता था। इस तरह धीरे-धीरे गहरे में उतरते जाना और आत्मविस्मृत होकर जिये स्वप्न के साथ पुनः जी उठना। वर्तमान को जी लेने का एक वह भी अवलम्बन है। उससे बहुत राहत मिलती है। खिड़की खोली तो मायावी वर्षा नर्तन कर रही थी। वर्षा का उनके जीवन से बहुत गहरा सम्बन्ध रहा है। अचानक उनके मनोमस्तिष्क पर अनेक दृश्य फलक उभरने लगते और वह चलचित्र की तरह उन्हें देखने लगतीं।

लखनऊ की शाम : नवाबों के नाम। आज नवाब नहीं लेकिन हर लखनऊवासी आज भी नवाबों की सूफ़ियाना तबियत, नज़ाकती मिज़ाज और बेहतरीन अदाकारी का नमूना बना हुआ है। इक्के-तांगे में जुते-मालिशदार घोड़े-घोड़ियाँ और उनके नवाबी नाम एक बार तो अजनबी राहगीर को अपनी ओर खींच ही लेते हैं। और

लखनऊ की वर्षा का वल्लाह क्या जवाब। क्या कहना! घने मेचक सावन की झड़ी में बलखाता लखनऊ देखते ही बनता है। इन्दिरा लखनऊ की शान-शौकत और नज़ाकत का नज़ारा देखती चल रही थी। वह बोली, "फ़िरोज़, ये शहर भी रुआब-दुआब, चाल-ढाल, मिज़ाजी रंगत और नवाबी किस्सों में अपनी बेहतरीन सभ्यता को बयान करता है।"

"ये आपका दिल्ली नहीं है, इन्दु।"

"दिल्ली में ऐसा क्या नहीं है, फ़िरोज़। वह भी मुगलों की राजधानी रही है। वहाँ भी सल्तनती नूर का आलम रहा है। वहाँ भी कोई कमी नहीं है?" इन्दिरा के गुलाबी होंठ महक रहे थे।

"कमी तो किसी शहर-गाँव में नहीं होती, इन्दु। सिर्फ़ देखने वालों की आँखें चाहिए। उन आँखों में तुम्हारे जैसा सुरूर चाहिए।"

"तुम सुधरोगे नहीं, फ़िरोज़।"

"तुम सुधारोगी तो भला हमारी क्या हस्ती कि हम सुधरे नहीं। पर यह दिल्ली रहकर तो नहीं हो सकता ना।" फ़िरोज़ अपनी मस्ती में झूम उठा।

"क्या तुम्हें दिल्ली इतनी बुरी लगती है, फ़िरोज़?" इन्दिरा कुछ गम्भीर होने लगी।

"ना...ना...ना...इन्दु, दिल्ली तो दिलवालों की है। तभी तो खुदा ने दिल बनाकर इस परदेशी के हवाले कर दिया।" फ़िरोज़ की नूरी आँखों में रंगीन स्वप्न मचल रहे थे। वे लोग बालकनी में खड़े वर्षा का नज़ारा देख रहे थे।

"तुम ताना देना कब छोड़ोगे?"

"जब तुम दिल्ली छोड़ दोगी, इन्दु।"

"तुम यही चाहते हो।"

"तुम नहीं चाहतीं क्या इन्दु।"

"हम दोनों क्या चाहते हैं, फ़िरोज़, बात उसकी होनी चाहिए।"

तभी नन्हा राजीव आ गया। आते ही बोला, "पापा...पापा बरखा में नहायें क्या?"

"नहीं...नहीं, राजीव नहीं। भीगना सेहत के लिए अच्छा नहीं है।" इन्दिरा कहती ही रही कि फ़िरोज़ राजीव का हाथ पकड़ कर गार्डन में आ गया और बाप-बेटे दोनों भीगने लगे। इन्दिरा बरामदे में खड़े होकर कहने लगी, "फ़िरोज़, राजीव को ठंड बहुत जल्दी लगती है।"

"और मुझे भी।"

"हाँ, तुम्हें भी। अब लौट आओ। वर्षा भी तेज़ हो गयी है।"

"ठीक तुम्हारी धड़कनों की तरह इन्दु।" फ़िरोज़ राजीव का हाथ पकड़कर कूदता हुआ कहता।

"प्लीज़, फ़िरोज़।"

"तुम वर्षा से इतना क्यों डरती हो? वर्षा तो अमृत है।...मैं कहता हूँ कि तुम भी आ जाओ और अमृत में स्नान करो और तन-मन की गाँठे खुलने दो।"

"राजीव बेटे, इधर आ जाओ। तुम जानते हो कि तुम्हें ठंड कितनी जल्दी लगती है।...इधर आओ बेटे।" इन्दिरा इसी के साथ आगे आ जाती।

तभी तेज़ी से फ़िरोज़ इन्दिरा की तरफ़ बढ़ता और उसे हाथ पकड़ कर खींच लेता। इन्दिरा मना करती और कोफ़्त होती रह जाती। राजीव ताली बजा उठता। इन्दिरा भीगने लगती। कहती होती, "कुछ तो अक़्ल से काम लो फ़िरोज़, कोई क्या सोचेगा?"

"कोई कुछ नहीं सोचेगा, इन्दु, तुम्हें अपनी क़ीमती साड़ी के खराब हो जाने का भय सता रहा है। भय को दिल से निकालो और हम लोगों के साथ भीगो, जितना भीग सकती हो। यों भीगना ही ज़िन्दगी है।" फ़िरोज़ इन्दिरा को गार्डन में खींच ले आया था।

"मुझे यह सब पसन्द नहीं है, अब हम बच्चे नहीं रहे हैं।"

"मेरे खयाल से हम बूढ़े भी नहीं हुए हैं। हम लाख-लाख साधारण लोगों में से एक हैं, इन्दु। यही तो लोकोत्सव है। इसे सम्मान दो, यही ज़रूरी भी है।"

फ़िरोज़ इसी के साथ इन्दिरा को गोल-गोल घूमा कर छोड़ देता। कहता, "तुम्हें मेरी क़सम जो अन्दर लौटी। अब तुम भीग गयी हो, प्लीज़ ज़रा हमारा साथ भी दो।"

"फ़िरोज़..." कहकर इन्दिरा अन्दर नहीं लौटी। कुछ देर तक तीनों भीगते रहे। वर्षा और तेज़ हो उठी। इन्दिरा ने कहा, "अब हम लोगों को अन्दर आ जाना चाहिए, फ़िरोज़।"

तीनों अन्दर आ गये। कपड़े बदले। कॉफ़ी तैयार थी। कॉफ़ी सिप करने लगे। इसी समय यहाँ भी खानसामा स्वयं कॉफ़ी लेकर आया। बोला, "मादाम, ब्लैक कॉफ़ी।"

इन्दिरा देख रही थी कि वर्षा हो रही है। रह-रहकर बिजली चमक रही है। राजीव-संजय देहरादून में हैं दून स्कूल में। न फ़िरोज़ है, न पापु। वह अकेली है, गुमसुम। कोई नहीं है उसके साथ। कितना गहरा सन्नाटा है। विजयलक्ष्मी पंडित भी उसके साथ नहीं है। वह सोच रही थी कि अब वह क्या करें? कांग्रेस टूट-टूट कर बिखरती जा रही है। अब भी, उसमें स्वार्थी डटे हुए हैं और अपना उल्लू सीधा करना चाह रहे हैं।

उसे अपने पिता जवाहरलाल नेहरू की बातें याद आने लगीं। वह उसे समझा रहे थे, "इन्दु, कांग्रेस इसी तरह टूटती-बिखरती रही है। अब वे निष्ठावान्, निःस्वार्थी, त्यागी और देशभक्त कांग्रेसी कहाँ रहे हैं? जो कुछ हैं वे अपनी ढपली अपना राग

का अनुकरण कर रहे हैं। हमारे सामने सबसे बड़ा संकट यही है और यही हमारी कमज़ोरी भी है। इससे निकल पाना आसान नहीं है, यह भी देश की बदक़िस्मती ही है।...आचार्य भावे हैं, वे अपने रास्ते पर चल रहे हैं। किसी देश के सर्वांगीण विकास के लिए नैतिक और आध्यात्मिक उन्नति उतनी ही ज़रूरी है, जितनी भौतिक। परन्तु आध्यात्मिकता मात्र धर्म केन्द्रित नहीं होती।"

"यह सब मैं भी महसूस कर रही हूँ परन्तु इन समस्याओं का निदान तलाश कर नहीं पा रही हूँ।" इन्दिरा यह कहकर सोचती रह जाती। जानती थी कि पापु को बुलाकर बात करने के पीछे बात कोई और है। वह पूछ बैठती, "पापु आप असली बात बिना घुमाकर भी पूछ सकते हैं। शायद यही ठीक रहेगा।"

"हाँ, इन्दु शायद मुझे पहल ही इसी तरह की करनी चाहिए थी। ख़ैर, अब भी कुछ नहीं बिगड़ा।...उड़ते-उड़ते यह खबर मुझ तक भी पहुँची है कि...।" इतना कहकर जवाहरलाल नेहरू रुक जाते। पुनः सोचने लगते कि इस सम्बन्ध में उनका उससे बात करना क्या ठीक रहेगा। काश आज कमला होती!

"मैं समझती हूँ कि आप दिनेशसिंह के सम्बन्ध में बात करना चाहते हैं। ...याद है, मैं कई बार एम. ओ. मथाई के बारे में कह चुकी हूँ। कई बार मुझे फ़िरोज़ ने इस ओर संकेत दिया था। उसने हम दोनों के बीच गलतफ़हमियाँ पैदा करने की कोशिश की थी।...आज भी वह राजा साहब और मेरे को लेकर सन्देह को जन्म देने में अपनी कार्य कुशलता का परिचय दे रहा है।...पापु यह आप जानते हैं कि मैं आपसे कुछ नहीं छिपा सकती। आपने जो कुछ सुना, वह महज़ इत्तफ़ाक़ था। मि. सिंह के साथ मेरी कई बैठकें ज़रूर हो गयीं परन्तु उनके पीछे कुछ समस्याओं को सुलझाने का मेरा प्रयास था।...अब भी है। परन्तु आप ठीक नहीं समझते तो ...सवाल आपकी प्रतिष्ठा का भी है। लोग, आपको कमज़ोर बनाना चाहते हैं, यह मुझे कभी बर्दाश्त नहीं होगा।...मेरे उनके बीच कोई सम्बन्ध नहीं है। सारी कथाएँ मनगढ़ंत हैं। ठीक वैसे ही जैसे फ़िरोज़ के बारे में मथाई ने बहुत कुछ ग़लत-सलत बातें फैलवायी थीं।...आपको मेरे पर भरोसा तो है, पापु।"

जवाहरलाल नेहरू के चेहरे पर आत्मसन्तोष झलकने लगता। वह कह उठते, "डिनर पर हमारा इन्तज़ार हो रहा है, इन्दु। चलें।"

सारी बातें समाप्त। परन्तु इन्दिरा को दुःख हो रहा था कि वह शुरू-शुरू में मथाई की बातों में क्यों आती चली गयी? धन्यवाद फ़िरोज़। अफ़वाहें फैलाने का प्रमुख केन्द्र मथाई है, यह फ़िरोज़ ने बहुत पहले ही बता दिया था।

इन्दिरा को यही तो दुःख हो रहा था कि उसका पापु पर बस नहीं चल सका तो उनकी बेटी को बदनाम करने की चाल चल दी। यानी जैसे भी हो जवाहरलाल नेहरू को घेरो, उन्हें काम नहीं करने दो। परेशान करो।

राजनीति में व्यक्तिगत बातों पर इतना ध्यान क्यों? क्यों बेसिर पैर की बातें? आज भी उनके साथ ऐसा ही हो रहा है। वह तनिक खिन्न मन से खिड़की के पास से वर्षा की गति को धीमी होते हुए देखती रही। आज फ़िरोज़ की याद उन्हें बहुत घेर रही थी। पगला कैसे कह गया था जब वह तेज़ ज्वर से पीड़ित थी और वह देर रात तक माथे पर ठंडे पानी की पट्टी रखता रहा था। उसने तो उसे मना किया था, "फ़िरोज़, अब सो जाओ। रात के-एक (बजे) से ऊपर समय हो रहा है।...मैं पहले से बहुत ठीक हूँ। ज्वर भी कम हुआ है।"

पगला उसे प्यार से देखता रहा। कुछ देर बाद वह बोला, "इन्दु, मुझे यह सुख ले लेने दो। मैं तुम्हारा ध्यान ही कहाँ रख पाता हूँ। और तुम्हें तो अपना ध्यान रखने की फ़ुर्सत ही कहाँ है। मुझे अधिक व्यस्तता से घबराहट होने लगती है।" उसने उसका हाथ एक हाथ से सहला दिया।

फ़िरोज़ उसके पलंग पर था, उसके पास। उसको छूता हुआ वह कहे जा रहा था, "पहले सोचता था कि तुम्हें पाकर सारे विश्व की यात्रा करेंगे। विश्व भर के प्रेमियों की समाधि पर जायेंगे। उनसे कहेंगे, प्यार के देवताओं, समाधि से बाहर आओ। दुनिया को आज तुम्हारी बहुत ज़रूरत है। दुनिया प्यार को भूलती जा रही है और नफ़रत, द्वेष, स्वार्थ और झूठी लालसाओं के पीछे दौड़ पड़ी है। प्यार इस थकी-हारी, झुँझलाहट भरी और अँधी तकलीफ़ों से घिरी इस दुनिया का एक मात्र इलाज है जो उसे जीने का सच्चा और शाश्वत अर्थ समझा सकता है।"

"फ़िरोज़...।" इन्दिरा की बड़ी-बड़ी आँखों के कोर पर आँसू आकर ठहर गये। उसका दिल भर आया। वह उसके हाथ को चूमकर कहने लगी, "तुम दीखते तो मैकेनिक से हो? एकदम यथार्थवादी परन्तु तुमने ऐसी कविताएँ किससे सीखीं?"

फ़िरोज़ मुस्कुराया। वह धीरे से बोला, "इन्दु, सच बोलूँ तो...।"

"हाँ, फ़िरोज़, सच बोलो। प्यार में झूठ नहीं चलता, यह तुमने ही कहा था न...टेम्स के किनारे खड़े होकर, अमृत कहीं है तो वह प्यार में है। वह न झूठ जानता, न फरेब, न नफ़रत और न लालच। वह सहर्ष अपना सम्पूर्ण निछावर कर देना चाहता है अपने प्यार के लिए।"

"पर क्यों?"

"क्योंकि इन्दु, प्यार मुझे लगता है, सदा अपने प्यार के लिए जीने की आदत डाल चुकता है। उसका अपना कुछ नहीं रहता।"

"तुम ऐसा सोचते हो, फ़िरोज़।"

"यह मैंने अपनी ममा, आंटी यानी हम दोनों की माँ से सीखा था। वे नेहरू जी को अपने से ज़्यादा प्यार करती थीं। तुम जानना चाहोगी कि कैसे?"

"हाँ कैसे फ़िरोज़?"

एक बार मैंने उनसे कहा था, "आप आंटी, गाँव-गाँव घूमती हैं। इतनी लू में सिर पर गीला कपड़ा रखे, आँखों में प्यार और दिल में ममता लिए, पर क्यों? आप इन दिनों घर में रहकर चरखे से सूत कातकर और तरीक़ों से भी जनसेवा कर सकती हैं न।"

"तू बहुत बड़बोला हो रहा है, फ़िरोज़। अब यह तू सोचेगा कि मुझे कब, क्या करना चाहिए? अरे पगले, तेरे अंकल, बदबूदार तंग कोठरियों में, जहाँ न पँखा हैं, न ठीक-सा बिछौना, न कोई संगी-साथी है और न ताज़ी हवा का झोंका, न खुला आकाश है। न चिट्ठी लिखने की आज़ादी है, न मौसम का पता है और न वसन्त का आना-जाना। तू सोच तो इतना पढ़-लिख कर, इतनी दौलत के अकेले वारिस होकर और सारी सुख-सुविधायें छोड़कर वे किसलिए यातनाओं, अभावों, उपेक्षाओं और डंडों को सह रहे हैं? क्यों पागल हुए हैं। न दिन देखते हैं, न रात; और न भूख प्यास देखते हैं, न पुलिस फ़ायरिंग।...यह सब करना है फ़िरोज़ यदि अपने देश को आज़ाद कराना है, बर्बर विदेशियों के नापाक इरादों, छीना-झपटी, अपमान, क्रूरताओं से अपने देश को आज़ाद कराना है तो निर्भीक होकर भारत माता की जय, वन्देमातरम् ऊँचे स्वर में बोलकर आज़ादी की अनुभूति करानी है। आज जो जहाँ है, जिस हालत में है और जो कुछ कर सकता है, कर रहा है बिना जान की परवाह किये, घोड़ों की टापों से कुचलता हुआ, हंटरों की मार झेलता हुआ और मुस्कुराता हुआ। उसे किसी से शिकायत नहीं है।"

जब फ़िरोज़ चुप होने लगा तब इन्दिरा ने पूछा, "इतना लम्बा भाषण दे डाला था तुम्हारी आंटी ने, फ़िरोज़।"

"हाँ, इन्दु, हाँ और वह भी अचानक और तेज़ लू से झुलसते हुए। तब मैंने उनकी आँखों में सच्चा प्यार देखा था। सच्ची लगन देखी थी। मर मिटने की गहरी ख़्वाहिश देखी थी।...एक बार तो मुझे भी ताज़्ज़ुब हुआ था यह सोचकर कि अपनी आंटी गाँव-गाँव घूमते हुए यह कहती थीं कि वह भाषण-वाषण नहीं जानती, वह दुःख तकलीफ़ नहीं समझती। वह उनको यह याद कराना चाहती थीं कि उनके खेतों और जीवन के मालिक विदेशी हैं जो उनकी फसलों की जवानी को औने-पौने दामों में खरीदकर, पाँवों तले रौंदकर, उन्हें बेदखल कर और उनकी पगड़ी-टोपी को सरेआम उछाल कर सबको जीने से बेदखल किये जा रहे हैं।...इन्दु इसका असर गाँववासियों पर गहरा पड़ता था। वे उनके चरण छूने लगते थे उनके लाख मना करने पर।"

अतीत महक उठा था। फ़िरोज़ ने पुनः धीरे से कहा. "इन्दु, आंटी नहीं चाहती थीं कि मेरा झुकाव तुम्हारी ओर बढ़ता जाये। मुझे दुःख है कि मैं अपने प्यार को समझाने में सफल नहीं हो सका। आज भी तुम, मेरे पास उनकी धरोहर हो, यह मैं कभी नहीं भूल सकता।"

इसी समय फ़ोन की घंटी बज उठी। इन्दिरा अलसाये मन से उठी। धीरे-धीरे आगे बढ़ी। अब वर्षा थम चुकी थी। उसने फ़ोन का चोगा उठाया और कुछ कहने-सुनने लगी।

40

यह बहुत नाजुक समय था। रांची में नव निर्माण समिति ने यह नारा दे डाला कि "सेना को शासन सौंप दो, हमारी आशा मानकशाह।" अहमदाबाद में सेना के जवानों का स्वागत हो रहा था। जे. पी. भी मिलिट्री को भड़काने से नहीं चूके। चारों ओर अराजकता नज़र आने लगी। 'दिनकर' की एक कविता के एक चरण ने जन-मन को उत्तेजित कर दिया था। "सिंहासन खाली करानेवालों जेल तुम्हारा स्वागत करती"। इन्दिरा गाँधी इस संकट से कैसे निबटें? उनका इस्तीफ़ा देना उचित नहीं था, क्योंकि भारत के लोकतन्त्र को खतरा हो सकता था। कांग्रेस में भी सत्ता की दौड़ तेज़ हो गयी थी। देश बिखर गया तब क्या होगा?

इन्दिरा गाँधी ने 25 जून, 1975 की रात का सामना किया और बिना सूचना दिए राष्ट्रपति फखरुद्दीन अली अहमद से मिलने जा पहुँचीं। उनके सामने देश की विकट स्थिति को सतर्क प्रस्तुत किया और अपने बने रहने की आवश्यकता सिद्ध की। फलतः राष्ट्रपति ने आपात काल लागू करने वाले प्रस्ताव पर हस्ताक्षर कर दिये।

अब क्या था कि उन मुख्य राजनेताओं को तत्काल गिरफ़्तार कर लिया गया, जिनसे बग़ावत फैलाने का ख़तरा था। प्रचार साधनों पर सैंसर बैठा दिया। सारा देश ही नहीं, सारा विश्व आश्चर्यचकित हो उठा। भारत में तानाशाही युग की शुरुआत और लोकतन्त्र का अस्तित्व समाप्त।

किसके सामने खोलें इन्दिरा अपने मन का दर्द! देश को स्वतन्त्र कराने में वह अपनी भूमिका का स्मरण कर रही थीं और अकेले बन्द कमरे में देश को स्वतन्त्र कराने में जिन महान् हस्तियों का योगदान सदा याद रहेगा, उनको सम्बोधित कर रही थीं, "मुझे क्षमा करना। यह सब कुछ समय के लिए है। तब तक के लिए जब तक देश एक जुट नहीं हो जाता। मुझे अपने पद से इस्तीफा देने में कोई आपत्ति नहीं है। परन्तु इस समय देश में विस्फोटक स्थिति पैदा हो गयी है। ऐसे में कुछ भी हो सकता है। सब तरफ़ शोर है। धैर्य जाता रहा है। जैसे-तैसे सत्ता तक पहुँचने की जल्दी है। दुर्भाग्य से ऐसे प्रतिकूल समय में जे. पी. जैसे स्वतन्त्रता के संघर्ष के तपोनिष्ठ ऋषि भी उनके साथ हो लिए हैं, बिना यह अनुमान लगाए कि वैचारिक मतभेदों और कार्य-शैली में ज़मीन-आसमान का अन्तर रखने वाली

इस जनता पार्टी का साझा गठजोड़ शीघ्र ही ताश के महल जैसा सिद्ध हो सकता है। तब देश कितने पीछे चला जायेगा? कौन भरेगा और कैसे भरा जा सकेगा यह अभाव?" इसी बीच में उनसे मिलने देशी-विदेशी पत्रकार आ पहुँचे। वे पूछ रहे थे, "इमरजेंसी से आगे...?...कब तक इमरजेंसी रहेगी?"

इन्दिरा गाँधी ने सहज होकर कहा, "लोकतन्त्र की वापसी तक।"

"लोकतन्त्र की वापसी कब तक?"

"जब तक देश सामान्य स्थिति में न आने लगे।"

"वो कैसे जाना जायेगा?"

"आप लोकतन्त्र का चौथा पाँव अपने को मानते हैं। फिर भी...।" इन्दिरा गाँधी ने मुस्कुराते हुए कहा, "जल्दी ही।"

"जल्दी से मतलब?"

इन्दिरा गाँधी ने कहा, "कल सुबह तक।" और इसके साथ ही वह उठकर चल दीं एक आवश्यक मीटिंग में जाने के लिए।

सारा विश्व चौंक पड़ा। इमरजेंसी हटाने की घोषणा के साथ शीघ्र ही चुनाव कराने का समाचार। ये जानते हुए इमरजेंसी से ख़फा जनमत उनकी पार्टी को हाशिया पर ला देगा। जनता पार्टी की भारी अन्तर से जीत होगी और उन पर वह फन्दा कसेगी। उनको जेल में डाला जा सकेगा। बहुत कुछ हुआ भी ऐसा ही। तब भी वह वी. पी. मौर्य की बात घर किये थीं कि उनको जनता के बीच जाना चाहिए। विरोधियों के सारे भ्रम टूट सकते हैं। इसका परिणाम यह हुआ कि अगले ही दिन समाचार पत्रों की सुर्खियों में यह समाचार था कि वह बेलछी जा रही हैं। बेलछी पटना के अन्तर्गत है। यों वह बेलछी के बहाने जे. पी. से भी मिलेंगी। जनता पार्टी उनकी बेलछी यात्रा को हरिजनों के प्रति घड़ियाली आँसू मान रही थी।

13 अगस्त। बेलछी दुर्घटना को बीते सवा दो माह बाद वह पटना पहुँची। ज़ोरदार वर्षा ने उनका स्वागत किया। कांग्रेसी कार्यकर्त्ता तथा पत्रकारों की भीड़ हवाई अड्डे पर थी। नारे उछल रहे थे—इन्दिरा गाँधी ज़िन्दाबाद। तब वहाँ किसे थी ख़राब मौसम की चिन्ता और चिन्ता थी मीलों चलकर बेलछी पहुँचने के विकट रास्ते की! एक अद्‌भुत यात्रा-जोश से भरी और नारों से गूँजती। कांग्रेस के वरिष्ठ नेता की योजना थी कि दुर्घटनाग्रस्त परिवार को हरनौत ले जाया जाये। हवाई अड्डे से गार्डिनर रोड स्थित कांग्रेस विधायक दल के कार्यालय तक वह गाड़ियों के विशाल काफ़िले के साथ पहुँची। वहाँ नाश्ता किया और केदार पाण्डे व जगन्नाथ मिश्र और उनके साथियों से अलग-अलग बात की। हल्का-सा उनके मन को टटोला। कोई नहीं जान सका कि उन्होंने बेलछी जैसे दूरस्थ और अंधकार में डूबे गाँव को क्यों चुना? शायद वह स्वयं भी नहीं जानती थीं। उनके मन में वी. पी. मौर्य की यह बातें याद आ रही थीं, "आप बाहर निकलें, पायेंगी कि वायवी अँधेरा मात्र

शब्दों का जाल है। हक़ीक़त में जनता आपके साथ है। इमरजेंसी में ऐसे अनेक पेचीदे काम हुए जो नेहरू के समय से अटके हुए थे और जिनसे जनता पीड़ित थी। आत्म-अनुशासन खोकर लोकतन्त्र उन पुराने तन्त्रों की चपेट में आ जाता है, जिनसे वह पहले से प्रताड़ित था। तन्त्र का नाम बदलने से जनता का भाग्य नहीं बदलता। ज़रूरत की जिन चीज़ों को इमरजेंसी पूर्व बाज़ार से गायब पाया था और जिन्हें ब्लैक में जनता को आसमान छूते दामों में लेना पड़ रहा था, वे आज उचित मूल्य पर जनता को उपलब्ध होने लगीं हैं। सरकारी मशीनरी के पुर्ज़े जाम होने लगे थे, वे सक्रिय हो उठे हैं। इसलिए मुझे विश्वास है कि आप सब जन-मन के दिलों में आज भी स्थान बनाये हैं। सदा बनाये रहेंगी।" उसी का यह परिणाम है कि वह बाहर निकलीं भी तो सीधे उत्पीड़ित, अभागे और देश के सबसे पिछड़े गाँव की ओर।

35 कारों का काफ़िला चला उनके साथ। बेलछी के बीच पड़ने वाले फतुहा, बैकुण्ठपुर, चंपापुर, सोईसराय, हरनौत आदि कस्बों-गाँवों में उनका भव्य स्वागत हुआ। अपार भीड़। भीड़ में उन्हें देखने-सुनने की होड़। सजे द्वारों पर स्वागत के साथ बैनरों पर लिखा था "जन-जन की आशा-इन्दिरा गाँधी।" जयकारे गरजे। फूल मालायें पहनाई गयीं।

सब चकित। स्वयं इन्दिरा गाँधी भी। उन्होंने जनता का प्यार नहीं खोया है। जनता आज भी उन्हें चाहती है। और इतनी चाहती है। वह आश्वस्त हुईं। उन्होंने रास्ता मोड़ा। वह बिहार शरीफ़, जहाँ वापसी में जाना तय था, वहाँ इसी वक़्त रुकने का मन बनाया। 10, जुलाई 1577 को मानाराम फ़क़ीर की याद में निकाले गये उस जुलूस में घटे बम कांड से व्यथित होते हुए, उसमें मारे गये उन दो व्यक्तियों के प्रति गहरा दुःख प्रकट किया। फ़क़ीर मानाराम की समाधि पर उन्होंने दो मिनट का मौन रखकर प्रार्थना की और कहा, "जन नायक ये महान आत्माएँ हैं जो हर जाति, मज़हब, अमीर, गरीब सबके दिलों में बसे हैं। सच्चा लोकतन्त्र यहाँ है।"

लोहरा पुल पर वह विशाल काफ़िला रुक गया। प्रतिभा सिन्हा ने कहा, "मैडम, आगे का रास्ता बेहद ख़राब है। पानी और कीचड़ भरा है।"

"हाथी की सवारी करनी होगी, यही न, सिन्हा।" इन्दिरा गाँधी ने मुस्कुराते हुए आगे कहा, "यहाँ के लोगों को ये रास्ते रोज़ पैदल ही पार करने होते हैं। किसी नेता, जन सेवक का ध्यान इधर नहीं गया, कि उनका मतदाता ऐसे स्थान पर बसता है। आज़ादी से पहले भी वह इसी हाल-बेहाल में था और आज भी है। तब लोकतन्त्र का मतलब?"

अब वह काफ़िला पारचार पहुँचा था। रुक गया। इन्दिरा गाँधी ने प्रतिभा सिन्हा की ओर देखा; वह कहने लगीं, "यहाँ से आगे का सफ़र नाव से।"

इन्दिरा गाँधी ने कहा, "इसलिए मेरा भारत महान है!" फिर अपने चारों ओर देखा, सब खद्दरधारी पर उन में गाँधी के मार्ग पर चलने वाला कोई नहीं।

"ओह कितना पानीं! कितना कीचड़! फिसलन अलग।...काश, हमारे देश की राजधानी यहाँ होती!...पर कैसे? आज़ादी तो कागज़ों की अदला-बदली से पा ली थी और अपार जन संहार से उसकी खुशी मना ली थी। धन्य है हमारी आज़ादी!"

अब इन्दिरा गाँधी बेलछी में थी। बेलछी का अर्थ था लोकतन्त्र की खुशहाली का डस्टबिन! ओह। इस समय उन्हें अपना नारा याद आया 'गरीबी मिटाओ'। पर कैसे ? कौन पहुँचेगा वहाँ तक और क्यों? इतनी लंबी और जोखिम भरी यात्रा से उनका चेहरा तमतमा उठा। पसीने की मार अलग। ऊपर से गुलाबी रंग की रबड़ की बॉर्डर वाली बरसाती। मन में गहरी व्यथा, आँखों में पिघलते दर्द की ख़ामोशी और बीहड़ जैसी घनी चिन्ता से घिरा उनका वजूद!

इन्दिरा गाँधी उन पीड़ित परिवारों से मिलीं। उस स्थान को देखते ही उनकी आँखें भर आयीं। 27 मई, 77 का वह काला दिन, जिस दिन उस गाँव के आठ हरिजन और तीन सोनार ग्रामीणों को एक रक्त के पिपासु गिरोह ने गोलियों से भून कर उनकी लाशों को आग की लपटों के हवाले कर दिया था। चीख उठी मानवता। लहूलुहान पड़ा रह गया गाँधी के मंसूबों का भारत, जिसके लिए उन्होंने आज़ादी चाही थी। हज़ारों हज़ार हुतात्माओं के मन्सूबों का क्या हुआ? शहीदों की आत्माओं को कैसे मिलेगा सुकून! उनका दिल तड़प उठा। वह बेहद ग़मगीन हो गयी। उनकी आँखों के सामने अँधेरे का समन्दर उछालें लेने लगा।

सचमुच रात हो गयी। लौट रहे थे अँधेरे में, पेट्रोमेक्स की रोशनी में थके हारे। बेलछी जैसे गाँवों के भाग्य में पेट्रोमेक्स कहाँ! वहाँ तो घोरतम अंधकार है– न केवल रात में बल्कि दिन में भी।

वहाँ काफ़िला बख्तियारपुर कॉलिज के मैदान के पास ठहरा। वहाँ मंच था। रोशनी थी। भीड़ थी। जय-जयकार थी। इन्दिरा गाँधी ने भरे मन से संबोधन दिया। कहा, "भारत के गाँव खुशहाल होंगे तो भारत आज़ादी का रास्ता तय करता अनुभव करेगा। आज़ाद भारत का अर्थ समझ में आयेगा।"

वहाँ से इन्दिरा गाँधी क़दम कुआँ पहुँचीं–जयप्रकाश नारायण के निवास पर। अभिवादन किया। कुछ देर खामोश रहीं। फिर जयप्रकाश नारायण ने आशीर्वाद स्वरूप कहा, "तुम आयीं, मुझे खुशी हुई! तुम्हारे अतीत से भविष्य ज़्यादा उज्ज्वल हो।" कहीं न कहीं दोनों के हृदय में अपनत्व पिघलने लगा था तब!

अमेरिकन ब्रॉडकास्टिंग के टी. वी. कैमरामैन ने उनकी बेलछी यात्रा का ऐसा मार्मिक चित्रण किया कि सारी दुनिया ठगी रह गयी। उनकी प्रस्तुति में संवेदना के वे पल उभर उठे थे, जिनमें इन्दिरा गाँधी का हृदय अन्दर-ही-अन्दर व्यथा की अँधेरी गहराइयों में खो गया था। वे डूब गयी थीं।

बेलछी यात्रा ने उन्हें अपूर्व शक्ति दी, साहस दिया और सोचने करने का एक स्फूर्त सम्बल दिया। जनता पार्टी और उनके विरोधी भी चक्कर खा गये कि यह क्या हो गया। उनका सारा बड़बोलापन पानी माँग गया।

इन्दिरा गाँधी के दिमाग़ में उस यात्रा की विकट और भयावह परछाइयाँ रील की तरह चल रही थीं। साथ में उनके बीच से पाया उत्साह और बल भी उनमें ऊर्जा भर रहा था। उनको अपना डगमगाता अस्तित्व स्थिर हुआ लग रहा था। उनके सामने भविष्य आ ठहरा, निर्भय हुआ और निःशंक! अब वह उन प्रहारों से मुक्त होता अनुभव कर रही थीं, जिनसे वह आपातूकाल के घने मेघों से घिर जाती थीं। अब उन्हें आसमान खुला-खुला लग रहा था और उदित होते सूर्य का अनुभव हो रहा था।

वह आइने के सामने खड़ी होकर अपने को निहार रही थीं। उनके चेहरे पर ताज़गी थी और उनके मन में आत्मविश्वास! उनका मन कह रहा था, 'इन्दिरा तुझे अभी निरन्तर आगे बढ़ते जाना है, बीच में कहीं रुकना-ठहरना नहीं है।'

41

समय करवट ले रहा था। इन्दिरा के प्रभाव को कम करने के लिए प्रयत्न हो रहे थे। इसी क्रम में उच्चतम न्यायालय के अवकाश प्राप्त मुख्य न्यायाधीश जयन्ती लाल छोटेलाल शाह की अध्यक्षता में आयोग गठित किया गया। उसका नाम हुआ शाह आयोग। 16 मई, 1977 को इस एक सदस्यीय आयोग की नियुक्ति हुई। इस आयोग का कार्यक्षेत्र अत्यन्त व्यापक था। 12 जून, 1975 के बहुचर्चित एवं राजनीतिक मोड़ की दृष्टि से अत्यन्त महत्त्वपूर्ण तारीख से लेकर (जब न्यायालय द्वारा उनका चुनाव अवैध घोषित किया गया था।) आपातूकाल के अन्त तक जो कुछ गैर संवैधानिक एवं ग़ैर ज़िम्मेदाराना ढंग से हुआ है; उस सबकी जाँच इस आयोग को करनी थी। संसद में उस रपट पर चर्चा भी हो चुकी। आयोग ने इन्दिरा गाँधी को सत्ता दुरुपयोग एवं अधिकार के ग़लत उपयोग के कारण दोषी ठहराया था। उन्होंने उच्च न्यायालय में दो न्यायाधीशों एवं रिज़र्व बैंक व पंजाब नेशनल बैंक के मुख्य कार्यकारी अधिकारियों के मामले में सत्ता को दोषी माना था।

आयोग ने कार्यवाहियाँ शुरू कर दी थीं—9 जनवरी, 1978 से।

ग्यारह वर्ष तक जिसने अप्रतिम साहस, उद्भट धैर्य और सूक्ष्म तथा दिव्य दृष्टि से भारत के इतिहास में अनेक महत्त्वपूर्ण अध्याय जोड़े थे और जो सर्वाधिक चर्चा की केन्द्रीय स्थान बनी रही थीं, अब वही इन्दिरा गाँधी आपातूकाल के समय

सत्ता का दुरुपयोग और ज़्यादतियों के आरोप के कारण शाह आयोग के समक्ष जा रही थीं।

इससे पूर्व शाह आयोग में कभी इतनी भीड़ नहीं देखी गयी थी। स्पेशल पुलिस। ज़बर्दस्त प्रबन्ध। समय से बहुत पहले भीड़ का वहाँ जमना शुरू हो गया था। अपने निवास 12 विलिंग्टन क्रिसेंट, नयी दिल्ली से चलने से पूर्व आंध्र के छात्रों के साथ उन्होंने फ़ोटो खिंचवाई थी। उनमें से एक छात्र ने सत्यमेय जयते कहा था। परन्तु वे तब तक वहाँ से रवाना हो चुकी थीं। अकबर रोड, राजपथ और तिलक मार्ग पार करते हुए उनकी कार शाह आयोग के कार्यालय में प्रवेश कर चुकी थी।

क्रीम रंग की एम्बेसडर कार रुकी। उसमें से पहले निकले सैयद मीर कासिम और फिर इन्दिरा गाँधी। सिपाही ने तुरन्त फुर्ती से सलाम किया। सुपरिंटेंडेंट सुरक्षा तेज़ी से उनकी ओर बढ़े और उन्हें अन्दर ले गये। तभी तेज़ आवाज़ में नारे उठे-इन्दिरा गाँधी-ज़िन्दाबाद। शाह कमीशन नाटक है।

घड़ी में दस बजे। बहत्तर वर्षीय न्यायाधीश शाह ने अपना स्थान ग्रहण किया। कार्यवाही शुरू। तीन घंटे तक फ्रैंक एंथोनी धुआँधार बहस करते रहे। आयोग की ओर से कार्ल खंडाला वाला और सरकार की ओर से प्राणनाथ लेखी ने बहस में भाग लिया। परन्तु इन्दिरा गाँधी नहीं बोली। उनको बोलने का मौका नहीं मिला।

अगला दिन। भीड़ कल से कम थी। भीड़ वहाँ इन्दिरा गाँधी को सुनने आयी थी। वह बोली ही नहीं। फलतः हतोत्साहित भीड़ ने अगले दिन जाना कारगर नहीं समझा। जनता उत्सुक थी कि इन्दिरा गाँधी क्या जवाब देंगी? आज क्या होगा? ज़रूर कुछ बेमिसाल होगा।

आज वह सफ़ेद साड़ी में थीं। शाल भी सफ़ेद ओढ़े थीं। सिडनी टेस्ट में करसन घावरी की बल्लेबाज़ी का आँखों देखा हाल रेडियो से आ रहा था। भीड़ उसी में डूबी हुई थी। जब इन्दिरा गाँधी को शाह ने हलफ़ उठाकर बयान देने के लिए कहा तब उन्होंने अगले दिन तक मोहलत माँग ली।

आज तीसरा दिन था। इन्दिरा गाँधी खुश नज़र आ रही थीं। उनके ठीक सामने ब्रह्मानन्द रेड्डी मौजूद थे। न्यायमूर्ति शाह पूछ रहे थे-"क्या वह हलफ़ उठाकर बयान देंगी?"

"मैं एक बयान देना चाहती हूँ।" इन्दिरा गाँधी ने कहा।

इन्दिरा गाँधी आधे घंटे तक अपना लिखित बयान पढ़ती रहीं। सवाल फिर हलफ़ उठाकर देने का आया। उसके लिए वह इनकार कर गयीं। हलफ़ उठाकर बयान नहीं देने का परिणाम यह हो सकता था कि दण्ड संहिता की धारा 179 के अनुसार उन्हें छः माह की जेल हो सकती थी या एक हज़ार रुपये जुर्माना अथवा दोनों भी। इस सम्बन्ध में उन्होंने तर्क दिया था कि आपात्काल के मध्य लागू किये गये निरोधात्मक नज़रबन्द कानून को ज़्यादती कहना अनुचित होगा। आयोग

के समक्ष बयान देकर मैं (प्रधानमन्त्री) पद और गोपनीयता की शपथ भंग नहीं करना चाहती। भारत तथा विश्व में असंख्य लोग यही मानते हैं कि शाह आयोग के ज़रिये जनता पार्टी सरकार के विरुद्ध लोगों का दमन किया जा रहा है। उन्नीस माह से जब हम देश को बचा रहे थे तब यह कहना ग़लत होगा कि हम सत्ता का दुरुपयोग कर रहे थे। आयोग इस निष्कर्ष पर नहीं पहुँच सका है कि इमरजेंसी की घोषणा ज़्यादती थी। जब चुनाव का फ़ैसला मेरे खिलाफ़ गया तब विनम्रता से मैंने उसे स्वीकारा। परन्तु अब जनता सरकार इतिहास को ही दूसरी रोशनी में पेश कर रही है। आयोग यह जाँच कर रहा है कि मानो सारे सरकारी कर्मचारी, पुलिस और राजनीतिज्ञ (इमरजेंसी के समय) मेरे हुक़्म पर काम कर रहे थे।

इन्दिरा गाँधी शाह आयोग से साफ़ निकल गयीं और साथ ही आग्नेय प्रश्न छोड़ गयीं। वस्तुतः यह प्रश्न था भी टेढ़ा। दोनों तथ्य अपनी जगहों पर ठीक थे। फिर हवा में यह अनुत्तरित प्रश्न जनता सरकार की नीयत पर उँगली उठाने लगा—क्या यह इन्दिरा गाँधी के चरित्र हनन की साज़िश का प्रयत्न तो नहीं है?

3 अक्टूबर की शाम को मौसम खुला हुआ था। इन्दिरा गाँधी अन्दर कमरे में थीं। तब वह विलिंग्टन क्रीसेंट स्थित कोठी में, सफदरजंग की कोठी से आ चुकी थीं।

शाम के पाँच बजकर दो मिनट हुए थे। सी. बी. आई. के एसपी एन. के. सिंह इन्दिरा गाँधी की कोठी में दाखिल हो चुके थे और अपने आने का मक़सद बता चुके थे कि उनको गिरफ़्तार करना है।

इन्दिरा गाँधी ने पूर्व गौरव के साथ सिर उठाकर एकबारगी एन. के. सिंह को तोला और फिर कहा, "वारण्ट कहाँ है?"

एन.के. सिंह ने धीमे से कहा, "सी.बी.आई. किसी को गिरफ़्तार करना चाहे तो उसके लिए वारण्ट की कोई ज़रूरत नहीं होती।"

"यह चरणसिंह का नया कानून है।" इन्दिरा गाँधी के नज़दीक खड़े सांसद फ्रैंक एंटनी ने बीच में दखल देते हुए कहा।

इसी बीच इन्दिरा गाँधी बैठ चुकी थीं। एन.के. सिंह के उसी जवाब को दोहराने पर वह बोली, "मैं यहाँ से हथकड़ी लगवाये बिना हिलने वाली नहीं हूँ। हथकड़ी लाओ तभी मुझे ले जा सकते हो। यह आप ही लोगों का बनाया हुआ कानून है कि भ्रष्टाचार निरोधक कानून के तहत गिरफ़्तार किये गये लोगों को हथकड़ी लगाकर ले जाया जायेगा। आप ही लोगों ने ये कानून बनाया है—जाइये, हथकड़ी लेकर आइये।"

इसके बाद इन्दिरा गाँधी वहाँ नहीं रुकीं और तेज़ी से उठकर अन्दर वाले कमरे में चली गयीं। एन. के. सिंह किंकर्तव्यविमूढ़ से रह गये। वह क्या करें, क्या नहीं? उनकी समझ में कुछ नहीं आ रहा था।

यह बात दिल्ली में तेज़ी से फैल चुकी थी। प्रेस व टेलीविजन वाले, कांग्रेस के वरिष्ठ नेता, संसद सदस्य, युवा कांग्रेस के सदस्य तथा कांग्रेसी कार्यकर्ता वहाँ इकट्ठे होते जा रहे थे। बंशीलाल, ब्रह्मानन्द रेड्डी, कृष्ण चन्द्र पन्त आदि सभी वहाँ पहुँच चुके थे।

इन्दिरा गाँधी पर भ्रष्टाचार का आरोप लगाया गया था कि उन्होंने प्रधानमन्त्री पद पर रहते हुए अपने पद का दुरुपयोग किया है। उन पर आरोप लगाया गया कि उन्होंने सी.बी.आई. तथा खुफिया विभाग द्वारा एक सौ से अधिक खरीदी गयी जीपों में घोटाला किया है और बम्बई हाईकमान में तेल की खुदाई का ठेका फ्रांसीसी फर्म को अधिक कीमत पर देकर राष्ट्रीय कोष का दुरुपयोग किया है। सी.बी आई. पुलिस में लिखवाई गयी रिपोर्ट में उन पर यह इल्ज़ाम लगाया कि उन्होंने बिना भुगतान किये अपने व मन्त्रीपरिषद् के प्रभाव एवं सचिवालय के अधिकारियों की सहायता से जीपें तथा अन्य गाड़ियाँ प्राप्त की थीं। महिन्द्रा एण्ड महिन्द्रा से जीपों की डिलीवरी सीधे प्रधानमन्त्री सचिवालय को दी गयी थीं। इन जीपों का भुगतान मोदी स्पिनिंग एण्ड वीविंग मिल्स, मोदी प्राइवेट लिमिटेड, मोदीनगर, डी. एस. एच. पी. सेल्स लिमिटेड, नयी दिल्ली और मैसर्स स्पीजे प्राइवेट लिमिटेड, कलकत्ता ने सीधे महिन्द्रा फर्म मद्रास को किया है। प्रकाशचन्द्र सेठी, इन्दिरा गाँधी मंत्रिमण्डल के सहयोगी ने जीप निर्माता तथा भुगतान करने वाली फर्मों से तालमेल बिठलाया था। उन जीपों का प्रयोग स्वतः इन्दिरा गाँधी के चुनाव क्षेत्र रायबरेली तथा उनके पुत्र संजय के चुनाव क्षेत्र अमेठी में किया गया।

उन पर दूसरा आरोप था कि तेल एवं प्राकृतिक गैस आयोग पर अपने प्रभाव के फलस्वरूप सी. एफ. पी. फ्रांसीसी कम्पनी के पक्ष में निर्णय लेने के लिए उन्होंने संकेत दिये हैं। उसके फलस्वरूप भारत सरकार को 11 करोड़ रुपये ज़्यादा देने पड़े। इस आदेश के मद में यह ध्यान रखा गया था कि राजनीतिक एवं कूटनीतिक आधारों पर यह समझौता हो जाना चाहिए। परन्तु इस व्यापाराना दस्तावेज़ पर कहीं कोई ऐसा संकेत नहीं है। बाद में तो विदेशमन्त्री अटलबिहारी वाजपेयी ने संसद में इस प्रकार की जालसाजी का स्वयं विरोध किया था। यद्यपि अभी भी कुछ सांसदों ने पुनः यह प्रश्न उठाया है और अटलबिहारी वाजपेयी के दिये वक्तव्य को उन्होंने सन्तोषप्रद नहीं माना है। ख़ैर यह बात तो उस समय की थी जब इन्दिरा गाँधी को अभियुक्त बनाया गया था।

बाहर बढ़ती भीड़ नारे उछाल रही थी—लाठी गोली खायेंगे, इन्दिरा को वापस लायेंगे! चरणसिंह की तानाशाही नहीं चलेगी, नहीं चलेगी! जनता सरकार हाय-हाय! हमारी नेता इन्दिरा गाँधी!

इन्दिरा गाँधी इससे पूर्व शाह आयोग के सम्बन्ध में देश के कानून विशेषज्ञ आनन्द नारायण मुल्ला, डी. पी सिंह, फ्रेंक एंथनी आदि से सलाह-मशविरा कर

रही थीं। यह सच है कि उनकी गिरफ़्तारी की खबर किसी को कानोंकान इससे पूर्व नहीं थी।

अब तक बत्तियाँ जल चुकी थीं और भीड़ लगातार बढ़ती जा रही थी। जनतन्त्र को बचाने का सवाल था। एक ओर भूतपूर्व प्रधानमन्त्री अभियुक्त थीं। भीड़ नारे उछाल रही थी। जनतन्त्र किधर था, किधर नहीं, कुछ पता नहीं चलता था। क्योंकि जनतन्त्र की शक्ति जनता है और वह उन्हें गिरफ़्तार नहीं होने देना चाहती थी। शाम के 5 बजे से लेकर 8 बजे तक यही कशमकश चलती रही। आठ बजने वाले ही थे कि इन्दिरा गाँधी खादी की छापे वाली सफ़ेद साड़ी, हरा ब्लाउज़ पहने और कन्धे पर काला झोला लटकाये प्रकट हुईं। इससे पूर्व सी.बी.आई. अधिकारी व्यक्तिगत मुचलके पर छूट सकने की पेशकश अपनी ओर से कर चुके थे।

शासन हित भी तो जनता के लिए था। तब उसकी कार्यवाही का विरोध क्यों? यदि वह गलती पर है तो वह कांग्रेस-सरकार की तरह उसे नीचे खींच लायेगी।

इस बीच इन्दिरा गाँधी ने लोगों को सूचना दी, पत्रकार-सम्मेलन किया और कांग्रेसी कार्यकताओं को इकट्ठा करने के लिए काफ़ी समय प्राप्त कर लिया। बाहर आने पर पुनः एन. के. सिंह ने कहा, "आप चाहें तो मुचलके पर छूट सकती हैं।"

इन्दिरा गाँधी ने दृढ़ता से उत्तर दिया, "नहीं।"

इधर जनता युवा मोर्चा के कार्यकर्ता भी वहाँ एकत्र हो चुके थे। उन्होंने इन्दिरा गाँधी के बाहर आने पर ज़ोर-ज़ोर से नारे लगाये।

"इन्दिरा गाँधी को फाँसी दो! संजय को गिरफ़्तार करो!" इसके जवाब में इन्दिरा समर्थक नारे भी दूने जोश के साथ सुनाई पड़ रहे थे।

वह चिर-परिचित मुस्कान फेंकती हुई आवास के बाहर आकर सी. बी. आई. की कार की ओर बढ़ीं। कार में बैठने से पूर्व उन्होंने वहाँ एकत्र भीड़ को संबोधित किया। जैसे ही वह सी. बी. आई. की चाकलेट रंग की एम्बेसडर कार नं. डी. एच.ई. 1178 में बैठने को हुईं, वैसे ही उनका नौकर नाथूराम पानी का फ्लास्क और सूटकेस लिए आ पहुँचा। वह जिस कार में बैठी थीं, उसके पीछे-पीछे उनका पूरा परिवार दो मेटाडोर स्टेशन वैगनों में बैठकर चल दिया। उनके पीछे वकील अपनी-अपनी कारों से चल रहे थे।

बड़खल लेक के करीब एक गेस्ट हाउस में रखने हेतु उन्हें ले जाया जा रहा कि अचानक ही बन्द रेलवे क्रॉसिंग पर कार रुकने पर उन्होंने फ़रमाइश की कि वह खुली हवा में टहलना चाहती हैं। वह बाहर निकल आयीं। उसके बाद मेटाडोर स्टेशन वैगन तथा वकीलों की कारें रुकी थीं और वे भी बाहर निकल आये। वहाँ उन्होंने पुनः वकीलों से सलाह की और एक पुलिया पर आकर बैठ गयीं। कहने लगीं कि "मुझे कानूनन दिल्ली की सीमा से बाहर नहीं ले जाया जा सकता है। इसलिए अब मैं यहाँ से नहीं उठूँगी।"

वही हुआ जो इन्दिरा ने चाहा। उनको उनकी इच्छानुसार ले जाया गया। गाड़ियाँ फिर चल पड़ीं। मेनका गाँधी ज़ोर से नारा लगा रही थीं—इन्दिरा गाँधी ज़िन्दाबाद। हालाँकि इसकी कोई ज़रूरत नहीं थी। अब उन्हें किंग्जवे कैम्प स्थित पुलिस लाइन में रखा गया। उनको सहायक रखने की भी अनुमति दे दी गयी। उनके निवास से चलने वाले क़ाफ़िले के साथ ब्रह्मानन्द रेड्डी, कमलापति त्रिपाठी, डॉ. शंकरदयाल शर्मा. कृष्ण चन्द्र पन्त आदि लोग ही नहीं बल्कि वहाँ पर जनता पार्टी की नन्दिनी सत्पथी और के. आर. गणेश भी पहुँचे थे? और वहाँ क़ाफ़िला रुका तो रुका रहा। अँधेरे में तीर चलते रहे। सन्नाटा परदा गिराकर सरकता रहा।

42

राजनीति की मोहिनी ने रात जागते हुए गुज़ारी। सुबह उड़ते-उड़ते यह खबर रंग पकड़ चुकी थी। उनको पार्लियामेंट स्ट्रीट स्थित तृतीय अतिरिक्त मुख्य मेट्रोपोलिटन मजिस्ट्रेट आर. दयाल की अदालत में 4 अक्टूबर को प्रस्तुत किया गया।

ठीक दस-पाँच पर इन्दिरा गाँधी हरे प्रिन्ट की साड़ी में सी. बी आई. की कार से उतरीं और सीधी अदालत में पहुँचीं।

सुबह से ही वहाँ इन्दिरा समर्थक और जनता समर्थकों का जमघट अपना-अपना मोर्चा सँभाल चुका था। उनके आने पर नारे भी शुरू हुए और हाथापाई भी। पुलिस को अनियन्त्रित भीड़ को तितर-बितर करने के लिए अश्रु गैस का प्रयोग करना पड़ा।

मुक़दमे की सुनवाई एक घंटे बीस मिनट चली। तब तक वह कठघरे में खड़ी रहीं। बहस ठीक दस बजकर दस मिनट पर शुरू हुई। इन्दिरा गाँधी की ओर से फ्रेंक एन्थनी, मदन भाटिया, के.एल. अरोड़ा और के. के. लूथरा ने पैरवी की और सी. बी. आई. की ओर से एस. पी. भारद्वाज तथा कैलाश नारायण ने।

बहस समाप्त हो जाने पर मजिस्ट्रेट दयाल ने अपना फ़ैसला सुनाया कि भारतीय दण्ड संहिता की धारा 167 के अन्तर्गत वादी की ओर से इन्दिरा गाँधी को हिरासत में रखने के लिए यथेष्ठ प्रमाण नहीं हैं। फलतः यह मानने की कोई वजह नहीं है कि आरोप ठोस आधार पर लगाये गये हैं। इन तथ्यों को ध्यान में रखते हुए अदालत उन्हें बाइज़्ज़त रिहा करने का आदेश देती है।

इन्दिरा गाँधी छूट गयीं। सी.बी. आई. ने मजिस्ट्रेट के इस फ़ैसले के खिलाफ़ दिल्ली उच्च न्यायालय में याचिका दाखिल कर दी। उसका भी कुछ नहीं हुआ। उससे पूर्व फ़ैसले की ही एक तरह से पुष्टि हुई।

इस सबके पीछे कारण कुछ भी रहे हों, लेकिन इतना स्पष्ट है कि यह क़दम जल्दबाज़ी में उठाया गया था और सत्ता के लिए यह माइनस प्वाइंट सिद्ध हुआ।

सी. बी. आई. इन्दिरा गाँधी से मिल गयी, यह कहना ग़लत था। जनता पार्टी के मंत्रियों में इस मुद्दे पर मतभेद था। जे. पी. ने फ़ोन किया था, या उनके प्रभाव से वह बच गयी थीं, यह तथ्य अटकलबाज़ियों पर आधृत था।

इससे इन्दिरा गाँधी के समर्थक-गुट में आशा की नयी लहर दौड़ गयी। दूसरी ओर चव्हाण समर्थक गुट में एक नया प्रश्न उठ खड़ा हुआ। इन्दिरा गाँधी की इस विजय से कांग्रेस खेमे में आशंकायें उठ खड़ी हुईं। अब इन्दिरा गाँधी कुछ-न-कुछ ज़रूर करके रहेंगी। उन्होंने भी अपने सहयोगियों को परख लिया था। शाह आयोग सिर पर था। पुनः इन्दिरा गाँधी का राजनीति की तरफ़ रुख हो जाना स्वाभाविक हो गया था। उनके अस्तित्व की रक्षा ही राजनीति में लौटने पर ही सम्भव है, यह उनको शीघ्र एहसास हो गया था। दूसरे, वह भारतीयों के भुलक्कड़ तथा दयालु स्वभाव से अच्छी तरह परिचित थीं। महिला होने के नाते वह जनता की सहज सहानुभूति प्राप्त कर सकेंगी, यह भी उनका सोचना समाचीन था।

इससे पूर्व एक मौक़ा ऐसा आया था, जबकि उन्होंने सत्ता में पहुँचने के लिए ज़ोर आज़माइश करनी चाही थी परन्तु तब लोकसभा में विरोधी नेता के रूप में चव्हाण अपनी ही राजनीति चलाने लगे थे। वह इन्दिरा को रास नहीं आयी। वह प्रश्न था—राष्ट्रपति का चुनाव। इन्दिरा गाँधी चाहती थीं कि उसके लिए संघर्ष हो यानी उनका समर्थक व्यक्ति चुनाव मैदान में सामने आये। उन्होंने शंकरदयाल सिंह से कहा था—"मैं चाहती हूँ कि राष्ट्रपति के लिए लड़ाई हो। हमारे उम्मीदवार श्री हिदायतुल्ला या ऐसे ही कोई वरिष्ठ व्यक्ति हों"—लेकिन चव्हाण और ब्रह्मानन्द नीलम संजीव रेड्डी के नाम पर संधि कर चुके थे।

1969 में नीलम संजीव रेड्डी के नाम को ही कांग्रेस पार्टी ने प्रस्तावित किया था। पराजय की घटना के बाद रेड्डी आन्ध्र प्रदेश के अनन्तपुर जिले के इल्लुख गाँव में लौट गये थे और उन्होंने राजनीति करना छोड़ दिया था। वही नीलम संजीव रेड्डी पुनः कांग्रेस के सहयोग से राष्ट्रपति बनाये जा रहे थे। यह बात इन्दिरा गाँधी को कैसे स्वीकार हो सकती थी? उन्हें यह विचारते हुए दुःख हो रहा था और अपने साथियों की इस चाल पर उन्हें बेहद गुस्सा आ रहा था। यह उनका सीधा अपमान था? कांग्रेस संगठन में हावी होने के लिए जो कुछ घटित हो चुका था, उस व्रण को राजनीति की महिमामयी व रणचतुरा इन्दिरा गाँधी ने मुस्कान में समेट कर, ऊपर से इस बात को आया-गया कर दिया परन्तु अन्दर-ही-अन्दर तै कर लिया कि कुछ करना होगा अन्यथा जनता पार्टी और उनकी पार्टी उन्हें दूध में से मक्खी की तरह निकालने पर आमादा हो जायेगी।

इस सन्दर्भ में शंकरदयाल सिंह का विश्लेषण, इन्दिरा गाँधी के अधिक नज़दीक और सहयोगी रहने के कारण विचारणीय है। उनका चिन्तन-विश्लेषण विशुद्ध ऐतिहासिक रहा। उनका कहना था कि "राष्ट्रपति पद पर श्री नीलम संजीव रेड्डी

का मनोनयन और कांग्रेस का समर्थन एक विचित्र ऐतिहासिक घटना है।" आज से पूर्व सन् 1969 में कांग्रेस का बंगलौर में विभाजन हुआ था, इसी नाम के कारण और वही नाम आज सर्वसम्मति से इतिहास के काल-बिन्दु के समान घूम-फिरकर इतिहास का सत्य बन रहा था। "इन्दिरा जी के जीवन की यह सबसे बड़ी हार है और इतिहास के घटनाचक्रों की यह सबसे बड़ी विजय है।" कौन कह सकता है कि तब इरादों की दृढ़ मेधी नायिका के अन्तर में कैसा-कैसा ज्वालामुखी उबाल ले रहा था? कौन कह सकता है कि उसके अन्तर में समन्दर का घोर शोरिश कहाँ ले जाने की राह बता रहा था? क्या कांग्रेस विभाजन की पुनरावृत्ति के पीछे यह घटना काम नहीं कर रही थी? और, क्या कांग्रेस नेताओं द्वारा चली गयी यह चाल उनके इरादों की ईमानदारी पर से मुखौटा उतारने के लिए नाकाफ़ी नहीं थी? फिर इन्दिरा का यह सोच लेना कहाँ गलत था कि पार्टी के वरिष्ठ नेता जनता पार्टी से मिलकर, उनको अन्तिम धक्का नहीं देना चाहते थे। राजनीति की गोटी बैठाकर चाल चलने वाले ही इस तथ्य के सत्य का अनुभव कर सकते हैं कि यदि सामने वाला ज़रा-सा चूक जाये तो अगली ही चाल में शह दी जा सकती है।

इन्दिरा गाँधी व अन्य कांग्रेसियों को राजनीतिक कारणों से गिरफ़्तार किया गया था। इस स्थिति का सामना करने के लिए तत्काल रणनीति तय करने की ज़रूरत थी अन्यथा जनता सरकार के हौसले बढ़ सकने का डर था। फलतः कांग्रेस महासमिति की आपात् बैठक बुलाई गयी। इसमें यह भी तय करना था कि कांग्रेस संगठन को मज़बूत करने और उसमें नयी चेतना लाने के लिए क्या कदम उठाने चाहिएं? चूँकि यह बैठक जल्दी में बुलाई गयी थी अतः इसमें महासमिति के सदस्य बहुत कम आ पाये थे। क्या वास्तव में इस आपात् बैठक बुलाने के पीछे जनता सरकार से संघर्ष का कार्यक्रम बनाना था अथवा इसके माध्यम से कांग्रेस संगठन पर कब्ज़ा करना था। 15 अक्टूबर, 1977 की आपात् बैठक के प्रारम्भ होने से ही यह बात ज़ाहिर हो गयी थी कि बन्दूक की नली सरकार की ओर तानने के बजाय आपस में तान रखी है और इसके बुलाने का मक़सद भी यही जानना था। कुल मिलाकर उस समय इन्दिरा गाँधी का पलड़ा भारी था, यह इसलिए कहा जा सकता है कि अनेक राज्यों में कांग्रेस को व्यापक समर्थन मिला। उससे जनता पार्टी का चिन्तित होना भी स्वाभाविक था। सन् 1977 के चुनावों में कांग्रेस आँधी के आम की तरह लुढ़की थी। अब उसके पाँव काफ़ी जम चुके थे और लोग जनता पार्टी की शहीदाना लफ़्ज़ेबाजी से निराश होने लगे थे। इन्दिरा गाँधी तथा उनके समर्थक सन् 1964 की स्थिति का अनुमान लगाकर कांग्रेस पर या तो अपना वर्चस्व जमा देना चाहते थे अथवा उसमें से विरोधी तत्वों को बाहर कर देना चाहते थे। विरोधी गुट भी कच्ची गोलियाँ नहीं खेला था जो इन्दिरा गाँधी का पुनः संगठन पर अधिकार हो जाने देता।

अन्ततोगत्वा सच्चाई सामने आकर ही रही और शाह आयोग की अन्तरिम रिपोर्ट जो 15 मई, 1978 को संसद में पेश की गयी, उसमें कहा गया कि 25 जून, 1975 को लागू की गयी आपातकाल की स्थिति भूतपूर्व हताश प्रधानमन्त्री का एक राजनीतिक निर्णय था, जो उन्होंने अदालत के फ़ैसले को निष्प्रभावी करने के प्रयोजन से लिया था। लोकसभा में प्रधानमन्त्री मोरारजी देसाई और राज्य-सभा में ऊर्जा मन्त्री पी. रामचन्द्रन ने शाह आयोग की रिपोर्ट प्रस्तुत करते हुए आपातकाल को न केवल नाज़ायज़ बतलाया था अपितु उस राजनीतिक षड्यंत्र के लिए भूतपूर्व प्रधानमन्त्री, गृहमन्त्री और विधि मन्त्री को भी ज़िम्मेदार ठहराया था। भूतपूर्व प्रधानमन्त्री इन्दिरा गाँधी ने अपने मंत्रिमण्डल से आपातकाल की घोषणा से पूर्व परामर्श नहीं किया था। मंत्रिमण्डल को आन्तरिक आपातकाल की घोषणा हो जाने के बाद पता चला कि उनकी बिना जानकारी के कैसा भयानक खेल खेला जा चुका है। मन्त्रीगण सत्ता की राजनीति से चिपटे रहने के सिद्धान्त के अनुसार लोकतांत्रिक साहस और जनप्रतिनिधित्व के कर्तव्य का परिचय नहीं दे सके।

कांग्रेस महासमिति की वह आपात् बैठक सप्रू हाउस में उत्साहपूर्ण परिवेश में शुरू हुई। शोक प्रस्ताव एवं अध्यक्षीय भाषण के बाद जब सी. सुब्रह्मण्यम खड़े हुए तब इन्दिरा गाँधी समर्थकों ने उन्हें ऐसा 'हूट' किया जिससे तत्कालीन परिवेश सकते में आ गया। राजनीति की काल-गति की नब्ज़ को कौन जान सकता है, क्योंकि जिन लोगों ने ब्रह्मानन्द रेड्डी को ज़बर्दस्त समर्थन दिया था, वे ही उन्हें अब धरती सुँघाने के लिए जी तोड़ प्रयत्न कर रहे थे। उत्तरप्रदेश के नेकराम शर्मा, कर्नाटक के गुण्डूराव अपने समर्थकों के साथ सी. सुब्रह्मण्यम को बोलने नहीं दे रहे थे। देखते-ही-देखते पार्टी का अनुशासन शिखर चढ़कर बोलने लगा—"कांग्रेस ज़िन्दाबाद" एक गुट कह रहा था और दूसरा गुट "इन्दिरा गाँधी ज़िन्दाबाद" के नारे लगा रहा था। नारे हाथापाई में बदलने लगे थे।

उसके बाद स्वर्ण सिंह खड़े हुए तब हो-हुल्लड़ ने विराम लिया। उस बैठक में जो महासमिति के सदस्य नहीं थे, वे भी काफ़ी संख्या में विराजमान थे। बात उनको निकालने की थी। पर कौन निकाले? कांग्रेस सेवादल के कार्यकर्त्ता बड़ी संख्या में होने के बावजूद भी कुछ करने की स्थिति में नहीं थे। इन्दिरा गाँधी सैलाब थम जाने के बाद वहाँ उपस्थित हुई थीं और 45 मिनट वहाँ रह कर अपनी शक्ति का जायजा लेने के बाद वह वहाँ से अन्तर्ध्यान हो गयीं। तदुपरान्त महासमिति के सदस्यों ने जनता पार्टी की असफलताओं का उल्लेख किया और कांग्रेस को संगठित होकर सामयिक स्थिति का मुकाबला करने के लिए तैयार होने की बात दोहरायी। ऐसी स्थिति में नेतृत्व इन्दिरा गाँधी के हाथ में जाने पर ज़ोर दिया गया। इस प्रस्ताव का विरोध चव्हाण, इन्द्रजीत यादव, प्रियरंजन दास, ब्रह्मानन्द रेड्डी आदि ने किया था।

दूसरी ओर, इन्दिरा गाँधी समर्थक गुट का नेतृत्व महाराष्ट्र के वी. वी. साठे, कर्नाटक के गुण्डूराव, गुजरात के सनत मेहता आदि ने खुले शब्दों में यह घोषणा करके किया कि ये नेता न तो जिला स्तर पर भी आन्दोलन चला सकते हैं, और न 500 आदमियों की भीड़ ही इकट्ठी कर सकते हैं, जबकि इन्दिरा गाँधी लाखों की भीड़ को एकत्र करने की क्षमता रखती हैं।

दूसरे दिन कांग्रेस के अधिवेशन की कमान स्वयं सँभाल ली और कमलापति त्रिपाठी को चिंतित देखकर इन्दिरा गाँधी ने कहा, "त्रिपाठी जी, समय आ गया है, जब कांग्रेस पार्टी का विभाजन हो, अन्यथा कांग्रेस के अस्तित्व को खतरा है।" व्यंग्य मिश्रित भाषा में कहा, "मोरारजी देसाई, इतनी जल्दी थक जायेंगे और जनता पार्टी का पतन अनुभव कर उठेंगे, यह सोचा नहीं था। मुझे कहने लगे हैं कि मैं प्रायश्चित करूँ तो वे मुझे जनता पार्टी में ले लेंगे। किस बात का प्रायश्चित? इसका प्रायश्चित कि जार्ज फर्नाण्डीज़ पर से मुक़दमा उठा लिया या इस बात का प्रायश्चित कि जिस चिमन भाई पटेल को हटाने के लिए स्वयं मोरारजी 73-74 में इसलिए अनशन पर बैठे थे कि वह भ्रष्टाचार में लिप्त है और अन्याय को अनदेखा कर रहा है, उसे जनता पार्टी में सहर्ष ले लिया—केवल इसलिए कि उन्होंने प्रायश्चित कर लिया और वह बदनामी के कलंक से मुक्त हो गया।"

"जी बुखारी का उदाहरण सामने है। उस पर मुकदमा दायर किया और उठा लिया।" कमलापति त्रिपाठी ने धीरे से कहा।

"ये अब जनता पार्टी की कथनी और करनी का परिणाम है। हम कांग्रेस को जनता पार्टी के रास्ते पर नहीं चलने देंगे। उससे बेहतर उसका विभाजन स्वीकार करेंगे।...आप तैयारी में जुट जायें। स्मरण रखिए, त्रिपाठी जी कांग्रेस का वजूद पुनः जनता के विश्वास की ओर लौटता नज़र आ रहा है।...जनता ही लोकतन्त्र की शक्ति है।"

इन्दिरा गाँधी ने कमलापति त्रिपाठी के जाने के बाद कहा, "क्या कहते हो, मौर्य?"

"मैं वही बात दोहराना चाहूँगा जो पहले कह चुका हूँ कि आप आज भी जनता के हृदय में घर बनाए हैं—केवल जनता के बीच पुनः जाने की ज़रूरत है। वह जनता पार्टी के नाटक को समझ चुकी है।" वी. पी. मौर्य अपने विश्वास पर अटल रहे।

इन्दिरा गाँधी ने गम्भीरता से कहा, "मौर्य, यही विश्वास आज कांग्रेस में उठ रहा है और तेज़ी से संगठन को पुनर्गठित करने की ज़रूरत है। उसके डगमगाते आत्मविश्वास को सुदृढ़ करना है।...मुझे आपसे यही आशा है।"

सब चले गये। इन्दिरा गाँधी अकेली रह गयीं। कांग्रेस का विभाजन हो गया। कांग्रेस आई बनी उनकी पार्टी और कांग्रेस एस बनी स्वर्णसिंह की पार्टी। शीघ्र ही

उसके परिणाम सामने आने लगे कि पाँचों प्रान्तों के चुनाव में कांग्रेस आई को सफलता मिली। कांग्रेस एस को गहरा धक्का लगा। जनता-पार्टी आत्म-मंथन के स्थान पर आपस में उलझने लगी। सी. एस. स्टीफन, लोकसभा में विपक्ष के नेता (कांग्रेस आई) ने जनता सरकार के विरुद्ध अविश्वास का प्रस्ताव रखा और उस पर बहस करते हुए जनता पार्टी में चल रहे आन्तरिक कलह और उसकी अलोकतांत्रिक व्यवस्था पर अनेक प्रश्न उठाये।

"क्या सोच रही हैं, मम्मी?" सोनिया गाँधी ने उन्हें चौंका दिया।

"अच्छे दिन लौटने वाले हैं, सोनिया।"

"ऐसा ही होगा, मम्मी।...परन्तु शाह आयोग...।" कहते-कहते रुक गयी।

"सोनिया, शाह आयोग की रिपोर्ट पर दोनों सदनों में चर्चा हो चुकी है। ...हम, ब्रह्मानन्द रेड्डी, पूर्व गृहमन्त्री आदि इमरजेंसी के लिए ज़िम्मेदार ठहराये गये हैं परन्तु जनता पार्टी हम पर मुक़दमा चलाकर अपने अस्तित्व को और ख़तरे में डालने की ग़लती नहीं करेगी। वह शाह कमीशन बैठाकर ही पश्चात्ताप में डूबी हुई है।" थोड़ी देर बाद पूछा, "तुम्हारा मन क्या कहता है, सोनिया।"

"राजनीति नहीं आती, मम्मी।"

"तभी तो तुमसे प्रश्न किया है, सोनिया, क्योंकि तुम जो कहोगी, वह हृदय से।"

"मैं सिर में मालिश कर दूँ मम्मी।"

"करो पर बताना भी है, याद रहे और वह भी सोने जाने से पहले। तुम्हारी मालिश ने मुझे बहुत राहत दी है वर्ना तो सिर दर्द मेरे प्राण ले रहा था।...तुमने सब डॉक्टरों की छुट्टी कर दी।"

सोनिया मालिश करती रही। इन्दिरा गाँधी झपकी लेने लगीं। जैसे ही वह चलने को हुई, उन्होंने पूछा, "हृदय वाली बात, सोनिया।"

"मेनका जी से पूछिए, वह पॉलिटिक्स समझती हैं।"

"शुद्ध हृदय पॉलिटिक्स पर बहुत भारी पड़ता है, तुम्हारी चुप्पी में भी हृदय बोलता है।"

सोनिया ने गहरे में उतरने की कोशिश करते हुए कहा, "आप कुछ दिनों के लिए लन्दन हो आइयेगा। जगह बदलेगी तो मन भी बदलेगा। सुकून पा सकेंगी।"

"तुम चलोगी, सोनिया।"

वह चुप रह गयी।

"सुझाव अच्छा है।" इन्दिरा गाँधी ने प्रसन्न होकर कहा, "कमाल कर दिया। तुम कहती हो तुम्हें पॉलिटिक्स नहीं आती। ऐसा सुझाव तो किसी पॉलिटिशियन के दिमाग़ में नहीं आया और न किसी डॉक्टर के। परन्तु जनता पार्टी, हमारे सोते जागते विरोधियों के हाथ में एक शोशा लग जायेगा।...मुक़दमे और सज़ा के डर

से भागने की तैयारी का रास्ता।...वह सुलभ नहीं होने दिया जायेगा। राजनीति गर्मायेगी। मीडिया को भी उस चिंगारी को हवा देने का मौक़ा मिल जायेगा।... पासपोर्ट मिलने में कठिनाइयों का सामना करना पड़ जायेगा। पत्रकारों की चढ़ बनेगी।''

''पर क्यों ममा?''

''यही तो हमारे देश की राजनीति है, ताकि जनता उनके असली चेहरे नहीं देख पाये और समस्याओं से उसका ध्यान हटाकर कुछ समय के लिए उसे गुमराह किया जा सके। मौजूद सत्ता, जिस जनता के बल पर, उन्हें अच्छे दिन लौटाने के वादे से वहाँ पहुँची है, उसकी ओर से ध्यान हटाकर वह मुझ पर केन्द्रित कर देगी। महत्त्वपूर्ण मुद्दा यह बन जायेगा कि मुझे लन्दन जाने के लिए पासपोर्ट नहीं मिले। यों पॉलिटिकल नाटक में उलझा कर जनता की आँखों में धूल झोंकने में सफल होने लगेगी, सोनिया।''

''मैं यह सब नहीं जानती, ममा! मैं इतना कह सकती हूँ आपको लन्दन जाने से कोई नहीं रोक सकेगा।''

इन्दिरा गाँधी ने मुस्कुराते हुए सोनिया की ओर देखा और कहा, ''तुम्हारे आत्मविश्वास की मैं कायल हूँ, सोनिया।''

''गुड नाइट, मम्मी।''

सोनिया जा चुकी थी। वह उठकर पलँग की ओर बढ़ने लगीं।

43

इन्दिरा गाँधी लन्दन से लौटीं तो एकदम ताज़गी भरी थीं और वहाँ मिले सम्मान, प्यार और अपनत्व को पाकर उनमें संघर्ष की नयी भूमिका रचनात्मकता और आत्मविश्वास से लबालब थी। उन्हें टी. वी. भेंट वार्ताकार डेबिट फास्ट को दिये साक्षात्कार का यह वाक्य याद आ रहा था, ''मानो मेरे कन्धे से कोई भारी चट्टान हट गयी हो।'' लेकिन तब वे आम यात्री की तरह इंडियन एयरलाइंस के काउण्टर पर तेरहवें नंबर पर खड़ी हुई अपने नंबर का इन्तज़ार कर रही थीं। वह अकेली वहाँ अम्बेसडर कार से आयी थीं। उनके साथ कोई अंगरक्षक नहीं था। वह सफ़ेद साड़ी में थीं। वह आचार्य विनोबा से पवनार मिलने जा रही थीं। उन्हें सत्ता से हटे चारेक माह हुए थे। अब वे फुर्ती से अपनी चाल बढ़ जाने पर भी हार्पर को सुन रही थी—''मैडम, सत्ता से आपको दुनिया नहीं जानती है बल्कि आपसे सत्ता की पहचान बनी है। वह स्थायी है। आप कभी हार नहीं सकतीं, क्योंकि, भय नाम की कोई चीज़ आपने नहीं पाल रखी है।''

"क्यों पालूँ, हार्पर? मैं सदा इस प्रश्न को अपने से करती रही हूँ, मैं क्यों हूँ? मुझे ऐसा क्या करना चाहिए, जिससे आम ज़िन्दगी सुकून पा सके। जब अपने लिए सोचना ही नहीं तो फिर डर-भय कैसा, क्यों और किससे?"

"आप पुनः सत्ता में लौट रही हैं?"

"मैं जनता के असन्तोष, उपेक्षा, उदासीनता, गरीबी, अशिक्षा आदि के अंधकार से पीड़ित हूँ। देश को स्वतन्त्र हुए इतना समय हो गया पर उसे देश की आज़ादी के लिए खून-पसीना बहाने पर क्या मिला? वही यथास्थिति। कहाँ गये आज़ादी से पहले दिये आश्वासन?...सत्ता भोगने के लिए नहीं, वह व्यापक समाज की सेवा के कार्य में लगने के लिए हैं।"

हार्पर चला गया। सिद्धान्त शंकर राय आ गये। आते ही कहने लगे, "आपने सुना क्या?"

"क्या, राय?"

"मोरारजी ने इस्तीफ़ा दे दिया है। साथ ही जनता पार्टी में दरार भी पड़ गयी और वह विभाजित भी हो गयी।"

"ये तो होना ही था। चौधरी चरण सिंह मोरारजी को कहाँ तक सहन कर सकता था?"

"वह तो परस्पर विरोधी पार्टियों का भी झमेला था।"

"उनमें वैचारिक मंच साझा करने की क्षमता कहाँ थी। वैसे तो पार्टियाँ टूटने के पीछे हमारे देश में विचार की नहीं, पावर पाने का उत्साह प्रायः नज़र आता है।" इन्दिरा गाँधी ने कुछ सोचकर आगे कहा, "अब फिर चुनाव। मात्र ढाई साल में जनता पार्टी डूब गयी।...भारत की गरीब और अशिक्षित जनता पर पुनः चुनाव का बोझ।...खैर, इस बार जनता अपनी ग़लती को नहीं दोहरायेगी।" कहकर इन्दिरा गाँधी ने कांग्रेस (आई) के बाहर से आये दल को एक कमरे में बैठाने का संकेत दिया।

वह उनसे मिलीं और एक ही बात कही कि सत्ता जनता की धरोहर है। जनता जब चाहे सत्ता छीन सकती है। सत्ता को चाहिए कि वह जन अपेक्षाओं और आवश्यकताओं के उनके यथार्थ और स्वप्न को पूरा करे। अब आप लोग जनता के बीच में जायें, उनके विश्वास को जीतें और उन्हें याद करायें कि सत्ता उनके पीछे है, उनके लिए है। जनता पार्टी की तरह बढ़-चढ़ झूठी बातें न करें और न किसी पर इल्ज़ाम लगायें। उसमें समय बर्बाद न करें। जनता पार्टी के हश्र को समझें और कांग्रेस पर हुए अपनों और परायों के हमलों से सीख लें कि प्रतिकूल परिस्थितियों में धैर्य बनाये रखना क्यों ज़रूरी है और एकता बनाए रखना क्यों सौम्य चरित्र को अक्षय वरदान है? जनता पार्टी के पतन से हमें सीख लेनी चाहिए और हम सत्ता से बाहर क्यों हुए उस पर भी मंथन करना चाहिए।

वहाँ से लौटकर अपने कमरे में आयीं और सोनिया को बुलवा लिया। गहरी साँस ली और पलंग पर बैठ गयीं। वह सोच रही थीं कि, "कहाँ से शुरू करें नयी बाज़ी? विषमताओं और ज़मीन-आसमान की असमानताओं को दूर करने का प्रयत्न कैसे शुरू करें? विरोध बरकरार था। वह सबको साथ लेकर चलना चाहती थीं। वह थक भी गयी थीं और मन-ही-मन प्रार्थना कर रही थीं कि 'हे अदृश्य शक्ति, सर्वमान्य माता, रास्ता दिखाओ। अभी तक विरोधी तथा असामाजिक तत्त्व राष्ट्र को एक सूत्र में एकत्र होकर आगे बढ़ने के पक्ष में नहीं हैं। वे भीतरघात कर रहे हैं।' इसी समय सोनिया आ गयी। आते ही बिना कुछ कहे उनके सिर पर मालिश करने लगी उस तेल की जो उसने इटली से मँगवाया था। उसी से इन्दिरा गाँधी के सिर दर्द को आराम मिल रहा था।

"तू किस साँचे में ढली है, सोनिया! कुछ कहती-सुनती नहीं, अपने काम से काम। मैं आयी और तू मालिश करने लगी। जानती है कि इससे मुझमें से तनाव कम होने लगेगा और झपकी भी लग सकती है।" इन्दिरा गाँधी धीरे-धीरे कहती गयीं और उसकी मोम-सी उँगलियों के सम्मोहन में बँधने लगीं। उनके मुख से एक शब्द निकला "पंजाब...।"

"आप रिलैक्स हों। पंजाब कहीं जाने वाला नहीं है। विशुद्ध आत्मा स्वतः ही रास्ता सुझा देगी। नदी अपना रास्ता स्वयं बदलती और तय करती है। आज यमुना किले से बहुत दूर है। फिर भी है। उसका अस्तित्व मिटने वाला नहीं है। नदी तब सूखती है और अन्त में तब ही लुप्त होती है, जब उसके अपने उसका इतना शोषण करने लगते हैं कि उसे अपने जल होने के अस्तित्व से ही जीवन बोध गायब होता अनुभव होने लगता है। यही बात समाज और राज्य पर लागू होती है।...प्रेम और श्रद्धा सारी समस्याओं का समाधान है।" सोनिया कहती गयी और इन्दिरा गाँधी सो गयीं।

इन्दिरा गाँधी उठीं तब वहाँ सोनिया नहीं थी, मेनका प्रवेश कर रही थीं। इन्दिरा गाँधी ने पूछा, "पंजाब से कोई समाचार?"

"बाहरी शक्तियाँ बंगलादेश का बदला लेना चाहती हैं।"

"यानी, खालिस्तान।"

"हाँ।"

"अर्थात् भारत की अखंडता पर प्रहार...ऐसे नाज़ुक मोड़ पर विपक्षी भी अपनी रोटियाँ सेंकना चाहते हैं। कौन-सा भारत? किसका भारत? वे टूटे हैं, हारे हैं और उन्होंने सत्ता खोयी है, उन्हें वह फांस परेशान कर रही है।"

"ममा, शक्ति। शक्ति जवाब शक्ति।"

"नहीं, मेनका। ये गाँधी, भगतसिंह के बलिदान के रास्ते पर चलने वाला देश है। सन्तों-तपस्वियों का देश है। प्रेम श्रद्धा और भक्ति में जीने के अनुभव

से तपा-तपाया देश है। मेरी अन्त तक यही कोशिश रहेगी कि समझ बूझ से कोई रास्ता निकले। सिख इस देश के संरक्षक रहे हैं। वह समुदाय गुरुनानक के रास्ते पर चलता आ रहा है। वह स्वप्न में भी देश तोड़ने का सहयोगी नहीं बनेगा।"

तभी के. सी. पन्त का फ़ोन आया कि "जरनैल सिंह भिंडरवाला मानने वाला नहीं है। उसने पूरा जाल बिछा लिया है।"

"हमने अपने विरोधियों से भी बात की। देश की अखण्डता का प्रश्न उठाया। समझाया कि देश की एकता के लिए हम सब मर मिटने को तैयार रहते हैं। उन्हें भी बातचीत में शामिल किया। सन् 1981 में अकाली दल ने अनेक माँगें रखी थीं। उनमें कई माँगें भी मान लीं।...हमारे सामने केवल पंजाब ही नहीं पूरा देश है। प्रकाशसिंह बादल को भी सन्देश भिजवाया।" इन्दिरा गाँधी भारी मन से कह रही थीं।

"दिन पर दिन पंजाब में बड़े पैमाने पर हत्या, आगजनी और लूटमार के द्वारा जनता को भयांकित किया जा रहा है। आम जनता दहशत में है।....उनकी जिन माँगों को मान लिया है, उनसे वे सन्तुष्ट नहीं हैं। क्या हुआ यदि ऑल इंडिया रेडियो से गोल्डन टैम्पल में होने वाले कीर्तन का सीधा प्रसारण शुरू करवा दिया! अमृतसर शहर की चहारदीवारी के अन्दर निर्धारित क्षेत्रों में तम्बाकू, शराब और मांस की बिक्री पर पाबन्दी लगा दी।"

"फिर?" इन्दिरा गाँधी सोचती रह गयीं। कुछ देर बाद बोलीं, "पवित्र स्थान पर कृपाण ले जाने की अनुमति आखिर भारतीय गुरुद्वारा बिल पर विचार करने पर सहमति और—और...। परन्तु सरेआम लूटमार, हिंसा जैसे आक्रमणों को क्या सरकार चुपचाप देखती रहेगी।...कि राष्ट्रविरोधी ताक़तों का जुल्म जनता पर होने देगी।...अब समझ आ गया है पन्त कि ऑपरेशन हो। आज की बैठक में...। कहकर फ़ोन क्रेडिल पर रख दिया। उनके मन में रह-रहकर रवीन्द्रनाथ टैगोर की ये पंक्तियाँ गूँज उठीं।

'विपदे मोर रक्षा करो ए नहीं मोर प्रार्थना विपदे आमी ना जैना करी भय।'

अर्थात् विपत्ति में मेरी रक्षा करो। मुझे सक्षम बनाओ कि मैं विपत्ति में कभी भयभीत न होऊँ।

"अब कठोर निर्णय लेने के अलावा कोई रास्ता नहीं है। क्या सोचते हो रमण?"

"अब देर नहीं करनी चाहिए। पानी सिर पर से गुज़र रहा है। प्रश्न राष्ट्र की एकता का है। भिंडरवाला स्वर्णमंदिर में बैठकर देश पर आक्रमण कर रहा है। आतंक फैलाकर वह पंजाब को अपने कब्ज़े में करने के मंसूबे साकार करने का दुस्साहस दिखा रहा है। फिर भी, स्वर्णमंदिर की पवित्रता भंग नहीं हो। यही स्थिति पाकिस्तान ने की होती तो हम स्वर्णमंदिर की पवित्रता को ध्यान में रखकर भगतसिंह

के पंजाब को मिटते हुए तमाशबीन बने रहते? कोई मंदिर-मठ, मस्ज़िद, चर्च या अन्य धार्मिक स्थान आतंकवादी गतिविधियों के संचालन का केन्द्र नहीं हो सकता।'' आर. के. रमण ने कहा।

''आपकी बात अपनी जगह पर ठीक है रमण, परन्तु लोकतन्त्र की मर्यादा...?''

''देश की सुरक्षा के बीच दख़ल नहीं दे सकती।'' प्रकाश चन्द्र सेठी अपने को नहीं रोक सके, ''भारत विशाल देश है। न जाने यहाँ कितने मठ-मंदिर, चर्च, मस्जिद, आश्रम हैं, जहाँ से जन-मन शान्ति पाता है। यदि वे ही पवित्र स्थान शान्ति और हिंसा या मारधाड़ के भयावह केन्द्र बनने लगें तो देश हित में क्या करना उचित है? क्या आतंकवादी गतिविधियों को प्रश्रय देकर हम देश की सुरक्षा और अखण्डता का विश्वास अपने देशवासियों को कराने में सक्षम हो सकेंगे?''

''अकाल तख्त।...''

''मैडम, उससे उनकी भी सुरक्षा होगी। अन्य कोई रास्ता नहीं है। हम पहले ही बहुत देर कर चुके हैं।'' आर. के. वेंकट रमण ने अपना निर्णय सुना दिया।

''स्वर्ण मंदिर को नुकसान होगा।''

''ठीक है। यही होगा। ईश्वर की यही इच्छा है।''

इसके साथ ही बैठक समाप्त हो गयी। इन्दिरा अपने कमरे में लौट आयीं। वह न कभी तानाशाह थीं और न हैं और न कभी होंगी। उन्होंने सदा शान्ति से समस्याओं का हल निकालना चाहा हैं। परन्तु वह डरपोक भी नहीं हैं। लोकतन्त्र की सुरक्षा के लिए वह अपने प्राण भी दे सकती है। अफ़सोस इस ज़रा-सी बात को देश नहीं समझ पा रहा है। विरोधी और आतंकी भी नहीं चाहते कि देश की समझ में आये कि भिंडरवाला आतंकी है और उस पर हाथ डालने का अर्थ है स्वर्णमंदिर में सैनिक प्रवेश। इसका अर्थ हुआ कि स्वर्णमंदिर की पवित्रता भंग और सिख और हिन्दू आमने-सामने। यदि वह मारा जाता है तो कट्टरपंथी सिख उसे शहीद बनाने की कोशिश करेंगे और यदि वह बच गया तो उसे आज़ाद खालिस्तान का रहनुमा बना देंगे। धर्म की इस कट्टरता को न देश की चिन्ता है और न लोकतन्त्र में पनप रहे मानववाद की।

अब टहनियाँ झूलने लगी थीं और पत्तों ने बतियाना शुरू कर दिया था। हवा के एक तेज़ झोंके ने इन्दिरा की सोच को सहमति दी थी। घड़ी रात के दो बजा रही थी। उनके मन में कोई कह रहा था, ''याद रख, तू देश की प्रधानमन्त्री है। तुझे देश से गहरा प्रेम है। तेरा हर वह फ़ैसला जो देश हित में होगा, वह सम्पूर्ण देश की जनता का होगा। तू आगे बढ़, क्योंकि इस समस्या का दूर तक कोई दूसरा हल दिखलाई नहीं पड़ रहा है।''

'काश! मैं भाषावार प्रान्त बनाने की पहल नहीं करती। काश! मैंने जातीय गठजोड़ को प्रोत्साहन नहीं दिया होता। काश मैंने क्षेत्रवाद की भूमिका को नकार

दिया होता। हालाँकि मैंने मज़हबी जुनून को कभी शह नहीं दी बल्कि उसे नकारा ही। सेक्यूलरिज्म के रास्ते पर चलकर देश को आगे ले जाना कितना मुश्किल है। काश संविधान में इस शब्द का प्रयोग नहीं होता। शब्दों की भावुकता कितना नुकसान पहुँचा सकती है यह तब किसे पता था।'

'मैं इन क्षणों में भारत माँ की तस्वीर देखने लगती हूँ। वह मुझे बराबर देख रही है। मैं उससे ही पूछती हूँ कि मुझे क्या करना चाहिए। मैं पहले की अपेक्षा अपने को कमज़ोर पा रही हूँ। उसके कुछ पारिवारिक कारण भी हो सकते हैं। हालाँकि उनके लिए मेरे पास समय नहीं है। समय मेरे पास अपने लिए भी नहीं है।'

'काश! मेरे साथ फ़िरोज़ भी होता तो मुझे राहत मिलती। वह रास्ता भी सुझाता। उत्तरदायित्व और गहराई पाता। हालाँकि मैंने अपने उत्तरदायित्व को अपने प्राणों की सम्पूर्ण शक्ति से सींचा है। तनिक भी लापरवाही नहीं बरती है। फिर भी मैं औरों की तरह इन्सान हूँ, ग़लती मुझसे हो सकती हैं पर जानबूझकर कतई नहीं। मैंने एक बार उससे मज़ाक में कहा था, ''फ़िरोज़, मैं तब छोटी थी,...।''

''बड़ी तुम अब भी नहीं हुई हो।...फिर भी, फैसिनेंट (मोहित) करती हो। ....ख़ैर, आगे कहो।''

''तुम फैंटिक (दीवाना) होना कब छोड़ोगे?''

''तुम सोचती हो कि यह कभी छूट सकता है तो वह गलत है इन्दु।... हाँ तो तुम अभी कुछ कहने जा रही थीं।''

''नहीं कहूँगी।'' मैंने ज़ोर से कहा।

''इतनी जल्दी नाराज़ हो गयी, इन्दु। प्लीज़ 'मूड' ऑफ़ मत करो।...कहो भी, क्या कह रही थीं।'' इसी के साथ फ़िरोज़ मेरे पास खिसक आया।

''वह बात तो बेसिर पैर की है। क्या था, हम, पलंग की पाटी पर गाँधीजी के सिरहाने फ्रॉक पहने बैठे हुए थे। तभी हमारी एक बात पर गाँधीजी कहने लगे, ''इन्दु, तुम बड़ी होकर लालकिले पर झंडा फहराओगी।''...

''मैं...और लालकिले पर झंडा फहराऊँ...ना...ना फ़िरोज़। स्वप्न में भी नहीं।''

''पर मुझे लगता है।''

''क्या लगता है।''

''यही कि तुम स्वप्न में झंडा फहराने वाली नहीं हो। तुम तो...।

''चुप भी करो, फ़िरोज़।''

''मुझे अपनी बात पूरी कर लेने दो, इन्दु।...हाँ तो तुम भी नोट कर लो कि सचमुच तुम एक दिन लाल किले पर झंडा फहराओगी...शायद तब हम न हों।''

''फ़िरोज़, हमें रुलाना चाहते हो क्या।...फिर कभी ऐसा मत कहना। हमें

कहीं झंडा-वंडा नहीं फहराना। बस, तुम हमें अलविदा करो, हमारी यही आखिरी इच्छा है।''

"इन्दु...।" कहकर फ़िरोज़ ने मेरी हथेली को चूम लिया। उसकी बड़ी-बड़ी आँखें नम हो उठीं। शायद उसके आँसू कोर पर आकर थम गये थे और उन्होंने मेरी हथेलियों को अलग एहसास दिला दिया था। कुछ देर तक हम दोनों मौन के साये में स्तब्ध से रह गये थे।

मुझे याद है कि फ़िरोज़ ने उस दिन भी मुझे चौंका दिया था, जब वह कह रहा था, "इन्दु, आज़ादी दरवाज़े पर दस्तक दे रही है।''

"तो उठो दरवाज़ा खोलो और आज़ादी का स्वागत करो।" मैंने तुनक कर कहा।

"किसी दिन तुम्हें मेरे इन शब्दों के कारण बहुत याद आयेगी।"

"तब तुम भी होगे।"

"हाँ के अलावा मैं कुछ नहीं कह सकता। चलिए, दोनों मिलकर उस शुभ दिन का इन्तज़ार करने के लिए अभ्यास करें।"

"तुम करो, मेरी भविष्य जानने में दिलचस्पी नहीं है, फ़िरोज़ क्योंकि मैं जानती हूँ कि ऐसा कदापि सम्भव नहीं है।"

"यदि हुआ तो बन्दे को अपना निजी सचिव ज़रूर बनाना।"

"मेरे वश में हुआ तो, तुम्ही झंडा फहराओगे, फ़िरोज़ और मैं तुम्हारी सेक्रेटरी होऊँगी।"

"तुम्हें मालूम भी है कि प्रधानमन्त्री क्या होता है?" कहते हुए फ़िरोज़ ने मेरी ओर देखा और आगे बोला, "कम-से-कम रसोइया नहीं होता।"

"तो क्या तुम मुझे रसोइया बना रहे थे।"

"रसोइया लालकिले पर झंडा नहीं फहरा सकता, इन्दु। मैं तुम्हें सचमुच प्रधानमन्त्री बना रहा हूँ।"

"तुम क्या गाँधी हो?"

फ़िरोज़ ने कहा, "क्यों नहीं, इन्दु, मैंने तुम्हें नेहरू से गाँधी बना डाला।"

इन्दिरा का हृदय भर आया। प्यार कितना अपनत्व लिए होता है। पगला प्यार में खानसामा बनने लगा था। रुला दिया न।

"रोना ज़िन्दगी को हृदय से हृदय को जोड़ता है। मुझे पक्का पता नहीं। सुना है कि कभी-कभी ऑल इंडिया कांग्रेस कमेटी की बैठक में मन रो कर शुद्ध होते थे। 'रोने वालों की टीम में होते थे—गाँधीजी, भाई जी (मोतीलाल नेहरू), पापु, (जवाहर लाल नेहरू), मौलाना जी। गंगावतरण का प्रसंग साकार हो उठता था।" फ़िरोज़ ने यह कहते हुए इन्दिरा की कमर में हाथ डालकर अपने पास खींच लिया। उसकी नाह-नूह की एक नहीं चली। प्यार होता ही, ऐसा पगला है। सारी दुनिया

सोती है, वह जागता है। पता नहीं कहाँ से उसमें एकदम बसन्त मुस्कुरा उठता है या आम्र मंज़री बिना मौसम के तन-मन बेसुध कर जाती है।

जब देखो तब वह बादल बन छाने लगता है और मलयानिल साँसों को एहसास कराने लगता है। आज वह तैश में आ गयी थी और चाहती थी कि उसे खूब खरा खोटा सुनाये परन्तु तभी उसे गाँधीजी की सीख याद आ गयी। उन्होंने कहा था—शायद मुझे किसी पर तैश खाते हुए देखा था। मैं जिस पर तैश खा रही थी, उसने मुझसे झूठ बोला था। गाँधीजी ने वह सब सुना। उसके जाने के बाद बोले, "इन्दु तुमने गृहस्थी बसाने का फ़ैसला लिया है। यह हौसला मुझे पसन्द। होना भी चाहिए। खूँटे से बँधकर सोचने का अभ्यास किसी को नहीं करना चाहिए।...क्योंकि उससे बुद्धि, विवेक, संयम, धीरज सब खो जाता है।...पागल से भला कोई बुरा भला कहता है।...आग चिराग में चमककर शोभा पाती है, और चूल्हे में जलते हुए इज़्ज़त। गृहस्थी में आग का यही मतलब है।"

वह फ्रेजर था। ठीक से याद नहीं है कि वह पत्रकार था या किसी बड़े पद पर था। तब देश की आज़ादी पक्की हो चली थी।

फ्रेजर अपने मित्र से कह रहा था, "फ्रैंड, आज़ादी आग है यदि नहीं सँभाली गयी तो आज़ादी पाने वाले को वह जलाकर राख कर देती है। फिर आग का धुआँ उसकी बर्बादी का गवाह बनता है।"

"आखिर तुम इस मुबारक मौके पर यह क्यों सोच रहे हो?"

"मैंने कुछ-कुछ इस देश को समझा है।...मुझे लगता है कि आज़ादी पाने में जल्दबाज़ी से काम लिया जा रहा है।"

"यह तुम कैसे कह सकते हो?"

"कैबिनेट मिशन सत्ता के विकेन्द्रीकरण का मसविदा अपने साथ लाया। कांग्रेस और मुस्लिम लीग दोनों ही तैयार नहीं हुए। 8 मई, 1946 को कांग्रेस और मुस्लिम लीग के सामने मिशन ने दो स्कीम रखीं। स्कीम ए के तहत एकीकृत भारत की योजना थी जिसमें एक परिसंघ होगा, शेष प्रान्त। परिसंघ के पास रक्षा, विदेश, संचार, मौलिक अधिकार जैसे क्षेत्र होंगे, शेष प्रान्तों के पास।...इस पर सहमति नहीं हुई। स्कीम बी के तहत पाकिस्तान का अस्तित्व था। यह भी उन्हें स्वीकार नहीं हुआ।

"छोड़ भी दो यह बात, फ्रेजर, याद यह रखो कि हम भारत छोड़ रहे हैं।"

"नहीं...नहीं यह बात इतनी सरल नहीं है। यह सवाल यहाँ के मुट्ठी भर नेताओं का नहीं है, यहाँ की आधा पेट भूखे सोने वाली आवाम का है। मुझे डर तो यही है कि यह सत्ता का हस्तान्तरण मात्र होकर न रह जाये। पावर इधर से उधर जाये और लोकतन्त्र के नाम पर लोकतांत्रिक सामन्तवाद न पनप जाये।"

"क्या मतलब, फ्रेजर?"

"मतलब यह कि यहाँ लोकतांत्रिक ढाँचा तो नज़र आये परन्तु आन्तरिक अस्तित्व सामन्तवादी शक्तियों के हाथ में हो। चुनाव महज़ दिखावा बन कर रह जायें।...ये क्यों भूलते हो आज भी हमारा राज्य यहाँ के राजा-महाराजाओं, नवाब आदि के राज्यों से बेहतर है।...मुझे गरीब, पिछड़े वर्ग आदि के लिए फिर वही अँधेरा नज़र आता और मेरे कानों में कुत्ते ज़ोर-ज़ोर से भूँकने लगते हैं।"

"फ्रेजर, इस सिली आइडिया को तिलांजलि दो।"

"क्यों, दोस्त, क्यों? मैंने यहाँ गंगा के धरती पर आने की कहानी सुनी है। भगीरथ, सूर्यवंशी राजा दिलीप का पुत्र, सूर्यवंशी राजा सगर के मृत साठ हज़ार पुत्रों को पुनर्जीवित करने के लिए तप पर बैठा। घनघोर तप किया। स्वर्ग से गंगा को धरती पर ले जाने का वर पाया। पर समस्या यह उठी कि गंगा को सँभालेगा कौन? नहीं सँभाला तो सगर के साठ हज़ार पुत्रों को ज़िन्दा करने की बात तो कहीं दूर रह जायेगी और साठ हज़ार से अधिक जीवित जन काल कलवित हो जायेंगे। तब शिवजी को मनाया। वे मान गये। गंगा को उन्होंने अपनी जटाओं में सँभाला। ...इनके पास कोई शिव नहीं है।...कुछ-कुछ एक नज़र आया है तो वह भी अब परदे के पीछे धकेला जा रहा है।"

"कौन, फ्रेजर।"

"महात्मा गाँधी।...लोकतन्त्र छुनछुना नहीं है, मित्र वह जन-जन की आशा अभिलाषा का राज्य है—जन-चेतना का सामूहिक उदय।"

"संसद होगी, विधान सभायें होंगी। उनमें जनप्रतिनिधि होंगे। सब ठीक हो जायेगा।"

"तुम ठीक सोचते हो, दोस्त। पर यह भूलते हो, बहुत जल्द जैसा कि मैं सपनों में देखता हूँ वह होने लगेगा।"

"कैसा?"

"संसद, विधान सभाओं में भों-भो का शोर उमड़ेगा। बद से बदतर कुदृश्य उभरेंगे। अपराधियों का जमघट होगा। जनता से उगाया धन चन्द लोगों की जागीर बन जायेगा। जनता अपने हितैषियों को लूटमार करते देखकर अपना माथा पीट लेगी। उसे फिर से हमारी याद सताने लगेगी।"

"हमें क्यों?"

"क्यों नहीं, दोस्त, क्योंकि हम इस देश के ख़ैरख़्वाह हैं। इस देश से हमारा भी लगाव है।...हम भी अप्रत्यक्ष रूप से इससे जुड़े हुए हैं।...थू...।" कहकर फ्रेजर ने धरती पर थूक दिया।

मैं तैश में आ गयी। आख़िर उसकी सोच हमारे बारे में इतनी घिनौनी कैसे? मैं कुछ करती कि तभी गाँधीजी की याद आ गयी और...। परन्तु आज मुझे लग रहा है कि हम फ्रेजर के बुरे सपने की ओर आगे बढ़ रहे हैं। चाहे जितना चाहें,

मर मिटें परन्तु वह ठीक कहता था कि शैतान कैसा भी लोकतन्त्र हो या रामराज्य, आम जनता को उसके सुकून से जुड़ने नहीं देंगे।

पल कैसे भीगने लगते हैं। इन्दिरा पुपुल जयकर को बता रही थीं, "मुझे नंगे पाँव चलना बहुत अच्छा लगता है, क्योंकि उस वक़्त मैं धरती का, अपने पूरे देश का, अपनी देह से स्पर्श कर पाती हूँ। पता नहीं, पुपुल, मुझे पिछले कुछ महीनों से ऐसा क्यों लग रहा है कि अब मैंने बहुत जी लिया।[1] कभी-कभी उन्हें अपने में वयाबान गहरा उठता था। वह बयाबान की गहरी ख़ामोशी को अपने अन्दर उतरता अनुभव करने लगती है। यह धरती कब से मानव को आनन्द से जीता देखना चाहती है। लगातार सोचती है कि हर बार उसकी सन्तान आनन्द-शान्ति की खोज करती-करती दारुण दुःख और अशान्ति से घिर कर अपनों को क्यों मारना शुरू कर देती है? क्यों उसमें राक्षस सक्रिय होने लगता है? तभी फ़ोन की घण्टी बजी। वह उठीं। उनकी विशेष सेवाधिकारी उषा भगत फ़ोन पर याद करा रही थी कि अभिनेता पीटर अस्तिनोव पहुँच चुके हैं। उनके चेहरे पर मुस्कान महक उठी और वह फ़ोन क्रेडिल पर व रखकर अन्दर के कमरे की ओर मुड़ गयीं।

1. स्मृति श्रद्धाँजलि : पुपुल जयकर : वामा : दिसंबर, 1989 पृ. सं. 15

महाप्रयाण

'वह अपने आप से बात कर उठतीं; वही तो कर रही हूँ पिताजी! क्या यह ठीक होगा कि मैं अपने अंगरक्षकों में से सरदार को हटा दूँ? सरदार भी तो देश के सम्मानीय नागरिक हैं। मेरे पर दबाव डाला जा रहा है कि उनसे मेरी जान का ख़तरा है। पर पिताजी वह नहीं जानते कि मुझे किसी से कोई ख़तरा नहीं है। मुझे कोई मार भी देगा तो भी मेरा हाथ उसको आशीर्वाद ही देगा। मुझे शक्ति दीजिये कि मैं इन जटिल परिस्थितियों में देशहित में लगी रहूँ। मेरा अन्त भी शहादत बने, दूसरों के लिए सबक बने। यह सोचते-सोचते उनकी आँखों से दो बूँद टपक पड़ी। उन्हें राबर्ट फ्रास्ट की वह कविता याद आने लगी जिसमें कहा गया था—सघन वनाकान्तार, सुन्दर तरु, शीतल छाया। परन्तु मझे तो प्रतिज्ञा पूरी करनी है। सोने से पहले (मुझे) मीलों चलते जाना है। अभी बहुत चलना है।....चलते जाना है!' सच में उन्हें बहुत दूर जाना है—लम्बी यात्रा पर! उन्हें प्रतिज्ञा भी पूरी करनी है। अभी तक वह यही तो कर रही थीं। फिर भी, उन्हें थकान क्यों घेरने का प्रयास कर रही है।

अपने से साक्षात्कार कराने का एकान्त सर्वोत्तम माध्यम है। वह बुदबुदायीं कि अब और कितना चलना है। "हे प्रभु, मेरा जीवन ले लो परन्तु मेरे देश की अखण्डता को आँच मत आने दो। इन्हें नहीं मालूम है कि वे क्या कर रहे हैं। इन्हें याद नहीं रहा है कि इस देश को आज़ादी प्राप्त करने के लिए क्या-क्या नहीं करना पड़ा था? हे प्रभु ! इनको क्षमा करना। मैं इनके लिए अपना जीवन समर्पित करने को तैयार हूँ।" उनका हृदय भर उठा। उनकी आँखें गीली हो गयीं।

प्रातः वह उत्साह से उठीं। चिड़ियों का स्वर सुना। टहनियों को झूलते हुए देखा। पुष्प मुस्कुरा रहे थे। पत्ते गुनगुना रहे थे। समीर में ईषद नमी थी। कुहरा भी कुछ-कुछ था। अस्पष्ट-सा, धुँधला-धुँधला। वह तैयार हो रही थीं। सोच रही थीं कि आज बहुत काम हैं, उन सबको निबटाना है और महान् देश को उसकी ऊँचाइयों तक ले जाना है। पर क्या यह सम्भव होगा।

उन्होंने मधुर प्रातः को नमस्कार किया। उन्होंने अपने देशवासियों के लिए मन-ही-मन दुआयें माँगी। कहा—"हे प्रभु, मुझे कुछ नहीं चाहिए। मेरा देश इस

समय संकट में है। वह तनाव को भोग रहा है। इससे लोग राजनीतिक लाभ उठाना चाहते हैं। किस-किस को समझाऊँ। सबकी समझ एक-दूसरे से रूठी हुई है। उन्हें सत्य पथ की ओर मोड़ो, प्रभु! अंधकार से निकालकर प्रकाश की ओर ले चलो, यही मेरी विनती है।" ये क्षण उनके आत्म-संवाद के हुआ करते थे, जबकि वह दिन का स्वागत प्रार्थना से आप्लावित होकर मन-ही-मन किया करती थीं। उनमें गंगा-यमुना, कृष्णा, गोदावरी आदि की तरंगे विलुलित हो उठती थीं। सहज, सरल, आर्द्रार्द करुणा प्रेम संकुल होकर! एकदम शान्त मौन और तरोताज़ा माहौल प्यारा-प्यारा!

किसे मालूम था कि यह प्रातः उनके लिए क्या उपहार लेकर आया है? भविष्य क्या कोई पढ़ पाता है। निस्सन्देह कल आज से सुन्दर होगा।

क्या खबर थी वह! मन बारम्बार झुँझला उठता था। मन में एक चित्र बनता और तट से टकराती तरंगों-सा बिखर जाता था। एक अजीब-सी अनुगूँज उठ रही थी अन्तराल में। शब्द चित्र से बन बिखर रहे थे उस अवसान और अवसाद में। कुछ तरंगें यों उठीं और बिखर गयीं अन्तः आकाश में धीरे-धीरे दिग् दिगन्त के पार—

करुणा मौन थी
फुनगियों पर रात के उजास के कुछ पल थे
ममता ओस की चादर खींच रही थीं!
नम थी वह सुबह अपेक्षाकृत कल के
कल से आने वाले कल तक
पता नहीं और नम हो या नहीं।
वह जागते हुए सो रही थी
और माँ के सपने को दोहरा रही थी
हौले-हौले किसी शब्द चित्र के सहारे!
सफ़ेद घोड़े पर बैठा कोई दाढ़ी वाला व्यक्ति
सिर पर मुकुट लगाये, हाथ में तलवार लिये,
धीरे-धीरे आकाश से उतरता जा रहा है
पहाड़ों पर सफ़ेद-नीले बादलों की तरह?

वह पूछ रही थीं—ये घोड़ा सरपट क्यों नहीं दौड़ता?
हाथ में लगाम क्यों नहीं है?
क्या शहंशाही घोड़े ऐसे होते हैं
इतने चमकदार, चमकती चपला से शानदार
कि ज़रा भी खाँसते तक नहीं
न ज़रा-सी गति की आवाज़ होने देते

कब सवार उस पर से उतरा?
कब वह चुपके से पलंग के सिरहाने आ खड़ा हुआ?
कब मुस्कुराते हुए उसने अनबोले कहा
वक़्त हुआ जाता है, अब तो उठना होगा
उठने की तैयारी करो, कुछ सोचो-समझो नहीं
क्योंकि उससे आगे के तुम्हारे लिए
सब दरवाज़े अपने आप ही खुलते जायेंगे
किसी पुराने महल के रहस्य से एक के बाद एक!

वह उठ बैठी चुपचाप कठपुतली सी
निष्पन्द, निष्प्राण, बड़ी-बड़ी आँखें खोले चारों ओर देखा
वहाँ से वह घुड़सवार नदारद था
जिसने उसे सोते से जगाया था यह क़हकर
चलो, रहने दो, कुछ समय और विश्राम कर लो।

वह उड़ीसा से दिल्ली लौटी थीं। खुश थीं। अपनी चिरपरिचित मुस्कान के साथ बाहर आयीं कि गोलियों की क्रूरतम आवाज़ें सुबह के सीने में उतर गयीं। किसी को कुछ पता नहीं चला कि क्या हुआ? देखते-ही-देखते सुबह लहूलुहान होने लगी।

31 अक्टूबर प्रातः 9.10 की सुबह थी। उनके ही सुरक्षाकर्मियों ने उन पर गोलियों की बौछार शुरू कर दी। उन्हें तुरन्त ही आयुर्विज्ञान संस्थान के आपातूकक्ष में ले जाया गया। छः सर्जन उनका ऑपरेशन कर रहे थे।

वह नारंगी साड़ी पहने हुए थीं और अकबर रोड की ओर जा रही थीं—ठीक अपनी कोठी के सामने वाले भवन में। सतवन्तसिंह जो गुरदासपुर जिले का रहने वाला था, ने अपनी स्टेनगन की 29 गोलियों को उन पर खाली कर दिया। उन पर सात फुट की दूरी से हमला हुआ था। पहले बेअन्तसिंह सब इन्स्पेक्टर ने उन पर गोलियाँ चलानी शुरू की थीं। उन्हें अन्य सुरक्षाकर्मियों ने वहीं भूनकर रख दिया। सतवन्तसिंह घायल होकर वहीं गिर पड़ा था अधमरा-सा!

कैसा अपवाद था वह! प्राण झनझना उठे थे। दिशायें काँप उठी थीं। भगतसिंह देख रहा था। उसकी आँखें नम हो उठी थीं। लाला लाजपत राय का हृदय काँप रहा था। क्या आज़ादी के बाद भी देश को उन भयावह हादसों से गुज़रना पड़ेगा, जिनसे आज़ादी से पहले देश गुज़र रहा था। उस वक़्त उनके साथ उनके निजी सचिव आर.के धवन व जी. पार्थसारथी थे।

उस वक़्त अभिनेता पीटर अस्तिनोव अपनी फ़िल्म यूनिट के तीन सदस्यों के साथ ठीक उस स्थान से अस्सी गज़ दूरी पर खड़े उनकी प्रतीक्षा कर रहे थे,

जहाँ पर उनको गोलियों से छलनी कर दिया गया था। अब तो अस्तिनोव हमेशा के लिए प्रतीक्षा करते रह गये।

कुछ ऐसा प्रबन्ध किया गया, जिससे बेअन्तसिंह टी. एम. सी. गेट पर और सतवन्तसिंह टी. एम. सी. संगी बूथ पर सुबह सात बजे से दस बजे तक ड्यूटी पर बने रहें। बेअन्तसिंह ने सब इन्स्पेक्टर जयनारायण से अपनी ड्यूटी बदल ली थी। इसी प्रकार सतवन्तसिंह ने अपनी ड्यूटी नं. चार से टी. एम. सी. बूथ पर, यह कहकर बदलवाई थी कि वह पेचिश से ग्रस्त है।

बेअन्तसिंह को धार्मिक कट्टरपंथी बनाया गया था ताकि वह इस कार्य को धार्मिक समझ कर करे। बेअन्तसिंह के ज़रिये सतवन्तसिंह को भी धार्मिक कट्टरपंथी बनाया गया था। दोनों ने रामकृष्णपुरम् के सेक्टर छः में स्थित गुरुद्वारे में 'अमृत पान' किया था। सबसे अन्त में सतवन्तसिंह को इस मिशन से सम्बद्ध किया गया था। वे जून, 1984 में ऑपरेशन 'बल्यू स्टार' के लिए इन्दिरा गाँधी को ज़िम्मेदार ठहरा रहे थे। वे नहीं सोच पा रहे थे कि वह क्यों ज़रूरी हो गया था?

उन्हें ज्ञात था कि इन्दिरा गाँधी सुबह नौ बजे आइरिश दूरदर्शन टीम को साक्षात्कार देने अपने कार्यालय 1, अकबर रोड पर जायेंगी। बेअन्तसिंह के पास रिवाल्वर नं. जे. 296754 बट नं. 140 और 34 बोर के 14 कारतूस थे, जबकि सतवन्तसिंह के पास एक एस.ए.एफ कारबाइन न. डबल्यू डबल्यू 13980 बट नं. 80 के साथ 9 एम. एस. के 100 कारतूस थे। इन्दिरा गाँधी टी. एम. सी. गेट की ओर बढ़ रही थीं कि उन पर गोलियों की बौछार शुरू हो गयी और पोस्ट मार्टम द्वारा यह घोषित किया गया कि उनकी मौत हेमरेज व शॉक से हुई। इस प्रकार एक युग का अन्त हो गया और वह आत्मा सदा के लिए अमर हो गयी। 11 फरवरी, 85 को अतिरिक्त मुख्य दण्डाधिकारी श्री एस.एल. खन्ना की अदालत में इन्दिरा हत्याकांड से सम्बन्धित आरोप पत्र सरकार ने दाख़िल किया और कानूनी ज़िहाद शुरू हो गया।

अपनी मृत्यु से 24 घंटे पूर्व उड़ीसा में प्रातः नौ बजे राज्य म्यूजियम के स्वर्ण जयन्ती समारोह का वह उद्‌घाटन कर रही थीं। वह प्रदर्शनी हॉल में आदिवासी ओड़ीसा नृत्य देखकर गद्‌गद हो उठी थीं और कहने लगी थीं कि "ओड़ीसा की सांस्कृतिक विरासत कितनी समृद्ध है। मेरी ओड़ीसा में पर्यटक की तरह घूमने की ज़बर्दस्त इच्छा है।" वह म्यूजियम के फ़र्श पर की गयी सजावट (अल्पना) को देखकर बोली थीं कि "यह अद्‌भुत अल्पना है। मुझे शान्ति निकेतन के दिन याद आ गये। मुझे अल्पना बनाने का बेहद शौक है।" उनकी अन्तिम इच्छा, इच्छा बनी रह गयी और वह हमेशा-हमेशा के लिए सबको छोड़कर चुपचाप निकल गयीं बिना किसी को टाटा किये।

मन में रह-रह कर यही प्रश्न उठता था कि यह क्यों हुआ? जो सबके लिए जी रही थी, उसे क्यों मिटा दिया? प्रायः सन्तात्माओं के साथ ऐसा ही होता रहा

है। पर क्यों? क्यों हम हर बार उसी दर्दनाक मोड़ पर आ खड़े होते हैं और फिर क्यों उसी पश्चाताप और रुदन में भरे हम खाली होते रहते हैं? बारम्बार वही भयावह पुनरावृत्ति मानवता की ज्योति जलाये रखने वाले के साथ ऐसा क्यों होता है? यह कैसा पागलपन है! यह कैसी बर्बरता है! सब शान्त हैं। सब ग़मगीन हैं। दुर्गा सप्तशती का मन्त्र गूँज रहा था, जिसमें ब्रह्मा, शिव और मेघपति इन्द्र आदि की देह से प्रकट होने वाले अलौकिक तेज का वर्णन है। वह तत्तेज जाज्वल्यमान गिरि सा प्रकट होकर एक नारी के रूप में परिणत हो गया।[1] लगता है, वह अलौकिक आलोक आज पुनः उस नारी से निकल कर ब्रह्माण्ड में व्याप्त हो गया। फिर सन्नाटा बह पड़ा। फिर उस अलौकिक तेज पुंज के लिए सब प्रार्थनामय हो गये, सब नतसिर हैं और सब श्रद्धा संकुल हैं। उसका सदा स्मिति संकुल मुखमण्डल मर्त्य जीवन को बराबर यही सन्देश दे रहा है कि किसी से मत डरो, न मित्र से और न अमित्र से तथा न परिचित से और न अपरिचित से।

उसने सब प्राणियों में ही एक आत्मा को देखा था, उसके लिए न किसी का मोह था और न शोक!

सन्नाटा तोड़ता मौन अब अनुभव कर रहा है कि वह कैसा निर्मम हुआ! वह कैसा वज्रपात हुआ! आलोक आलोक में समा गया। कैसा निर्मम प्रहार! आघात! किसलिए? क्यों मनुष्य अपने आपसे इतनी नफ़रत करता है कि शत्रु और मित्र की पहचान भी भूल जाता है। पर अब भी उनकी अमिय अनुगूँज पीड़ित, त्रस्त और बलहीन अनुभव करने वाली जाति को शक्ति का अमर सन्देश देती रहेगी। वह कृतित्व की सम्पदा कृति बनी मुस्कुराती रहेंगी। वह इतिहास नहीं, इतिहास उनसे बना है, यह बात उनकी यह शहादत हमेशा-हमेशा याद कराती रहेगी और संकेत देती रहेगी। वह जीवन उसकी अक्षय और अमर पूँजी है, इसे उसी पर समर्पित कर दो। यथार्थतः जीवन की यही अर्चन-पूजा है कि 'स्व' को सर्वात्म स्वरूप परमात्मा में समाहित करते हुए आने वाली पीढ़ी को जीने का मन्त्र दे सको।

एक सामूहिक संकल्प, जागृत गीत-सा अनुगूँजने लगा कि सोचना हो तो सबके लिए सोचो, करना है तो सबके लिए करो, करते हुए परिणाम की चिन्ता मत करो। बन सको तो प्रार्थना बनो। दे सको तो आशीर्वाद दो। पी सको तो दूसरों के हिस्से का गरल पीओ और बाँट सको तो उन्हें अपने अन्तरतम का अमृत दो। जलना पड़े तो दीपक की लौ बन कर जलो और देना हो तो स्नेह-प्यार दो। शक्ति हो तो निर्बल की रक्षा करो और विश्व को करुणामयी गरिमा से अभिमंडित करो। एक युग मौन होकर अपलक अवलोक रहा था और उसके हृदय में यह स्वर

1. अतीव तेजसः कूटं ज्वलन्तमिव पर्वतम्, ददृशुस्ते सुरास्तम ज्वाला व्याप्त दिगतरम्, अतुल तत्र तत्तेजः सर्व देव शरीरजम, एकस्थं तदभून्नारी व्याप्त लोकत्रयं त्विषा।

अविराम अनुगूँज रहा था कि हाय यह क्या हुआ? अब आगे...? स्तब्ध आँखों का ज्वारभाटा अवसन्न हो मूर्छित पड़ा था आँखें खोले। अनमने दृश्य साभने से गुज़र रहे थे एक-एक करके। अब पिंज़रा रह गया था, पंछी उड़ चुका था। मात्र शहादत के पृष्ठ फड़फड़ा कर स्व को अपलक देखते रह गये थे कि–

आसमानी आँखें नम थीं
धरती पर हृदय काँप गया था
पेड़ों पर पक्षी वृंद, बीच में ही
यात्रा छोड़ लौट आये थे
पवन मौन हो गया था।
मानों ज़माना ठहर गया था
किसी अधूरे रेखाचित्र सा
यमुना गतिशून्य सी
भूल गयी थी मार्ग अपना।
प्रश्न उत्तर न बनने की
घोरतम पीड़ा से अवाक् रह गया था
समूचा सोच दीवार पर चिपका
उदास अवकाश में मूर्छित हो गया था।

❐❐❐

राजेन्द्र मोहन भटनागर की अन्य चर्चित पुस्तकें

विवेकानन्द

युगपुरुष अंबेडकर

दलित संत

राजेन्द्र मोहन भटनागर की अन्य चर्चित पुस्तकें

कुली बैरिस्टर

सरदार

गौरांग